Von Eric Van Lustbader
sind als Heyne-Taschenbücher erschienen:

Der Ninja · Band 01/6381
Schwarzes Herz · Band 01/6527
Teuflischer Engel · Band 01/6825
Die Miko · Band 01/7615
Ronin · Band 01/7716
Dolman · Band 01/7819
Jian · Band 01/7891
Dai-San · Band 01/8005
Shan · Band 41/3
Zero · Band 41/12
French Kiss · Band 41/19
Der weiße Ninja · Band 41/24
Moichi · Band 01/8054
Shan · Band 01/8169
Teuflischer Engel/Schwarzes Herz · Band 23/54
Zero · Band 01/8231
French Kiss · Band 01/8446

ERIC VAN LUSTBADER

DER WEISSE NINJA

Roman

WILHELM HEYNE VERLAG
MÜNCHEN

HEYNE ALLGEMEINE REIHE
Nr. 01/8642

Titel der Originalausgabe
WHITE NINJA
Aus dem Amerikanischen übersetzt
von Sepp Leeb

Printed in Germany 1993
Umschlagillustration: Klaus Schmäh, München
Umschlaggestaltung: Atelier Ingrid Schütz, München
Gesamtherstellung: Elsnerdruck, Berlin

ISBN: 3-453-06147-0

Für Henry Morrison,
meinen Freund und Agenten,
ohne den…

Die Winde, die wehen...
frage sie, welches Blatt des Baumes
als nächstes fallen wird!

SOSEKI

Wer dem Grauen entgeht,
fällt in die Grube;
wer der Grube entsteigt,
verstrickt sich im Garn.

JEREMIAS 48,44

Herbst

Er erwachte in völliger Dunkelheit. Draußen war es bereits Mittag. Aber kein Lichtstrahl drang durch die dichtgeschlossenen Fensterläden des *Kan*, eines Hotels für Geschäftsreisende am Stadtrand von Tokio. In dem engen Raum war es finster wie in einem Grab.

Der Vergleich war durchaus zutreffend. Das Hotelzimmer war kaum größer als ein Sarg. Fußboden und Decke waren mit grauem Teppich ausgekleidet. Der Abstand zwischen ihnen betrug nur etwas mehr als einen Meter. Das konnte beim Erwachen zu einem beängstigenden Schwindelgefühl führen, wenn nicht völlige Dunkelheit herrschte.

Doch nicht deshalb machte Senjin kein Licht, als er sich von seinem Futon-Bett erhob. Er hatte einen anderen Grund, sich mit undurchdringlichem Dunkel zu umgeben.

Senjin dachte an seine Mutter. Das tat er immer, wenn er betrunken war oder wenn ihn die Mordlust gepackt hatte. Eigentlich hatte er zwei Mütter gehabt – eine, die ihn geboren, und eine, die ihn großgezogen hatte. Seine Ziehmutter war seine Tante gewesen, die Schwester seiner Mutter. Trotzdem sah er in ihr seine Haha-san, seine leibliche Mutter. Sie war es gewesen, die ihn an ihrer Brust gestillt hatte, nachdem seine Mutter eine Woche nach seiner Geburt am Kindbettfieber gestorben war. Es war Haha-san gewesen, die ihm in der Glut seiner Fieberanfälle Linderung verschaffte und ihn in ihren Armen wärmte, wenn er fror. Sie hatte sich für Senjin aufgeopfert, und doch hatte er sie eines Tages ohne ein Wort des Abschieds, geschweige denn des Dankes verlassen.

Das hieß jedoch nicht, daß Senjin nicht an sie dachte. Mit offenen Augen erinnerte er sich daran, wie er seinem Ärger an der weißen, schwammigen Weichheit ihrer Brust freien Lauf ließ; wie sie immer für ihn da war; wie er sich trotzdem immer heftiger gegen sie auflehnte; und wie sie ihm jedesmal von neuem mit einem nachsichtigen Lächeln verzieh. Das ging sogar so weit, daß er sie zu schlagen begann, um endlich einmal von ihr bestraft zu werden. Doch in ihrer grenzenlosen Zuneigung hatte ihn Haha-san immer nur liebevoll an sich gedrückt, als hätte sie gehofft, seinen Zorn mit ihrer Leibesfülle ersticken zu können.

Diese Erinnerungen gipfelten immer in der gleichen Fantasie. Senjin stellte sich vor, wie Haha-san immer wieder vergewaltigt wurde. Gerade wegen ihres verbotenen Beigeschmacks erregte ihn diese Vorstellung so sehr, daß er allein davon und ohne alle körperlichen Manipulationen zu einem raschen und intensiven Höhepunkt kam.

Danach starrte Senjin lange gedankenversunken vor sich hin. Vielleicht hing er weiter seinen Träumen nach. Schließlich drehte er sich herum und stand auf. In wenigen Augenblicken war er angekleidet. Er bewegte sich mit der Lautlosigkeit eines Gespenstes. Beim Verlassen des Zimmers machte er sich nicht einmal die Mühe, die Tür hinter sich zu schließen.

Spätnachmittag. Bleiern schwer hing der Himmel über der Stadt. Mit unersättlicher Gier verschlangen die Abgase das wenige, was an frischer Luft noch geblieben war. Zahlreiche Fußgänger und Radfahrer trugen zum Schutz ihrer Atemwege weiße Gesichtsmasken.

Die neonerhellte Nacht war dem Tag gewichen. Doch was war an ihre Stelle getreten? Ein konturenloses Grau, so trostlos und trüb wie auf dem Grund eines lichtlosen Meeres.

Senjin hatte noch mehrere Stunden totzuschlagen. Aber das war gut so. Denn genau so hatte er es geplant. Ganz bewußt hatte er das anonyme Dutzendhotel als Ausgangspunkt gewählt. Um keinerlei Spuren zu hinterlassen, machte er sich nun zu Fuß auf den Weg durch das labyrinthische Gewirr der Stadt.

Trotz seiner niederdrückenden Umgebung fühlte er sich wie verwandelt – drei Meter groß und voller unbezähmbarer Energie. Er kannte diese Anzeichen aus langer Erfahrung. Sie entlockten ihm ein zufriedenes Lächeln. Gleichzeitig spürte er ganz deutlich die hauchdünnen Metallklingen, die sich unter seiner Kleidung an seine nackte Haut schmiegten. Fast schien es, als wären sie von der Wärme und Energie seines Körpers zu eigenem Leben erwacht. Er fühlte sich wie ein Gott, der die Straßen Tokios wie ein gnadenloser Racheengel durchstreifte, um das Unheil, das die Stadt von innen heraus zu zerfressen drohte, mit Stumpf und Stiel auszurotten.

Schweigend und unerbittlich wie das Gestalt gewordene Verderben schritt er durch enge Seitenstraßen, vorbei an abgestandenen Pfützen, aus denen der faulige Gestank von Fischinnereien aufstieg. Wie Ölschlieren warfen sie das phosphoreszierende Dämmerlicht in den Farben des Regenbogens zurück.

Es war Abend geworden, als er schließlich das *Silk Road* erreichte. Die Eingangstür des Nachtclubs war eingefaßt von grell flimmernden Neonröhren, bunten Plastikblumen und billigem Flitter, der an längst verblichenem Kreppapier angebracht war. Aus der Ferne betrachtet, glich der Eingang der Bar einer gigantischen Orchideenblüte oder, wenn man wollte, einem weiblichen Geschlechtsteil.

Kaum hatte Senjin die gläserne Eingangstür hinter sich geschlossen, wurde er von allen Seiten von grellem Licht umflutet, als wäre er in das Innere eines Prismas geraten. Wände und Decke waren mit Spiegeln verkleidet und warfen das Licht der unzähligen Spots tausendfach zurück. Davon ging eine ähnlich desorientierende Wirkung aus wie von Senjins sargähnlichem Hotelzimmer. Hier fühlte er sich zu Hause.

Aus den gigantischen Boxen dröhnte amerikanische Rockmusik; sie war so laut, daß die Lautsprechermembrane bis an die Grenzen ihrer Belastbarkeit ausschlugen. Das Ergebnis war ein zäher Klangbrei aus wummernden Bässen und verzerrter Elektronik.

Im Gehen spürte Senjin ganz deutlich den schwarzen Noppenboden unter seinen Sohlen, der auch für die städtischen Kinderspielplätze verwendet wurde. Er passierte die Bar; der Tresen war aus Plexiglas und ruhte auf durchsichtigen Röhren, in denen gefärbtes Wasser hochblubberte.

Als Senjins Blick sich für einen Moment mit dem des Geschäftsführers traf, wandte sich dieser ab und verschwand in seinem Büro im hinteren Teil des Gebäudes. Zielstrebig steuerte Senjin auf einen leeren Tisch an der Bühne zu und setzte sich. Als eine Bedienung auf ihn zukam, um seine Bestellung entgegenzunehmen, winkte er sie wieder zurück.

Senjin sah sich um. Der Nachtclub war gedrängt voll. Das Publikum setzte sich vorwiegend aus Geschäftsleuten zusammen, die sich auf Firmenkosten einen vergnügten Abend machten. Es roch nach Zigarettenrauch, Suntory-Scotch und nervösem Schweiß. Die winzige Bühne, vor der Senjin saß, bestand aus tropfenförmigen Plexiglasböden, die auf drei verschiedenen Ebenen angeordnet waren. Das Licht der kreisenden Bühnenscheinwerfer brach sich in der zerkratzten Oberfläche des Plexiglas und wurde in allen Farben des Regenbogens zurückgeworfen.

Endlich erschienen die Mädchen. Die hochgeschlossenen, knöchellangen Fantasiegewänder, die sie trugen, verliehen ihnen das Aussehen von Orakelpriesterinnen, aus deren Münder die Anwesenden gleich ihr Schicksal erfahren würden.

Man konnte nur ihre freundlich lächelnden Gesichter sehen, aber nicht, was sich unter ihren Gewändern verbarg. Die Mädchen verkörperten weder den Typ der unnahbaren Schönen noch den des männermordenden Vamps, sondern strahlten eine vertrauensvolle, fast mütterliche Wärme aus, der nichts Einschüchterndes oder Beängstigendes anhaftete. Und genau das war der beabsichtigte Effekt. Du kannst mir vertrauen, schien jedes dieser Gesichter zu sagen. Und unwillkürlich tat das auch jeder unter den Anwesenden. Selbst Senjin, der sonst keinem Menschen traute. Schließlich war auch er Japaner und somit aufgrund seiner Erziehung ganz bestimmten psychischen Mechanismen unterworfen, so wenig er das vermutlich auch hätte wahrhaben wollen.

Senjin richtete seine ganze Aufmerksamkeit auf das Mädchen, das ihm am nächsten war. Sie war sehr jung und sehr schön. Senjin hatte nicht damit gerechnet, daß sie so jung sein würde. Ihre Jugend verunsicherte ihn jedoch nicht im geringsten; im Gegenteil, sie erhöhte sogar noch den Reiz bei der Sache. Er leckte sich die Lippen, als hätte er eben an einer reich gedeckten Tafel Platz genommen.

Die Musik hatte sich verändert. Ihr Rhythmus und die Bläserbegleitung waren jetzt rhythmischer. Wie auf ein geheimes Zeichen öffneten die Mädchen ihre Gewänder und ließen sie zu Boden sinken. Darunter trugen sie gewöhnliche Straßenkleidung, die jedoch ihre körperlichen Vorzüge sehr deutlich zur Geltung brachte. Unter dem Zucken der Stroboskoplichter begannen sich die Mädchen darauf in genau choreographierten Bewegungen zu entkleiden, nicht nach amerikanischer Manier unter übertriebenem Hüftwackeln, sondern in lauter ruckartig aneinandergereihten Momentaufnahmen. Der Effekt war in etwa so, als schaltete man auf einem Videogerät gleichmäßig von einem Standbild zum nächsten. Dabei nahmen die Mädchen zunehmend gewagtere Posen ein, bis sie schließlich vollkommen nackt waren.

Die Musik verstummte. Gleichzeitig wurde es merklich dunkler im Raum. Senjin konnte das nervöse Stühlerücken, untermalt von aufgeregtem Hüsteln, ganz deutlich hören. Der Schweißgeruch hatte inzwischen alle anderen Gerüche verdrängt.

Die Haut des Mädchens vor Senjin war ohne jeden Makel. Das Fleisch darunter war jugendlich straff und fest. Sie hatte pralle kleine Brüste, und der schmale Streifen ihrer Schambehaarung hätte mehr enthüllt als verborgen, wenn er sich nicht geschickt in den tiefen Schatten ihrer Hüften und Schenkel versteckt hätte.

Das Mädchen kauerte nieder. In ihren Händen hielt sie mehrere winzige Taschenlampen mit dem Namen des Clubs – *Silk Road*. Eine davon bot sie Senjin an. Er lehnte dankend ab. Im selben Augenblick entstand jedoch hinter seinem Rücken heftiges Gedränge; mehrere Gäste stürzten zur Bühne, um dem Mädchen eine Taschenlampe aus der Hand zu reißen.

Als alle verteilt waren, beugte das Mädchen seinen Oberkörper so weit zurück, bis sich ihre Brustwarzen der verspiegelten Decke entgegenreckten, von wo sie in unzähligen kleinen Facetten zurückgeworfen wurden. Unwillkürlich fühlte sich Senjin durch den Anblick ihrer grotesk vervielfachten Brüste an eine Statue der Kapitolinischen Wölfin erinnert, an deren Zitzen Romulus und Remus saugen.

Mit akrobatischem Geschick auf den Absätzen balancierend, begann die Tänzerin die Beine zu spreizen. Nun kam der Höhepunkt ihres Auftritts – das *Tokudashi*.

Rings um Senjin ertönten plötzlich leise, klickende Geräusche; sie entstanden durch das Anknipsen der winzigen Taschenlampen, die wie Insektenaugen in einem wogenden Weizenfeld aus dem Dunkel leuchteten. Senjin spürte den heißen Atem seines Hintermanns in seinem Nacken. Für ihn stand außer Zweifel, daß es im ganzen Raum keinen Mann gab, dessen Blick nicht unverwandt auf diese eine Stelle zwischen den Beinen des Mädchens gerichtet war, auf die sich jetzt die dünnen Lichtkegel der Taschenlampen beharrlich hefteten.

Gebannt beobachtete Senjin das Spiel der Beinmuskeln der Tänzerin, während sie sich in winzigen Tippelschritten über die Bühne bewegte. Allein das akrobatische Geschick, das dafür erforderlich war, verdiente uneingeschränkte Bewunderung. Dennoch blieb ihr Gesichtsausdruck so heiter und gelassen, als wäre sie ein überirdisches Wesen, das sich huldvoll herabließ, diese gewöhnlichen Sterblichen mit ihrer Anwesenheit zu beglücken. Eine unwiderstehliche Anziehungskraft ging von ihr aus, deren Wirkung ebenso schwer zu beschreiben wie zu erklären war. Senjin ließ dieses Symbol weiblicher Sexualität jedoch völlig kalt; er konnte diese Anziehungskraft auf andere nur schwer verstehen.

Plötzlich gingen die Lichter an. Gleichzeitig platzte laute Rockmusik in die atemlose Stille. Die Mädchen hatten sich wieder in ihre züchtigen Gewänder gehüllt. Aus ihren geheimnisvollen Mienen war jede Gefühlsregung verschwunden.

Im Augenblick war Senjin jedoch viel zu sehr mit anderen Dingen beschäftigt, um dieses gekonnte Spiel mit den Emotionen der Zuschauer gebührend zu würdigen. Er hatte bereits seinen Platz verlassen und bahnte sich einen Weg durch das Gewirr von rot erleuchteten Gängen hinter der Bühne.

Rasch hatte er den engen Verschlag gefunden, den er suchte, und schlüpfte durch die Tür nach drinnen. Sobald seine Augen sich an das Dunkel gewöhnt hatten, nahm er seine Umgebung sorgfältig in Augenschein. An der Rückwand entdeckte er ein Fenster; es war schmutzig und mit Farbspritzern übersät, aber für seine Zwecke gerade groß genug. Er prüfte, ob es abgeschlossen war. Das war nicht der Fall.

Anschließend schraubte er die Glühbirnen heraus, die um den großen Wandspiegel angebracht waren. Sie stellten die einzige Lichtquelle im Raum dar. Nach kurzem Überlegen schraubte Senjin eine Birne wieder in ihre Fassung zurück.

Als Mariko, die Tänzerin, der Senjins ganze Aufmerksamkeit gegolten hatte, ihre Garderobe betrat, sah sie nur seine Silhouette – so unwirklich wie eine Pappfigur. Das Licht der Glühbirne warf messerscharfe Schatten über sein Gesicht. Im ersten Moment dachte das Mädchen, es hätte ein lebensgroßes Starposter vor sich, das eine der anderen Tänzerinnen in ihrer Abwesenheit aufgehängt hatte.

Sobald Mariko die Tür öffnete, löste sich Senjin aus dem Dunkel. Und bevor sie noch reagieren konnte, hatte er sich bereits auf sie gestürzt und sie ganz fest an sich gedrückt.

Fassunglos vor Staunen, daß das lebensgroße Poster plötzlich zum Leben erwacht war, setzte Mariko zu einem entsetzten Schrei an. Aber Senjin rammte ihr mit solcher Wucht seine Faust in den Kehlkopf, daß sie auf der Stelle leblos in seine Arme sank.

Dann zerrte er sie in eine Ecke des Raums und warf sie zu Boden. In seiner Handfläche blitzte ein kleiner Dolch auf. Er war noch warm von seinem Körper. Mit kurzen, geschickten Bewegungen begann Senjin nun, die Kleider des Mädchens in lauter gleich breite Streifen zu zerschneiden, so daß ihr nackter Körper Stück für Stück entblößt wurde. Anschließend legte er sich die Stoffstreifen sorgfältig zurecht.

Wie gebannt ließ Senjin für einen Moment seinen Blick auf dem nackten Mädchen ruhen, als wolle er sich seine atemberaubende Schönheit für immer einprägen. Dann kniete er nieder und band ihr mit einem Stück Stoff die Hände über den Kopf. Das lose Ende befestigte er an einem Leitungsrohr und zog es nach oben, so daß Mariko nun aufrecht vor ihm stand.

Anschließend griff er nach einem zweiten Stoffstreifen, schlang ihn um seinen Hals, warf ihn über das Leitungsrohr, maß kurz die Entfernung ab und knüpfte ihn dann fest. Als er damit fertig war, öffnete er seine Hose und fiel ohne jede Erregung oder Leidenschaft über sie her.

Nach einer Weile atmete Senjin so schwer, wie das die Männer im Publikum während Marikos Auftritt getan hatten. Aber er verspürte nicht die geringste Lust. Vielmehr war er ganz in seinen Gedanken gefangen, die mit schrecklicher Unentrinnbarkeit immer nur um einen entscheidenden Punkt kreisten – um die Frage von Leben und Tod, Licht und Dunkel, Gut und Böse. Zugleich spürte er, wie mehr und mehr eine andere, dunkle Seite seines Wesens von ihm Besitz ergriff. Dieser innere Kampf wurde schließlich so unerträglich, daß Senjin Kopf und Oberkörper vornübersinken ließ. Je heftiger nun seine Bewegungen wurden, um so fester zog sich die Schlinge um seinen Hals zusammen; und je mehr er sich unaufhaltsam dem Höhepunkt näherte, desto weniger Luft bekam er. Erst jetzt packte ihn plötzlich wilde Lust und riß ihn wie eine gewaltige Woge unaufhaltsam mit sich fort. Sein Unterleib verfiel in ekstatische Zuckungen, seine Beine wurden bleiern schwer.

Nur in Momenten wie diesem, an der Schwelle des Todes, verspürte Senjin so etwas wie Geborgenheit. Diese ebenso intensive wie gefährliche Erfahrung spielte in Senjins *Kshira*-Ausbildung eine ganz wesentliche Rolle. Denn an der Schwelle des Todes, hatte Senjin gelernt, war alles möglich.

Wer einmal dem Tod ins Auge geblickt hat, findet sich anschließend unweigerlich vor den Trümmern seiner bisherigen Wirklichkeit wieder. Gleichzeitig entsteht jedoch aus diesen Trümmern wie von selbst eine neue, andersartige Realität. Am ehesten läßt sich diese Erfahrung mit einer Epiphanie, mit einer Offenbarung des Göttlichen vergleichen, soweit sich dieses abendländisch-christliche Konzept auf einen Menschen übertragen läßt, der in der religiösen Tradition Asiens großgeworden ist. Senjin hatte diese elementare Erfahrung schon sehr früh gemacht. Sie sollte sein Leben von Grund auf ändern.

Sterbend kam Senjin zum Höhepunkt. Doch bevor ihm endgültig die Sinne schwanden, löste er mit einer Hand den Stoffstreifen von seinem Hals, mit der anderen zog er automatisch den Reißverschluß seiner Hose zu. Seine Miene war ebenso ausdruckslos wie die Marikos, als sie nach ihrem Auftritt den Applaus des Publikums entgegengenommen hatte.

Senjin empfand das plötzliche Abklingen seiner Ekstase fast wie einen körperlichen Schmerz. Aber vermutlich war es unvermeidlich, daß man nach einem solchen Zustand rauschhafter Verzückung heftige Niedergeschlagenheit verspürte.

In seiner Hand lag plötzlich wieder eine der scharfen Klingen, die er direkt auf seiner schweißverklebten Haut trug. Mit bewundernswerter Präzision zeichnete die messerscharfe Stahlklinge ein filigranes Streifenmuster in die makellos zarte Haut des Mädchens. Wie ein Priester, der ein religiöses Ritual vollführt, sang Senjin dabei leise vor sich hin. Seine Augen waren zu schmalen Schlitzen geschlossen, so daß nur das Weiß seiner Augäpfel zu erkennen war.

Nicht ein Tropfen Blut befleckte seine Hände, als er fertig war. Er holte ein Blatt Papier aus seiner Jackentasche und tauchte die Spitze seines Messers in eine Blutlache. Damit schrieb er auf das Papier: DAS KÖNNTE AUCH IHRE FRAU SEIN. Seine Finger zitterten noch von den Nachwehen der Lust, als er das Blatt an seinen Mund hob und vorsichtig über die blutige Schrift blies. Sobald sie getrocknet war, rollte er das Blatt Papier zusammen und steckte es Mariko in den Mund.

Bevor er die Garderobe verließ, wusch er die Klingen in dem winzigen Waschbecken sorgfältig aus. Senjin entfernte den Stoffstreifen, mit dem er sich an das Leitungsrohr gebunden hatte. Dann öffnete er das rußverschmierte Fenster, stemmte sich hoch und schlüpfte nach draußen.

Auf dem Weg ins Zentrum von Tokio wechselte er mehrmals den Bus und die U-Bahn. In der Nähe des Kaiserpalastes tauchte er in einer dichten Menschenmenge unter. Nun war er wieder ein anonymes Gesicht in der Masse, ein reibungslos funktionierendes Rädchen im Getriebe der Gesellschaft.

Senjin bewegte sich mit der geballten Kraft und der scheinbar mühelosen Eleganz eines Tänzers. Doch er war kein Tänzer. Vor dem Nationaltheater in Hayabusa-cho blieb er kurz stehen, um das Programm zu studieren. Senjin liebte das Theater, und er bewunderte die Schauspieler. Ihre Fähigkeit, im Publikum eine Vielfalt unterschiedlichster Emotionen hervorzurufen, erfüllte ihn immer wieder von neuem mit einer seltsamen Faszination. Doch er war selbst kein Schauspieler.

An der Südwestecke der Palastumfriedung erreichte Senjin die große Prachtstraße Uchibori-dori, die an dieser Stelle einen Platz bildet; allerdings gibt es dafür im Japanischen keinen entsprechenden Begriff. Nachdem er das Transportministerium passiert hatte, betrat Senjin ein großes Gebäude, in dem das Polizeihauptquartier untergebracht war. Wie gewohnt, war um diese späte Stunde kaum jemand unterwegs.

Zehn Minuten später saß er, in seine Arbeit vertieft, an seinem Schreibtisch. Auf dem Schild an der Eingangstür seines winzigen Büroabteils stand: INSPEKTOR SENJIN OMUKAE, LEITER DER MORDKOMMISSION.

Nicholas Linnear treibt in einem Meer aus Erinnerungen. Die Narkose hat ihn der normalen Realität entrückt und in eine Dimension versetzt, in der die Grenzen von Raum und Zeit aufgehoben sind. Wie ein Gott kann er sich an jeden beliebigen Punkt der Vergangenheit bewegen.

Die Erinnerung an einen Zeitpunkt vor drei Jahren ist ihm genauso lebhaft gegenwärtig wie ein Augenblick im Jetzt. Nicholas hebt die Hände und betrachtet seine Handflächen. *Ich sehe diese Hände an, Justine, und frage mich, ob sie auch zu etwas anderem taugen, als anderen Schmerz und Tod zu bringen.*

Justine legt ihre Hand in die seine. *Deine Hände können auch sehr zärtlich sein, Nick. Wenn sie mich liebkosen, zerschmelze ich unter ihrer Berührung.*

Er schüttelte den Kopf. *Das kann nicht ungeschehen machen, was sie getan haben. Ich will nie wieder töten.* Seine Stimme zittert. *Ich kann nicht begreifen, wie ich so etwas je tun konnte.*

Du hast nie mit Absicht getötet, Nick. Du hast immer nur in Notwehr gehandelt. Erst, als dein Cousin Saigo versucht hat, uns beide umzubringen; und dann, als dich seine Geliebte Akiko verführen wollte, um dich ermorden zu können.

Aber ich habe mich ganz bewußt dafür entschieden, mich in den Kampfkünsten ausbilden zu lassen; erst in Bujutsu, *dem Weg des Samurai-Kriegers; und dann auch noch in* Ninjutus. *Warum?*

Welche Antwort auf diese Frage würde dich wohl zufriedenstellen? entgegnete Justine leise.

Das ist es doch gerade, bricht es verzweifelt aus Nicholas hervor. *Ich weiß es nicht!*

Ich glaube, das liegt ganz einfach daran, daß es darauf keine Antwort gibt.

Weiter im Meer seiner Erinnerungen treibend, denkt Nicholas: Aber es *muß* eine Antwort geben. Weshalb bin ich zu dem geworden, was ich bin?

In diesem Moment fällt Nicholas ein Satz seines Meisters ein. Es liegt lange zurück, daß er diese Worte gehört hat. *Um dein Leben wirklich zu meistern, Nicholas, mußt du auch die dunklen Seiten deines Wesens kennenlernen.* Sofort versucht er, die Worte wieder aus seiner Erinnerung zu verdrängen.

Plötzlich befindet er sich im Garten seines Hauses; vor ihm liegt das steinerne Waschbecken, das die Umrisse einer alten Münze hat. In seligen Erinnerungen schwelgend, sieht er sich nach der aus Bambusrohr geschnitzten Schöpfkelle greifen, um Justines sommerlichen Durst zu löschen. Für einen kurzen Moment scheint der Wasserspiegel des Beckens abzusinken, so daß er auf seinem Grund das japanische Zeichen für *Michi* erkennen kann. Es bedeutet Weg oder Reise – in seinem Fall den Weg aus der Unschuld der Kindheit in die Gemeinschaft der Ninja.

Wie begierig er sich in dieses schreckliche Dunkel gestürzt hat. Mit welchem Trotz er sich den damit verbundenen moralischen Anfechtungen ausgesetzt hat. Hat er damals tatsächlich geglaubt, er könnte dieses finstere und abschrekkende Handwerk erlernen, ohne daß dies auf seine Persönlichkeit abfärben würde? Gedankenlos und nichtsahnend schleudert ein Kind einen Stein in einen stillen Teich. Und dann wundert es sich über die Veränderungen, die dadurch hervorgerufen werden. Auf der reglosen Oberfläche des Teichs, in der sich eben noch die umstehenden Bäume und der Himmel gespiegelt haben, breiten sich mit einem Mal Wellen aus; vom Zentrum der Erschütterung streben sie in konzentrischen Kreisen dem Ufer entgegen. Gleichzeitig gerät das Spiegelbild der Bäume und des Himmels in Bewegung. Unaufhaltsam verzerrt es sich immer mehr und löst sich schließlich im Chaos auf. Und tief unten, im Dunkel auf dem Grund des Teichs, erwachen die Fische aus ihrem Schlaf und kommen an die Oberfläche geschwommen.

Hat es sich mit Nicholas' Entschluß, *Ninjutsu* zu lernen, nicht ganz ähnlich verhalten?

Er treibt dahin. Es gibt für ihn keine Zeit, keine Empfindungen; das alles gehört einer anderen Welt an. Doch das Zeichen für *Michi* führt ihn wieder in den Garten seines Hauses im Nordwesten Tokios zurück. Es hat seiner Tante Itami, Saigos Mutter, gehört, bevor es in seinen Besitz überging. Da sie ihn während seiner erbitterten Auseinandersetzung mit Akiko vorbehaltlos unterstützt hat, nennt er sie seitdem nur noch Haha-san, Mutter.

Saigo war von Grund auf böse, hört er Itami sagen. *Sein Denken und Handeln, ja, sein ganzes Wesen, war von einer Konsequenz und Unbestechlichkeit geprägt, die unter anderen Umständen durchaus bewundernswert gewesen wäre. Ich habe ihm den Tod gewünscht. Wie hätte ich auch anders gekonnt? Alles, mit dem er in Berührung kam, verwelkte und starb. Ich habe nie einen zerstörerischeren Menschen gekannt als ihn.*

Hätte auch Akiko ihr Ziel mit derselben Konsequenz verfolgt wie Saigo, wäre es ihr sicher gelungen, Nicholas zu vernichten. Um sich an Nicholas zu rächen, hatte Akiko ihr Gesicht durch mehrere Schönheitsoperationen so verändern lassen, daß sie Nicholas' erster großer Liebe Yukio zum Verwechseln ähnlich sah. Doch dann hatte sich Akiko gegen ihren Willen in Nicholas verliebt. Infolge eines feierlichen Versprechens, das sie Saigo gegeben hatte, fühlte sie sich dazu verpflichtet, Nicholas zu töten. Die Situation spitzte sich schließlich so weit zu, daß Nicholas keine andere Wahl mehr blieb, als Akiko umzubringen. Allerdings war ihm bis zum letzten entscheidenden Augenblick nicht klar gewesen, ob er es tatsächlich über sich bringen würde, sie zu töten.

Selbst jetzt, im Nichts treibend, weiß er nicht, was er getan hätte, wenn nicht die Götter eingeschritten wären. Bei einem schweren Erdbeben im Norden Tokios hatte sich plötzlich direkt unter Akikos Füßen eine tiefe Erdspalte geöffnet. Zwar hatte Nicholas noch versucht, sie zu retten, aber sie war unaufhaltsam in die gähnende Tiefe hinabgeglitten, wo sie von den plötzlich zum Leben erwachten Erdmassen unerbittlich zermalmt wurde.

Ich bin nicht stolz, daß ich deinen Sohn Saigo unschädlich gemacht habe, hört sich Nicholas sagen.

Wie solltest du auch? erwiderte Itami. *Aber du hast dir auch nichts vorzuwerfen. Du hast wie ein wahrer Sohn deiner Mutter gehandelt.*

Zum Zeitpunkt dieses Gesprächs war Itami achtzig Jahre alt. Es hat vor drei Jahren stattgefunden, genau eine Stunde vor dem Zeitpunkt, als Akiko vom Erdboden verschluckt wurde. Sechs Monate später ist auch Itami tot. Bei ihrem Begräbnis hat Nicholas das Bild von Kirschblüten vor Augen, die auf dem Höhepunkt ihrer Schönheit zu Boden schweben und unter den Füßen fröhlich spielender Kinder zertrampelt werden.

Zwar schirmt die Narkose Nicholas gegen alle Sinneswahrnehmungen von außen ab, aber den Schmerz in seinem Innern kann sie nicht betäuben. Er sieht das langsam schlagende Herz seiner kleinen Tochter vor sich, die, zerbrechlich und transparent wie eine kostbare Ming-Vase, vor ihm liegt. Drei nervenzermürbende Wochen lang wird sie nur mit Hilfe komplizierter medizinischer Apparaturen am Leben erhalten. Bis zum letzten Augenblick kämpft sie tapfer um ihr junges Leben, bis es endgültig erlischt.

Wie in einem Film wird Nicholas Zeuge von Justines stummer Trauer. Nie hätte er gedacht, daß ein Mensch so viele Tränen vergießen könnte. Monatelang ist sie untröstlich. Es scheint, als hätte für sie die Welt zu existieren aufgehört.

Und wie trauert Nicholas? Nicht mit Tränen; auch nicht, indem er sich völlig in sich selbst zurückzieht – nein, er wird von schrecklichen Träumen heimgesucht.

Er ist von undurchdringlichem Dunst umgeben. Haltlos und ohne jede Orientierung stürzt er unaufhaltsam in die Tiefe. Immer weiter, immer tiefer. Bis er einen gräßlichen Schrei ausstößt – und erwacht. Sein schweißgebadeter Körper ist in sich zusammengekrümmt. Nacht für Nacht schreckt er so aus dem Schlaf hoch; und dann liegt er lange wach, leckt sich die salzigen Lippen und starrt zur Decke hoch, in den undurchdringlichen Dunst.

Verzweifelt stürzt sich Nicholas in seine neue Arbeit; sie ist auch der Grund, weshalb er nach Akikos Tod in Japan geblieben ist: Tomkin Industries, das Unternehmen, das er von Justines Vater geerbt hat, hat mit dem kürzlich umbenannten Konzern Sato International fusioniert. Dessen Leiter Tanzan Nangi und Nicholas sind rasch Freunde geworden.

Gemeinsam haben sie einen revolutionären Sphynx T-PRAM Computerchip entwickelt, der beliebig programmierbare Arbeitsspeicherfunktionen ermöglicht. In Computer-Fachkreisen sorgt eine solche Erfindung selbstverständlich für einiges Aufsehen, und entsprechend groß sind auch die Gewinne, die mit so einer Erfindung zu machen sind. Unter anderen hatte auch schon IBM Interesse an dem neuen Chip gezeigt und als Gegenleistung eine Zusammenarbeit mit seiner hervorragenden Forschungs- und Entwicklungsabteilung angeboten. Motorola hatte den beiden eine äußerst profitable Partnerschaft vorgeschlagen. Obwohl die Urheberrechte an solchen Neuentwicklungen streng geschützt sind, wird natürlich immer wieder versucht, sie unerlaubt zu kopieren; um so mehr wunderte es Nicholas und Nangi, daß dem Geheimnis ihres neuen Wunderchips bisher noch niemand auf die Spur gekommen war.

Und deshalb entschieden sie sich, auf eigene Faust weiterzumachen.

Da Justine sich noch immer ganz in sich zurückgezogen hat, verbringt Nicholas immer mehr Zeit mit Nangi. Vermutlich wäre das noch eine ganze Weile so weitergegangen, hätten ihn nicht zunehmend diese gräßlichen Kopfschmerzen geplagt. Genau genommen waren natürlich nicht die Kopfschmerzen das Problem, sondern ihre Ursache: der Tumor.

Er ist zwar gutartig, muß aber wegen seines fortschreitendes Wachstums auf jeden Fall entfernt werden. Diese neue Krisensituation reißt schließlich auch seine Frau aus der Erstarrung, in die der Tod ihrer kleinen Tochter sie gestürzt hat. Als ihr bewußt wird, daß sie noch immer gebraucht wird, findet Justine endlich wieder den Weg ins Alltagsleben zurück. Während sie auf die medizinischen Untersuchungsergebnisse und anschließend die Operation warten, finden die beiden wieder zueinander. Allerdings will Justine unter diesen Umständen auf keinen Fall schon wieder eine Schwangerschaft eingehen.

Die Narkose ist wie ein dicker, weicher Teppich, auf dem Nicholas einer ungewissen Zukunft entgegengeht. In dieser Hinsicht ist sie wie das Leben und somit das genaue Gegenteil von *Michi*, dem Weg, der genauestens festgelegt ist.

Nicholas schaut in das Engelsgesicht seiner Tochter, die in seiner Erinnerung für immer weiterleben wird, und zum erstenmal verspürt er den Wunsch, von *Michi*, seinem Weg, abzuweichen. Er möchte sein Karma ändern. Früher hat er sein Schicksal wie eine Weidenrute nach seinen Bedürfnissen zurechtgebogen. Aber mittlerweile möchte er es entzweibrechen und zu einem Werkzeug machen, das ganz seinem Willen unterworfen ist.

Das ist es, wonach er sich sehnt, wenn er sich verzweifelt darum bemüht, Zugang zum Wesen seiner Tochter zu finden; wenn er versucht, die wenigen Tage, die ihr auf dieser Erde vergönnt waren, wie zarte Blüten vor dem Verfall zu bewahren. Er ist von dem unstillbaren Verlangen besessen zu ergründen, was ihr die Kraft zu leben verliehen hat, was sie zum Weinen gebracht hat und was zum Lachen.

Aber alle seine Bemühungen sind zu kläglichem Scheitern

verurteilt. Obwohl er sich wie ein Gott über die Grenzen von Raum und Zeit hinwegsetzt, gelingt es ihm nicht, das Wesen seiner kleinen Tochter zu ergründen und festzuhalten; immer wieder von neuem zerrinnt es ihm wie eine Handvoll Sand zwischen den Fingern. Und erst jetzt, ganz mit sich allein und mit der Tatsache seines endgültigen Scheiterns konfrontiert, tut er etwas, wozu er zwei Jahre nicht imstande war.

Er vergießt bittere Tränen um seine kleine Tochter...

Beim Erwachen aus der Narkose umgab ihn blendende Helle. In einem Anfall von heftiger Panik glaubte er sich wieder in den undurchdringlichen Dunst seiner Träume versetzt, durch den er wie ein Stein unaufhaltsam ins Nichts stürzte.

Auf seinen gellenden Schrei hin kamen mit laut quietschenden Sohlen die Schwestern herbeigestürzt. Von einer entsetzlichen Panik gepackt, schreckte auch Justine aus dem Schlaf hoch; sie hatte gar nicht bemerkt, daß sie, seine Hand haltend, an seiner Seite eingenickt war. Unbewußt hatte sie dabei ihren Daumenballen auf den Adern auf seinem Handrücken ruhen lassen, um seinen schleppenden Puls zu fühlen – genau so, wie sie vor drei Jahren verzweifelt den Puls ihrer todgeweihten Tochter beobachtet hatte.

Ohne Justine irgendwelche Beachtung zu schenken, drängten sich die Schwestern an ihr vorbei an das Krankenbett. Durch diese harmlose Geste wurde Justine jedoch mit schmerzlicher Deutlichkeit bewußt, wie überflüssig sie im Augenblick war.

Beim Erwachen aus der Narkose hatte Nicholas wie wild um sich geschlagen und sich Tropf und Katheter herausgerissen. Beruhigend redeten die Schwestern auf ihn ein. Obwohl sich Justine bereits drei Jahre in Japan aufhielt, beherrschte sie die Landessprache noch immer nur so bruchstückhaft, daß sie kein Wort von dem verstand, was die Schwestern sagten. Das verstärkte noch ihr Gefühl des Ausgeschlossenseins. Denn sie spürte sehr deutlich die seltsame Intimität zwischen ihrem Mann und diesen jungen Japanerinnen, die ihn nicht nur badeten und rasierten, sondern sogar seine Verdauung überwachten.

Justine stellte sich auf die Zehenspitzen und versuchte, über die Schultern der Schwestern einen Blick auf ihren Mann zu erhaschen. Sie hatte schreckliche Angst um Nicholas, und gleichzeitig stieg heftige Verzweiflung in ihr auf, so vollkommen hilflos an seiner Seite stehen zu müssen, ohne ihm helfen zu können.

Nicholas durfte nicht sterben! Ihr wurde plötzlich schrecklich kalt ums Herz. Es war Winter; draußen lag Schnee. Obwohl es warm im Raum war, hatte sie den Mantel nicht abgelegt. Ihr war in letzter Zeit fast ständig kalt. Mein Gott, laß ihn nicht sterben, betete sie. Sie war nicht religiös; sie wußte nicht einmal, ob sie an Gott glaubte. Aber in ihrer momentanen Hilflosigkeit konnte sie nur noch beten. Das war zumindest etwas, was sie für Nicholas tun konnte. Und dieses Wissen war ihr sogar ein schwacher Trost.

»Was ist mit meinem Mann?« fragte sie in stockendem Japanisch.

»Es besteht kein Grund zur Beunruhigung«, versicherte ihr die Stationsschwester ausweichend.

Es war doch in allen Krankenhäusern das gleiche, dachte Justine. Nie erhielt man eine klare Antwort auf seine Fragen. Und während sich die Schwestern weiter um Nicholas kümmerten, fragte sich Justine wieder einmal, was sie in diesem Land überhaupt wollte. Anfangs hatte sie dem Plan, in Japan zu bleiben, begeistert zugestimmt. Zum einen war das natürlich Nicks sehnlichster Wunsch gewesen. Zum anderen hatte jedoch gerade zu diesem Zeitpunkt ihr damaliger Chef Rick Millar geplant, in Tokio eine neue Zweigstelle seiner Werbeagentur zu eröffnen. Das Ganze hätte sich also kaum besser fügen können.

In der Praxis entpuppte es sich dann jedoch als wesentlich unerfreulicher. Da war zum einen das Problem, daß Justine Ausländerin war; in Japan eine Firma zu gründen, die sich nicht wenigstens zum Teil in japanischer Hand befand, war mehr oder weniger ein Ding der Unmöglichkeit. Rückblikkend wurde Justine nur zu deutlich bewußt, daß sie es nur Tanzan Nangis und Nicks Einfluß zu verdanken hatte, daß ihr Projekt nicht von vorneherein gescheitert war. Es war wirklich erstaunlich, wieviel Einfluß Nick in Japan hatte, obwohl er selbst ein Fremder im Land war. Trotzdem begegneten ihm alle Japaner mit einem Respekt, wie sie ihn sonst eigentlich nur ihren eigenen Landsleuten gegenüber an den Tag legten. Zum Teil lag das natürlich an Nick selbst; zum Teil war es jedoch auch darauf zurückzuführen, daß er der Sohn des Colonel war.

Colonel Dennis Linnear war während des Zweiten Weltkriegs mit den britischen Streitkräften in Singapur stationiert gewesen, wo er auch Nicholas' Mutter Cheong kennengelernt hatte. Aufgrund seiner erstaunlichen Vertrautheit mit der japanischen Mentalität wurde er nach dem Krieg in General MacArthurs Stab im Hauptquartier der Besatzungstruppen in Tokio berufen.

Der Colonel war ein höchst ungewöhnlicher Mann – eine Eigenschaft, die auch den Japanern nicht lange verborgen blieb. Selbst in höchsten japanischen Regierungskreisen sollte sein Wort schon bald sehr viel gelten. Nach seinem Tod wohnten seinem Begräbnis kaum weniger Menschen bei als dem eines japanischen Kaisers.

Ungeachtet der günstigen Ausgangsposition, die ihr das Ansehen Nicks und seines Vaters verschafften, wurde Justine der Einstieg ins Geschäftsleben ganz erheblich dadurch erschwert, daß sie eine Frau war. Soviel man jedoch neuerdings auch über die Emanzipationsbestrebungen der Japanerinnen lesen mochte, änderte dies nichts an der Tatsache, daß Frauen weiterhin als Bürger zweiter Klasse betrachtet wurden. Zwar wurden sie mittlerweile am Arbeitsplatz geduldet, aber von einem Aufstieg in verantwortungsvollere Positionen konnte keine Rede sein. Justine sollte dies schon sehr bald am eigenen Leib zu spüren bekommen. Sie mußte feststellen, daß sie trotz aller Bemühungen keine brauchbaren Mitarbeiter für ihre Werbeagentur gewinnen konnte – und dies einzig und allein aufgrund der Tatsache, daß sie eine Frau war. Es hätte keinen halbwegs talentierten Japaner gegeben, der sich um eine Anstellung in Justines Agentur beworben hätte. Als sie daraufhin nur Frauen einstellte, fand sich niemand, der ihr einen Auftrag erteilte. Kein Japaner hätte einer Firma sein Vertrauen geschenkt, in der nur Frauen arbeiteten. Nach achtzehn Monaten war die Firma am Ende.

»Das tut mir außerordentlich leid für Sie«, hatte ihr Rick Millar daraufhin am Telefon versichert. »Ich weiß, daß Sie Ihr Bestes getan haben. Sie können selbstverständlich sofort wieder in Ihren alten Job einsteigen, falls Sie sich dazu entschließen sollten, wieder nach Hause zu kommen. Gute Werbefachleute sind nicht leicht zu finden.«

Nach Hause.

Wenn sie in Nicks blasses Gesicht schaute – oder was davon unter dem dicken Verband noch zu erkennen war –, dann wünschte sie sich nur noch eines: nach Hause zurückzukehren.

Erstes Buch

ZWIELICHT
USUAKARI

Durch die Läden kam sie herein,
des Herbstes eigene Gestalt:
das Flackern der Kerzenflamme.

RAIZAN

Sommer, Gegenwart

Tanzan Nangi, der Konzernchef von Sato International, konnte den Zeitpunkt, zu dem die Gegenseite zum Angriff ansetzte, fast auf die Sekunde genau festlegen.

In seinem Büro in der obersten Etage des dreieckigen Shinjuku Suiryu-Gebäudes, zweiundfünfzig Stockwerke über dem hektischen Getriebe des Zentrums von Tokio, schaute Nangi auf die Wolkenkratzer aus Beton und Glas hinaus. Dabei streifte sein Blick über die Pflanze auf dem Fensterbrett – ein Zwergrhododendron mit zarten, dunkelgrünen Blättern und winzigen purpurnen Knospen. Die ersten Blüten des Sommers. Sie waren an diesem Morgen aufgegangen – gerade, als der Angriff kam.

Nangi hatte gerade verschiedene Daten in seinem Computer abgefragt, als sich das Virus bemerkbar machte, das auf bisher unerklärliche Weise in das Computernetz des Konzerns eingeschleust worden war und sich in sämtlichen Programmen breitgemacht hatte. Durch einen vorher programmierten Auslöser aktiviert, begann es dann, sämtliche Schlüsseldaten von Sato International zu vernichten.

Hilflos mußte Nangi zusehen, wie sich die Daten auf seinem Bildschirm in ein unverständliches Buchstaben- und Zahlengewirr auflösten, das weder für ihn noch für die unverzüglich herbeigerufenen Computerspezialisten entzifferbar war.

Es gelang den Computerfachleuten auch nicht, das Virus unter Kontrolle zu bringen. »Es handelt sich hier um ein ganz spezielles Virus«, erklärten sie ihm, »das sich ständig verändert. Selbst wenn es uns gelänge, seine Schwachstelle festzustellen, würde uns das nichts nützen; bis wir nämlich die entsprechenden Gegenmaßnahmen ergreifen könnten, hätte sich das Virus bereits wieder von Grund auf verändert.«

»Wie ist es in unser Netz gelangt?« wollte Nangi wissen.

»Ich dachte, es wäre gegen das Eindringen solcher Viren geschützt.«

»Das ist richtig«, bestätigten ihm die Techniker achselzukkend. »Aber Hacker verfügen leider über unendlich viel Zeit und, wie es scheint, auch über einen nicht zu bremsenden Ehrgeiz, solche Sicherungssysteme zu knacken.«

Nangi wollte schon eine sarkastische Bemerkung über den Ehrgeiz seiner Techniker fallenlassen, als sich die zerstörten Daten plötzlich wieder neu auf dem Bildschirm zu formieren begannen. Nachdem er sich flüchtig davon überzeugt hatte, daß sie tatsächlich noch intakt waren, überließ er den Technikern das Feld. Zur allgemeinen Erleichterung stellte sich schon bald heraus, daß sämtliche Programme wieder ordnungsgemäß funktionierten. Das Virus hatte sich aufgelöst. Sie waren also noch einmal glimpflich davongekommen. Andererseits stand für Nangi jedoch außer Zweifel, daß sich irgend jemand Zugang zu streng geheimen Firmendaten verschafft hatte. Da jedoch bisher noch keine dieser Daten von einem Außenstehenden abgefragt worden waren, glaubte Nangi, einen Fall von Industriespionage vorerst ausschließen zu können; es schien im Augenblick wahrscheinlicher, daß es sich dabei um das Werk eines Hackers handelte, dem es lediglich darum gegangen war, das komplizierte Sicherungssystem zu knacken. Trotzdem war Nangi zutiefst beunruhigt. Er ließ das Sicherungssystem einer gründlichen Überprüfung unterziehen, um zu verhindern, daß sich dieser Vorfall noch einmal wiederholte.

Der Zwischenfall mit dem Virus hatte sich gleich nach Arbeitsbeginn ereignet. Danach war alles nur noch schlimmer geworden.

Kein Wunder also, daß Nangi während der Vorstandssitzung, die später an diesem Vormittag abgehalten wurde, die meiste Zeit nur abwesend vor sich hinstarrte. Seine knotigen Hände krampften sich so fest um den drachenköpfigen Jadeknauf seines Gehstocks, daß sich die Haut über den Knöcheln schneeweiß verfärbte und die bläulich schimmernden Adern noch deutlicher hervortraten.

Diese wöchentlich abgehaltenen Vorstandssitzungen gingen auf einen Vorschlag von Nicholas zurück. Zum einen wurden bei dieser Gelegenheit die Ergebnisse der jeweils am Vortag stattfindenden Direktorenkonferenzen ausgewertet; zum anderen dienten sie dem Zweck, die individuellen Zielsetzungen der einzelnen Tochterunternehmen auf bestmögliche Weise mit den übergeordneten Interessen des *Keiretsu*, des Konzerns, in Einklang zu bringen. Dies war gerade jetzt von besonderer Wichtigkeit. Seit nämlich Sato International von Hyrotech Inc. die Rechte für die Serienproduktion wichtiger Schlüsselelemente des neuen HIVE-Brain-Computers erworben hatte, taten sich für den Konzern völlig neue Zukunftsperspektiven auf. Ganz abgesehen von den enormen Gewinnen, die zu erwarten waren, bedeutete diese Regelung auch einen enormen Prestigezuwachs für Sato International, das damit als einziges japanisches Unternehmen an der Durchführung des ehrgeizigen HIVE-Projekts beteiligt war.

Nicholas, dachte Nangi. Es war Nicholas, dem sie diesen Großauftrag zu verdanken hatten. Er hatte die langwierigen Verhandlungen mit der amerikanischen Hyrotech Inc., die von der amerikanischen Regierung mit der Serienproduktion dieses revolutionären Computertyps beauftragt worden war, erfolgreich zum Abschluß gebracht.

Das war jedoch nur einer der zahlreichen Verdienste, die sich Nicholas um den Konzern erworben hatte. Schon lange, bevor Nicholas in den Vorstand berufen worden war, war sich Nangi sehr deutlich der Notwendigkeit bewußt gewesen, sämtliche im Sato-Konzern vereinten Unternehmen zu einem perfekt aufeinander eingespielten Ganzen zusammenzuschweißen. Aber es war Nicholas gewesen, der schließlich den Vorschlag gemacht hatte, damit noch einen Schritt weiter zu gehen und die Direktionen der einzelnen Tochterunternehmen in der Konzernleitung in Tokio zusammenzufassen und zu koordinieren.

Nangi war sehr wohl bewußt, daß dieser Vorschlag im Grunde genommen dem japanischen Denken sehr nahestand, da dadurch jedes Einzelunternehmen in dem Bewußtsein bestärkt wurde, Teil eines großen Ganzen zu sein.

Schon drei Monate nach Einführung dieser neuen Direktorenkonferenzen hatte Nangi eine erhebliche Produktivitätssteigerung unter den Leitern der einzelnen Tochtergesellschaften feststellen können. Seine Zufriedenheit über diese Entwicklung war so enorm, daß er sich veranlaßt fühlte, sie mit Nicholas zu teilen. Die Geste, mit der er dies tat, war für einen Japaner höchst ungewöhnlich.

Er lud Nicholas in sein Lieblingsrestaurant ein. Dabei handelte es sich eigentlich um eine Art Privatclub der höchsten japanischen Wirtschaftsbosse, der so exklusiv und teuer war, daß dort nicht einmal Vertreter der japanischen Regierung Zugang fanden. Doch das vorzügliche Essen war nicht der Grund, weshalb man dieses Restaurant aufsuchte; sein Hauptanziehungspunkt war die Atmosphäre, die dort herrschte – diskret, exklusiv, vertraulich, ideal für eine lange Nacht, in der der Alkohol in Strömen floß.

Für einen Japaner war es eine sehr ungewöhnliche Geste, einen Ausländer zu einem gemeinsamen Besäufnis einzuladen. Denn gerade für die Japaner, deren Leben extrem strengen gesellschaftlichen Konventionen unterworfen ist, nimmt der Alkohol eine enorm wichtige Ventilfunktion ein. Im betrunkenen Zustand kann sich ein Japaner alles erlauben – er darf sich über Dinge äußern, die sonst streng tabu sind; er darf hemmungslos sentimental werden und sogar weinen. Das liegt dann eben am Alkohol. In betrunkenem Zustand ist alles erlaubt, und es wird alles verziehen.

Im Zuge dieses Besäufnisses war Nangi dann auch klargeworden, weshalb Colonel Dennis Linnear von den Japanern so hochgeschätzt worden war und weshalb er im Gegensatz zu den anderen Angehörigen der Besatzungstruppen nicht als *Iteki*, als Barbar, betrachtet wurde. Colonel Linnear war ein höchst ungewöhnlicher Mann gewesen. Und sein erstaunliches Einfühlungsvermögen in die japanische Psyche war auch auf seinen Sohn Nicholas übergegangen, der, halb Asiate, halb Engländer, mit der östlichen Denkungsart ebensogut vertraut war wie mit der westlichen.

Tanzan Nangi, hochdekorierter Kriegsheld, bis vor zehn Jahren stellvertretender Leiter des enorm einflußreichen Ministeriums für Industrie und Handel, anschließend Gründer und Vorsitzender der Daimyo Development Bank und mittlerweile Konzernleiter von Sato International – dieser Tanzan Nangi also hätte nie gedacht, daß er je für einen Europäer freundschaftliche Gefühle empfinden könnte. Genaugenommen hatte er es sogar für vollkommen ausgeschlossen gehalten, daß so etwas überhaupt möglich sein könnte. Und trotzdem hatte er in jener langen Nacht Nicholas wie einen Sohn ins Herz geschlossen, ohne daß ihm das zu diesem Zeitpunkt freilich schon in vollem Umfang zu Bewußtsein kam.

Obwohl Nangi einer der mächtigsten Männer Japans war, schämte er sich dieser Zuneigung nicht. Nicholas verfügte über enormes *Hara*, jene essentielle Lebensenergie, der von den Japanern enorme Bedeutung beigemessen wird. Außerdem war bedingungslos auf ihn Verlaß. Den Beweis hierfür hatte Nicholas vor drei Jahren erbracht: Damals hatte er sich mit allem ihm zu Gebote stehenden Mitteln für Nangis alten Freund Seiichi Sato eingesetzt und sich sogar unter der Folter geweigert, den Russen wichtige Geheimdaten über das Tenchi-Projekt zu verraten. Tanzan Nangi sah in Nicholas einen Mann von absoluter Integrität. Und das war die höchste Anerkennung, die ein Japaner einem anderen Menschen zuteil werden lassen konnte.

Als Nicholas ins Krankenhaus eingeliefert wurde, hatte Nangi nach außen hin nur wenig Anteilnahme gezeigt. So erforderte es die Konvention. In Wirklichkeit stellte Nichoalas' Erkrankung jedoch einen schweren Schlag für Nangi dar, und zwar sowohl in persönlicher als auch in beruflicher Hinsicht. Wie zu erwarten, hatte Justine mit völligem Unverständnis auf Nangis Verhalten reagiert; sie war davon ausgegangen, sein Platz wäre, genau wie der ihre, an Nicholas' Seite. Dieses Mißverständnis ihrerseits hatte ihre sowieso nicht ganz unproblematische Beziehung noch zusätzlich belastet. Zu Nangis Bedauern konnte sie nicht verstehen, daß es auf keinen Fall in Nicholas' Interesse gewesen wäre, wenn er in der Sorge um ihn seine Aufgaben als Konzernchef vernachlässigt hätte.

Es war schon schlimm genug, mit dem Wissen leben zu müssen, daß das Gehirn seines Freundes von einem Tumor befallen war. Gänzlich unverzeihlich wäre es ihm jedoch erschienen, darüber auch noch die Konzernleitung zu vernachlässigen und damit die Durchführung des neuen Sphynx T-PRAM-Projekts zu gefährden. Nangi bedauerte sehr, daß Nicholas mit einer Frau verheiratet war, der offensichtlich jedes Gespür für die Feinheiten der japanischen Psyche fehlte. Allerdings wäre er nie auf die Idee gekommen, sich in diesem Zusammenhang auch einmal zu fragen, welche Rolle eigentlich er in dieser Beziehung spielte.

Während Nangi nun also gedankenversunken aus dem Fenster schaute, ohne dem weiteren Verlauf der Vorstandssitzung zu folgen, stiegen böse Vorahnungen in ihm auf. Er sah in dem Zwischenfall mit dem Computervirus ein böses Omen. Das Problem hatte sich zwar kurz darauf scheinbar wie von selbst gelöst, aber darin sah Nangi nichts weiter als die Ruhe vor dem großen Sturm. Nangi konnte ganz deutlich spüren, wie sich irgendwo dort draußen ein gewaltiger, alles zerstörender Orkan zusammenbraute und unaufhaltsam auf ihn zukam.

Der Vergleich mit einem Orkan war durchaus zutreffend, da das anrückende Unheil nämlich bereits einen Namen hatte: Kusunda Ikusa.

Der Anruf war vor einer Stunde gekommen. Genausogut hätte seitdem eine Ewigkeit vergangen sein können. Schlagartig hatte sich mit diesem Anruf alles verändert.

»Mr. Nangi? Hier spricht Kusunda Ikusa.« Nüchtern und unpersönlich kam die Stimme aus dem Hörer. »Ich soll Ihnen die Grüße des neuen Kaisers überbringen.«

Nangis Hand legte sich mit ungewohnter Festigkeit um den Hörer. »Ich hoffe, Seine Kaiserliche Hoheit befinden sich wohlauf.«

»Gewiß, gewiß. Besten Dank.« Darauf trat eine kaum merkliche Pause ein – das untrügliche Zeichen, daß der Austausch von Höflichkeiten hiermit beendet war. »Wir hätten gern über einen ganz bestimmten Punkt mit Ihnen gesprochen.«

Nangi wußte nicht, ob mit ›wir‹ der Kaiser selbst oder

Nami gemeint war. Vielleicht war diese Unterscheidung jedoch nur von untergeordneter Bedeutung, da allgemein bekannt war, daß Nami, die Woge, den kaiserlichen Willen in die Tat umsetzte. Im Fall des alten Kaisers hatte das mit Sicherheit zugetroffen. Und nicht umsonst wurden immer häufiger Stimmen laut, daß die wahre Macht in Japan in den Händen von Nami lag. Seine Mitglieder waren wesentlich besser als der Premierminister oder irgendein Kabinettsmitglied über die jeweilige Stimmung in der japanischen Öffentlichkeit informiert, und es war ein offenes Geheimnis, daß alle Fäden der Macht in den Händen von Nami zusammenliefen – ein Umstand, der Nangis tiefste Besorgnis weckte.

Nami war eine Gruppe von sieben Männern, die ohne Ausnahme den alteingesessenen und angesehenen Familien entstammten, in deren Händen sich vor und während des Zweiten Weltkriegs alle Macht im Lande konzentriert hatte. Sie waren weder Politiker noch Geschäftsmänner; deren banale Ziele und Probleme hätten sie als weit unter ihrer Würde erachtet.

Nach außen hin betrachteten es die Mitglieder von Nami als ihre vordringlichste Pflicht, über die Aufrechterhaltung der alten Ideale von sittlicher Integrität und bedingungsloser Unterordnung unter die Ziele des Gemeinwohls zu wachen. Allerdings war bereits die Art und Weise, in der Nami an die Macht gelangt war, ein augenfälliges Beispiel dafür, daß es auch seine Mitglieder mit den von ihnen vertretenen Prinzipien der absoluten Uneigennützigkeit und Unbestechlichkeit nicht ganz so ernst nahmen. Anfang der achtziger Jahre erlebte Japan einen stürmischen wirtschaftlichen Aufschwung, der vorwiegend auf dem weltweiten Erfolg japanischer Produkte auf dem internationalen Kraftfahrzeug-, Elektronik- und Softwaremarkt basierte. Vor vier Jahren hatte jedoch der Yen auf dem internationalen Währungsmarkt einen so starken Kursanstieg erfahren, daß dies die Besorgnis von Nami weckte. Man befürchtete – übrigens völlig zu Recht –, daß eine weitere Aufwertung des Yen eine erhebliche Verteuerung der japanischen Exportartikel auf dem

Weltmarkt nach sich ziehen würde. Und dies wiederum hätte notgedrungen einen erheblichen Rückgang des Außenhandels zur Folge gehabt.

Um also einem daraus resultierenden Konjunktureinbruch entgegenzuwirken, hatte Nami dazu geraten, in Japan einen künstlich hervorgerufenen Grundstücksboom einzuleiten. Dabei ging man von der Überlegung aus, daß der zu erwartende Exportrückgang am besten abzufangen wäre, indem man die Wirtschaft des Landes auf eine neue Basis stellte.

Kurzfristig betrachtet, erwies sich diese Maßnahme als durchaus richtig; allerdings lief dieser neue Grundstücksboom Gefahr, über Nacht in sich zusammenzubrechen. Tanzan Nangi hielt solche künstlich eingeleiteten Wirtschaftsprozesse für höchst fragwürdig. Was eine marode Wirtschaft über Nacht am eigenen Schopf aus dem Sumpf zu ziehen vermochte, konnte ihr ebenso rasch zum endgültigen Verhängnis werden. Japans Wirtschaft stand im Augenblick also auf des Messers Schneide.

Nach dem Tod des alten Kaisers hatte Nami die fast unanfechtbare Machtposition, zu der es sich durch den vorläufigen Erfolg seiner fragwürdigen Wirtschaftsmaßnahmen aufgeschwungen hatte, endgültig festigen können. Niemand traute Hirohitos Nachfolger zu, die kaiserliche Macht weiterhin überzeugend zu repräsentieren. Nun trat Nami auf den Plan – sozusagen, um das Kaisertum und die damit verbundenen Ideale vor dem drohenden Verfall zu bewahren.

Allerdings war das Eingreifen Namis in nationale Belange höchst zweifelhafter Natur. In Tanzan Nangis Augen hatte nämlich Nami seinen enormen Machtzuwachs vor allem den dunklen Machenschaften seiner machthungrigen Mitglieder zu verdanken, die zur Durchsetzung ihrer Ziele bedenkenlos von den Prinzipien von *Makoto* abgewichen waren, die sie nach außen hin so nachdrücklich propagierten. *Makoto* stand für absolute Unbestechlichkeit und Uneigennützigkeit im Handeln. Von diesen hehren Idealen war jedoch bei den Mitgliedern von Nami nichts mehr zu spüren; im Gegenteil, sie waren in ihrer Machtbesessenheit geradezu blind für die wahren Ursachen der nationalen Probleme geworden. Die Arroganz der Macht und die damit einhergehende Verblendung waren typisch amerikanische Erscheinungsformen, und die Tatsache, daß sie im wahren Machtzentrum Japans bereits so tief verankert waren, weckte in Nangi schon seit langem tiefste Besorgnis.

Das wahre Ausmaß von Namis Macht war jedoch erst mit der Amtsübernahme des neuen Kaisers in vollem Umfang sichtbar geworden. Obwohl diesem Ereignis in den Medien in einem für japanische Verhältnisse bisher einzigartigen Umfang Rechnung getragen worden war, maßen ihm die Mitglieder von Nami keinerlei Bedeutung bei; die wahre Macht im Staat war längst stillschweigend in ihre Hände übergegangen, während der neue Kaiser nur noch ein reines Marionettendasein führte.

Dieser Sachverhalt entsprach in etwa der im Westen gängigen Vorstellung, wo man dem Kaiser, ähnlich der englischen Königin, lediglich eine repräsentative Funktion beimaß. Diesbezüglich wäre Nangi sicher anderer Meinung gewesen. Für ihn lag noch immer alle Macht in den Händen des Kaisers.

»Selbstverständlich ist es mir eine große Ehre, dem kaiserlichen Willen zu Diensten sein zu dürfen«, erwiderte Nangi fast automatisch. »Ich hätte morgen nachmittag um fünf noch einen Termin frei. Wenn Sie mich dann vielleicht in meinem Büro aufsuchen könnten, damit wir...«

»Diese Angelegenheit ist außerordentlich dringend«, unterbrach ihn Ikusa.

Als ehemaliger stellvertretender Leiter des Handelsministeriums kannte Nangi die entsprechenden Codewörter nur zu gut; in besonders dringenden Notsituationen hatte auch er das eine oder andere Mal auf sie zurückgegriffen. Eines stand für ihn mittlerweile jedenfalls fest: Ikusas Anruf hatte einen ebenso dringenden wie unerfreulichen Grund. Doch unerfreulich für wen? Für Nami oder für ihn selbst?

»Ich werde weder in Ihr Büro kommen«, fuhr Ikusa fort, »noch werde ich Sie bitten, mich in meinem aufzusuchen. Statt dessen möchte ich Ihnen einen entspannenden Aufenthalt im Shakushi-*furo* vorschlagen. Kennen Sie dieses Badehaus, Nangi-san?«

»Ich habe davon gehört.«

»Waren Sie auch schon dort?« Zum erstenmal wurde sich Nangi der Anspannung in Ikusas Stimme bewußt.

»Nein.«

»Gut«, sagte Kusunda Ikusa. »Auch ich kenne es bisher nur vom Hörensagen. Könnten wir uns dort morgen um fünf treffen?« Die kurze Pause, die Ikusa darauf eintreten ließ, diente vor allem dem Zweck, Nangi seine Überlegenheit zu demonstrieren. Daß er das schon so früh nötig zu haben schien, konnte nichts Gutes bedeuten. Schließlich fügte Ikusa noch hinzu. »Ich brauche Sie wohl nicht ausdrücklich darauf hinzuweisen, daß ich in dieser Angelegenheit auf strengste Diskretion dringen muß.«

Nangi ließ sich seinen Ärger über diesen Affront nicht anmerken, sondern erwiderte nur mit ausgesuchter Höflichkeit: »Aber das versteht sich doch von selbst.«

»Alles weitere besprechen wir morgen um fünf.«

Nachdem Ikusa aufgehängt hatte, fragte sich Nangi, ob Ikusa bei der Wahl ihres Treffpunkts einen ganz bestimmten Hintergedanken verfolgt hatte. Shakushi bedeutete eigentlich Schöpfkelle und war deshalb in Japan ein gebräuchlicher Name für ein Badehaus, wo man nach dem Einseifen aus großen Schöpfkellen mit Wasser übergossen wurde. Aber Shakushi hatte noch eine andere Bedeutung: strikte Einhaltung der Vorschriften.

Cotton Branding schlenderte über den weiten, sichelförmigen Strand. Jedesmal, wenn die eisige Brandung seine nackten Knöchel umspülte, gruben sich seine Zehen tief in den weichen Sand.

Vom Meer wehte eine steife Brise. Mit einer sehnigen Hand strich sich Branding eine widerspenstige Locke seines schmutzigblonden Haars aus dem Gesicht. Irgendwo in seinem Rücken hörte er das vertraute Knattern eines Hubschraubers – ein untrügliches Zeichen dafür, daß im East End von Long Island der Sommer angebrochen war.

Branding war ein großer, leicht gebeugt gehender Mann

Ende fünfzig. Das hervorstechendste Element in seinem Gesicht, das auf eine Abstammung wie die der Kennedys hindeutete, waren seine hellblauen Augen. Sie strahlten eine fast unschuldige Offenheit aus, wie sie zum Rüstzeug eines jeden amerikanischen Politikers gehörte. Gleichzeitig haftete seinem ganzen Habitus eine unübersehbare Autorität an, die ihn auf den ersten Blick als einen Mann auswies, dessen Position nur an den Schalthebeln der Macht sein konnte.

Vermutlich traf auf ihn eher die Bezeichnung attraktiv als gutaussehend zu. Man konnte ihn sich sehr gut am Ruder einer von Newport auslaufenden Jacht vorstellen, das wettergegerbte Gesicht in den Wind gereckt, die wissenden Augen gegen die Sonne zusammengekniffen. Darüberhinaus strahlte Branding jedoch noch etwas anderes aus – etwas, das nur mit der Ausübung von Macht einherging. Geringere Männer als er suchten entweder seine Nähe – und sei es nur, um in seinem Schatten zu stehen – oder versuchten, wie Douglas Howe, ihn mit allen Mitteln auf ihr Niveau herabzuziehen. Auch Frauen suchten seine Nähe, allerdings auf eine wesentlich direktere und körperlichere Art; sie schienen geradezu magisch von dem allgegenwärtigen Flair der Macht angezogen, das er ausstrahlte.

Wie das jedoch heutzutage unausweichlich ist, verdankte auch Branding seine Macht in ganz wesentlichem Umfang seinen Freunden. Zwar verfügte er auch unter seinen politischen Gesinnungsgenossen über weitgespannte und einflußreiche Beziehungen, aber seine wahren Freunde saßen in den Medien. Branding pflegte den Kontakt mit demselben Eifer, mit dem sie sich um seine Gunst bemühten. Vielleicht war er sich des symbiotischen Charakters dieser Beziehung von Anfang an bewußt gewesen; jedenfalls hatte er sich bereitwillig auf dieses lebenswichtige Wechselspiel von Geben und Nehmen eingelassen, sobald er sich einmal dazu durchgerungen hatte, sich um das Amt eines Senators zu bewerben und den damit verbundenen Medienrummel über sich ergehen zu lassen.

Die Medien liebten Branding. Zum einen gab er auf dem Bildschirm eine hervorragende Figur ab, zum anderen hatte er jederzeit ein paar griffige Sprüche parat, die sich bestens zitieren ließen. Und was das Wichtigste war: Er hielt seine Freunde beim Fernsehen ständig mit brandaktuellen Insiderinformationen auf dem laufenden, die ja die Grundvoraussetzung jeder journalistischen Arbeit darstellten. Branding war klug genug, sich mit den Berichterstattern gut zu stellen, damit diese vor ihren Redakteuren und Ressortleitern gut dastanden, die sich ihrerseits auf diese Weise wiederum bei ihren Intendanten Liebkind machen konnten. Als Gegenleistung bekam Branding von den Medien, was er am meisten brauchte – Publicity. Der Name Cotton Branding war im ganzen Land in aller Munde – ein Umstand, der ihm wesentlich mehr politisches Gewicht verlieh, als dies sein Amt als republikanischer Senator für New York und der Vorsitz über den Kontrollausschuß für Fiskalfragen gerechtfertigt hätten.

In einem Punkt war sich Branding seiner enormen Wirkung jedoch nicht bewußt. Oder genauer: Er hatte nicht in vollem Umfang von ihr Gebrauch gemacht. Immer wieder hatte ihn seine erst kürzlich verstorbene Frau auf die geradezu magische Anziehungskraft aufmerksam gemacht, die er auf Frauen ausübte. Branding hatte ihr jedoch nicht geglaubt oder vielleicht auch nicht glauben wollen.

Er war ein Mann, der fest an das amerikanische System der politischen Gewaltenteilung in Exekutive, Judikative und Legislative glaubte, in deren sorgfältig austariertem Machtgleichgewicht er den letztendlichen Garanten der freiheitlich-rechtlichen Grundordnung seines Landes sah. Ihm war nur zu deutlich bewußt, daß er sich mit der Entscheidung, Senator zu werden, in einen Bereich vorgewagt hatte, wo Machtmißbrauch und Korruption an der Tagesordnung waren. Immer umfangreicher wurde die Zahl derjenigen Amtskollegen, die sich wegen Betrugs verantworten mußten. Branding machte aus seinem Abscheu diesen Männern gegenüber kein Hehl. Fast schien es sogar, als betrachtete er ihr verantwortungsloses Verhalten als einen persönlichen Affront gegen seinen unerschütterlichen Glauben an die Grundwerte der amerikanischen Demokratie. Entsprechend war Branding immer einer der ersten, der diese Mißstände in unzähligen Pressekonferenzen aufs nachdrücklichste verurteilte. Auch dabei kamen ihm seine guten Beziehungen zu den Medien selbstverständlich sehr zugute.

Eine andere Sache war die sogenannte Interessenhausiererei – ein weiteres Problem, zu dem Branding in den Medien immer wieder seine Kommentare abgab. Die gesamte amerikanische Legislative funktionierte im Grunde genommen nur noch nach dem Grundsatz: Stimmst du für meinen Gesetzesentwurf, stimme ich für den deinen. War diese Grundvoraussetzung nicht gegeben, lief auf dem Capitol Hill absolut nichts mehr. Auch wenn Branding diese Entwicklung in keiner Weise befürwortete, so verstand er es doch, sich den Erfordernissen der Zeit anzupassen. Er war fest davon überzeugt, zum Wohl seiner Mitmenschen zu handeln – und zwar nicht nur zum Wohl seiner Wähler aus dem Wahlkreis New York, sondern dem aller Amerikaner. Und selbst wenn er vermutlich nie offen zugegeben hätte, daß der Zweck die Mittel heiligte, so hatte er diese Maxime doch stillschweigend seinem politischen Wirken zugrunde gelegt.

In diesem strengen, fast puritanischen Moralempfinden dürfte vermutlich auch der Ursprung von Brandings Abneigung gegen seinen Amtskollegen Senator Douglas Howe zu suchen gewesen sein. Howe war Vorsitzender des Senatsausschusses für Verteidigungsfragen und nutzte diese einflußreiche Stellung in Brandings Augen auf unverantwortliche Weise dazu aus, nicht nur den Kongreß, sondern sogar das Pentagon unter Druck zu setzen. Doch selbst damit gab Howe sich offensichtlich noch nicht zufrieden. Seit einiger Zeit wurden immer häufiger Stimmen laut, daß der Senator streng vertrauliche Geheiminformationen über das Privatleben bestimmter Generale zusammengetragen hatte und sich dieses Wissens von Zeit zu Zeit bediente, um sich besagte Militärs gefügig zu machen. Als entschiedener Gegner jeder Form von Machtmißbrauch sprach sich Branding daher in der Öffentlichkeit immer wieder mit allem Nachdruck gegen Howes unsaubere Praktiken aus.

Seine Frau Mary, grundsätzlich eine Befürworterin einer

weicheren Gangart, hatte ihm auch in dieser Angelegenheit zu einem diplomatischeren Vorgehen geraten. Das war nun einmal ihre Art gewesen – genauso, wie Branding noch nie zu denen gehört hatte, die mit ihrer Meinung hinter dem Berg hielten. Wenn es deshalb zwischen den beiden einmal zum Streit gekommen war, dann fast immer wegen ihrer von Grund auf verschiedenen Lebenseinstellungen.

Grundsätzlich war Cotton Branding jedoch stets darauf bedacht gewesen, berufliche Entscheidungen nicht durch persönliche Belange beeinflussen zu lassen. Nun hatte ihn jedoch Douglas Howe an einen Punkt gebracht, an dem er diesem Grundsatz untreu wurde und einen ebenso gefährlichen wie potentiell verhängnisvollen Weg einzuschlagen begann.

Howe hatte nämlich inzwischen zum Gegenschlag ausgeholt und versuchte nun seinerseits, Branding mit allen Mitteln zu diskreditieren und seine Zusammenarbeit mit der ASCRA, dem Amt für strategische Computerforschung, in Verruf zu bringen. Dabei wurde eine Menge schmutziger Wäsche gewaschen. Beide Kontrahenten waren in der Wahl ihrer Mittel nicht gerade wählerisch und beschuldigten sich gegenseitig des Betrugs, der Veruntreuung öffentlicher Gelder, der Schiebung und ähnlicher unsauberer Praktiken mehr. Die Auseinandersetzung zwischen den beiden Senatoren hatte darüber solche Ausmaße angenommen, daß sich Branding insgeheim zu fragen begonnen hatte, ob wohl überhaupt einer von ihnen unbeschadet aus dieser erbitterten Fehde hervorgehen würde.

Jedenfalls hatte ihn der Verlauf der letzten zwei Wochen in der Auffassung bestätigt, daß er in diesem Fall vielleicht doch lieber auf seine Frau Mary hätte hören sollen. Deshalb war er inzwischen dazu übergegangen, sich in seinen öffentlichen Äußerungen merklich zurückzuhalten und sich statt dessen auf andere Bereiche zu konzentrieren. Gleichzeitig hatte er jedoch nicht versäumt, sich im stillen mit seinen Freunden bei den Medien zusammenzutun, um mit ihnen einen gezielten Großangriff gegen Douglas Howes zwielichtige Machenschaften zu starten.

Howe und Mary – sie waren die beiden einzigen Menschen, an die Cotton Branding während der letzten Monate gedacht hatte.

Bis er Shisei kennengelernt hatte.

War das wirklich erst gestern abend gewesen? fragte er sich ungläubig. Er hatte ihre Bekanntschaft auf einer dieser unzähligen Wochenendpartys gemacht, die neuerdings nicht mehr aus dem gesellschaftlichen Leben im East End wegzudenken waren. Branding hatte diesen Empfängen noch nie etwas abgewinnen können, obwohl natürlich für ihn als Politiker die Teilnahme an solchen gesellschaftlichen Anlässen ein absolutes Muß war. Und es waren auch gerade diese Gelegenheiten, bei denen er Mary am schmerzlichsten vermißte. Erst jetzt, nach ihrem Tod, wurde ihm in voller Deutlichkeit bewußt, wie sehr sie dazu beigetragen hatte, diese ›Farcen‹ halbwegs erträglich für ihn zu machen.

Farce. Das war Brandings eigene ironische Bezeichnung für diese Sommerfeste, die für ihn den Inbegriff der Heuchelei darstellten. Alles, was an einem solchen Abend zählte, war der äußere Schein. Es kam nur darauf an, daß man blendend aussah und gerade mit den richtigen Leuten in ein Gespräch vertieft war, wenn die Pressefotografen anrückten. In dieser von Grund auf verlogenen Atmosphäre bedeutete es schon eine willkommene Abwechslung, wenn jemand den Mut aufbrachte, gegen die außerordentlich strikte Etikette bei diesen Empfängen zu verstoßen und einen Bestsellerautor oder einen Juden mitzubringen.

Branding kostete es immer wieder von neuem große Mühe, seinen Ärger über diese lästigen gesellschaftlichen Verpflichtungen hinunterzuschlucken, und wenn ihm irgendwann einmal doch der Kragen platzte oder ein Drink zuviel die Zunge löste, dann gestand er Mary, daß es ihn ganz gewaltig in den Fingern juckte, diese ›mittelalterlichen Gepflogenheiten‹ in einer seiner berühmt-berüchtigten Pressekonferenzen einmal ordentlich abzukanzlen.

Mary war dann immer in ihr unnachahmliches Lachen ausgebrochen, von dem eine so ansteckende Wirkung ausging, daß seine Wut plötzlich wie von selbst verflog. Doch wenn er sich in seinen gelegentlichen depressiven Phasen ganz in sich selbst zurückzog und wenn es ihn alle Mühe kostete, nicht wie sein Vater im Alkohol Vergessenheit zu suchen, dann wünschte er sich diesen gerechten Zorn oft aus ganzem Herzen zurück.

Auch der Abend, an dem Branding Shisei kennenlernte, hatte nicht sehr vielversprechend begonnen. Da wenige Tage zuvor Truman Capote gestorben war, drehten sich fast sämtliche Gespräche um seine Person. Jeder schien sich bemüßigt zu fühlen, sich besonders ausführlich über seine Erinnerungen an den berühmten Schriftsteller auszulassen. Doch je mehr dieser witzig gemeinten, in Wirklichkeit aber todtraurigen Anekdötchen Branding sich anhören mußte, desto mehr begann er sich glücklich zu schätzen, diesen Autor nie kennengelernt zu haben.

Trotzdem war es für Branding kein verlorener Abend gewesen. Er hatte zwei seiner besten Freunde aus den Medien dazu eingeladen: Tim Brooking aus New York, eine absolute Größe auf dem Gebiet des Aufklärungsjournalismus, und den außerordentlich populären Moderator des gegenwärtig beliebtesten Fernseh-Nachrichtenmagazins. Die drei waren bald in eine angeregte Diskussion über den augenblicklichen Stand der Berichterstattung in den elektronischen Medien verstrickt.

Gegenwärtig hatten die Nachrichtenredaktionen der drei großen Fernsehanstalten einen schweren Stand. Immer mehr Sender wurden von Konzernen geschluckt, denen es weniger um eine Fortführung der bisherigen Medienkultur ging als vielmehr ausschließlich um eine Profitmaximierung. Die Schuld daran trugen die einzelnen Sender selbst, beklagte sich der bekannte Moderator. Nachdem durch Kabelanschlüsse und die wachsende Verbreitung von Videorecordern ihre Einschaltquoten drastisch gesunken waren, hatten sie sich bei ihrer Programmgestaltung mehr und mehr auf Sendungsangebote unabhängiger Produzenten gestützt. Das hatte eine wachsende Einflußnahme der lokalen Anbieter auf die Programmgestaltung zur Folge. Quiz- und informative Unterhaltungssendungen erwiesen sich in diesem Zusammenhang als wesentlich gewinnbringender als die üblichen Nachrichtensendungen, denen bisher die besonders günstige Sendezeit eine Stunde vor Beginn des Abendprogramms vorbehalten war. Darüber hinaus wurden die Nachrichtensendungen der drei großen Sendeanstalten auch insofern zunehmend überflüssig, als aufgrund von Satelliteneinspielungen auch die lokalen Sender auf dem Nachrichtensektor zunehmend an Aktualität gewannen und gleichzeitig Ted Turners CNN, ein reiner Nachrichtenkanal, mehr und mehr im Vormarsch begriffen war. Inzwischen hatte das so weit geführt, daß keine der großen Sendeanstalten mehr einen eigenen Korrespondentenstab hatte und sämtliche Auslandsbüros, einst der Stolz des amerikanischen Fernsehens, nach und nach geschlossen wurden.

Im Verlauf ihrer Unterhaltung wurde Branding plötzlich bewußt, daß ihm seine Begleiter trotz ihres freundschaftlich-legeren Umgangstons mit einer respektvollen Distanz begegneten, wie er sie selbst nur dem Präsidenten der Vereinigten Staaten vorbehalten hatte.

Das freute Branding ebensosehr, wie es ihn ehrte. Natürlich vergaß er darüber nicht, daß die Freundschaft mit diesen beiden Männern im wesentlich darauf basierte, daß daraus allen Beteiligten ganz erhebliche berufliche Vorteile erwuchsen. Zugleich mußte man Branding in diesem Zusammenhang jedoch auch zugute halten, daß es sich dabei um absolut seriöse Journalisten handelte. Denn er verstand es auf diesem Gebiet sehr gut, die Spreu vom Weizen zu trennen und die wenigen wirklich guten Journalisten zielsicher aus der breiten Masse derjenigen Berufskollegen herauszupicken, die entweder zu faul, zu desinteressiert oder zu unintelligent waren, um ihrer Arbeit wirklich mit dem erforderlichen Engagement nachzugehen.

Brandings Mutter hatte einmal zu ihm gesagt: »Wähle deine Freunde mit Bedacht. Sie sind es, die am meisten über dich sprechen werden.« Branding hatte sich ihre Worte sein ganzes Leben lang zu Herzen genommen.

Schließlich kamen die drei Männer auf den eigentlichen Grund ihres Treffens zu sprechen: den weiteren Verlauf der

›Ermittlungen‹ gegen Senator Douglas Howe und seine dubiosen Praktiken. Branding war sich seines unsicheren Stands in dieser prekären Angelegenheit nur zu deutlich bewußt; um die diesbezüglichen inoffiziellen Nachforschungen weiter in Gang zu halten, mußte er auf die Unterstützung seiner Freunde bei den Medien zurückgreifen. Bisher hatten sie noch keinerlei konkrete Beweise in Händen, und der Moderator, der ungeduldigere der beiden Fernsehleute, äußerte sogar ernste Bedenken, ob dies überhaupt einmal der Fall sein würde.

Branding, der noch am selben Tag vor dem National Press Club in Washington eine Rede gehalten hatte, versicherte den beiden, daß ihnen solche Beweise in Kürze vorliegen würden. Bei dieser Gelegenheit kam er auf sein neuestes Lieblingsthema zu sprechen, das übrigens auch Gegenstand seiner Rede vor dem NPC gewesen war: das Hive-Projekt.

Im Washingtoner Johnson Institute legte ein Forscherteam letzte Hand an ein strategisches Computerforschungsprogramm, das für die nächsten fünf Jahre aus Brandings ASCRA-Etat gefördert werden sollte. Bei besagtem Hive-Projekt ging es um die Entwicklung eines revolutionären Computertyps, der selbständig Entscheidungen fällen und eigene Strategien entwickeln konnte. Branding hoffte, dieses neuartige Computersystem in sämtlichen wichtigen Regierungsinstitutionen zum Einsatz bringen zu können: National Security Council, CIA, FBI, Pentagon und noch einige mehr. Die Übernahme dieses Systems, das bisher in der Welt völlig konkurrenzlos dastand, wäre mit einer ganzen Reihe von enormen Verbesserungen verbunden gewesen; dazu zählten unter anderem ganz erhebliche Fortschritte auf dem Gebiet der Landesverteidigung, der weltweiten Terrorismusbekämpfung und der gezielten Behebung von Krisensituationen, wie sie im Augenblick vor allem im Nahen Osten immer wieder auftraten.

Mittlerweile wußte Branding aus zuverlässiger Quelle, daß Mitglieder des Forscherteams am Johnson Institute Ziel geheimdienstlicher Nachforschungen geworden waren; so waren zum Beispiel ohne Genehmigung Computerdaten über ihr Privatleben – Kontoauszüge, Kredite und dergleichen mehr – abgefragt worden. In Brandings Augen hörte sich das ganz nach Douglas Howe an. Wenn nun diese illegalen Bespitzelungsaktionen in irgendeiner Weise Howe angelastet werden konnten, wäre dies für die Fernsehleute ein erster Ausgangspunkt für ihre weiteren Nachforschungen gewesen. Branding wußte ganz genau, daß sie in ihren Hinterköpfen bereits den Wortlaut der entsprechenden Sensationsmeldungen formulierten, während sie mit gierig aufleuchtenden Augen beifällig nickten.

Der Abend war bereits ziemlich weit vorangerückt, als sich die drei Männer schließlich voneinander trennten, um sich noch mit ein paar anderen Gästen zu unterhalten. Und das war der Zeitpunkt, als Branding auf Shisei aufmerksam wurde.

Sie stand vor dem Marmorkamin im Wohnraum. Das erste, was Branding an ihr auffiel, war die frappierende Ähnlichkeit ihrer Haut mit dem Marmor des Kamins. Sie trug eine enganliegende, ärmellose schwarze Bluse und eine schwarze Seidenhose. Der breite Krokogürtel um ihre auffallend schmale Taille wurde von einer wuchtigen Rotgoldschnalle in einem avantgardistischen Design zusammengehalten, und ihre zierlichen Füße steckten in hochhackigen Krokodillederschuhen. Das war nicht die Aufmachung, wie man sie im East End gewohnt war. Und schon aus diesem Grund fand Branding die junge Frau spontan sympathisch. Er konnte sich noch deutlich erinnern, wie er dachte: Diese Frau hat Mut. Denn auch ihre Frisur stand ihrer Kleidung an Extravaganz in nichts nach. Sie trug ihr tiefschwarzes Haar in einem hypermodernen Schnitt oben lang und unten kurz. Lediglich die kurzen Stirnfransen waren in einem schockierenden Blond gefärbt.

Aus größerer Nähe konnte Branding erkennen, daß sie außer einem schlichten Smaragdring am Mittelfinger der rechten Hand keinerlei Schmuck trug. Falls sie geschminkt war, dann so dezent, daß man es nicht sehen konnte.

Lange studierte Branding ihr Gesicht. Menschliche Gesichter hatten schon seit jeher eine magische Anziehungskraft auf ihn ausgeübt, und in dem von Shisei glaubte er, etwas ganz Besonderes entdecken zu können. Obwohl sie den Körper einer reifen Frau hatte, strahlte das makellose Oval ihres Gesichts eine seltsam unschuldige Reinheit aus. Über dieses verblüffende Phänomen zerbrach sich Branding eine ganze Weile den Kopf, bis ihm plötzlich klar wurde, daß der Schönheit dieser Frau eine geschlechtslose Makellosigkeit anhaftete, wie sie sonst nur bei Kindern zu finden war.

Unwillkürlich wurde er durch ihren Anblick an eine Aufführung von *Peter Pan* erinnert, die er als kleiner Junge am Broadway gesehen hatte. Er war damals von Mary Martins jugendlicher, taufrischer Ausstrahlung völlig hingerissen gewesen. Gleichzeitig hatte er sich seiner Gefühle heftig geschämt, weil sie in dieser Rolle einen Jungen verkörpert hatte.

Und ganz ähnlich spürte er auch jetzt seinen Puls schneller schlagen. Von ihm ergriff eine Erregung Besitz, die um so intensiver war, als ihr dieser seltsame Reiz des Verbotenen anhaftete.

Der Grund hierfür war jedoch nicht allein die enorm jugendliche Ausstrahlung dieser Frau – junge Mädchen übten auf Branding ebensowenig einen sexuellen Reiz aus wie Homosexuelle; was ihn an ihr so unwiderstehlich anzog, war vielmehr die noch völlig unverbildete Unschuld und Frische ihres Gesichtsausdrucks und die damit verbundene Möglichkeit, alles in ihn hineinzuinterpretieren. Ohne daß er sich dessen in diesem Moment bewußt wurde, repräsentierte Shisei für ihn alles das, was Männer in einer Frau sehen können: Hure, Jungfrau, Mutter und Göttin.

Wer hätte sich dem Reiz einer solchen Frau schon entziehen können? Gewiß nicht Cotton Branding.

»Ich finde es, ehrlich gestanden, vollkommen unverzeihlich, daß man uns noch nicht miteinander bekannt gemacht hat«, sprach er sie an.

Shisei sah ihn mit großen Augen an. »Finden sie?« Dann nannte sie ihm ihren Namen und fügte hinzu: »Ich habe übrigens den Eindruck, als wären Sie ein alter Bekannter.«

Er lachte. »Dann muß sich einer von uns wohl täuschen. Jedenfalls kann ich mir schwerlich vorstellen, daß ich Sie vergessen haben könnte.«

Angesteckt von seinem ironisch-amüsierten Ton lächelte auch sie. »Dann muß ich mich wohl getäuscht haben. Vielleicht liegt es nur daran, daß ich Sie schon so oft im Fernsehen gesehen habe. Seltsamerweise habe ich nämlich das Gefühl, Sie bereits sehr lange zu kennen, Senator Branding.« Trotz ihres starken Akzents hatte sie eine angenehme, musikalische Stimme.

»Nennen Sie mich doch einfach Cook«, schlug Branding vor. »Wie alle meine Freunde.«

Als sie ihn darauf leicht verwundert ansah, lachte er. »Das ist ein Spitzname. Ich stamme aus einer großen Familie. Wir wechselten uns bei der Hausarbeit ab. Allerdings war ich der einzige, der kochen konnte und auch Spaß daran hatte. Daher der Name.«

Auf der Terrasse wurde getanzt. Branding und Shisei gingen nach draußen. Es war eine sternklare Nacht. Die leichte Brise trug einen schwachen Salzgeruch vom Meer herein.

»Glauben eigentlich auch Sie«, fragte ihn Shisei beim Tanzen, »daß wir in einer Endzeit leben?«

Die Band spielte ein Stück mit einem vertrackten Rhythmus, das Branding nicht kannte. »Wie meinen Sie das?«

Als sie ihn anlächelte, kamen zum erstenmal ihre makellos weißen Zähne zum Vorschein. »Nehmen Sie doch zum Beispiel nur die Situation im Nahen Osten, in Nicaragua oder auch hier, im Mittelwesten der Vereinigten Staaten, wo sich immer deutlichere Anzeichen einer unaufhaltsamen Bodenerosion bemerkbar machen. In weiten Teilen unserer Meere hat die Verschmutzung bereits solche Ausmaße angenommen, daß kein Fisch mehr darin überleben, kein Mensch mehr darin schwimmen kann. Erst vor kurzem habe ich eine umfangreiche Studie gelesen, die sich eingehend mit den enormen Schadstoffrückständen in Fischen und den damit verbundenen Gefahren für den menschlichen Organismus befaßt.«

»Sie sprechen hier zum einen von ideologischen Auseinandersetzungen, zum anderen von ökologischen Katastrophen«, entgegnete Branding. »Das einzige, was diesen beiden Problemen gemeinsam ist, ist die Tatsache, daß sie praktisch schon seit Bestehen der Menschheit existieren.«

»Aber genau darauf wollte ich doch hinaus. Gerade die Gleichgültigkeit, mit der wir diesen Problemen begegnen, stellt die größte Gefahr für die Menschheit dar.«

»In diesem Punkt muß ich Ihnen leider widersprechen. Die größte Bedrohung für die Menschheit stellt nach wie vor das *Böse* dar; vor allem ihm darf man auf keinen Fall mit Gleichgültigkeit begegnen.«

»Gehen Sie dabei nun von einem pragmatischen Standpunkt aus«, fragte Shisei, »oder von einem moralischen?«

Sie hatte sich beim Tanzen so eng an ihn geschmiegt, daß er die Rundungen ihres Körpers durch ihr dünnes Kleid ganz deutlich spüren konnte, wenn sie sich wie eine Katze an ihm rieb.

Die Unschuld ihres Gesichtsausdrucks versetzte ihn immer wieder von neuem in Erstaunen. Sie schien das, was sie mit ihrem Körper anstellte, Lügen zu strafen. Es war, als hielte er zwei Frauen in seinen Armen; die eine von ihnen schien so etwas wie sexuelle Begierde nicht einmal zu kennen, während die andere sich ihr hemmungslos hingab.

»Es war wohl etwas theoretisch, was ich eben gesagt habe«, rechtfertigte sich Branding. »In der Praxis zeigt sich leider immer wieder, daß wir dem Bösen mit ausgesprochener Gleichgültigkeit begegnen.«

Wie ein müdes oder anlehnungsbedürftiges Kind ließ Shisei ihren Kopf auf seine Schulter sinken. Nur war sie kein Kind. Mit schockierender Deutlichkeit spürte Branding die Festigkeit ihrer Brüste. Sein ganzer Körper schien unter Strom zu stehen, so daß er für einen Moment aus dem Takt geriet und fast über ihre zierlichen Füße gestolpert wäre.

Lächelnd sah Shisei zu ihm auf. Machte sie sich über ihn lustig?

»Als Kind«, begann sie im Takt der Musik zu sprechen, als sänge sie ein Lied, »wurde mir beigebracht, daß Gleichgültigkeit ihrem Wesen nach gleichbedeutend mit dem Bösen und schon von daher zutiefst verwerflich ist.« Über ihrer Haut lag ein matter Schimmer, der noch zusätzlich dazu beitrug, ihre straffe Glätte zu betonen. »Im Japanischen gibt es den Begriff *Kata*; er bedeutet: Regel, Vorschrift oder auch das, was sich gehört. Und die Gleichgültigkeit läßt sich mit *Kata* unter keinen Umständen vereinbaren; sie hat in unserer Welt nichts zu suchen.«

»In Ihrer Welt?«

»In Japan ist die Erziehung von allergrößter Bedeutung. Unser ganzes Leben wird durch *Kata* geregelt. Ohne *Kata* bräche das Chaos über uns herein, und der Mensch würde sich durch nichts mehr vom Affen unterscheiden.«

Branding hatte schon viel über die Voreingenommenheit der Japaner gehört, ohne sich große Gedanken darüber zu machen. Doch als er nun ganz unmittelbar Zeuge solcher Vorurteile wurde, stieß ihm dies sehr unangenehm auf. Er war ein Mann, dem jede Form von Voreingenommenheit prinzipiell zuwider war; deshalb würde er sich nie für das Publikum dieser Sommerfeste erwärmen können, deshalb hatte er so viele erbitterte Auseinandersetzungen mit seinem Vater, dem Inbegriff des elitären Großbürgers, durchgefochten und deshalb war er nach dem Abschluß des College auch nicht mehr in das Haus seiner Eltern zurückgekehrt. Es lag geradezu in seiner Natur, gegen solche Borniertheit anzukämpfen.

»Meinen Sie damit das Gesetz?« fragte er in dem ehrlichen Bemühen, sie zu verstehen. »Ohne Gesetz kann es keine menschliche Zivilisation geben.«

»Das Gesetz«, erwiderte Shisei, »dient lediglich den Herrschenden zur Durchsetzung ihrer Machtinteressen. Dagegen ist *Kata* für alle Japaner gleich.«

Branding lächelte. »Vielleicht für alle Japaner. Aber nicht für alle Menschen.« Zu spät wurde ihm bewußt, daß er plötzlich einen Ton angeschlagen hatte, als wäre sie ein kleines Kind, das etwas höchst Amüsantes, aber zugleich auch sehr Naives gesagt hatte.

Mit wild aufblitzenden Augen löste sich Shisei aus seiner Umarmung. »Eigentlich dachte ich, als Senator wären Sie intelligent genug, um das zu verstehen.«

Branding, der plötzlich wie ein dummer Junge vor ihr

stand, war sich der neugierigen Blicke der anderen tanzenden Paare nur zu deutlich bewußt. Er streckte in einer versöhnlichen Geste die Hände nach ihr aus. »Wollen wir nicht weitertanzen?«

Shisei sah ihn eine Weile durchdringend an. Schließlich legte sich ein zufriedenes Lächeln über ihre Lippen, als wäre sie durch seine Verlegenheit hinreichend für seinen unbeabsichtigten Affront entschädigt worden. Mit müheloser Grazie kehrte sie in seine Arme zurück. Und wieder spürte Branding die erregende Wärme ihres anschmiegsamen Körpers.

Die Band stimmte eine jener langsamen Balladen an, wie sie vor allem Frank Sinatra so unnachahmlich zum besten gab.

»Welche Art von Musik mögen Sie am liebsten?« fragte Shisei, während sie sich langsam im Kreis drehten.

Branding hob die Schultern. »Cole Porter. George Gershwin. In meiner Jugend hatte ich außerdem eine ausgesprochene Schwäche für Hoagy Carmichael. Kennen Sie zufällig ›Sweet and Low Down‹?«

»Ich stehe auf Brian Ferry, David Bowie und Iggy Pop«, sagte sie darauf, als hätte er ihr gar nicht geantwortet. »Überfordere ich Sie etwas?«

Er wußte, was sie damit meinte. »Ich habe zumindest schon von ihnen gehört«, erwiderte er, sichtlich in der Devensive.

»Aber jetzt muß ich nach all dem Champagner erst mal wieder etwas Energie tanken«, sagte sie unvermutet und sah ihn dabei lächelnd an.

Branding spürte ganz deutlich das heftige Prickeln in seinem Körper. Sein Herz schlug merklich schneller. Es war längst Mitternacht vorbei. Normalerweise hätte er sich um diese Zeit längst verabschiedet und die Heimfahrt zu seinem von Wind und Salz verwitterten Haus in der Dune Road angetreten. Und ebenso sicher, wie er bei solchen Partys sonst um diese Zeit längst von heftiger Langeweile und leichten Depressionen befallen wurde, verspürte er nun nicht das geringste Bedürfnis, nach Hause zu fahren.

Er wollte nichts, als weiter mit Shisei zu tanzen und sie in seinen Armen zu halten. Aber sie sagte: »Ich habe Hunger.«

Die Platten mit den Muscheln und dem Hummer waren längst gründlich geplündert. Also begnügten sie sich mit dem, was von dem reichhaltigen Büffet noch übriggeblieben war: kaltes Hühnchen, matschiger Salat und Maiskolben, auf denen sich die Butter bereits wieder verfestigt hatte.

Fasziniert beobachtete Branding seine Begleiterin beim Essen. Wie ein kleines Tier war sie tief über ihren Teller gebeugt. Ihre langen, golden lackierten Fingernägel bohrten sich tief in das Hühnerfleisch. Sie aß schnell, zielstrebig und gierig. Es schien, als hätte sie mit einem Mal alles um sich herum vergessen.

Als sie fertig war, steckte sie einen Finger nach dem anderen zwischen ihre vollen, sinnlichen Lippen, um sie sauber zu lecken. Dem haftete ein so unverblümt sexueller Beigeschmack an, daß es Branding für einen Moment den Atem verschlug. Doch ihr selbstvergessener Gesichtsausdruck strahlte dabei dieselbe Unschuld aus wie bisher. Shisei wischte sich mit einer Papierserviette den Mund ab und sah Branding an. Der zuckte wie ein kleiner Junge, der beim Naschen ertappt wurde, unwillkürlich zusammen und setzte sein künstliches Politikerlächeln auf.

»Wenn Sie so lächeln«, sagte Shisei und legte die Papierserviette beiseite, »sehen Sie richtig dämlich aus.«

Für einen Moment verschlug es Branding die Sprache. Dann lief er vor Ärger hochrot an. Er schob seinen Teller beiseite und stand auf. »Wenn Sie mich bitte entschuldigen würden.«

Sie griff nach seiner Hand. »Lassen Sie sich so leicht ins Bockshorn jagen? Eigentlich dachte ich, ein Senator der Vereinigten Staaten könnte der Wahrheit standhalten.«

Behutsam, aber entschieden löste er seine Hand aus der ihren und sagte in einem frostigen Ton: »Guten Abend.«

Und nun, am Morgen danach, während er gemächlich den verlassenen Strand entlangschlenderte, versuchte er vergeblich, nicht mehr an Shisei zu denken. Ob er sie wohl je wiedersehen würde? Dabei war ihm sehr deutlich bewußt, daß sie ihm jederzeit das Genick brechen konnte. Doch gerade dieser Kitzel der Gefahr verstärkte noch den Reiz, den sie auf ihn ausübte.

Oh, mein Gott, dachte Branding. Was ist nur in mich gefahren?

Zumindest eines war ihm jedoch bereits klar: Es konnte nichts Gutes bedeuten.

Justine kam nach draußen und sagte: »Ein Brief für dich. Er ist in Marco Island, Florida, abgestempelt. Vermutlich ist er von Lew Croaker.«

Ausdruckslos schaute Nicholas vom Boden auf. Schon eine ganze Weile hatte er wie gebannt auf die länger werdenden Nachmittagsschatten gestarrt, die unheilvoll über den Rasen krochen. In seinem Gesicht spiegelte sich nicht die leiseste Gefühlsregung wider, als er den Brief entgegennahm.

»Nick?« Justine setzte sich auf der Veranda des japanischen Hauses neben ihn. »Was ist?« Ihre braunen Augen verfärbten sich ins Grünliche, wie das in Zeiten starker psychischer Belastung häufig der Fall war. Durch das Sonnenlicht kamen die rötlichen Sprenkel in ihrer langen Iris noch stärker zur Geltung. Sie hatte ihre langen Beine übereinandergeschlagen, die üppige Mähne ihres dunklen Haars über die Schulter zurückgeworfen. Die Pfirsichhaut ihres Gesichts war wie die eines jungen Mädchens von zarten Sommersprossen gesprenkelt. Ihre etwas zu breite Nase verlieh ihrem Gesicht Ausdruck; ihre vollen Lippen fügten unterschwellige Sinnlichkeit hinzu. Justine hatte sich kaum verändert, seit sie Nicholas vor vielen Jahren am Strand von West Bay Bridge im East End von Long Island kennengelernt hatte. Damals war sie noch ein unsicheres kleines Mädchen gewesen. Inzwischen war sie seine Frau – und für kurze Zeit die Mutter ihres gemeinsamen Kindes.

Nicholas gab ihr den Brief wieder zurück und forderte sie auf: »Lies ihn bitte vor.« Dabei war seine Stimme so ausdruckslos, daß es ihr fast das Herz brach. Nicholas war nicht mehr wiederzuerkennen, seit er vor fast acht Monaten aus dem Krankenhaus entlassen worden war. Obwohl sie ihm

Tag für Tag seine Lieblingsgerichte kochte, schmeckte ihm das Essen nicht mehr. Auch seine Schlafgewohnheiten hatten sich geändert. Mit Ausnahme der ersten paar Monate nach dem Tod ihrer kleinen Tochter hatte er immer einen gesunden Schlaf gehabt; neuerdings hörte sie ihn jedoch fast jede Nacht unruhig in seinem Zimmer auf und ab gehen. Was jedoch das Schlimmste war: Er hatte seit seiner Genesung nicht wieder mit dem Training begonnen. Statt dessen saß er jeden Tag stundenlang auf der *Engawa* und starrte abwesend vor sich hin, oder er wanderte ziellos durch den Garten.

Irgendwann hatte sie das so beunruhigt, daß sie Dr. Hanami, seinen Arzt, anrief. Dr. Hanami, der Nicholas den Tumor entfernt hatte und ihn weiterhin alle zwei Wochen zu Nachuntersuchungen zu sich bestellte, versicherte ihr jedoch, daß keinerlei Anlaß zur Besorgnis bestand. »Ihr Mann mußte sich zwar einer schwerwiegenden Operation unterziehen, aber er hat dabei keinerlei bleibende Schäden davongetragen«, erklärte er ihr mit gottgleicher Gewißheit. »Sein augenblicklicher Zustand ist die Folge eines postoperativen Traumas und ausschließlich psychologischer Natur. Es ist also nur eine Frage der Zeit, bis er sich davon erholen wird.«

Doch Justine ließ sich nichts vormachen. Sie wußte nur zu gut, welche psychischen Belastungen Nicholas zu verkraften imstande war. Nicht umsonst hatte sie an seiner Seite die schrecklichen Zeiten durchgemacht, als Saigo sie beide umzubringen versucht hatte. Nur zu gut wußte Justine aus eigener Erfahrung, mit welcher Kaltblütigkeit Nicholas sich gegen Saigo zur Wehr gesetzt und anschließend auch noch dessen ehemalige Geliebte Akiko unschädlich gemacht hatte. Angesichts dessen konnte sie sich schwerlich vorstellen, daß eine bloße Operation solche drastischen Veränderungen in seinem Persönlichkeitsbild hervorgerufen haben sollte.

Justine öffnete den Umschlag und nahm den maschinegeschriebenen Brief heraus. Er war von Croaker. Justine hatte Lew Croaker, den besten Freund ihres Mannes, kennengelernt, als dieser noch bei der Kriminalpolizei war und an der Aufklärung von Saigos Morden arbeitete. Ein Jahr, nachdem

Nicholas Saigo getötet hatte, war Croaker nach Japan gekommen, um zusammen mit Nicholas einen sowjetischen Agenten auszuschalten, der vom KGB auf Tenchi angesetzt worden war, ein streng geheimes Ölförderungsprojekt, das Tanzan Nangi im Auftrag der japanischen Regierung durchgeführt hatte. In einem erbitterten Kampf mit besagtem Agenten hatte Croaker seine linke Hand verloren. Seitdem war Nicholas von schweren Schuldgefühlen geplagt, da er der Ansicht war, daß Croaker nur seinetwegen in diese ganze Geschichte verwickelt worden war. Diese Überzeugung teilte Justine jedoch nicht; und sie wußte auch, daß Croaker Nicholas nicht dafür verantwortlich machte. So östlich beeinflußt Nicholas in seinem Denken sonst sein mochte, so typisch westlich dachte er in diesem Punkt.

»›Lieber Nick, liebe Justine‹«, begann sie zu lesen. »›Hier auf Marco Island ist alles bestens. Vermutlich wundert Ihr Euch, warum wir nicht mehr auf Key West sind. Um es ganz einfach zu sagen: Mir ist langweilig geworden am Ende der Welt. So nennen die Einheimischen nämlich Key West. Ein ganz schön verrücktes Fleckchen Erde ist das hier, kann ich Euch sagen – selbst wenn man an die Verhältnisse in Florida gewöhnt ist. Um es hier auszuhalten, muß man entweder Vollalkoholiker sein oder überzeugter Aussteiger. Und da wir weder das eine noch das andere sind, sind wir wieder abgezogen.

Hier auf Marco Island fahren wir oft zum Fischen raus. Alix hat sich inzwischen zu einer regelrechten Expertin für Schwertfische entwickelt. Ich habe mir ein kleines Boot gekauft, das wir an Urlauber vermieten. Davon können wir sogar leben; reich werden wir dabei allerdings nicht. Übrigens habe ich hier schon eine ganze Menge Boote aufgebracht, die Kokain in die Staaten schmuggeln wollten; die Küstenwache hat mich deshalb zu ihrem Ehrenkommandanten ernannt. Einmal ein Cop, immer ein Cop, kann man da nur sagen.

Ich warte schon die ganze Zeit auf den Moment, daß Alix zu klagen anfängt, sie würde New York und die ganze Modeszene vermissen; aber bisher scheint das noch nicht der Fall zu sein.

Stell dir vor, Nick, meine neue Prothese funktioniert! Der Spezialist, den du mir an der Medizinischen Fakultät der Todai-Universität empfohlen hast, hat wahre Wunder gewirkt. Zwar habe ich keine Ahnung, was das eigentlich für ein Ding ist, das da an meinem linken Handgelenk hängt. Aber zumindest lassen sich damit erstaunliche Dinge anstellen. Das geht sogar so weit, daß Alix anfängt, mich neuerdings Captain Sumo zu nennen.

Die Kraft, die ich in dieser neuen Hand habe, ist wirklich erstaunlich! Es hat fast zwei Monate gedauert, bis ich sie mit all ihren Möglichkeiten einigermaßen in den Griff bekam. Noch mal vier Monate, und ich bin mit der Linken genausogut wie mit der Rechten. Wie es scheint, ist die Prothese aus einer Mischung aus Titan, Graphit und irgendeinem Polycarbonat hergestellt; verpackt ist das ganze in eine luft- und wasserdichte Hülle. Nur schade, daß Du nicht in Tokio warst, als sie mir das Ding verpaßt haben.‹«

An dieser Stelle legte Justine eine Pause ein, um einen kurzen Blick auf Nicholas zu riskieren. Sie waren damals gerade auf Geschäftsreise in Bangkok gewesen, wo bei einem Tochterunternehmen von Sato International die neuen Sphynx-Elemente gefertigt wurden. Als Justine nach ihrer Rückkehr nach Tokio von Croakers Besuch erfuhr, konnte sie sich erst nicht recht erklären, wieso Nicholas nichts vom Japanbesuch seines Freundes gewußt hatte, zumal er es doch gewesen war, der Lew diesen Spezialisten an der Todai-Universität empfohlen hatte. Ihr war in diesem Zusammenhang sogar der Gedanke gekommen, daß Nicholas die Reise nach Bangkok absichtlich auf diesen Termin gelegt hatte. Jedenfalls deutete einiges daraufhin, daß Nicholas einem Treffen mit seinem Freund möglichst aus dem Weg gehen wollte, da er wegen seiner verlorenen Hand noch immer heftige Schuldgefühle hatte; und schon gar nicht wollte er offensichtlich dessen Prothese sehen, die ihn nur zu augenfällig an seine Schuld erinnert hätte.

»›Doch jetzt genug von mir‹«, las Justine weiter. »›Wie geht es Euch beiden? Ich nehme an, Ihr habt inzwischen das Schlimmste überstanden.‹« Justine stockte. Als sie spürte, daß Nicholas sie eindringlich ansah, versuchte sie krampfhaft zu lächeln.

Mit einem leisen Räuspern fuhr sie schließlich wieder fort. »›Kaum zu glauben, daß schon wieder mehrere Monate vergangen sind, seit ich Euch zum letzten Mal geschrieben habe. Und noch weniger kann ich glauben, daß wir uns schon Jahre nicht mehr gesehen haben. Besteht keine Aussicht, daß Ihr in nächster Zeit mal wieder Urlaub in den Staaten macht? Ich wüßte da ein tolles Boot für Euch, und Alix würde sich bestimmt sehr freuen, Euch wieder mal zu sehen. Also, wie sieht's aus? Gruß, Lew.‹«

»Das wäre doch wirklich keine schlechte Idee«, sagte Justine vorsichtig.

»Was?«

»Lew mal zu besuchen. Wir waren schon so lange nicht mehr in den Staaten.« Sie erzählte Nicholas jedoch nichts von ihrem immer stärker werdenden Wunsch, nach Amerika zurückzukehren. »Wir könnten ein bißchen angeln, schwimmen, einfach mal wieder richtig ausspannen. Und das in Gesellschaft guter, alter Freunde.« Sie deutete auf den Brief. »Ich weiß zwar nicht, wie du darüber denkst, aber ich würde zu gerne mal sehen, warum Alix ihn Captain Sumo nennt.«

Sie hatte das in spaßigem Ton gesagt, um ihn aus seiner düsteren Stimmung zu reißen. Aber ihr wurde sofort klar, daß es ein Fehler gewesen war, Croakers neue Hand zur Sprache zu bringen. Nicholas zuckte so heftig zusammen, als hätte sie ihm ins Gesicht geschlagen. Und im nächsten Moment war er auch schon aufgestanden und im Haus verschwunden.

Justine blieb noch eine Weile auf der Veranda sitzen und starrte auf den Schatten der hohen Japanzeder, der Nicholas so lange in seinen Bann geschlagen hatte. Schließlich faltete sie Croakers Brief sehr sorgfältig zusammen und steckte ihn in den Umschlag zurück.

Nicholas stand vor der offenen Schiebetür des Trainingsraumes. Mit seinen breiten, kräftigen Schultern, den schmalen Hüften und den langen, sehnigen Beinen bot er eine sehr beeindruckende Erscheinung. Obwohl sein kantiges, ausgeprägtes Gesicht kaum im gängigen Sinn als schön zu bezeichnen gewesen wäre, ging trotzdem eine geradezu magische Anziehungskraft von ihm aus. Deutlichste Anzeichen seiner asiatischen Abstammung waren die an den Seiten leicht hochgezogenen Augen. Er hatte hohe Backenknochen und ein sehr ausgeprägtes Kinn, das unverkennbar ein Erbe seines englischen Vaters war. Sein dichtes, schwarzes Haar wurde inzwischen von feinen silbergrauen Strähnen durchzogen, die Justine so anziehend fand. Er strahlte gleichzeitig etwas sehr Ruhiges und etwas sehr Gefährliches aus.

Er wollte eben den Trainingsraum betreten, als ihm wieder Lew Croakers Worte in den Sinn kamen. Der einhändige Lew. *Hör doch endlich auf mit diesem Unsinn!* redete er sich ins Gewissen. Du hast schon genügend andere Probleme; es hat doch keinen Sinn, dich auch noch ständig mit diesen Schuldgefühlen herumzuplagen. Dabei war ihm nur zu deutlich bewußt, daß die Art, wie er mit seinen Schuldgefühlen umging, typisch westlich war. Ob wohl sein Vater, der Colonel, je so westlich gefühlt und gedacht hatte?

In gewisser Weise hatte Justine recht. Was Croaker zugestoßen war, war sein Karma. Aber ganz so einfach war es nun auch wieder nicht. Nicholas und Lew Croaker waren unter demselben Sternzeichen geboren, weshalb ihre Karmas unauflöslich miteinander verbunden waren. Was dem einen von ihnen zustieß, hatte unweigerlich seine Auswirkungen auf den anderen – wie bei siamesischen Zwillingen. Im übrigen hielt er es nicht für einen Zufall, daß Croakers Brief ausgerechnet jetzt eingetroffen war.

Zögernd betrat Nicholas den Trainingsraum und schlüpfte in seinen schwarzen Baumwoll-*Gi*. Es schien eine Ewigkeit her, daß er die weite Jacke zum letztenmal getragen hatte; sie fühlte sich seltsam unbequem an. Das konnte nichts Gutes bedeuten, wurde ihm schaudernd bewußt.

Im Trainingsraum roch es nach Stroh und nach altem Schweiß. Nicholas ließ seinen Blick über den gepolsterten Pfosten wandern, über die von der Decke hängenden Ringe, über die Sprossenwand, die er eigenhändig angebracht hatte, und über die grob zugehauenen Balken unter der Decke, die er für seine Turn- und Kletterübungen verwendete.

Mit geschlossenen Augen versuchte er, sich der unzähligen komplizierten Übungen zu entsinnen, die er hier absolviert hatte. Nur zu deutlich hatte er noch im Gedächtnis, wie er sich hier immer abgerackert hatte; aber er konnte sich *selbst beim besten Willen* nicht mehr an die verschiedenen Aikido- und Ninjutsu-Techniken erinnern, die er hier geübt hatte. Wie ist das nur möglich, dachte er niedergeschlagen.

Seine Knie wurden so weich, daß er sich setzen mußte. Wehmütig, wie man sonst nur an eine längst verflossene große Liebe zurückdenkt, rief sich Nicholas seinen letzten Kampf ins Gedächtnis zurück. Noch ganz deutlich hatte er die entsetzlichen Schmerzen in Erinnerung, die ihm Koten mit dem *Dai-kutana* zugefügt hatte, dem kostbaren japanischen Langschwert, das ihm sein Vater zum dreizehnten Geburtstag geschenkt hatte. Koten war ein Sumo-Ringer, der gleichzeitig als russischer Agent arbeitete; und er war es auch gewesen, der Lew Croaker die linke Hand abgeschlagen hatte.

Nicholas täuscht einen Ausfall nach rechts vor und durchbricht Kotens Deckung. Aber der Sumo läßt das Dai-katana *völlig fallen und rammt seinen Unterarm mit solcher Wucht gegen Nicholas' Brustkorb, daß Nicholas zu Boden geht.*

Koten lacht. »Du gibst ja noch immer keinen Laut von dir, Barbar. Aber das wird sich bald ändern.« Im selben Augenblick saust das Dai-katana *nieder. Seine messerscharfe Spitze bohrt sich tief in den Holzboden zu Nicholas' Füßen.*

Als Nicholas erneut angreift, lacht Koten nur. Angesichts der gewaltigen Fleischmassen des Sumo-Ringers wirkt Nicholas fast so winzig wie ein harmloses Insekt.

Koten pariert Nicholas' Angriff mit dem Griff seines Schwerts und nicht, wie Nicholas erwartet hat, mit einem Oshi. Nicholas' Schulter durchzuckt ein stechender Schmerz. Er spürt mit gräßlicher Deutlichkeit, wie sein Schultergelenk laut schnalzend aus der Pfanne springt. Sein rechter Arm schmerzt so unerträglich, daß er zu nichts mehr zu gebrauchen ist.

»Das ist, was Musashi das Verletzen der Ecken nennt, Barbar«,

zischt Koten hämisch. »Ich werde dich Stück für Stück auseinandernehmen, bis du heulst vor Schmerzen.«

Als Nicholas wieder angreift, täuscht Koten diesmal einen Hieb mit dem Langschwert vor; statt dessen wirft er Nicholas jedoch mit einem Hebelgriff zu Boden. Und im nächsten Augenblick hört Nicholas auch schon die messerscharfe Klinge des Dai-katana *durch die Luft sausen.*

Verzweifelt wirft er sich herum und reißt seinen rechten Arm hoch, um den Schlag abzuwehren. Wegen seiner Schulterverletzung kann er jedoch den Suwari waza-*Hebelgriff nicht zu Ende führen und läßt deshalb Kotens Arm frühzeitig los, um zu einem* Atemi, *einem Ellbogenstoß, anzusetzen. Im selben Moment spürt er, wie Kotens Rippen unter lautem Knacken nachgeben.*

Unter einem lauten Aufschrei weicht der Sumo zurück und läßt dabei sein Schwert auf Nicholas niedersausen.

Nicholas' ganze Aufmerksamkeit gilt nun der messerscharfen Klinge. Er bekommt Koten mit der linken Hand am Handgelenk zu fassen und dreht es ruckartig herum.

Das laute Knochenknacken verrät ihm, daß nun auch Kotens rechter Arm zu nichts mehr zu gebrauchen ist; er hängt schlaff an seiner Seite herab, so daß er das schwere Langschwert nur noch mit einer Hand halten kann.

Dennoch läßt sich sein zweiter Angriff nicht abwehren. Mit einem Schulterwurf bringt er Nicholas erneut zu Fall. Diesmal entfährt Nicholas ein lauter Schrei. Und als er sich abrollt, trifft ihn ein Tsuki, *der ihm die Luft aus den Lungen preßt. Sein Kopf sackt vornüber, und er beginnt verzweifelt nach Luft zu schnappen.*

Ein zweiter Tsuki *in die Magengrube läßt ihn hintüberfallen. Und dann spürt er auch schon Kotens gewaltige Fleischmassen auf sich; ihr gewaltiges Gewicht macht ihm das Atmen vollends unmöglich. Nun hat Koten Nicholas an dem Punkt, an dem er ihn haben will. Jetzt kann er sich den Vorteil seines wesentlich größeren Körpergewichts in vollem Umfang zunutze machen.*

Koten hält die blitzende Schwertspitze gegen Nicholas' schwarzen Baumwoll-Gi. Gleichzeitig beugt er sich vor, um den Druck auf Nicholas' Brust zu verstärken. Und dann bringt er den ersten Schnitt an. Die Haut platzt auf und wirft sich auf wie die Schale einer Frucht. Heiß und dunkel quillt das Blut hervor.

Unter Aufbietung seiner letzten Kräfte setzt sich Nicholas verzweifelt zur Wehr. Er läßt sich nur noch von seinen Instinkten leiten. Und als sein linker Arm kerzengerade hochschießt, sind seine Finger so fest und unbeugsam wie eine Schwertklinge. Sie treffen genau die weiche Stelle zwischen Kotens Kinn und seinem Kehlkopf, und noch bevor der Sumo irgendeinen Schmerz verspüren kann, ist er bereits tot.

Später, als alles vorüber war, wurde Nicholas von heftigem Ekel gepackt. Als könnte er damit ungeschehen machen, was er getan hatte, versenkte er das *Dai-katana* in einem kleinen See in der Nähe seines Hauses. Als er das kostbare Langschwert in den Fluten versinken sah, glaubte Nicholas, mit ihm all das aus seinem Leben entfernt zu haben, was er für immer hinter sich lassen wollte.

Nicholas riß seinen schwarzen *Gi* auf und betastete die Narben auf seiner Brust, die von Kotens Schwertstreichen herrührten. Hätte er nicht diesen handfesten Beweis unter seinen Fingerspitzen gespürt, hätte er seine Erinnerungen vermutlich für nichts anderes als einen Traum gehalten.

Plötzlich hörte er ein leises Geräusch. Sein Kopf zuckte so heftig herum, als rechnete er mit einem feindlichen Angriff.

Doch es war nur Justine, die über die Tatami-Matten auf ihn zukam. Er sah zu, wie sie neben ihm niederkauerte. Sie berührte ihn nicht, sondern sah ihn nur forschend an.

»Wenn du dich schon so elend fühlst«, sagte sie leise, »dann laß dir doch wenigstens von mir helfen.«

Nach langem Schweigen antwortete Nicholas finster: »Es gibt nichts, was du für mich tun könntest.«

»Du meinst wohl, du willst mich nichts für dich tun *lassen.*«

Er senkte stumm den Kopf.

»Du bist wirklich kindisch, Nicholas.«

»Wenn du meinst. Du mußt es ja schließlich wissen.«

Justine ließ sich auf ihre Fersen nieder und sah ihn an. »Du hast mir doch auch in meinem Schmerz geholfen. Warum läßt du nicht zu, daß ich dir...«

»Das ist nicht dasselbe.«

»Meinst du?« Sie zuckte mit den Schultern. »Vielleicht

hast du sogar recht.« Ihre Fingerspitzen streiften ganz kurz über seinen Unterarm. »Du weißt ja selbst, Nick, daß ich nach ihrem... Tod lange keine Lust auf Sex hatte. Das muß doch ziemlich offensichtlich gewesen sein.«

»Wir haben damals beide Schreckliches durchgemacht.«

Sie sah ihn kurz eindringlich an, um ihm zu verstehen zu geben, daß er sie aussprechen lassen sollte. Aus bitterer Erfahrung wußte Nicholas nur zu gut, wie schwer es seiner Frau fiel, über intime Dinge mit ihm zu sprechen. Schließlich fuhr Justine fort: »Meine Abneigung gegen Sex hielt länger an, als gut war.«

Ihr entging nicht, wie er sie dabei ansah. Deshalb fügte sie rasch hinzu: »Ja, Nick, ich wußte sehr wohl, was ich tat, beziehungsweise, was ich uns damit antat. Trotzdem konnte ich nicht anders. Im nachhinein kommt es mir fast so vor, als hätte ich mir das Ganze als eine Art Buße auferlegt. Ich war mir ziemlich sicher, daß du mich nach allem, was passiert war, nicht mehr attraktiv finden würdest. Nein...« Sie legte ihm die Hand auf den Mund. »Du brauchst gar nicht erst zu versuchen, mich vom Gegenteil zu überzeugen.« Sie lächelte. »Das ist wirklich nicht nötig. Was ich getan habe, habe ich letztlich nur mir selbst angetan. Dich trifft keine Schuld an meinem Verhalten, und um so mehr tut es mir leid, daß ich dir so weh getan habe.« Sie rückte näher. »Manchmal wünsche ich mir, diese schreckliche Zeit noch einmal durchleben zu können. Vielleicht könnte ich dann mit meinem Schmerz besser umgehen. Ich...«

»Du brauchst dir deswegen doch keine Vorwürfe zu machen«, fiel ihr Nicholas ins Wort. »Ich kann mir sehr gut vorstellen, wie du damals gelitten haben mußt.«

Sie sah ihn eigenartig an. »Du hast mir nie erzählt, was nach ihrem Tod eigentlich in dir vorgegangen ist, Nick. Schließlich war sie auch deine Tochter.« Sie sagte das ganz ruhig, ohne jeden vorwurfsvollen Unterton.

»Darüber möchte ich nicht sprechen.«

Justine war sichtlich schockiert. »Nicht einmal mit mir? Ich bin immerhin deine Frau, Nick.« Unwillkürlich war ihre Stimme lauter geworden. »Und sie war *unser* Kind.«

»Ich halte nichts davon, meine Gefühle zu zerreden.«

Mit einem Mal brach Justines Ärger vollkommen unkontrolliert aus ihr hervor. »Was du nicht sagst! Als ob man seine Gefühle so einfach vom Tisch kehren könnte. Was hast du damals wirklich über mich gedacht, als ich vor lauter Selbstmitleid keinen einzigen Gedanken mehr für dich übrig hatte? Du mußt doch hin und wieder schrecklich wütend auf mich gewesen sein – oder zutiefst verletzt über meine Zurückweisung. Und weil wir gerade von dieser schrecklichen Zeit sprechen – ich habe nicht die leiseste Ahnung, was eigentlich in *dir* nach dem Tod unserer Tochter vorgegangen ist. Du hast kein einziges Mal geweint – zumindest nicht in meiner Gegenwart; du hast kein einziges Mal darüber gesprochen – und zwar nicht einmal dann, wenn ich endlich den Mut aufbrachte, dieses Thema anzuschneiden. Hast du das alles so verdrängt, daß es dich inzwischen völlig kalt läßt, wenn du an den Tod deiner Tochter denkst?«

»Wieso mußt du dich eigentlich ständig zum Richter über mich aufspielen?«

»Das tue ich doch gar nicht! Ich will dir doch nur helfen, dir über deine Gefühle klarzuwerden.«

»Da haben wir's wieder«, entgegnete er mit gespielter Gelassenheit. »Du hast mich doch längst schuldig gesprochen, und nur, damit du dich wieder beruhigst, soll ich dir jetzt in aller Ausführlichkeit erklären, warum ich so fühle und nicht anders.«

»Ich bin doch völlig ruhig!« stieß Justine hervor.

»Dann sieh dir doch mal dein Gesicht an«, konterte Nicholas. »Du bist ja schon ganz rot vor Wut.«

»Ach, du kannst mich mal!« Justine sprang auf und stürmte aus dem Raum. An der Tür drehte sie sich noch einmal um. »Toll hast du das wieder mal hingekriegt!«

Als sich dabei für einen Moment ihre Blicke trafen, wurde Nicholas bewußt, daß sie recht hatte. Warum brachte er es nicht über sich, ihr zu erzählen, was in ihm vorging?

Und noch während er sich diese Frage stellte, wußte er plötzlich die Antwort. Sie schnürte ihm die Kehle zusammen und trieb ihm den Schweiß auf die Stirn. Der Grund war ganz einfach: Er hatte Angst. Und er spürte diese Angst plötzlich so deutlich wie ein lebendes Wesen, das langsam, aber unaufhaltsam von ihm Besitz ergriff.

Senjin griff nach dem Telefon und bestellte Tomi Yazawa in sein Büro. Während er wartete, zündete er sich eine Zigarette an und blies den Rauch genüßlich zur Decke hoch. Dabei ließ er seinen Blick durch das kleine Fenster seines Büroabteils auf den alten Kaiserpalast hinauswandern, wo die Tokugawa-Shogune zweihundertfünfzig Jahre lang ihr strenges Regiment geführt hatten. Es gab in der Geschichte Japans kein Shogunat, das sich so lange an der Macht gehalten und das Land mit so unnachsichtiger Strenge regiert hatte. Mit großem politischem Geschick hatten die Tokugawa-Shogune jeden Widerstand gegen ihre Herrschaft schon im Keim erstickt. Zu diesem Zweck hatten sie sich auch nachdrücklich für die Verbreitung des Konfuzianismus eingesetzt. Diese ursprünglich in China beheimatete Religion legte größten Wert auf Tugenden wie Pflichterfüllung und Gehorsam. Ursprünglich war damit jedoch vor allem Gehorsam gegenüber den Eltern gemeint. Nun wären die Tokugawa allerdings keine Japaner gewesen, wenn sie diese Lehre nicht gewissen Abwandlungen unterzogen hätten, um sie ihren Erfordernissen optimal anzupassen. Das hatte zur Folge, daß sich die Pflicht zum Gehorsam schon sehr bald auch auf den Shogun bezog. Und der Shogun war natürlich immer ein Tokugawa.

Diesem Vorgehen lagen jedoch keineswegs nur eigennützige Motive zugrunde. Senjin wußte nur zu gut, daß Japan vor Ieyasu Tokugawa, dem ersten Shogun, ein zersplitterter Feudalstaat war, in dem sich die einzelnen Lehnsherren, die *Daimyo,* in ihren erbitterten Fehden ständig gegenseitig zerfleischten. Das sollte Ieyasu Tokugawa von Grund auf ändern. Er einte Japan unter blutigen Kämpfen zu einer Nation und verhalf dem Land dadurch zu einem enormen Machtaufschwung.

Zugleich nahm mit dem Tokugawa-Shogunat jedoch auch das starre und tief in der japanischen Gesellschaft verwurzelte Kastensystem seinen Anfang, mit dem die Tokugawa ein sehr wirkungsvolles Mittel zur Kontrolle ihrer Untertanen in Händen hatten.

In gewisser Weise bin ich den Tokugawa sehr ähnlich, dachte Senjin nicht zum erstenmal. Auch mir geht Kontrolle über alles.

Er hörte ein leises Hüsteln. Als er sich daraufhin herumdrehte, stand Tomi Yazawa in der Tür. Er winkte sie zu sich. »Kommen Sie nur herein, Kommissar.« Senjin hatte es sich zur Gewohnheit gemacht, seine Mitarbeiter nie beim Namen anzusprechen, sondern nur mit ihrem Dienstgrad. In seinen Augen verhalf ihm das zu dem nötigen Maß an Kontrolle. Zugleich wurde seinen Leuten dadurch immer wieder von neuem vor Augen geführt, wo ihr Platz innerhalb der Abteilung und der gesamten Polizeihierarchie war.

»Wie kommen Sie mit diesem Mord- und Vergewaltigungsfall voran? Sie wissen schon, diese Mariko Wie-heißt-sie-doch-gleich-wieder.«

»Ich weiß. Nicht einmal im Club schien irgend jemand ihren Nachnamen zu kennen.«

»Tja...« Senjin forderte sie nicht auf, Platz zu nehmen. Er fand, daß Untergebene in seiner Gegenwart besser stehen sollten. Ungeduldig trommelte er mit den Fingern auf die Schreibtischplatte. »Sind Sie mit Ihren Ermittlungen vorangekommen?«

»Nein, Herr Inspektor.«

»Keinerlei neue Anhaltspunkte?«

»Seit meinem letzten Abschlußbericht, der Ihnen bereits vorliegt, leider nicht.«

»Und dieser Zettel, der bei der Leiche gefunden wurde? ›Das könnte auch Ihre Frau sein?‹ Gibt es darüber etwas Neues?«

»Ich konnte in der Zwischenzeit lediglich in Erfahrung bringen, daß das Opfer unverheiratet war und häufig mit Männern ausging. Allerdings kam keiner ihrer Verehrer in den Club, und bei der Vernehmung der anderen Tänzerinnen stellte sich heraus, daß Mariko keine Freundin unter ihren Kolleginnen hatte, der sie von ihren Liebhabern erzählt hat. Die anderen Mädchen waren im übrigen nicht sehr gut auf Mariko zu sprechen. Offensichtlich kam sie sich als etwas Besseres vor und hat ziemlich auf sie herabgesehen.«

»Dafür hat sie sich allerdings den falschen Beruf ausgesucht«, brummte Senjin.

»Vermutlich.«

Senjin nahm Tomi Yazawa näher in Augenschein. Sie war eine zierliche, aber energische Frau mit den Rundungen am richtigen Fleck. Ihr ausdrucksstarkes Gesicht wurde von großen, tiefschwarzen Augen beherrscht, die selbst für eine Asiatin ungewöhnlich schräg standen. Ihr dichtes, schwarzes Haar, das im Schein der Bürobeleuchtung matt schimmerte, war streng aus dem Gesicht frisiert und am Hinterkopf zu einem kunstvollen Knoten geflochten. Senjin wußte, daß sie sehr clever war. Das war auch der Grund, weshalb er ihr diesen Fall zugeteilt hatte. Wenn sie damit nicht weiterkam, dann würde das niemandem gelingen.

»Das Ganze liegt nun schon – wie lange? – acht Monate zurück. Deshalb finde ich es langsam an der Zeit, den Fall abzuschließen«, erklärte Senjin.

»Dürfte ich Sie vielleicht darauf hinweisen, Herr Inspektor, daß ich die einzige Beamtin bin, die diesen Fall bearbeitet hat.« Unverwandt schaute Tomi auf einen ganz bestimmten Punkt an der Wand, der etwa dreißig Zentimenter schräg über Senjins Kopf lag. »Aus eigener Erfahrung weiß ich nur zu gut, was es heißt, niemanden auf der Welt zu haben. In Ihren Augen mag diese Mariko vielleicht nicht viel getaugt haben, aber für mich ist sie ein junges Mädchen, das mir vielleicht gar nicht so unähnlich war. Deshalb würde ich der Sache gern noch weiter nachgehen, bis der Fall gelöst ist.«

»Leider interessiert es die Polizei herzlich wenig, was Sie gern möchten«, erklärte ihr Senjin daraufhin. »Es gibt schließlich verbindliche Richtlinien für die polizeiliche Ermittlungstätigkeit, und außerdem haben wir im Moment mit erheblichen Personalproblemen zu kämpfen.« Zufrieden beobachtete Senjin, wie Tomi heftig errötete. »Dürfte ich Sie in diesem Zusammenhang außerdem darauf hinweisen, daß ich Ihnen in diesem Fall bereits wesentlich länger als normalerweise üblich vollkommen freie Hand gelassen habe – und dies, obwohl eigentlich von Anfang an kaum Aussicht auf eine Lösung des Falls bestand. Seien Sie also lieber froh, daß ich Ihnen überhaupt so viel Zeit für Ihren privaten kleinen Kreuzzug gelassen habe.«

»Selbstverständlich, Herr Inspektor«, nickte Tomi. »Ich weiß Ihr Entgegenkommen durchaus zu schätzen. Solange Mariko noch am Leben war, hatte sie niemanden, der für sie da war. Deshalb wollte ich das wenigstens im nachhinein noch etwas gutmachen.«

»Sie haben getan, was Sie konnten. Doch jetzt müssen Sie endlich auch wieder Ihren anderen Pflichten nachkommen.«

»Jawohl, Herr Inspektor.«

Unvermutet stand Senjin auf und trat einen Schritt zur Seite, so daß er genau in Tomis Blickfeld zu stehen kam. »Meine Leute mögen mich nicht besonders. Das ist doch richtig?«

»Wie kommen Sie denn darauf, Herr Inspektor?«

»Liegt das an meinem Alter?« fuhr Senjin darauf in einem Ton fort, als erwarte er eigentlich keine Antwort auf seine Frage. »Ich werde demnächst neunundzwanzig. Bin ich damit in Ihren Augen zu jung für einen Leiter der Mordkommission?«

»Berufliche Kompetenz ist keine Frage des Alters, Herr Inspektor.«

Als Senjin in diesem Moment Tomi direkt in die Augen schaute, spürte er plötzlich ein leises Gefühl der Bedrohung in sich aufsteigen – gerade so, als hätte sich unvermutet ein anderes Raubtier in sein Revier eingeschlichen. Ob er Tomi Yazawa unterschätzt hatte? In der Regel ließ sich Senjin nie dazu verleiten, seine Feinde zu unterschätzen. Andererseits war diese Mitarbeiterin kein Feind. Zumindest noch nicht.

»Haben Sie vielleicht, im Gegensatz zu meinen Vorgesetzten, den Eindruck, daß es mir für meine Aufgabe an der nötigen Reife und Erfahrung fehlt?«

»Daran liegt es bestimmt nicht, Herr Inspektor.«

Senjin nickte. »Aha, langsam kommen wir weiter.« Er wartete einen Moment. »Tun Sie sich keinen Zwang an. Was

Sie mir zu sagen haben, bleibt selbstverständlich unter uns.«

»Wird Ihr Büro nicht vielleicht abgehört?«

Senjin legte den Kopf zur Seite und lächelte still in sich hinein. Da haben wir's, dachte er. Sie ist nicht nur sehr clever, sondern auch verdammt schnell. Das gefiel ihm. Das würde den Reiz nur noch erhöhen, wenn er sie irgendwann mal vernaschte.

Senjin kam hinter seinem Schreibtisch hervor und bleib so dicht vor ihr stehen, daß er ihren Atem hören, den zarten Duft ihrer Haut riechen konnte. »In meinem Büro gibt es keine Wanzen.« Er schaute sie forschend an. »Tragen Sie welche am Körper?«

»Nein, Herr Inspektor.«

»Gut«, nickte Senjin. »Dann sprechen Sie weiter.«

Tomi holte tief Luft. Seine Nähe hatte sie ziemlich aus der Fassung gebracht. Zum erstenmal sah sie den Inspektor als ein menschliches Wesen – und noch mehr als das: als einen *Mann*. Schon eine ganze Weile hatte sie sich immer wieder dabei ertappt, wie sie ihn aus der Ferne heimlich beobachtete. Doch als sie nun plötzlich so dicht vor ihm stand, raubte ihr seine Nähe geradezu den Atem. Sie spürte ganz deutlich seinen männlich herben Geruch in ihrer Nase. Mühsam rang sie um ihre Fassung. »Mit Verlaub, Herr Inspektor – kennen Sie eigentlich die Bedeutung Ihres Namens, Omukae?«

Senjins Lächeln war ohne Wärme. »Nehmen wir mal an, ich kenne sie nicht.«

Tomi nickte. »Ein *Omukae* ist ein Bote aus einer anderen Welt. Eine Art Dämon.«

»Oder ein Engel.«

»Ja«, bestätigte ihm Tomi mit trockenem Mund. »Oder ein Engel. Wie dem auch sei – ein *Omukae* ist kein Wesen von dieser Welt.« Senjin war klar, daß sie mit *dieser Welt* Japan meinte. »Verschiedene Kollegen sind der Meinung, daß der Leiter der Mordkommission...« Sie hielt inne. Eigentlich gehörte es sich nicht, Kritik an einem Vorgesetzten zu üben.

»Sprechen Sie ruhig weiter«, forderte sie Senjin mit schneidender Stimme auf. »Wie bereits gesagt: Sie haben die ausdrückliche Erlaubnis, Ihre Meinung zu äußern.«

»Verschiedene Kollegen sind der Ansicht«, setzte sie darauf von neuem an, »daß der Inspektor manchmal seinen Pflichten nachkommt, als wäre er tatsächlich ein *Omukae*. Hin und wieder erweckt er den Eindruck, als ginge es ihm mehr um seine eigenen Interessen als um die Interessen der Polizei beziehungsweise seiner Abteilung.«

»Ist das auch Ihre Meinung?«

Tomi wußte nicht mehr, was sie sagen sollte. Diese seltsame Mischung aus förmlichem Gespräch und extremer körperlicher Nähe brachte sie zusehends mehr aus der Fassung. Sie durfte sich auf keinen Fall anmerken lassen, daß sie... »Ganz offen gestanden...«

»Halt«, unterbrach Senjin sie schroff. »Diese Frage war nicht fair. Ich ziehe sie zurück. Sie und ich – wir haben etwas gemeinsam: Wir sind beide Außenseiter. In meinem Fall ist das darauf zurückzuführen, daß plötzlich unter höchst mysteriösen Umständen eine ganze Reihe von hohen Polizeibeamten zurückgetreten ist. Vor allem diesem Umstand habe ich den raschen Aufstieg in meine jetzige verantwortungsvolle Position zu verdanken. Bei einigen Kollegen dürfte diese rasche Beförderung jedoch sicher böses Blut geschaffen haben, oder etwa nicht?«

Tomi sagte nichts. Sie war dem Inspektor jedoch außerordentlich dankbar, daß er es taktvoll unterließ, auch auf die Gründe ihrer Außenseiterrolle näher einzugehen, obwohl sie ihm selbstverständlich sehr deutlich bewußt waren. Gleichzeitig dachte sie an den Vorfall, der, wie Senjin bereits angedeutet hatte, zu seinem raschen Aufstieg geführt hatte. Monatelang hatte eine besonders kaltblütige und brutale Yakuza-Gruppe, von der Polizei scheinbar völlig unbehelligt, ihr Unwesen getrieben. Sämtliche Bemühungen, dieser Unterweltorganisation das Handwerk zu legen, schlugen kläglich fehl – bis sich Senjin Omukae der Sache annahm. Ohne das Wissen seiner Vorgesetzten stellte er auf eigene Faust seine Nachforschungen an. Und nur durch dieses heimliche und eigenmächtige Vorgehen sollte es ihm gelingen, ein weit verzweigtes Netz der Korruption aufzudecken, das die Polizei von Tokio durchzog. Senjin konnte den Nachweis erbringen, daß eine ganze Reihe von hohen Polizeibeamten mit dem *Oyabun*, dem Boß, eines Yakuza-Clans unter einer Decke steckten.

Nachdem Senjin also ganz allein einen riesigen Korruptionsskandal aufgedeckt hatte, stand man beim Polizeipräsidium selbstverständlich tief in seiner Schuld. Außerdem war aufgrund seines geheimen Vorgehens nichts von dem Vorfall an die Öffentlichkeit gedrungen. Die Medien, die sonst für solche Dinge einen sehr guten Riecher hatten, bekamen diesmal ausnahmsweise keinen Wind von der Sache, so daß die ganze Angelegenheit rein intern geregelt werden konnte und für die Polizei damit kein Gesichtsverlust verbunden war. Tomi wußte jedoch immerhin soviel über diese Angelegenheit, daß damals eine ganze Reihe leitender Beamter von ihren Posten zurückgetreten waren.

Senjin durchbrach den Bann ihrer intimen Nähe und kehrte wieder hinter seinen Schreibtisch zurück. Die seltsame Mischung als Erleichterung und Bedauern, die Tomi daraufhin verspürte, stürzte sie nur noch tiefer in Verwirrung.

Nachdenklich zog Senjin an seiner fast zu Ende gerauchten Zigarette. »Eigeninitiative«, begann er schließlich, »ist bei der Verbrechensbekämpfung längst keine Schande mehr. Zumindest vertrete *ich* diese Auffassung, und es steht Ihnen jederzeit frei, das Ihren Kollegen weiterzuerzählen.«

Senjin nahm einen letzten Zug von seiner Zigarette und drückte sie in seinem Aschenbecher aus. »Aber da wir schon bei diesem Thema sind, möchte ich Ihnen dazu noch etwas sagen. Die Aufgaben der Polizei sind selbstverständlich sehr unterschiedlicher Natur, wenn ich es auch als unsere vordringlichste Pflicht betrachte, Tokio nach Möglichkeit vor terroristischen Übergriffen zu schützen. Falls Sie während Ihrer Fortbildungskurse nicht gerade die ganze Zeit geschlafen haben, werden Sie deshalb auch sicher wissen, daß Terroristen nicht wie die breite Masse von Normalbürgern denken. Ihr Denken ist von Grund auf anarchisch, und dementsprechend unberechenbar handeln sie auch. Im Grunde genommen heißt das nichts anderes, als daß sie wie Individuen denken. Meine Pflicht – oder genauer *unsere*

Pflicht – besteht nun darin, diese Terroristen auszuschalten, bevor sie irgendwelchen Schaden anrichten können. Die Erfahrung hat mich gelehrt, daß sich das am besten bewerkstelligen läßt, indem man lernt, wie ein Terrorist zu denken. Und ich will doch meinen, daß die Richtigkeit meiner Theorie durch die Erfolge meiner fünfjährigen Tätigkeit für diese Abteilung hinreichend unter Beweis gestellt worden ist.« Sein Blick traf sich wieder mit dem Tomis. »Habe ich mich klar genug ausgedrückt?«

»Selbstverständlich, Herr Inspektor.«

»Gut.« Senjin drehte sich auf seinem Stuhl herum und schaute wieder aus dem Fenster. »Nachdem der Fall Mariko abgeschlossen ist, habe ich etwas Neues für Sie. Sagt Ihnen der Name Nicholas Linnear etwas?«

»Ja. Es dürfte in ganz Tokio kaum jemanden geben, der diesen Namen nicht kennt.«

»Nicht nur in Tokio«, sagte Senjin rätselhaft und drehte sich wieder zu Tomi herum. »Linnear-san wird Ihr nächster Fall sein.«

»Wie bitte?«

»Sie brauchen gar nicht so erstaunt zu sein.« Senjin kam wieder auf sie zu. »Heute morgen haben wir einen verschlüsselten Funkspruch des KGB abgefangen. Vor zwanzig Minuten ist es uns gelungen, den Code zu knacken. Hier ist das Ergebnis.« Er reichte ihr einen Computerausdruck. Als Tomi das Blatt Papier an sich nahm, streiften ihre Finger ganz leicht über die seinen. Für einen Moment trafen sich ihre Blicke. Doch dann wandte sich Tomi rasch der Nachricht auf dem Computerausdruck zu. Während sie den kurzen Text überflog, fuhr Senjin fort: »Offensichtlich hat der KGB Linnear-sans Beseitigung angeordnet. Wie Sie dem Schreiben entnehmen können, soll in einer Woche ein Mordanschlag auf ihn verübt werden.«

Das Shakushi-*furo* lag in Roppongi. Das Vergnügungsviertel von Tokio ist vermutlich der Ort, an dem sich ein Ausländer in der ansonsten sehr fremden Umgebung Japans noch am ehesten zu Hause fühlen kann. Zugleich dürfte es jedoch kaum einen Japaner über achtzehn geben, der bei einem Aufenthalt in diesem Teil von Tokio nicht umweigerlich von einem leichten Unbehagen befallen wird.

Das Badehaus war, zumindest für Tokioter Verhältnisse, nicht weit von Nangis Büro entfernt. Es lag in einer schmalen Seitenstraße inmitten von hypermodern gestylten Cafés und futuristischen Discos, in denen sich spät abends die Tokioter Schickeria traf. An der gegenüberliegenden Straßenecke befand sich ein großer Hifi- und Video-Laden, in dessen riesigem Schaufenster eine Wand aus Fernsehern aufgebaut war. Auf den Bildschirmen hopsten zwei sogenannte ›Show-Talente‹ herum. Das groteske Gehampel, das sie dabei vollführten, galt neuerdings bei der popmusikbegeisterten japanischen Jugend als Inbegriff einer tollen Show. Diese Show-Talente waren übrigens eine typisch japanische Erscheinungsform der Fernsehunterhaltung; sie verfügten zwar, wie schon der Name besagte, über eine Vielzahl unterschiedlicher Talente, ohne es allerdings auf irgendeinem Gebiet zu wirklicher Könnerschaft zu bringen. Entsprechend kurzlebig war auch ihr eher fragwürdiger Starruhm. Ähnlich den immer schneller wechselnden Modetrends waren sie meistens ebenso schnell wieder passé, wie sie in Mode gekommen waren.

Nach Betreten des Badehauses zahlte Nangi an der Kasse und erhielt dafür einen numerierten Schlüssel an einem Plastikband ausgehändigt. Damit begab er sich in den Umkleideraum. Aufgrund einer Kriegsverletzung hatte sich Nangi ein schweres Nervenleiden in den Beinen zugezogen, so daß er sich nur noch ruckartig und scheinbar unkontrolliert bewegen konnte. Auf seinen drachenköpfigen Stockknauf gestützt, ließ er seinen schmächtigen Körper auf die lange Holzbank vor den Schließfächern der Umkleidekabine nieder.

Er hätte gerne gewußt, wie Kusunda Ikusa auf sein Gesicht reagieren würde. Sicher war Ikusa genauestens über ihn im Bilde und wußte demzufolge auch über sein rechtes Auge Bescheid, dessen Lid starr über den blinden, milchig trüben Augapfel herabhing. Möglicherweise hatte er sogar schon ein Foto von Nangi gesehen. Trotzdem würde gerade der Moment, wenn ihre Blicke sich zum erstenmal trafen, von entscheidender Bedeutung für den weiteren Verlauf ihres Treffens sein. Vor allem ihr erster Blickkontakt würde Nangi Aufschluß darüber geben, aus welchem Holz Kusunda Ikusa geschnitzt war und ob er es mit ihm aufnehmen konnte.

Eine Weile saß Nangi vollkommen reglos da. Er hätte jetzt gern eine Zigarette geraucht. Aber seit dem Tag von Seiichi Satos Begräbnis hatte Nangi zu rauchen aufgehört. Er hatte sich das nicht als Buße auferlegt; vielmehr diente es dem Zweck, das Gedenken an seinen toten Freund für immer in seiner Erinnerung wachzuhalten. Jedesmal, wenn es ihn nämlich nach einer Zigarette gelüstete, mußte er an Seiichi denken. Während des Krieges war Seiichis älterer Bruder bei dem Versuch, Nangi das Leben zu retten, selbst ums Leben gekommen. Nachdem Seiichi tot war, wußte das außer Nangi kein Mensch mehr – nicht einmal Nicholas.

Noch ganz deutlich konnte sich Nangi an das buddhistische Begräbnis erinnern. Für ihn war die Trauerfeier jedoch nur ein sinnentleertes Ritual ohne tiefere Bedeutung gewesen. Während die Priester die Räucherkerzen anzündeten und dazu den monotonen Singsang ihrer endlosen Litaneien anstimmten, hatte er im stillen seine lateinischen Gebete gesprochen.

Nach der Trauerfeier hatte Nangi den Inhalt seines silbernen Zigarettenetuis in einen Abfalleimer gekippt und war anschließend mit dem Zug wieder nach Tokio zurückgefahren. Dort hatte er als erstes eine Kirche aufgesucht, nicht sein Büro.

Der Krieg hatte Nangi in vielfacher Hinsicht verändert. Er hatte ihn ein Auge gekostet, seine Gehfähigkeit erheblich eingeschränkt und ihm seinen besten Freund geraubt. Die einschneidendste Veränderung, die er nach sich zog, war jedoch Nangis Konversion zum Katholizismus. Ganz allein war er damals auf einem Floß im Pazifik getrieben, und noch mehr als Hunger und Durst hatten ihn dabei die schrecklichen Erinnerungen an Gotaros Tod gequält. Noch nie in seinem Leben hatte er so verzweifelt Trost gesucht. Doch er hatte keinen gefunden. Denn weder im Buddhismus noch im Shintoismus gab es die Vorstellung eines persönlichen Gottes. Aber gerade die Tröstungen, die ein solcher persönlicher Gott verhieß, hätte Nangi in seiner verzweifelten Lage bitter nötig gehabt. Deshalb hatte er in seiner Not begonnen, zu einem christlichen Gott zu beten. Und das erste, was er sich nach Kriegsende kaufte, war eine Bibel.

Jahre später, nach der Rückkehr von Seiichis Begräbnis, suchte Nangi eine Kirche auf, um zu beichten.

»Vater, vergib mir, denn ich habe gesündigt…«

Damals hatte er sich ruhig und gefaßt gefühlt, und in seiner Trauer um den Tod seines Freundes hatte er Gottes Nähe als sehr tröstlich empfunden. Doch manchmal, wie zum Beispiel jetzt, im Umkleideraum des Badehauses, überkamen Nangi heftige Zweifel. In solchen Momenten sah er sich immer wieder mit der Frage konfrontiert, ob ihn der katholische Glaube nun eigentlich stärkte oder schwächte. Eines war jedenfalls nicht zu leugnen: In Zeiten der Anfechtung war ihm sein Glaube an Gott eine enorme Stütze. Aber dann gab es auch Zeiten, in denen ihn, wie zum Beispiel jetzt, heftige Zweifel zu plagen begannen. Denn auch den strengen Glaubensgrundsätzen der katholischen Kirche haftete in ihrem Absolutheitsanspruch ganz unverkennbar der Beigeschmack des Erstarrten und Sinnentleerten an. Andrerseits konnte er sich auch nicht darüber hinwegtäuschen, daß eine ganz wesentliche Grundvoraussetzung seines Glaubens die vorbehaltlose Unterwerfung unter den Willen Gottes und die Lehre der Kirche darstellten. Aber es gab auch Zeiten, in denen er sich vorkam wie ein Drogenabhängiger, der ganz deutlich spürt, wie die Droge immer mehr von ihm Besitz ergreift und ihm nach und nach seinen eigenen Willen raubt. Die Vorstellung, ihm könnte es mit der Religion ganz ähnlich ergehen, erfüllte Nangi mit tiefer Besorgnis.

Ganz langsam tauchte Nangi wieder aus seinen Gedanken auf. Mit tiefen, ruhigen Atemzügen begann er, sich auf seine Mitte zu konzentrieren. Die bevorstehende Begegnung mit Kusunda Ikusa würde seine ganze Kraft erfordern.

Nachdem er sich ausgezogen hatte, schloß er sein Kleiderfach ab und befestigte das Band mit dem Schlüssel an seinem Handgelenk. Er stützte sich schwerer auf seinen Stock, als eigentlich nötig war. In Japan standen die Helden des letzten Krieges noch immer in hohem Ansehen, und Nangi hatte es sich deshalb schon lange zur Gewohnheit gemacht, jeden nur erdenklichen Vorteil aus seinen Kriegsverletzungen zu schlagen.

Sein gesundes Auge leuchtete herausfordernd, als er durch dichten Dampf einen mit Lattenrosten ausgelegten Flur hinunterhumpelte. Gurgelnd floß in den darunter angebrachten Gullis das Wasser ab. Es wurde nur übertönt vom Klopfen seines Gehstocks, das laut von den gefliesten Wänden widerhallte.

Nangi betrat einen engen Raum, wo ihm eine junge Frau seinen Stock abnahm und ihm in eine mit heißem Wasser gefüllte Wanne half. Dann machte sie sich daran, ihn aus einer großen Schöpfkelle mit Wasser zu übergießen, während ihn eine andere junge Frau mit einem riesigen Naturschwamm am ganzen Körper einzuseifen begann.

Nachdem die beiden Frauen Nangi von Kopf bis Fuß gewaschen hatten – Shintoisten hätten vermutlich von Läutern gesprochen –, halfen sie ihm wieder auf die Beine, reichten ihm seinen Stock und führten ihn durch eine Tür auf der anderen Seite der Waschkammer in das eigentliche Bad.

Dort wartete bereits Kusunda Ikusa auf ihn.

Für einen Moment verschlug es Nangi die Sprache. Daß Ikusa so jung war, hätte er nicht gedacht. Wie war es möglich, daß sich Nami und damit auch der japanische Kaiser durch einen jungen Mann vertreten ließen, der noch keine dreißig Jahre alt sein konnte?

Ikusa hätte ohne weiteres Sumo-Ringer sein können. Seine muskelbepackten Beine bogen sich förmlich unter der Last seines von dicken Fettwülsten gepanzerten Oberkörpers. Trotzdem wirkte er so windschnittig glatt und gefährlich wie ein tödliches Geschoß.

Sein Schädel war kahlrasiert; nur ein dunkler, stoppliger Schimmer gab zu erkennen, wo sonst sein Kopfhaar wuchs.

Er hatte auffallend kleine Ohren und einen weibischen Mund, dessen Ausdruck an das gezierte Lächeln einer Geisha erinnerte. Aber der stechende Blick seiner pechschwarzen Augen, die fast in der teigigen Masse seines Gesichts verschwanden, hatte etwas so Durchdringendes, als gäbe es nichts, was man vor ihnen verbergen könnte. Ganz offensichtlich verfügte dieser Mann über enormes *Hara*, und Nangi war sofort auf der Hut vor ihm.

»Tanzan Nangi.« Kusunda Ikusa neigte förmlich den Kopf. »Es ist mir eine große Ehre, Ihre Bekanntschaft zu machen. Ich bin hier im Namen von Nami. Wenn ich spreche, so spricht aus mir die Stimme aller anderen Mitglieder von Nami.«

Diese formelle Grußbotschaft wurde mit einer tiefen, fast brummigen Stimme im typischen Singsang eines Shinto-Priesters überbracht.

»Kusunda Ikusa«, erwiderte Nangi genauso förmlich. »Auch mir ist es eine große Ehre, Ihre Bekanntschaft zu machen. Die Macht Namis ist gegenwärtig, seine Stimme deutlich zu vernehmen.«

Nachdem mit diesem Begrüßungszeremoniell den Erfordernissen der Konvention Genüge geleistet war, nickte Kusunda Ikusa zufrieden und hob einen fleischigen Arm. »Ich habe uns eine eigene Nische reservieren lassen, damit wir uns ungestört unterhalten können.«

Er ging auf das große Becken zu, das von einem hohen, weiten Gewölbe überspannt wurde. Die Halle war erfüllt vom leisen Murmeln der Badenden, deren Stimmen von den gefliesten Wänden hundertfach gebrochen zurückgeworfen wurden.

Vor einer kleinen Ausbuchtung im Becken blieb Kusunda Ikusa stehen. Träge plätscherten die Wellen gegen die grünen Fliesen. Im Boden des Beckens war ein Quadrat aus Glassteinen eingelassen, hinter dem ein Scheinwerfer angebracht war. Das rief einen Effekt hervor, als leuchtete das milchig grüne Wasser des Beckens von innen heraus.

Mit erstaunlicher Behendigkeit ließ sich Ikusa ins Wasser gleiten. Als Nangi daraufhin seinen Stock am Beckenrand ablegte und ihm etwas unbeholfen folgte, fragte er sich, welchen Hintergedanken Ikusa mit der Wahl dieses Treffpunkts verfolgt haben könnte. Denn immerhin hatte er Nangi dadurch gezwungen, seine Behinderung öffentlich zur Schau zu stellen.

Eine Weile trieben sie schweigend im angenehm warmen Wasser. Wie überflüssiger Ballast fielen alle Gedanken an das hektische Getriebe, das hinter den Mauern des Badehauses herrschte, mehr und mehr von ihnen ab. Die Wärme des Wassers umgab sie mit der Geborgenheit eines Mutterschoßes.

Offensichtlich lag Ikusa sehr viel an dieser entspannten Atmosphäre. Nangi schloß sein gesundes Auge, hielt sich am Beckenrand fest und dachte an nichts mehr. Erst als sich Ikusa leise räusperte, tauchte er wieder aus seiner Versenkung auf. Unwillkürlich mußte er unter Ikusas durchdringendem Blick blinzeln. In dem flimmernden Licht, das von der Wasseroberfläche in ständig sich verändernden Mustern zurückgeworfen wurde, wirkte das Gesicht seines Gegenübers noch undurchschaubarer. Aber Nangi mußte unbedingt herausbekommen, was hinter dieser undurchdringlichen Maske vor sich ging, wenn er bei dieser Unterredung nicht von vorneherein auf verlorenem Posten stehen wollte.

»Nangi-san«, begann Kusunda Ikusa schließlich. »Nami möchte wegen einer außerordentlich dringenden Angelegenheit mit Ihnen sprechen.«

»Das haben Sie bereits in unserem gestrigen Telefongespräch angedeutet.«

»Nami hat ernste – und sehr schwerwiegende – Bedenken, was die jüngsten Entwicklungen in Ihrem Konzern betrifft.«

Nangis Miene zeigte nicht die leisteste Gefühlsregung. »Seit wann interessiert sich Nami für die Belange von Sato International?«

»Das hat zweierlei Gründe. Da ist zum einen Ihre Beteiligung an Tenchi. Da dieses Ölförderungsprojekt mit Regierungsgeldern finanziert wird, versteht es sich von selbst, daß Nami sich dafür interessiert.«

Als Nangi merkte, daß Ikusa vorerst nicht beabsichtigte

weiterzusprechen, schloß er sein gesundes Auge, als wäre er ganz allein und entspannt. Zumindest eines war bereits sicher: In Ikusas Stimme hatte sich, kaum daß sie ihre Unterredung begonnen hatten, ein aggressiv vorwurfsvoller Unterton eingeschlichen. Und nun versuchte er Nangi aus der Reserve zu locken, indem er ihm den zweiten Grund für Namis Interesse an Sato International nicht nannte.

Ikusa hatte es von Anfang an darauf angelegt, Nangi zu provozieren. Was bezweckte er damit? Wollte er mit diesem Vorgehen lediglich seine Überlegenheit demonstrieren? Oder hatte er dafür andere, zwingendere Gründe?

Doch Nangi ließ sich durch diese Taktik nicht aus der Ruhe bringen. Es hätte keinen Sinn gehabt, Ikusa mit Fragen zu bestürmen. Deshalb begnügte er sich damit, sein Gegenüber stumm zu beobachten und abzuwarten, bis Ikusa weitersprach. Nur so würde er erfahren, was er wissen wollte.

»Vor drei Jahren«, fuhr Ikusa schließlich fort, »wäre das Techni-Projekt von den Russen um ein Haar zum Scheitern gebracht worden. Und seitdem hat das Projekt wesentlich geringere Fortschritte gemacht, als ursprünglich geplant war.«

Gemächlich paddelte Nangi mit den Füßen im Wasser. »Das ist richtig. Allerdings möchte ich Sie in diesem Zusammenhang auf zwei Dinge hinweisen. Erstens haben wir es mehr oder weniger ausschließlich Nicholas Linnear zu verdanken, daß wichtige Geheiminformationen über das Projekt nicht in die Hände der Russen gefallen sind. Und zweitens hat sich herausgestellt, daß die Gesteinsschicht auf dem Meeresboden in der Nähe der Kurilen wesentlich härter ist, als dies zu erwarten war. Unsere Geologen sind inzwischen zu der Überzeugung gelangt, daß dies auf die hohe Anzahl von Erdbeben in dieser Region zurückzuführen sein könnte, da die tieferliegenden Schichten eine gänzlich andersartige Zusammensetzung haben.«

Darauf trat ein längeres Schweigen ein.

Schließlich sagte Ikusa in deutlich mißbilligendem Ton: »Nami ist über die geologischen Befunde sehr wohl im Bilde.«

Nangi spürte, wie ihn Ikusa schon wieder aus der Reserve zu locken versuchte. Bisher hatte er weder gegen Nangi persönlich noch gegen Sato International irgendwelche Anschuldigungen erhoben. Und wenn Nangi sich nicht von Grund auf täuschte, würde er das auch weiterhin nicht tun. Wußte Ikusa überhaupt etwas? Oder fischte er nur im trüben? Letzteres hätte zumindest erklärt, weshalb er Nangi ständig mit vagen Anschuldigungen dazu bringen wollte, sich vor ihm zu rechtfertigen und ihn damit unwillentlich selbst auf mögliche Angriffspunkte oder Fehler aufmerksam zu machen.

»Demnach weiß Nami also auch«, entgegnete Nangi, »daß wir nichts unversucht lassen, das Projekt mit allen uns zu Gebote stehenden Mitteln voranzutreiben.«

»An sich«, bemerkte Ikusa darauf gemächlich, »hat das Techni-Projekt auch nur am Rande mit der ganzen Sache zu tun.« Er machte eine Pause und trat eine Weile mit den Füßen im Wasser. Als die dadurch entstehenden Wellen Nangi erreichten, fuhr er fort: »Der Hauptgrund für die Bedenken – oder sollte ich vielleicht sogar sagen: Besorgnis? – liegt anderswo.«

Nangi war klar, daß er nur Geduld haben mußte. Dann würde ihm Ikusa von selbst erzählen, weshalb er ihn so dringend hatte sprechen wollen. Natürlich hatte auch Nangi seine Geheimnisse. Und selbst wenn sie noch so sicher verwahrt waren, konnten sie ihm dennoch gefährlich werden. Obwohl er Ikusas Taktik längst durchschaut hatte, begannen ihn seine bohrenden Fragen allmählich zu verunsichern. Er mußte auf der Hut sein, damit er in seiner Nervosität Ikusa nicht doch verriet, was er wissen wollte.

Nangi sah sein Gegenüber mit seinem gesunden Auge eindringlich an. »Ich bin gern bereit, Ihnen Rede und Antwort zu stehen. Was wollen Sie wissen?«

»Woher plötzlich diese erstaunliche Kooperationsbereitschaft, obwohl Sie doch bekanntermaßen kein uneingeschränkter Befürworter von Nami und seiner Politik sind?«

»Ich weiß, was meine Pflicht ist«, entgegnete Nangi ruhig. »Sie liegt innerhalb derselben konzentrischen Kreise wie die eines jeden Japaners: Kaiser, Vaterland, Firma, Familie.«

»Gewiß, gewiß«, nickte Ikusa. »Aber in welcher Reihenfolge, muß man sich manchmal fragen?«

Nangi gab keine Antwort. Ikusa wartete nur darauf, daß er sich selbst verriet.

Schließlich sagte Ikusa ziemlich unverschämt: »Wenn Sie sich nichts vorzuwerfen haben, Nangi-san, haben Sie nichts zu befürchten.«

Nun wurde Nangi klar, daß der Vertreter von Nami nicht gewillt war, ihn so leicht davonkommen zu lassen. Mit seiner bisherigen Hinhaltetaktik kam er jetzt nicht mehr weiter. Dazu war Ikusa zu gerissen. Wenn er etwas aus Ikusa herausbekommen wollte, mußte jetzt er in die Offensive gehen. Allerdings konnte das ziemlich gefährlich für ihn werden. Möglicherweise hatte Ikusa von Anfang an auf nichts anderes abgezielt. Denn je mehr Nangi sprach, desto mehr gab er unweigerlich über sich und seine Absichten preis.

»Selbst wenn man in den Augen der Öffentlichkeit als völlig untadelig gilt«, erklärte Nangi nach längerem Nachdenken, »so ist das noch lange kein Zeichen wahren Adels.« Er bekam es langsam satt, sich von Ikusa ins Kreuzverhör nehmen zu lassen. »Einem Tokugawa-Krieger aus dem sechzehnten Jahrhundert oder einem unserer hoffnungslos idealisierten modernen Yakuza mag *Iji o haru* ja noch ganz gut zu Gesicht stehen.«

Mit diesem japanischen Begriff war das Beharren auf einem Standpunkt gemeint, der sich längst als falsch erwiesen hat. »Ansonsten habe ich jedoch leider feststellen müssen, daß *Iji o haru* heutzutage in den meisten Fällen nur noch als Vorwand zur persönlichen Machtbereicherung dient.«

Überrascht von Nangis unerwartetem Vorstoß, sah ihn Ikusa blinzelnd an. Denn mit dieser Äußerung hatte Nangi nicht nur seine, Ikusas, Motive in Frage gestellt, sondern auch die von Nami. Ziemlich steif erwiderte er deshalb: »Nami ist über jede Kritik und jeden Tadel erhaben.«

»Verrat«, hielt Nangi dem entgegen, »ist überall möglich. Er muß immer und überall aufgedeckt werden, bevor er Wurzeln schlagen kann.«

Unvermutet wälzte sich Kusunda Ikusa so heftig im Wasser herum, daß Nangi schon dachte, er würde über ihn herfallen. Doch schon im nächsten Augenblick trieb sein massiger Körper wieder wie eh und je träge im Wasser. Nur die Wellen, die er durch seine Bewegungen hervorgerufen hatte, hatten inzwischen den Beckenrand erreicht und klatschten spritzend über die Fliesen.

»Gewiß«, nickte Ikusa. »Verrat darf nirgendwo geduldet werden.« Der leicht gepreßte Ton seiner Stimme erfüllte Nangi mit geheimer Genugtuung. »Und genau das ist der Grund, weshalb wir uns heute hier getroffen haben.«

»Verrat.« Nangi kostete das Wort auf seiner Zunge, als schmeckte er einen alten Wein. Die Frage war nun nur noch, wer hier Verrat begangen hatte und an wem. Er mußte nicht lange auf die Antwort warten.

»Es ist Ihr Partner Nicholas Linnear«, rückte Ikusa schließlich mit der Sprache heraus, »der Nami Anlaß zur Besorgnis gegeben hat.«

»Nami hat über Nicholas Linnear Nachforschungen angestellt?«

»Allerdings«, bestätigte ihm Ikusa etwas hochtrabend. Er hatte mit dieser Feststellung nichts anderes beabsichtigt, als Nangi einen ernsthaften Schock zu versetzen. Nachdem ihm das gelungen war, war er sich seiner Sache plötzlich wieder wesentlich sicherer. Das erfüllte ihn mit sichtlicher Zufriedenheit – eine Schwäche, die Nangi keineswegs entgangen war. »Sie müssen nämlich wissen, Nangi-san, daß Nami schon lange an der Bevormundung durch die Amerikaner Anstoß nimmt. Ständig hat man uns seit Kriegsende spüren lassen, daß wir ein armes und minderwertiges Volk sind. Grenzt das denn nicht geradezu an Gehirnwäsche? Und was geschieht, wenn man jahrzehntelang immer wieder das gleiche eingeimpft bekommt – selbst wenn man sich noch so sehr dagegen zur Wehr setzt? Irgendwann beginnt man unweigerlich zu glauben, was man die ganze Zeit eingetrichtert bekommen hat. Und genau das ist mit den Japanern Ihrer Generation geschehen.«

Fett und träge wie eine insektenfressende Kröte trieb Kusunda Ikusa im Wasser. Seiner Jugend haftete in Nangis Augen fast etwas Obszönes an; es schien, als wäre bei Ikusa die Möglichkeit, zu lernen und Erfahrungen zu sammeln, für immer vertan.

Ikusa fuhr in seinem Monolog fort: »Dagegen sind Leute wie ich – Männer, die der nachfolgenden Generation angehören – in einem Japan aufgewachsen, das mit seinem enormen wirtschaftlichen Aufschwung mittlerweile alle Industrienationen der Welt weit überflügelt hat. Nun hat sich das Blatt gewendet, Nangi-san. Jetzt sind wir es, die in Amerika und auf dem Vormarsch sind. Immer mehr amerikanische Firmen befinden sich in japanischer Hand. Im Grunde genommen sind wir es, die die hoch verschuldeten Amerikaner über Wasser halten. Schon seit Jahren kaufen wir ihre Regierungsanleihen auf. Mittlerweile sind wir sogar schon dazu übergegangen, uns in ihre Großkonzerne einzukaufen. Und es wird nicht mehr lange dauern, bis auch sie endgültig in unseren Besitz übergehen. In allen Bereichen macht sich zunehmend deutlicher die mangelnde Qualität amerikanischer Produkte bemerkbar. Genauso, wie die Welt früher über japanische Produkte gelacht hat, macht sie sich mittlerweile über den Ramsch lustig, den die Amerikaner produzieren. Es heißt zwar immer, daß wir unser ganzes technisches Know-how den Amerikanern zu verdanken haben, aber ich kann das eigentlich nicht so recht glauben.«

Ikusas Gesicht begann vor Entrüstung zu beben, als fühlte er sich durch diesen Tatbestand in seiner persönlichen Ehre gekränkt, als wäre ihm diese Schmach stellvertretend für die ganze japanische Nation widerfahren. »Natürlich verfügt Amerika weiterhin über enorme Rohstoffvorkommen, wie wir sie nie haben werden. Dazu kommt seine beeindruckende militärische Überlegenheit. Aber fragen Sie sich doch einmal selbst, Nangi-san: Ist Amerika noch immer dieselbe Weltmacht, die uns 1946 die Kapitulation aufgezwungen hat? Nein. Von Jahr zu Jahr haben die Vereinigten Staaten mit größeren innenpolitischen Problemen zu kämpfen. Drogenkriminalität und Bildungsnotstand greifen immer mehr um sich. Mittlerweile bekommt Amerika die Quittung für seine Politik des friedlichen Nebeneinanders der Völker und

Rassen serviert, und die laxe Einwanderungspolitik wird ihm endgültig das Genick brechen. Seine Staatsverschuldung hat längst Ausmaße angenommen, die in keiner Weise mehr zu verantworten sind. Das hat zur Folge, daß immer mehr Banken schließen müssen – eine Entwicklung, die bekanntermaßen mit einem gefährlichen Schneeballeffekt verbunden ist. Kurzum, mit Amerika geht es unaufhaltsam abwärts.«

»Einmal angenommen, alles, was Sie eben gesagt haben, ist wahr«, sagte Nangi ruhig. »Was hat das Ganze mit Nicholas Linnear zu tun?«

Als Ikusa darauf ein tiefes Grunzen ausstieß, geriet sein ganzer Körper und damit auch das Wasser um ihn herum in Bewegung. »Nicholas Linnear stammt zwar von einem Engländer und einer Asiatin ab, aber er hat mittlerweile die amerikanische Staatsbürgerschaft angenommen. Und nicht nur das. Erwiesenermaßen pflegt er engen Kontakt zum amerikanischen Geheimdienst. Sie haben hoffentlich nicht vergessen, daß er im Auftrag des amerikanischen Geheimdienstes gehandelt hat, als er von den Russen gefangengenommen und gefoltert wurde.«

Letzteres hatte Ikusa in einem Ton gesagt, als handelte es sich dabei um etwas, das Nicholas Linnear zum Vorwurf zu machen wäre.

Deshalb fühlte sich Nangi nun doch zu erwidern bemüßigt: »Linnear-san hat sich selbst unter grausamsten Foltern geweigert, den Russen wichtige Geheimdaten über das Tenchi-Projekt zu verraten.«

Ikusa lächelte zufrieden, als hätte er genau mit dieser Antwort gerechnet. »Ihre Freundschaft mit diesem Bastard ist nur zu gut bekannt, Nangi-san.«

Nangi verharrte in vollkommener Regungslosigkeit. Es kostete ihn seine gesamte Selbstbeherrschung, sich nicht zu einer schroffen Erwiderung hinreißen zu lassen, die ihn in Ikusas Augen möglicherweise endgültig verdammt hätte. »Wie ich Ihnen bereits versichert habe«, entgegnete er statt dessen, nach außen hin vollkommen ruhig, »bin ich mir sehr deutlich im klaren darüber, was meine Pflicht ist.«

»Die Amerikaner«, fuhr Ikusa darauf fort, als hätte er Nangis Antwort gar nicht gehört, »sind wahre Meister in der Kunst der Verstellung. Hat man sie als Feinde, vernichten sie einen; hat man sie als Verbündete, beuten sie einen aus.«

Nangi entging nicht, daß nun der Punkt gekommen war, an dem Ikusa vom Allgemeinen zum Besonderen kam: Er sprach jetzt über Nicholas.

»Die Fusion zwischen Sato International und Tomkin Industries hätte nie zustande kommen dürfen.« Zum erstenmal seit Beginn ihrer Unterhaltung wandte Ikusa seinen Blick von Nangi ab und sah sich gemächlich in der Schwimmhalle um. »Zum einen ist Tenchi von entscheidender Bedeutung für Japans künftige Unabhängigkeit von ausländischen Rohstoffquellen. Ich brauche Sie wohl nicht ausdrücklich darauf hinzuweisen: Die Tatsache, daß Japan in seiner Energieversorgung bisher total vom Ausland abhängig war, stellt ein enormes Manko dar. Deshalb wurde auch von seiten der Regierung so nachdrücklich auf die Durchführung des Techni-Projekts gedrungen.« Ikusas wachsame Blicke konzentrierten sich wieder ganz auf Nangi. »Doch das ist nicht der einzige Grund, weshalb diese Fusion ein Fehler war, Nangi-san. Ihr Konzern ist in zu viele staatstragende Geheimnisse eingeweiht – und zwar nicht nur wirtschaftlicher und politischer, sondern sogar militärischer Natur. Schon aus diesem Grund können wir also unter keinen Umständen die Mitwisserschaft eines Amerikaners dulden. Sie haben uns durch ihr Verhalten bereits ernsthaft in Gefahr gebracht. Das kann auf keinen Fall so weitergehen.«

Nangi schwieg. Aber er wußte genau, was nun kommen würde. Ikusa soll es ruhig laut aussprechen, dachte er. Das werde ich ihm nicht abnehmen.

»Nami muß darauf dringen«, erklärte Ikusa schließlich mit Nachdruck, »daß diese gefährliche Partnerschaft ein Ende nimmt – und zwar je früher, desto besser.«

Noch immer sagte Nangi nichts. Offensichtlich machte es Ikusa nichts aus, für ihn zu sprechen. »Sie haben dreißig Tage Zeit, die Fusion mit Tomkin Industries wieder rückgängig zu machen. Allerdings muß ich darauf bestehen, daß diejenigen Tomkin-Mitarbeiter, die gegenwärtig an der Durchführung des Techni-Projekts beteiligt sind, unverzüglich ihre Arbeit niederlegen. Das bezieht sich selbstverständlich auch auf Nicholas Linnear.«

Nangi hatte ein Gefühl, als wäre eben das Todesurteil über ihn gefällt worden. »Und was ist mit dem Sphynx Computerchip-*Kobun*? Dabei handelt es sich um unser erstes gemeinsames Projekt mit Tomkin. Durch sie sind wir überhaupt erst an die neue T-PRAM-Technologie herangekommen. Damit sind enorme Gewinne zu machen.«

»Natürlich werden Sie den betreffenden *Kobun* lösen müssen«, erklärte Ikusa.

»Aber ohne Tomkin stehen wir mit leeren Händen da«, machte Nangi geltend. »Wir verfügen über keinerlei Rechte an dieser Neuentwicklung.«

Ikusas Augen verengten sich zu schmalen Schlitzen. »Falls mit diesem Sphynx T-PRAM-Chip tatsächlich solche Gewinne zu machen sind, wie Sie behaupten, dann werden Sie eben einen Weg finden müssen, sich diese Erfindung irgendwie – äh – anzueignen.«

»Ich werde doch einen Freund nicht bestehlen.«

»Ich glaube«, erwiderte Ikusa darauf sehr bedächtig, »daß Sie erst einmal etwas Zeit brauchen, um sich alles in Ruhe durch den Kopf gehen zu lassen.« Er hob die Hand, als wollte er Nangi seinen Segen erteilen. »Vor allem müssen Sie sich erst einmal Klarheit darüber verschaffen, wer Ihre wahren Freunde sind.«

Als Nangi betreten schwieg, fuhr Ikusa in gönnerhaftem Ton fort: »Sie haben doch bereits mehrmals erklärt, daß Sie wissen, was Ihre Pflicht ist, Nangi-san. Deshalb halte ich es eigentlich für überflüssig, Sie noch einmal ausdrücklich daran zu erinnern.« Trotzdem tat Ikusa genau das. »Es ist die Pflicht eines jeden Japaners, dem Kaiser, dem Vaterland, der Firma und der Familie zu dienen – und zwar genau in dieser Reihenfolge.« Darauf schloß Ikusa die Augen, als könnte er das warme Wasser erst jetzt in vollen Zügen genießen. »Tun Sie Ihre Pflicht, Nangi-san. Nami und der Kaiser gebieten es Ihnen.«

Cotton Branding erwachte mit einer Erektion, die nicht einmal nach dem Urinieren zurückging.

Er hatte von Shisei geträumt – und von ihrem Körper, der sich zärtlich an ihn schmiegte. Eng umschlungen hatten sie auf der weiten Terrasse zu den Klängen leiser Musik miteinander getanzt und sich dabei geliebt. Die Erinnerung an seinen Traum trieb Branding die Schamröte ins Gesicht. Er tauchte den Kopf in kaltes Wasser und dachte an seine Frau Mary, die erst zwei Monate tot war. Wie schon unzählige Male zuvor zogen auch diesmal wieder die grauenhaften Bilder vom Unfallort an seinem inneren Auge vorbei. Nur mit Schweißbrennern hatte die Leiche seiner Frau aus den Trümmern ihres Mercedes befreit werden können, nachdem sie auf dem Highway 295 frontal mit einem schweren Sattelschlepper zusammengestoßen war, der die Leitplanke durchbrochen hatte und auf die Gegenfahrbahn geraten war.

Würgend stand Branding über das Waschbecken gebeugt und erbrach das wenige, was vom Abend zuvor noch in seinem Magen übriggeblieben war. Davon ging nicht nur seine Erektion zurück, sondern auch sein Traum war plötzlich wie verflogen.

Nach dem Duschen schlüpfte er in ein türkises Polohemd, gestreifte Leinenshorts und ein Paar mexikanischer Sandalen und ging in die Küche. Obwohl es noch früh am Tag war, war der große Raum lichtdurchflutet. Durch das Fenster konnte man die Dünen und dahinter den tiefblauen Atlantik sehen, dessen mächtige Wellen schäumend gegen den weiten Sandstrand anrollten.

In der deutschen Kaffeemaschine mit Zeituhr, die Mary aus dem Williams-Sonoma-Katalog bestellt hatte, wartete bereits fertiger Kaffee auf ihn. Bisher hatte Branding dieser seltsamen Zeitmaschine eigentlich wenig abgewinnen können, aber an diesem Morgen war er dankbar um sie. Er schob ein tiefgefrorenes Croissant in den Mikrowellenherd und legte es nach dem Aufbacken auf einen Pappteller.

Damit ging er auf die Terrasse hinaus. Während seines einsamen Frühstücks ließ er die ganze Zeit das Telefon, das neben ihm stand, nicht aus den Augen. Über ihm zogen kreischend ein paar Möwen ihre Kreise. Er schmeckte weder etwas vom Kaffee – der sehr gut war – noch vom Croissant – von dem man das nicht behaupten konnte. Sollte er Tippy North, die Gastgeberin des gestrigen Abends, anrufen und sie fragen, ob sie Shiseis Telefonnummer oder wenigstens ihren Nachnamen kannte? Drei Tage waren vergangen, seit er Shisei kennengelernt hatte – eine Ewigkeit.

In diesem Moment hörte er die Hausglocke. Er sah auf die Uhr. Es war kurz vor acht, und das an einem Sonntagmorgen. Sicher hatte sich jemand in der Adresse geirrt. Er starrte weiter auf das Telefon. Dann klingelte es noch einmal. Er achtete einfach nicht darauf. Ihm war jetzt nicht nach Gesellschaft zumute. Außerdem war es eine Unverschämtheit, ihn um diese Zeit zu behelligen.

Draußen auf dem Meer segelten die Möwen tief über die mächtigen Brecher hinweg. Die letzten Nebelreste hatten sich in die Vertiefungen zwischen den Dünen zurückgezogen und warteten dort darauf, daß ihnen die Sonne endgültig den Todesstoß versetzte. Wenn Branding die Augen zusammenkniff, konnte er die vertrockneten Überreste einer Hufeisenkrabbe erkennen, deren vorsintflutlich anmutender Panzer ominös aus dem weißen Sand ragte.

Als er auf dem hölzernen Steg vom Strand herauf Schritte hörte, drehte er den Kopf herum. Über den Brettersteig, den er auf Veranlassung der Naturschutzbehörde zur Erhaltung der Dünen hatte errichten lassen, kam eine einsame Gestalt auf ihn zu. Als sie sich aus dem Nebel löste und in das grelle Sonnenlicht eintauchte, schien es für einen Moment, als leuchtete sie von innen heraus. Im ersten Augenblick dachte Branding deshalb, sie wäre nackt. Doch im Näherkommen sah er, daß sie einen winzigen Bikini trug, der mehr enthüllte, als er verhüllte.

Es war Shisei.

Branding war so perplex, daß er sie nur wortlos anstarrte, als sie sagte: »Haben Sie denn die Türglocke nicht gehört?«

Es war, als wäre sie eben seinem Traum entstiegen.

»Cook, was ist denn mit Ihnen?« Sie sah ihn leicht verwundert an. »Sie haben doch selbst gesagt, daß ich Sie Cook nennen soll.«

»So?« Er hatte das Gefühl, als hätte er eben einen ganz entscheidenden und unwiderruflichen Schritt getan. Gerade jetzt, auf dem Höhepunkt seiner erbitterten Privatfehde mit Senator Douglas Howe, hätte er sich auf keinen Fall mit dieser Frau einlassen dürfen. Trotzdem schickte er sie nicht fort. Statt dessen verschlang er sie geradezu mit seinen Blikken.

Shisei, der dies keineswegs entging, holte einen weiten weißen Bademantel aus ihrem bunten Korb und schlüpfte hinein.

Branding spürte sein Verlangen nach dieser Frau so deutlich wie eine heftig schmerzende Wunde. Mit einem Mal litt er wieder all die Qualen eines frisch verliebten Teenagers.

»Haben Sie vielleicht auch für mich noch etwas Kaffee?« fragte Shisei.

An ihrer Wade haftete noch ein Oval aus Sand. Der seltsame Kontrast zu ihrer glatten Haut übte einen so erotischen Reiz auf Branding aus, daß ihm die Knie weich wurden. »Ich hole Ihnen welchen«, würgte er mühsam hervor.

Shisei hatte sich einen Stuhl an den Glastisch gerückt und darauf Platz genommen, als er mit dem Kaffee zurückkam. Er reichte ihr ihre Tasse und setzte sich. Ihr Bademantel hatte sich vorne geöffnet. Sie hatte am ganzen Körper kein einziges Haar, und von der makellos braunen Glätte ihrer straffen Haut ging eine geradezu unheimliche Faszination aus. Halbnackt, wie sie war, wirkte sie fast noch kindlicher als sonst. Denn wie alle Amerikaner verband Branding Körperbehaarung unwillkürlich mit Reife.

Gleichzeitig haftete ihr jedoch auch gar nichts Kindliches an. Ihr Bikini bestand aus drei winzigen Dreiecken aus gold und braun getigertem Lurex, die so gut wie nichts verhüllten und keinen Zweifel daran ließen, daß ihr Körper absolut nichts Unreifes oder Mädchenhaftes an sich hatte.

»Ich bin wirklich überrascht, Sie hier zu sehen«, brachte Branding schließlich mühsam hervor.

Sie sah ihn aus ihren Augen, die so dunkel waren wie der

Kaffee, den sie trank, offen an. »Ich wollte sehen, wie Sie leben. Daraus werde ich mehr über Sie erfahren, als Sie mir je über sich erzählen könnten.«

Ihm entging nicht, daß sie den etwas unerfreulichen Ausgang des Abends mit keinem Wort erwähnte. Offensichtlich hatte sie nicht die Absicht, sich bei ihm zu entschuldigen.

»Woher dieses Interesse an meiner Person?«

»Das ist eine sehr argwöhnische Frage.«

»Ich bin aber nicht argwöhnisch«, versicherte ihr Branding nicht ganz wahrheitsgemäß. »Nur neugierig.«

»Sie sind mächtig, intelligent und attraktiv. Warum sollte ich mich also nicht für Sie interessieren?«

»Meine Frau ist erst zwei Monate tot.«

»Was sollte das mit uns zu tun haben?«

»Der Anstand gebietet es, eine bestimmte Trauerzeit einzuhalten.« Und dann konterte er mit der aalglatten Gewandtheit des versierten Politikers – mit einem ihrer eigenen Schlagworte. *»Kata.«* Das, was sich gehört. »Außerdem bin ich momentan in eine erbitterte Auseinandersetzung mit meinem Amtskollegen Douglas Howe verwickelt, die für mich verhängnisvolle Folgen haben könnte. Er ist gerissen und skrupellos, und er umgibt sich mit gerissenen und skrupellosen Mitarbeitern. Schon das allein wäre schlimm genug für mich. Doch dazu kommt noch, daß er über enormen Einfluß und großen finanziellen Rückhalt verfügt. Um so weniger kann ich es mir deshalb leisten, ihm noch zusätzlichen Zündstoff für seine Hetzkampagne gegen mich zu bieten.«

Shisei sah ihn lächelnd an und nickte. »So ist das also.« Sie stellte ihre leere Tasse ab und stand auf. »Vielen Dank für den Kaffee – und Ihre Offenheit.«

Er hatte sich getäuscht. Ihre Haut war nicht wie Marmor. Sie war so verlockend wie der erste Pfirsich des Sommers, dessen samtgoldene Haut den unwiderstehlichen Wunsch in ihm weckte, kräftig hineinzubeißen und das süße, saftige Fleisch darunter zu schmecken. Branding beugte sich über den Tisch und ergriff ihre Hand. »Gehen Sie noch nicht weg«, bat er sie, selbst erstaunt über seinen Vorschlag. »Bleiben Sie noch eine Weile.«

»*...Rettungsmannschaften zwei Stunden damit beschäftigt, das Opfer aus den Trümmern des Unglückswagens zu befreien*«, hörte Branding plötzlich wieder die Stimme des Fernsehreporters am Unfallort, während die Fernsehkamera in die Nahaufnahme ging – auf Mary, *seine* Mary. O Gott!

Er schloß die Augen. Laß diesen Unsinn, redete er sich selbst ins Gewissen. Wozu soll das gut sein? Mary war diese Strecke Jahr für Jahr zweimal die Woche gefahren. Was hätte er dagegen tun können? Die Antwort darauf konnte nur lauten: Nichts, absolut nichts. Und trotzdem wurden seine Schuldgefühle dadurch nur noch stärker. Manchmal wurde das so schlimm, daß er glaubte, diese ständigen Selbstvorwürfe nicht mehr länger ertragen zu können.

»Wenn Sie wollen, bleibe ich noch.« Shisei sagte das vollkommen neutral.

Er ließ ihre Hand los. »Das bleibt selbstverständlich ganz Ihnen überlassen.«

Sie schlenderte über die altmodische Veranda, die Mary so sehr geliebt hatte und die beim Bau des Hauses nach ihren Vorschlägen entworfen worden war. Sie war im Abstand von zweieinhalb Metern von massiven Holzpfosten eingefaßt, auf denen ein vom ersten Stock zugängliches Sonnendeck ruhte.

»Sie haben mir noch gar nicht erzählt, was Sie beruflich machen«, sagte Branding unvermutet.

»Ich bin als Lobbyistin für mehrere internationale Umweltorganisationen tätig.«

Branding, der aus eigener Erfahrung wußte, wie schwer sich die unzähligen Lobbyisten in der politischen Arena Washingtons taten, nickte verständnisvoll. »Das ist kein Zukkerlecken.«

»Im Grunde genommen ist es sogar vollkommen aussichtslos«, erwiderte Shisei lächelnd. »Aber irgend jemand muß es ja schließlich tun. Außerdem sind wir Japaner berühmt dafür, daß wir uns mit Vorliebe aussichtslosen Fällen verschreiben.«

Sie schlang ihre Arme um einen der Stützpfosten und wirbelte ausgelassen herum. Unwillkürlich fühlte sich Branding dadurch an Mary erinnert. Genauso hatte sie ihrer Freude Ausdruck verliehen, wenn sie mit der Arbeit in ihrem Wohltätigkeitsverband gerade besonders zufrieden war oder wenn Branding einen wichtigen Gesetzesentwurf durchgebracht hatte.

Branding stand auf und ging auf Shisei zu. Der Anblick ihres heiteren, sorglosen Gesichts ließ ein seltsames Glücksgefühl in ihm aufsteigen; es wurde von einem leisen Anflug von Wehmut untermalt – etwa so, als machten sich nach einem langen, heißen Sommer die ersten Anzeichen des Herbstes bemerkbar. Dieses Gefühl war so intensiv und zugleich so ungewöhnlich, daß Branding Shisei davon erzählte.

Sie blieb plötzlich stehen, als hätte er sie mit unsichtbaren Händen gepackt und festgehalten. Und dann kam sie mit bloßen Füßen auf ihn zu. »Vielleicht haben Sie schon von der Zeit der Kirschblüte gehört«, begann sie. »Das sind drei Tage im April, die für die Japaner eine ganz besondere Bedeutung haben. Alles ist während dieser drei Tage vom Duft der Kirschblüten erfüllt. Viele gehen schon am ersten Tag in die Parks oder fahren aufs Land; denn am ersten Tag sind die Kirschblüten noch ganz frisch und zart. Andere bevorzugen den zweiten Tag, wenn sich die Blüten voll entfaltet haben. Wenn sie allerdings am dritten Tag wie ein duftender Regen von den Bäumen fallen, dann gibt es niemanden, der sich dieses Schauspiel entgehen läßt. Der Anblick der zu Boden schwebenden Kirschblüten ist für jeden Japaner der Inbegriff der Vergänglichkeit allen Seins. Die seltsame Mischung aus Freude und Trauer, die damit verbunden ist, nennen wir im Japanischen *Mono no aware.*« Sie berührte ihn ganz behutsam am Arm. »Und genau das haben auch Sie gerade gespürt.«

Branding wartete nicht bis zum Einbruch der Nacht, um seine Kirschblüte ins Bett zu bringen. Als sie sich ins Haus zurückzogen, das im Licht des dunstigen Tages von innen heraus zu leuchten schien, funkelten ihre Augen wie zwei dunkle Diamanten. Sie trat auf ihn zu und begann, ihn langsam auszuziehen. Irgend etwas in ihrem Blick gab ihm ganz unmißverständlich zu verstehen, er solle sich ganz ihr überlassen.

Das tat er. Mit geschickten Fingern schälte sie ihn aus seinem Polohemd und der Hose. Jetzt war er nackt. Sie noch nicht. Das gefiel Branding. Er stellte fest, daß es den Reiz noch erhöhte, wenn er sich vorzustellen versuchte, was diese winzigen getigerten Dreiecke verbargen.

Zwar konnte er die Konturen ihrer Brustwarzen erkennen, aber er wußte nicht, welche Farbe und Beschaffenheit sie hatten. Und in Andeutungen konnte er auch die senkrechte Ritze unter dem straff gespannten Stoff ihres Slips ausmachen, ohne sie wirklich sehen zu können. Es gab noch so viel zu entdecken. Doch die Zeit war knapp, bis die duftenden Blüten endgültig zu Boden schwebten.

Shisei sah ihn an, als wäre sie ein Mann, der sich am Anblick einer nackten Frau weidete. Er konnte sich nicht erinnern, daß ihn je eine Frau so angesehen hatte. Aber er fand das sehr erregend, und um so mehr wunderte es ihn, daß sich so viele Frauen daran störten, als Sexualobjekt betrachtet zu werden.

Shisei sah ihm tief in die Augen und lenkte damit seine Aufmerksamkeit auf sich. Sie stand jetzt ganz dicht vor ihm. Fast glaubte er, die Wärme ihres Körpers spüren zu können. Und als er plötzlich wieder daran dachte, wie sie sich beim Tanzen an ihn gedrängt hatte, wurde er plötzlich steif. Gleichzeitig spürte er, wie sich ihre Finger behutsam um sein Glied schlossen. Sie streichelten ihn nicht, sondern drückten ihn nur, bis er immer größer und größer wurde.

»Das geht aber schnell bei dir«, flüsterte Shisei zärtlich. Und dann streifte sie ihren Bademantel ab, schlüpfte aus ihrem Bikini und ließ sich von Branding in ihrer ganzen Pracht bewundern.

»Dreh dich herum«, flüsterte er heiser.

Aber Shisei schüttelte nur den Kopf und kam auf ihn zu, bis er ihren Körper zum erstenmal ohne irgend etwas dazwischen spürte. Shisei beugte sich vor und saugte an seiner Brustwarze, so daß ihm ein lustvolles Stöhnen entfuhr. Anschließend kletterte sie an ihm hoch und schlang ihre Beine um seine Hüften, als betete sie einen gigantischen Phallus an. Branding stöhnte laut auf.

Sie liebten sich zur Musik einer Grace Jones-Platte, die

Brandings Tochter letzten Sommer mitgebracht hatte. Er hatte sie sich nie angehört, aber Shisei hatte sie sofort zielsicher unter seinen George Shearing- und Bobby Short-Alben herausgepickt. Die Stimme der Sängerin war manchmal so zart wie das Fleisch einer reifen Frucht; aber von einem Moment auf den anderen konnte sie hart und schneidend werden wie schimmernder Stahl.

Branding war es nicht gewohnt, bei Musik mit einer Frau zu schlafen. Mary hatte sich immer am besten entspannen können, wenn völlige Stille herrschte. Er fand die Musik einerseits stimulierend, andererseits störend. Fast war es, als liebte er zwei Frauen gleichzeitig – oder genauer: als würde er von zwei Frauen gleichzeitig geliebt; von der einen mit ihrem Körper, von der anderen mit ihrer Stimme.

Doch dann ließ sich Shisei schweißüberströmt auf ihn niedersinken, und er dachte an nichts mehr.

Danach sagte er mit einem ironischen Grinsen: »Was wäre wohl passiert, wenn du statt dieser Grace Jones-LP eine Platte von David Bowie aufgelegt hättest?« Er fühlte sich körperlich so ausgepumpt, als hätte er eben zwei Stunden im Bodybuilding-Studio verbracht; allerdings empfand er die Erschöpfung als sehr wohltuend.

»Zu David Bowie masturbiere ich immer«, sagte Shisei. »Mastubierst du auch, Cook?«

»Du hast vielleicht eine Art, Fragen zu stellen.« Sie schaffte es immer wieder von neuem, ihn zu schockieren.

»Findest du? Das ist doch auch ein wichtiger Bestandteil deiner Persönlichkeit. Und schließlich möchte ich alles über dich wissen.«

Um von diesem Thema abzulenken, setzte sich Branding auf und schwang die Beine über die Bettkante. Er fühlte sich immer leicht unwohl, wenn sie so mit ihm sprach; ihre kindliche Direktheit war ihm nicht ganz geheuer. Wobei Shisei weiß Gott kein Kind mehr war. »In Amerika«, antwortete er schließlich ausweichend, »ist das kein Thema, über das man so ohne weiteres spricht.«

»Nicht einmal zwischen Mann und Frau?«

»Wir sind nicht Mann und Frau, Shisei. Wir kennen uns

noch kaum.« Auf ihren durchdringenden Blick hin fühlte er sich allerdings dann doch verpflichtet hinzuzufügen: »Nein, manchmal nicht einmal zwischen Mann und Frau.«

»Aber warum denn nicht? Über solche Dinge zu sprechen, ist doch völlig natürlich – genau wie ein nackter Körper. Oder Sex. Warum sind die Amerikaner in diesem Punkt so prüde?«

»Meines Wissens gibt es auch in Japan eine ganze Menge Themen, über die man einfach nicht spricht.«

»Sollen wir jetzt gleich über jedes einzelne von ihnen sprechen?«

Branding traute kaum seinen Ohren. »Und was ist mit *Kata*?«

Shisei wälzte sich herum, klemmte die gemusterte Zudekke zwischen ihre Beine und schob sie vom Bett. »Wenn sich unter der Eisdecke etwas bewegt, wenn man spürt, daß da etwas ist, auch wenn man es nicht sehen kann, dann heißt das in jedem Fall, daß da etwas ist. Und ich habe gelernt, daß es keinen Sinn hätte, seine Existenz zu verleugnen.» Als sie die Schenkel spreizte, wurden Brandings Blicke unwiderstehlich von dieser einen Stelle zwischen ihren Beinen angezogen. Und dann bog sie den Rücken durch. »Komm Cook. Ich habe nicht das Gefühl, daß ich schon mit dir fertig bin – oder du mit mir.«

Nachdem Justine gekränkt aus Nicholas' Trainingsraum gestürmt war, hatte sie sich erst einmal in die Küche zurückgezogen. Es war eigentlich Zeit zum Abendessen, aber sie konnte sich nicht mehr erinnern, was sie kochen wollte. Außerdem hatte sie keinen Appetit. Und wenn Nicholas wirklich etwas essen wollte, dann sollte er sich eben selbst etwas machen.

Nach dieser erneuten Auseinandersetzung wurde ihr plötzlich bewußt, daß es im ganzen Haus keinen Ort mehr gab, an dem sie sich wohlfühlte. Sie ging ins Freie. Im letzten Licht des Tages wanderte sie ziellos durch den Garten, bis sie plötzlich vor dem steinernem Becken stand, zu dem Nicholas sie vor mehr als drei Jahren einmal geführt hatte.

Ich habe Durst, hatte sie damals gesagt. Und sie war auch jetzt durstig. Sie bückte sich, griff nach der handgeschnitzten Bambusschöpfkelle und trank daraus. Dabei schaute sie auf den Grund des Beckens, wo das japanische Zeichen für *Michi* eingemeißelt war, das Weg oder Reise bedeutete.

War ihr Platz hier, in Japan? Führte ihr Lebensweg hierher, in dieses Land? War hier ihre Bestimmung? War so etwas wie Bestimmung überhaupt möglich? Bisher hatte sie eigentlich immer geglaubt, das Leben eines jeden Menschen führte über verschlungene Pfade einem letzthin unbekannten Ziel entgegen. Also? Worauf wartete sie noch? Wenn sie sich allerdings ein Leben ohne Nicholas vorzustellen versuchte, stieg ein unerträgliches Gefühl der Verlassenheit in ihr auf. Allein der Gedanke, getrennt von Nicholas zu leben, war für sie unvorstellbar. Denn sie wußte genau, daß ihr Platz nur an seiner Seite sein konnte. Und sie hatte nicht vor, den Rest ihres Lebens als emotionaler Krüppel dahinzusiechen.

Gleichzeitig war ihr jedoch auch klar, daß es mit ihnen nicht so weitergehen konnte wie bisher. Sie hatte sich bisher voll und ganz auf Nicholas verlassen. Er war immer ihre große Stütze, ihr sicherer Hafen gewesen – und dies vor allem hier in Japan, wo sie niemanden kannte und sich zunehmend unerwünschter fühlte. Anfangs waren alle auffallend freundlich zu ihr gewesen – nein, höflich hätte den Sachverhalt wohl genauer getroffen. Jeder Japaner, den Nicholas oder Nangi ihr vorgestellt hatte, war ihr mit einer Höflichkeit begegnet, die ihr manchmal geradezu unerträglich geworden war. Allerdings hatte sie schon damals geargwöhnt, daß niemand auf Dauer so höflich bleiben konnte und es dabei auch noch ehrlich meinte. Nicholas hatte ihr jedoch immer wieder versichert, daß die Japaner allergrößten Wert auf Aufrichtigkeit legten.

Was also war es dann, das ihr fehlte? War es nur ihre Einbildung, daß sie glaubte, nie Zugang zu Nicholas' engstem japanischen Bekanntenkreis finden zu können?

Eigentlich konnte sie sich das nicht vorstellen. Allerdings hatte sie das Gefühl, etwas ganz Entscheidendes nicht verstehen zu können. Sie fand einfach keinen Zugang zum verschlüsselten Wesen der Japaner.

Deshalb war sie gerade jetzt mehr denn je auf Nicholas' Hilfe angewiesen. Auf keinen Fall durfte es zum Bruch zwischen ihnen kommen. Sie mußte an seiner Seite aushalten. Denn im Grunde ihres Herzens wußte sie ganz genau, daß sie das, was nun auf sie zukam, nur überstehen würden, wenn sie weiterhin zusammenhielten und nicht zuließen, daß die Kluft zwischen ihnen noch größer wurde.

Nur ganz kurz brachte es Justine über sich, sich die Ängste einzugestehen, die die wachsenden Beziehungsprobleme mit Nicholas in ihr wachriefen. Um so nachhaltiger versuchte sie deshalb, sie wieder zu verdrängen, indem sie sich voll und ganz auf die abendlichen Geräusche im Garten konzentrierte.

Nachdem sie ihren Durst gestillt hatte, legte sie die Schöpfkelle an ihren Platz zurück, und im selben Augenblick war auch das Zeichen für *Michi* verschwunden. Justine drehte sich um und ging durch die Abenddämmerung zum Haus zurück.

Aus dem Innern drangen ihr die vertrauten Geräusche entgegen, die Nicholas beim Training machte. Ganz deutlich konnte sie seinen keuchenden Atem hören, während er mit seinen Fäusten den gepolsterten Pfosten bearbeitete.

Justine atmete tief aus, als hätte sie die ganze Zeit die Luft angehalten. Gleichzeitig spürte sie, wie verspannt ihr Oberkörper war. Mehrere Monate zehrte die Sorge um Nicholas nun schon an ihr. Doch als sie jetzt am Trainingsraum vorbeiging, dachte sie: Es wird alles wieder gut. Er ist schon fast wieder der alte.

Nichts lag der Wahrheit jedoch ferner als das. Nicholas wußte das, sobald er zum ersten Aikido-*Atemi* ansetzte. Es konnte keinesfalls nur an seinem Trainingsrückstand liegen, daß er sich dabei so ungeschickt anstellte. Nein, dafür gab es tiefgreifendere Gründe.

Das Unausdenkbare war eingetroffen. Was er monatelang befürchtet hatte, war nun Gewißheit geworden.

Während der ersten Wochen nach der Operation hatte er starke Schmerzen gehabt. Was wäre naheliegender gewesen, als sie mit den Schmerzbekämpfungsmethoden anzugehen, die er während seiner Ausbildung in den Kampfkünsten gelernt hatte. Unter anderem gab es da eine ganz bestimmte Technik, die Endorphinausschüttung im Körper zu erhöhen; normalerweise wurden auf diese Weise die unmittelbar beim Kampf auftretenden Schmerzen betäubt. Für länger anhaltende Schmerzen, wie in seinem Fall, gab es eine andere Methode.

Getsumei no michi. Der mondbeschienene Pfad. Akutagawa-san, einer von seinen Lehrmeistern, hatte ihm dazu erklärt: *Durch* Getsumei no michi *wirst du zu zwei ganz wesentlichen Einsichten gelangen. Zum einen gewinnen plötzlich alle Sinneswahrnehmungen an Intensität und Bedeutung; du wirst im wahrsten Sinn des Wortes fähig sein, nicht nur die Haut deines Gegenübers zu sehen, sondern auch das, was dahinter ist. Zum anderen wirst du auch dort eine Art Helligkeit wahrnehmen, wo kein Licht ist.*

Nach langem und mühsamem Training sollte Nicholas schließlich ganz konkret erfahren, was sein Lehrmeister Akutagawa damit gemeint hatte: *Getsumei no michi* verhalf ihm zu einem untrüglichen Gespür dafür, was in einem anderen Menschen vor sich ging; gleichzeitig war er imstande, sich auch mit verbundenen Augen überall zurechtzufinden. *Getsumei no michi* war eine Methode, wieder Zugang zu den primitiven, sehr elementaren Kräften und Fähigkeiten zu finden, die, von unzähligen Zivilisationsschichten überlagert, tief im Innern eines jeden Menschen schlummern.

Aber *Getsumei no michi* war noch wesentlich mehr als das: Es war die Quelle von Nicholas' innerer Kraft. Nur im Zustand von *Getsumei no michi* konnte er das ganze Potential seiner Fähigkeiten entfalten. Nur in diesem Zustand war er imstande, die Vorgänge um ihn herum wirklich zu durchschauen und zu begreifen, während er ohne *Getsumei no michi* so hilflos war wie ein Kind.

Als er sich nach der Operation in den Zustand von *Getsumei no michi* zu versetzen versuchte, gelang ihm das nicht. Zwar konnte er sich diesen Zustand noch vorstellen, aber er war selbst beim besten Willen nicht mehr in der Lage, diesen

Zustand in sich hervorzurufen. Und das war sehr bitter für ihn. Jemand, der sein Augenlicht erst nachträglich verliert, empfindet seine Blindheit wesentlich schmerzhafter als ein Blindgeborener. Und entsprechend schwer litt Nicholas nun unter dem Verlust seiner außergewöhnlichen Fähigkeiten.

Die ersten Wochen nach der Operation hatte er noch gehofft, das Ganze könnte nur an seinem geschwächten Zustand liegen und würde sich mit der Zeit von selbst wieder geben. Als er dann jedoch aus der Klinik entlassen wurde und zu Hause mit seinem täglichen Training begann, schwand diese Hoffnung mehr und mehr. Alles deutete darauf hin, daß er seine außergewöhnlichen Fähigkeiten verloren hatte. Das war auch der Grund für seine Unrast, seine Gereiztheit und seine Schlafstörungen. Er hatte ganz einfach Angst, der Wahrheit ins Auge zu sehen. Solange noch ein schwacher Hoffnungsschimmer bestand, daß er sich früher oder später doch wieder in den Zustand von *Getsumei no michi* versetzen konnte, war noch nicht alles verloren. Aber mit dem ersten *Atemi* war die Stunde der Wahrheit gekommen. Jetzt konnte er sich nichts mehr vormachen. Jetzt konnte er nicht mehr länger die Augen davor verschließen, wie es tatsächlich um ihn stand.

Das Unvorstellbare war eingetreten. Seine schlimmsten Befürchtungen waren wahr geworden. Er fühlte sich wie ein Verdurstender in der Wüste, wehrlos den gnadenlosen Strahlen der glühenden Sonne ausgesetzt.

Erst jetzt, da er nicht mehr über seine Fähigkeiten verfügen konnte, wurde er sich der Kraft bewußt, die er bisher aus diesem gottähnlichen Zustand geschöpft hatte. Wie öde und eintönig ihm die Welt plötzlich erschien, wenn er sie nur durch seine normalen, unterentwickelten fünf Sinne wahrnahm.

Vielleicht wäre Nicholas noch Tage, Wochen und Monate stumm auf der Veranda gesessen, um der Konfrontation mit der Wahrheit auszuweichen, wenn nicht Lew Croakers Brief eingetroffen wäre, wenn er Justine nicht gebeten hätte, ihn vorzulesen, und wenn sie ihn nicht auf Croakers Prothese hin angesprochen hätte.

Das hatte den Ausschlag gegeben. Angesichts des Schrecklichen, was sein Freund durchgemacht hatte und noch durchmachte, kam sich Nicholas plötzlich kindisch und dumm vor, daß er es nicht wagte, der Wahrheit ins Auge zu sehen.

Deshalb hatte er anschließend sofort den Trainingsraum aufgesucht und sich vor dem gepolsterten Pfosten aufgestellt. Nach den vorbereitenden Atemübungen hatte er schließlich spontan die Ausgangsposition eingenommen und zum ersten Schlag angesetzt.

Endlich hatte er sich dazu durchgerungen, den ersten *Atemi*, einen Aikido-Grundschlag, auszuführen. Allerdings stellte er sich dabei an wie ein blutiger Anfänger. Die einzelnen Bewegungsabläufe stimmten zwar, als wären sie ihm im wahrsten Sinn des Wortes in Fleisch und Blut übergegangen, aber seinem Schlag fehlte es an der nötigen Konzentration und Wucht. In Nicholas' Kopf herrschte währenddessen nicht absichtslose Leere, sondern ein wildes Chaos aus höchst widersprüchlichen Gedanken und Gefühlen.

Zutiefst schockiert, schlug Nicholas immer und immer wieder mechanisch auf den gepolsterten Pfosten ein. Er konnte es einfach nicht glauben. *Getsumei no michi* war für ihn unwiederbringlich verloren. Sein Denken hatte nicht mehr länger Zugang zu der wohltuenden Leere, in der die Gedanken in ungetrübter Klarheit hervortreten konnten; statt dessen herrschte jetzt in seinem Kopf ein wirres Durcheinander von höchst widersprüchlichen Gedanken und Gefühlen, die jedes zielgerichtete Handeln vollkommen unmöglich machten.

Und in diesem Zustand fand ihn Justine vor: Er war auf den Tatami-Matten zusammengebrochen, und der Kopf hing ihm schlaff auf die schweißüberströmte Brust herab.

Nicholas hörte seine Frau hereinkommen, hörte, wie sie entsetzt den Atem anhielt, und sah auch, wie sie ihn voller Mitleid anschaute.

Das war zuviel für ihn. »Verschwinde hier!« brüllte er sie an. Da er dabei unbewußt den *Kiai*, den Kriegsschrei der Samurai, ausstieß, wich Justine entsetzt zurück, als hätte er sie körperlich attackiert. »Laß mich bloß in Frieden!«

Tomi Yazawa zitterte am ganzen Körper, als sie die Tür zu Inspektor Omukaes Büro hinter sich schloß. Um sich wieder zu beruhigen, blieb sie erst einmal eine Weile auf dem Flur stehen. Die Tatsache, daß sie eben mit einem Mann, den sie kaum kannte, offener gesprochen hatte, als sie das je mit einem anderen Menschen getan hatte, versetzte ihr einen tiefen Schock. Darüber hinaus erfüllte es sie mit tiefer Scham. Obwohl sie der Inspektor ausdrücklich dazu aufgefordert hatte, ihm offen und ehrlich zu antworten, hätte sie lieber den Mund halten sollen. Warum hatte sie ihm trotzdem so freimütig die Meinung gesagt? Und vor allem auch die Wahrheit und nicht irgendwelche höflichen Ausflüchte?

Möglicherweise war der Grund hierfür in Inspektor Omukaes blendendem Aussehen zu suchen. Noch jetzt durchlief Tomis Körper ein leichtes Schaudern, wenn sie an den Verlauf ihrer Unterredung zurückdachte – wie der Inspektor hinter seinem Schreibtisch hervorgekommen und ganz dicht vor ihr stehengeblieben war. In diesem Augenblick war ihr klar geworden, daß sie in der Falle saß. Denn nun hatte sie ihm beim Sprechen ständig in die Augen schauen müssen. Sie war sich unter seinen durchdringenden Blicken vollkommen nackt und wehrlos vorgekommen. Und obwohl sie ursprünglich vorgehabt hatte, auf seine Fragen mit höflichen Ausflüchten zu antworten, hatte sie ihm dann doch die Wahrheit gesagt. Es war, als hätte ihr Inspektor Omukae wie durch einen geheimen Zauber alles entlockt, was er wissen wollte.

Dessen ungeachtet wurde Tomi von heftigen Schuldgefühlen geplagt. Schon immer hatte sie große Stücke auf Inspektor Omukae gehalten. Vor allem ihm hatte sie es zu verdanken, daß sie zur Mordkommission versetzt worden war, wo normalerweise eigentlich keine weiblichen Mitarbeiter geduldet wurden. Außerdem wäre Tomi längst in eine höhere Position aufgerückt, wenn sie ein Mann gewesen wäre. Und genau auf diesen ihren schweren Stand als Frau hatte der Inspektor angespielt, als er sagte: *In gewisser Weise sind wir beide Außenseiter.*

Inspektor Omukae war der einzige unter ihren Vorgesetzten, der sich ihrer Fähigkeiten bewußt war und ihr auch schwierige Fälle anvertraute. Außerdem hatte er seinen Vorgesetzten schon mehrere Male auf ihre hervorragenden Leistungen aufmerksam gemacht – zum letztenmal erst vor einem Monat, als vor allem aufgrund ihrer gründlichen Ermittlungen ein Waffenhändlerring ausgehoben werden konnte, der die Rote Armee mit MAC-10 Maschinenpistolen beliefert hatte.

Bei einer früheren Gelegenheit war es Tomi gelungen, eine Terroristin festzunehmen, die sich gerade mit einer größeren Menge Plastiksprengstoff an Bord einer Maschine der Korean Air begeben wollte. Als sie die Frau auf der Damentoilette des Narita-Airport überwältigte, hatte sie sich eine tiefe, aber relativ harmlose Schnittwunde zugezogen. Daraufhin hatte Inspektor Omukae sie sogar für eine Beförderung vorgeschlagen – ein Gesuch, das jedoch erwartungsgemäß abgelehnt worden war.

Für Tomi stand völlig außer Zweifel, daß der Inspektor der einzige Mann unter ihren Vorgesetzten war, der sich über ihre Fähigkeiten im klaren war. Und trotzdem hatte sie solche Angst vor ihm. Warum? Zum einen war Inspektor Omukae nicht wie die anderen; schon allein das war eigentlich unerhört. In Japan war jeder darum bemüht, möglichst nicht aufzufallen und ganz in der Anonymität der Masse unterzutauchen. Das fand schon darin seinen Ausdruck, daß alle die gleichen Farben trugen – Schwarz, Grau und Weiß. Nur wenn man bei religiösen oder gesellschaftlichen Anlässen die traditionelle Landestracht trug, war farbige Kleidung geduldet. Jeder bemühte sich, sein Bestes für Land und Firma zu tun. Darin sah Tomi jedoch keineswegs, wie viele Europäer das taten, einen Akt der Selbstaufopferung, sondern schlicht und einfach ihre Pflicht. Pflichtbewußtsein spielte im Leben der Japaner eine ganz wesentliche Rolle; denn ohne Pflichtbewußtsein hätte das ganze Leben keinen Sinn gehabt.

Nur Senjin Omukae hätte das vielleicht etwas anders gesehen. Und natürlich auch jeder Terrorist. Tomi war inzwischen in ihr Büro zurückgekehrt und ordnete abwesend die

Unterlagen auf ihrem Schreibtisch. Dabei mußte sie unwillkürlich an die seltsame Querverbindung denken, die Inspektor Omukae zwischen seiner Art zu denken und der eines Terroristen hergestellt hatte. Sie fand diese Theorie sehr ungewöhnlich – und sehr interessant. Zugleich konnte sich Tomi des Eindrucks nicht erwehren, daß das noch keineswegs das einzig Ungewöhnliche an Inspektor Omukae war.

Aber seine Fähigkeit, sich in seine Gegner hineinzuversetzen, hatte sicher ganz wesentlich mit dem zu tun, was er hatte andeuten wollen, als er gesagt hatte: *In gewisser Weise sind wir beide Außenseiter.*

Tomi mußte an ihre Kindheit denken, an die strenge Erziehung ihrer Mutter. So lange sie sich erinnern konnte, war ihr die Aufgabe zugefallen, den Reis zu waschen. Als ihr die ersten Male ein paar Körner entwischten und im Ausguß verschwanden, wurde sie dafür von ihrer Mutter windelweich geprügelt.

Als sie dann älter wurde, mußte sie immer als letzte essen. Erst nachdem sich ihr Vater und ihr arroganter älterer Bruder den Bauch vollgeschlagen hatten, teilte sie sich mit ihrer Mutter das wenige, was übriggeblieben war. Das war in den seltensten Fällen genug für sie beide.

Als sie sich schließlich eines Tages bei ihrer Mutter darüber beklagte, sagte diese nur: »Sei zufrieden mit dem, was du hast. Dein Bruder und dein Vater arbeiten den ganzen Tag. Und unsere Pflicht ist es, dafür zu sorgen, daß sie genug zu essen haben. Denn die schwere Arbeit erfordert ihre ganze Kraft. Wir Frauen tun den ganzen Tag nichts, als zu Hause herumzusitzen. Wozu brauchen wir also so viel zu essen?«

Als sie bei einer anderen Gelegenheit vorschlug, ihr Bruder sollte ihr bei der Hausarbeit helfen, da sie sie allein nicht mehr bewältigen könnte, sah sie ihre Mutter nur fassungslos an. »Wie kannst du so etwas nur sagen? Was sollen denn die Nachbarn von uns denken. Am Ende glauben sie noch, wir wären so faul, daß wir nicht einmal den Haushalt allein führen können.«

Im bäuerlichen Haushalt von Tomis Familie hatten jedenfalls eindeutig die Männer das Sagen. Und darunter begann Tomi mehr und mehr zu leiden.

Als sie ins heiratsfähige Alter kam, ging sie in Tokio zur Schule. Eines Abends – sie lernte gerade für ihre Abschlußprüfungen – bekam sie einen Anruf von ihrem Bruder. Da ihr Vater schon vor mehreren Jahren gestorben war, war inzwischen ihr Bruder das Oberhaupt der Familie. In vielen Dingen war er wesentlich schlimmer, als ihr Vater gewesen war. Während dieser sich damit begnügt hatte, für den Lebensunterhalt seiner Familie aufzukommen, versuchte ihr Bruder mit allen Mitteln, seine Mutter und vor allem Tomi für seine Zwecke einzuspannen. Deshalb war sich Tomi sofort im klaren, daß der Anruf ihres Bruders nichts Gutes bedeuten konnte. Er teilte ihr mit, er hätte einen geeigneten Mann für sie gefunden und sie solle unverzüglich nach Hause kommen, um die nötigen Vorbereitungen für die Hochzeit zu treffen.

Tomi spürte, daß sie vor einer Entscheidung stand, die ihr ganzes weiteres Leben nachhaltig beeinflussen würde. Alles hing davon ab, was sie ihrem Bruder antwortete. In ihrem Innern entspann sich ein heftiger Widerstreit der Gefühle. Ganz massiv meldeten sich plötzlich wieder die strikten Verhaltensvorschriften zu Wort, die ihr von ihrer Mutter von klein auf eingetrichtert worden waren. Und sie spürte, wie ihr Entschluß wieder ins Wanken geriet. Sollte sie sich dem elterlichen Willen beugen, auch wenn er mittlerweile durch ihren Bruder repräsentiert wurde? Sollte sie sich in ihr Schicksal fügen und ihr weiteres Leben ganz nach den gängigen Konventionen ausrichten?

Plötzlich sah sie das Gesicht ihrer Mutter vor sich – bleich und ausgezehrt, selten lächelnd, nie lachend. Und schlagartig wurde Tomi klar, daß ihre Mutter nie wirklich gelebt hatte. Statt dessen hatte sie sich ihr ganzes Leben lang für die Familie geopfert – eine Sklavin ihres Mannes und ihres Sohnes, und dazu ständig von der Angst geplagt, was die Nachbarn und Verwandten denken könnten. Lieber hätte sich Tomi die Pulsadern aufgeschnitten, als genauso zu werden wie ihre Mutter.

Deshalb antwortete sie ihrem Bruder am Telefon: »Ich komme nicht nach Hause.« Und hängte auf. Danach schaffte sie es gerade noch rechtzeitig auf die Toilette, bevor ihr das Abendessen hochkam.

Nachdem sie sich gewaschen hatte, kroch sie ins Bett. Dort saß sie dann, die Knie bis zum Kinn hochgezogen und am ganzen Körper zitternd, bis spät in die Nacht hinein wach.

Der unwiderrufliche Bruch mit ihrer Familie, den Tomi damit vollzogen hatte, war für sie als Japanerin mindestens ebenso schlimm wie der Verlust eines Arms oder Beins. Und genau an diese außerordentlich schmerzliche Erfahrung wurde Tomi in aller Deutlichkeit erinnert, als sie nach Marikos Ermordung zum erstenmal in die Garderobe des *Silk Road* kam. Der Anblick des bestialisch ermordeten Mädchens ging ihr sehr zu Herzen. Und je mehr sie sich in den folgenden Monaten im Zuge ihrer Ermittlungen mit der Ermordeten befaßte, desto mehr begann sie in ihr eine verwandte Seele zu sehen. Das führte schließlich zu dem Entschluß, nicht eher zu ruhen, bis sie Marikos Mörder gefaßt hatte.

Obwohl sie den Inhalt von Marikos Akte längst auswendig kannte, griff sie nach dem Ordner mit den Unterlagen und begann, nachdenklich darin zu blättern. Was ging wohl in einem Menschen vor, der so etwas Brutales tat?

In Beherzigung von Inspektor Omukaes Rat versuchte Tomi sich in den Mörder hineinzuversetzen. Aber sie mußte schnell feststellen, daß ihr das nicht gelingen wollte.

Ratlos blätterte sie in den Unterlagen. Rätsel über Rätsel sprachen ihr aus diesen Seiten entgegen, und keines von ihnen hatte sich bisher lösen lassen. Wer hatte Mariko ermordet? Was hatte die seltsame Nachricht zu bedeuten: DAS KÖNNTE AUCH IHRE FRAU SEIN? An wen war sie gerichtet? An die Polizei? Wer sonst hätte die Tote finden sollen? Was hatten die Rostspuren in den Brustwunden der Toten zu bedeuten, auf die man bei der Obduktion gestoßen war? Hatte Mariko einen festen Freund gehabt? Und wenn ja, wen?

Und nun hatte ihr Chef sie aufgefordert, den Fall zu den Akten zu legen. Aber dazu war Tomi noch nicht bereit. Anklagend starrte ihr Marikos unversehrtes Gesicht von den grauenerregenden Obduktionsfotos entgegen. Sollte diese gräßlich verstümmelte Leiche alles sein, was von Mariko übrigblieb? Nein, das durfte nicht sein.

Die Pflicht ruft, dachte Tomi finster, als sie schließlich den Ordner wieder beiseitelegte und Nicholas Linnears Namen in den Computer eingab. Wenig später erschienen die entsprechenden Daten auf dem Bildschirm. Tomi ließ sie ausdrucken und packte sie, ohne sich weiter mit ihnen zu befassen, in ihre Handtasche.

Sie wußte nur zu gut, daß sie ihre widersprüchlichen Gefühle für Inspektor Omukae möglichst bald in den Griff bekommen mußte. Noch ganz deutlich konnte sie sich an jede Einzelheit ihrer kurzen Unterredung erinnern. Sie hatte sich dabei benommen wie ein dummes Schulmädchen. Wenn sie wenigstens etwas halbwegs Vernünftiges gesagt hätte – irgend etwas...

Tomi vergrub ihr Gesicht in den Händen. Vom ersten Augenblick an hatte sie sich von Senjin Omukae unwiderstehlich angezogen gefühlt. Das hatte sie zwar nicht wahrhaben wollen, aber nun konnte sie die Augen nicht mehr länger davor verschließen. Und hatte nicht auch der Inspektor ein persönliches Interesse an ihr bekundet, als er ihr gestand: *In gewisser Weise sind wir beide Außenseiter*. So persönlich war er bisher noch nie geworden. Was hatte das zu bedeuten?

Noch ganz deutlich hatte sie seine verwirrende Nähe, seinen betörend männlichen Duft in Erinnerung. Und diese Augen! Nichts schien ihrem durchdringenden Blick verborgen zu bleiben. Ja, er hatte ihr die Maske vom Gesicht gerissen und schonungslos ihre geheimsten Wünsche und Sehnsüchte bloßgelegt. Tomi lief ein kalter Schauder den Rücken hinunter.

Sie konnte ihre Augen nicht mehr länger vor der Tatsache verschließen, daß sie sich in Inspektor Omukae verliebt hatte. Das war schlimm genug für sie. Denn sie wußte nur zu gut, daß ihre Liebe, selbst wenn sie erwidert worden wäre, aufgrund der strengen polizeilichen Vorschriften keinerlei Aussicht auf Erfüllung gehabt hätte. Nicht zum erstenmal empfand Tomi die beengende Starre der gesellschaftlichen Konventionen als Fesseln, die ihr nicht nur die Freiheit, sondern sogar die Luft zum Atmen raubten. Dennoch war es ihr schon einmal gelungen, diese Fesseln zu sprengen. Doch nun saß sie zum zweitenmal in der Falle.

Noch lange, nachdem Justine aus dem Raum gestürzt war, blieb Nicholas reglos am Boden liegen. Er hatte die Augen geschlossen, schlief, träumte. Alpträume suchten seinen unruhigen Schlaf heim. Er war vollkommen wehrlos an einen Felsen gekettet. Über ihm kreisten Scharen von Kormoranen, Vorboten drohender Gefahr. Und dann sah er plötzlich seinen eigenen Tod. Wie ein majestätisches Schiff löste er sich plötzlich aus dem Dunst am Rande des Horizonts und kam unaufhaltsam auf ihn zu.

Der Morgen graute bereits, als er schließlich aufstand. Unfähig, Justine unter die Augen zu treten, wandte er sich wieder seiner Nemesis zu, dem gepolsterten Pfosten. Er starrte ihn so finster an, als wäre er sein schlimmster Feind – was er in diesem Moment auch tatsächlich war.

Plötzlich hatte er das Gesicht von Akutagawa-san vor Augen. *In dem Moment, in dem du zu hassen beginnst,* hatte der *Sensei* Nicholas einmal erklärt, *wirst du* Getsumei no michi *verlieren.*

Der junge Nicholas erklimmt einen hohen Berg. Der Nebel ringsum macht den Tag zur Nacht. Und Nicholas weiß: Dicht neben ihm tut sich ein gewaltiger Abgrund auf. Ein falscher Tritt – und er würde in die Tiefe stürzen und am Fuß der Felswand zerschmettert liegenbleiben.

Ich kann nichts sehen, denkt der junge Nicholas. Warum will Akutagawa-san, daß ich ausgerechnet jetzt diesen Grat entlanggehe. *Du mußt* Getsumei no michi *finden,* hat der *Sensei* gesagt. *Wenn du den Weg findest, wirst du weder straucheln noch fallen.*

Also hat sich Nicholas auf den Weg gemacht. Vorsichtig setzt er einen Fuß vor den anderen. In seinem Mund breitet sich der metallische Geschmack der Angst aus, und sein Herz klopft so heftig, daß er nichts anderes mehr hören kann.

Erst allmählich nimmt er auch andere Geräusche wahr: das Heulen des Winds, das Ächzen der Bäume, das Krächzen eines Milans, der hoch über ihm seine Kreise zieht.

Und plötzlich, ganz unvermutet, kann er den Vogel trotz des dichten Nebels sehen – oder eigentlich nicht den Vogel selbst, sondern eine Art Schatten vor der unsichtbaren Sonne. Er hebt den Kopf, um mit Hilfe von *Getsumei no michi* weiter der Bahn des Vogels zu folgen.

Und nun kann er auch die Strudel und Strömungen des Winds so deutlich spüren, als triebe er im Meer. Gleichzeitig verraten ihm die ständig sich verändernden Luftbewegungen, wo sich dicht neben ihm ein Abgrund auftut oder wo eine knorrige Wurzel aus dem Boden ragt, um ihn zu Fall zu bringen.

Wolken ziehen auf, und er weiß, daß es in fünfzehn Minuten regnen wird. Aber er setzt seinen Weg über den schmalen Grat fort – so sicher, als wäre der Himmel von keiner Wolke getrübt. Später erzählt er Akutagawa-san alles, was er gesehen, gehört und gespürt hat. Er hat sich gefühlt wie ein Gott. Das allerdings verschweigt er dem *Sensei*. Es hört sich zu ichbetont an. Denn beim Erlernen der Kampfkünste ist vollkommene Egolosigkeit eine unabdingbare Grundvoraussetzung.

Getsumei no michi.

Daran kann ich mich noch genau erinnern, dachte Nicholas. Aber warum weiß ich nicht mehr, was ich tun soll? Du sollst nichts denken, rief er sich ins Gedächtnis zurück. Und du sollst auch keine Fragen stellen, die du nicht beantworten kannst. Du mußt alle Gedanken aus deinem Kopf verbannen. Und vor allem darfst du dir wegen deines Gedächtnisverlustes nicht ständig den Kopf zermartern. Laß dir von *Haragei* den Weg zu *Getsumei no michi* zeigen.

Als er noch einmal die Ausgangsstellung einnahm, war er sich mit schmerzlicher Deutlichkeit bewußt, daß er nicht verstand, was er eigentlich tat. Sein Denken war so konfus und zerstreut, daß es gänzlich seinen unkontrollierten Impulsen unterworfen war.

Er hob die Hände, versteifte die Finger und schlug zu. Immer und immer wieder drosch er auf den gepolsterten Pfosten ein, während zugleich immer heftigere Verzweiflung von ihm Besitz ergriff. Schließlich hörte er damit auf und starrte keuchend den Pfosten an, als hätte sich auch der gegen ihn verschworen.

Plötzlich fielen ihm wieder die Worte seiner Mutter Cheong ein. *Du mußt den Dingen Zeit lassen, Nicholas. Man kann nichts erzwingen. Vor allem mußt du Geduld haben – auch wenn es dir schwerfällt. Das hast du von deinem Vater. Auch er kann manchmal sehr ungeduldig sein.*

Geduld. Ja. Und Ausdauer.

Noch einmal versuchte er, alle unnützen Gedanken aus seinem Kopf zu verbannen. Heftiger Schmerz zuckte von seinen Händen in seine Arme hoch, als er erneut auf den gepolsterten Pfosten einhieb. Trotzdem ließ er nicht locker. In seiner wachsenden Verzweiflung hatte er längst den Rat seiner Mutter vergessen, so daß er irgendwann nur noch blindlings auf die bösen Geister einschlug, die aus seinem Innern aufstiegen.

Nach Atem ringend und am ganzen Körper von Schweiß überströmt, brach er schließlich zusammen und blieb, die Arme schluchzend um den gepolsterten Pfosten geschlungen, am Boden liegen.

Als Nangi am Tag nach seinem Treffen mit Kusunda Ikusa in sein Büro kam, hörte er sich ihre Unterhaltung noch einmal an. Die Skyline von Tokio funkelte in den ersten Strahlen der Morgensonne, als er hinter seinem Schreibtisch Platz nahm und den Drachenknopf seines Stocks abschraubte, in den ein winziges Tonbandgerät eingebaut war.

Er nahm die Mini-Kassette heraus und legte sie in das Abspielgerät neben seinem Schreibtisch. Wenig später ertönte Kusunda Ikusas Stimme aus dem Lautsprecher.

Nangi ließ sich in seinen Schreibtischsessel zurücksinken. Das starke Bedürfnis nach einer Zigarette ließ ihn unwillkürlich an seinen Freund Seiichi Sato denken. Sato war eine Kämpfernatur gewesen, ein treuer Freund und ein unnachsichtiger Feind. Zum erstenmal wurde Nangi bewußt, wie ähnlich sich Seiichi und Nicholas waren.

Und das war auch der Grund, weshalb Nicholas Seiichi unter keinen Umständen verraten hätte.

Nachdenklich tippte Nangi mit dem Zeigefinger gegen seine Unterlippe, während er sich die Bandaufnahme weiter anhörte. Er achtete dabei nicht nur darauf, *was* Ikusa sagte, sondern auch *wie* er es sagte. Ikusa war nicht der erste, der Nangi zu erpressen versuchte. Aber er war wesentlich gefährlicher als alle anderen, die das vor ihm versucht hatten. Denn Ikusa war Nami, und Nami stand, wohl oder übel, für den Kaiser und damit für ganz Japan.

Nangi wußte, daß er in der Falle saß. Und ebenso deutlich war ihm bewußt, daß es nur eine Möglichkeit gab, dieser Falle zu entrinnen: Verrat an Nicholas.

Als das Band zu Ende war, legte sich lastende Stille über den Raum. Nangi nahm die Kassette aus dem Abspielgerät und steckte sie in seine Hosentasche. Dann befestigte er den Knauf wieder an seinem Stock und verließ das Büro.

Er suchte eine Telefonzelle auf und wählte eine Nummer. Nach einmaligem Anläuten meldete sich ein Anrufbeantworter. Als der Pfeifton kam, sagte Nangi ein einziges Wort und hängte wieder auf.

Während der fünf Minuten, die er anschließend in der Zelle wartete, wollten zwei andere Männer das Telefon benützen. Nangi tat jedoch so, als telefoniere er, so daß die Männer schließlich weitergingen, um nach einer anderen Telefonzelle zu suchen.

Nach einer Weile wählte er noch einmal dieselbe Nummer. Nach dreimaligem Anläuten meldete sich diesmal eine menschliche Stimme. Nangi nannte seinen Namen nicht und wurde auch nicht danach gefragt. Er gab lediglich eine Adresse durch und legte wieder auf. Dann kehrte er in sein Büro zurück.

Dort verbrachte er den Rest des Tages damit, dem Geheimnis des Virus auf die Spur zu kommen, das sich in das Datennetz von Sato International eingeschlichen hatte. Aber selbst mit Hilfe seiner besten Computerfachleute kam er des Rätsels Lösung keinen Schritt näher. Deshalb wäre er gerade jetzt dringender denn je auf Nicholas' Rat angewiesen gewesen.

Am Spätnachmittag verließ Nangi das Büro und fuhr nach Akihabara. Er hatte diesen Stadtteil von Tokio in sehr angenehmer Erinnerung. In den Wirren der Nachkriegszeit hatte sich in diesem Viertel ein blühender Schwarzmarkthandel entwickelt, und es gab nicht wenige, die hier über Nacht ein Vermögen gemacht hatten. Und hier hatte auch Nangi ein neues Leben begonnen, bevor er sich in *Kanryodo*, dem Weg des Samurai-Bürokraten, hatte ausbilden lassen.

Heute war Akihabara ein augenfälliger Beweis für Japans postindustrialistische Wirtschaftsmacht. In den engen Straßen drängten sich unzählige kleine Läden, in denen man alles kaufen konnte, was die Elektronikindustrie an Nützlichem und Unnützem auf den Markt brachte. An sich wären die meisten dieser Produkte ausschließlich für den Export bestimmt gewesen, aber das nahm in Akihabara niemand so genau.

Von poppigen Postern feixten einem stachelhaarige Punks mit grotesk geschminkten Gesichtern entgegen, um für den neuesten CD-Player zu werben. Gleich daneben schwärmten junge, hübsche Amerikanerinnen auf riesigen Fernsehschirmen vom fantastischen Sound eines neuen superleichten Kopfhörers oder Kassettenrecorders, als stünden sie kurz vor dem Orgasmus. Aus den offenen Ladentüren drang ein wildes Durcheinander von lauten Rocksongs, die mit den flimmernden Digitalanzeigen der in den Schaufenstern ausgestellten Stereoanlagen um die Aufmerksamkeit der vorbeischlendernden Passanten buhlten.

Auf den Straßen herrschte dichtes Gedränge. Und genau aus diesem Grund hatte sich Nangi für dieses Viertel entschieden. In diesem hektischen Getriebe bestand wenigstens keine Gefahr, daß er – ob zufällig oder absichtlich – von irgend jemandem belauscht wurde.

Nangi entdeckte den Hamster vor dem Schaufenster eines Hifi-Shops, wo gerade David Bowie auf dem Bildschirm eines riesigen Fernsehers für einen Soft Drink warb. Im selben Moment erfolgte ein harter Schnitt auf das ekstatische Gesicht eines weiblichen Show-Talents, eine New Wave-Ikone aus perfekt gestyltem Silicon.

Der Hamster spürte Nangis Anwesenheit, ohne ihn zu sehen. Mit seiner kleinen, gedrungenen Gestalt und dem vierschrötigen pockennarbigen Gesicht machte er keinen sehr vertrauenerweckenden Eindruck. Seinen Namen Hamster hatte er dem Umstand zu verdanken, daß er Kontakte und Informationen sammelte wie andere Antiquitäten oder Gemälde. Nangi kannte den Hamster schon sehr lange und vertraute ihm vorbehaltlos. In einem Punkt unterschied sich der Hamster nämlich ganz wesentlich von den meisten anderen Vertretern seines eher zwielichtigen Gewerbes: Er war nicht käuflich. Und deshalb war absolut auf ihn Verlaß.

Umgekehrt hielt auch der Hamster große Stücke auf Nangi. Außerdem stand er tief in seiner Schuld, da Nangi vor einigen Jahren seiner Schwester aus einer sehr unangenehmen Situation geholfen hatte, in die sie durch den Boß eines Yakuza-Clans geraten war.

Ohne von ihm Notiz zu nehmen, ging Nangi am Hamster vorbei. Kurz darauf setzte sich auch der Hamster in Bewegung und folgte ihm unauffällig. Nach einer Weile überholte er Nangi und führte ihn so lange in einem wilden Zickzackkurs durch die engen Straßen von Akihabara, bis Nangi jede Orientierung verloren hatte.

Schließlich verlangsamte der Hamster seine Schritte und schlenderte Seite an Seite mit Nangi weiter. »Ich habe mich schon ein bißchen umgesehen, ob die Luft rein ist«, sagte er schließlich grinsend. Das hieß: Ich habe mich vergewissert, ob Ihnen jemand gefolgt ist. »Und das war sie nicht.«

Dahinter konnte nur Nami stecken.

»Das wundert mich keineswegs«, erklärte Nangi, nicht sonderlich überrascht.

In die Stimme des Hamsters schlich sich unüberhörbare Besorgnis ein. »Soll ich dagegen irgend etwas unternehmen?« Das bedeutete: »Soll ich den Mann, der Ihnen gefolgt ist, aufspüren und unschädlich machen?«

»Noch nicht.«

Der Hamster blieb kurz stehen, als interessiere er sich für die Lap-Tops im Schaufenster eines Computerladens. Doch Nangi wußte nur zu gut, daß er ihm nach ihrem Gewaltmarsch durch die Straßen von Akihabara lediglich eine kleine Verschnaufpause gönnen wollte. Der Hamster war sehr rücksichtsvoll.

»Wie kann ich Ihnen behilflich sein, Nangi-san?«

Nangi wartete, bis sie sich wieder in Bewegung gesetzt hatten. Da er wußte, daß Nami ihn beschatten ließ, wollte er selbst in dem dichten Gedränge nur im Gehen sprechen.

Nachdem sie sich an einer Gruppe Deutscher vorbeigedrängt hatten, die alles aufkaufte, was nicht niet- und nagelfest war, begann Nangi: »In der Firma ist es heute morgen zu einem ernsthaften Zwischenfall gekommen. Ein Virus hat sich in unser Computernetz eingeschlichen.«

»Aber ich habe Ihnen doch ein Abwehrsystem eingebaut«, erwiderte der Hamster überrascht. »Das müßte eigentlich hundertprozentig sicher sein.«

»Bis heute morgen war es das auch«, nickte Nangi und steckte dem Hamster im Gehen eine Diskette zu. »Darauf werden Sie alles über das Virus finden.«

Der Hamster ließ die Diskette unauffällig in seiner Tasche verschwinden. »Dem werden wir gleich mal auf den Grund gehen.«

»Zwar befassen sich auch unsere Spezialisten mit der Sache, aber sie verfügen nun mal nicht über Ihre Hintergrundinformationen.« Nangis Stock klopfte im Gehen leise über den Gehsteig. »Da ist allerdings noch etwas, worum ich Sie dringend bitten möchte. Sagt Ihnen der Name Kusunda Ikusa etwas?«

Der Hamster stieß einen leisen Pfiff aus und blieb kurz vor einem Schaufenster stehen, als interessiere er sich für eine Hifi-Anlage. »Zuallererst sollte ich vielleicht mal klarstellen, ob ich auch tatsächlich richtig gehört habe«, sagte er schließlich im Weitergehen.

»Haben Sie«, bestätigte ihm Nangi. »Hinter der Sache steckt Nami.«

Sie passierten eine Gruppe von Jugendlichen in schwarzen Lederjacken, die ganz im Stil von Halbstarken aus den fünfziger Jahren aufgemacht waren – inklusive Schmalzlocke, Zigarette im Mundwinkel und Komm-mir-bloß-nichtdumm-Blick. Der Hamster ließ im Vorbeigehen eine witzige Bemerkung fallen, worauf sie ihm lachend ihre erhobenen Daumen entgegenreckten.

Anschließend wandte er sich wieder an Nangi: »Wollen Sie das Untersuchungsobjekt observiert, katalogisiert und mit einem Index versehen haben?«

»Nein«, erwiderte Nangi. »Ich will es kompromittiert haben.«

Der Hamster zuckte mit keiner Wimper. »Bis wann?«

»Am besten gestern.«

Der Hamster grinste. »Na, das habe ich gern.«

Senjin Omukae bewegte sich mit der Geschmeidigkeit eines Raubtiers. Frauen fanden das sehr anziehend, während Männer darin in erster Linie etwas Bedrohliches sahen. Aber vielleicht war es gerade dieser seltsame Kitzel der Gefahr, der auf Frauen, oft sogar gegen ihren Willen, einen unwiderstehlichen Reiz ausübte. Sie konnten sich Senjins enormer Ausstrahlungskraft einfach nicht entziehen. Man hatte in seiner Gegenwart den Eindruck, als lebte er ganz im Jetzt, als kostete er jeden Augenblick voll aus. Und deshalb war es vielleicht auch gar nicht Senjins Person, in die sich die Frauen verliebten, sondern vielmehr seine außergewöhnliche Präsenz.

Senjin störte das nicht im geringsten, zumal er auch gar nicht zwischen diesen beiden Formen von Liebe unterschieden hätte. Liebe war für ihn sowieso ein von Grund auf fragwürdiges Gefühl, das lediglich die niedrigsten menschlichen Begierden weckte und zu Selbsttäuschung, Abhängigkeit und Verblendung führte – lauter Eigenschaften, die Senjin zutiefst verabscheute.

Senjin konnte sich ein Grinsen nicht verkneifen. Wäre er noch etwas jünger gewesen, hätte er vielleicht einen ganz passablen Show-Star abgegeben. Dann hätte auch er im Fernsehen für Hitachi oder Mitsubishi Werbung gemacht; dann hätte auch er mit einem kurzen hintergründig-vagen Lächeln die Massen in seinen Bann geschlagen; er wäre, hirnlose Popsongs krähend, vor Tausenden kreischender Teenager herumgehampelt, um sie sozusagen auf Knopfdruck in einen wahren Begeisterungstaumel zu versetzen; und ab und zu hätte er sich dann mal für ein Fernsehinterview hergegeben, das höhere Einschaltquoten erzielt hätte als die beliebteste Familienserie.

Er hatte genau das Gesicht, das heutzutage in Werbung und Showgeschäft gefragt war: gut geschnitten, faltenlos und mit einem leichten Touch ins Feminine.

Erstaunlicherweise tat letzterer Zug seiner enormen Wirkung auf das schwache Geschlecht keinerlei Abbruch. Ganz im Gegenteil: Senjins Gesicht strahlte jenes gewisse Etwas aus, das die Japaner schon jahrhundertelang so sehr an ihren Helden bewunderten.

Entsprechend zahlreich war die Schar seiner Verehrerinnen. Alle hatten jedoch eines gemeinsam: Jede von ihnen hatte sich mit Senjin eine Kabuki-Aufführung von *Musume Dojoji* ansehen müssen.

Musume Dojoji war Senjins Lieblingsstück, das jedesmal von neuem dieselbe Mischung aus Faszination und Grauen in ihm hervorrief, wie andere sie zum Beispiel beim Anblick eines schrecklichen Verkehrsunfalls verspüren. Obwohl man eigentlich entsetzt den Blick abwenden will, starrt man trotzdem wie gebannt auf die grauenvolle Szene.

Musume Dojoji handelt vom Schicksal Kiyohimes, einer Dämonin, die sich in einen jungen buddhistischen Mönch verliebt. Hin und her gerissen zwischen seiner Liebe und seinem Keuschheitsgelübde, versucht er zunächst, ihre Annäherungsversuche auf sehr subtile Weise abzuwehren; doch als ihr Werben immer drängender wird, muß auch er zu drastischeren Mitteln greifen.

Schließlich sieht er keinen anderen Ausweg mehr, als die Flucht zu ergreifen. Kiyohime läßt jedoch nicht locker und folgt ihm überallhin. Dabei bedient sie sich ihrer Zauberkräfte, um ihn nicht aus den Augen zu verlieren. Zu guter Letzt verwandelt sie sich in eine Riesenschlange.

Darauf bekommt es der junge Mönch mit der Angst zu tun. Er sucht unter einer großen Glocke Zuflucht, wo er sich vor der verliebten Dämonin in Sicherheit wähnt.

Aber die Schlange Kiyohime schlingt sich um die Glocke.

In ihrer Wut, daß sie des Mönchs nicht habhaft werden kann, setzt sie die Glocke mit ihrem feurigen Atem in Brand, so daß ihr Geliebter in den Flammen umkommt.

Senjin fesselte dieses Kabuki-Stück immer wieder von neuem so sehr, als sähe er es zum erstenmal. Und je mehr sich die Aufführung ihrem grausigen Höhepunkt näherte, desto mehr ergriff diese seltsame Mischung aus Faszination und Grauen von ihm Besitz.

Anschließend ging Senjin mit seiner jeweiligen Begleiterin essen, um sich bei *Fugu* oder Kobe-Steak über die psychologischen Hintergründe des Stücks zu unterhalten.

Und gerade diese psychologischen Hintergründe des Stücks – beziehungsweise die Art, wie Senjin sie deutete – waren es, die den Doktor ganz besonders interessierten. Senjin fand, daß Dr. Muku mehr und mehr seinen unzähligen Verehrerinnen zu ähneln begann. Denn die seltsame Faszination, die Kiyohime auf Senjin ausübte, schien zusehends auch auf ihn überzugreifen.

»Die Dämonenfrau«, sagte Dr. Muku, »spielt nicht nur in der Mythologie, sondern auch in der menschlichen Psyche eine wichtige Rolle. Es ist deshalb keineswegs verwunderlich, daß diese Gestalt eine geradezu krankhafte Faszination auf Ihren – äh – Verdächtigen ausübt.«

Natürlich konnte Dr. Muku nicht wissen, daß es in Wirklichkeit Senjin selbst war, den Kiyohime so nachhaltig in ihren Bann geschlagen hatte. Senjin hatte den Psychiater in offizieller Funktion aufgesucht, um sich von ihm ›eine psychologische Charakterstudie über einen Mann erstellen zu lassen, der mehrerer Morde verdächtigt wurde‹. Selbstverständlich hatte er Dr. Muku einen frei erfundenen Namen für diesen ›Verdächtigen‹ genannt. Diese Mühe hätte er sich allerdings sparen können, da sich der Doktor nicht für Personen interessierte, sondern, wie er es nannte, für ›die Pathologie des Verbrechens‹.

Senjins Kontakt mit Dr. Muku reichte mittlerweile schon mehrere Jahre zurück. Ursprünglich hatte Senjin mit dem Psychiater nur telefonisch verkehrt, um in einem besonders schwierigen Serienmordfall seinen Rat einzuholen. Als er jedoch schließlich dazu übergegangen war, den Doktor persönlich aufzusuchen, hatte dieser von Anfang an auf allerstrengste Diskretion gedrungen.

»Ich hoffe, Sie nehmen mir diese Vorsichtsmaßnahme nicht übel, Herr Inspektor«, hatte ihm Dr. Muku damals erklärt, »aber ich muß leider darauf dringen, daß Sie bei Ihren Besuchen in meiner Praxis nicht durchs Wartezimmer kommen. Einige meiner Patienten sind sehr sensibel und könnten instinktiv spüren, daß Sie von der Polizei sind. Und ich möchte auf jeden Fall vermeiden, daß sie sich deswegen unnötige Gedanken machen. Ich würde Sie deshalb bitten, gleich durch den Hintereingang zu kommen, der direkt vom Flur in mein Sprechzimmer führt. Auf diese Weise läßt sich vermeiden, daß jemand Sie sieht und sich über Ihre Anwesenheit unnötig beunruhigt.«

Mittlerweile suchte Senjin den Psychiater fast täglich auf, um, ähnlich wie ein Patient, das Innerste einer äußerst komplexen Psyche vor ihm aufzurollen. Wie der Autor eines Kabuki-Stücks spann er dabei ein äußerst verschlungenes Geflecht aus Lüge und Wahrheit, so daß er manchmal selbst nicht mehr wußte, wo die Trennlinie zwischen Erfindung und Wirklichkeit zu ziehen war.

»In gewisser Weise«, ließ sich Dr. Muku gerade wieder einmal über die psychologischen Hintergründe Kiyohimes aus, »hat die Dämonenfrau auch etwas sehr Unschuldiges an sich.«

»Etwas Unschuldiges?« Senjin konnte sich ein Lächeln nicht verkneifen. »Ich kann mir schwerlich vorstellen, was mein Verdächtiger *Unschuldiges* an ihr sehen könnte.

»*Er* würde selbstverständlich nichts Unschuldiges in ihr sehen«, stimmte ihm Dr. Muku bei. Der Psychiater war ein kleiner Mann, so kompakt wie ein Gummiball und scheinbar auch so nachgiebig und anpassungsfähig. Dazu hatte er das weite, offene Gesicht eines Kindes. Sein graumeliertes Haar war ziemlich lang und außerdem immer so zerzaust, als gehörte zu seiner Morgentoilette auch ein fünfminütiger Aufenthalt in einem Windkanal. Seine Rosinenaugen wirkten durch seine altmodische, runde Nickelbrille gespenstisch vergrößert. »Er sieht in ihr vermutlich den Inbegriff des Bösen. Aber genau das ist natürlich ein Teil seines Problems.«

Senjin steckte sich eine Zigarette an. »Wieso das?«

Dr. Muku hob die Schultern. »Dieser Mann hat schlicht und einfach jeden Realitätsbezug verloren. Er nimmt nur noch das wahr, was er wahrnehmen will. Es ist, als hätte er seine sämtlichen Sinneswahrnehmungen einer strengen Zensur unterworfen. Vermutlich ist es darauf zurückzuführen, daß die Wirklichkeit irgendwann so komplex und zugleich beängstigend für ihn wurde, daß er sie sozusagen nur noch in ›gefilterter‹ beziehungsweise zensierter Form verkraften kann.«

Insgeheim mußte Senjin über Dr. Mukus höchst zerbrechliches Gedankengebäude lächeln. Unbeirrt hatte er es, Stein für Stein, aus seinen Angaben zusammengesetzt – ohne freilich zu ahnen, daß es sich dabei nur um Lügen handelte, die die Wahrheit verbergen sollten. »Wie kommen Sie zu diesem Schluß, Herr Doktor?« fragte er jedoch mit geheucheltem Ernst.

»Die Sache ist eigentlich ganz einfach«, erwiderte Dr. Muku. »Sie und ich, wir sehen die Dämonenfrau Kiyohime keineswegs nur schwarzweiß.« Mit einem amüsierten Glucksen fügte der Psychiater hinzu: »Beziehungsweise völlig schwarz.« Er verschränkte die Hände über seinem runden Bauch. »Das Entscheidende an der Sache ist doch folgendes: Eine Frauengestalt wie Kiyohime wirkt auf die Männer vor allem deshalb so bedrohlich, weil sie ursprünglich nur die Frau und Mutter in ihr sehen. Erst wenn sie etwas an ihrer liebevollen, mütterlichen Maske zu kratzen beginnen, kommt darunter ihr wahres Gesicht zum Vorschein.« Dr. Muku hob seinen Zeigefinger. »Als Psychoanalytiker weiß ich natürlich, daß auch dieser dämonische Aspekt ihres Wesens letztendlich nur eine Maske ist. Und was das Interessanteste ist: Diese ganz spezielle Maske ist ausschließlich eine Projektion des Mannes selbst. Sie repräsentiert einen Aspekt der Weiblichkeit, der im Grunde genommen nur dem Wunschdenken des Mannes entsprungen ist. Sie ist, wie Yukio Mishima es ausgedrückt hat, nichts anderes als eine Projektion der unersättlichen sexuellen Gier des Mannes.«

Fast hätte Senjin Dr. Muku ins Gesicht gelacht. Wußte er eigentlich, welchen Unsinn er da redete? Vermutlich nicht. Dazu war er viel zu sehr von sich und seinem Image als großer Lehrer und Wunderheiler eingenommen.

Um jedoch den Doktor zum Weitersprechen zu ermutigen, nickte Senjin und murmelte ein paar zustimmende Worte, wie er das früher auch bei seinem Kshira-Meister getan hatte. Schließlich hielt auch Dr. Muku sich für einen großen Meister der Psychologie. Und bis auf weiteres lag es durchaus noch in Senjins Interesse, ihn in diesem Glauben zu bestärken.

Andererseits wollte er es ihm auch nicht zu einfach machen. »Entschuldigen Sie bitte, wenn ich Sie an dieser Stelle unterbreche«, warf er deshalb ein. »Aber der Verdächtige hat keinerlei Anzeichen eines abartigen oder aggressiven Sexualverhaltens gezeigt.«

»Wenn das bisher noch nicht der Fall war«, entgegnete der Psychiater, »dann ist es nur eine Frage der Zeit, bis er das tun wird. Jemand, der sich so zwanghaft mit der Dämonenfrau Kiyohime beschäftigt, muß eine tiefsitzende Abneigung gegen Frauen hegen. Und früher oder später muß diese Abneigung meines Erachtens geradezu notgedrungen gewaltsam zum Ausbruch gelangen. So, wie Sie mir die psychische Struktur dieses Mannes beschrieben haben, dürfte das bei ihm am wirkungsvollsten über seine Sexualität geschehen.«

»Sie meinen also, er wird sich nicht damit begnügen, seine Opfer nur umzubringen?« warf Senjin ein.

»Nein. Das würde ihm in seinem tiefsitzenden Frauenhaß nicht genügend Befriedigung verschaffen. Deshalb dürfte er seine Opfer erst in irgendeiner Weise verstümmeln. Und ganz sicher dürfte er sie vorher vergewaltigen.«

Senjin nickte lächelnd. Aber in seiner Magengrube zog sich etwas Kaltes und Hartes zusammen. Dr. Muku hätte diese Empfindung vermutlich als Wut eingestuft. Aber Senjin erkannte darin etwas ganz anderes – etwas, das Dr. Mukus Horizont weit überstieg.

Branding lag auf dem zerwühlten Bett. Von seinem Körper hatte eine angenehme Schwere Besitz ergriffen, während sich in seinem Kopf eine beglückende Leichtigkeit ausbreitete. Mit zusammengekniffenen Augen beobachtete er, wie sich Shisei nackt vom Bett erhob.

Als sie dabei das schräg einfallende Nachmittagslicht für einen Moment genau hinter sich hatte, war sie plötzlich nur noch eine von einer strahlenden Aura umgebene Silhouette. Noch nie zuvor war Branding die Bedeutung des Wortes *strahlend* so sinnfällig vor Augen geführt worden. Wie Honig umfloß das Licht ihre zierliche Gestalt, wenn sie sich bewegte. Und als sie ihn aus ihren leuchtenden schwarzen Augen ansah, stieg nicht nur heftige Begierde, sondern mit einem Mal auch abgrundtiefe Angst in ihm auf.

Cotton Branding war unfähig, seinen Blick von ihr loszureißen. Noch nie hatte ein anderer Mensch eine solch unwiderstehliche Anziehungskraft auf ihn ausgeübt. Sonst war er es gewohnt gewesen, andere in seinen Bann zu schlagen; doch nun mußte er zum erstenmal am eigenen Leib erfahren, was es hieß, einem anderen Menschen rettungslos verfallen zu sein.

Aber als Shisei plötzlich lächelte – einfach so –, waren all seine beängstigenden Gedanken um Macht und Abhängigkeit schlagartig verflogen. Sie wurden einfach fortgerissen von einer Woge der Lebensfreude, die ihn mit so unschuldiger Neugier und Leichtigkeit erfüllte, daß er sich gar nicht mehr vorstellen konnte, je so düsteren Gedanken nachgehangen zu sein.

Shisei hatte sich ihren Bademantel lose übergeworfen und einen Stuhl ans Bett gerückt. Dort saß sie nun mit züchtig übereinandergeschlagenen Beinen, als befände sie sich gerade in einer hochoffiziellen Geschäftsbesprechung. Ihre Unterarme lagen dabei vollkommen entspannt auf den Lehnen des Stuhls, und selbst jetzt, im schräg einfallenden Licht der Nachmittagssonne, konnte Branding nicht einmal den zartestes Flaum an ihnen entdecken.

»Shisei.«

Als sie lächelnd den Kopf zu ihm herumdrehte, traten im Licht der tiefstehenden Abendsonne die eleganten Konturen ihrer hohen Backenknochen noch deutlicher hervor.

Mit einer Anmut, deren ungekünstelte Natürlichkeit ihm

für einen Moment den Atem raubte, warf sie plötzlich den Kopf zurück, so daß die sanften Konturen ihres Kinns, ihres elegant geschwungenen Halses und ihrer runden Brüste eine durchgehende Linie von makelloser Perfektion bildeten. Gleichzeitig haftete dieser Bewegung etwas so Intimes an, wie Branding es keiner amerikanischen – oder westlichen – Frau zugetraut hätte. In ihrer natürlichen Anmut strahlte diese Geste eine erotische Intimität aus, die sogar noch tiefer ging als die des Liebesakts selbst; denn der konnte, wie Branding sehr wohl wußte, durchaus auch so unpersönlich sein wie ein Friseurbesuch. Aber eine Geste wie diese war eigentlich nur zwischen zwei Raubkatzen im tiefsten Dickicht des Dschungels vorstellbar. Eine deutlichere Zurschaustellung der eigenen Verletzlichkeit war schwerlich denkbar – gerade so, als hätte sie ihm mit dieser Geste auf sehr subtile Weise zu erkennen geben wollen: Schau, wie tief ich unter dem Einfluß deiner Macht stehe.

Zugleich war Branding in diesem kurzen, aber sehr intensiven Moment klargeworden, daß er diese Frau mehr begehrte, als er in seinem Leben je etwas begehrt hatte.

Mit dieser Erkenntnis stiegen plötzlich wieder weit zurückliegende Kindheitserinnerungen in ihm auf, deutlich angegriffen vom Zahn der Zeit, aber keineswegs schon ganz verblaßt.

Als Sprößling einer reichen Bankiersfamilie war Cotton Branding auf dem Beacon Hill in Boston aufgewachsen. Seine Mutter war eine Cotton gewesen, Nachkomme des berühmten John Cotton, des Großvaters von Cotton Mather. Obwohl sie mit ihrer Heirat den Namen Branding annahm, bleib sie im Grunde ihres Herzens weiterhin Bess Cotton. Cotton Brandings Erinnerungen an seine Mutter waren eher zwiespältiger Natur. Da ihr Mann, Cooks Vater, nicht in dem Maß nach ihrer Pfeife getanzt hatte, wie sie sich das vielleicht gewünscht hätte, führte Bess Cotton ein um so strengeres Regiment über ihre Söhne.

Obwohl sich ihre streng puritanische Einstellung im Zuge der jüngsten geschichtlichen Entwicklungen längst als hoffnungslos unzeitgemäß und überaltert erwiesen hatte, war sie dennoch nicht bereit, von den Glaubensgrundsätzen ihrer Vorfahren abzuweichen. Sie war zutiefst, um nicht zu sagen zwanghaft gottesfürchtig. Noch sehr deutlich hatte Branding die Sonntage in Erinnerung, an denen sie ihn Woche für Woche zum Gottesdienst geschleppt hatte. Tief hatten sich die glühenden Strafpredigten des rauschebärtigen Geistlichen in die Seele des jungen Cotton eingebrannt. Darüber hinaus war er von seiner Mutter tagaus, tagein zu intensivem Bibelstudium angehalten worden, was schließlich dazu führte, daß er ganze Passagen aus der Heiligen Schrift auswendig zitieren konnte.

Als er dreizehn wurde, bekam er von seiner Mutter ein Buch seines berühmten Vorfahren Cotton Mather überreicht. Dieses nicht sonderlich erbauliche Werk mit dem Titel *Wunder der unsichtbaren Welt* befaßte sich mit dem Thema teuflischer Besessenheit und war 1693 erschienen, also genau ein Jahr nach den berühmten Hexenprozessen von Salem, in denen Cotton Mather eine wichtige Rolle gespielt hatte.

Nachdem der junge Cotton das Buch gelesen hatte, ließ ihn seine Mutter zu sich kommen. Sie nahm ihn an den Händen, schaute ihm tief in die Augen und erklärte feierlich: »Die Welt ist des Teufels, Cotton. Vergiß das nie.« Sie war die einzige, die ihn Cotton nannte und nicht Cook. Schließlich war sie es gewesen, die ihm diesen Namen gegeben hatte. »Das Leben eines anständigen und gottesfürchtigen Menschen basiert vor allem auf drei Tugenden, mein Sohn: Fleiß, Mäßigung und Disziplin. Wenn du diesem schmalen Pfad der Tugend folgst, den Gott dir aufgezeigt hat, so hast du nichts zu befürchten. Weichst du jedoch nur einen Schritt davon ab, dann wehe dir: Alles, was gut in dir ist, wird verdorren und ewiger Verdammnis anheimfallen.«

Und als Cotton Branding nun in Shiseis dunkle Augen schaute, mußte er unwillkürlich an die Worte seiner Mutter denken. Nur gut, daß sie nicht mehr hatte miterleben müssen, wie er sich der Politik verschrieb. Denn ihr ganzes Leben lang hatte Bess Branding nur einen sehnlichen Wunsch gehegt: daß er, ihr erstgeborener Sohn, Gottes Ruf folgen und Geistlicher werden würde.

Vielleicht hätte sie mittlerweile gegen seine Berufswahl gar nicht mehr so viel einzuwenden gehabt, dachte Branding. Was tat er schließlich in seinem Beruf anderes, als mit allen Mitteln – wenn auch auf seine Weise – gegen das Böse in der Welt anzukämpfen? Obwohl er sich zu diesem Zweck mitten in das Zentrum der Verderbtheit und des Sittenverfalls hatte begeben müssen, hatte er bisher standhaft allen Versuchungen widerstanden, von besagtem schmalen Pfad der Tugend abzuweichen.

Und dann, mit einem Blick auf Shisei, dachte er: Wie kann ich unsere Beziehung geheim halten?

Es war nun doch Nacht geworden.

St. Theresa, die einzige katholische Kirche in Shinjuku, lag vier Häuserzeilen westlich der Meiji-dori in einer schmalen Seitenstraße der Okubo-dori.

Selbst inmitten der hohen Wolkenkratzer und der gigantischen Neonreklamen im Zentrum von Tokio wirkte die Kirche recht beeindruckend.

Im Innern war es kühl, dunkel und so still, daß Nangi das Licht, das durch die hohen Spitzbogenfenster fiel, leise von den Wänden widerhallen zu hören glaubte. Auf der Empore probte der Kirchenchor einen Choral. Wie Sternschnuppen schwebten die geschlechtslosen jungen Stimmen durch die hallende Stille.

Vom Tag zur Nacht, dachte Nangi. *Abends, wenn ich schlafen geh...* Hier, in der Stille des Gotteshauses, konnte ihm die Außenwelt mit allen ihren drohenden Gefahren nichts mehr anhaben. *Und mein Herz in Gottes Hände leg...*

Er tauchte seine Finger in das Weihwasserbecken neben dem Eingang und bekreuzigte sich. Dann kniete er in einer der hinteren Bänke nieder. Gedankenversunken lauschte er dem ätherischen Gesang, dem leisen Scharren von Füßen, einem kurzen gedämpften Flüstern, das jedoch sofort wieder von der ehrfürchtigen Stille verschluckt wurde.

Zu seiner Enttäuschung fand Nangi jedoch selbst hier, in Gottes unmittelbarer Nähe, keinen Trost. Er hatte gesündigt und war deshalb nicht berechtigt, die Kommunion zu empfangen. Und damit war ihm auch jeder direkte Zugang zu Gott und seiner Gnade verwehrt.

Statt dessen hatte er unablässig die grinsende Visage Kusunda Ikusas vor Augen. Es war, als wären ihm seine durchdringenden Blicke bis hierher, in die Kirche der Heiligen Theresa, gefolgt. *Tun Sie Ihre Pflicht, Nangi-san. Nami – und der Kaiser – gebieten es Ihnen.*

Doch das wäre gleichbedeutend mit Verrat an Nicholas gewesen. Allerdings stand Nangi tief in Nicholas' Schuld – nicht nur wegen der Foltern, die er wegen des Techni-Projekts über sich hatte ergehen lassen, sondern auch dafür, daß er sich so lange für Seiichi Sato eingesetzt hatte. Wie Ikusa jedoch ganz richtig bemerkt hatte, war es andererseits Nangis vordringlichste Pflicht, dem Willen des Kaisers – und damit auch Namis – nachzukommen.

Während Nangi also in dieser schweren Gewissensentscheidung zu einer Lösung zu kommen versuchte, betrat Justine die Kirche. Sie hatte lange überlegt, wie sie am besten an Nangi herantreten sollte. Ihn anzurufen oder in seinem Büro aufzusuchen, wäre ihr zu auffällig erschienen. Ihn zu Hause zu besuchen, hätte sie aufgrund ihres eher gespannten Verhältnisses für zu aufdringlich gehalten.

Allerdings wußte sie von Nicholas, daß Nangi gläubiger Katholik war. Außerdem konnte sie sich erinnern, daß Nangi sogar einmal persönlich von seinen regelmäßigen Besuchen in St. Theresa erzählt hatte.

In der Not wächst man manchmal über sich selbst hinaus, dachte Justine beim Betreten der Kirche. Bis vor kurzem wäre es noch unvorstellbar für sie gewesen, mit einem Fremden über ihre Probleme zu sprechen. Doch inzwischen ließ ihr die Verzweiflung keine andere Wahl mehr.

Als die Spannungen mit Nicholas immer unerträglicher wurden, hatte sie in ihrer Not nichts Besseres zu tun gewußt, als sich fürs erste einmal in den anderen Teil des Hauses zurückzuziehen. Dennoch war sie fest entschlossen gewesen, so lange an Nicholas' Seite auszuharren, bis er irgendwann selbst einsah, wie kindisch und unvernünftig sein Verhalten war. Es war schließlich nicht das erstemal, daß sie solche Probleme hatten. Allerdings war das bisher immer zu Hause in den Staaten gewesen. Hier, in der fremden Umgebung Japans, in der sie mehr denn je auf Nicholas angewiesen war, fehlte es ihr eindeutig an der nötigen Kraft, noch länger ohne jede Hilfe von außen durchzuhalten.

Eines Nachts – das dunkle Haus hallte gespenstisch von Nicholas' monotonen Trainingsgeräuschen wider – hatte sie sich schließlich zu dem Entschluß durchgerungen, gleich am nächsten Morgen aus Japan abzureisen.

Denn dieses beängstigende Gefühl der Isolation, des Abgeschnittenseins von allem, was ihr lieb und vertraut war, wurde immer unerträglicher. Zwar hatte sie immer versucht, ihre Wut auf Nicholas wie eine bittere Medizin hinunterzuschlucken. Aber irgendwann wußte sie in ihrer Hilflosigkeit einfach nicht mehr weiter. Dazu kam noch, daß hier, in der fremden Umgebung Japans, ihre Fehler und Unzulänglichkeiten, ob eingebildet oder wirklich, noch verstärkt zur Geltung kamen. Und letzten Endes war sie doch nur Nicholas' wegen in Japan.

Obwohl sie ihren Mann noch immer aus ganzem Herzen liebte, war ihr zugleich sehr deutlich bewußt, daß sie dieser enormen psychischen Belastung nicht mehr länger standhalten konnte – und dies um so weniger, als sie auch den Schmerz und die Schuldgefühle über den Tod ihrer Tochter noch keineswegs verwunden hatte.

In Nicholas' Fall fühlte sie sich mit Problemen konfrontiert, die sie selbst beim besten Willen nicht zu begreifen, geschweige denn zu verkraften imstande war. Um so stärker war die Versuchung, einfach die Flucht zu ergreifen. Aber auch das wäre letztlich keine Lösung ihrer Probleme gewesen: Es hätte nämlich bedeutet, daß sie Nicholas im Stich hätte lassen müssen. Und das war vollkommen undenkbar für sie. Allerdings änderte das nichts an der Tatsache, daß sich die Situation immer mehr zuspitzte, ohne daß sich irgendwo eine Aussicht auf eine Lösung ihrer Probleme abzeichnete.

Die ganze Nacht lang war Justine grübelnd wach gelegen, um zwischendurch immer wieder verzweifelt in Tränen auszubrechen. Und als endlich der Morgen graute, hatte sie zumindest in einem Punkt Gewißheit: Flucht war keine Lösung. Allerdings fühlte sie sich auch nicht mehr imstande, allein und ohne fremde Hilfe gegen ihre Probleme anzukämpfen. Sie brauchte dringend Rat, und zwar von einem Menschen, der zum einen Nicholas ebensogut kannte wie sie selbst und zugleich auch bestens mit der für sie vollkommen unbegreiflichen Mentalität der Japaner vertraut war. Es gab in Justines Augen nur eine Person, die diese beiden Voraussetzungen erfüllte: Tanzan Nangi.

Nangi spürte, daß neben ihm jemand die Kirchenbank betrat. Als er sich herumdrehte, stellte er zu seiner Überraschung fest, daß es Justine war.

»Mrs. Linnear!« Um sich seine Verwunderung nicht anmerken zu lassen, wandte Nangi das Gesicht ab. »Ich wußte gar nicht, daß Sie katholisch sind.«

»Das bin ich auch nicht.« Noch während sie das sagte, wurde Justine bewußt, wie übereilt und unbedacht ihre Antwort war. Nangi hatte ihr mit seiner Bemerkung lediglich einen Vorwand bieten wollen, um ihre Anwesenheit in der Kirche zu erklären. Selbstverständlich war er sich des wahren Grunds ihres Kommens nur zu deutlich bewußt. Aber wer sprach in Japan schon über seine wahren Beweggründe? In diesem Land war man vor allem auf eines bedacht: unter allen Umständen sein Gesicht zu wahren. »Das heißt...« fuhr sie schließlich stocken fort. »Nun, ehrlich gestanden...« Sie brach mitten im Satz ab. In Japan sagte man nie die Wahrheit. Und wenn doch, drückte man sich so verklausuliert aus, daß sie sich auch auf mindestens sechs verschiedene Arten auslegen ließ.

»Wenn Sie mich bitte für einen Moment entschuldigen würden, Mrs. Linnear.« Nangi machte eine leichte Verneigung. »Ich würde gerne noch meine Gebete zu Ende sprechen.«

»Oh, entschuldigen Sie!« wollte Justine bereits erwidern, um sich diesmal aber gerade noch rechtzeitig eines besseren zu besinnen. Nangi wollte ihr damit nur eine Gelegenheit bieten, sich wieder zu sammeln und ihre Fassung wiederzuerlangen. Dafür war ihm Justine sehr dankbar. Gleichzeitig wurde ihr, wenn auch verspätet, bewußt, daß sie vielleicht nicht nur rein praktische Überlegungen dazu bewogen hatten, Nangi ausgerechnet hier – in einer Kirche – aufzusuchen. Nur zu deutlich hatte sie noch in Erinnerung, wie inbrünstig sie für Nicholas gebetet hatte, als er aus der Narkose erwacht war. Wie hatte sie damals zu Gott beten können, obwohl sie gar nicht an ihn glaubte? Und vor allem: Wie war es möglich gewesen, daß sie im Gebet tatsächlich Trost gefunden hatte? Mehr und mehr sah sich Justine in der Überzeugung bestätigt, daß sie keineswegs so ungläubig war, wie sie sich bisher immer einzureden versucht hatte. Und so senkte nun auch sie an Nangis Seite den Kopf und begann, still um Kraft und Beistand zu beten.

Als Nangi schließlich aufsah, war auch Justine bereit. »Nangi-san.« Ganz bewußt nahm sie von ihrer sonstigen Gewohnheit Abstand, Bekannte beim Vornamen anzusprechen. »Wir haben uns in letzter Zeit nur selten gesehen.«

»Das finde ich eigentlich nicht, Mrs. Linnear.«

Immer diese verfluchte Höflichkeit. »Das lag vor allem an mir, wie ich gestehen muß«, ließ Justine jedoch nicht locker. Sie spürte ganz deutlich, daß sie jetzt nicht mehr zurück konnte. Sie mußte einfach weitermachen, wenn sie diese Unterredung bis zum bitteren Ende durchstehen wollte. »Ich verstehe weder dieses Land noch seine Bewohner. Kurzum, Japan ist mir ein Rätsel. Ich bin hier eine Fremde, eine Außenseiterin.«

»Sie sind die Frau von Nicholas Linnear«, entgegnete Nangi in einem Ton, als wären damit ihre Probleme für hinfällig erklärt.

So hören Sie mir doch endlich zu! hätte ihn Justine am liebsten angeschrien. Statt dessen holte sie jedoch nur tief Luft und fuhr fort: »Nangi-san, ich möchte lernen, dieses Land zu verstehen. Zu diesem Zweck würde ich auch nicht davor zurückschrecken, wie ein blutiger Anfänger mit den primitivsten Grundvoraussetzungen zu beginnen.«

»Das ist doch vollkommen unnötig, Mrs. Linnear«, erwiderte Nangi ausweichend. »Sie werden allgemein geschätzt und respektiert.«

»Ich möchte aber als ein vollwertiges Glied der Gesellschaft anerkannt werden.«

Für eine Weile sagte Nangi nichts. Die Chorstunde war vorüber. Leise tuschelnd verließen die Kinder die Kirche. Im Seitenschiff wurden Kerzen angezündet. Leise wie Regentropfen hallten gedämpfte Echos durch das Kircheninnere.

Schließlich antwortete Nangi: »Veränderungen sind oft dann am tiefgreifendsten, wenn sie vorher reiflicher Überlegung unterzogen worden sind.«

»Ich habe über diesen Schritt lange nachgedacht.«

Nangi nickte. »Haben Sie auch mit Ihrem Mann darüber gesprochen?«

Insgeheim stieß Justine einen tiefen Seufzer aus. »Nicholas und ich haben in letzter Zeit nicht sehr viel miteinander gesprochen.«

Nangi drehte den Kopf so weit herum, daß er sie voll im Blickfeld seines gesunden Auges hatte. Ein Amerikaner hätte in dieser Situation vermutlich gefragt: Ist denn irgend etwas nicht in Ordnung? Aber Nangi sagte: »Auch ich habe in letzter Zeit nur wenig mit Linnear-san gesprochen. Er wirkt irgendwie… verändert. Was meinen die Ärzte dazu?«

Diesmal seufzte Justine laut. »Sein Arzt kann oder will uns in diesem Punkt nicht weiterhelfen. Seinen Aussagen zufolge leidet Nicholas an einer Art postoperativem Trauma. Allerdings glaube ich nicht, daß er sich über den Ernst der Lage im klaren ist.«

»Und wie schätzen Sie die Situation ein?«

»Ehrlich gestanden, weiß ich selbst nicht, was ich davon halten soll. Aber eines scheint ziemlich sicher: Nicholas' Depressionen hängen irgendwie mit seinem Unvermögen zusammen, sein Ninjutsu-Training wieder aufzunehmen.«

Nangi stockte der Atem. Gott steh uns bei, dachte er unwillkürlich. Gleichzeitig wurde er sich mit zunehmender Deutlichkeit des drohenden Unheils bewußt, das sich irgendwo dort draußen zusammenbraute und unaufhaltsam auf ihn zukam. »Sind Sie auch ganz sicher, Mrs. Linnear, daß das der Grund ist?«

»Ja«, versicherte ihm Justine ohne Zögern. »Ich habe ihn beim Training beobachtet. Irgend etwas stimmt nicht mit ihm.«

»Hat er durch die Operation irgendwelche körperlichen Behinderungen davongetragen?«

»Ich glaube nicht.«

Justine entging nicht, wie sich in Nangis Miene plötzlich tiefe Besorgnis breitmachte. Fast hätte sie gesagt: Was haben Sie denn? Aber dann kam ihr plötzlich ein schrecklicher Gedanke. »Ziehen Sie daraus etwa dieselben Rückschlüsse wie ich?«

»Durchaus möglich. Bei den Kampfkünsten spielt die richtige geistige Einstellung eine wesentlich wichtigere Rolle als die rein körperliche Beherrschung der einzelnen Bewegungsabläufe und Techniken. Wenn jemand also auf der gedanklichen und emotionalen Ebene nicht richtig eingestimmt ist, wird er es in den Kampfkünsten nie zu wahrer Könnerschaft bringen. Für viele Nicht-Japaner ist das sehr schwer zu begreifen.« Über Nangis Lippen legte sich ein beschwichtigendes Lächeln. »Verstehen Sie das bitte nicht falsch. Sie haben doch eben selbst gesagt, daß Sie gern lernen möchten. Was ich gerade gesagt habe, ist etwas sehr Grundlegendes.«

Er hielt einen Moment inne, als dächte er angestrengt nach. »Wer mit einer Ausbildung in den Kampfkünsten beginnt, bekommt erst einmal die allerniedrigsten und belanglosesten Arbeiten zugeteilt. Viele Anfänger verlieren in dieser endlos langen und ermüdend eintönigen Anfangsphase die Geduld und brechen deshalb ihre Ausbildung desillusioniert vorzeitig ab. Diejenigen, die jedoch durchhalten und schließlich in die tieferen Geheimnisse der Kampfkünste eingeweiht werden, lernen auf diese Weise bereits zwei ganz entscheidende Tugenden: Geduld und Demut. Denn ohne diese Eigenschaften kann man es in den Kampfkünsten nicht zu wahrer Meisterschaft bringen.

Wie Sie in Nicholas' Fall sehen können, geht die Frage der geistigen Grundhaltung jedoch noch wesentlich tiefer.« Justine entging nicht, daß Nangi dazu übergegangen war, Nicholas bei seinem Vornamen zu nennen. Allerdings war ihr nicht recht klar, was das zu bedeuten hatte. »Sie müssen wissen, Mrs. Linnear, daß Ihr Mann einer der wenigen Menschen ist, die *Aka-i-ninjutsu* beherrschen. Er ist ein sogenannter Roter Ninja. Das heißt, er hat sich die positiven Aspekte dieser speziellen Kampfdisziplin zu eigen gemacht.«

»Gibt es denn auch noch andere Formen von Ninjutsu?« fragte Justine.

Nangi nickte. »Es gibt auch noch die Schwarzen Ninjas. Saigo war zum Beispiel ein Schwarzer Ninja. Er hat *Kuji-kiri*, das Neun-Hände-Schneiden, angewandt. Das ist eine Art Magie.«

»Meinen Sie damit die Art, wie er mich hypnotisiert hat?«

»Ganz richtig. Allerdings ist *Kuji-kiri* nur eine von vielen schwarzen Ninjutsu-Techniken.« Als Nangi sich Justine nun ganz zuwandte, waren die Spuren, die die Zeit und der Krieg dort hinterlassen haben, plötzlich in aller Deutlichkeit zu erkennen. »Nicholas dagegen beherrscht den Mondbeschienenen Pfad, *Getsumei no michi*. Dabei handelt es sich um eine mehr spirituelle als körperliche Technik, die ihm außergewöhnliche Kräfte und Fähigkeiten verleiht. Sie stellt zugleich eine Art der Bewußtseinserweiterung dar und verhilft ihm zu enormer innerer Stärke. Wie Sie eben selbst sagten, sind Sie nicht der Ansicht, daß Nicholas irgendwelche *körperlichen* Schäden von seiner Operation davongetragen hat.«

Justine spürte, wie ihr die Angst den Magen zusammenschnürte. »Was wollen Sie damit sagen?«

»Wenn jemand *Getsumei no michi* beherrscht«, begann Nangi zögernd, »und wenn der Betreffende eines Tages darauf zurückgreifen will und feststellen muß, daß er dazu nicht mehr imstande ist...« Er verstummte, als wüßte er nicht, wie er fortfahren sollte. »Das könnte einen Verlust von unvorstellbaren Ausmaßen bedeuten, Mrs. Linnear. Am ehesten können Sie sich davon vielleicht einen Begriff machen, wenn Sie sich einmal vorzustellen versuchen, Sie würden mit einemmal sämtlicher fünf Sinne beraubt – Sehfähigkeit, Gehör, Geschmack, Geruch und Tastsinn. Es dürfte wohl für einen normalen Menschen kaum eine schrecklichere Vorstellung geben, und doch stellt der Verlust von *Getsumei no michi* eine noch wesentlich einschneidendere Beeinträchtigung dar.«

»Das ist ja grauenhaft«, stieß Justine entsetzt hervor. »Und das soll Nicholas zugestoßen sein?«

»Mit Sicherheit kann das im Augenblick nur Ihr Mann selbst sagen, Mrs. Linnear. Jedenfalls hoffe ich von ganzem Herzen, daß dem nicht so ist.«

»Nachdem Lew Croaker seine Hand verloren hatte, ließ Nicholas' Interesse an den Kampfkünsten plötzlich merklich nach. Wäre es nicht möglich, daß diese Phase inzwischen einfach für ihn abgeschlossen ist?«

»Das wird erst der Fall sein, wenn er stirbt.« Fast wie im Gebet legte Nangi die Hände aneinander. »Dabei gilt es in erster Linie eines zu berücksichtigen: Man geht nicht einfach eines Tages her und beschließt, Ninjutsu zu lernen. Ninjutsu ist kein Sport oder Zeitvertreib, den man ganz nach Lust und Laune anfängt und irgendwann wieder aufhört, wenn man die Lust daran verliert. So einfach ist das im Fall von Ninjutsu nicht. Denn Ninjutsu ist mehr als das: Es ist eine Methode, sein Leben von Grund auf neu zu gestalten. Und wenn man sich darauf einmal eingelassen hat, dann gibt es kein Zurück mehr.«

Nangi wandte sich Justine nun vollends zu. »Mrs. Linnear, Sie haben doch sicher schon einmal von dem Begriff *Michi* gehört.«

Justine nickte. »Ja, es bedeutet Pfad oder Reise.«

»In übertragenem Sinn kann *Michi* auch Pflicht bedeuten. Letzten Endes ist damit also der Lebensweg eines Menschen gemeint. Und sobald man sich einmal für diesen Weg entschieden hat, gibt es kein Zurück mehr.«

»Aber man kann doch sein Leben ändern.«

»Gewiß«, nickte Nangi. »Aber nur innerhalb der von *Michi* festgelegten Grenzen.«

Justine wurde ganz schwer ums Herz. »Wollen Sie damit sagen, daß Nicholas für immer ein Ninja sein wird, nachdem er sich einmal für Ninjutsu entschieden hat?«

»Vielleicht sollte man genauer sagen: nachdem sich Ninjutsu für ihn entschieden hat.« Nangi sah Justine traurig an. »Zumindest sollten wir diese Möglichkeit nicht außer acht lassen. Und wenn dem tatsächlich so sein sollte, dann ist Nicholas' Karma unabänderlich festgelegt.«

»Aber wie ist so etwas möglich? Wie kann Ninjutsu eine solche Macht auf einen Menschen ausüben?«

Nangi überlegte lange, was er darauf antworten sollte. Schließlich entschied er sich dafür, ihr die Wahrheit zu sagen. »Ninjutsu ist eine uralte Kunst – älter sogar als Japan.«

»Es ist keine Erfindung der Japaner?«

»Nein. Wir Japaner sind keine großen Erfinder. Unsere Stärke liegt vor allem im Verbessern und Weiterentwickeln. Die Ursprünge unserer Sprache und unserer ganzen Kultur gehen auf China zurück. So haben wir zum Beispiel einfach die chinesische Sprache übernommen, um sie dann allerdings unseren Bedürfnissen anzupassen und die einzelnen Bildzeichen zu vereinfachen. Das ist typisch japanisch. Und ganz ähnlich verhält es sich mit Ninjutsu. Auch die Ursprünge dieser Kampfkunst liegen in China. Allerdings weiß niemand, wo und von wem sie genau entwickelt wurde. Vermutlich ist Ninjutsu aus einer Verbindung der wirksamsten Elemente bereits vorhandener Kampftechniken entstanden. Das heißt, wir haben es hier in jedem Fall mit einer sehr alten Methode zu tun, in der vor allem auch die spirituelle Komponente eine ganz wesentliche Rolle spielt. Deshalb kann man es in Ninjutsu auch nur zur Meisterschaft bringen, wenn man ihm sein ganzes Leben verschreibt.« Über Nangis Lippen legte sich der Anflug eines Lächelns. »Vielleicht kann ich Ihnen das als Amerikanerin am besten so verdeutlichen: Könnten Sie sich vorstellen, daß Merlin plötzlich von seinem Zaubererdasein genug bekommt und statt dessen Bauer wird?«

Justine fand jedoch keinen Trost in diesem Vergleich. Im Gegenteil, ihr wurde plötzlich eiskalt. »Wenn wir mehr über die Hintergründe von Ninjutsu wüßten und sie besser verstehen könnten, dann könnten wir vielleicht auch Nicholas besser helfen.«

»Das ist leider vollkommen unmöglich, Mrs. Linnear. Man kann das Unbegreifliche nicht begreifen.«

Justine weigerte sich noch immer, sich in das Unvermeidliche zu fügen. Verzweifelt suchte sie nach einem Ausweg. »Sie haben vorhin selbst von Rotem und Schwarzem Ninjutsu gesprochen. Könnte Nicholas zum Beispiel von Rotem zu Schwarzem überwechseln... oder gibt es noch andere Formen von Ninjutsu?«

»Nein.«

Justine spürte instinktiv, daß das nicht die ganze Wahrheit war. »Vielleicht sollte ein Schüler nicht mit zuviel Wissen belastet werden«, erklärte sie deshalb. »Andererseits gelten für eine Ehefrau unter Umständen andere Regeln als für einen Schüler.«

Für einen Moment fühlte sich Nangi unendlich alt. Offensichtlich hatte er Nicholas' Frau unterschätzt. Intuitiv war sie dem Kern der Sache sehr nahe gekommen. »Also gut«, begann er nach einigem Zögern. »Es ist durchaus richtig, daß es nur zwei Formen von Ninjutsu gibt – Rotes und Schwarzes. Allerdings gibt es auch noch den Begriff *Shiro Ninja*. Das bedeutet Weißer Ninja.«

Das lastende Schweigen, das darauf eintrat, zog sich so unerträglich in die Länge, daß Justine schließlich fragte: »Ein Weißer Ninja. Was ist das?«

Es schien Nangi einige Mühe zu kosten, auf ihre Frage zu antworten. »Das ist ein Ninja, der seine Fähigkeiten verloren hat.« Allerdings wollte ihr Nangi noch nicht die ganze Wahrheit sagen. Denn für einen *Shiro Ninja* ging mit dem Verlust seiner Fähigkeit auch der Verlust seines Glaubens einher; und was das bedeutete, wußte Nangi nur zu gut.

Allmählich glaubte Justine Nicholas' Verhalten begreifen zu können. »Könnte das der Grund sein, weshalb Nicholas sich mehr und mehr von mir zurückzieht?«

»Es ist zumindest wahrscheinlich. Für Nicholas könnte es wohl kaum etwas Schlimmeres geben, als *Shiro Ninja* zu werden. Angesichts dessen ist es nur zu verständlich, daß er in diesem Zustand niemanden – auch Sie nicht – um sich haben will.«

»Aber warum nicht? Ich könnte ihm helfen. Er ist so völlig in sich zurückgezogen.«

Verlegen ließ Nangi seinen Blick durch die weite Kirche wandern. »Sie müssen das verstehen, Mrs. Linnear. Er ist in diesem Zustand jedem Angriff von außen wehrlos ausgeliefert. Deshalb möchte er möglichst keinen Menschen in seine Nähe lassen.«

»Aber wer sollte ihm denn etwas anhaben wollen?« Justines Magen krampfte sich heftig zusammen. »Saigo und Akiko sind tot. Von wem sollte er jetzt noch etwas zu befürchten haben?«

Als Nangi darauf nichts erwiderte, drang Justine weiter in ihn. Sie spürte instinktiv, daß er ihr etwas verheimlichte. »Da ist doch etwas, was Sie mir nicht sagen wollen, Nangi-san? Warum? Es hat keinen Sinn, mich zu schonen. Ich muß wissen, was mit Nicholas los ist. Mein Leben ist nur noch ein einziges Chaos, und ich weiß nicht einmal, warum. Sie sind der einzige Mensch, der mir vielleicht weiterhelfen kann.«

Nangi sah sie mit seinem gesunden Auge eine Weile unverwandt an. »Mrs. Linnear, bei *Shiro Ninja* handelt es sich um einen von *außen* künstlich hervorgerufenen Zustand. Irgend jemand hat auf diese Weise Ihrem Mann zu schaden versucht. Und dazu hat der Betreffende *Kan-akana-ninjutsu* angewandt, Schwarzes Ninjutsu.«

»Dann gibt es also einen Schwarzen Ninja, der Nicholas vernichten will.«

»Selbst ein Schwarzer Ninja verfügt nicht über das nötige Wissen, in einem anderen Ninja *Shiro Ninja* hervorzurufen, Mrs. Linnear.«

Für einen Moment schnürte es Justine so heftig die Kehle zusammen, daß sie nur mit größter Mühe hervorbrachte: »Wer kann dann dahinterstecken?« Und selbst jetzt war ihre Stimme nur ein heiseres Krächzen.

»Darüber soll man nicht sprechen«, entgegnete Nangi. »Dabei handelt es sich um eine *Dorokusai*, eine Sache, die zum Himmel stinkt.«

»So erklären Sie mir doch, was damit gemeint ist, Nangi-san!«

»Geduld.« In einer Geste überraschender Vertrautheit legte Nangi beruhigend seine Hand auf die ihre. »Ich halte es für besser, wenn wir erst mit Nicholas sprechen. Soll er uns erst erzählen, was wirklich mit ihm los ist. Und wenn er tatsächlich *Shiro Ninja* ist, haben Sie ein Recht, alles zu erfahren.«

Sie aßen auf der Veranda. Cotton Branding hatte ein paar Hummer gegrillt. Dazu hatte Shisei Salat gemacht, im elektrischen Wok etwas Gemüse angebraten und eine Stange italienisches Weißbrot aufgeschnitten. Anschließend hatte sie so liebevoll den Tisch gedeckt, daß Branding am liebsten ein Foto davon gemacht hätte. So schön angerichtet, schmeckte das vorzügliche Essen sogar noch besser.

Ehe sie sich's versahen, hatten sie einen Sechserpack Bier leergetrunken, so daß Branding zum Kühlschrank ging, um Nachschub zu holen. Er fühlte sich rundum zufrieden – vom Sex, vom Essen und vom Bier. Aber vor allem aufgrund Shiseis Anwesenheit. Das ging sogar so weit, daß er sich ohne weiteres vorstellen konnte, den Rest seines Lebens nur noch damit zu verbringen, mit ihr zwischen Bett und Küche hin und her zu pendeln.

Sie sprachen über Gott und die Welt. Branding redete für seine Verhältnisse ausgesprochen wenig. Die meiste Zeit saß er einfach nur da, hörte ihr zu und lauschte dem Rauschen der Brandung, das die leichte Abendbrise vom Ozean hereintrug. Er war wie verzaubert von Shisei. Trotzdem war da noch immer die leise Stimme in seinem Innern, die ihn beharrlich warnte.

Schon lange hatte sich Branding nicht mehr so glücklich gefühlt. Und doch hatte er schon den ganzen Nachmittag und den ganzen Abend darauf gewartet, daß Shisei auf seine Arbeit und vor allem auf seine erbitterte Fehde mit Douglas Howe zu sprechen kam.

Die Sache mit Shisei war einfach zu schön, um wahr zu sein. Der Umstand, daß sie ausgerechnet jetzt aufgetaucht war, ließ ihm einfach keine Ruhe. Immer wieder war er dadurch ziemlich unsanft in die rauhe Wirklichkeit zurückgeholt worden, sobald die Ekstasen der Liebe abzuklingen begonnen hatten.

Eigentlich war es kein Wunder, daß er so argwöhnisch war. Irgendwie hatte er das untrügliche Gefühl, daß es Howe früher oder später gelingen würde, sein ASCRA-Projekt zu torpedieren. Ausgehend von den Ergebnissen einer Langzeitstudie des in Washington beheimateten Johnson Institute, hatte die Advanced Strategic Computer Research Agency des Verteidigungsministeriums, die Abteilung für strategische Computerforschung, im Kongreß Gelder in Höhe von vier Milliarden Dollar beantragt, um das auf fünf Jahre angesetzte Hive-Projekt finanzieren zu können. Als Vorsitzender des Senatsausschusses für Fiskalfragen war Branding unter den ersten gewesen, denen dieser Antrag vorgelegt worden war, und ebenso war er auch einer der ersten gewesen, die sich mit allem Nachdruck für seine Durchführung eingesetzt hatten.

Das Hive-Projekt diente der Entwicklung eines neuen Computertyps, der nicht, wie die üblichen Rechner, mit einem einzigen Prozessor arbeitete, sondern mit einem völlig neuartigen, in sich vernetzten System, dessen Leistungsfähigkeit sich in etwa mit dem Gehirn einer Biene vergleichen ließ – daher auch der Name Hive-Projekt.

Dieser Computer wäre im wahrsten Sinn des Wortes imstande gewesen, selbständig zu denken. Mit Hilfe von Radar und Echolot, des Loran-Systems und ähnlicher Ordnungshilfen wäre er den Befunden der Johnson-Studie zufolge fähig gewesen, zwischen Freund und Feind zu unterscheiden; er hätte die Flugbahn eines Geschosses genauestens berechnen und, den Erfordernissen der jeweiligen Situation angepaßt, beliebig verändern können; und er hätte auf menschliche Sprache reagieren können. Die Anwendungsmöglichkeiten schienen unbegrenzt.

Nun sprach sich allerdings Douglas Howe in seiner Funktion als Vorsitzender des Verteidigungsausschusses des Senats mit allem Nachdruck gegen das Hive-Projekt aus – mit der Begründung, daß er es unmöglich verantworten könne, schon wieder Unsummen von Steuergeldern für die Entwicklung eines dieser ›künstlichen Gehirne‹ zu verschleudern; erst vor kurzem war nämlich ein ähnliches, mit vierhundert Millionen Dollar gefördertes Projekt der Artificial Intelligence Initiative fehlgeschlagen. Des weiteren führte Howe in diesem Zusammenhang an, den Forschungsteams würde zuviel Geld in die Hände gegeben, mit dem sie letztlich gar nichts anzufangen wüßten. Und das wiederum hätte zur Folge, daß enorme Summen in allen möglichen Kanälen verschwanden, ohne daß sich im nachhinein nachprüfen ließ, wofür sie eigentlich verwendet worden waren. Branding wußte jedoch sehr genau, daß Howes Argumente nur vorgeschoben waren.

Die schon lange schwelende, persönliche Feindschaft zwischen den beiden Senatoren war mittlerweile zum offenen Ausbruch gelangt, und Howe hatte es sich zum Ziel gesetzt, Brandings enormen Einfluß auf den Senat, wenn nicht gänzlich zu unterbinden, so doch wenigstens erheblich zu schmälern. Und im Augenblick war das ASCRA-Projekt der maßgebliche Gradmesser für Brandings Einfluß im Senat.

Die erbitterte Fehde zwischen den beiden Senatoren hatte längst nichts mehr mit der Auseinandersetzung Demokraten gegen Republikaner oder Liberale gegen Konservative zu tun. Sie war vielmehr zu einem erbitterten Stellungskrieg ausgeartet, in dem sich die beiden gegnerischen Seiten bis auf die Zähne bewaffnet gegenüberlagen, fest entschlossen, nicht eher aufzugeben, bis der Feind endgültig vernichtet war.

Nun war Shisei allerdings, wie in so vielen anderen Dingen, auch in diesem Punkt für eine Überraschung gut. Anstatt Branding über seine Arbeit auszufragen, sprach sie über die Themen, die ihr am meisten am Herzen zu liegen schienen: Umweltschutz und Sex. Je tiefere Einblicke Branding in Shiseis Persönlichkeit gewann, desto klarer wurde ihm, daß sie eine regelrechte Gesundheitsfanatikerin war. Zu einer gesunden Lebensweise gehörte für sie allerdings nicht nur eine gesunde Ernährung, sondern auch ein befriedigendes Sexualleben und ausreichend Bewegung.

Doch selbst wenn sie über solche Themen sprach, legte sie eine fast kindliche Unschuld und Natürlichkeit an den Tag, die in reizvollem Kontrast zu ihrem fraulichen Äußeren stand und Branding immer wieder von neuem unwiderstehlich in ihren Bann zog. Er spürte ganz deutlich, daß er sich dem Reiz ihrer erfrischenden Unbekümmertheit immer weniger entziehen konnte.

Aus dem Haus drang gerade eine George Shearing-Version von ›Mood Indigo‹. Verträumt schloß Branding die Augen und überließ sich ganz der einschmeichelnden Musik. Daher nahm er auch kaum Notiz davon, als Shisei sagte, daß sie duschen wollte.

Ohne die Augen aufzuschlagen, spürte er, wie sie an ihm vorbei ins Haus ging. Und dann war er allein auf der Veranda – mit der Nacht, dem Meer und der Musik. In tiefen Zügen atmete er die salzige Abendluft ein.

Plötzlich wurde George Shearing mitten im Takt unterbrochen, und statt dessen sang mit einem Mal Grace Jones' kehlige Stimme gegen das gleichmäßige Rauschen der Brandung an. Unwillkürlich wurde Branding dadurch an die langen und ekstatischen Nachmittagsstunden erinnert, die er mit Shisei im Bett verbracht hatte. Zu seiner Überraschung stieg schon wieder heftige Erregung in ihm auf. Wenn er nur daran dachte, wie Shisei nackt vor ihm lag, jagten bereits wilde Schauer der Lust durch seinen ganzen Körper.

Er war sich der Wölbung in seiner Hose sehr deutlich bewußt, als er aufstand und ins Haus ging, wo die Musik von Grace Jones plötzlich mit voller Wucht über ihn hinwegbrandete und gleichzeitig unzählige lustvolle Erinnerungen in ihm weckte.

Die Musik folgte ihm überallhin, als er, vorbei an der Küche und dem Wohnzimmer, den Flur hinunterging. Vor dem Bad blieb Branding schließlich stehen. Er konnte das gedämpfte Rauschen der Dusche hören. Als er nach kurzem Zögern die Tür öffnete, drang ihm aus dem Innern ein Schwall feuchtheißer Luft entgegen.

Branding zog seine Hose aus schlüpfte aus seinem leichten Baumwollhemd. Verschwommen zeichneten sich hinter dem Duschvorhang die Umrisse von Shiseis Körper ab. Sie hatte ihm den Rücken zugekehrt und hielt mit beiden Händen den Duschkopf umfangen – fast so, wie sie das am Nachmittag mit ihm getan hatte.

Seine Erregung war inzwischen auf dem Höhepunkt angelangt. Mit angehaltenem Atem spürte er das heftige Pulsen in seinem Unterleib. Er fühlte sich wieder wie fünfundzwanzig.

Während er Shisei noch eine ganze Weile lächelnd beobachtete, mußte er daran denken, wie sie sich geweigert hatte, ihm den Rücken zuzukehren. Aber jetzt würde er sie von hinten nehmen und es mit ihr treiben, wie es die Tiere taten – so, wie es Branding bisher noch nie getrieben hatte, weder mit Mary noch mit einer der anderen Frauen vor ihr.

Er zitterte vor Begierde, während er Shisei durch den milchig transparenten Duschvorhang beobachtete – eine schemenhafte Gestalt hinter einer dünnen Lage aus weißem Plastik, bedruckt mit einem Rausch aus lila Blüten, besprüht von prasselndem Wasser... Branding griff nach dem Duschvorhang und zog ihn mit einem Ruck zur Seite. Er erstarrte. Was er auf Shiseis Rücken sah, ließ ihm das Blut in den Adern gerinnen.

Das war einer jener Momente, die nicht länger als eine Zehntelsekunde dauern und sich trotzdem eine Ewigkeit hinzuziehen scheinen. Das Bild, das er vor sich sah, brannte sich wie unauslöschlich in seine Netzhaut ein. Es hatte in seinem Leben nur wenige solcher einschneidender Momente gegeben. Um so lebhafter hatten sie sich allerdings seiner Erinnerung eingeprägt. Ein ähnlicher Schock war es für ihn zum Beispiel gewesen, als er erfahren hatte, daß seine Tochter Legasthenikerin war; oder als ihm klar wurde, daß Mary, die Frau, die er liebte, keinen sonderlichen Spaß am Sex hatte. So verschwindend kurz diese Momente auch gewesen sein mochten, so nachhaltig hatten sie den weiteren Verlauf seines Lebens geprägt.

Branding hatte ein Gefühl, als wäre ihm plötzlich der Boden unter den Füßen weggezogen worden. Wie gelähmt vor Entsetzen starrte er auf Shiseis Rücken – oder genauer: auf die erschreckend detailgetreue Tätowierung einer Spinne, die ihm von dort finster entgegenstarrte. Sie war so riesig, daß sie Shiseis ganzen Rücken einnahm – der winzige Kopf mit den acht roten Augen, die zwei weit ausgebreiteten Fangarme, deren Gift ihr Opfer gleichzeitig lähmt und zersetzt, und schließlich die acht haarigen, vielgliedrigen Beine, die sich von einem Schulterblatt zum anderen, von einer Pobacke zur anderen erstreckten.

Und dann reagierte Shisei. Ihr Kopf zuckte herum, und sie sah Branding über die Schulter hinweg an. Durch das Spiel ihrer Muskeln geriet auch die Tätowierung auf ihrem Rükken in Bewegung. Die Spinne begann plötzlich zum Rhythmus der Musik von Grace Jones zu tanzen.

Branding stieß einen gellenden Schrei aus.

Ich werde noch verrückt, dachte Tomi. Mit Einbruch der Nacht hatte auch der Regen eingesetzt. Wie ein Meer aus schwarzen Blumen wogte die Straße im dichten Gedränge unzähliger Regenschirme, die sich nässetriefend dem böigen Wind entgegenstemmten. Tastend glitten die Scheinwerfer der vorbeifahrenden Autos über das dichte Menschengewühl auf den Gehsteigen und lösten flüchtig vereinzelte Gesichter oder Hände aus dem Dunkel, als wären sie Körperteile eines gigantischen Tausendfüßlers, der sich zielstrebig durch die Stadt wälzte.

Tomi, die gerade vom Dienst kam, suchte in einer hell erleuchteten Pachinko-Halle Zuflucht vor dem Regen. Ihre Füße waren bereits völlig durchnäßt, und sie hatte es satt, sich von jeder Bewegung des hektisch durch die Straßen wuselnden Tausendfüßlers in eine neue Pfütze drängen zu lassen.

Sie hatte den ganzen Tag versucht, Nicholas Linnear zu erreichen. Zuerst hatte sie in seinem Büro bei Sato International angerufen; dort hatte ihr jedoch niemand sagen können, wo er gerade war. Unter seiner Privatnummer meldete sich niemand. Daraufhin rief sie noch einmal bei Sato International an und verlangte den Vizepräsidenten zu sprechen. Auf diese Weise erfuhr sie den Grund für Nicholas Linnears Abwesenheit. Sie ließ sich Namen und Telefonnummer des Chirurgen geben, der ihn operiert hatte. Und als sie anschließend in dessen Praxis anrief, teilte man ihr mit, daß Nicholas Linnear am nächsten Morgen um zehn Uhr einen Termin bei Dr. Hanami hatte. Tomi beschloß, in der Praxis des Chirurgen auf ihn zu warten.

Allerdings drehten sich ihre Gedanken keineswegs in erster Linie um Nicholas Linnear, sondern um Senjin Omukae. Der Inspektor beschäftigte sie inzwischen so nachhaltig, daß sie darüber mehr und mehr ihre Pflichten als Polizeibeamtin zu vernachlässigen begann; und allein das beunruhigte Tomi zutiefst.

Doch da war noch etwa anderes, was ihr wesentlich mehr angst machte: Sie spürte ganz deutlich, wie durch den Einfluß Senjin Omukaes ihre eigene Individualität in verstärktem Maß zur Geltung kam und zusehends mehr auf ihr Recht pochte. Und die Bedürfnisse, die sich auf diese Weise bemerkbar machten, standen in krassem Widerspruch zu ihrem tief verwurzelten Pflichtbewußtsein. Das kam also davon, wenn man sich zu sehr auf Senjin Omukae einließ. Denn der Inspektor war nicht nur ihr Vorgesetzter und damit tabu für sie, sondern auch Senjin der Individualist, der Undurchschaubare. Letzteres war sein Spitzname unter den Kollegen. Senjin Omukae war eine unbekannte Größe, schwer zu durchschauen und unberechenbar. Außerdem war er allseits gefürchtet, und zwar nicht nur von seinen Mitarbeitern, sondern sogar von denen, die ihn auf seinen Posten als Leiter der Mordkommission gehievt hatten.

Die Tatsache, daß sie sich von diesem Mann so unwiderstehlich angezogen fühlte, weckte zunehmend Tomis Besorgnis. Und das war auch der Grund, weshalb sie an diesem verregneten Abend beschloß, den Gangster aufzusuchen.

Der Gangster, mit bürgerlichem Namen Seji Hikoko, war Tomis bester Freund. Sie kannte ihn schon seit ihrer Schulzeit. Während der schweren Wochen und Monate, nachdem sie mit ihrer Familie – und damit auch mit ihrem ganzen bisherigen Leben – gebrochen hatte, war es vor allem der Gangster gewesen, der ihr jederzeit mit Rat und Trost zur Seite gestanden war. In gewisser Weise war der Gangster wie Senjin. Er war sich ihrer vielfältigen Qualitäten sehr deutlich bewußt und sah in ihr nicht einfach nur das Weibchen, das sich gefälligst den Männern unterzuordnen hatte. Als Gegenleistung dafür, daß er während der schweren Zeit nach dem Bruch mit ihrer Familie immer für sie dagewesen war, hatte Tomi dem Gangster bei seiner Abschlußarbeit in Philosophie geholfen, die er sonst vermutlich nicht geschafft hätte.

Der Gangster wohnte in einem *Usagigoya*, einem Kaninchenstall. Das war die gängige Bezeichnung für die typischen Tokioter Apartments – winzig klein, eng, kaum genügend Luft zum Atmen. Aber immerhin war es ein Platz zum Schlafen.

Der Kaninchenstall des Gangsters lag in Asakusa, wo auch viele Kabuki-Schauspieler und Sumo-Ringer wohnten. Auch Tomi hätte sich hier gern eine Wohnung genommen. Allerdings waren in diesem exklusiven Viertel die Mieten so horrend hoch, daß sie sich das mit ihrem Kommissarsgehalt unmöglich hätte leisten können.

Der Gangster war zu Hause – wie stets um diese Zeit. Er fummelte dann meistens an seinem Computer herum, den er inzwischen so umgebaut hatte, daß er doppelt so schnell arbeitete als im Neuzustand. Wenn sich der Gangster etwas kaufte, dann probierte er so lange an dem betreffenden Produkt herum, bis er seine technischen Möglichkeiten voll ausgeschöpft hatte. Es gab für ihn nichts Schöneres, als zu Hause in aller Ruhe an irgendwelchen technischen Geräten herumzubasteln. Das war seine Art, von seiner genialen technischen Begabung Gebrauch zu machen, ohne sie irgendwelchen Profitinteressen unterordnen zu müssen. Darin sah der Gangster eine wichtige Zen-Übung, die dem Zweck diente, einen Zustand des Denkens/Nichtdenkens zu erreichen, der auch in Tomis Aikido-Training so wichtig war.

Bereits im Flur dröhnte Tomi der neueste Billy Idol-Song entgegen. Und als der Gangster die Tür öffnete, brandete ihr die Musik mit so unvermuteter Wucht entgegen, daß sie fast gegen die Wand des engen Gangs zurückgetaumelt wäre.

Mein Gott, wie kannst du bei diesem Getöse nur arbeiten?« versuchte sie die Musik zu überschreien, während sie den Regenschirm beiseitestellte und ihre Schuhe abstreifte.

»Wieso sollte mich die Musik stören?« grinste der Gangster. »Sie ist so banal und monoton, daß ich mich dabei besser konzentrieren kann, als wenn es völlig still wäre.« Er zog sie nach drinnen und schloß die Tür.

Die Bässe wummerten mit solcher Wucht aus den Fünftausend-Mark-Boxen, als ginge gerade ein Jumbo über ihnen nieder. Natürlich hatte es sich der Gangster nicht nehmen lassen, auch an seiner Hifi-Anlage noch ein paar kleine Veränderungen anzubringen. In der Wohnung sah es aus wie auf einem Schlachtfeld. Überall lagen Unmengen von Computerteilen herum – auf dem Fußboden, den Stühlen, dem kleinen Sofa und sogar auf dem Videorecorder. Über den Bildschirm flimmerte gerade eine Großaufnahme von Harrison Ford, der in *Blade Runner* ein futuristisches Los Angeles durchstreifte.

Dazu zuckten im Takt von Billy Idols Stimme flimmernde rote und grüne Lichtpunkte über die Aussteuerungsanzeige der voll aufgedrehten Stereoanlage. Ganz im Stil von Billy Idol hatte sich der Gangster seine groteske Stachelfrisur wasserstoffblond gefärbt. Er war wie Tomi Anfang dreißig. Während Tomi jedoch einen recht reifen und gesetzten Eindruck machte, wirkte der Gangster noch immer wie ein aufmüpfiger Halbstarker. In Verbindung mit seinem ungebrochenen Enthusiasmus und seiner jungenhaften Unbekümmertheit verlieh ihm sein legeres Auftreten allerdings etwas sehr Sympathisches.

Um Tomi hatte sich längst eine riesige Wasserlache gebildet, aber den Gangster schien das nicht im geringsten zu stören. Manchmal wurde Tomi der ständige berufliche Leistungsdruck, dem sie aufgrund ihrer Stellung als Frau noch verstärkt ausgesetzt war, einfach zu viel. Dann überkam sie ein geradezu unwiderstehliches Bedürfnis, dem Alltag mit all seinen Zwängen zumindest für eine Weile zu entfliehen. Und am besten konnte sie das hier, in der chaotischen Junggesellenbude des Gangsters, der sie mit seiner ansteckend guten Laune und seinen verrückten Ideen ihre Sorgen schnell vergessen ließ. Meistens genügte es dann vollauf, wenn Tomi dem Gangster einfach nur zuhörte, wie er ihr von seinem neuesten verrückt-genialen Projekt vorschwärmte. Aber das Problem, mit dem sie ihn an diesem Abend aufgesucht hatte, ließ sich nicht so einfach aus der Welt schaffen. Sie mußte dringend mit Seji reden. Und deshalb schlug sie vor, ob er nicht mit ihr zu Abend essen wollte.

Wie gewohnt landeten sie auch diesmal im Koyanagi, ihrem Lieblingsrestaurant, und bestellten *Unagi*, gerösteten Aal, die Spezialität des Hauses.

»Woran hast du denn gerade gearbeitet?« erkundigte sich Tomi, nachdem sie angestoßen und ihren ersten Schluck Sapporo-Bier getrunken hatten.

»Du kennst mich doch.« Der Gangster grinste sie verschmitzt an. »Ein bißchen rumgefummelt. Ich arbeite gerade an einem Bohrer. Das ist ein Computerprogramm, das in gesicherte Datenbanken eindringen kann.«

»Aber gibt es so was denn nicht schon in Hülle und Fülle?«

»Natürlich treiben mittlerweile eine ganze Menge Hacker ihr Unwesen. Ein paar von denen sind wirklich gut. Falls allerdings die Behörden mal rausfinden, für wen die arbeiten, dann werden die vermutlich eingelocht, bis sie zu schimmeln anfangen.« Um seine Lippen spielte wieder dieses jungenhafte Grinsen. »Aber das Programm, an dem ich gerade arbeite, ist etwas ganz Neues. Ich habe es MANTIS getauft. Das ist die Abkürzung für Manmade Nondiscriminatory Tactical Integratedcircuit Smasher.«

Auf Tomis verständnislosen Blick hin wurde das Grinsen des Gangsters nur noch breiter. »Im Grunde genommen bedeutet dieser lange Name nichts anderes, als daß MANTIS so anpassungsfähig ist, daß man in gewisser Weise schon von selbständigem Denken sprechen kann. Jedes gesicherte Programm verfügt über seine ganz speziellen Sicherungssysteme. Wenn du dir also Zugang zu so einem Programm verschaffen willst, mußt du ein genau darauf abgestimmtes Programm entwickeln. Mein Bohrer ist allerdings so konzipiert, daß er mit *jedem* Sicherungssystem fertig wird.«

Tomi lachte. »Was du immer für Ideen hast. Dann sieh aber lieber mal zu, daß davon niemand etwas erfährt.«

Der Gangster nahm einen Schluck Bier. »Dafür werde ich schon sorgen.«

»Das verstehe ich nicht.« Tomi war plötzlich neugierig geworden. »Du arbeitest doch für Nakano Industries, einen der größten Elektronikkonzerne des Landes. Nakano muß doch, wie alle anderen Unternehmen auch, unter ständiger behördlicher Aufsicht stehen.«

»Klar. Es vergeht kaum ein Tag, an dem nicht einer von diesen MITI-Leuten bei uns aufkreuzt.« Der Gangster verstummte, reckte den Hals und sah sich betont unauffällig im ganzen Lokal um. Diese groteske Geheimagentenparodie entlockte Tomi ein amüsiertes Lachen. »Die Sache ist im Grunde genommen ganz einfach«, fuhr der Gangster darauf fort. »Mein Boß ist der Leiter der Forschungs- und Entwicklungsabteilung von Nakano. Und da der Kram, den wir machen, in der Regel furchtbar theoretisch ist, lassen uns die MITI-Leute in der Regel in Frieden.«

Der Gangster trank sein Bier leer und winkte der Bedienung. »Mein Boß ist Vizepräsident von Nakano. Inzwischen arbeite ich schon eineinhalb Jahre für ihn. Er hat sich meine Personalunterlagen angesehen und sich dann im Verlauf einer Woche mehrere Male eingehend mit mir unterhalten. Das war offensichtlich eine Art Eignungstest. Wie dem auch sei, vor etwa einem halben Jahr hat er mir freie Hand gegeben, an meinem eigenen Bohrer-Projekt zu arbeiten. Und das ist nun allerdings alles andere als *theoretisch*. Es steht sogar schon kurz vor seiner praktischen Anwendbarkeit.« Er grinste. »Eigentlich dürfte ich davon keinem Menschen etwas erzählen. Aber auf dich trifft das wohl nicht zu.«

Das war typisch für den Gangster, dachte Tomi. Immer bestimmte er die Spielregeln selbst.

»Weißt du übrigens noch«, wechselte er plötzlich das Thema, »wie ich damals zur Forschungsabteilung versetzt wurde?«

»Natürlich«, erwiderte Tomi lachend. »Die Party, die ich damals dir zu Ehren geschmissen habe, werde ich wohl mein ganzes Leben lang nicht vergessen. Kannst du dich noch an diese Kollegin von mir erinnern, die die ganze Nacht Gespenstergeschichten erzählt hat?«

»Ich kann wirklich von Glück reden, daß du mir nach dem Abend nicht die Freundschaft aufgekündigt hast. Wir haben, glaube ich, damals einen ganzen Karton Suntory-Scotch alle gemacht.«

Tomi nickte mit gespieltem Ernst. »Unter anderem.« Und lächelnd fügte sie hinzu: »Das waren noch Zeiten.«

Doch plötzlich verflog ihr Lächeln. Der Gangster trank sein zweites Bier leer. »Du hast wohl Probleme?« Er sah sie über den Rand seines Glases hinweg forschend an. »Dann bist du ja bei mir an der richtigen Adresse. Also, wo drückt der Schuh?«

»Mich drückt wohl eher das Herz.«

»Oh! *Une affaire d'amour. Bien!* Schießen Sie los, *madame.*«

Tomi konnte sich ein Grinsen nicht verkneifen. »Kannst du eigentlich nichts ernst nehmen?«

»Aber wieso denn, Tomi. Das Leben ist doch nichts anderes als ein gigantischer Witz. Oder solltest du das noch immer nicht gemerkt haben?«

»Na, in letzter Zeit schon.«

Er zwinkerte ihr verschwörerisch zu. »Das werden wir schon hinkriegen. Also, dann schieß mal los. Du brauchst mir nichts zu verschweigen. Ich kann einiges vertragen. Außerdem verspreche ich dir hiermit feierlich, daß ich nicht in Ohnmacht fallen werde.«

Obwohl sie den Gangster nur aus diesem Grund aufgesucht hatte, zögerte sie nun doch, ihm von Senjin Omukae zu erzählen. Für sie war das Ganze schließlich sehr ernst, während er darin lediglich ein harmloses Techtelmechtel sah, über das er sich lustig machte.

»Na gut«, sagte er deshalb und verschränkte die Arme über der Brust. »Ich kenne dich inzwischen gut genug, um zu wissen, daß diese zwei senkrechten Falten zwischen deinen Augenbrauen nur bedeuten können, daß dir die Sache ganz schön auf den Nägeln brennt. Deshalb ab sofort keine dummen Witze mehr.« Er legte seine Hand aufs Herz. »Ehrenwort.«

Erleichtert begann sie darauf, ihm ihr Herz auszuschütten. Sie erzählte ihm von ihren widersprüchlichen Gefühlen, von der starken Anziehungskraft, die der Inspektor auf sie ausübte, von den Ängsten, die das in ihr hervorrief, von ihrer daraus resultierenden Pflichtvernachlässigung und von den möglichen moralischen Konsequenzen.

Als sie fertig war, sah sie den Gangster forschend an. Aber seine Miene verriet nichts von dem, was in ihm vorging. Er starrte nur versunken in sein Bierglas.

Nach einer Weile sagte er schließlich: »Da du offensichtlich meinen Rat hören willst, werde ich dir auch sagen, was ich darüber denke. Allerdings bin ich ziemlich sicher, daß du nicht gern hören wirst, was ich von der ganzen Geschichte halte.« Er leerte sein Glas. »Eigentlich ist die Sache ganz einfach. Am besten schlägst du dir diesen Kerl so schnell wie möglich aus dem Kopf. Demnach zu schließen, was du mir eben über ihn erzählt hast, ist er nichts für dich. Und selbst wenn ich mich in diesem Punkt täuschen sollte, ist er immer noch dein Vorgesetzter. Diese Geschichte könnte ziemlich weitreichende Folgen haben, und das ist die Sache mit Sicherheit nicht wert.« Er stellte das leere Glas beiseite. »Das ist eigentlich alles, was ich dazu zu sagen habe. Und jetzt wollen wir erst mal essen. Du hast ja nachher noch genügend Zeit, das Ganze zusammen mit dem *Unagi* in Ruhe zu verdauen.«

Während des Essens versuchte sich Tomi erst einmal über ihre Gefühle klarzuwerden. Eigentlich hätte sie sich über Sejis Rat freuen sollen, da er nur das bestätigte, was sie im Grunde genommen schon von Anfang an gewußt hatte. Es wäre wirklich das Vernünftigste gewesen, sich Senjin Omukae aus dem Kopf zu schlagen und weiterhin nichts anderes als ihren Chef in ihm zu sehen.

Aber nur mit vernünftigen Überlegungen ließ sich so ein Problem leider nicht aus der Welt schaffen. Denn nun, nachdem der Gangster die Sache auf den Punkt gebracht hatte, war ihr plötzlich mit beängstigender Deutlichkeit klargeworden, daß sie in diesem Fall nicht den Weg der Vernunft einschlagen würde. Dazu waren ihre Gefühle zu übermächtig. Unaufhaltsam trieben sie sie in die genau entgegengesetzte Richtung.

Hätte sie etwa damals mit ihrer Familie gebrochen, wenn sie eine Frau gewesen wäre, die sich brav dem Diktat der Vernunft und der gesellschaftlichen Konventionen unterordnete? Wäre das der Fall gewesen, hätte sie sich als brave Schwester gehorsam dem Willen ihres Bruders gefügt und den Mann geheiratet, den er für sie ausgesucht hatte.

Aber sie hatte sich damals strikt geweigert, sich blindlings den Zwängen hoffnungslos überalteter, gesellschaftlicher

Konventionen unterzuordnen. In dem schmerzlichen Moment, in dem sie endgültig mit ihrer Familie brach, hatte sie sich feierlich geschworen, sich auch weiterhin treu zu bleiben und nur auf ihre innere Stimme zu hören. Nach diesem Grundsatz wollte sie künftig ihr ganzes Leben ausrichten. Welchen Sinn hätte sonst auch die heroische Geste gehabt, mit der sie endgültig mit den überkommenen Traditionen gebrochen hatte?

»Wenn ich könnte, würde ich deinen Rat nur zu gern befolgen«, erklärte Tomi nach einer Weile.

Der Gangster hob die Schultern. »Ich habe dir meine Meinung nicht gesagt, damit du dich auch danach richtest.«

»Ich weiß. Aber mir liegt sehr viel an deinem Rat.«

Als der Gangster sich vorbeugte, war seine Miene ungewöhnlich ernst. »Dann laß dir noch einen Rat geben, Tomi. Wenn du schon nicht anders kannst, dann versuche wenigstens, das Beste aus der ganzen Geschichte zu machen. Tu dir keinen Zwang an – genieße das Leben. Du machst es dir sowieso schwer genug.« Im selben Augenblick legte sich wieder ein verschlagenes Grinsen über seine Züge. »Du nimmst das Leben viel zu ernst.«

Tomi legte ihre Hand auf die seine. »Danke, Seji. Auf dich ist eben Verlaß. Du bist mein einziger wirklicher Freund.«

Etwas verlegen über dieses Kompliment zog der Gangster seine Hand unter der ihren hervor und sah prüfend in ihr nachdenkliches Gesicht. »Komm!« Er warf ein paar Yen auf den Tisch. »Ich weiß einen Club in Roppongi, wo rund um die Uhr was los ist. Ich hab' jetzt richtig Lust, einen draufzumachen. Soll uns doch die Welt mit ihren dämlichen Problemen den Buckel runterrutschen.«

Lachend folgte Tomi dem Gangster in die licht- und regendurchflutete Nacht hinaus, um sich widerstandslos in seine verrückte Traumwelt entführen zu lassen und dort wenigstens für ein paar Stunden Vergessen zu finden.

Den Kopf in seine Hände gestützt, hatte sich Cotton Branding auf den Rand der Badewanne niedergelassen. Er war nackt und zitterte am ganzen Körper. Shisei stand so dicht vor ihm, daß das Wasser von ihrem Körper auf seine Oberschenkel tropfte. Laut rauschend prasselte die Dusche noch immer gegen den Plastikvorhang mit den lila Blüten, so daß der Eindruck entstand, als wiegten sie sich gemächlich im Wind.

»Nun hast du also alles von mir gesehen«, hielt ihm Shisei vor. »Und du bist auch nicht anders als die anderen. Alles, was du jetzt noch für mich empfindest, ist Ekel und Abscheu.«

»Das ist nicht wahr.«

»Das glaubst du doch selbst nicht. Du kannst mir nicht einmal in die Augen schauen.« Es war die Verachtung in ihrer Stimme, die ihn schließlich aus seiner Erstarrung riß. Er hob den Kopf und schaute sie an. »Meine Gefühle für dich sind noch immer unverändert, Shisei.«

»Erspare mir bitte deine Politikerlügen. Du solltest mal dein Gesicht sehen. Es spricht Bände. Nichts ist mehr, wie es einmal war.«

»Nein, das ist nicht wahr.« Er rieb seine Hände, als wollte er sie sich über einem Feuer wärmen. »Du mußt mir nur ein bißchen Zeit lassen. Bitte.« Er stand auf. »Wir haben eben beide einen fürchterlichen Schock erlitten. Deshalb sollten wir uns vielleicht erst mal eine kleine Verschnaufpause gönnen, bevor wir es weiter miteinander versuchen.« Er lächelte sie zaghaft an. »Falls wir es noch weiter versuchen...«

Als Shisei plötzlich am ganzen Körper erschauderte, griff Branding nach einem Handtuch und reichte es ihr. »Danke.« Sie schlang sich das Handtuch einfach um den Körper und ließ den dicken Frotteestoff die Nässe aufsaugen.

Branding stellte die Dusche ab. »Für heute habe ich jedenfalls genug Überraschungen erlebt.«

»Ja«, nickte Shisei niedergeschlagen. »Überrascht sind sie alle. Aber nicht nur das. Sie fühlen sich von meiner Tätowierung auch abgestoßen.«

Etwas verständnislos fragte Branding: »Warum hast du dich dann tätowieren lassen, wenn es dir so viel ausmacht, was die Leute darüber denken?«

Sie sah ihn eine Weile wortlos an. »Mir ist kalt«, sagte sie schließlich. »Ich möchte mich anziehen.«

Als ihr Branding ihren Bademantel reichte, schüttelte sie den Kopf. »Nein, ich möchte etwas von deinen Sachen.«

Darauf holte er ihr ein Pyjamaoberteil aus dem Schlafzimmer. Blitzend brach sich das Licht in ihren goldgelackten Fingernägeln, als sie hineinschlüpfte und es rasch zuknöpfte. Und als sie dann in dem viel zu weiten Oberteil, das ihr fast bis auf die Knie reichte, etwas verloren vor ihm stand, wirkte sie plötzlich wieder mehr denn je wie ein kleines Kind.

Als wäre die Enge des Hauses plötzlich bedrückend geworden, um es noch länger darin auszuhalten, gingen sie nach draußen.

Wortlos starrten sie in die Nacht hinaus. Die Luft war erfüllt vom unablässigen Rauschen des Atlantiks; nur hin und wieder wurde es vom traurigen Tuten des Nebelhorns unterbrochen, das vom nahen Leuchtturm herübergetragen wurde. Die Möwen waren ausnahmsweise einmal still; steif und stumm stakten sie auf der Suche nach einer Abendmahlzeit über den verlassenen Strand.

Die Nacht war sternenklar. Nur im Süden zog eine breite Gewitterfront auf.

Mit einem Mal begannen in den drohenden Wolkenmassen grelle Blitze aufzuzucken. Mit ehrfürchtigem Staunen verfolgten sie für eine Weile das beeindruckende Naturschauspiel. Angesichts der entfesselten Naturgewalten erschienen Branding seine menschlichen Sorgen und Probleme plötzlich seltsam unwichtig und belanglos.

Nach einer Weile verschwand die Wolkenbank im Dunkel der Nacht. Die grandiose Vorstellung war vorüber. Shisei und Branding gingen wieder ins Haus.

Dort machten sie es sich im gedämpften Licht der Stehlampe auf dem weichen Sofa bequem. Der Schock über die gespenstische Entdeckung, die Branding eben gemacht hatte, schien mit einem Mal verflogen – als hätte er sich das Ganze nur eingebildet. Doch was würde nun an dessen Stelle treten? Soviel war Branding bereits klar: Das wollte er auf jeden Fall herausfinden.

Aber erst einmal mußten sie beide wieder einigermaßen ins Lot kommen. Deshalb stand Branding auf, ging an die

Hausbar und schenkte sich und Shisei einen Brandy ein. Nachdem er wieder neben ihr Platz genommen hatte, saßen sie lange schweigend da, nippten ab und zu an dem edlen Brandy und hingen ihren Gedanken nach.

Shiseis dichtes, weiches Haar war noch immer nicht ganz trocken. Im warmen Lampenlicht glänzte es so seidig wie das Fell eines Nerzes. Die blonden Fransen über ihrer Stirn ließen sie im Augenblick noch zerbrechlicher erscheinen. Doch plötzlich mußte Branding wieder an die Spinne auf ihrem Rücken denken, und er spürte, wie er am ganzen Körper heftig erschauderte.

Bevor Shisei etwas sagen konnte, stieß er hastig hervor: »Shisei, ich möchte nicht so sein wie die anderen.«

Darauf sah sie ihn erst einmal nur lange forschend an. »Hat eben der Politiker oder der Mann aus dir gesprochen?« fragte sie schließlich.

»Ich hoffe, der Mann«, entgegnete Branding wahrheitsgemäß. »Jedenfalls möchte ich, daß es der Mann ist.«

Für einen Moment schloß Shisei die Augen. »Und ich möchte dir glauben.« Sie stellte den Cognacschwenker beiseite. »Du hast mir vielleicht einen Schrecken eingejagt, als du plötzlich hinter mir aufgetaucht bist, Cook. Darauf war ich nicht gefaßt. Ehrlich gestanden, hatte ich mir noch nicht einmal Gedanken darüber gemacht, wie ich es dir beibringen sollte – oder wie ich dir alles von mir zeigen sollte.«

»Ist denn ›alles von dir‹ so schrecklich?«

Als Shisei wieder nach ihrem Cognacschwenker griff, spürte Branding zum erstenmal etwas von der Verletzlichkeit, die sie bisher so geschickt zu verbergen verstanden hatte. »Das hätte ich gern von dir gehört.«

»Die *Tätowierung* hat in der Tat etwas Abschreckendes an sich.« Dabei entging ihm nicht, wie ihre Augen für einen Moment zornig aufleuchteten. Unwillkürlich fühlte er sich dadurch an seine Tochter erinnert, als sie noch klein war. Genauso hatte sie ihn angeschaut, wenn er ihr etwas verboten hatte. Aber das war immer schnell vergessen gewesen und hatte ihrer Liebe zu ihm keinen Abbruch getan.

»Ich persönlich kann Spinnen nicht sonderlich viel abgewinnen«, fuhr Branding fort. »Und ich kenne auch niemanden, dem es damit anders geht.« Er war sich der Brisanz dieses Themas sehr deutlich bewußt und war deshalb in der Wahl seiner Worte sehr vorsichtig. Das war er nicht nur sich selbst, sondern auch Shisei schuldig. »Andererseits ist diese Tätowierung ein Kunstwerk.« Er sah, wie sie leicht erschauderte. »Und da sie sich nun mal auf deinem Körper befindet, muß ich gestehen, daß ich sehr neugierig bin, was es damit auf sich hat. Das Ganze muß doch einige Zeit in Anspruch genommen haben.«

»Zwei Jahre«, erwiderte Shisei in einem Ton, als wäre das das einzige, worauf sie in Zusammenhang mit ihrer Tätowierung stolz war.

»Das ist eine lange Zeit.«

Branding hatte das anerkennend gemeint. Doch Shisei stürzte plötzlich mit einem Satz ihren Brandy hinunter und begann gleich darauf so heftig zu husten, als drohte sie jeden Augenblick zu ersticken. Nachdem sie sich wieder einigermaßen beruhigt hatte, wischte sie sich mit einer verlegenen Geste die Tränen aus den Augen. »Du machst dir keine Vorstellung, wie lange das war.«

»War es sehr schmerzhaft?«

»Ich habe noch Jahre danach unsäglich gelitten. Aber natürlich keine körperlichen Schmerzen. Die waren relativ harmlos. Sie sind verflogen wie der Nebel im Sonnenlicht.«

»Willst du mir nicht erzählen, wie es dazu gekommen ist?«

»Haben wir nicht schon eine ganze Menge Themen für tabu erklärt?« Shisei schenkte sich etwas Brandy nach. Diesmal ließ sie sich allerdings beim Trinken mehr Zeit. »Wie ist es dir nach dem Tod deiner Frau ergangen, Cook? Auch du mußt damals doch Fürchterliches durchgemacht haben. Sind dir die Tage angesichts der entsetzlichen Leere in deinem Innern nicht endlos erschienen? Hast du etwa nicht in der Nacht den Tod herbeigesehnt? Hast du nicht seinen Atem ganz deutlich an deiner Seite gespürt? Hast du nicht seine roten Augen gesehen, die wie glühende Kohlen aus dem Dunkel leuchteten? Und warst du nicht hin und wieder versucht, kurz entschlossen nach dem Vergessen zu greifen, das dir der Tod lockend entgegenhielt?«

Branding war sehr deutlich bewußt, daß Shisei eben von ihren eigenen Seelenqualen gesprochen hatte, nicht von seinen. Denn nicht einmal unmittelbar nach Marys Tod hatte er so abgrundtiefe Verzweiflung gespürt, wie Shisei sie eben beschrieben hatte. Vielleicht war sogar genau das der Grund, weshalb der Gedanke an Marys Tod noch immer so heftige Schuldgefühle in ihm hervorrief.

Ihm war sehr deutlich bewußt, wieviel davon abhing, was er Shisei nun antwortete. Sie stand kurz davor, sich ihm ganz zu öffnen. Von seiner Antwort hing es ab, ob sie sich dazu durchringen würde oder sich noch tiefer in sich zurückzog.

»Der Mensch ist nun einmal so geschaffen, daß das Leben weitergehen muß – ganz gleich, wie tief seine Verzweiflung auch sein mag. Ich habe... ehrlich gestanden, könnte ich nicht einmal sagen, was ich nach Marys Tod eigentlich empfunden habe. Ich weiß nur, daß ich jedesmal, wenn ich an sie denke, einen umgestürzten, ausgebrannten Wagen vor mir sehe. Und daneben steht die Tragbahre mit ihrer Leiche, die man mit einem Tuch zugedeckt hat. Dazu höre ich die Stimme des Fernsehreporters, der den Unfall in demselben knappen und neutralen Ton kommentiert, als berichtete er von einem Zwischenfall in Vietnam oder vom Tod mehrerer Marines in Beirut. Jedenfalls finde ich, daß der Tod nicht verharmlost werden sollte, indem man ihn verallgemeinert und ihm jede Individualität raubt.«

Shisei stieß einen erleichterten Seufzer aus, als wären damit die letzten Stunden plötzlich ungeschehen gemacht. »Du wirst mich nicht wie die anderen im Stich lassen, Cook. Das weiß ich jetzt ganz sicher.« Als sie dabei ihren Kopf auf die Sofalehne zurücksinken ließ, wirkte sie plötzlich wieder ganz wie ein kleines Mädchen. Am liebsten hätte Branding sie in die Arme geschlossen und ganz fest an sich gedrückt, um ihr zu versichern, daß alles wieder gut werden würde.

Aber er wußte ganz genau, daß er nichts dergleichen tun würde. Denn er spürte nur zu deutlich, daß sie nun beide an einem ganz entscheidenden Punkt angelangt waren. Jetzt würde sich entscheiden, welchen weiteren Verlauf ihre Beziehung nehmen würde.«

»Du machst dir keine Vorstellung, was diese Gewißheit für mich bedeutet, Cook.« Shiseis Finger hatten sich tief in ihr Haar vergraben. Plötzlich riß sie so heftig daran, als wollte sie sich damit selbst bestrafen. »Wenn du wüßtest, welche Demütigungen ich bereits über mich ergehen lassen mußte. Ich habe geliebt, aber meine Liebe hat mir nur Leid gebracht.«

Branding schaute Shisei an, als sähe er sie zum erstenmal. Sie war wie ein Eisberg. Wieviel von ihr war wohl noch unter der dunklen und stürmischen See verborgen, die seine Spitze umtoste.

»Aber du hast es überlebt, Shisei. Und darauf kommt es doch letztlich an.«

»Bist du je eingesperrt gewesen?« fragte sie ihn darauf in einem Ton, als könnte er sich keine Vorstellung von ihrem bisherigen Leben machen. »Ich schon.« Sie deutete auf ihre Tätowierung. »Diese Spinne ist meine Strafe – und mein Lohn.«

Branding war sich ganz deutlich der Abgründe bewußt, die sich in diesem Moment in ihrem Innersten auftaten. Doch so sehr er sich auch bemühte, daraus irgendwelche Rückschlüsse auf das Schreckliche zu ziehen, das sie offensichtlich durchgemacht hatte, mußte er ihr hilflos gestehen: »Das verstehe ich nicht recht, Shisei.«

Aber sie hatte währenddessen bereits ihr Gesicht in ihren Händen vergraben und war in heftiges Schluchzen ausgebrochen.

Branding lief ein kalter Schauder über den Rücken, als sie nach einer Weile leise hervorstieß: »Wenn du wüßtest, wie sehr ich mir wünsche, daß du das auch nie verstehen wirst, Cook.«

Tanzan Nangi wohnte in einem für japanische Verhältnisse ungewöhnlich geräumigen Holzhaus aus der Zeit um die Jahrhundertwende, das ursprünglich einem berühmten Kabuki-Schauspieler gehört hatte. Als dessen Sohn die herrliche alte Villa aufgrund finanzieller Schwierigkeiten verkaufen mußte, hatte Nangi kurz entschlossen zugegriffen.

Der eindrucksvolle Bau mit dem weit ausladenden Dach stand inmitten eines herrlich angelegten Gartens. Der alte Baumbestand aus Zwergahorn und Japanzedern war durchsetzt von üppigen Farnen, Azaleen und Rhododendronbüschen, zwischen denen flache Steine unterschiedlicher Größe in den Boden eingelassen waren. Da sämtliche Räume des Hauses über große Fenster verfügten, hatte man selbst unter schlechtesten Witterungsbedingungen den Eindruck, als befände man sich mitten im Garten.

Nangi saß im Wohnraum und schaute zum Mond hoch, der immer wieder hinter den rasch vorbeiziehenden dunklen Wolken verschwand.

Im Haus herrschte vollkommene Stille; es roch nach Zedernholz und Limonenöl. Tief in Gedanken versunken, trank Nangi grünen Tee. Dabei vergegenwärtigte er sich noch einmal in allen Einzelheiten den Verlauf des Gesprächs, das er am Nachmittag mit Justine Linnear geführt hatte. Die unumwundene Art, mit der sie ihm ihre Schwierigkeiten geschildert hatte, hatte zwar für ihn als Japaner etwas Schockierendes an sich. Aber nur dieser Direktheit hatte er es andererseits zu verdanken, daß er nun die Augen nicht mehr länger vor dem Ernst der Lage verschließen konnte.

Falls Nicholas tatsächlich *Shiro Ninja* war, dann hieß das, daß sein Leben in ernster Gefahr war. Doch durch wen und warum? Nangi hatte Justine erklärt, daß selbst ein Schwarzer Ninja-*sensei* nicht imstande gewesen wäre, in einem Mann mit Nicholas' Fähigkeiten *Shiro Ninja* hervorzurufen. Schaudernd wurde ihm dabei bewußt, daß vielleicht irgendwo dort draußen eine unbekannte böse Macht auf der Lauer lag und nur darauf wartete, Nicholas und möglicherweise auch ihn selbst zu vernichten. Und falls dem tatsächlich so war, dann hatten sie ohne Nicholas' Hilfe keine Chance. Doch ausgerechnet jetzt hatte Nicholas, wie es schien, seine außergewöhnlichen Fähigkeiten verloren.

Wie ein Feldherr, der sich einem haushoch überlegenen

Gegner gegenübersieht, hielt es Nangi in dieser Situation für das Beste, erst einmal den Rückzug anzutreten. Ein Angriff hätte unter diesen Umständen unweigerlich in die Katastrophe geführt. Statt dessen galt es nun, Zeit zu gewinnen und eine neue Strategie zu entwickeln, die den Erfordernissen der Situation gerecht wurde.

Plötzlich hörte Nangi hinter sich ein leises Geräusch. Gleichzeitig breitete sich zarter Jasminduft im Raum aus. Ohne sich umzudrehen, füllte Nangi eine zweite blaßgrüne Schale mit Tee.

Ganz deutlich war in der Stille des nächtlichen Hauses das leise Rascheln von Umis Seidenkimono zu hören, als sie über die Tatami-Matten auf Nangi zukam und sich wortlos neben ihm niederließ. Nangi reichte seiner Frau eine Schale mit grünem Tee. Als sie darauf eine Weile schweigend nebeneinandersaßen und Tee tranken, war sich Nangi sehr deutlich der forschenden Blicke bewußt, mit denen ihn Umi über den Rand ihrer Teeschale hinweg aufmerksam beobachtete.

Erst nach langem Schweigen sagte sie ruhig: »Ohne dich war es so kalt im Bett. Ich träumte, im Haus tobte ein schrecklicher Sturm. Und als ich die Augen aufschlug, war ich allein.«

Nangi lächelte. Umi war eigentlich Tänzerin. Aber das schlug sich nicht nur in der unnachahmlichen Eleganz ihrer Bewegungen nieder, sondern auch in ihrer gewählten, zutiefst poetischen Ausdrucksweise, die jedem ihrer Worte etwas Hintergründiges und Bedeutungsvolles verlieh.

»Ich wollte dich nicht wecken«, entschuldigte er sich. Die Tatsache, daß sie von einem Sturm im Haus geträumt hatte, deutete unmißverständlich darauf hin, daß sie seine innere Unruhe gespürt hatte.

Umi, deren Name ›Meer‹ bedeutete, legte ihm die Hand auf die Schulter. Das war ihre Art, ihn zu beruhigen. Und tatsächlich spürte er, wie sich das wilde Chaos in seinem Innern allmählich zu legen begann.

Nangi sagte: »Musik, so tief empfunden, daß kein Ohr sie je vernimmt, rufst du in mir hervor mit deines Daseins Widerhall.«

Und Umi erwiderte: «Als ich fünfzehn war, hast du mir einen Gedichtband von T. S. Eliot geschenkt. Nie zuvor bin ich einem abendländischen Geist von solcher Klarheit und Luzidität begegnet. Ich habe dieses Zitat noch sehr deutlich in Erinnerung; es ist aus dem Band, den du mir damals geschenkt hast.«

Das war typisch Umi. Sie vergaß nichts. Obwohl erst vierundzwanzig, verfügte sie über eine Welterfahrenheit und menschliche Weisheit, wie sie selbst bei Frauen, die dreimal so alt wie sie waren, nur selten zu finden war.

Als Umi behutsam ihre Handflächen gegen die Nangis legte, spürte er ganz deutlich die Wärme, die davon auf ihn überging.

Immer wieder von neuem war Nangi von der makellosen Schönheit ihrer jugendlichen Züge hingerissen. Und ihr schlanker Körper war trotz aller Anmut und Grazie so sehnig und kräftig wie ein junger Baum, der bereits zahlreiche Stürme des Lebens überdauert hat.

»Hier herrscht ein Dunkel«, sagte Umi leise, »das tiefer ist als die Nacht.« Sie zog der Reihe nach an seinen Fingern und fuhr dabei fort: »Leere und Chaos. Die Welt droht aus den Fugen zu geraten. Die Spinnenfrau ruft, und die Erdachse gerät ins Wanken. Eis kommt.«

Nangi wußte, daß sie von der Kosmogonie der amerikanischen Hopi-Indianer sprach – vom Ende der Zweiten Welt, die von der Spinnenfrau wegen der Sünden ihrer Bewohner zum Untergang in ewigem Eis verdammt wurde.

Der Ruf der Spinnenfrau ertönte immer dann, wenn auf der Welt das Böse überhandnahm. Mit einem Mal stieg grauenerregende Gewißheit in Nangi auf. Seine schlimmsten Befürchtungen waren wahr geworden: Diese unbekannte böse Macht existierte tatsächlich, und sie hatte sich Nicholas' Vernichtung zum Ziel gesetzt. Wie eine Bombe explodierte die Angst in seinem Innern. Er wollte zu Gott beten, aber er konnte nicht. Erst jetzt wurde ihm mit erschrekkender Deutlichkeit klar, daß ihn der Verlust seines Glaubens ebenso hilflos machte wie Nicholas. Und was noch schlimmer war: Der Verlust seines Glaubens stand in wesentlich direkterem Zusammenhang mit der gegenwärtigen Krise, als ihm bisher bewußt geworden war.

Oh, mein Gott, schrie es verzweifelt in ihm auf. Wir sind verloren.

Als hätte sie seinen stummen Aufschrei gehört, sagte Umi: »Deutlich erkennbar und offen tut sich der Weg einem jeden auf. Und doch irren viele von ihm ab.«

Mit dem Weg war das Tao gemeint. Die Anklänge an Heraklit, die Nangi aus Umis Worten heraushörte, übten eine beruhigende Wirkung auf ihn aus. Er fand Trost in der Gewißheit, daß ihm zumindest das Wissen der Alten noch immer zur Verfügung stand. Unwillkürlich mußte er dabei auch an Sun Tzus *Kunst der Kriegführung* denken: an *Yagyu Munenori,* die Einheit von Schwert und Denken; an *Ichiri,* das Eine Prinzip, den Zustand, in den man sich versetzen muß, wenn man angesichts eines gegnerischen Angriffs keine Rückzugsmöglichkeit mehr sieht; und schließlich an die Einheit des Universums – an das Tao.

In Rückbesinnung auf diese alten Weisheiten gelang es ihm, das Chaos, das die Angst in ihm hervorgerufen hatte, wieder zu bändigen. Allmählich kehrte wieder Ruhe in seinem Innern ein, und zugleich wurde ihm bewußt, daß sich seine Probleme nicht nur darauf beschränkten, daß Nicholas *Shiro Ninja* war. Nein, seine ganze Geschäftspartnerschaft mit Nicholas wurde durch Kusunda Ikusa und Nami bedroht. Die Frage war nur: Waren diese beiden Schläge unabhängig voneinander erfolgt? Oder handelte es sich dabei um eine konzertierte Aktion eines einzigen Gegners? Einbildung oder grausame Realität? Zumindest eines war Nangi jetzt schon klar: Das herauszufinden, war seine Aufgabe.

Am nächsten Tag suchte Nicholas seinen Chirurgen auf. Da er sich noch nicht zutraute, selbst zu fahren, nahm er den Zug nach Tokio. Natürlich hätte auch die Möglichkeit bestanden, sich von Justine fahren zu lassen. Aber das hätte er unter keinen Umständen zugelassen, obwohl ein Teil von ihm genau das wollte.

Zuvor hatte er kurz mit Nangi telefoniert, um ihm mitzuteilen, daß er einen Termin beim Arzt hatte und anschließend noch im Büro vorbeikommen würde. In der Tatsache, daß ihn Nangis übertriebene Besorgnis unverzüglich auf die Palme brachte, sah er nur ein weiteres Zeichen seiner wachsenden Unausgeglichenheit.

Die grünen Berghänge, die am Fenster seines Abteils vorbeihuschten, waren im dichten Morgennebel nur verschwommen zu erkennen.

Durch das sanfte Schaukeln des Waggons wurde Nicholas in einen wohligen Dämmerzustand versetzt. Hervorgerufen durch das ferne Pfeifen der Lokomotive, stiegen mit einem Mal wehmütige Erinnerungen an seine Kindheit im Japan der Nachkriegszeit in ihm auf.

Eingelullt durch das leise Summen der Schienen glaubte er plötzlich, wieder die Wiegenlieder zu hören, mit denen ihn seine Mutter in den Schlaf sang, wenn sie mit der Bahn zu seiner Tante Itami fuhren. Cheong hatte Itami immer als ihre Schwester betrachtet, obwohl sie eigentlich die Schwester von Cheongs erstem Mann war, einem japanischen Offizier, der in Singapur gefallen war. Itami war es auch gewesen, durch die Cheong Colonel Dennis Linnear kennengelernt hatte. Er hatte ihr während des Kriegs in Singapur das Leben gerettet und sich anschließend in sie verliebt.

Diese gefahrenvollen und aufregenden Zeiten, die Nicholas nur vom Erzählen kannte, lagen freilich schon lange zurück. Und doch klammerte er sich mit solcher Verzweiflung an diese Erinnerungen, als könnten sie ihn aus seiner immer tieferen Niedergeschlagenheit reißen.

Aber es half alles nichts. Es gelang ihm nicht, seine innere Unruhe unter Kontrolle zu bekommen. Dabei wußte er ganz genau, daß er ganz ruhig bleiben mußte, wenn er gleich mit seinem Chirurgen über seinen Gedächtnisverlust sprechen wollte. Er durfte dann auf keinen Fall die Geduld verlieren und aus den Äußerungen des Arztes voreilige Schlüsse ziehen.

Tokio präsentierte sich an diesem Tag unter einem dichten Schleier aus dezenten Silber- und Grautönen, der selbst den riesigen bunten Leuchtreklamen ihre penetrante Farbigkeit nahm. Und die sonst so imposante Skyline der Innenstadt, deren Spitzen im dichten Nebel verschwanden, wirkte brüchig und faul wie das Gebiß eines alten Mannes.

Dr. Hanamis Praxis lag im zwanzigsten Stock eines luxuriösen Hochhauskomplexes mit plexiglasverkleideten Gängen und zahlreichen Innengärten. Unter anderem befand sich auch direkt gegenüber dem Praxiseingang ein typisch japanischer Steingarten, aus dessen sorgfältig gerechtem Kieselmeer drei weiße Findlinge ragten.

Im Wartezimmer mußte Nicholas erst einmal eine halbe Stunde warten. Alles in Dr. Hanamis Praxis war grau – die gespachtelten Wände, der hypermoderne Schreibtisch der Sprechstundenhilfe, die Couch, auf der Nicholas saß, und die Stühle, von denen sie umgeben war. An den Wänden hingen zwei zeitgenössische Lithographien. War es schon schlimm genug, daß sie sich ziemlich unbeholfen an die ausgefeilte Technik der traditionellen *Ukiyo-e*-Holzschnitte anzulehnen versuchten, hatten sie zu allem Überfluß auch noch rein westliche Motive zum Gegenstand: die Freiheitsstatue, die Kühlerhaube einer alten Corvette und einen ketchuptriefenden Hamburger. Nicholas fand die Dinger abscheulich.

Nach einer Weile stand er auf und ging nervös ans Fenster. Abwesend starrte er durch die grauen Lamellen der Jalousie, die die Stadt in lauter gleich breite, waagrechte Streifen zerschnitt. Die Straße lag so tief unter ihm, daß er sie nicht sehen konnte. Wie die Flammen eines Schweißbrenners stachen die grellen Lichter hinter den Fenstern des gegenüberliegenden Wolkenkratzers durch den dichten Nebel.

Dann hörte Nicholas, wie die Sprechstundenhilfe seinen Namen rief.

Dr. Hanami war ein zierlicher, gepflegter Mann Anfang fünfzig. Sein Schnurrbart war tadellos getrimmt, sein eisengraues Haar glänzte vor Pomade. Unter seinem weißen Arztkittel trug er einen grauen Nadelstreifenanzug. Die Luft in seinem Sprechzimmer war zum Schneiden.

Der Doktor nahm einen letzten Zug von seiner Zigarette, drückte sie in einem überquellenden Aschenbecher aus und forderte Nicholas mit einer kurzen Handbewegung auf, Platz zu nehmen. Er hielt sich zwar an Nicholas' ausdrücklichen Wunsch, in seiner Gegenwart nicht zu rauchen, aber der dichte Qualm, der die Luft in seinem Sprechzimmer verpestete, schien ihn nicht im geringsten zu stören. Das hatte zur Folge, daß Nicholas nach seinen Besuchen bei Dr. Hanami sofort seine Kleider wechselte, wenn er nach Hause kam.

»Und?« begann der Doktor. »Wie fühlen Sie sich?« Als ein uneingeschränkter Bewunderer amerikanischer Lebensart – sein Lieblingsessen waren *Bigu Makus* aus dem nächsten McDonald's – sprach Dr. Hanami immer Englisch mit Nicholas.

Der gab jedoch keine Antwort, sondern starrte den Doktor nur finster an.

»Ihr heutiger Besuch findet etwas außerhalb der Reihe statt«, fuhr Hanami deshalb fort und begann, in Nicholas Unterlagen zu blättern. »Die Untersuchungsergebnisse könnten nicht besser sein. Die Röntgenaufnahmen, die Laboranalysen – alles bestens.« Er schaute auf. »Haben Sie irgendwelche Beschwerden?«

»Ja.« Nicholas konnte sich nur mit Mühe beherrschen, nicht aus seinem Stuhl aufzuspringen. »Das kann man wohl sagen.«

»Aha. Und welcher Natur sind diese Beschwerden, wenn ich fragen darf?« Beim Sprechen spielte Dr. Hanami ständig mit einem Zinnfeuerzeug herum.

Nicholas hielt es nicht mehr länger in seinem Stuhl aus. Er sprang auf und ging ans Fenster. Die Lamellen der Jalousie gaben ein durchdringendes blechernes Scheppern von sich, als er sie heftig auseinanderzog und sein Gesicht gegen die Fensterscheibe preßte. Auch hier war die Luft nicht besser. Noch immer stach ihm dieser verfluchte Rauch in die Nase.

»Waren Sie schon mal in der Präfektur Nara, Herr Doktor?« sagte er schließlich, ohne sich umzudrehen.

Nach kurzem Zögern antwortete Dr. Hanami: »Ja, vor vier Jahren. Ich habe dort mit meiner Frau eine Kur gemacht. Die Thermalquellen von Nara sind für ihre Heilkraft weithin bekannt.«

»Demnach wissen Sie also auch, wie schön es in Nara ist.«

»Natürlich. Ich spiele oft mit dem Gedanken, dort noch einmal in Kur zu gehen – wenn nur nicht dieses leidige Zeitproblem wäre.«

Jetzt erst wandte sich Nicholas vom Fenster ab. Es hatte keinen Sinn, noch länger in den Nebel hinauszustieren. Besser, er brachte es jetzt gleich hinter sich. »Haben Sie sich je vorzustellen versucht, was es für Sie bedeuten würde, wenn sie eines Tages nicht mehr operieren könnten?«

Dr. Hanami sah ihn verwundert an. »Aber natürlich. Wenn ich in Pension gehe, werde ich notgedrungen damit aufhören müssen...«

»Nein«, fiel ihm Nicholas ungeduldig ins Wort. »Ich meine, jetzt sofort. In diesem Augenblick.« Er schnippte mit den Fingern. »Einfach so!«

»Ich weiß nicht, wie ich...«

»Um es kurz zu machen, Herr Doktor: Ich habe in Nara lange Zeit Aikido und Ninjutsu studiert, und ich könnte ohne die Schönheit, die ich dort erfahren habe, nicht mehr leben. Allerdings meine ich damit nicht die landschaftlichen Schönheiten dieser Gegend, sondern die Schönheit, die ich mit Hilfe von *Getsumei no michi* wahrzunehmen gelernt habe. Wissen Sie, wovon ich spreche? Vom Mondbeschienenen Pfad.«

Der Chirurg nickte. »Natürlich habe ich schon davon gehört. Aber ich wußte nicht...« Irgend etwas in Nicholas' Miene oder Haltung ließ den Doktor verstummen. »Sie sind heute so verändert. Was haben Sie denn?«

Nicholas' Herz schlug wie wild, als er wieder vor Dr. Hanamis Schreibtisch Platz nahm. Angespannt saß er weit vornübergebeugt auf der Stuhlkante und rieb sich nervös seine schwitzenden Handflächen.

»Sie wollten wissen, ob ich irgendwelche Beschwerden habe. Also gut...« Nicholas konnte nicht mehr länger an sich halten. Aufgebracht deutete er auf die Operationsnarbe an seinem Kopf, die noch ganz deutlich zu erkennen war. »Ich kann mich an nichts mehr von dem erinnern, was ich in meiner Ninjutsu-Ausbildung gelernt habe. Es ist alles weg – wie weggeblasen, als ob es nie dagewesen wäre. Ich bin nächtelang wachgelegen und habe mir den Kopf zerbrochen, wie so etwas möglich sein kann. Und dabei bin ich zu dem Schluß gelangt, daß es dafür eigentlich nur eine einzige Erklärung geben kann, Herr Doktor.« Nicholas war wieder aufgesprungen. Seine sehnigen Hände krallten sich um die Schreibtischkante. »Das habe ich Ihnen und Ihrem verfluchten Skalpell zu verdanken. Sie haben ein Stück zu viel weggeschnipselt. Oder vielleicht ist Ihnen auch das Messer ausgerutscht, und Sie haben etwas gesundes Gewebe verletzt – oder sonst irgend etwas in der Art. Jedenfalls *weiß* ich jetzt, daß mit meinem Gedächtnis irgend etwas nicht stimmt. Und daran können nur Sie schuld sein.«

Als das darauf eintretende Schweigen immer unerträglicher wurde, schlug Dr. Hanami vor: »Vielleicht sollte ich uns erst etwas Tee bringen lassen.«

Großartig, dachte Nicholas verbittert. Wenn man nicht mehr weiter weiß, beruft man sich einfach auf die alten Traditionen. Zitternd vor Wut, beobachtete er, wie Dr. Hanami über die Sprechanlage Tee bestellte. Nachdem die Sprechstundenhilfe auf einem schwarzen Lacktablett alles Nötige gebracht hatte, machte sich der Chirurg selbst daran, den Tee zuzubereiten. Behutsam nahm er mit den Fingerspitzen etwas grünen Tee aus der Dose, streute ihn in das kochende Wasser und rührte das Ganze mit einem winzigen Bambusbesen schaumig. Anschließend schwenkte er die zarte Porzellanschale so lange, bis sich die Teeblätter gleichmäßig verteilt hatten.

In ihrem streng festgelegten, ritualisierten Bewegungsablauf strahlte diese einfache Verrichtung etwas sehr Beruhigendes aus: Man wurde dadurch sehr augenfällig an das unendlich geduldige Voranschreiten der Zeit von der Vergangenheit über die Gegenwart in die Zukunft erinnert.

Und so verfehlte dieses uralte Ritual auch auf Nicholas seine Wirkung nicht. Ganz allmählich fiel die Anspannung wieder von ihm ab, und er ließ sich merklich entkrampfter in seinen Sessel zurücksinken.

Schließlich servierte Dr. Hanami den Tee. Nachdem sie

ihre Schalen geleert hatten, forderte der Chirurg Nicholas auf: »Und jetzt erzählen Sie – von Anfang an.«

Senjin hatte sich kaum gesetzt, als Dr. Muku bereits begann: »Ich hätte gern über ein paar Dinge aus der Vergangenheit ihres Verdächtigen gesprochen, die mir bisher entgangen sind.«

Es war höchst ungewöhnlich, daß Dr. Muku bei ihren Sitzungen selbst die Initiative ergriff. Senjin, der für solche Dinge ein sehr feines Gespür hatte, schloß daraus instinktiv, daß der Psychiater der Wahrheit dicht auf der Spur war. Vermutlich begann er bereits zu ahnen, daß es diesen psychopathischen ›Mordverdächtigen‹ gar nicht gab und daß sich dahinter niemand anderer verbarg als Senjin selbst.

Dieses Wissen barg selbstverständlich gewisse Gefahren in sich. Aber selbst wenn Senjin plötzlich aufgestanden wäre und dem Psychiater alles gestanden hätte, hätte dieser kaum etwas gegen ihn unternehmen können. Senjin hatte nämlich gleich bei der ersten Sitzung ausdrücklich darauf gedrungen, daß alles, was er dem Psychiater im weiteren Verlauf anvertraute, dem strengsten Siegel der Verschwiegenheit unterliegen müsse – eine Vorsichtsmaßnahme, die eigentlich völlig überflüssig gewesen wäre, da Dr. Muku sowieso der ärztlichen Schweigepflicht unterlag.

Nun hatte ihre Beziehung allerdings im Lauf der Zeit ganz neue und, in Senjins Augen, auch sehr spannende Dimensionen angenommen. Unterschwellig hatte sich zwischen den beiden Männern ein erbitterter Machtkampf zu entspinnen begonnen, der für Senjin mit einem ganz speziellen Kitzel verbunden war. Es war, als hätte er sich von Dr. Muku eine Schlinge um den Hals legen lassen. Und während ihn der Doktor nun damit wie in einer Art tödlichem Tanz immer näher an sich heranzog, spürte Senjin, wie sich die Schlinge immer enger um seinen Hals zusammenzog. Sein Puls begann merklich schneller zu schlagen, und zugleich ergriff heftige sexuelle Erregung von ihm Besitz. Erst in Momenten wie diesen, wenn die Spannung ins Unerträglich wuchs, hatte Senjin das Gefühl, wirklich zu leben.

»Aus welchen familiären Verhältnissen stammt der Verdächtige?« wollte Dr. Muku wissen. »Ist er unter relativ normalen Bedingungen aufgewachsen?«

»Was meinen Sie hier mit ›normal‹?« In Senjins Stimme hatte sich unwillkürlich ein schneidender Unterton eingeschlichen. »Ist der Begriff ›normal‹ in einem psychologischen Zusammenhang nicht völlig fehl am Platz?«

»Auf einen psychologischen Kontext mag das vielleicht zutreffen«, entgegnete Dr. Muku, »aber nicht auf einen psychotherapeutischen. Das hängt ganz von den näheren Umständen ab.« Dabei lächelte er Senjin an, als wollte er sagen: *Das sollten eigentlich Sie am besten wissen, Senjin-san. Sie glauben doch nicht etwa im Ernst, Sie wären normal?* Statt dessen fuhr er jedoch freundlich fort: »Sie haben natürlich recht. Theoretisch – das heißt, unter statistischen Gesichtspunkten betrachtet – gibt es immer eine Norm. Die Wirklichkeit sieht allerdings in der Regel etwas anders aus. Deshalb halte ich es in unserem Fall für vollauf gerechtfertigt, der Einfachheit halber mit dem Begriff ›normal‹ zu operieren. Wie dem auch sei – die Ursachen solcher Psychosen sind häufig in der frühen Kindheit des betreffenden Patienten zu suchen. Und ich bin ziemlich sicher, daß unser Verdächtiger *nicht* unter normalen Bedingungen aufgewachsen ist.«

Senjin beugte sich vor. »Inwiefern?«

Dr. Muku hob die Schultern. »Seine Mutter könnte zum Beispiel Prostituierte gewesen sein. Oder vielleicht fühlte er sich von ihr in irgendeiner Weise im Stich gelassen. Das würde unter anderem auch seine zwanghafte Beschäftigung mit der Dämonin Kiyohime erklären.« Da Dr. Muku mit dem Rücken zum Fenster saß, lag sein breites, teigiges Gesicht im Schatten. »In diesem Zusammenhang wäre es auch durchaus wahrscheinlich, daß unser Verdächtiger schon seit frühester Kindheit unter inzestuösen Anwandlungen leidet, die seine Mutter zum Gegenstand haben. Die damit verbundenen Schuldgefühle könnte die Psyche eines Kindes unter keinen Umständen verkraften. Was wäre also naheliegender, als sich diese unerwünschten Gefühle ›vom Hals zu schaffen‹, indem man seine verbotenen sexuellen Wünsche in die Frau hineinprojiziert. Daher auch die irrige Vorstellung, alle Frauen wären von Grund auf böse. In unserem speziellen Fall sähe das dann in etwa so aus: Der Betreffende versucht, von seinen Schuldgefühlen über seine inzestuösen Anwandlungen loszukommen, indem er sich einredet, seine verbotenen sexuellen Wünsche wären erst durch das Verhalten seiner Mutter in ihm geweckt worden.« Triumphierend leuchteten Dr. Mukus grotesk vergrößerte Augen hinter seinen runden Brillengläsern auf. »Können Sie damit etwas anfangen? Finden Sie das irgendwie einleuchtend?«

»Wie soll ich das wissen?« entgegnete Senjin unverblümt.

»Immerhin kennen sie diesen Mann um einiges besser als ich.«

»Glauben Sie?« Senjin hob die Augenbrauen. »Ehrlich gestanden, beginne ich mich langsam zu fragen, ob wir bisher überhaupt etwas über diesen Menschen wissen.«

Dr. Muku rutschte auf seinem Stuhl herum. »Wie kommen Sie darauf?«

»Da ist zum einen die Sache mit dem Sex. Meines Wissens hat dieser Mann keines seiner Opfer vergewaltigt.«

»Aber alle seine Opfer waren Frauen?«

»Ja«, log Senjin.

»Alle jung. Alle hübsch.« Dr. Muku nickte wissend. »Es kann nur noch eine Frage der Zeit sein, bis er sich auch sexuell an ihnen vergeht.« Der Psychiater deutete auf Senjin, als hätten sie sich die ganze Zeit nur über ihn unterhalten. »Sie müssen wissen, daß für unseren Freund der Akt der Ejakulation gleichbedeutend mit dem Abdrücken einer Schußwaffe ist. Und seinen Samen sieht er als das Geschoß.«

Senjin saß völlig reglos auf seinem Stuhl. »Woher sind Sie sich Ihrer Sache so sicher, Herr Doktor?«

»Was heißt hier schon sicher, Senjin-san?« Dr. Muku zuckte mit den Schultern. »In meinem Beruf ist nichts sicher. Als Psychiater tut man nichts anderes, als die verfügbaren Anhaltspunkte in einen halbwegs plausiblen Zusammenhang zu bringen. In gewisser Hinsicht gehe ich bei meiner Arbeit kaum anders vor als Sie, wenn Sie einen Mordfall zu klären versuchen. Wir suchen beide nach Anhaltspunkten, die uns

Aufschluß darüber verschaffen können, wie und warum es zu der entsprechenden Tragödie gekommen ist. Oder ziehen nicht auch Sie manchmal recht gewagte Schlüsse, um zu einer Lösung zu gelangen?«

Senjin war längst klar, worauf der Doktor damit abzielte. Der Psychiater war inzwischen nicht nur dazu übergegangen, ihm ganz direkte Fragen zu stellen – nein, er bezog Senjin mittlerweile auch ganz direkt in die Unterhaltung ein: *Wir sind beide...* Oder: *Geht es nicht auch Ihnen manchmal so...?* Das war eine gebräuchliche Verhörtechnik, um den Verhörten stärker am Gespräch zu beteiligen und ihm auf diese Weise leichter ein Geständnis entlocken zu können.

Deshalb entgegnete Senjin ziemlich kurz angebunden: »Meiner Meinung nach sind Ihre ›gewagten Schlüsse‹ am besten im Kino oder Krimi aufgehoben, wo der Autor ungehindert über das Schicksal seiner Figuren bestimmen kann.«

Dr. Muku legte den Kopf zur Seite und sah Senjin fragend an. »Aber verhält es sich im wirklichen Leben denn nicht genauso? Sind wir denn etwas anderes als Figuren in einem gigantischen Roman, den das Leben selbst schreibt. Oder glauben Sie allen Ernstes, wir Menschen könnten selbst über unser Schicksal bestimmen?«

Lächelnd stellte Senjin fest, daß sich das Machtgleichgewicht zwischen ihm und dem Psychiater kaum merklich zu verschieben begonnen hatte. Dr. Muku war sich seiner Sache inzwischen so sicher, daß er zunehmend unvorsichtiger wurde. Je mehr er dadurch seine wahre Absicht zu erkennen gab, desto mehr entglitt ihm die Kontrolle über die Situation und desto ungefährlicher wurde er.

Es wurde langsam Zeit, fand Senjin, dem guten Doktor etwas auf die Sprünge zu helfen. »Haben Sie schon mal etwas von der Kshira-Methode gehört, Muku-san?«

»Nein – nicht, daß ich wüßte.«

»Kshira ist eine ganzheitliche Methode, um sein wahres Kräftepotential voll zur Entfaltung zu bringen. Dabei spielen sowohl geistige wie körperliche Aspekte eine Rolle. Kshira ist jedoch mehr als eine Religion oder Lebensphilosophie. Es ist sozusagen eine eigene Dimension der Wirklichkeit. Kshira ist der Ausdruck des Klang-Licht-Kontinuums.«

Dr. Muku sah ihn verständnislos an. »Des was bitte?«

Senjin steckte sich in aller Ruhe eine Zigarette an. »Des Klang-Licht-Kontinuums. Zweifellos haben Sie schon von *Ki* gehört, jener Energie, die Grundvoraussetzung allen Lebens ist – nicht nur allen menschlichen, tierischen und pflanzlichen Lebens, sondern auch aller anderen Daseinsformen: des Meeres, der Erde, ja sogar des ganzen Kosmos. Nun haben die Kshira-Meister eine wichtige Entdeckung gemacht: Es gibt verschiedene Formen von *Ki*. Indem man lernt, sich diese Formen von *Ki* verfügbar zu machen, kann man enorme geistige und körperliche Kräfte entwickeln.«

Senjin entgingen Dr. Mukus skeptische Blicke keineswegs. Nicht, daß ihn das überrascht hätte. Was das Erfahrungsspektrum der menschlichen Psyche betraf, ging Dr. Mukus geistiger Horizont nicht über die eng gesteckten Grenzen der modernen psychoanalytischen Theorie hinaus. In Senjins Augen war der Psychiater nichts weiter als ein eingebildeter, lächerlicher Clown, der blind war für alles, was den Rahmen seines rationalwissenschaftlichen Weltbilds sprengte.

Abrupt beugte sich Senjin vor. »Das Außergewöhnliche an Kshira ist: Es läßt sich jeder Situation anpassen.« Er nahm einen Zug von seiner Zigarette, worauf diese plötzlich seltsam bläulich zu glimmen begann. Und dann, bevor der Psychiater überhaupt reagieren konnte, war Senjins Hand vorgeschnellt. Mit dem Daumen hebelte er Dr. Muku die Brille von der Nase und stieß ihm dann die Zigarette direkt ins linke Auge. Gleichzeitig spreizten sich seine Finger wie Spinnenbeine über Dr. Mukus Gesicht und hielten es unerbittlich fest.

Verzweifelt schlug der Psychiater um sich. Aber unaufhaltsam brannte sich die phosphorversetzte Zigarette immer tiefer in seine Augenhöhle.

Nachdem Senjin sein kläglich winselndes Opfer für eine Weile so teilnahmslos beobachtet hatte, als verfolgte er den Vorgang auf einem Fernsehschirm, flüsterte er ihm lächelnd ins Ohr: »Der ›Verdächtige‹ hat nicht nur Frauen getötet – junge, hübsche Frauen.« Er griff ganz bewußt auf die Wortwahl des Psychiaters zurück. »Nein, Herr Doktor, Sie haben sich getäuscht. Nicht nur in mir – in allem.«

Im Raum begann sich ein ekelhafter Geruch auszubreiten. Prüfend streckte Senjin die Zunge zwischen seinen Lippen hervor, als wollte er seine Witterung aufnehmen. Es war der Gestank des Todes.

Gelassen schaute Senjin in Dr. Mukus rechtes Auge, das gehetzt von einer Seite auf die andere zuckte, und wischte ihm mit dem Zeigefinger die Tränen aus dem Gesicht. Die Pupille des Psychiaters war deutlich geweitet, als stünde er unter Drogen. Senjin hätte gern gewußt, wie Dr. Muku die Schmerzen und die Todesangst empfand. Sicher war er mit Hilfe seines analytisch geschulten Denkens in der Lage, sogar in diesem Chaos noch einen tieferen Sinn zu erkennen und es dementsprechend auch befriedigend zu erklären.

»Und, Muku-san?« fragte ihn Senjin. »Was nun?«

In dem tränenden Auge des Psychiaters tat sich eine ganze Welt auf – eine Welt voll unsäglicher Schmerzen, begleitet von der Gewißheit vom unaufhaltsamen Nahen des Todes.

Und dann heftete sich Dr. Mukus Blick auf etwas, das nicht einmal Senjin sehen konnte.

Während die Phosphorzigarette weiter vor sich hin glomm, sank Dr. Muku schlaff gegen die Lehne seines Sessels zurück. Senjin fand, daß er nun richtig entspannt wirkte. Er ließ den Psychiater los, riß die Schublade seines Schreibtischs auf und nahm schnaubend ein Minitonbandgerät heraus. Unbeirrbar drehten sich die winzigen Spulen weiter, um getreulich jedes gesprochene Wort, jedes Geräusch im Raum aufzuzeichnen. Senjin hatte den Psychiater schon eine ganze Weile im Verdacht, daß er ihre Gespräche auf Band aufnahm. Vermutlich hatte er damit begonnen, seit ihm zum erstenmal der Gedanke gekommen war, Senjin und der mysteriöse ›Verdächtige‹ könnten ein und dieselbe Person sein.

Senjin drückte auf die Stop-Taste und ließ das Aufnahmegerät in seine Hosentasche gleiten. Dann sah er noch einmal

Dr. Muku an und sagte: »Sie werden nie wissen, wie sehr Sie sich getäuscht haben.«

Mit halb geschlossenen Augen vergegenwärtigte er sich darauf noch einmal, wie er nach einer Aufführung von *Musume Dojoji* mit einer seiner Verehrerinnen essen ging und sich dabei mit ihr über die psychologischen Hintergründe der beiden Hauptfiguren unterhielt – und wie er dann, nach dieser appetitanregenden Vorspeise, zum Hauptgericht überging, dem lustvoll langsamen, fast erotischen Akt des Mordens.

Doch dann ließ Senjin den Vorhang über diesen genüßlichen Erinnerungen fallen und kam zur Sache. Er bückte sich und wuchtete sich den toten Psychiater über die Schulter. In gewisser Weise fand er es richtig schade, daß nun die anregenden Unterhaltungen mit Dr. Muku für immer zu Ende waren. Aber keine Sorge: Auf den guten Doktor warteten noch andere, wichtigere Aufgaben.

Ganz offensichtlich glaubte ihm Dr. Hanami nicht. Nicholas hatte mit der Schilderung seiner ersten vagen Befürchtungen unmittelbar nach der Operation begonnen. Er erzählte dem Chirurgen von seinen vergeblichen Versuchen, gegen seine Schmerzen anzukämpfen, und schließlich schilderte er ihm in aller Ausführlichkeit die traumatischen Erlebnisse der letzten vierundzwanzig Stunden, die ihm endgültige Gewißheit gebracht hatten, daß er neben *Getsumei no michi* auch alle anderen Fähigkeiten verloren hatte, die er sich in seiner langjährigen Kampfkunstausbildung mühevoll erworben hatte.

Dr. Hanami ließ sich in seinen Sessel zurücksinken und versicherte Nicholas: »Aber mein lieber Mr. Linnear, was Sie eben angedeutet haben, ist vollkommen ausgeschlossen. Es ist durchaus möglich, daß Sie den *Eindruck* haben, als hätten Sie Ihre in der Tat höchst außergewöhnlichen Fähigkeiten verloren. Seien Sie jedoch unbesorgt. Dem ist nicht so.«

Damit nahm er ein paar Röntgenaufnahmen aus Nicholas' Unterlagen, spannte sie in einen Leuchtrahmen hinter seinem Schreibtisch ein und schaltete das Licht ein. »Sehen Sie hier.« Er deutete auf einen dunklen Fleck. »An dieser Stelle befand sich der Tumor – gleich neben der zweiten Gehirnwindung, unmittelbar über der Hippocampus-Furche. Man kann seine Umrisse ganz deutlich erkennen.« Er wandte sich der zweiten Röntgenaufnahme zu. »Diese Aufnahme wurde nach der Operation gemacht. Wie Sie selbst sehen können, fügen sich die Gehirnwindungen tadellos ineinander. Die umliegenden Bereiche wurden in keiner Weise beeinträchtigt. Das steht völlig außer Frage, Mr. Linnear – völlig.«

»Aber was ist dann mit mir los, Herr Doktor?«

Dr. Hanami dachte eine Weile nach. Schließlich schaltete er den Leuchtkasten wieder aus, nahm die Röntgenaufnahmen aus der Halterung und legte sie zu den Unterlagen zurück. Dann klappte er den Ordner zu und verschränkte seine Hände darüber: »Vielleicht sollten wir zuerst einmal vor allem folgendes klarstellen.« Der Doktor lächelte Nicholas aufmunternd an. »Nach einer größeren Operation dieser Art ist es keineswegs ungewöhnlich, daß ein Patient sich einbildet, mit dem Tumor sei auch ein Teil gesunden Gewebes aus seinem Gehirn entfernt worden.« Er zog einen kleinen Notizblock zu sich heran und kritzelte einen Namen und eine Telefonnummer darauf. Dann riß er das oberste Blatt ab und gab es Nicholas.

Nicholas sah ihn fragend an.

»Dr. Muku ist Psychiater, Mr. Linnear. Seine Praxis liegt gleich gegenüber...«

»Sie glauben doch nicht etwa im Ernst, ich bräuchte einen Psychiater?« Nicholas sah den Chirurgen ungläubig an.

»In Anbetracht Ihrer augenblicklichen psychischen Verfassung halte ich es für durchaus wünschens...«

»Haben Sie denn noch immer nicht begriffen, Doktor?« brauste Nicholas auf. »Irgend jemand – möglicherweise Sie selbst – hat irgend etwas mit mir angestellt, als ich auf dem Operationstisch lag. Jetzt erzählen sie mir endlich, was tatsächlich passiert ist!«

»So beruhigen Sie sich doch erst mal, Linnear-san«, berief sich Dr. Hanami wieder einmal auf die alten Traditionen, um der modernen Dämonen Herr zu werden, die sich plötzlich in seine Praxis eingeschlichen hatten. »Diese Gefühlsausbrüche bringen uns doch nicht weiter. Wenn Sie sich wieder einigermaßen beruhigt haben, werden Sie alles gleich in einem ganz anderen Licht sehen.«

»Sie wollen mir also nichts sagen?«

»Linnear-san, ich versichere Ihnen hiermit noch einmal, daß es nichts gibt, was ich Ihnen sonst noch sagen könnte.« Als wollte er seinen Worten noch zusätzliches Gewicht verleihen, warf er einen kurzen Blick auf den Ordner vor ihm. »Ihre Operation war in jeder Hinsicht ein voller Erfolg. Was allerdings Ihre persönlichen Eindrücke betrifft, so kann ich mir keine medizinischen Ursachen denken, die...«

Dr. Hanami verstummte mitten im Satz und sah auf. Sein Patient hatte den Raum bereits verlassen.

Nicholas hatte seinen Glauben verloren. Mit erschreckender Deutlichkeit wurde ihm bewußt, daß sein ganzes Training umsonst gewesen war. Denn ohne *Getsumei no michi* war er nur noch ein Nichts. Das Wissen, daß er plötzlich keinen Zugang mehr zu der Quelle seiner ganzen bisherigen Kraft hatte, erfüllte ihn mit tiefer Mutlosigkeit. Hatte er sich bisher vollkommen eins mit sich und der Welt gefühlt, kam er sich mit einemmal vor wie ein Schiffbrüchiger, der einsam und verlassen in der unendlichen Weite des Ozeans trieb.

Unwillkürlich mußte Nicholas an seine Mutter denken. Gleichzeitig wurde ihm klar, daß er jetzt nur noch eines tun konnte. Seine Gedanken wanderten zurück zu jenem schrecklichen Herbst des Jahres 1963, als er sich unsterblich in Yukio verliebt und damit den Haß seines Vetters Saigo zugezogen hatte.

Nicholas, hatte seine Mutter damals zu ihm gesagt, *dein Großvater So-Peng war ein sehr weiser Mann. Er war es, der einmal gesagt hat, daß man in Asien nie wirklich allein ist.* Währenddessen hatte Cheong eine Kupferschatulle hervorgeholt, die ihr So-Peng vermacht hatte. Auf dem kunstvoll emaillierten Deckel war ein feuerspeiender Drache abgebildet, der mit einem Tiger kämpfte.

Behutsam, fast ehrfürchtig öffnete Cheong die Schatulle.

Sie enthielt vier Reihen funkelnder Smaragde – insgesamt fünfzehn.

Über sechs dieser Steine kannst du von nun an frei verfügen, erklärte sie Nicholas. *Du kannst sie verkaufen, wenn du Geld brauchst. Ursprünglich waren es sechzehn Steine. Mit einem von ihnen haben wir dieses Haus gekauft.* Sie sah Nicholas ernst an. *Allerdings muß diese Schatulle immer mindestens neun Smaragde enthalten. Unter keinen Umständen darfst du mehr als sechs dieser Steine weggeben.*

Wie du weißt, Nicholas, hat mein Vater diese Schatulle mir und deinem Vater vermacht, als wir Singapur verlassen haben. Die Steine, die sie enthält, sind keine gewöhnlichen Steine; sie verfügen über magische Kräfte. An dieser Stelle machte sie eine kurze Pause. *Wie ich sehe, findest du das nicht lächerlich. Das ist gut so. Denn ich glaube genauso fest an die Macht dieser Steine, wie das mein Vater So-Peng getan hat. Dein Großvater war ein sehr weiser Mann, Nicholas, und mit Sicherheit kein abergläubischer Fantast. Ihm war sehr wohl bewußt, daß es in Asien vieles gibt, was sich jeder wissenschaftlichen Analyse entzieht; es gibt hier vieles, das offensichtlich keinen Platz mehr in unserem modernen rationalistischen Weltbild hat. Diese Phänomene unterliegen gänzlich anderen Gesetzmäßigkeiten, die immer gültig sein werden.* Sie lächelte still in sich hinein. *Davon bin ich felsenfest überzeugt. Wenn auch du an die Macht dieser Steine glaubst, wird sie dir eines Tages zur Verfügung stehen, wenn du sie brauchst.*

Und Nicholas glaubte an das Vermächtnis seines Großvaters; er glaubte an die geheimen Kräfte der fünfzehn Smaragde in der Schatulle. Als er mit Justine nach Japan zurückgekehrt war, hatte er sie sorgfältig im Haus versteckt. Obwohl er eigentlich nicht die Absicht hatte, von ihrer magischen Kraft Gebrauch zu machen, wollte er sie doch immer in seiner Nähe haben.

Eines war Nicholas in seiner augenblicklichen Verzweiflung klargeworden: Er mußte so rasch wie möglich nach Hause. Jetzt konnte ihm nur noch die Kraft der Steine helfen.

Er hatte seinen Glauben verloren. Diese Erkenntnis hatte ihm einen tiefen Schock versetzt. Nicht nur, daß er sich nicht mehr in den Zustand von *Getsumei no michi* versetzen konnte und alles verlernt hatte, was er sich in jahrelangem, mühevollem Ninjutsu-Training angeeignet hatte – nein, er hatte auch seinen Glauben an all das verloren, was seinem ganzen bisherigen Leben Sinn und Bedeutung verliehen hatte.

Dafür konnte es nur eine Erklärung geben: *Shiro Ninja*.

Falls er tatsächlich *Shiro Ninja* war, dann konnte die Schuld an seinem Gedächtnisverlust nicht bei Dr. Hanami zu suchen sein. Dann war das Ganze kein medizinisches Problem. Fast hätte Nicholas auf der Stelle kehrtgemacht, um sich bei Dr. Hanami zu entschuldigen. Aber dafür war er im Augenblick doch zu sehr mit seinen eigenen Problemen beschäftigt.

Denn eines stand mittlerweile fest: Ein unbekannter Feind trachtete ihm nach dem Leben. Und gleichzeitig verfügte dieser erbitterte Widersacher über Kräfte, die jeder Vorstellung spotteten. Doch wer steckte hinter diesem teuflischen Anschlag? Und warum war er durch *Shiro Ninja* seiner Kräfte beraubt worden?

Schaudernd mußte Nicholas an seine jüngsten Alpträume denken, wie er durch undurchdringlichen Nebel ins Bodenlose stürzte. Vielleicht gelang es ihm mit Hilfe der Zauberkraft der Smaragde, wieder Halt zu finden, bevor er sich vollends in der unüberschaubaren Weite des gräßlichen weißen Nebels verlor. Vielleicht hatte sein Großvater So-Peng sogar geahnt, daß er eines Tages auf die Kraft der Steine angewiesen sein würde.

So-Peng. Obwohl ihm Cheong so viel über ihren Vater erzählt hatte, wurde Nicholas mit einemmal bewußt, wie wenig er trotz allem über ihn und sein Leben wußte – jedenfalls wesentlich weniger als über die Eltern seines Vaters.

Der Großvater väterlicherseits – ein nüchterner, korrekter und grundsolider Mann – war bei einer Londoner Bank in führender Stellung tätig gewesen. Die Großmutter, aus einer wohlhabenden jüdischen Familie stammend, fand trotz ihres Reichtums nie die ersehnte Anerkennung innerhalb der englischen Gesellschaft. Die temperamentvolle, vielseitig interessierte und hochintelligente Frau mit den auffallend grünen Augen und dem üppigen dunklen Haar hatte ihren ersten Sohn, William, durch die Pocken verloren. Drei Jahre später, im Winter 1915, kam Denis, Nicholas' Vater, auf die Welt.

Beim Verlassen von Dr. Hanamis Praxis war Nicholas so tief in Gedanken versunken, daß er die junge Frau nicht bemerkte, die gerade das Wartezimmer betreten wollte. Obwohl sie sofort einen Schritt zurückwich, stießen die beiden frontal zusammen. Nicholas entschuldigte sich bei der jungen Frau und entfernte sich in Richtung Lift.

»Linnear-san!« Die Frau kam ihm hinterher. »Sie sind doch Nicholas Linnear.«

Obwohl das wie eine Feststellung klang, antwortete Nicholas trotzdem mit einem Ja.

»Guten Tag, ich bin Kommissarin Tomi Yazawa von der Mordkommission Tokio.«

Nicholas konnte sich ein amüsiertes Grinsen nicht verkneifen, als er einen flüchtigen Blick auf ihren Dienstausweis warf. »Guten Tag. Dürfte ich vielleicht fragen, woher Sie wissen, wer ich bin?«

»Ich muß Sie dringend sprechen, Mr. Linnear.«

»Vielleicht ein andermal. Das ist gerade nicht der günstigste Zeitpunkt...«

Die Lifttür ging auf, und Nicholas betrat die Kabine. Tomi folgte ihm.

»Ah, Sie sind wohl eine von der hartnäckigen Sorte.« Er war so sehr mit anderen Dingen beschäftigt, daß ihn nur sehr am Rande interessierte, was Tomi Yazawa von ihm wollte. Was es auch war – es konnte sicher warten.

»Auf der Polizeischule haben wir gelernt, daß man nur mit Hartnäckigkeit zum Ziel kommt.«

Es war nicht recht klar, ob sich Nicholas bewußt war, daß diese Bemerkung ironisch gemeint war. Jedenfalls verzog er keine Miene.

»Selbst wenn Ihnen der Zeitpunkt sehr ungelegen kommt«, fuhr Tomi darauf fort, »muß ich Sie dringend sprechen.«

Erst jetzt wurde sich Nicholas des Zettels bewußt, den er

noch immer in seiner linken Hand hatte. Als er einen Blick darauf warf, sprangen ihm in Dr. Hanamis krakeligen Schriftzügen der Name und die Telefonnummer von Dr. Muku entgegen. Für einen Moment wunderte sich Nicholas, daß der Chirurg nicht die Adresse von Dr. Muku notiert hatte. Dann wurde ihm jedoch klar, daß die Praxis des Psychiaters, der Büronummer nach zu schließen, im selben Gebäudekomplex liegen mußte. Sehr praktisch, dachte Nicholas. Wie viele Patienten schanzten sich die beiden wohl auf diese Weise gegenseitig zu? Wütend zerknüllte er den Zettel und schleuderte ihn gegen die mattierte Bronzeverkleidung der Liftkabine.

»Mr. Linnear...«

Im selben Moment öffnete sich die Lifttür, und Nicholas trat in die pompöse Eingangshalle hinaus.

Tomi bückte sich, hob den zerknüllten Zettel auf und eilte Nicholas hinterher. Sie erreichte ihn kurz vor der automatischen Eingangstür.

»Mr. Linnear, bitte...«

»Vielleicht ein andermal, Kommissar Yazawa.« Nicholas ging ins Freie.

Draußen, auf der Straße, erklärte Tomi plötzlich mit erstaunlichem Nachdruck. »Ich muß Sie in einer Angelegenheit sprechen, in der es um Leben und Tod geht, Mr. Linnear. Um Ihr Leben beziehungsweise Ihren Tod.« Nicholas blieb abrupt stehen. »Eigentlich wollte ich Ihnen diesen Sachverhalt etwas schonender beibringen, Mr. Linnear, aber durch Ihr Verhalten haben Sie mir leider keine andere Wahl gelassen. Wir haben gestern abend einen verschlüsselten Funkspruch des KGB abgefangen, demzufolge heute in einer Woche ein Mordanschlag auf Sie geplant ist. Ich bin damit...«

Tomi brach mitten im Satz ab. Ein gellender Schrei hallte von den hohen Fassaden der umstehenden Bürohochhäuser wider. Für einen Moment verdunkelte sich die Sonne, und dann schlug keine zehn Meter von der Stelle, wo sie standen, eine menschliche Gestalt auf den Gehsteig.

»Um Gottes willen!« entfuhr es Nicholas. »Ein Selbstmörder.«

Tomi war bereits auf die leblose Gestalt am Boden zugestürzt. Nicholas eilte ihr hinterher. Als er sie erreichte, war sie bereits neben dem Toten niedergekniet. Die Leiche war durch den Sturz dermaßen entstellt, daß sie kaum mehr menschliche Züge aufwies. Auf dem Pflaster breitete sich eine rasch größer werdende Blutlache aus, in der ein paar vereinzelte Glassplitter aufblitzten.

Zaghaft streckte Tomi die Hand aus und drehte den Kopf des Toten zu sich herum. Obwohl sein Hinterkopf durch die Wucht des Aufpralls glatt eingedrückt war, war das Gesicht, wenn auch blutüberströmt, noch deutlich zu erkennen.

»Gütiger Gott!« stieß Nicholas entsetzt hervor.

Überrascht sah Tomi zu ihm auf. »Kennen Sie diesen Mann, Mr. Linnear?«

Nicholas nickte. »Das ist Dr. Hanami, der Chirurg, der mich kürzlich operiert hat.« Als er darauf an der Fassade des Bürogebäudes hochsah, konnte er an der Stelle, wo sich Dr. Hanamis Sprechzimmer befand, ein dunkles Loch klaffen sehen.

Tomi und Nicholas drängten sich durch die Menge von Schaulustigen, die sich bereits um die Unglücksstelle gebildet hatte. In der Eingangshalle des Bürogebäudes eilten sie unverzüglich auf eine uniformierte Sicherheitsbeamtin zu. Nachdem sich Tomi ausgewiesen hatte, erzählte sie ihr in kurzen Zügen, was passiert war, und bat sie, die Polizei zu verständigen. Dann fuhren sie im Lift wieder nach oben.

»Da fällt mir gerade ein«, wandte sich Tomi plötzlich an Nicholas. »Sie dürften eigentlich gar nicht mitkommen. Wir wissen doch noch gar nicht, was da oben passiert ist.«

Nicholas schaute sie nur wortlos an.

»Er könnte gesprungen sein«, fuhr Tomi darauf fort. »Oder er könnte gestoßen worden sein.«

»Wer sollte ein Interesse daran haben, einen Chirurgen zu ermorden?«

»Vielleicht ein unzufriedener Patient.« Tomi zuckte mit den Schultern. »Oder welches Interesse sollte der KGB haben, Sie aus dem Weg zu räumen?«

Nicholas sah sie weiter unverwandt an. »Das würde ich

eigentlich gern von Ihnen wissen.«

»Sie können mitkommen«, griff Tomi ihren vorigen Gedankengang wieder auf, »weil ich als Ihr Leibwächter abgestellt worden bin. Da ich mich jedoch gerade am Schauplatz eines Verbrechens befinde, muß ich etwas unternehmen. Ich würde Sie also bitten, mich zu begleiten.«

»Hätten Sie mich sonst daran gehindert, mit nach oben zu kommen?«

»Ja«, nickte Tomi. »Das hätte ich.«

»Wie?« Er war gerade nicht in der Stimmung, um sich von irgend jemandem dumm kommen zu lassen. Schon gar nicht von einer Frau.

In diesem Moment ging die Lifttür auf. Sie stürmten den Flur entlang zu Dr. Hanamis Praxis. Im Vorzimmer starrte ihnen die Sprechstundenhilfe totenbleich und mit weit aufgerissenen Augen fassungslos entgegen. Sie hatte die Arme um eine haltlos schluchzende Frau geschlungen, bei der es sich offensichtlich um eine Patientin handelte.

»Ich habe bereits die Polizei verständigt«, sagte die Sprechstundenhilfe, an niemanden gerichtet. Als Tomi sich auswies, nickte sie nur kurz und deutete auf den Eingang zum Sprechzimmer des Chirurgen.

»Wer war der letzte Patient von Dr. Hanami?« wollte Tomi wissen.

»Dieser Herr.« Die Sprechstundenhilfe deutete auf Nicholas.

»War noch irgend jemand bei Dr. Hanami, nachdem Linnear-san die Praxis verlassen hat?«

»Das weiß ich nicht«, antwortete die Sprechstundenhilfe. »Der Doktor hat mich gebeten, ihm diese Stunde freizuhalten.«

»Und Sie haben niemanden das Sprechzimmer betreten sehen, nachdem Linnear-san gegangen war?«

»Nein.«

»Warten Sie hier«, wandte sich Tomi darauf Nicholas zu.

»Das hätten Sie sich so gedacht«, schnaubte Nicholas. Als er jedoch den Revolver in ihrer Hand bemerkte, hielt er sich doch zurück.

Tomi drehte vorsichtig am Türknopf und stieß dann die Tür weit auf. Ein lautes metallisches Scheppern ließ sie zusammenzucken. Es rührte jedoch nur von ein paar losgerissenen Jalousienblenden her, die infolge des plötzlich entstandenen Luftzugs heftig aneinandergeschlagen waren. Der Sessel hinter Dr. Hanamis Schreibtisch stand mit dem Rücken zu ihnen, so daß der Eindruck entstand, als wäre der Doktor direkt von seinem Sessel aus dem Fenster gesprungen. Gegen das Fensterbrett war ein zweiter Stuhl gelehnt; vermutlich hatte er dazu gedient, die Fensterscheibe einzuschlagen.

»Eines ist jedenfalls jetzt schon klar«, sagte Nicholas. »Ein Unfall war es nicht.«

Tomi deutete auf eine zweite Tür. Sie war geschlossen. »Wohin führt diese Tür?«

Sie zückte ihren Revolver und riß die Tür auf. »Aha, sie führt direkt auf den Flur.« Sie warf einen Blick nach draußen. »Falls Dr. Hanami ermordet wurde, dann ist der Mörder durch diese Tür gekommen. Das ist auch der Grund, warum ihn die Sprechstundenhilfe nicht gesehen hat.«

Nachdem sie die Tür wieder geschlossen hatte, ging Tomi zum Fenster, um es nach Blutspuren zu untersuchen. Dann starrte sie durch das gezackte Loch in der Scheibe auf die Straße hinunter. »Mein Gott, geht's da vielleicht tief runter.«

»Kommissar Yazawa.«

Nicholas hatte das ganz ruhig gesagt. Trotzdem wirbelte Tomi ruckartig herum und starrte wie gebannt in die Richtung, in die auch Nicholas schaute. Von ihrem Standpunkt am Fenster sah sie Dr. Hanamis Schreibtischsessel von der Seite. Auf der Armlehne lag eine schlaffe, reglose Hand.

Tomi stürzte auf den Sessel zu und drehte ihn zu sich herum. Vor ihr saß ein kleiner, dicker Mann in einem grauen Nadelstreifenanzug. Sein dichtes, zerzaustes Haar stand von seinem Kopf ab, als stünde er unter Strom. Seine runde Nikkelbrille hatte er sich, scheinbar tief in Gedanken versunken, auf die Stirn hochgeschoben.

Beim Anblick der gräßlich verkohlten linken Augenhöhle des Toten entfuhr Tomi ein unterdrückter Aufschrei.

»Wer ist *das* denn?» stieß Nicholas atemlos hervor.

»Wie ist das passiert?« Fassungslos starrte Tomi auf das verkohlte Auge. »Einfach grauenhaft!« In unmittelbarer Nähe des Toten roch es nach verbranntem Fleisch. »Er ist mit einem kleinen, sehr heißen Gegenstand getötet worden.«

»Ja. Er muß eine extreme Hitze erzeugt haben«, pflichtete ihr Nicholas bei.

Tomi nahm einen Bleistift von Dr. Hanamis Schreibtisch und klappte damit den Rockaufschlag des Toten zurück. Vorsichtig fischte sie dann seine Brieftasche aus der Innentasche seines Anzugs. Sie warf sie auf den Schreibtisch und klappte sie mit der Bleistiftspitze auf.

»Dr. Jugo Muku«, las sie von einem Führerschein ab. »Moment mal!« Sie kramte den Zettel hervor, den Nicholas im Lift weggeworfen hatte, und sah Nicholas forschend an. »Sie hatten Dr. Mukus Adresse bei sich, als Sie von Dr. Hanami kamen.«

»Ja, Dr. Hanami hat sie mir gegeben«, nickte Nicholas, ohne den Blick von Dr. Mukus gräßlich verunstaltetem Gesicht abzuwenden. »Er hat mir empfohlen, einen Psychiater zu konsultieren.«

»Auf dem Zettel steht nur eine Telefonnummer – und eine zweite Nummer. Aber keine Adresse.«

»Das ist eine Büronummer. Dr. Mukus Praxis befindet sich im selben Gebäude.«

»Dann sollten wir dort gleich mal nachsehen«, schlug Tomi vor. Sie wollte gerade zur Tür gehen, als plötzlich die Glassplitter unter dem Fenster ihre ganze Aufmerksamkeit auf sich zogen. Zögernd ging sie darauf zu und starrte wie gebannt zu Boden.

»Linnear-san«, stieß sie nach einer Weile atemlos hervor. »Welche Haarfarbe hatte Dr. Hanami?« Der Kopf der zerschmetterten Leiche auf dem Gehsteig war so mit Blut verschmiert gewesen, daß sich die Haarfarbe des Toten nicht hatte feststellen lassen.

»Grau«, antwortete Nicholas im Näherkommen. »Außerdem hat er immer Haarcreme verwendet.« Auch er starrte nun auf die Stelle, die Tomis ganze Aufmerksamkeit auf sich gezogen hatte. An einem spitzen Glassplitter klebten mehrere stahlgraue Haarsträhnen. »Genauso hat Dr. Hanamis Haar ausgesehen.«

»Das hieße«, schloß Tomi daraus, »daß der Doktor mit dem Kopf voran durch das Fenster gestürzt ist. Freiwillig würde so etwas kein Mensch tun – nicht einmal ein Selbstmörder.«

»Meinen Sie, er ist gestoßen worden?«

Tomi war gerade dabei, das Beweisstück in einen durchsichtigen Umschlag zu stecken. »Zumindest deutet inzwischen einiges darauf hin. Außerdem ist noch zu berücksichtigen, daß auch Dr. Muku...«

Plötzlich glaubte sie, aus dem Augenwinkel das Huschen eines Schattens zu bemerken. Und als sie daraufhin abrupt aufschaute, stockte ihr für einen Moment der Atem. Wie aus heiterem Himmel war in der Fensteröffnung eine menschliche Gestalt aufgetaucht. Die seltsame Erscheinung trug einen enganliegenden schwarzen Anzug und eine schwarze Gesichtsmaske. Tomi traute ihren eigenen Augen nicht. Aber die schwarze Gestalt hing tatsächlich an der *Außenseite* des Gebäudes.

Das war doch vollkommen unmöglich. Und trotzdem war sich Tomi ganz sicher. Obwohl sie die schwarze Gestalt nur für den Bruchteil einer Sekunde gesehen hatte, stand völlig außer Zweifel: Sie hatte sich das Ganze nicht nur eingebildet. Tomi hatte das Gefühl, als würde ihr plötzlich der Boden unter den Füßen weggezogen.

Trotzdem hatte sie sofort instinktiv ihren Revolver hochgerissen. Aber dann ging alles ganz schnell. Der Vermummte kam auf sie zugestürzt, und ehe sie noch einen Schuß abfeuern konnte, war die schwarze Gestalt bereits mit solcher Wucht gegen sie geprallt, daß sie rücklings über Dr. Hanamis Couchtisch geschleudert wurde und im Fallen die schwere Glasplatte mit sich riß.

Dabei schlug sie mit dem Hinterkopf so heftig gegen die Wand, daß ihr ein lauter Aufschrei entfuhr, der jedoch im ohrenbetäubenden Klirren der zerspringenden Tischplatte unterging. Noch ganz benommen von dem Schock, versuchte sich Tomi aufzurichten. Kraftlos sank sie jedoch sofort wieder zu Boden und blieb dort, mühsam nach Atem ringend, reglos liegen.

Das Ganze hatte kaum mehr als ein paar Sekunden gedauert – jedenfalls Zeit genug für Nicholas, um zum Gegenangriff auf die vermummte Gestalt überzugehen.

Aber Nicholas war nicht mehr der alte. Ohne die Fähigkeit, sich in *Getsumei no michi* zu versetzen, war er nicht imstande, angemessen auf diesen Überraschungsangriff zu reagieren.

Ihm war nur soviel klar: Der Mann mit der schwarzen Maske mußte die ganze Zeit wie eine Fliege an der spiegelglatten Außenfassade des Bürohochhauses gehangen sein, um dort in aller Ruhe den günstigsten Zeitpunkt für seinen Überfall abzuwarten.

Nicholas' *geistige* Fähigkeiten waren in keiner Weise beeinträchtigt. Er war noch immer imstande, die Situation blitzschnell einzuschätzen; allerdings war er nicht mehr in der Lage, auch dementsprechend zu *handeln*.

Ihm war sofort klar, daß die vermummte Gestalt nur ein Ninja sein konnte. Nur ein Ninja war der Durchführung zweier so ungewöhnlicher Morde fähig. Nur ein Ninja konnte sich zwanzig Stockwerke über dem Erdboden an der glatten Fassade eines Hochhauses festklammern, um sich dann mit einem Satz durchs Fenster zu schwingen und eine bestens ausgebildete Polizeibeamte zu überrumpeln.

Nicholas spürte, wie ihm die Angst den Magen zusammenkrampfte. Es konnte kein Zufall sein, daß er ausgerechnet jetzt, nach dem Verlust seiner Fähigkeiten, einem anderen Ninja gegenüberstand.

Es war also wahr. Er war *Shiro Ninja* und damit jedem Angriff hilflos ausgeliefert.

Nicholas stieß einen stummen Seufzer aus.

Im selben Augenblick ging die vermummte Gestalt zum Angriff auf ihn über. Bevor Nicholas überhaupt reagieren konnte, hatte sich der schwarze Ninja bereits auf ihn gestürzt. Er spürte, wie durch eine Reihe von kurzen, gezielten Schlägen ein Körperteil nach dem anderen außer Gefecht gesetzt wurde. Die damit verbundenen heftigen Schmerzen blieben keineswegs nur auf die getroffenen Stellen beschränkt, da die Schläge des Angreifers mit geradezu unglaublicher Treffsicherheit auf Nicholas' Nervenknoten abgezielt waren und sämtliche davon ausgehenden Nervenstränge lahmlegten.

Nicholas' verkrampfte Muskeln verfielen in unkontrollierte Zuckungen, die ihn vollends bewegungsunfähig machten. Der Angreifer ging bei seiner Attacke wie nach Lehrbuch vor. Ganz methodisch schaltete er ein Körperteil nach dem anderen aus. Und Nicholas konnte nichts dagegen unternehmen. Noch nie hatte er sich einem Gegner so unterlegen gefühlt. In seiner beschämenden Hilflosigkeit schoß ihm ein verzweifelter Gedanke durch den Kopf: Mein Gott, wie soll ich als *Shiro Ninja* überhaupt noch weiterleben?

Die Antwort auf diese Frage war selbstverständlich ganz einfach: Er würde nicht weiterleben. Er würde sterben.

Denn genau darauf zielte diese erbarmungslose Attacke ab.

Inzwischen war Tomi wieder aus ihrer Ohnmacht erwacht. Während sie langsam zu sich kam, wurde ihr als erstes verschwommen bewußt, daß sie ihren Revolver verloren hatte.

Sie mußte Nicholas Linnear unbedingt zu Hilfe kommen. Verzweifelt begann sie nach dem Revolver zu suchen. Er lag ein paar Meter von ihr entfernt auf dem Boden. Unter lautem Stöhnen kroch sie auf die Stelle zu. Sie bekam den Revolver zu fassen und riß ihn hoch. Erst, als sie schon abdrücken wollte, wurde ihr bewußt, daß sie genau auf Nicholas zielte.

Aber sie reagierte blitzschnell. Jetzt konnte sie nur noch bluffen. »Lassen Sie den Mann sofort los, oder ich schieße!« forderte sie energisch.

Der Vermummte sprang jedoch nur ein Stück zur Seite, so daß sich Nicholas nun genau zwischen ihm und Tomi befand. »Machen Sie doch.« Die rauhe, kratzende Stimme ging Tomi durch Mark und Bein. »Los, schießen Sie schon«, forderte er sie höhnisch auf. »Mal sehen, wen von uns beiden Sie treffen.«

Und dann sah sie plötzlich ein winziges Messer an Nicholas' Kehle aufblitzen. »Werfen Sie den Revolver weg«, raspelte die rauhe Stimme. »Oder ich bringe ihn auf der Stelle um.« Um seiner Drohung den nötigen Nachdruck zu verleihen, brachte die schwarze Gestalt Nicholas einen leichten Schnitt am Hals bei.

Tomi ließ den Revolver zu Boden fallen.

»Stoßen Sie ihn mit dem Fuß von sich«, befahl die Stimme.

Das tat Tomi. Im selben Augenblick sah sie, fast wie in Zeitlupe, wie der Vermummte Nicholas losließ. Und dann hatte er sich auch schon mit so blitzartiger Schnelligkeit auf sie gestürzt, daß sie keine Zeit mehr zum Reagieren hatte. Ihr Hinterkopf schlug mit solcher Wucht gegen die Wand, daß sie auf der Stelle das Bewußtsein verlor.

Ohne Tomi, die leblos zu Boden gesunken war, weitere Beachtung zu schenken wirbelte die schwarze Gestalt wieder zu Nicholas herum, der inzwischen verzweifelt versuchte, den Revolver an sich zu bringen. Augenfälliger hätte seine Hilflosigkeit nicht werden können: Anstatt sich seiner inneren Kräfte zu bedienen, suchte er bei einer mechanischen Waffe Zuflucht.

Völlig mühelos riß der schwarze Ninja Nicholas vom Boden hoch und schleuderte ihn quer durch den Raum, so daß er rücklings über den Schreibtisch flog und mit einem dumpfen Knall zu Boden stürzte.

Dann kam der Vermummte mit federnden Schritten auf Nicholas zu. Er hob ihn vom Boden hoch und trug ihn zum Fenster.

Nicholas wußte genau, was ihm nun bevorstand. Und er tat das einzig Mögliche. Er machte sich stocksteif und streckte alle Viere von sich, damit er nicht durch die Fensteröffnung paßte.

Doch die schwarze Gestalt lachte nur. »Glaubst du im Ernst, das nützt dir was?«

Im selben Moment entfuhr Nicholas ein lauter Aufschrei. Ein wuchtiger Schlag gegen seine Schulter hatte seinen rechten Arm gelähmt; er sank schlaff an seiner Seite hinab. Als der nächste Hieb seine linke Schulter lähmte, biß sich Nicholas verzweifelt auf die Lippen, um nicht noch einmal laut aufzuschreien. Dann kam sein rechtes und schließlich sein linkes Bein an die Reihe. Jetzt paßte er durch die Fensteröffnung.

Trotzdem setzte er sich, blindlings um sich schlagend, erbittert zur Wehr. Als jedoch auch das nichts nützte, klammerte er sich verzweifelt am Fensterrahmen fest.

Mit letzter Kraft stemmte er sich dem schwarzen Ninja entgegen, der weiterhin mit gezielten Schlägen auf seine Arme und Schenkel einhieb. Aber Nicholas spürte die heftigen Schmerzen längst nicht mehr. Er hatte nur noch ein Ziel vor Augen: Dieser Kerl durfte ihn nicht durch die Fensteröffnung zwängen!

Und dann traf ihn plötzlich ein Schlag seitlich am Kopf – ganz dicht neben der Stelle, wo er operiert worden war. Das gab ihm den Rest. Kraftlos sackte Nicholas zusammen. Gleichzeitig spürte er, wie ihn der Vermummte durchs Fenster schob.

Die Wolkenkratzer von Tokio legten sich plötzlich quer und schossen mit erschreckender Geschwindigkeit auf ihn zu. Nicholas krampfte sich der Magen zusammen, und seine Ohren begannen so heftig zu sausen, daß er nichts anderes mehr hörte.

Für einen Moment, der ihm wie eine Ewigkeit erschien, schwebte er zwanzig Stockwerke hoch über dem Abgrund. Er sah sich bereits haltlos in die Tiefe stürzen, das Pflaster unaufhaltsam auf sich zuschießend. Es war genau wie in seinen Alpträumen, wenn er durch dichten Nebel ins Bodenlose stürzte. Nur würde es diesmal kein Erwachen geben.

Und während Nicholas wie gelähmt vor Entsetzen in die enge Straßenschlucht hinabstarrte, hallte plötzlich der letzte klägliche Schrei seiner kleinen Tochter in seinen Ohren wider. Er bereitete sich aufs Sterben vor.

Und dann, ehe er sich's versah, wurde er wieder nach drinnen gezerrt. Ganz dicht hatte er das schwarze vermummte Gesicht plötzlich vor sich. »Wenn du jetzt stirbst«, zischte es unter der schwarzen Maske hervor, »stirbst du zu schnell. Dann wirst du nie begreifen. Denn erst mit dem Begreifen kommt die Verzweiflung. Erst dann ist das Maß deiner Erniedrigung voll.«

Und dann versetzte die schwarze Gestalt Nicholas einen kurzen, gezielten Schlag gegen den Hals.

Undurchdringlicher weißer Nebel, in dem unbekannte Gefahren lauerten, stiegen um ihn auf.

Und dann wurde ihm schwarz vor Augen.

Schon am nächsten Morgen wurde Nicholas wieder aus dem Krankenhaus entlassen. Justine war auf die schreckliche Nachricht hin unverzüglich an seine Seite geeilt. Der Schrecken saß ihr zwar tief in den Knochen, aber trotzdem hatte sie sich zu Nicholas' Erleichterung einigermaßen im Griff. Tomi Yazawa, die ihn kurz vor seiner Entlassung besuchen kam, hatte außer einem leichten Schock keine bleibenden Verletzungen davongetragen.

Nicholas hatte allerdings eine leichte Gehirnerschütterung erlitten, weshalb ihn die Ärzte eigentlich noch eine ganze Woche in der Klinik behalten wollten. Er bestand jedoch auf seiner sofortigen Entlassung. Deshalb einigten sie sich schließlich auf einen Kompromiß: Er sollte wenigstens bis zum nächsten Morgen bleiben, damit er noch einmal gründlich untersucht werden konnte. Und da während der Nacht keine weiteren Komplikationen mehr auftraten, wurde er am nächsten Morgen entlassen.

Wieder zu Hause, ging Nicholas als erstes in den Trainingsraum. Dort stemmte er sich mit aller Kraft gegen den gepolsterten Pfosten und löste ihn vorsichtig aus seiner Halterung. Anschließend entfernte er die Tatami-Matte darunter und löste mit den Fingernägeln ein paar Dielen aus dem Parkettboden.

Darunter kam ein Safe zum Vorschein, den Nicholas selbst eingebaut hatte, nachdem er und Justine hier eingezogen waren. Er nahm eine Kupferschatulle heraus, auf deren emailliertem Deckel ein Drache und ein Tiger abgebildet waren. Sie enthielt die Smaragde, die sein Großvater So-Peng Colonel Denis Linnear vermacht hatte und die inzwischen in Nicholas' Besitz übergegangen waren.

Mit zitternden Fingern öffnete Nicholas die Schatulle. In

dem blauen Samt, mit dem sie ausgekleidet war, befanden sich sechzehn Vertiefungen für die kostbaren Steine. Mit einem der Smaragde hatte der Colonel dieses Haus gekauft.

Du mußt unbedingt darauf achten, Nicholas, hatte ihm seine Mutter eingeschärft, *daß diese Schatulle immer mindestens neun Steine enthält.*

»Ahh...«

Aus Nicholas' Seufzer sprach solche Erleichterung, daß Justine aufgeregt in den Trainingsraum gestürzt kam. »Was ist denn, Nick?« stieß sie besorgt hervor. »Ist irgend etwas passiert?«

»Die fünfzehn Smaragde sind noch da«, hauchte er und schloß die Schatulle wieder weg. Erst jetzt schaute er zu Justine auf. »Du darfst keinem Menschen erzählen, was du eben gesehen hast – nicht einmal Nangi. Ich habe diese Smaragde von meinem Großvater geerbt; sie verfügen über magische Kräfte. Deshalb darfst du niemandem von ihnen erzählen.« Er legte die Tatami-Matte zurück und rückte den Pfosten wieder an die alte Stelle. »Versprichst du mir das, Justine?«

Sie nickte ernst. »Du hast mein Ehrenwort.«

Als sich Nicholas, noch etwas mühsam, wieder vom Boden erhob, mußte er unwillkürlich an die letzten Worte des Unbekannten mit der schwarzen Maske denken. *Wenn du jetzt stirbst, stirbst du zu schnell. Dann wirst du nie begreifen.*

Warum hat er mich nicht getötet, obwohl er das ohne weiteres gekonnt hätte? fragte sich Nicholas. Was hat er mit mir vor?

Sommer 1889

So-Peng, Nicholas Linnears Großvater, entstammte einer alten, aber armen Familie von chinesischen Kaufleuten, die schon seit Generationen vom Pech verfolgt wurden, aber trotz aller Rückschläge und Mißerfolge weiterhin mit unermüdlichem Fleiß und zäher Ausdauer ihren Geschäften nachgingen.

Dagegen war die Herkunft seiner Mutter ein ganz anderes Kapitel.

Wie es hieß, hatten sich So-Pengs chinesische Vorfahren schon im fünfzehnten Jahrhundert auf der Malaiischen Halbinsel niedergelassen, wo sie mit Seide, Schildpatt und Elfenbein Handel trieben. Angelockt von den reichen Zinnvorkommen, mit denen schon so mancher über Nacht ein Vermögen gemacht hatte, waren sie schließlich zu Beginn des neunzehnten Jahrhunderts nach Kuala Lumpur übergesiedelt. Die enormen Gewinne, die sie dort mit ihren Unternehmungen machten, sollten So-Pengs Vorfahren jedoch infolge unglücklicher Verstrickungen und unkluger Investitionen ebensoschnell wieder verlieren, wie sie ihnen zugefallen waren.

Trotzdem gaben sie nicht auf. Offensichtlich handelte es sich bei dieser zähen Beharrlichkeit um einen Charakterzug, der diesen Männern im Blut lag; jedenfalls machte er sich auch in So-Pengs Charakter bemerkbar.

Die ersten zehn Jahre seines Lebens verbrachte So-Peng in der Nähe von Pahang an der Ostküste Malaysias, wo sein Vater mit Seide und Tee aus China Handel trieb. So-Peng verspürte jedoch keinerlei Hang, in die Fußstapfen seines vom Pech verfolgten Vaters zu treten. Der auffallend intelligente junge Bursche geriet ganz nach seiner Mutter, einer ungewöhnlich klugen und gebildeten Frau. Sie war schon ganz jung mit So-Pengs Vater verheiratet worden und hatte ihm mit fünfzehn das erste Kind geboren – So-Peng. Niemand wußte, woher sie eigentlich stammte – ob sie nun wie

So-Pengs Vater aus Hokkien kam, ob sie überhaupt Chinesin war oder ob sie, wie manchmal getuschelt wurde, in Wirklichkeit in Sumatra geboren war. Sie selbst sprach nie über ihre Herkunft, und obwohl diese Frage natürlich auch So-Peng brennend interessierte, wagte er es nicht, seine Mutter danach zu fragen.

So-Pengs Mutter war eine Frau, die mit beiden Beinen im Leben stand. Wenn die Familie, was häufig vorkam, wieder einmal den Wohnort gewechselt hatte, kannte sie binnen weniger Wochen sämtliche maßgeblichen Persönlichkeiten ihrer neuen Umgebung; und was noch wichtiger war: Sie verstand es ganz hervorragend, sich diese einflußreichen Männer auf die eine oder andere Weise gewogen zu machen. So-Peng wußte sehr gut, daß sie seinen Vater durch ihre Beziehungen schon des öfteren vor dem unausweichlichen Bankrott bewahrt hatte. Und vor allem hatte sie das auch immer so geschickt einzufädeln verstanden, daß ihr Mann dadurch nicht das Gesicht verlor.

1889, So-Peng war gerade neunzehn geworden, lebte die Familie in Singapura, der Löwenstadt, wie Singapur bei seiner Gründung durch die Herrscher des Srivijaya-Imperiums im zwölften Jahrhundert genannt worden war. Der junge So-Peng, der gerade die Oberschule abgeschlossen hatte, konnte bereits mit einigen recht beachtlichen Leistungen aufwarten. Nicht nur, daß er eine ganze Reihe von asiatischen und indogermanischen Sprachen und Dialekten fließend beherrschte und über eine hervorragende Schulbildung verfügte – er hatte für sein Alter auch schon ein erstaunliches Maß an praktischer Lebenserfahrung gesammelt. Und welche bessere Schule hätte es hierfür gegeben als die verwinkelten Seitenstraßen der Geschäftsviertel von Singapur mit ihrem bunten Völkergemisch aus Chinesen, Malaiien, Indern und Sumatranern, die hier einen zähen Überlebenskampf führten.

Neben der Schule war So-Peng bereits den unterschiedlichsten Nebenbeschäftigungen nachgegangen; er hatte im Hafen gearbeitet, auf den großen Märkten und in den unzähligen Bars, Restaurants und Hotels der Stadt; sechs Monate lang hatte er sogar auf einem der großen neuen Dampfschiffe angeheuert, die die alten Windjammer mehr und mehr zu verdrängen begannen. Zusammen mit der Eröffnung des Suez-Kanals führte dies dazu, daß der Schiffsverkehr zwischen Europa und Asien merklich beschleunigt wurde. Und So-Peng war einer der ersten gewesen, der daraus völlig richtig schloß, daß dies zu einem enormen Aufschwung des Welthandels führen würde und daß im Zuge dieser Entwicklung Singapur als ein wichtiger Handelsumschlagplatz schon bald ganz erheblich an Bedeutung gewinnen würde. Bis dahin war der Seehandel der Stadt gänzlich von den Monsunwinden abhängig gewesen: In den ersten Wintermonaten kamen mit den Nordostmonsunen die Dschunken aus Siam und China. Ein halbes Jahr später, im Herbst, drehte der Wind und belebte den Handel mit der Westseite der Malaiischen Halbinsel. Die neuen Dampfschiffe waren nun allerdings völlig unabhängig von den Launen der Witterung und konnten Singapur das ganze Jahr über anlaufen.

So-Peng hatte sich also schon in sehr unterschiedlichen Berufen versucht, ohne es freilich in einem von ihnen wirklich zu etwas zu bringen. Daher verfügte er zwar schon mit neunzehn Jahren über einen reichen Schatz an praktischer Lebenserfahrung, aber er hatte noch keinen richtigen Beruf. Und was noch schlimmer war. Er war völlig mittellos.

Bevor sich seine Familie in Singapur niedergelassen hatte, war sie in Rantau Abang an der Ostküste der Malaiischen Halbinsel ansässig gewesen. Nie würde So-Peng die lauen Mainächte vergessen, in denen er sich nach Einbruch der Dunkelheit heimlich aus dem Haus stahl, um sich mit seinem besten Freund, dem Malaiienjungen Zhao Hsia, zu treffen.

Lange saßen die beiden Jungen dann in ihrem Versteck im dichten Unterholz hinter dem weiten Strand, starrten in die unermeßliche Weite des nächtlichen Sternenhimmels empor und lauschten dem Quaken der Frösche, den klagenden Rufen der Nachtvögel, dem unablässigen Zirpen der Zikaden und dem leisen Rascheln der Palmwedel, die sich gemächlich in der leichten Brise wiegten.

Im Mondlicht silbern schimmernd, lag der verlassene

Strand vor ihnen. Schäumend brach sich die unablässig anrollende Südchinesische See auf dem weichen, weißen Sand, während weit draußen auf dem Meer die schnellen neuen Dampfschiffe vorüberzogen, deren Lichter lockend zu ihnen herüberblinkten.

So sehr So-Peng und Zhao Hsia diese nächtliche Stille liebten, waren sie nicht an den Strand gekommen, um zu den Sternen hinaufzuschauen oder die vorbeiziehenden Schiffe zu beobachten. Nein, ihre nächtlichen Streifzüge hatten einen anderen Grund.

Und deshalb lösten sich ihre Blicke irgendwann von der nächtlichen Sternenpracht über ihnen, um flüchtig über das silbern glitzernde Meer zu gleiten und schließlich wie gebannt auf dem wilden Schäumen der Wellen haften zu bleiben, die mit unbezähmbarer Kraft gegen den Strand anbrandeten.

Oft mußten die beiden Jungen lange in ihrem Versteck ausharren, bis ihre Geduld belohnt wurde. Doch dann kamen sie. In den unablässig anbrandenden Wellen tauchten plötzlich dunkle, unförmige Gestalten auf. Schwerfällig wälzten sie sich durch die schäumende Brandung an den verlassenen Strand und bahnten sich mühsam ihren Weg über den tiefen, weichen Sand. Jedesmal von neuem fühlte sich So-Peng durch dieses beeindruckende Schauspiel in eine andere Zeit zurückversetzt, die Millionen von Jahren vor der unseren zu liegen schien.

Sobald die vorsintflutlichen Kolosse den schützenden Strand erreicht hatten, rührten sie sich nicht mehr von der Stelle. Und dann, trotz des unablässigen Tosens der Brandung und des durchdringenden Zirpens der nächtlichen Insekten, konnten die beiden Jungen hören, wie die riesigen unförmigen Gestalten langsam, aber zielstrebig den Sand aufzugraben begannen.

Wie gebannt kauerten So-Peng und Zhao Hsia in ihrem Versteck und beobachteten das beeindruckende nächtliche Schauspiel. Es war Ende Mai, die Brutzeit der Riesenschildkröten, die bei Malaiien und Chinesen nicht nur wegen ihres köstlichen Fleisches sehr begehrt waren; so waren zum Beispiel die Rückenpanzer der gewaltigen Kolosse ein gefragter Luxusartikel. Niemand durfte erfahren, daß die beiden Jungen sich heimlich an den Strand geschlichen hatten. Denn was sie hier vorhatten, war eigentlich streng verboten. Wären sie dabei erwischt worden, hätte man sie eingesperrt. Und dagegen, fürchtete So-Peng, hätte in diesem Fall vermutlich nicht einmal seine Mutter mit ihren weitreichenden Beziehungen etwas unternehmen können.

So-Peng und Zhao Hsia sahen sich schweigend an. Für zwei Freunde waren die beiden sehr unterschiedlich. So-Peng war hochgeschossen und mehr als einen Kopf größer als der pummelige Malaie Zhao. Was die beiden ungleichen Freunde jedoch miteinander verband, war ein tiefverwurzelter Entdeckerdrang, der selbst vor den strengsten gesellschaftlichen Tabus nicht haltmachte. Sie waren die geborenen Forschernaturen, auf die alles Ungewöhnliche und Bizarre einen unwiderstehlichen Reiz ausübte.

Lautlos verließen die Jungen ihr Versteck unter den Bäumen und krochen bäuchlings über den Strand. Als sie die erste Schildkröte erreichten, klopfte Zhao Hsia kurz gegen ihren dicken Panzer. Fasziniert beobachteten die beiden Jungen, wie daraufhin Kopf und Beine unter dem schützenden Rückenschild verschwanden. Reglos und schwer wie ein Stein lag die Schildkröte nun im weichen Sand, so daß sie die Jungen mühelos auf den Rücken drehen und ihre Eier einsammeln konnten.

Wieder zurück im schützenden Dunkel ihres Verstecks, brachen sie die Eier vorsichtig auf und schlürften sie genießerisch aus, wobei ihnen diese Delikatesse durch den Reiz des Verbotenen selbstverständlich noch um vieles köstlicher erschien.

Kurz bevor So-Peng elf wurde, zogen seine Eltern nach Singapur. Noch oft sollte er sich später fragen, was wohl aus Zhao Hsia geworden war. Ob sie wohl je wieder gemeinsam an den Strand von Rantau Abang schleichen und dort verbotenen Genüssen frönen würden?

Eigentlich war es angesichts So-Pengs ausgeprägtem Hang zum Abenteuer fast ein Wunder, daß er trotz der unzähligen Verlockungen, die eine Hafenstadt wie Singapur bot, nicht auf die schiefe Bahn geraten war. Seltsamerweise sollten eines Tages sogar ausgerechnet zwei Morde den Ausschlag geben, daß So-Peng schließlich seiner wahren Bestimmung zugeführt wurde.

Im Abstand von zehn Tagen wurden zwei Kaufleute ermordet. Das war während eines besonders heißen Sommers, in dem die Temperaturen selbst am Hafen unerträglich waren, obwohl dort sonst immer eine leichte Brise für Kühlung sorgte. Träge dümpelte das Meer vor sich hin, und kein Lufthauch linderte die drückende Hitze.

Die zwei Morde versetzten die Stadt, wo der Tod sonst an der Tagesordnung war, in hellen Aufruhr. Die britischen Behörden führten die beiden Zwischenfälle auf eine erbitterte Fehde zwischen rivalisierenden Schmugglerbanden zurück. Die Morde hatten sich am vierten und vierzehnten des Monats ereignet. Und da die Vier die Zahl des Todes war, schlossen die Chinesen daraus, daß es sich bei den Morden um eine Vergeltungsaktion handeln mußte. Auch für die Malaien kam nur Rache als Mordmotiv in Frage, da die ermordeten Kaufleute, beide gläubige Moslems, mit einem Schweinefuß im Mund aufgefunden worden waren; und bekanntlich dürfen Moslems kein Schweinefleisch essen. In einem Punkt waren sich jedoch alle einig: Die Morde konnten nur von einem Europäer begangen worden sein, da kein gläubiger Buddhist oder Moslem einer solchen Blasphemie fähig gewesen wäre.

Dieser Meinung konnte sich allerdings So-Pengs Mutter Liang nicht anschließen. Sie hatte nämlich die seltsamen achtzackigen Metallsterne gesehen, die die Polizei aus den Hälsen der zwei Opfer entfernt hatte. Und eines Tages erklärte sie im Kreis der Familie, daß die Morde eigentlich nur von einem Tanjian begangen worden sein konnten.

Die Tanjian stellten sich ganz bewußt außerhalb jeder menschlichen Gemeinschaft. Sie glaubten an keinen Gott und machten sich ihre eigenen Gesetze, um sich all jene bösen Kräfte hemmungslos zunutze machen zu können, die sonst tief in den dunkelsten Winkeln der menschlichen Seele verborgen blieben.

All das diente natürlich nur dem Zweck, So-Peng und seinen Geschwistern Angst einzujagen. Obwohl Liang ihre Kinder über alles liebte, erzog sie sie mit fast väterlicher Strenge, was So-Peng vor allem darauf zurückführte, daß sich sein Vater überhaupt nicht um die Kinder kümmerte. Sie waren für ihn lediglich eine Folge des Geschlechtsakts, an dem er allerdings ein um so ausgeprägteres Interesse zeigte.

Als So-Peng mit seiner Mutter allein war, sagte sie zu ihm: » Jetzt werden sich deine Brüder und Schwestern erst mal nicht so schnell vom Lernen abhalten lassen.«

»Hast du diese Geschichte mit den Tanjian nur erfunden?« fragte So-Peng.

»Sie ist nicht erfunden. Aber sie ist auch nicht wahr.«

So-Peng dachte kurz angestrengt nach. »Soll das ein Rätsel sein?«

Seine Mutter lächelte ihn zufrieden an. »Wie groß und vernünftig du schon bist.«

Damit zog sie sich auf ihr Zimmer zurück und ließ So-Peng allein in der Küche zurück. Nachdem er sich eine ganze Weile den Kopf zerbrochen hatte, was seine Mutter gemeint haben könnte, hielt er es nicht mehr länger in der Küche aus. Ruhelos begann er in dem großen Haus, das in einem der vornehmsten Viertel von Singapur lag, auf und ab zu wandern.

Plötzlich drang von draußen aufgeregtes Stimmengewirr herein. Als So-Peng daraufhin auf die Straße hinauseilte, standen sich dort zwei Gruppen von Kindern feindselig gegenüber. Eine der beiden Gruppen setzte sich aus seinen zwei jüngeren Brüdern und deren Freunden zusammen; die Jungen aus der anderen Gruppe kannte So-Peng nicht.

Zwischen ihnen stand winseln und am ganzen Körper zitternd ein kleiner, hellbrauner Hund.

Einer von So-Pengs Brüdern hatte das arme Tier am Hals gepackt und versuchte, es auf seine Seite zu ziehen. Gleichzeitig zerrte ein Junge aus der gegnerischen Gruppe den Hund in die andere Richtung.

»Das ist unser Hund!« brüllte einer von So-Pengs Brüdern.

»Nein, unserer!« protestierte ein Junge aus der anderen

Gruppe wutentbrannt. Offensichtlich handelte es sich dabei um ihren Anführer.

»Wir haben ihn zuerst entdeckt«, schrie So-Pengs anderer Bruder. »Deshalb gehört er uns. Und ihr seid gemeine Diebe.«

»Ja, Verbrecher seid ihr!« fiel So-Pengs anderer Bruder mit ein. Gleichzeitig deutete er auf die zahlreichen Narben an den Flanken des Hunds, die unter seinem dünnen Fell deutlich zu erkennen waren. »Es ist eine Schande, wie ihr das arme Vieh behandelt habt!«

»Ihr seid ja noch viel schlimmer!« schrien die anderen Jungen zurück.

Als darauf drohend die ersten Fäuste gereckt, die ersten Steine vom Boden aufgehoben wurden, sah So-Peng den Zeitpunkt zum Einschreiten gekommen. Mit schmerzlicher Deutlichkeit wurde ihm plötzlich bewußt, wie sich in diesem scheinbar harmlosen Streit der beiden rivalisierenden Kinderbanden bereits im kleinen die Grundproblematik aller großen Menschheitskonflikte abzeichnete.

Kurz entschlossen packte er den kläglich winselnden Hund, nahm ihn die Arme und begann, ihn behutsam zu streicheln. Wenige Augenblicke später schaute das verängstigte Tier vertrauensvoll zu ihm auf und leckte ihm die Hände.

»Dieser Hund gehört niemandem von euch«, wandte sich So-Peng schließlich an die Jungen.

»Aber, So-Peng...«

Ein finsterer Blick So-Pengs ließ seinen Bruder mitten im Satz verstummen.

»Der Hund gehört uns!« meldete der Anführer der anderen Gruppe seine Besitzansprüche an.

»Und was würdest du wohl mit ihm tun?« wandte sich ihm So-Peng zu. »Ihn noch mehr prügeln?«

»Ich habe ihn kein einziges Mal geprügelt!« behauptete der Junge, obwohl ganz klar war, daß er log.

»Dann hast du ihn eben getreten«, ließ sich So-Peng nicht aus der Ruhe bringen. »Du hast ihn genauso bestraft, wie deine Eltern dich bestrafen. Stimmt's?«

Als der Anführer der gegnerischen Gruppe verlegen den Kopf hängen ließ, meldete sich triumphierend wieder So-Pengs Bruder zu Wort. »Seht ihr? Wir hatten recht!«

»Und was würdest *du* mit dem Hund machen?« fragte So-Peng seinen kleinen Bruder.

Der zuckte mit den Schultern. »Ihn behalten. Ihn vielleicht auch wieder laufen lassen, Ich weiß nicht. Ist doch auch egal.«

»Hast du dir schon überlegt, wie du für den Hund sorgen würdest?« wollte So-Peng darauf wissen.

»Für ihn sorgen?« Der Kleine rümpfte die Nase. »Das ist doch nur ein Hund.«

»So, nur ein Hund? Dann sieh ihn dir doch mal an. Er zittert und hat Angst – genauso wie du manchmal. Begreifst du das denn nicht? Du denkst immer nur an dich selbst und merkst deshalb gar nicht, was eigentlich um dich herum vorgeht. Keiner von euch verdient die Zuneigung dieses armen Hunds.« Die Verachtung in So-Pengs Stimme war so abgrundtief, daß sie keinem der Jungen verborgen blieb.

»Und was soll nun aus ihm werden?« wollte der Anführer der anderen Gruppe wissen.

»Ich werde ihn fortbringen«, entgegnete So-Peng.

»Aber wir haben uns doch schon so an ihn gewöhnt. Wir wollen nicht, daß er wegkommt.«

Ohne etwas zu erwidern, streichelte So-Peng weiter den Hund. Zufrieden legte das Tier seinen Kopf auf seinen Arm und schloß die Augen.

»Der Hund gehört doch irgendwie hierher«, platzte der Anführer der anderen Gruppe plötzlich heraus. »Ich finde... Mensch, wir könnten uns doch eigentlich wirklich um ihn kümmern.«

»Genau«, fiel So-Pengs Bruder mit ein. »Wir werden uns *alle* um ihn kümmern.«

»Ja!« stimmte der Rest begeistert zu.

»Vielleicht könnten wir ihm sogar ein paar Kunststücke beibringen«, schlug ein Junge vor.

»Oder wir richten ihn als Wachhund ab«, rief ein anderer.

Mit einem Mal war das Kriegsbeil zwischen den beiden rivalisierenden Gruppen begraben, und gemeinsam berieten die Jungen, was sie mit dem Hund tun sollten. So-Peng setzte das Tier wieder ab. Schwanzwedelnd blieb es vor ihm stehen und sah treuherzig zu ihm auf.

Plötzlich kamen die Jungen auf So-Peng zu. »Was sollen wir mit dem Hund machen?«

»Woher soll ich das wissen? Es ist schließlich nicht mein Hund.«

»Aber unserer doch auch nicht.«

»Mußt du ihn denn wirklich wegbringen?« wollte der Anführer der anderen Gruppen wissen. Sein Gesicht strahlte inzwischen etwas sehr Anhängliches und Liebesbedürftiges aus.

Lächelnd tätschelte So-Peng dem Hund den Kopf. »Vielleicht kann ich ihn ja doch noch eine Weile hierlassen. Sozusagen probeweise. Mal sehen, ob ihr auch wirklich gut für ihn sorgt.«

Darauf drängten sich die Jungen um den Hund und begannen, ihn liebevoll zu streicheln, so daß er vor Freude immer schneller mit dem Schwanz wedelte.

Der Anführer der anderen Gruppe kam auf So-Peng zu. »In Wirklichkeit haben wir gar nichts gegeneinander, älterer Bruder«, sprach er ihn mit der gebräuchlichen chinesischen Anrede an. »Das haben wir vorhin nur so gesagt.«

So-Peng griff nach der Faust des Jungen und öffnete sie. Der Stein, den er auf dem Höhepunkt der Auseinandersetzung von der Straße aufgehoben hatte, plumpste zu Boden.

»Jeder Streit fängt mit Worten an«, sagte So-Peng.

»Aber den Stein hätte ich bestimmt nicht geworfen«, versicherte ihm der Junge.

So-Peng kniete neben ihm nieder. »Ich weiß, daß du das nicht gewollt hättest.«

Nach einer Weile sagte der Junge: »Ich glaube, ich weiß, was du damit meinst.«

So-Peng schaute ihn kurz an. Es war nur zu offensichtlich, was dem Jungen am meisten fehlte. »Als ich so alt war wie du, habe ich mir immer einen älteren Bruder gewünscht, mit dem ich über alles hätte reden können. Aber leider hatte ich keinen.«

»Ja, ich weiß, was du meinst«, schluchzte der Junge fast los. Er wollte noch etwas hinzufügen, verstummte aber wieder.

So-Peng richtete sich auf. »Ich habe an den Wochenenden eine Arbeit, für die ich noch einen tüchtigen Helfer brauchen könnte. Hättest du vielleicht Interesse?«

Der Junge nickte heftig. Die Aufregung hatte ihm die Sprache verschlagen.

»Ich werde dich am Samstagmorgen abholen – ziemlich früh.«

»Das ist nicht nötig, älterer Bruder«, fiel ihm der Junge aufgeregt ins Wort. »Ich werde bei Sonnenaufgang hier sein.«

So-Peng lachte. »Eine Stunde später genügt auch.«

Damit drehte er sich um und ging in den Garten zurück. Dort war es sehr still. Ganz konzentriert begann So-Peng an seine Mutter zu denken. Und als er den Kontakt mit ihr hergestellt hatte, verschlug es ihm für einen Moment den Atem. Er spürte ganz deutlich, wie Wellen heftiger Panik von ihr ausgingen.

Unverzüglich stürzte er ins Haus, wo er die Mutter zu seiner Überraschung im Schlafzimmer fand. Sie war gerade dabei, ihre Koffer zu packen.

»Wo willst du hin, Mutter?«

Erschrocken wirbelte Liang herum und strich sich verwirrt ein paar Haarsträhnen aus dem geröteten Gesicht. Sie war eine außergewöhnlich schöne Frau, die vor allem auch über eine ganz enorme Ausstrahlung verfügte. Die hervorstechendsten Merkmale in ihrem hohen, schmalen Gesicht waren die ausgeprägten Wangenknochen und die ungewöhnlich tief liegenden Augen. Sie hatte auffallend kleine Ohren, auf die sie ebenso stolz war wie auf ihre feinen und zierlichen Hände.

»Ein Schildkrötenpanzer wurde im Feuer zum Zerspringen gebracht«, begann sie rätselhaft. »Ein *Fengshui*-Mann hat die Risse gedeutet und mir geweissagt, daß du mich aufsuchen würdest.« Sie sah So-Peng ernst an. »Wenn du nicht gekommen wärst, hätte ich gewußt, daß der *Fengshui*-Mann gelogen hat – daß du nicht der Auserwählte bist.«

So-Peng sah seine Mutter verwundert an. »Das verstehe ich nicht.«

Sie strich ihm liebevoll übers Haar. »Laß uns woanders hingehen, wo wir uns in Ruhe unterhalten können.«

Gemeinsam begaben sie sich darauf in den Garten, der um diese Tageszeit völlig verlassen war. Die Abendsonne tauchte die hohen Bäume in mattgoldenes Zwielicht. Der faulige Geruch der Mangrovensümpfe im Norden der Stadt vermengte sich mit dem betörenden Duft üppig blühender Büsche und Sträucher. In der Ferne bellten ein paar Hunde die länger werdenden Schatten an. Und draußen auf der Straße ging gerade der dunkelhäutige Malaiienjunge vorbei, der jeden Abend die Straßenlaternen anzündete.

Liang und So-Peng ließen sich auf zwei Rattanstühlen nieder.

»Als ich dich noch in meinem Schoß getragen habe«, begann seine Mutter, »konnte ich ganz deutlich spüren, wie du mit mir Kontakt aufzunehmen versucht hast – nicht mit deinen Händen, sondern mit deinen Gedanken. Ich sah Farben – *deine* Farben, die Schatten deiner ersten verschwommenen Gedanken. Nach deiner Geburt wurde dieses seltsame Phänomen immer stärker, und ich wußte nun, daß du meine Gabe geerbt hattest. Ganz bewußt habe ich seitdem diese Begabung in dir gefördert. Je größer du wurdest, desto deutlicher machte sich deine Veranlagung bemerkbar.«

»Ich kann mich noch ganz genau erinnern«, stimmte ihr So-Peng bei. »Du warst mir um vieles näher als jeder andere Mensch. Sogar sprechen konnte ich mit dir, ohne daß ich meine Lippen bewegen mußte. Und genauso konnte ich deine Antworten verstehen.«

Die Bestimmtheit, mit der seine Mutter mit ihm sprach, hatte in So-Pengs Augen etwas sehr Männliches an sich. Sie strahlte eine fast väterliche Autorität aus. Deshalb hätte es So-Peng auch keineswegs überrascht, wenn sich plötzlich herausgestellt hätte, daß das Haus und der ganze elterliche Besitz in Wirklichkeit seiner Mutter gehörten.

»Du bist noch so jung, So-Peng«, fuhr Liang fort. »Aber nun zwingen mich die Umstände, dich schon früher als ursprünglich geplant über die näheren Hintergründe deiner seltenen Gabe aufzuklären. Im Augenblick magst du noch einen großen Segen in ihr sehen; aber sehr rasch kann sie für dich auch zum Fluch werden. Solltest du dich ihrer je bedienen, um dich zu bereichern oder deine persönlichen Machtinteressen durchzusetzen, so wird sie unendliches Leid über dich bringen. Du mußt deine Gabe sehr vorsichtig anwenden. Wenn du nämlich bei jeder Gelegenheit auf sie zurückgreifst, wird sie irgendwann dein ganzes Leben beherrschen. Vor allem mußt du wissen, daß du damit nicht die Gedanken eines jeden Menschen lesen kannst, wie das bei mir der Fall ist. Das ist nur mit einem Menschen möglich, der ebenfalls über diese Gabe verfügt. Hast du das verstanden?« Liang wartete, bis So-Peng zustimmend nickte. Erst dann fuhr sie fort: »Wie du sicher bereits bemerkt hast, kannst du dich deiner Gabe jederzeit und ganz nach Belieben bedienen. Das ist jedoch mit gewissen Gefahren verbunden. Greift man nämlich zu häufig auf seine besonderen Fähigkeiten zurück, kann sich das irgendwann sehr nachteilig auf das Urteilsvermögen auswirken. Man läuft dann Gefahr, nur noch das zu hören oder zu sehen, was man gerne sehen oder hören will. Man ist dann nicht mehr in der Lage, zwischen seinem Wunschdenken und dem zu unterscheiden, was man durch das Zweite Gesicht wahrnimmt.«

Begleitet von fröhlichem Stimmengewirr nahte draußen auf der Straße das gedämpfte Hufgeklapper eines Pferdegespanns. Dieser unvermutete Einbruch des Alltäglichen und Normalen schien Liangs Worten noch zusätzliches Gewicht zu verleihen – wie das Funkeln eines Diamanten durch einen Hintergrund aus schwarzem Samt noch besser zur Geltung kommt.

So-Peng stand auf, ging auf die Gartenmauer zu und stützte sich mit beiden Händen gegen sie. Ganz deutlich konnte er das von Ranken überwucherte, rissige Mauerwerk unter seinen Handflächen spüren. Jetzt erst begann er zu verstehen, warum ihm seine Gabe noch nie so recht geheuer gewesen war und weshalb er bisher immer nur sehr widerstrebend von ihr Gebrauch gemacht hatte.

Liang spürte nur zu deutlich, wie tief ihre Enthüllungen So-Peng aufgewühlt hatten. Deshalb schlug sie ihm vor, einen Spaziergang zu machen. Seite an Seite schlenderten sie durch die wimmelnden Straßen zum Hafen hinunter. Erst nachdem Liang ihren Sohn lange schweigend angesehen hatte, antwortete sie auf seine stumme Frage.

»Ich kann dir nicht sagen, wohin ich gehe, So-Peng – nur, *daß* ich gehen muß.«

Plötzlich mußte So-Peng wieder an ihr seltsames Gespräch über die Tanjian denken. Ganz offensichtlich bestand zwischen der überstürzten Abreise seiner Mutter und den geheimnisvollen Morden ein Zusammenhang. Vielleicht konnte sie doch bleiben, wenn es ihm gelang, das damit verbundene Rätsel zu klären.

Als sie die Hafenpromenade erreichten, blieben sie am hohen Geländer der Kaimauer stehen. Lange beobachtete So-Peng das Spiel der Lichter im ruhigen Wasser des weiten Hafenbeckens.

»Wer sind die Tanjian nun wirklich?« fragte er schließlich.

Liang lächelte. »Wie kommst du darauf, ich könnte das wissen?«

»Weil ich denke, daß du es *weißt*.«

Wie die Seelen geheimnisvoller Geisterwesen flimmerten die Flammen der Straßenlaternen über die Wasseroberfläche. Es hätte So-Peng deshalb keineswegs überrascht, wenn plötzlich der sagenumwobene Seelöwe, die Schutzgottheit der Stadt, aus den Fluten aufgetaucht wäre.

»Sicher hast du all die Geschichten über meine Herkunft gehört«, begann Liang nach einer Weile. »Die einen halten mich für eine Malaiin, andere glauben, ich sei halb Malaiin, halb Chinesin; wieder andere denken sogar, ich stamme aus Sumatra. Tatsache ist jedoch«, sie sah ihren Sohn ernst an, »daß niemand etwas über meine Herkunft weiß.«

»Nicht einmal Vater?«

Sie lachte amüsiert. »Er am allerwenigsten.«

Das Wesen von So-Pengs Mutter war vor allem durch drei grundlegende Charaktereigenschaften geprägt: Sie war großzügig, sie war mitfühlend und sie war sehr beherrscht.

Erst viele Jahre später, als So-Peng in seinen philosophischen Studien noch weiter fortgeschritten war, wurde ihm klar, daß sich diese Eigenschaften innerhalb des taoistischen Begriffssystems auf eine einzige Silbe reduzieren ließen – *Da*. Und *Da* stand für die Stimme Gottes.

»Es liegt mir fern, mit den Göttern zu hadern«, fuhr Liang fort. »Ebensowenig ereifere ich mich über meine Mitmenschen, wenn sie Unrecht tun und vom Pfad der Tugend abweichen. Es sind meine Kinder, die mir am Herzen liegen, So-Peng – und unter ihnen vor allem du.«

In diesem Augenblick löste sich ein kleiner Junge aus der flanierenden Menge auf dem Queen Elizabeth Walk. Schnurstracks rannte er auf das Geländer zu und steckte seinen Kopf zwischen die Gitterstäbe hindurch, um aufs Wasser hinabzuschauen.

»Weißt du eigentlich«, fuhr Liang fort, »daß du mir am Tag vor deiner Geburt als erwachsener Mann erschienen bist? Ich konnte dein Gesicht ganz deutlich vor mir sehen. Ich habe mit dir gesprochen, und ich konnte deine geheimsten Gedanken und Wünsche lesen. Deshalb weiß ich jetzt, welchen Verlauf dein weiteres Leben nehmen wird. Und ich bin mir auch im klaren darüber, welche Rolle ich darin spiele.«

Mittlerweile war der kleine Junge an dem Geländer hochgeklettert. Wie es schien, hatte irgend etwas im Wasser seine Aufmerksamkeit erregt. Unwillkürlich mußte So-Peng wieder an den sagenumwobenen Seelöwen denken. Ob der Junge wohl ihn entdeckt hatte?

Währenddessen fuhr So-Pengs Mutter fort: »Nun ist der Zeitpunkt gekommen, zu dem du dich mit deiner ganzen Kraft in dein Studium stürzen mußt, damit du mit dreißig einen ordentlichen Beruf hast; damit du dir mit vierzig über den Lauf der Welt im klaren bist; damit du mit fünfzig den Willen des Himmels ergründet hast; damit du mit sechzig imstande bist, ihn zu befolgen; und damit du schließlich mit siebzig in der Lage bist, der Stimme deines Herzens zu folgen und den Pfad der Tugend zu beschreiten.«

So-Peng sah seine Mutter fragend an. »Wie soll ich das je schaffen?«

»Das bleibt ganz dir überlassen, mein Sohn. Ich werde dir trotzdem eine Geschichte erzählen, die dir vielleicht eine kleine Hilfe sein wird. In dem Dorf Zhuji im Nordosten Chinas, wo ich geboren wurde, gab es ein Kloster. Die Mönche, die dort lebten, waren allerdings keine gewöhnlichen Mönche. Sie hielten sich für direkte Nachkommen Chiehs, der vielen besser unter seinem Beinamen ›der Zerstörer‹ bekannt ist, da er ganz allein den Untergang seiner Dynastie, der Hsia, verschuldet hat. Das alles liegt jedoch sehr weit zurück – fast viertausend Jahre. Der gängigen Meinung nach hat Chieh alles zunichte gemacht, was der Gelbe Kaiser, der neunhundert Jahre vor ihm regierte, an Gutem geschaffen hat.

Den Mönchen war es jedoch vollkommen gleichgültig, was die Leute über ihren berühmt-berüchtigten Vorfahren dachten. Sie waren begeisterte Anhänger des Tau-tau, einer ganz speziellen Kampfkunst, die von ihrem Ahnherrn Chieh entwickelt worden war. Die Mönche selbst hießen Tanjian, was man in etwa mit ›die Schleicher‹ übersetzen könnte.

Diese Tanjian-Mönche glaubten an keinen Gott – es sei denn, man ist bereit, in Chieh einen Gott zu sehen.« An dieser Stelle machte Liang eine Pause, um ihren Worten den nötigen Nachdruck zu verleihen.

»Woher weißt du so gut über diese Tanjian-Mönche Bescheid?« fragte So-Peng.

»Weil ich mit ihnen gelebt habe«. Liang schaute ihrem Sohn forschend in die Augen. »Mein Vater war ein Tanjian-Mönch.«

In diesem Moment ertönte ein schriller Schrei. Bei dem Versuch, auf dem Geländer zu balancieren, hatte der kleine Junge das Gleichgewicht verloren und war in das Hafenbekken gestürzt, unter dessen trügerisch ruhiger Oberfläche gefährliche Unterströmungen herrschten.

Mehrere Leute kamen angelaufen, aber niemand wagte es, dem Jungen von der hohen Hafenmauer hinterherzuspringen. Da der Junge ganz offensichtlich nicht schwimmen konnte, winkten die Umstehenden aufgeregt eine Barkasse heran. Bis sie jedoch den verzweifelt um sich schlagenden Jungen erreicht hätte, wäre es längst zu spät gewesen.

Deshalb kletterte So-Peng kurzentschlossen über das Geländer, um dem Jungen zu HIlfe zu kommen. Bevor er jedoch ins Wasser springen konnte, packte ihn seine Mutter entschieden am Arm. »Das ist zu gefährlich.«

»Aber Mutter...« Ihr eindringlicher Blick ließ ihn unverzüglich verstummen. Gleichzeitig spürte er, wie von ihr ein seltsam säuselndes Geräusch ausging.

Liang konzentrierte sich ganz auf den verzweifelt um sich schlagenden Jungen im Wasser. Für einen Moment bildete sich So-Peng sogar ein, ein seltsames Feuer in ihren Augen aufleuchten zu sehen. Aber vielleicht war es auch nur der Widerschein der Straßenlaternen.

Im selben Augenblick wurde der kleine Junge, der sich kaum mehr über Wasser halten konnte, wie von einer unsichtbaren Hand an die Oberfläche gezogen, wo ihm die gefährlichen Unterströmungen nichts mehr anhaben konnten.

So-Peng entging nicht, daß sich währenddessen auf dem Gesicht seiner Mutter ein dünner Schweißfilm gebildet hatte. Zugleich spürte er in aller Deutlichkeit das Vibrieren der unsichtbaren Kräfte, die von ihr ausgingen.

Inzwischen hatte die Barkasse den Jungen erreicht. Ein Besatzungsmitglied warf ihm ein Seil zu. Und wenige Momente später hatten die Matrosen den Jungen an Bord gezogen. Die Menge von Schaulustigen, die sich mittlerweile auf der Hafenpromenade gebildet hatte, brach in spontanen Beifall aus.

Liang hatte sich abgewandt und ließ sich von der schwachen Brise das Gesicht kühlen. Dabei strahlte sie eine tiefe, von innen kommende Ruhe aus, die sich wie eine wärmende Decke schützend um sie legte. Mutter und Sohn ließen sich auf eine steinerne Bank nieder, und dann schloß Liang erschöpft die Augen.

Zu seiner eigenen Verwunderung fand So-Peng nichts Ungewöhnliches an dem rätselhaften Vorgang. Er wurde dadurch lediglich an einen Vorfall erinnert, der schon mehrere Jahre zurücklag. Eine seiner jüngeren Schwestern war damals ernsthaft erkrankt. Der Arzt, den sie daraufhin gerufen hatten, hatte nur ratlos den Kopf geschüttelt. So-Peng konnte sich noch deutlich erinnern, wie der Arzt seiner Mutter heimlich zugeflüstert hatte: »Die Kleine ist nicht mehr zu retten. Beten Sie für sie, und sehen Sie zu, daß sie nicht viel leiden muß. Mehr können Sie nicht mehr für sie tun.«

Erst im nachhinein wurde So-Peng bewußt, daß er damals die Worte des Doktors eigentlich gar nicht wirklich gehört haben konnte. Vielmehr hatte er sie über die Gedanken seiner Mutter wahrgenommen.

Nachdem der Arzt das Haus verlassen hatte, kniete seine Mutter neben dem Bett seiner kranken Schwester nieder und ergriff ihre kleinen Hände. Und dann wurde es plötzlich seltsam still im Raum. So-Peng hätte schwören können, daß sogar die Standuhr auf dem Kaminsims zu ticken aufgehört hatte. Es schien, als legte sich ein schützender Schild aus Licht und Wärme über das ganze Haus. Und gleichzeitig spürte So-Peng, wie von seiner Mutter eine seltsame unsichtbare Kraft ausging.

Später hatte So-Peng noch oft über diesen Vorfall nachgedacht. So sehr er sich jedoch darüber auch den Kopf zerbrochen hatte, war er doch immer wieder nur zu dem Schluß gelangt, daß er das Ganze nur geträumt hatte. Trotzdem vermochte dies nichts an der Tatsache zu ändern, daß am nächsten Morgen das Fieber seiner kleinen Schwester verflogen war. In ihre Augen kam wieder Leben, und die roten Flekken auf ihrer Haut verschwanden. Liang hatte allerdings den ganzen darauffolgenden Tag tief geschlafen und war erst am Abend erwacht.

So-Peng holte tief Luft und ließ dann den Atem ganz lang sam wieder entweichen. Ihm war inzwischen klar, daß zwischen diesen beiden Vorfällen ein Zusammenhang bestehen mußte. Was es damit allerdings genau auf sich hatte, konnte er noch immer nicht recht begreifen.

»Du hast also von Anfang an gewußt, von wem die zwei Kaufleute ermordet wurden«, wandte er sich schließlich wieder seiner Mutter zu. »Weil dein Vater auch so ein Tanjian war.«

Liang schlug die Augen auf. »Ja, dein Großvater«, nickte sie nachdenklich. Dabei lag ein seltsames Leuchten in ihren

Augen, das nicht nur vom Schein der Straßenlaternen herrühren konnte.

»Tau-tau«, fuhr sie schließlich gedankenversunken fort. »Die Wurfsterne, mit denen die beiden Kaufleute ermordet wurden, werden nur von Tanjian hergestellt und benutzt. Die anderen Begleitumstände – die Schweinefüße und der Zeitpunkt ihres Todes – dienten lediglich dem Zweck, die Polizei auf eine falsche Fährte zu locken. Das sind gängige Tanjian-Tricks.«

»Hat meine Veranlagung...« So-Peng stockte. Er wußte nicht, wie er reagiert hätte, wenn seine Mutter seine Frage mit einem Ja beantwortet hätte. Schließlich faßte er sich aber doch ein Herz und fragte sie: »Hat meine Veranlagung etwas mit Tau-tau zu tun?«

»Nein«, versicherte ihm seine Mutter ohne Zögern. »Das Zweite Gesicht habe ich von meiner Mutter geerbt. Und sie war keine Tanjian.« So-Peng schien ein Stein vom Herzen zu fallen.

»Was machen die Tanjian hier in Singapur?«

»Die Tanjian halten es nie lange an einem Ort aus. Vor dreihundert Jahren sind viele von ihnen nach Japan gegangen. Ständig sind die Tanjian auf der Suche nach Neuem. Vielleicht ist diese Rastlosigkeit darauf zurückzuführen, daß sie nichts besitzen.«

Als So-Peng seine Mutter darauf verständnislos anschaute, fuhr sie seufzend fort: »In gewisser Weise geht die Unterweisung in Tau-tau mit dem Abtöten jeder menschlichen Regung einher. Tanjian kennen kein Erbarmen. Menschliche Gefühle, wie du und ich sie verspüren, sind ihnen fremd. Folglich haben sie auch keinerlei Besitz; aber sie beneiden andere um das, was sie haben. Die Tanjian schrecken vor keinem Verbrechen und keiner Schandtat zurück, und gegen die entsprechende Bezahlung führen sie jedes schmutzige Geschäft aus. Sie verrichten sozusagen die Drecksarbeit, für die ihre Auftraggeber zu fein oder zu feige sind. Auch das ist ein Zug, der in der Philosophie des Tau-tau angelegt ist.«

Irgend etwas im Tonfall oder in der Miene seiner Mutter ließ So-Peng stutzen: »Damit hast du mir allerdings noch immer nicht erklärt, warum die Tanjian nach Singapur gekommen sind.«

Darauf ging von seiner Mutter wieder dieses seltsame Säuseln aus. So-Peng konnte es so deutlich wahrnehmen, als hätte die Erde selbst zu atmen begonnen.

»So-Peng«, begann Liang nach langem Nachdenken. »Als du mir vor deiner Geburt im Traum erschienen bist, hast du folgendes zu mir gesagt: ›Damit hast du mir allerdings noch immer nicht erklärt, warum die Tanjian nach Singapur gekommen sind.‹ Damals haben wir allerdings noch gar nicht in Singapur gelebt, sondern in Kuala Lumpur, bei den Zinnbergwerken. Aufgrund dieses Traums war ich selbstverständlich alles andere als begeistert, als dein Vater eines Tages mit dem Vorschlag kam, nach Singapur überzusiedeln.«

»Wieso? Was ist passiert?«

Liang lächelte. »Das Leben ist passiert, So-Peng.« Über ihre Augen hatte sich plötzlich ein wäßriger Glanz gelegt. »Irgendwann wurde mir bewußt, daß ich nicht nur dazu geboren war, neues Leben hervorzubringen, sondern auch Wissen zu übermitteln. Es war kein Zufall, daß ich in einer Tanjian-Familie geboren wurde und viele Jahre später dich zur Welt brachte. Für mich stand mittlerweile völlig außer Zweifel, daß diese beiden Ereignisse in unmittelbarem Zusammenhang stehen mußten – eine Erkenntnis, die mich freilich nichts Gutes ahnen ließ. Voller Angst harrte ich dem Augenblick entgegen, an dem du zu mir sagen würdest: ›Damit hast du mir allerdings noch immer nicht erklärt, warum die Tanjian nach Singapur gekommen sind.‹«

Liang ließ den Kopf sinken. Noch Jahre später konnte sich So-Peng ganz deutlich daran erinnern, wie still es mit einemmal geworden war, obwohl um sie herum hektisches Getriebe herrschte.

»Du hast recht«, brach Liang schließlich ihr Schweigen. »Ich habe dir tatsächlich noch immer nicht erklärt, warum die Tanjian in Singapur sind. Der Grund ist folgender: Sie wollen mich zu meiner Familie in Zhuji zurückholen.«

Darauf saß So-Peng lange schweigend da. Erst als er sich wieder einigermaßen von seinem Schock erholt hatte, sagte er: »Aber warum mußten die Tanjian deshalb die zwei Kaufleute umbringen? Du kanntest sie doch gar nicht.«

»Du darfst nicht denselben Fehler machen wie alle anderen auch, So-Peng. Es geht nicht darum, *wen* die Tanjian ermordet haben, sondern *warum* sie es getan haben. Dadurch haben sie mir zu verstehen gegeben, daß sie in Singapur sind. Es sollte eine Warnung für mich sein. Wenn ich nicht gehorche, ist mir der Tod gewiß.«

»Willst du damit sagen, sie haben diese zwei Männer nur umgebracht, um dich einzuschüchtern?«

»So sind die Tanjian nun mal.«

Darauf starrte So-Peng seine Mutter nur fassungslos an. Statt einer weiteren Erklärung holte Liang darauf ein kleines, mit Samt ausgeschlagenes Kästchen aus ihrer Tasche hervor. Sie hielt es in ihrer Hand, als wäre es ein Stern, der vom Himmel gefallen war.

»Öffne diese Schatulle, mein Sohn«, forderte sie So-Peng feierlich auf.

Mit klopfendem Herzen kam So-Peng ihrer Aufforderung nach. Die Schatulle enthielt vier Reihen funkelnder Smaragde.

»Die sechzehn magischen Steine«, begann Liang darauf in einem seltsam monotonen Singsang, als vollführe sie ein uraltes magisches Ritual. »Jeder von ihnen steht für eines der sechzehn Grundprinzipien des Tau-tau und für einen der Begründer der Tanjian-Gemeinde. Der Überlieferung nach ist zum Zeitpunkt ihres Todes ihre ganze Kraft auf diese Steine übergegangen.«

So-Peng starrte die Smaragde an, als würden sie jeden Augenblick zum Leben erwachen. »Das also ist es, was die Tanjian wollen«. sagte er schließlich.

Liang nickte. »Sie wollen mich zurückhaben, und sie wollen die Steine zurückhaben. Letztlich läuft das für sie auf das gleiche hinaus. Die Steine gehören mir; man kann sie mir nicht nehmen. Sie sind heilig, und es ist meine heilige Pflicht, sie aufzubewahren. Ganz abgesehen von ihrem enormen materiellen Wert, verfügen sie über geheime Zauberkräfte. Sie enthalten die ganze Kraft des Tau-tau, und zwar mit all seinen guten und schlechten Seiten. Sieh dir die Facetten der Smaragde sehr genau an, mein Sohn, damit du lernst, zwischen diesen beiden Aspekten ihrer Zauberkraft zu unterscheiden. Wenn man sich im Besitz dieser Steine befindet, hat man gar keine andere Wahl, als sein Leben dem Guten zu verschreiben.«

»Aber was wollen die Tanjian damit?«

»Wie ich bereits gesagt habe, verfügen diese Steine über gute und böse Kräfte. Denn auch die ersten Tanjian-Mönche vereinigten sowohl gute wie schlechte Eigenschaften in sich. Im Lauf der Zeit nahmen jedoch mehr und mehr die negativen Aspekte des Tau-tau überhand. Immer mehr setzten die Tanjian die in diesen Steinen enthaltenen Kräfte für schlechte Zwecke ein. Irgendwann hätte das unweigerlich dazu geführt, daß das Gute in ihnen für immer zerstört worden wäre.

Liangs Miene hatte sich merklich verdüstert. »Zwischen diesen sechzehn Steinen besteht eine Art Kräftegleichgewicht. Sollte ihre Zahl je unter neun sinken, würde dieses Gleichgewicht empfindlich gestört, und das Böse gewänne unaufhaltsam die Oberhand über das Gute.«

Der matte Schein der Gaslaternen vermochte den Smaragden nicht das geringste Funkeln zu entlocken, so daß von ihnen etwas bedrohlich Lauerndes ausging.

Es dauerte lange, bis So-Peng endlich seinen Blick von ihnen losriß und sich wieder seiner Mutter zuwandte. »Die Tanjian wären tatsächlich imstande, dich umzubringen, obwohl du eine von ihnen bist?«

»Ich habe mich von ihnen losgesagt, als ich mit deinem Vater durchgebrannt bin.« In ihrer Stimme schwang nicht das leiseste Bedauern mit. »Er ist noch immer ein stattlicher Mann, dein Vater. Aber du hättest ihn erst sehen sollen, als er noch jung war. Er hatte wohl gerade ein paar gute Geschäfte gemacht, als er mich kennenlernte – jedenfalls warf er mit Geld nur so um sich. Mir hat das damals sehr imponiert. Aber vor allem wollte ich endlich einmal der Enge des Tempels entfliehen. Ich war einfach nicht für das Leben einer Tanjian-Frau geschaffen. Und dein Vater war so völlig anders als die Tanjian-Männer in meiner Umgebung, die mir mehr und mehr zuwider wurden. Er war immer freundlich und großzügig – und genau das ist natürlich auch der Grund, warum er das viele Geld, das er verdient, früher oder später immer wieder verliert.«

Dabei legte sich ein wehmütiges Lächeln über ihre Züge, als sähe sie in ihrem Mann ein großes Kind, das noch immer ständiger Beaufsichtigung und Fürsorge bedurfte. Nach einer Weile fuhr sie fort: »Ich war zwar fest entschlossen, deinen Vater zu heiraten, aber zugleich hatte ich auch schreckliche Angst vor meinem Vater. Wie sich herausstellte, völlig zu Recht. Er hätte mich unter keinen Umständen gehen lassen – auch wenn ich ihn noch so sehr darum gebeten hätte. Deshalb beschloß ich, ihn erst gar nicht um Erlaubnis zu fragen, sondern mich heimlich davonzustehlen. Dein Vater wußte von all dem selbstverständlich nichts. Und ich möchte auch nicht, daß er je davon erfährt. Der Arme! Wenn er wüßte...«

Liang sah ihren Sohn liebevoll an. In seinem Gesicht spiegelten sich die vertrauten Züge ihres Mannes so deutlich wider wie das Licht des Mondes auf dem Wasser eines stillen Teichs. »Was ich getan habe, war in den Augen der Tanjian unverzeihlich. Ich weiß nicht, gegen wie viele Gesetze des Tau-tau ich damit verstoßen habe. Unterschwelig war mir deshalb immer bewußt, daß ich eines Tages dafür büßen müßte. Gleichzeitig hoffte ich jedoch auch, daß dieser Tag nie kommen würde. Aber nun ist es doch so weit.«

»Und deshalb mußt du fort?«

»Ich darf meine Familie nicht in Gefahr bringen.«

»Aber wenn du fortgehst, wird es keine Familie mehr geben.«

Darauf schwieg sie eine Weile. »Trotzdem habe ich keine andere Wahl.«

So-Peng dachte: Sie hat vielleicht keine andere Wahl, aber *ich* habe eine Wahl. Zugleich spürte er, daß sie ihm etwas Wichtiges verschwieg. Deshalb sagte er: »Erzähl mir alles, was du über die Tanjian weißt.«

Liang sah ihn mit einem traurigen Lächeln an und schüttelte den Kopf. »Ich habe dir schon mehr über sie erzählt, als ich eigentlich dürfte. Mit den Tanjian ist nicht zu spaßen.«

»Und was ist, wenn du uns verläßt und sie uns trotzdem nicht in Frieden lassen?«

»Das ist vollkommen ausgeschlossen. Sobald ich in mein Heimatdorf zurückgekehrt bin, habt ihr nichts mehr von ihnen zu befürchten.«

»Und wenn es die Tanjian nicht nur auf dich abgesehen haben?«

Liang begann heftig zu zittern. »Über so etwas dürfen wir nicht sprechen!« stieß sie voller Angst hervor, um jedoch sofort in ruhigerem Ton hinzuzufügen: »Du darfst nicht immer gleich das Schlimmste befürchten. Wenn du dich in deinem Alter zu sehr auf deine Gabe verläßt, wird sie dir bald mehr schaden als nützen.«

So-Peng verneigte sich ehrerbietig und sagte: »Entschuldige, Mutter. Trotzdem bin ich der Überzeugung, daß Wissen Macht ist.« Und dann schaute er im genau richtigen Moment wieder auf. Diesen Trick hatte So-Peng von seiner Mutter gelernt, und er sollte auch diesmal seine Wirkung nicht verfehlen. Mutter und Sohn sahen sich lange eindringlich an.

Schließlich nickte Liang und erzählte So-Peng alles, was sie über Tau-tau und die Tanjian wußte. Als sie schließlich zum Ende kam, war es schon ziemlich spät.

Eines war So-Peng jetzt schon klar geworden: Wenn er seine Mutter und seine Familie retten wollte, mußte er erst einmal die Schattenseiten des Lebens kennenlernen. Denn nur dort würde er die Tanjian finden – diese rätselhaften Kämpfer, die sich das Dunkel und alles Unheil, das sich darin verbarg, zunutze machten.

Ohne lange zu zögern, schritt So-Peng gleich am nächsten Morgen zur Tat: Er suchte seinen Vetter Wan auf, der in den Büros der britischen Polizei die Fußböden schrubbte und über die Vorgänge im Polizeipräsidium mit Sicherheit besser im Bilde war, als man das vom Polizeichef hätte behaupten können.

»Warum interessierst du dich für diese Morde, Vetter?« wollte Wan wissen. »Irgend etwas ist an dieser Geschichte nicht geheuer. Sogar die Briten würden am liebsten ihre Finger davon lassen. Und das will schon einiges heißen.«

Trotzdem zeigte Wan seinem Vetter So-Peng das gesamte

Beweismaterial, das die Polizei in dem Fall bisher zusammengetragen hatte. Nachdem So-Peng eine Weile aufmerksam in den Unterlagen geblättert hatte, sah er zu seinem Vetter auf, der sichtlich nervös neben ihm stand, und fragte: »Hier ist von Waffen die Rede, die in Ermangelung eines besseren Ausdrucks als Wurfsterne bezeichnet werden. Sind sie noch irgendwo hier?«

Wan nickte und entfernte sich, um kurz darauf wieder mit besagten Wurfsternen zurückzukommen. Obwohl die seltsamen Waffen So-Peng brennend interessierten, sah er sie sich nur flüchtig an, um sich gleich wieder den vor ihm liegenden Akten zuzuwenden. Wan sollte auf keinen Fall merken, daß er es nur auf diese Wurfsterne abgesehen hatte. Daher stellte So-Peng ihm zur Ablenkung noch ein paar belanglose Fragen, die sich mit irgendwelchen anderen Dingen befaßten, und gab ihm schließlich die Untersuchungsakten wieder zurück. Als Wan sie darauf wegbrachte, nutzte So-Peng die Gelegenheit, um heimlich einen der Wurfsterne in seiner Tasche verschwinden zu lassen.

Nachdem So-Peng nun genausoviel wußte wie die Polizei, fühlte er sich hinreichend vorbereitet, um sich in die ›Schattenseite‹ zu wagen.

›Schattenseite‹ war nur eine sehr ungenaue Übersetzung eines Worts, das zum Teil dem Malaiischen, zum Teil dem Hokkien-Dialekt entlehnt war. Die Schattenseite war ein Viertel von Singapur, um das die Briten einen weiten Bogen machten und in das sich auch die Babas nur selten vorwagten. Babas war die gängige Bezeichnung für die in Singapur geborenen Chinesen, die im Gegensatz zu den *Sinkehs*, den neu Eingewanderten, bereits ein gewisses Ansehen genossen. Die Vorfahren dieser Babas waren in den Laderäumen der großen Sklavendschunken nach Singapur gekommen, wo sie auch nach ihrer Ankunft noch so lange auf engstem Raum eingepfercht blieben, bis sich jemand bereit erklärte, sie zu beschäftigen und die Kosten für ihre Überfahrt zu übernehmen. Endlich in Freiheit, mußten sie dann erst einmal schwer arbeiten, um ihre Schulden und vor allem auch die horrenden Zinsen abbezahlen zu können.

Die Schattenseite war das Reich der *Samseng*, der Bosse der zahlreichen Verbrecherbanden, die in Singapur ihr Unwesen trieben. Völlig unbeeindruckt von den in Singapur gültigen britischen Rechtsgepflogenheiten, stahlen, raubten, erpreßten und mordeten diese Männer so ungeniert, wie andere ihrer täglichen Arbeit nachgingen.

Was also wäre naheliegender gewesen, als mit der Suche nach den Tanjian in der Schattenseite, in der Unterwelt Singapurs zu beginnen. Es gab in diesem Viertel, das direkt am Hafen lag, unzählige zwielichtige Spelunken, in denen die Ausgestoßenen der Gesellschaft im Alkohol oder Opium Vergessen vor einer Gegenwart ohne Zukunft suchten. Die Atmosphäre tiefer Hoffnungslosigkeit, die hier herrschte, war nicht gerade dazu angetan, in den Menschen, die hier ihr Dasein fristeten, irgendeine Form von Glauben zu wekken – sei dies nun an Gott, Recht oder Menschlichkeit.

Und in diesem zwielichtigen Milieu machte sich nun So-Peng auf die Suche nach den Mördern der zwei Kaufleute. Die einzigen Waffen, auf die er sich bei diesem gefährlichen Vorhaben stützen konnte, waren sein scharfer Verstand und die Erkenntnisse, die er aus den Erzählungen seiner Mutter und dem Studium der Polizeiakten gewonnen hatte.

Erst schenkte man ihm auf seinen nächtlichen Streifzügen durch die Spelunken der Schattenseite keine Beachtung. Offensichtlich hielt man ihn für einen harmlosen jungen Baba, der lediglich auf ein kleines Abenteuer aus war und sich früher oder später von selbst wieder aus dem Staub machen würde.

Als er jedoch hartnäckig immer wieder von neuem in der Schattenseite auftauchte, begann er allmählich doch etwas Aufmerksamkeit zu erregen. Und als er sich schließlich sogar nach den Mördern der zwei Kaufleute zu erkundigen begann, wurde man endgültig hellhörig.

Vor allem ein gewisser Tik Po Tak, der Anführer einer der zahlreichen chinesischen Verbrecherbanden, begann sich für So-Peng zu interessieren. Tak war ein stämmiger Mann, Anfang dreißig, der zusammen mit seinen zwei Brüdern in einer der berüchtigten Sklavendschunken nach Singapur gekommen war und mitansehen mußte, wie seine zwei Brüder während ihrer langen Gefangenschaft im Laderaum des Schiffs an der Cholera starben. Als Tak schließlich das Schiff verlassen durfte, war er halb verhungert und zum Skelett abgemagert. Was ihn danach erwartete, war jedoch nicht viel besser: Wie ein Tier mußte er Tag und Nacht schuften, um die Kosten für seine Überfahrt und die seiner zwei toten Brüder abbezahlen zu können.

Als ihm das nach zwei Jahren harter Arbeit schließlich gelungen war, tauchte er in der Schattenseite unter, um sich mit seinem letzten Geld einen Dolch zu kaufen. Damit kehrte er dann heimlich zu der Pfefferplantage zurück, auf der er zwei Jahre lang bis zum Umfallen geschuftet hatte, und brachte seinen ehemaligen Chef um.

Es dauerte nicht lange, und Tik Po Tak hatte sich zum Chef der mächtigsten Unterweltorganisation Singapurs aufgeschwungen. Allseits gehaßt und gefürchtet, verfügte er jedoch über solche Macht, daß nicht einmal die britische Polizei gegen ihn vorzugehen wagte, sondern sich damit begnügte, eine Art Waffenstillstand mit ihm zu schließen, so daß seine Organisation, von den Behörden mehr oder weniger unbehelligt, weiter ihr Unwesen treiben konnte.

Vielleicht fühlte sich der gefürchtete *Samseng* durch So-Pengs Unerschrockenheit an seine eigene Jugend erinnert, als auch er keine Gefahr gescheut hatte, wenn es um seine Ehre oder seine Freiheit ging. Jedenfalls hatte der junge Bursche sein Interesse geweckt, und er war fest entschlossen, herauszufinden, was es mit seinen allabendlichen Besuchen in der Schattenseite auf sich hatte. Dazu kam natürlich auch noch, daß Tik Po Tak von Natur aus argwöhnisch war. Ihm war nur zu deutlich bewußt, daß er sich aufgrund seines Abkommens mit den britischen Behörden keinesfalls in Sicherheit wiegen durfte. Denn die Polizei konnte jederzeit und ohne Vorwarnung zu einem neuen Gegenschlag gegen seine Organisation ausholen. Was anderes wäre schließlich auch von Leuten zu erwarten gewesen, die lieber die Wahrheit sagten – und damit Anstoß erregten –, anstatt mit allen Mitteln zu versuchen, ihr Gesicht zu wahren?

Deshalb schickte Tik Po Tak erst einmal Einauge Yan vor,

um die Lage zu sondieren. Während sich der Einäugige am Tresen mit So-Peng unterhielt, konnte er den jungen Burschen ungestört beobachten und sich ein Bild machen, ob er vielleicht ein Spitzel der britischen Polizei war.

Einauge Yan war ein Hüne von einem Mann, der schon so manchen britischen Polizeioffizier das Fürchten gelehrt hatte. Allerdings hatte ihm Tik Po Tak strikte Anweisung erteilt, in So-Pengs Fall vorerst Zurückhaltung zu üben.

»Was willst du hier?« sprach Yan den jungen Burschen an. »Du hast hier nichts zu suchen.«

Ruhig sah So-Peng den einäugigen Riesen an, der zwar kaum größer war als er, aber mindestens doppelt so breit. »Ich suche nach den Männern, die die zwei Kaufleute umgebracht haben.«

In Yans Hand blitzte plötzlich ein langes Messer auf, das er So-Peng mit einem kehligen Lachen unter die Nase hielt. »Dann bist du hier genau richtig.« Er drehte die Klinge langsam hin und her und schaute So-Peng dabei forschend an. »Welche zwei Kaufleute?«

»Die moslemischen Kaufleute, die mit den Schweinefüßen im Mund gefunden wurden.«

»Und was willst du von ihren Mördern?« brummte Yan.

»Mit ihnen sprechen.«

Grinsend drückte Yan die lange Klinge gegen So-Pengs Kehle und zischte bedrohlich: »Du hast Glück, Freundchen. Ich bin nämlich einer von ihnen.« Er beugte sich vor. »Also, was willst du?«

So-Peng machte keine Bewegung. Ihm war längst klar, daß dieser Fettsack kein Tanjian war. Dafür war er viel zu harmlos. Der Einäugige war nichts weiter als eine billige Schlägertype. Trotzdem war nicht mit ihm zu spaßen.

So-Peng durfte jetzt auf keinen Fall einen Fehler machen. »Wenn du wirklich der bist, für den du dich ausgibst«, stellte er deshalb den Einäugigen auf die Probe, »dann weißt du auch, wer ich bin.«

»Was du nicht sagst?« schnaubte Yan. »Woher sollte ich ein harmloses Würstchen wie dich kennen?«

Nun glaubte So-Peng den Zeitpunkt gekommen, dem Fettsack die Zähne zu zeigen. Auf einen groben Klotz gehörte ein grober Keil. Er machte von der Kraft seiner Gabe Gebrauch und sah den Einäugigen für einen Moment so durchdringend an, daß dieser tatsächlich sein Messer sinken ließ.

»Hast du denn keine Angst, diese Kerle könnten auch dich kaltmachen?« fragte er nach einer Weile. »Auf einen Toten mehr oder weniger kommt es denen sicher nicht an.«

»Da kennst du diese Männer schlecht«, entgegnete So-Peng darauf mit einer Bestimmtheit, die Yan für einen Moment die Sprache verschlug.

Er sah So-Peng prüfend an. »Weißt du denn bereits, wer die Mörder sind?«

So-Peng nickte. »Ja.«

»Und kannst du das auch beweisen?«

»Kann ich.«

»Dann komm mit«, forderte ihn Yan auf und führte ihn in die dunkle Ecke der Spelunke, in der Tik Po Tak saß. So-Peng setzte sich erst, als ihn der *Samseng* dazu aufforderte. Er trank sogar ein Glas Schnaps mit dem Gangsterboß, ohne daß dieser sich vorher bei ihm vorgestellt hatte. Aber nachdem es mittlerweile eins zu null für ihn stand, konnte er sich das durchaus leisten, ohne das Gesicht zu verlieren.

»Du suchst also nach den Männern, die die zwei Kaufleute umgebracht haben«, begann Tak, nachdem sie ihre Gläser geleert hatten.

»Stimmt.«

»Es gibt in Singapur eine ganze Menge Leute, die glauben, ich hätte die beiden Kaufleute auf dem Gewissen.«

»Und warum glauben sie das?«

»Weil ich der große Tik Po Tak bin und mit den beiden Kaufleuten Geschäfte gemacht habe.«

»Opium?«

Tak kniff die Augen zusammen. Unter dem Tisch hatte er heimlich seine Pistole gezogen und auf So-Pengs Bauch gerichtet. »Wie heißt du überhaupt?«

So-Peng nannte ihm seinen Namen.

»Dann hör mal gut zu, So-Peng«, zischte ihn Tak bedrohlich an. »Meine Geschäfte gehen dich einen Dreck an.«

Scheinbar gelassen zuckte So-Peng mit den Schultern. In Wirklichkeit schlug ihm das Herz jedoch bis zum Hals. Er spürte ganz deutlich, daß Tak ihm nicht traute. »Nachdem dich auch die Engländer der Morde an den zwei Kaufleuten verdächtigen, ist doch das Naheliegendste, daß du in irgendwelche Opiumgeschäfte mit ihnen verwickelt warst.« Aus den Polizeiunterlagen wußte So-Peng nämlich, daß Tik Po Tak in dem Mordfall als Hauptverdächtiger galt. Es kostete ihn einige Überwindung, dem *Samseng* nicht mit allem Nachdruck zu versichern, daß er kein Polizeispitzel war; denn dadurch wäre der Gangsterboß nur noch argwöhnischer geworden.

Tak beugte sich herausfordernd vor. Seine Hände waren noch immer unter dem Tisch verborgen. »Jetzt aber mal raus mit der Sprache, Kleiner. Bin ich der Mann, nach dem du suchst?«

»Wohl kaum«, erwiderte So-Peng und hob betont beiläufig die Schultern. »Ich bin auf der Suche nach ein paar chinesischen Mönchen, die sich Tanjian nennen und über außergewöhnliche Fähigkeiten verfügen. Sie sind sozusagen Berufskiller. Der Gott, dem die Tanjian huldigen, ist der Tod.« Als er Tak dabei ansah, legte er seine ganze Kraft in seinen Blick. »Diese Mönche haben die zwei Kaufleute umgebracht, nicht du. Willst du mir helfen, sie zu finden?«

»Mönche, die morden?« fragte Tak mit unverhohlener Skepsis. Aber So-Peng spürte trotzdem ganz deutlich, daß der *Samseng* hellhörig geworden war. »So etwas habe ich noch nie gehört.«

»Man lernt eben nie aus.« So-Peng war längst klar geworden, daß auch der *Samseng* daran interessiert war, die Mörder zu finden. »Ich würde die Tanjian auf den ersten Blick erkennen. Aber dazu müßte ich sie erst einmal finden. Und dabei könnest du mir, glaube ich, am besten helfen.«

Damit hatte So-Peng dem *Samseng* zu verstehen gegeben, daß er an einer Zusammenarbeit mit ihm interessiert war. Auf den ersten Blick entbehrte das natürlich nicht einer gewissen Absurdität: Ein dahergelaufener junger Bursche, von dem niemand wußte, woher er kam, schlug Singapurs mächtigstem *Samseng* eine Partnerschaft vor. Trotzdem sagte Tak: »Was weißt du sonst noch über diese Tanjian?«

Darauf erzählte ihm So-Peng in groben Zügen das, was er von seiner Mutter erfahren hatte. Allerdings verschwieg er ihm, wie tief er und Liang tatsächlich in die ganze Angelegenheit verwickelt waren.

»Warum willst du diese Tanjian eigentlich unbedingt finden?« fragte Tak. »Vorausgesetzt, es gibt sie tatsächlich.«

Nun stand So-Peng vor einer wichtigen Entscheidung. Was sollte er tun? Dem *Samseng* die Wahrheit erzählen oder ihm irgendeine Lügengeschichte auftischen? Er entschied sich für ein Zwischending aus beidem und wollte eben zu sprechen beginnen. Aber ein gewisses Aufleuchten in Taks Augen ließ ihn abrupt verstummen. Es hätte keinen Sinn gehabt, dem *Samseng* etwas vorzumachen. Deshalb beschloß er, ihm die Wahrheit zu sagen und ihm lediglich zu verschweigen, daß er und seine Mutter über das Zweite Gesicht verfügten.

Als So-Peng geendet hatte, versank Tak in nachdenkliches Schweigen. »Woran würdest du diese Tanjian erkennen?« fragte er schließlich unvermutet.

Da So-Peng das nicht wußte, erwiderte er: »Ich habe sie schon mal gesehen.«

Vor allem aus drei Gründen hatte sich Tik Po Tak so rasch an die Spitze der mächtigsten Unterweltorganisation Singapurs aufschwingen können: Er zeichnete sich durch einen eisernen Willen, unnachsichtige Strenge und das tiefverwurzelte Mißtrauen des geborenen Einzelgängers aus. Und gerade letzteres war auch der Grund, weshalb er es sich zum Grundsatz gemacht hatte, sich auf keinerlei Partnerschaften einzulassen. Denn jede Partnerschaft ging unweigerlich mit einem Machtverlust einher. Und Macht war alles, was für Tak zählte.

Trotzdem fand der *Samseng* den Vorschlag des jungen Burschen keineswegs so vermessen, wie man vielleicht hätte denken können. Unter anderem lag das daran, daß Tak, um sein Gesicht zu wahren, den Tod seiner Geschäftspartner rächen mußte. Zugleich hatte er jedoch auch das untrügliche

Gefühl, daß ihm dieser So-Peng noch sehr nützlich werden konnte. Wenn er den Jungen nicht unter seine Fittiche nahm, dann würde das ein anderer tun; und darauf wollte es der große Tik Po Tak lieber erst gar nicht ankommen lassen.

»Nachdem wir beide dasselbe wollen«, schlug er deshalb vor, »könnten wir ja vielleicht ins Geschäft kommen.« Da es Tik Po Tak sonst gewohnte war, daß Leute, die an einer Zusammenarbeit mit ihm interessiert waren, immer gleich furchtbar neugierige Fragen stellten, rechnete er es dem jungen Burschen hoch an, daß er sich bisher noch mit keinem Wort erkundigt hatte, weshalb eigentlich er die Mörder der zwei Kaufleute finden wollte. Eines stand zumindest jetzt schon fest: Dieser Junge war wesentlich raffinierter, als man ihm auf den ersten Blick zugetraut hätte.

Der *Samseng* sah So-Peng finster an und sagte: »Warte morgen bei Tagesanbruch hier auf mich.« Und damit war ihre Unterredung beendet.

Am nächsten Tag, der selbst für die Verhältnisse in Singapur ungewöhnlich heiß und drückend war, brachen So-Peng und Tak in das Dorf Choa Chu Kang im Norden der Kronkolonie auf.

»Kannst du mit einem Gewehr umgehen?« wollte Tak wissen.

Da es keinen Sinn gehabt hätte, dem *Samseng* etwas vorzumachen, schüttelte So-Peng den Kopf.

»Macht nichts«, sagte Tak. »Dann werde ich es dir eben beibringen.«

Da sich So-Peng als ein außerordentlich gelehriger Schüler entpuppte, sollte der Unterricht dem *Samseng* sogar ausgesprochenes Vergnügen bereiten. Zugleich verfolgte er So-Pengs erstaunliche Fortschritte beim Schießen aber auch mit wachsendem Argwohn.

Diese Schießübungen dienten im übrigen einem ganz bestimmten Zweck. Tik Po Tak hatte nämlich vor, seinen jungen Schützling schon am selben Nachmittag auf eine Tigerjagd mitzunehmen. Und bekanntlich war mit den gefährlichen Raubkatzen keineswegs zu spaßen. Sie sahen es nämlich gar nicht gern, daß der Mensch mit zunehmender Ausbreitung der Zivilisation sie immer weiter aus ihren Jagdgründen vertrieb. Und so waren in der Umgebung von Singapur allein in diesem Jahr bereits nahezu dreihundert Menschen von Tigern getötet worden.

Tak zeigte sich So-Peng gegenüber ungewöhnlich offen und aufgeschlossen und stellte ihn jedem Teilnehmer der Jagdgesellschaft persönlich vor, so daß So-Peng von allen mit außergewöhnlicher Zuvorkommenheit behandelt wurde.

Unter anderem machte ihn Tak auch mit einem sympathischen Engländer namens H. N. Ridley bekannt. Zu So-Pengs Erstaunen schienen sich Tak und der Engländer sehr gut zu kennen. Seine Verwunderung nahm noch zu, als sich herausstellte, daß Mr. Ridley der Leiter des Botanischen Gartens von Singapur war.

»Ich hatte eben schon immer eine Schwäche für Blumen«, erklärte Tak.

Nur zu gern hätte So-Peng gewußt, was die beiden ungleichen Männer miteinander verband. Oder hätte er sich besser fragen sollen, welche Vorteile sich Tak von Ridley erhoffte?

Diese Frage sollte ihn jedenfalls noch eine ganze Weile beschäftigen, als sie nach einer kurzen Rast wieder aufbrachen. An der Spitze gingen die malaiischen Hundeführer, die die aufgeregte Meute nur mit Mühe im Zaum halten konnten.

So-Peng hatte zwar gehört, daß die Regierung für jeden toten Tiger eine Prämie ausgesetzt hatte. Aber im Fall dieser Jagdgesellschaft hatte er den Eindruck, daß es ihren Teilnehmern mehr ums Vergnügen und den damit verbundenen Kitzel der Gefahr ging. Jedenfalls waren alle Beteiligten bester Stimmung. Die Chinesen waren ständig am Wetten – und zwar nicht nur, wie viele Tiger sie erlegen würden, sondern auch, wann das erste beziehungsweise das letzte Tier entdeckt und zur Strecke gebracht würde.

Auch So-Peng war inzwischen von heftigem Jagdfieber gepackt worden. Während sich Tak und Ridley gelangweilt über den neuesten Gesellschaftsklatsch unterhielten, behielt So-Peng aufmerksam die Hunde im Auge. Sein Interesse galt vor allem einem feingliedrigen, schwarzweiß gescheckten Saluki mit großen Schlappohren und wachen, klugen Augen, der ihm eigentlich viel zu harmlos für die Tigerjagd vorkam.

Offensichtlich hatte sich der Tiger gegen den Wind angeschlichen. Denn plötzlich kam er völlig lautlos seitlich aus dem Unterholz geschossen und stürzte sich auf den Saluki. Ohne zu überlegen, riß So-Peng sein Gewehr hoch und drückte ab. Der gewaltige Rückstoß der schweren Büchse riß ihn fast von den Beinen.

Im selben Moment wirbelte Tak herum und feuerte zwei gezielte Schüsse auf den Tiger ab, der von der Wucht der Geschosse in hohem Bogen durch die Luft geschleudert wurde, als hätte ihn der Hund einfach abgeschüttelt. Erst jetzt brachen die anderen Hunde in wildes Gebell aus, und die Jagdteilnehmer stürzten aufgeregt auf den am Boden liegenden Tiger zu. Obwohl das tödlich verwundete Tier kaum noch den Kopf heben konnte, fauchte es seine Jäger trotzig an. Tak lud rasch nach und gab ihm den Gnadenschuß.

Der blutende Saluki, der inzwischen lautstark in das Geheul der restlichen Meute eingefallen war, setzte sich mit aller Kraft zur Wehr, als ihn ein Hundeführer von dem toten Tiger wegzuzerren versuchte.

Tak trat neben So-Peng, der noch immer wie gebannt auf den leblos am Boden liegenden Tiger starrte. Sein Tod schien nichts Gutes zu bedeuten.

Nachdem der *Samseng* So-Peng eine Weile stumm beobachtet hatte, deutete er mit einer kurzen Kopfbewegung auf den malaiischen Hundeführer. »Desaru steht tief in deiner Schuld, So-Peng. Du hast das Leben seines Hundes gerettet. Es nimmt unendlich viel Zeit und Mühe in Anspruch, diese Tiere abzurichten. Deshalb hätte der Tod seines Hundes einen schweren Verlust für ihn bedeutet.« Er ging zu der Stelle, wo So-Peng sein Gewehr hatte fallen lassen, und hob es auf. »Das hast du wirklich gut gemacht«, erklärte er anerkennend und reichte ihm das Gewehr.

Darauf setzte die Jagdgesellschaft ihren Weg fort. Nur zwei Malaienjungen blieben bei dem toten Tiger zurück, um ihn bis zu seinem Abtransport zu bewachen.

Wie das häufig der Fall war, wenn bei einer Jagd schon früh ein Tiger erlegt wurde, tat sich erst einmal für ein paar Stunden nichts mehr. Schleppend zog sich der Tag in der drückenden Hitze hin. Auch ein kurzer Regenschauer brachte keine Abkühlung. Schon nach wenigen Minuten war die Feuchtigkeit unter der sengenden Sonne bereits wieder verdampft.

Wie es der Zufall wollte, ging Ridley eine Weile neben So-Peng her. Und im Lauf der angeregten Unterhaltung, die sich daraufhin zwischen den beiden entspann, sollte sich für So-Peng auch die Frage klären, was Tak von dem Engländer wollte. Ridley erzählte ihm nämlich, daß Tak dem Botanischen Garten von Singapur schon des öfteren recht großzügige Beträge gestiftet hatte; als Gegenleistung dafür sollte Ridley eine Mohnsorte züchten, die auch im feuchtheißen Klima von Singapur gedieh.

Für So-Peng war sofort klar, was Tak damit beabsichtigte. Wenn es möglich gewesen wäre, direkt in Singapur Mohn anzupflanzen und daraus Opium zu gewinnen, hätte Tak die lästigen Zwischenhändler ausschalten und damit die Gewinne aus dem einträglichen Opiumhandel noch erheblich steigern können.

»Im Grunde genommen ist das Ganze nur eine fixe Idee von Tak«, vertraute Ridley So-Peng an. »Die Mohnblume, lateinisch *Papaver somniferum,* ist ein außerordentlich empfindliches Gewächs und gedeiht nur unter ganz bestimmten klimatischen Bedingungen, die in diesen Breitengraden nur in einer Höhe zwischen tausend und tausendfünfhundert Metern anzutreffen sind. Jedenfalls halte ich es für völlig ausgeschlossen, sie auch hier, auf Meereshöhe, heimisch zu machen. Und wenn man die Mohnblume mit anderen Pflanzen kreuzt, beeinträchtigt das ganz erheblich die Qualität des Endprodukts – des Opiums.«

»Haben Sie das auch Tak gesagt?«

»Nein«, erwiderte Ridley, um jedoch sofort entsetzt hinzuzufügen: »Ich hoffe doch, daß auch Sie ihm nichts davon erzählen werden. Mit dem größten Teil des von ihm gestifteten Geldes wird nämlich ein neues Projekt finanziert, für dessen

Durchführung ich schon seit mehreren Jahren das nötige Kapital aufzubringen versuche. Haben Sie schon einmal etwas vom Parabaum gehört?« Als So-Peng ihn darauf nur kopfschüttelnd ansah, fuhr Ridley fort: »Diese Baumart ist ursprünglich im Amazonasbecken beheimatet. Nun konnten trotz der strengen Sicherheitsvorkehrungen der einheimischen Behörden ein paar Schößlinge dieser Baumart nach England geschmuggelt werden. Und von dort habe ich wiederum ein paar Exemplare nach Singapur schaffen lassen.

Wie es scheint, bieten nämlich die klimatischen Bedingungen und die Bodenbeschaffenheit auf der Malaiischen Halbinsel für den Parabaum geradezu ideale Wachstumsvoraussetzungen. Falls sich diese Annahme nun auch in der Praxis bewahrheiten sollte, hätte dies für Singapur... nun ja, in jedem Fall Folgen von unabsehbarer Tragweite.

Obwohl ich Mr. Tak schon des öfteren ans Herz gelegt habe, doch endlich von seiner fixen Idee mit dem Mohnanbau zu lassen und es statt dessen mit dem Parabaum-Anbau zu versuchen, will er nicht so recht auf mich hören – und das, obwohl er hierfür die idealen Grundvoraussetzungen mitbrächte. Er besitzt nämlich im Norden von Singapur ausgedehnte Ländereien.«

»Weshalb versprechen Sie sich eigentlich vom Anbau dieser Bäume so viel?« wollte So-Peng wissen.

H. N. Ridley sah ihn forschend an. »Haben Sie schon mal etwas von Gummi gehört?«

»Nein«, mußte So-Peng zugeben. »Was ist das?«

Ridley erklärte es ihm. Das hatte zur Folge, daß So-Peng das Gespräch mit dem netten Engländer wesentlich nachhaltiger in Erinnerung blieb als die zwei Tiger, die sie kurz darauf noch erlegten.

Unter anderem diente die Tigerjagd Tak und So-Peng auch als Vorwand, um sich im Hinterland von Singapur nach den Tanjian umsehen zu können, ohne unnötigen Verdacht zu erregen.

»Wenn diese Mönche in Singapur wären«, erklärte Tak seinem Schützling, »wüßte ich davon. Das kann nur heißen, daß sie sich irgendwo hier draußen im Dschungel, bei den Tigern, herumtreiben.«

So-Peng nickte. »Das würde gut zu ihnen passen.« Von seinem Gespräch mit Ridley erzählte er Tak nichts. Er hielt es für besser, sein Wissen vorerst für sich zu behalten. Denn eines war ihm längst klargeworden: Es kam im Leben nicht nur darauf an, was man tat, sondern vor allem, *wann* man es tat. Alles hing von der Wahl des richtigen Zeitpunkts ab.

»Das heißt allerdings auch«, fuhr Tak fort, »daß diese Kerle verdammt gefährlich sind. In Singapur weiß ich über alles und jeden genauestens Bescheid. Deshalb hätten wir dort wesentlich leichteres Spiel mit diesen Tanjian gehabt.«

Zu So-Pengs Überraschung drangen sie nach Abschluß der Jagd nicht weiter in den Dschungel vor. Statt dessen bahnten sie sich etwa eine Stunde lang mühsam einen Weg durch dichte Mangrovensümpfe, bis sie einen breiten, schlammigen Fluß erreichten. An seinem Ufer wartete bereits ein Sampan auf sie. Das Boot wurde von drei Männern bewacht; sie waren bis an die Zähne bewaffnet und verneigten sich tief, als Tak an Bord sprang und kurz die Vorräte überprüfte. Als er damit fertig war, winkte er auch So-Peng an Bord und löste die Leinen. Für die drei Männer war das das Zeichen, ebenfalls an Bord zu klettern. Einer von ihnen machte im Heck des Bootes ein kleines Holzkohlenfeuer, über dem er in einem Wok eine Mahlzeit zubereitete.

»Was ist das für ein Fluß?« wollte So-Peng wissen.

»Die Orang Asli haben zwar einen Namen dafür«, erwiderte Tak, »aber ich weiß ihn leider nicht mehr.« Die Orang Asli waren die Ureinwohner der Malaiischen Halbinsel. »Aber was tut schließlich schon der Name dieses Flusses zur Sache? Hauptsache, er führt uns an unser Ziel.«

Wenig später war das Essen fertig – Hühnchen in *Shao shing,* einem gelben Reiswein aus Shanghai. Das Fleisch wurde mit scharfen Koriandersprossen serviert. Schnellstens war der Wok geleert und neu gefüllt – diesmal mit Babyaal, sautiert in Sesamöl. Dazu gab es knusprig geröstete Yamnudelkörbchen.

Die Tatsache, daß sich Tak während des Essens ungewöhnlich aufgeräumt zeigte, deutete So-Peng als ein Zeichen, daß er offensichtlich eine Art Test bestanden hatte. Trotz der erstaunlichen Höflichkeit und Zuvorkommenheit, mit der ihm die einzelnen Teilnehmer der Jagdgesellschaft begegnet waren, war ihm nicht entgangen, daß man ihn ganz bewußt auszuforschen versucht hatte. Mittlerweile war So-Peng sogar zu der Überzeugung gelangt, daß der ganze Ausflug nur dem Zweck gedient hatte, ihm auf den Zahn zu fühlen, ob er auch tatsächlich der war, als der er sich ausgab.

Dabei konnte er Tak sein Mißtrauen nicht einmal verdenken. In seiner Stellung war es nur zu verständlich, daß er jedem Fremden erst einmal mit einer gewissen Skepsis begegnete. Schließlich mußte er immer damit rechnen, daß sich ein Polizeispitzel oder ein Mitglied einer rivalisierenden Gang in seine Organisation einzuschleichen versuchte.

»Es war allgemein bekannt«, vertraute der *Samseng* seinem jugendlichen Begleiter gerade an, »daß ich mit den beiden ermordeten Kaufleuten in sehr engem geschäftlichem Kontakt stand. Sie hatten die schnellsten Schiffe und die zuverlässigsten Leute; außerdem schreckten sie vor keinem Risiko zurück. Daher steht für mich außer Zweifel, daß die Mörder dieser beiden Männer – diese Tanjian – nur im Auftrag eines Mannes gehandelt haben können, mit dem ich noch bis vor kurzem sehr regen geschäftlichen Kontakt gepflegt habe. Vor etwa einem halben Jahr kam es dann allerdings zum Zerwürfnis zwischen uns, worauf mir der Betreffende blutige Rache geschworen hat. Und nun hat er seine Drohung wahrgemacht. Allerdings soll er nicht denken, er würde damit ungestraft davonkommen.«

So-Peng wollte Tak schon aufs entschiedenste widersprechen, besann sich dann aber doch eines besseren. Zweifellos hörte sich Taks Theorie wesentlich einleuchtender an als die seiner Mutter. Wie hätte er dem *Samseng* also erklären sollen, daß die Tanjian die Kaufleute nur ermordet hatten, um seine Mutter einzuschüchtern?

»Du hast bei der Jagd sehr schnell reagiert«, wechselte Tak plötzlich das Thema. »Desaru steht tief in deiner Schuld. Er wird dir das nie vergessen.«

»Das Ganze war doch nur halb so wild«, spielte So-Peng den Bescheidenen. »Kannst du dich noch an die Zeit erinnern, als in Singapur die Ratten so groß waren, daß sie die Katzen aufgefressen haben? Der Gouverneur hat damals für jede tote Ratte eine Prämie ausgesetzt. Diese Gelegenheit, mein Taschengeld ein wenig aufzubessern, konnte ich mir natürlich nicht entgehen lassen. Bis zu zwanzig Ratten habe ich damals in einer Woche manchmal erwischt. Allerdings haben die Viecher wesentlich mehr Lärm gemacht als der Tiger.«

»Trotzdem hast du ihn gerade noch rechtzeitig gehört. Ridley und ich haben in diesem Moment einfach nicht aufgepaßt.«

»Tja«, sagte So-Peng darauf achselzuckend. »Ich bin ja auch nicht in der Stadt großgeworden. Wir haben nämlich nicht immer in Singapur gelebt.« Er hielt nun den richtigen Zeitpunkt für gekommen, Tak etwas mehr über seine Herkunft zu erzählen. »Meine Eltern haben es nie lange an einem Ort ausgehalten. Deshalb gibt es wohl auf der ganzen Malaiischen Halbinsel kaum ein Dorf oder eine Stadt, wo wir uns nicht für ein paar Monate niedergelassen haben.«

»Dann kennst du dich ja im Dschungel besser aus als ich«, lachte Tak.

Darauf sagte ihm So-Peng auch den malaiischen Namen des Flusses, den sie gerade hinauffuhren. Allerdings sollte er das schon im selben Moment wieder bitter bereuen. Vielleicht hatte er damit Tak in seinem Argwohn gegen ihn nur wieder bestärkt.

»Weißt du auch, wohin wir fahren?« wollte Tak wissen.

So-Peng schüttelte den Kopf. »Dazu bräuchte ich schon einen sechsten Sinn.«

»Ich kenne jemanden, der den sechsten Sinn hat«, erklärte Tak darauf. »Erst gestern war ich noch bei ihm und habe ihn um Rat gefragt.« Er spuckte in das schlammige Wasser. »Er hat mir geweissagt, ich würde nicht mehr von der Fahrt auf dem Fluß zurückkommen.«

»Und trotzdem hast du dich nicht von deinem Vorhaben abbringen lassen?«

Tak hob die Schultern. »Mir bleibt doch gar keine andere

Wahl, wenn ich nicht das Gesicht verlieren will. Diese Kaufleute waren fast wie Brüder für mich. Außerdem habe ich auf ein Zeichen gewartet.« Er deutete auf So-Peng. »Und dieses Zeichen warst du. Du kennst die Mörder – diese Tanjian. Jetzt fühle ich mich wenigstens nicht mehr länger wie ein Adler in der Nacht. Jetzt wirst du sie sehen, bevor sie auf uns aufmerksam werden.«

So-Peng begann bereits bitter zu bereuen, daß er sich vor Tak so aufgespielt hatte. Er hätte auf keinen Fall behaupten dürfen, daß er die Tanjian schon einmal gesehen hatte und sie deshalb sofort erkennen würde. Denn nun verließ sich Tak voll und ganz auf ihn. Am liebsten hätte er auf der Stelle kehrtgemacht, um wieder nach Singapur zurückzukehren. Aber er wußte nur zu gut, daß es nun kein Zurück mehr für ihn gab.

In dem Bewußtsein, wie sehr Tak von ihm abhängig war, begann So-Peng, den *Samseng* plötzlich mit ganz anderen Augen zu sehen. Denn Tak hatte sich in der Zwischenzeit als ein Mann entpuppt, der sehr wohl seinen eigenen strengen Moralkodex hatte, gegen dessen Grundsätze er selbst um den Preis seines Lebens nicht verstoßen hätte. Und war es nicht genau das, was einen Helden ausmachte?

Unter diesem Gesichtspunkt betrachtet, war So-Pengs wachsende Bewunderung für den *Samseng* auch gar nicht mehr so verwunderlich; nicht umsonst war der Junge in einer Familie aufgewachsen, in der der Vater vor allem durch Abwesenheit geglänzt hatte. Deshalb war es nur zu verständlich, daß So-Peng in dem willensstarken und auf seine Weise durchaus integren *Samseng* eine Art Vaterersatz suchte.

Als sie eine kleine Siedlung am Flußufer passierten, kamen ihnen ausgelassen plantschend ein paar Kinder entgegen. Zwei besonders wagemutige Jungen schwammen ziemlich lange hinter dem Sampan her. Doch plötzlich rief ihnen einer von Taks Leuten eine heisere Warnung zu und deutete aufgeregt ans Ufer, wo ein riesiges Krokodil lautlos ins Wasser glitt. Die Jungen schrien entsetzt auf und starrten mit weit aufgerissenen Augen auf das gefährliche Reptil, das direkt auf sie zukam. Obwohl sie auf der Stelle kehrtmachten und verzweifelt das Ufer zu erreichen versuchten, wurde So-Peng sofort klar, daß sie das unmöglich schaffen würden. Das Krokodil hatte sie fast erreicht und sperrte bereits seinen riesigen Rachen auf.

Hastig griff einer von Taks Leuten nach einem Gewehr, aber So-Peng fiel ihm in den Arm. »Das Blut würde nur noch mehr Krokodile anlocken.«

Im selben Moment brach So-Peng von einem weit auf den Fluß hinausragenden Baum einen dünnen Ast ab und sprang damit ins Wasser. Als das Krokodil nun auf ihn zusteuerte, klemmte er ihm kurz entschlossen den Ast in seinen weit aufgerissenen Rachen und schwang sich auf seinen Rücken, so daß das riesige Reptil mit seinem mächtigen Schwanz wie wild um sich zu schlagen begann.

Währenddessen hatten sich die beiden Jungen am Ufer in Sicherheit gebracht. Dort standen sie ausgelassen lachend im Kreis ihrer Kameraden und zupften sich riesige Blutegel von Armen und Beinen, als wäre das die natürlichste Sache der Welt.

»Wo hast du denn den Trick gelernt?« wollte Tak wissen, als der So-Peng an Bord des Sampan zog.

Der mußte unwillkürlich an Zhao Hsia denken und antwortete lachend. »Von einem Freund. Er hat das schon als kleiner Junge mit Krokodilen gemacht, die noch wesentlich größer waren als das hier. Mit Tieren konnte der wirklich umgehen. Er hatte zwar nicht gerade den sechsten Sinn, aber so was ähnliches. Jedenfalls taten sie ihm nichts.« So-Peng zuckte mit den Schultern. »Vielleicht hat er sie einfach hypnotisiert.«

Nachdenklich schaute Tak flußaufwärts, wo der Berg Gunung Muntahak, eingehüllt in bläulichen Dunst, aus dem Dschungel aufragte. »Jemanden mit den Fähigkeiten deines Freunds könnten wir jetzt bestimmt gut gebrauchen.« Doch im nächsten Moment wandte er sich schon wieder lächelnd So-Peng zu und sagte: »Aber dafür bist du ja da, Kleiner. Es gibt nicht viele Chinesen, die sich an der malaiischen Ostküste einigermaßen auskennen. Ich kann wirklich von Glück reden, daß ich dich gerade jetzt kennengelernt habe.«

Im Schatten einer Gruppe von riesigen Tualang-Bäumen, in deren ausladenden Kronen ein Rudel Gibbons herumturnte, tummelte sich ein Schuppentierpärchen. Eisvögel, Tukane und Haubentaucher flitzten über das Wasser oder stakten gemächlich am Ufer entlang. Die Sonne stand bereits tief über dem Horizont.

In den Kampongs rauchten nur wenige Feuer. Der Ramadan hatte gerade begonnen, und die moslemischen Malaiien hielten sich streng an das damit verbundene dreißigtägige Fasten.

»Der Zeitpunkt für unser Vorhaben ist gut gewählt«, sagte Tak, als der Sampan in eine kleine natürliche Bucht am Flußufer glitt. »Während des Ramadan mag zwar der Geist stark sein, aber das Fleisch ist schwach.«

Unter dem Schutz der rasch hereinbrechenden Dämmerung gingen sie an Land, um ihren Weg zu Fuß fortzusetzen. Lautes Insektenzirpen erfüllte die Luft, und während noch die letzten bunten Schmetterlinge ihr Versteck für die Nacht aufsuchten, flimmerten bereits die ersten Glühwürmchen durch das abendliche Zwielicht. Auch Tik Po Tak und sein kleiner Troß wurden wenig später durch die Dunkelheit am Weitergehen gehindert. Ohne ein Feuer zu machen, schlugen sie ihr Lager auf.

Beim ersten Tageslicht waren sie bereits wieder auf den Beinen. Auf einem schmalen Pfad drangen sie immer tiefer in den Dschungel vor. An manchen Stellen war der Weg so stark zugewuchert, daß es kaum mehr ein Durchkommen gab.

So-Peng entging jedoch nicht, daß ein Teil der üppigen Vegetation, die ihnen den Weg versperrte, von Menschenhand angebracht war. Ganz offensichtlich hatte irgend jemand versucht, auf diese Weise den Verlauf des Pfads unkenntlich zu machen.

»Glaubst du, das waren deine Feinde?« fragte So-Peng den *Samseng*.

»Für so raffiniert hätte ich sie eigentlich nicht gehalten«, erwiderte Tak kopfschüttelnd.

Im Gänsemarsch setzten sie den Weg fort. An der Spitze

gingen zwei von Taks schwerbewaffneten Leuten. Dann kamen Tak und So-Peng, und die Nachhut bildete der Mann, der am Abend zuvor für sie gekocht hatte.

Im dichten Blätterwerk des vor Feuchtigkeit dampfenden Dschungels wimmelte es von Insekten und bunten Vögeln, von metallisch schimmernden Schlangen und winzigen grünen Baumfröschen.

Tagsüber war es zwar stiller als nachts, aber keineswegs weniger gefährlich. Im Unterholz lauerten giftige Schlangen, deren Biß binnen weniger Minuten tödlich war. Plötzlich blieb der Mann an der Spitze stehen und deutete auf eine riesige Python, die sich um einen Baumstamm geschlungen hatte; sie war schätzungsweise acht Meter lang.

Kurz vor Mittag machten sie Rast und nahmen ein leichtes Mahl zu sich. So-Peng, der neben dem Koch saß, half, die Früchte zu verteilen: lichee-ähnliche Rambutans und süßsaure Mangostanen. Es hieß, daß man in Singapur die Jahreszeiten danach einteilte, welche Früchte gerade reif waren.

Als So-Peng seine letzte Mangostane schälte, sprenkelte sich das makellose weiße Fruchtfleisch plötzlich dunkelrot. Um selben Moment stieg ihm der Geruch von frischem Blut in die Nase, und der Koch, der neben ihm saß, sackte lautlos vornüber, als hätte ihn plötzlich der Schlaf übermannt.

Mit einem Unterschied: In seinen Oberkörper hatte sich ein achtzackiger Metallgegenstand gebohrt – ein Wurfstern, wie ihn die Tanjian benutzten.

So-Peng wagte nicht sich zu bewegen. Noch nie hatte er sich so wehrlos und ausgeliefert gefühlt. Wie gelähmt wartete er auf das leise Sirren des nächsten Wurfsterns, auf den stechenden Schmerz, wenn sich die spitzen Zacken in seinen Rücken bohrten. Es kostete ihn Beherrschung, nicht aufzuspringen und Hals über Kopf davonzustürzen. Aber dann wäre er endgültig verloren gewesen.

Ringsum war kein Laut zu hören. Die anderen Männer aßen seelenruhig weiter. Um keinen Verdacht zu erregen, tat auch So-Peng so, als wäre nichts geschehen.

Ihm war inzwischen klargeworden, was die Tanjian vorhatten: Sie würden versuchen, Tik Po Tak und seine Leute der Reihe nach auszuschalten. Deshalb durften sie auf keinen Fall merken, daß ihr Angriff bereits entdeckt war. Zitternd vor Angst blieb So-Peng sitzen und aß die mit dem Blut des Kochs bespritzte Mangostane zu Ende.

Nach einer Weile stand er auf und entfernte sich von der Gruppe, um Wasser zu lassen. Anstatt jedoch wieder zum Lagerplatz zurückzukehren, drang er heimlich weiter in den Dschungel vor.

Nach etwa zehn Minuten forderte ihn eine leise Stimme auf: »Halt! Keine Bewegung!«

So-Peng blieb wie angewurzelt stehen. Er wagte nicht, sich umzusehen. Und dann schlängelte sich plötzlich etwas Kaltes, Glitschiges seinen Rücken hinunter. Erst jetzt begann ihm zu dämmern, was das zu bedeuten hatte.

Im selben Moment spürte er, wie sich ihm jemand von der Seite näherte. Und während er noch immer wie angewurzelt dastand, bemerkte er aus dem Augenwinkel eine blitzschnelle Bewegung; ein Messer sauste zischend durch die Luft, und das kalte, glitschige Etwas glitt von seinen Schultern. Als er sich herumdrehte, fiel sein Blick auf eine Schlange, die sich heftig zuckend am Boden wand. Aus ihrem abgetrennten Kopf, der ein Stück neben ihrem Rumpf lag, sickerte stinkendes schwarzes Gift in den modrigen Dschungelboden.

Erst jetzt wurde So-Peng auf Tik Po Tak aufmerksam. »Was wolltest du denn hier Kleiner?« frage der *Samseng*. »Das hätte verdammt schiefgehen können.«

»Ich habe nach den Tanjian gesucht«, erwiderte So-Peng. »Der Koch ist tot.«

»Ich weiß.« Tak wischte sein Messer ab. »Ich habe meinen Männern gesagt, sie sollen in Deckung gehen. Und dann bin ich nach dir suchen gegangen. Ich dachte schon, dich hätte es auch erwischt.«

»Die Tanjian müssen irgendwo in der Nähe sein.« Und als Tak nichts sagte, fuhr So-Peng fort: »Der Koch wurde mit der gleichen Waffe umgebracht wie die zwei Kaufleute: mit einem Wurfstern.«

Tak zog die Stirn in Falten. »Warum hast du uns nicht gewarnt?«

»Weil ich dann als nächster an der Reihe gewesen wäre. Ich wußte zwar nicht, aus welcher Richtung der Wurfstern kam, aber mir war klar, daß mich diese Kerle scharf im Auge behalten haben.«

Darauf suchte So-Peng erst einmal gründlich ihre Umgebung ab. Erst als er sich vergewissert hatte, daß die Luft rein war, traten er und Tak den Rückweg zum Lager an.

»Die Tanjian müssen irgendwo in der Nähe sein.« Nervös betastete So-Peng den Wurfstern in seiner Hosentasche, den er aus dem Polizeipräsidium entwendet hatte. »Die Tanjian werden uns einen nach dem anderen ausschalten, bis nur noch du übrig bist.«

Darauf trat erst einmal langes Schweigen ein. Schließlich sagte Tak: »Und dann?«

»Keine Ahnung«, mußte So-Peng zugeben. »Vielleicht machen sie dich dann unter den Augen deines Feinds zu Hackfleisch.«

Tak sah So-Peng lange an. »Der Wahrsager hat mir prophezeit, daß ich nicht von diesem Ausflug zurückkomme. Aber das ist nur eine von vielen Möglichkeiten. Deshalb müssen wir eben sehen, daß die Sache anders verläuft.«

»Jedenfalls dürfen wir auf keinen Fall noch länger auf diesem Pfad bleiben«, sagte So-Peng.

»Du hast recht. Wir müssen uns durch den Dschungel vorkämpfen.«

»Wie gut kennst du dich hier aus?«

Tak spuckte aus. »Vermutlich besser als diese Tanjian, aber nicht so gut wie der Mann, nach dem wir suchen.« Er schaute So-Peng fragend an. »Hast du schon eine Idee, was wir jetzt tun sollen?«

»Schon möglich. Gibt es hier in der Nähe eine Anhöhe?«

Grinsend deutete Tak nach Norden. »Knapp eine Meile von hier sind die Kota Tinggi-Wasserfälle. Sie sind etwa dreißig Meter hoch.«

»Das dürfte genügen«, nickte So-Peng.

Nachdem sie das Versteck von Taks Leuten erreicht hatten, machten sie sich unverzüglich auf den Weg. Weniger als eine Meile, hatte Tak gesagt. Aber So-Peng wußte inzwischen, wie gefährlich die Tanjian waren. Deshalb konnte der Weg dorthin noch verdammt lang werden.

Der zweite Mann sank genau in dem Augenblick zu Boden, als in der Ferne das Rauschen des Wasserfalls hörbar wurde. Unverzüglich ging So-Peng in Deckung und stieß in malaiischem Patois ein kurzes Kommando aus. Damit die Tanjian sie nicht verstehen konnten, hatten sie beim Aufbruch vereinbart, sich nicht in Chinesisch zu verständigen, sondern in diesem Dialekt.

So schnell sie konnten, rannten darauf die übriggebliebenen drei auf die Wasserfälle zu. Als sie die Felsen am Fuß der Fälle erreichten, brach der letzte von Taks Leuten mit einem Wurfstern im Nacken zusammen. Wie vereinbart, kletterte Tak die nassen Felsen an der Seite des Wasserfalls hoch.

Bisher hatten die Tanjian leichtes Spiel mit Taks Leuten gehabt. Blieb nur zu hoffen, daß sie sich inzwischen ihrer Sache so sicher waren, daß sie leichtsinnig wurden. So-Peng war längst klar geworden, daß das ihre einzige Chance war. Sie hatten bereits drei Mann verloren. Vielleicht hätten sie die Tanjian gleich nach ihrem ersten Überfall angreifen sollen. Aber auch das hätte für sie verhängnisvolle Folgen haben können.

Inzwischen hatte auch So-Peng begonnen, hinter Tak die steile Felswand hinaufzuklettern. Denn alles deutete darauf hin, daß sich die Tanjian dort oben postiert hatten, wo sie einen wesentlich besseren Überblick hatten als im undurchdringlichen Dickicht des Dschungels. Wie So-Peng aus den Erzählungen seiner Mutter wußte, waren die Tanjian nämlich wahre Meister darin, sich die jeweiligen landschaftlichen Gegebenheiten für ihre Zwecke zunutze zu machen.

Aber was die Tanjian konnten, konnte er schon lange. Hier unten im Dschungel, wo die Sicht auf ein paar Meter beschränkt blieb, hätte er keine Chance gehabt. Aber oben auf den Fällen würde er die Tanjian mit Hilfe des Zweiten Gesichts in kürzester Zeit aufspüren, selbst wenn sie sich noch so gut versteckten.

Brausend stürzte das schäumende Wasser dicht neben

ihm in die Tiefe, als er sich an den glitschig nassen Felsen mühsam nach oben hangelte. Der Dschungel lag inzwischen tief unter ihm. Vögel segelten dicht an seinem Kopf vorbei, um wenige Augenblicke später zu seinen Füßen zu kreisen. Wenn er einen kurzen Blick nach unten warf, sah er hin und wieder Taks schwarzes Haar in der sprühenden Gischt des Wasserfalls auftauchen.

Endlich oben angelangt, lehnte er sich mit dem Rücken gegen einen Felsen und schloß für einen Moment erschöpft die Augen.

War es die Angst vor den Tanjian oder einfach nur pure Überheblichkeit, die So-Peng den Rat seiner Mutter in den Wind schlagen ließ, sich seiner besonderen Veranlagung nur in äußersten Notfällen zu bedienen? Jedenfalls begann er sich nun ganz auf sein Zweites Gesicht zu konzentrieren. Und dann ließ er sein Bewußtsein nach außen strömen, wie er das bei seiner Mutter beobachtet hatte.

Die Wirkung war erstaunlich. Ein unaufhaltsam zunehmender Wind peitschte ihm die salzige Gischt der fernen Südchinesischen See ins Gesicht, und obwohl es heller Tag war, konnte er ganz deutlich die Sterne am Himmel sehen; er begann sogar die Strömungen der unzähligen, unendlich kleinen Partikel wahrzunehmen, die durch die immense Weite des Weltalls schwebten.

Immer weiter dehnte sich sein Wahrnehmungsvermögen aus. Er wurde eins mit den gewaltigen Wassermassen der Fälle, die unter lautem Tosen in die Tiefe stürzten. Ob es wohl möglich war, fragte er sich mit kindlicher Wißbegier, sich dieses unerschöpfliche Energiepotential zunutze zu machen?

Und dann stieß er plötzlich auf eine Mauer. Finster und undurchdringlich ragte sie mit einem Mal vor ihm auf und zog sich unaufhaltsam immer enger um ihn zusammen. Erst verdeckte sie die Sterne, die Sonne und den Himmel, dann das rauschende Wasser der Fälle und schließlich sogar den schmalen Felsvorsprung, auf dem er nun, zitternd vor Angst, die Hände vors Gesicht schlug.

Das hatte er nun davon, daß er sich nicht an den Rat seiner

Mutter gehalten hatte. Er hätte sich seines Zweiten Gesichts nur in flachem Gelände bedienen dürfen. Aber indem er sein Bewußtsein hier oben in alle Richtungen hatte ausströmen lassen, hatte er die Tanjian ebenso deutlich auf sich aufmerksam gemacht, als hätte er lauthals gerufen: ›Hier bin ich!‹

Denn plötzlich hatte sich sein Bewußtsein mit einem zweiten getroffen, der ebenfalls über seine Gabe verfügte. Aber es war nicht seine Mutter Liang – sie war zu weit entfernt. Nein, dieses andere Bewußtsein, das über seine Gabe verfügte, befand sich in seiner unmittelbaren Nähe!

In dem Augenblick, in dem der Kontakt hergestellt war, konnte So-Peng diesem anderen Bewußtsein nichts mehr verbergen. Aber umgekehrt konnte nun auch So-Peng die Gedanken seines Gegenübers lesen. So erfuhr er unter anderem, daß ihnen nur ein Tanjian aufgelauert hatte. Ebenso wußte er, wo sich dieser Tanjian befand, und, was noch schrecklicher war, wer dieser Tanjian war.

Plötzlich hörte So-Peng jemand seinen Namen rufen. Als er daraufhin erstaunt die Hände vom Gesicht nahm, sah er keine zwei Meter von sich entfernt einen Mann aus einer tiefen Felsspalte auftauchen.

So-Peng traute kaum seinen Augen. Der Tanjian, der vor ihm stand, war niemand anderer als sein alter Jugendfreund Zhao Hsia.

»Nicht nur dein Jugendfreund«, sprach ihn Zhao Hsia lachend an, »auch dein Halbbruder.« Und als er So-Pengs verdutztes Gesicht sah, fuhr er lächelnd fort: »Natürlich hat dir Liang nie erzählt, daß sie mit einem Tanjian-Mönch verheiratet war, bevor sie deinen Vater kennengelernt hat.«

»Hast *du* die zwei Kaufleute in Singapur getötet?« stieß So-Peng fassungslos hervor.

Zhao Hsia schüttelte den Kopf. »Ursprünglich waren wir zu zweit. Wir sollten den zwei Kaufleuten lediglich mit dem nötigen Nachdruck klarmachen, daß sie in Zukunft keine Geschäfte mehr mit Tik Po Tak machen sollten, sondern nur noch mit dessen Konkurrenten. Da sich die beiden Kaufleute aber durch unsere Drohungen nicht einschüchtern ließen, verlor mein Begleiter irgendwann die Geduld und brachte sie kurzerhand um. Ich habe zwar noch versucht, ihn daran zu hindern, aber ich kam leider zu spät.«

So-Peng wußte nicht recht, was er davon halten sollte.

»Wie geht es deiner Mutter?« fuhr Zhao fort. »Ich habe sie schon seit Jahren nicht mehr gesehen.«

»Bisher war sie mit ihrem Leben durchaus zufrieden«, antwortete So-Peng, noch immer mißtrauisch. »Aber das hat sich schlagartig geändert, seit die Tanjian in Singapur aufgetaucht sind.«

»Dann sollte ich so schnell wie möglich mit ihr sprechen«, schlug Zhao Hsia vor. »Um sie zu beruhigen.« Er kam einen Schritt näher. »Hat sie dir eigentlich die Schatulle gezeigt?«

»Welche Schatulle?« So-Pengs Herz schlug so wild, daß er fast ins Stottern geraten wäre.

»Die Schatulle mit den Smaragden natürlich.« Auf So-Pengs verdutzten Blick hin fuhr Zhao Hsia fort: »Na, die sechzehn magischen Steine, du Trottel, die die ganze Kraft der Tanjian enthalten. Sie befinden sich in einer kleinen Schatulle. Hast du sie noch nie gesehen?«

»Nein.«

»Zum Glück kannst du mir nichts vormachen.« Zhao Hsia sah So-Peng durchdringend an. »Ich würde sofort merken, wenn du mich belügst.«

»Weshalb sollte ich dich belügen?«

»Weil du offensichtlich ganz nach deiner Mutter geraten bist.« Zhao Hsia sah ihn voller Verachtung an. »Du bist genauso hinterhältig und verschlagen wie sie. Dagegen bin ich ein wahrer Sohn meines Vaters – ein echter Tanjian-Mönch, getreulich den Grundsätzen des Tau-tau verpflichtet.«

So-Peng schlug das Herz bis in die Kehle. Warum merkte Zhao Hsia nicht, daß er ihm etwas vormachte? Hatte das etwas mit seiner besonderen Veranlagung zu tun?

»Aber du verfügst doch auch über das Zweite Gesicht«, machte So-Peng geltend. Und im selben Moment glaubte er, einen schmalen Spalt in der undurchdringlichen Mauer zu erkennen, mit der ihn Zhao Hsia umgab. Er konzentrierte seine ganze Kraft auf die Öffnung. Vielleicht gelang es ihm, sie noch mehr zu weiten. »Du mußt doch zugeben, daß wir das Zweite Gesicht von Mutter geerbt haben. Wir sind also beide ihre Söhne – ob dir das nun gefällt oder nicht.«

Plötzlich ging in Zhao Hsia eine seltsame Veränderung vor. »Liang ist eine Verräterin«, stieß er heftig hervor. Unter der Maske oberflächlicher Freundlichkeit brach mit einem Mal abgrundtiefer Haß hervor. »Sie hat mich und meinen Vater schmählich im Stich gelassen. Das Leben der Tanjian und die Gesetze des Tau-tau haben ihr nicht das geringste bedeutet. Deshalb hat sie auch kaltschnäuzig gegen alle Regeln der Tanjian-Gemeinschaft verstoßen und ist einfach weggelaufen.«

»Dann ist also doch wahr, was sie gesagt hat.« Das Licht, das durch den unaufhaltsam breiter werdenden Spalt in der Mauer drang, war inzwischen so grell, daß So-Peng um ein Haar taumelnd davor zurückgewichen wäre. »Du bist gekommen, um sie nach Zhuji zurückzubringen.»

Zhao Hsia warf den Kopf in den Nacken und brach in schallendes Gelächter aus. »Nicht ihretwegen bin ich gekommen, mein Freund. *Du* bist es, auf den ich es abgesehen habe.«

In seiner Verblüffung brachte So-Peng nur hervor: »Ich?«

»Ja, du. Denn auch du verfügst über die Gabe deiner Mutter. Deshalb wollen die Tanjian, daß du nach Zhuji kommst. Denn in Verbindung mit einer gründlichen Ausbildung in Tau-tau wird dir das Zweite Gesicht zu ungeahnten Kräften verhelfen.«

»Wer sagt dir, daß ich mich in Tau-tau ausbilden lassen will?«

Bestürzt fragte sich So-Peng insgeheim, weshalb er nicht schon früher gemerkt hatte, daß zwischen seiner Gabe und Tau-tau ein enger Zusammenhang bestand. Und warum hatte ihm seine Mutter darüber nichts erzählt – genauso, wie sie ihn belogen hatte, was den wahren Grund von Zhao Hsias Mission betraf? Mit einem Mal stiegen heftige Zweifel in So-Peng auf. Wenn also doch stimmte, was Zhao Hsia behauptete?

»So dumm kannst du doch nicht wirklich sein.« In Zhao

Hsias Miene spiegelte sich abgrundtiefe Verachtung wider. »Begreifst du denn noch immer nicht? Deine Veranlagung birgt ungeahnte Kräfte in sich. Im Augenblick weißt du natürlich noch nicht, wie du dir das damit verbundene Potential in vollem Umfange zunutze machen kannst. Aber dafür gibt es schließlich Tau-tau. Es wird dir zu unvorstellbaren Kräften verhelfen!«

Jetzt erst begann So-Peng, das Verhalten seiner Mutter zu verstehen. Natürlich hatte sie von Anfang an gewußt, daß es die Tanjian nur auf ihn abgesehen hatten – schließlich war er ihr Sohn! Und sie hatte auch bereits dieses Treffen zwischen ihm und Zhao Hsia vorausgesehen. Deshalb hatte sie alles versucht, ihn in der kurzen Zeit, die ihr noch verblieb, zumindest so weit auf dieses Treffen vorzubereiten, daß er seinem Halbbruder nicht hoffnungslos unterlegen war. Denn sie wußte natürlich ganz genau, daß er, im Gegensatz zu Zhao Hsia, noch nicht über die nötige Ausbildung verfügte, um sich sein Potential in vollem Umfang zunutze zu machen.

»Ich werde nicht mit dir nach Zhuji kommen«, erklärte So-Peng und besiegelte damit sein Schicksal und das Zhao Hsias.

»Du läßt mir also tatsächlich keine andere Wahl?« Aus Zhao Hsias Stimme sprach ehrliches Bedauern. Zugleich spürte So-Peng unter dieser oberflächlichen Maske des Wohlwollens ein Auflodern wilden Triumphs, das ihn entsetzt zurückweichen ließ.

»Feigling!« zischte Zhao Hsia. »Weißt du noch, wie wir heimlich an den Strand geschlichen sind, um uns mit Schildkröteneiern vollzuschlagen? Erst durch Tau-tau ist mir bewußt geworden, wie sehr wir uns dadurch versündigt haben. Wir haben den Schildkröten ihre Zukunft gestohlen, So-Peng. Genauso, wie Liang mir meine – und auch deine – Zukunft gestohlen hat, als sie heimlich durchgebrannt ist. Ich hätte sie gebraucht, aber sie war nicht für mich da. Du hättest die Gemeinschaft der Tanjian gebraucht, aber sie hat sie dir vorenthalten. Was sie getan hat, ist unverzeihlich! Dafür muß sie bestraft werden.«

Plötzlich geriet So-Pengs ganzes Weltbild ins Wanken. Er

wußte nicht mehr, was richtig und was falsch war. Denn mit einem Mal begann er, die Welt mit den Augen des Tanjian zu sehen. Zhao Hsias Haß wurde sein Haß; Zhao Hsias Gefühl der Verlassenheit wurde auch seines.

»Sie hat dir nicht einmal etwas von deiner Veranlagung erzählt. Dabei wäre das dein angestammtes Recht gewesen, So-Peng! Es wäre ihre Pflicht gewesen, dich darüber aufzuklären. Aber das hat sie nicht getan. Vermutlich hat sie dir auch nicht erzählt, daß sie die magischen Steine deinem Großvater gestohlen hat. Er will sie wieder zurückhaben. Denn ohne sie ist er dem Tod geweiht. Die sechzehn Smaragde haben ursprünglich Chieh, dem Zerstörer, gehört, von dem dein Großvater in direkter Linie abstammt. Es heißt, daß die magischen Steine Chieh noch lange am Leben erhalten haben, als seine Zeitgenossen bereits jahrzehntelang tot waren.«

Es kostete So-Peng einige Überwindung, Schweigen zu bewahren und Zhao Hsia nicht energisch zu widersprechen, denn damit hätte er sich nur verraten. Zhao Hsia hätte dann gewußt, daß Liang die Smaragde tatsächlich hatte. Und genau das durfte er unter keinen Umständen erfahren.

»Offensichtlich verfügen die Smaragde tatsächlich über die Kraft, das Leben ihres Besitzers zu verlängern«, fuhr Zhao Hsia fort. »Denn seit unsere Mutter ihrem Vater die magischen Steine gestohlen hat, siecht er unaufhaltsam dahin. Wenn er die Smaragde nicht bald zurückbekommt, hat er nur noch kurze Zeit zu leben.« Kaum merklich kam Zhao Hsia immer näher auf So-Peng zu. »Das alles hat Liang sehr genau gewußt. Trotzdem hat sie die Steine gestohlen. Jetzt wird sie dafür ihre gerechte Strafe ereilen.«

Für einen kurzen Moment verschmolzen die Persönlichkeiten der beiden Jungen. So-Peng hatte das Gefühl, als würde ihm der Boden unter den Füßen weggezogen – gerade so, als schauderte selbst die Erde vor etwas so Unvorstellbarem zurück.

Und im selben Augenblick wurde ihm das wahre Ausmaß der Täuschung bewußt, der er um ein Haar erlegen wäre. Die Macht von Tau-tau war wirklich erstaunlich. Hätte er Zhao Hsias Schwindel nicht kraft seiner Gabe durchschaut, hätte er sich von ihm überzeugen lassen, daß seine Mutter der Inbegriff alles Bösen war.

Gleichzeitig wurde ihm mit Entsetzen bewußt, daß er der einzige Mensch war, der seinen Halbbruder daran hindern konnte, seine Mutter umzubringen. Er riß den Wurfstern aus seiner Tasche und schleuderte ihn auf Zhao Hsia. Doch der bewegte nicht einmal seinen Oberkörper, sondern hob nur lässig den Arm, um die gefährliche Waffe aus der Luft zu pflücken.

»Du solltest erst mal lernen, wie man damit umgeht, Bruder.« Mit einem hämischen Grinsen ließ Zhao Hsia den Wurfstern um seine Finger kreisen. »Mir kannst du damit nichts anhaben. Aber in den Händen eines Tanjian ist so ein Wurfstern eine tödliche Waffe.« Plötzlich lag das gezackte Ding ganz ruhig in seiner Handfläche. Seine scharfen Spitzen blitzten in der Sonne bedrohlich auf.

»Leider läßt du mir keine andere Wahl, Bruder«, fuhr Zhao Hsia fort und wog den Wurfstern gelassen in seiner Hand. »Du hast es nicht anders gewollt.«

Im selben Moment spürte So-Peng, wie sich hinter ihm etwas bewegte. Es kostete ihn seine ganze Beherrschung, sich nicht umzudrehen. Tak war ein gerissener Bursche. Er hatte sich das Tosen des Wasserfalls zunutze gemacht, um sich von hinten unbemerkt an sie heranzuschleichen.

Und dann ging alles ganz schnell. Wie aus dem Nichts tauchte Tak plötzlich hinter So-Peng auf und stürzte sich mit gezücktem Messer auf Zhao Hsia. Im selben Moment ertönte ein leises Sirren, kaum lauter als das Summen eines Moskitos.

Ohne lange zu überlegen, stellte So-Peng dem *Samseng* ein Bein, so daß ihn der Wurfstern nur ganz knapp verfehlte und haarscharf über seinen Kopf hinwegschoß. Tak fiel auf den Bauch und erwischte Zhao Hsia nur noch am Bein.

Bereits während sich So-Peng auf seinen Halbbruder stürzte, war ihm klar, daß er auf verlorenem Posten stand. Er war zwar kräftig und durchtrainiert, aber nicht in Tautau ausgebildet. Obwohl er mit Händen und Füßen verzweifelt auf Zhao Hsia einschlug, wehrte dieser seine Angriffe völlig mühelos ab.

Inzwischen hatte sich Tak wieder hochgerappelt und seine Pistole gezogen. Aber So-Peng und Zhao Hsia hatten sich in der Hitze des Gefechts so eng ineinander verkeilt, daß er nicht riskieren konnte, einen Schuß abzufeuern. Die Gefahr, daß er versehentlich So-Peng traf, war zu groß.

Deshalb versuchte So-Peng verzweifelt, sich von seinem Halbbruder loszureißen. Aber Zhao Hsia durchschaute seine Absicht und drückte ihn nur um so fester an sich. Dabei bekam er So-Peng am Hals zu fassen.

Verzweifelt setzte sich So-Peng zur Wehr. Aber unerbittlich krallten sich Zhao Hsias Finger immer fester um seine Kehle.

In seiner Todesangst suchte So-Peng fieberhaft nach einem Ausweg aus seiner aussichtslosen Lage. Aber Zhao Hsia ließ ihm keine Chance. Er war rettungslos verloren.

Doch mit der Gewißheit, daß er sterben mußte, ging eine seltsame Veränderung in ihm vor. Plötzlich ließ er sich nur noch von seinen Instinkten leiten. Und von dem Augenblick an wußte er auch, was er zu tun hatte.

Anstatt wie bisher verzweifelt zu versuchen, sich von Zhao Hsia loszureißen, stemmte er sich plötzlich unvermutet mit aller Kraft gegen ihn. Zhao Hsia, der darauf nicht vorbereitet war, verlor dadurch die Balance.

Das Rauschen der Fälle schwoll plötzlich zu einem mächtigen Brausen an, und im selben Moment spürte So-Peng auch schon das kalte Wasser des Flusses an seinen Beinen hochspritzen. Noch immer erbittert ineinander verschlungen, stürzten er und Zhao Hsia in die reißenden Fluten. Das letzte, was So-Peng noch hörte, war ein entsetzter Aufschrei Taks.

Unaufhaltsam wurden sie von den tosenden Wassermassen mitgerissen. So-Peng spürte instinktiv, daß das schäumende Wasser sein Verbündeter war. Und tatsächlich: Zhao Hsias Griff um seinen Hals begann sich merklich zu lockern. Aber als er verzweifelt nach Luft zu schnappen versuchte, drang ihm nur ein Schwall Wasser in Mund und Rachen, so daß er heftig zu würgen begann.

Und dann wurden sie von den tosenden Wassermassen unaufhaltsam in die Tiefe gerissen.

Zweites Buch

MITTERNACHT
SHIN-YA

Oft treibt uns die Furcht vor einem Übel
einem noch schlimmeren in die Hände.

Nicholas Boileau-Despreaux

Hochland von Asama/Washington/
East Bay Bridge/Tokio/Hodaka

Sommer, Gegenwart

»*Tanjian.*«

Dieses eine Wort Tanzan Nangis ließ alle erstarren.

»Das klingt aber nicht japanisch«, bemerkte Justine. »Das ist richtig«, bestätigte ihr Nicholas. »Das Wort stammt aus dem Chinesischen.«

Tanzan Nangi nickte ernst. »So ist es.« Er sah zwar Justine an, aber seine Worte galten auch Nicholas. »Sie haben mich vorhin gefragt, wer *Shiro Ninja* hervorrufen könnte. Nachdem inzwischen klar ist, was mit Nicholas passiert ist, bleibt mir keine andere Wahl, als Ihnen die ganze Wahrheit zu sagen.«

»Nein!« protestierte Nicholas lautstark.

»Wenn du deine Frau wirklich liebst«, erklärte Tanzan Nangi entschieden, »dann muß sie alles erfahren.«

»Gerade weil ich sie liebe, will ich ihr das ersparen«, machte Nicholas geltend, ohne zu merken, wie tief er Justine damit verletzte.

»Von der Liebe geht eine große heilende Kraft aus«, entgegnete Nangi ruhig. »Sich ihr zu verschließen, ist nur eine der vielen Folgen von *Shiro Ninja.*« Er ließ Nicholas genügend Zeit, das zu verdauen, bevor er fortfuhr: »Ein *Shiro Ninja*-Angriff übersteigt nicht nur die Fähigkeiten eines Schwarzen Ninja, sondern selbst die eines Ninja-*sensei.*« Nangis gesundes Auge leuchtete auf. »Dazu ist nur ein Tanjian imstande.«

Da Nicholas gerade aus dem Krankenhaus entlassen worden war und erst wieder zu Kräften kommen mußte, hielt es Tanzan Nangi für das Beste, sich kurz zu fassen. »Zweifellos hat es sich bei der vermummten Gestalt, die dich und diese Polizeibeamtin in der Praxis deines Chirurgen überfallen hat, um einen Ninja gehandelt.« Nangi sah Nicholas scharf an. »Sind wir uns in diesem Punkt einig?«

Wie aus weiter Ferne hörte sich Nicholas antworten: »Ja. Das kann nur ein Ninja gewesen sein.«

»Konntest du feststellen, welcher Schule er angehört hat?« wollte Nangi wissen. Für einen Ninja mit Nicholas' Fähigkeiten wäre es normalerweise kein Problem gewesen, anhand der Techniken und Waffen, deren sich ein anderer Ninja bediente, festzustellen, nach welcher speziellen Methode er ausgebildet war.

»Nein«, mußte Nicholas niedergeschlagen zugeben.

Nangi nickte. »Auch das ist ein untrügliches Zeichen für *Shiro Ninja.*«

Als Nicholas darauf nichts erwiderte, fuhr Nangi fort: »Du mußt dich damit abfinden, daß du *Shiro Ninja* bist und daß dich dein Gegner mit Hilfe einer alten Tau-tau-Technik in diesen Zustand versetzt hat.«

»Es gibt keinerlei Beweise«, machte Nicholas geltend, »daß es die Tanjian oder Tau-tau tatsächlich gibt.«

Nangi zündete sich eine Zigarette an.

»Du weißt doch, daß ich es nicht ausstehen kann, wenn in meiner Gegenwart geraucht wird«, wies ihn Nicholas vorwurfsvoll zurecht.

Ohne davon Notiz zu nehmen, fuhr Nangi fort: »Was ich bisher von dir gehört habe, ist mir Beweis genug.« Er ließ den Rauch durch seine Nase entweichen und sah Nicholas dabei herausfordernd an.« Willst du mich etwa daran hindern, weiter zu rauchen?« Er schnaubte verächtlich. »Sieh dich doch an. Du kannst dich ja ohne fremde Hilfe kaum selbst auf den Beinen halten. Und nun hat es ein Ninja auf dich abgesehen. Ohne *Getsumei no michi* kannst du nicht einmal feststellen, zu welcher Schule er gehört – ganz zu schweigen davon, daß du diesem Mann hoffnungslos unterlegen bist. Du kannst wirklich von Glück reden, daß du überhaupt noch am Leben bist. »Mit zusammengekniffenen Augen starrte Nangi durch den dichten Rauch. »Genügt dir das etwa noch immer nicht als Beweis?«

»Verschwinde hier!«

Nicholas' unerwarteter Wutausbruch ließ Justine heftig zusammenzucken. Vielleicht gab das den Ausschlag. Denn mit einem Mal wurde Nicholas unter heftigen Schuldgefühlen bewußt, welche Überwindung es Nangi gekostet haben mußte, nach drei Jahren zum erstenmal wieder zu rauchen. Nur um seinetwillen hatte Nangi seinen feierlichen Schwur gebrochen. Er hatte Nicholas ganz bewußt provoziert, um ihn endlich aus der Reserve zu locken und ihm die Augen zu öffnen, wie hartnäckig er sich der Wahrheit verschloß.

Andererseits war natürlich nur zu verständlich, daß Nicholas nicht wahrhaben wollte, daß er *Shiro Ninja* war. Denn damit hätte er sich auch eingestehen müssen, daß er seine mühsam erworbenen Kräfte und Fähigkeiten möglicherweise für immer verloren hatte.

Aber an der Tatsache, daß er *Shiro Ninja* war, gab es inzwischen längst nichts mehr zu rütteln. Nun hatte er nur noch eine einzige Hoffnung: die Smaragde. Deshalb mußte er unter allen Umständen verhindern, daß die magischen Steine seines Großvaters So-Peng in die Hände des Feindes fielen.

Bisher hatte er den kostbaren Steinen allerdings kaum Beachtung geschenkt. Um so deutlicher wurde ihm nun deshalb bewußt, wie wenig er eigentlich über die Natur ihrer geheimen Kräfte wußte.

Mit einemmal fühlte sich Nicholas so hilflos und ausgeliefert, daß er am liebsten in Tränen ausgebrochen wäre. Heftige Verzweiflung stieg in ihm auf. *Die Verzweiflung wird dich noch vernichtender treffen als jede Niederlage im Kampf.*

»Du mußt entschuldigen, Nangi-san«, sagte Nicholas schließlich niedergeschlagen. »Ich wußte selbst nicht mehr, was ich tat.«

Nangi drückte seine Zigarette aus. »Manchmal kann die Furcht selbst den Tapfersten bezwingen.« Er stützte sich auf seinen Gehstock. »Wenn du wieder gehen lernen willst, mußt du dir erst eingestehen, daß du ein Krüppel bist. Das hast du *Shiro Ninja* zu verdanken. Und hinter *Shiro Ninja* steckt ein gefährlicher Gegner.«

»Ein Tanjian«, nickte Nicholas

»Was bedeutet dieses Tanjian nun eigentlich?« meldete sich Justine wieder zu Wort.

Nachdem Nicholas darauf nichts erwiderte, erklärte ihr

Nangi den Sachverhalt: »Um es kurz zu machen: Einige Leute glauben, daß die Tanjian die Vorgänger der Ninja sind und daß Ninjutsu auf der Geheimlehre Tau-tau aufbaut. Tau-tau ist also wesentlich älter als Ninjutsu; gerade deshalb ist es jedoch in mancher Hinsicht auch wesentlich elementarer und wirksamer.«

»Bei Tau-tau spielen vor allem auch magische Elemente eine wesentliche Rolle«, flocht Nicholas ein.

»Tau-tau hat mit Magie zu tun?« fragte Justine erstaunt.

»Ja«, bestätigte ihr Nangi. »Wie Sie sicher noch in Erinnerung haben, bediente sich auch Akiko magischer Techniken. Bekanntlich gibt es eine ganze Reihe von Ninjutsu-Schulen, die magische und pseudomagische Praktiken in ihr Übungssystem eingebaut haben – wie zum Beispiel die Anwendung von Hypnose und verschiedene Taschenspielertricks. Dabei handelt es sich vermutlich um Relikte alter Tau-tau-Methoden, die allerdings im Lauf der Zeit starke Abwandlungen erfuhren. Im Fall der Tanjian verhält es sich jedoch anders. Sie haben die ursprüngliche Tau-tau-Methode über die Jahrhunderte hinweg in ihrem Reinzustand erhalten. Ihre magischen Kräfte sind noch in keiner Weise verfälscht und abgeschwächt. Akiko war eine *Miko*, eine Hexe, und bediente sich zweifellos einer Reihe von Techniken, die dem Tau-tau entlehnt waren.«

»Aber sie war keine Tanjian«, warf Nicholas ein.

»Das ist richtig«, stimmte ihm Nangi zu. »Aber der Ninja, mit dem du vor zwei Tagen zusammengetroffen bist, war mit Sicherheit ein Tanjian.«

»Ganz gleich, wer dieser Mann ist«, sagte Justine. »Er hat es auf Nicholas abgesehen. Haben Sie eine Idee, warum?«

»Die dunklen Seiten des Ninjutsu«, erklärte Nangi, »bergen ihre eigenen Gefahren in sich.«

Als ihn Justine daraufhin nur verständnislos ansah, kam ihr Nicholas zu Hilfe. »Nangi meint damit: Der Angriff auf mich muß nicht unbedingt persönliche Gründe haben. Dafür könnte bereits die Tatsache genügen, daß ich ein *Aka-i-ninjutsu* bin.« Das brachte ihn auf eine Idee. Deshalb fügte er, an Nangi gewandt, hinzu: »Diese Polizeibeamtin, Tomi Yazawa, hat mir etwas von einem geplanten Mordanschlag des KGB auf mich erzählt.«

»Worauf stützt sich diese Behauptung? Auf Gerüchte?«

»Nein, angeblich hat die Polizei einen geheimen Funkspruch abgefangen und entschlüsselt.«

»Ohne fremde Hilfe hast du in deinem augenblicklichen Zustand gegen diesen Tanjian keine Chance.«

»Ich weiß«, nickte Nicholas. »Im Grunde genommen habe ich schon eine ganze Weile vermutet, daß ich *Getsumei no michi* verloren habe. Deshalb ist mir auch längst klargeworden, was ich zu tun habe. Aber...« Als er dabei gedankenversunken in den herrlichen Garten hinausschaute, glaubte er plötzlich ganz deutlich den Geist seiner Tante Itami spüren zu können; ihre Nähe schien ihm neue Kraft zu verleihen. »...ich habe mir die ganze Zeit immer nur selbst Steine in den Weg gelegt.«

»Oder jemand anderer hat das getan«, bemerkte Nangi und stieß mit seinem Stock energisch auf den Boden. »Bei diesem KGB-Funkspruch handelt es sich nur zu offensichtlich um einen Bluff dieses Tanjian; sicher soll das Ganze nur dem Zweck dienen, zusätzliche Verwirrung zu stiften. Welchen Grund sollte der KGB haben, dich umzubringen?«

»Dafür sehe auch ich keine Veranlassung«, bestätigte ihm Nicholas. Nangi sah ihn durchdringend an. »Würdest du mir jetzt endlich erklären, was du vorhast?«

Dieses Gespräch hatte Nicholas noch deutlich im Gedächtnis, als er eine Woche später im Hochland von Asama unterwegs war. Die Erinnerung daran hatte etwas Tröstliches an sich. Und Trost war etwas, was er im Moment dringend brauchen konnte. Schwer atmend kämpfte er sich durch den heulenden Sturm einen tief verschneiten Abhang hinauf. Hier oben, in den Bergen von Asama, herrschte selbst im Sommer so eisige Kälte, daß ihm der Atem vor dem Gesicht gefror.

Tief schnitten sich die Gurte seines Rucksacks in seine Schultern ein. Jeder Muskel seines Körpers schmerzte von den Strapazen des beschwerlichen Aufstiegs. Aber seine seelischen Qualen waren stärker als die körperlichen Schmerzen und trieben ihn unaufhaltsam immer weiter voran.

Auf dem gewaltigen Grat des Asama-yama, fast dreitausend Meter über dem Meeresspiegel, legte er im Windschatten eines mächtigen Granitblocks eine kurze Rast ein. Von der verwitterten Oberfläche des rauhen Urgesteins schien eine elementare Kraft auf ihn überzugehen, als er sich mit dem Rücken gegen den harten Fels lehnte. Er bückte sich, nahm eine Handvoll Schnee und ließ sie langsam im Mund zergehen. Dazu kaute er an einem Stück Dörrfleisch.

Er befand sich am Rand der Erschöpfung. Der lange Aufstieg, der unter normalen Umständen kein Problem für ihn dargestellt hätte, hatte ihn wesentlich mehr angestrengt, als er erwartet hatte.

Aber er war nun einmal nicht mehr der alte Nicholas Linnear. An diese schmerzliche Tatsache mußte er sich langsam gewöhnen. Einmal war er schon kurz davor gewesen, aufzugeben und wieder umzukehren. Aber gerade jetzt mußte er sich selbst gegenüber hart bleiben. Wenn er sich jetzt auch nur die geringste Schwäche gestattete, würde er für immer *Shiro Ninja* bleiben.

Nach Überqueren des langen Grats trat Nicholas den Abstieg in ein sanft abfallendes, von Lärchen und Birken bestandenes Bergtal an. Vereinzelt wuchsen hier sogar ein paar Pfirsichbäume, was für dieses rauhe Klima höchst ungewöhnlich war.

Er warf einen Blick zurück auf den schmalen Pfad, den er gekommen war. Tief unten im Tal, wo die Straße endete, waren die herrlichen Villen der Reichen von Tokio zu sehen, die hier, in der Abgeschiedenheit der Berge, die Wochenenden verbrachten.

Aber nicht nach einer solchen Villa hielt Nicholas Ausschau, sondern nach einer kleinen Bergfestung. Unwillkürlich mußte er an Saigos Geliebte Akiko denken. Die Hexe.

Denn Akiko war es gewesen, die Nicholas von der versteckten Burg in den Bergen erzählt hatte, wo sie in den Künsten einer *Miko*, einer Hexe, unterwiesen worden war.

Und dann, ein Stück weiter, tauchte die Burg vor ihm auf

– Yami Doki, der Drache in der Finsternis, wo der Hexenmeister Kyoki hauste. Kyoki war der einzige Mensch, der Nicholas von seinem *Shiro Ninja*-Zustand befreien konnte. Denn Kyoki war ein Tanjian.

Als Akiko Nicholas kurz vor ihrem Tod zum erstenmal von ihrem Meister erzählte, hatte sie ihm Kyoki so ausführlich beschrieben, daß Nicholas sicher war, daß er den Tanjian sofort erkennen würde. Sieben Jahre war Akiko bei Kyoki in die Lehre gegangen. Das lag inzwischen gut zwanzig Jahre zurück. Kyoki war damals ihren Aussagen zufolge erst Mitte vierzig gewesen, was für einen Meister in einer alten und geheimen Disziplin erstaunlich jung war.

Allerdings hatte Akiko mit keinem Wort erwähnt, daß Kyoki ein Tanjian war. Vermutlich hatte er ihr das auch nie gesagt. Aber demnach zu schließen, was er ihr beigebracht hatte, stand für Nicholas völlig außer Zweifel, daß Kyoki ein Tanjian war. In dieser Annahme bestärkte ihn auch die Beschreibung seines Äußeren. Akikos Angaben zufolge hatte Kyoki ein verschlossenes mongolisches Gesicht gehabt, das eher auf eine chinesische als auf eine japanische Abstammung hindeutete.

Außerdem blieb Nicholas gar keine andere Wahl, als einfach davon auszugehen, daß Kyoki ein Tanjian war. Das war seine einzige Hoffnung.

Beim Anblick der Burg, die genauso aussah, wie Akiko sie ihm beschrieben hatte, begann Nicholas, wieder neue Hoffnung zu schöpfen. Hier würde er erfahren, welche geheimen Kräfte So-Pengs Smaragde bargen. Hier würde er wieder in den Besitz seiner alten Kräfte gelangen. Und hier würde er wieder die Fesseln des *Shiro Ninja* abstreifen.

Es hatte zu regnen begonnen. Ungestüm fuhr der auffrischende Wind in die Wipfel der Lärchen und brachte sie gefährlich ins Wanken. Der Himmel verfärbte sich zu einem schmutzigen Weiß, und die Luft war erfüllt von harzigem Nadelduft. Ganze Teile des weiten Tals verschwanden mit einem Mal hinter den dichten Dunstschwaden, die der Wind über die vulkanischen Hänge des Asama-yama trieb.

Fast waagrecht peitschte der Regen inzwischen in Nicholas' Gesicht. Er schlug den Kragen seines Anoraks hoch und knöpfte ihn zu. Trotzdem war er binnen kurzem bis auf die Haut durchnäßt.

Immer wieder wurde die Burg durch die vorübertreibenden Nebelfetzen seinen Blicken entzogen. Während des Abstiegs von den geröllbedeckten Hängen des Asamy-yama war sie ihm bereits ganz nah erschienen. Doch hier unten im Tal, aus einer anderen Perspektive, zeigte sich, daß er noch einen weiteren Weg vor sich hatte als ursprünglich gedacht.

Er rief sich noch einmal die Begegnung mit dem Tanjian in Dr. Hanamis Sprechzimmer ins Gedächtnis zurück. Tomi Yazawa hatte angenommen, bei diesem Überfall hätte es sich bereits um den vom KGB angekündigten Mordanschlag auf ihn gehandelt. Nicholas war jedoch anderer Meinung. Wie Nangi ganz richtig geltend gemacht hatte, war dieser Mordanschlag vermutlich nur fingiert, da von seiten des KGB eigentlich keinerlei Interesse bestehen konnte, Nicholas zu beseitigen. Viel mehr beschäftigte Nicholas dagegen die Frage, weshalb ihn der Tanjian nicht getötet hatte.

Wenn du jetzt stirbst, stirbst du zu früh. Dann wirst du nie begreifen, hatte ihm der Ninja ins Ohr geflüstert.

Was würde er nie begreifen?

Nicholas hatte nicht die leiseste Ahnung, was die vermummte Gestalt damit gemeint haben könnte. Aber ganz deutlich spürte er plötzlich wieder dieses Gefühl absoluter Hilflosigkeit, das ihn während des aussichtslosen Kampfes mit dem Tanjian befallen hatte. Verzweifelt hatte sein Körper auf die entsprechenden Impulse aus seinem Gehirn gewartet, um sich zur Wehr zu setzen. Aber sie waren ausgeblieben. Warum?

Mit letzter Kraft kämpfte Nicholas gegen einen neuerlichen Anfall heftiger Mutlosigkeit an. Er ertappte sich dabei, daß er wie ein zu Tode verängstigtes Tier zu keuchen begonnen hatte. So durfte er sich auf keinen Fall gehenlassen. Er begann, lang und tief durchzuatmen, um wieder seine Mitte zu finden. Aber es nützte alles nichts. Immer neue Ängste stiegen in ihm auf und machten es ihm zunehmend unmöglicher, auch nur einen klaren Gedanken zu fassen.

Endlich erreichte er die Burg. Gleich würde er vor Kyoki stehen. Und dann würde *Shiro Ninja* der Vergangenheit angehören, nichts weiter als ein lange vergessener, böser Traum.

Die Burg lag auf einer mit Eichen bestandenen Anhöhe, am Fuß einer steilen Klamm, von wo man einen herrlichen Blick auf den Gipfel des Asama-yama und die gesamte Hida-Bergkette hatte.

Die Burg war von einem massiven Eisengitter umgeben. Das wuchtige Holztor war nicht verschlossen. Nicholas betrat den Innenhof.

Dort herrschte seltsame Stille. Der heftige Sturm hatte sich schlagartig gelegt.

Auch die Eingangstür der Burg war nicht verschlossen. Vorsichtig drückte Nicholas sie auf, um dann auf der Schwelle stehenzubleiben und in die Stille zu lauschen, die ihm aus dem Innern entgegendrang. Der aromatische Duft eines Holzfeuers, durchsetzt von ätzendem Kohlenrauch, stieg in seine Nase. Als er sich schließlich ins Innere vorwagte, zogen auch noch andere Gerüche an ihm vorbei – ebenso schwer zu fassen wie die Nebelschwaden, die der Wind durch das Tal peitschte, ebenso bedrohlich und undurchschaubar wie der weiße Dunst, durch den er in seinen Träumen ins Bodenlose stürzte...

Als er in diesem Moment an Justine denken mußte, stieg heftige Sehnsucht nach ihr in ihm auf. Er vermißte sie mehr denn je. Aber solange er *Shiro Ninja* war, würde nichts mehr so sein, wie es einmal war. Dieser entsetzliche Gedanke rief ihm wieder ins Gedächtnis zurück, weshalb er eigentlich hierhergekommen war. Er mußte Kyoki finden. Denn nur er verfügte über das nötige Wissen, um den Tanjian-Zauber wieder von ihm zu nehmen.

Obwohl im Innenhof der Burg vollkommene Windstille geherrscht hatte, durchwehte die steinernen Gänge und weiträumigen Gemächer ein eisiger Wind. In der Küche war offensichtlich erst vor kurzem eine Mahlzeit zubereitet worden, und im Kamin des Aufenthaltsraums kokelten noch ein paar verkohlte Scheite. In jeder Ecke und in jedem Winkel lauerten tiefe Schatten.

Nicholas ging von Gemach zu Gemach. Aber es war kein Mensch zu sehen. Im Saal der Schatten, dem Meditationsraum, warf das flackernde Feuer im Kamin messerscharfe Schatten an die kahlen Wände, von denen es gespenstisch widerhallte.

Im Obergeschoß kam Nicholas schließlich in einen Raum mit einem Deckengewölbe. Der Boden war mit Tatami-Matten ausgelegt. Ein chinesisches Mondtor unterteilte den Saal in zwei Bereiche. Auch darin sah Nicholas eine Bestätigung, daß er am richtigen Ort war: die Tanjian stammten ursprünglich aus China.

Der Raum strahlte etwas Ehrfurchtgebietendes aus. Es schien, als hätte er schon lange existiert, bevor die Burg an diesem Ort errichtet worden war, als hätte ihn Kyoki durch einen geheimen Zauber von einem anderen Ort, aus einer anderen Zeit hierhergeschafft. Aber das war natürlich völlig unmöglich, versuchte sich Nicholas diesen unsinnigen Gedanken auszureden. Selbst der Kraft von Tau-tau waren Grenzen gesetzt.

Die Luft im Raum war schwer vom Duft unzähliger Räucherkerzen. Nur mit Mühe konnte Nicholas ein Würgen unterdrücken. Langsam durchquerte er das verlassene Gemach. Die nackten Steinwände waren kahl, die Einrichtung beschränkte sich auf einige wenige Gegenstände. Zu seiner Rechten stand eine Truhe aus schwerem, dunklem Holz.

Genau auf der Schwelle des Mondtores stießen zwei Tatami-Matten aneinander. Nicholas, der eben den dahinterliegenden Bereich betreten wollte, bleib wie angewurzelt stehen. Nach einer Weile kniete er nieder, um die schwarzen Einfassungen der beiden Reisstrohmatten sorgfältig zu untersuchen. Während die anderen Tatami-Matten im Raum nahtlos aneinandergefügt waren, klafften die Ränder der beiden Matten auf der Schwelle des Mondtors kaum merklich auseinander. Nicholas schaute zur Decke hoch, wo er in der Wölbung des Tors einen ähnlich schmalen Spalt entdeckte.

Er stand auf, hob ein herumliegendes Kissen vom Boden auf und hielt es mit ausgestrecktem Arm vorsichtig durch die Türöffnung.

Im selben Moment sauste unter leisem Zischen eine Klinge herunter und hieb das Kissen mittendurch. Gleich darauf schnellte die Klinge wieder nach oben, und diesen Moment nutzte Nicholas, um durch das Mondtor in den hinteren Teil des Raums zu hechten.

Dort blieb er wie angewurzelt stehen. Seine Nackenhaare stellten sich auf, und um ein Haar hätte er sich an Ort und Stelle übergeben.

Er hatte Kyoki, den Tanjian, gefunden.

Alle viere von sich gestreckt, lag Kyoki in der hintersten Ecke des Raums auf dem Boden. Alles war voller Blut. Im ersten Moment konnte sich Nicholas nicht erklären, weshalb er den Geruch nicht früher bemerkt hatte. Aber dann fiel ihm wieder der erstickende Duft der Räucherstäbchen ein, der alle anderen Gerüche überdeckt hatte.

Ganz langsam, wie in einem Traum, näherte er sich der Leiche. Jemand hatte Kyoki in regelmäßigen Mustern die Haut eingeritzt.

Das Gesicht des Tanjian war unversehrt. Es sah noch genauso aus, wie es Akiko Nicholas beschrieben hatte. Kein Zweifel: Der Tote konnte nur Kyoki sein. Er schien nicht einmal gealtert zu sein.

Der ekelerregende Gestank des Todes war kaum zu ertragen. Trotzdem kniete Nicholas neben der Leiche nieder. Und im selben Augenblick überkam ihn abgrundtiefe Verzweiflung. Kyoki war seine letzte Hoffnung gewesen. Aber nun war auch diese Hoffnung vereitelt. Was sollte er jetzt tun? Gab es denn gar keine Rettung mehr für ihn? War es ihm vom Schicksal bestimmt, für immer *Shiro Ninja* zu bleiben, bis ihn sein unbekannter Widersacher endgültig umbrachte?

Nein. Das durfte nicht sein. Wild entschlossen ballte Nicholas die Fäuste. So leicht ließ er sich nicht unterkriegen. Aber im selben Moment schlich sich ein neuer entsetzlicher Gedanke in sein Bewußtsein. Kyoki war ein Tanjian und Tau-tau-Meister gewesen. Und doch war ihm bei lebendigem Leib die Haut abgezogen worden. Wer konnte das getan haben? Wer verfügte über die Kräfte, die hierfür nötig waren?

Wenn wir uns nicht unserer Vorstellungskraft zu bedienen wissen, werden wir nie zu wirklicher Macht gelangen, hatte ihm sein erster Ninja-Meister Kansatsu-san erklärt. *Genau so, wie sich Geist und Körper in einem ausgewogenen Zustand befinden müssen, gewährleistet erst das richtige Verhältnis von Realität und Vorstellungskraft die richtige geistige Grundeinstellung.* Ganz deutlich hatte Nicholas plötzlich seinen alten Meister wieder vor sich – klein und doch von unbezähmbarer Energie erfüllt, so ruhig und gelassen wie ein Fels inmitten eines sturmgespeitschten Meeres. Unauslöschlich hatten sich seine Worte in Nicholas' Gedächtnis eingebrannt. *Andere Ninjutsu-Meister lehren, daß jedes Übermaß unter allen Umständen zu vermeiden ist. Diese* Sensei *verfügen jedoch über keinerlei Vorstellungskraft. Denn was bedeutet die Vorstellungskraft anderes als das Spiel mit dem Übermaß, mit dem, was nicht real ist. Natürlich ist es richtig, daß in Hinblick auf das Geist-Körper-Kontinuum jedes Übermaß zu vermeiden ist. Aber auf das Realität-Vorstellungskraft-Kontinuum trifft das nicht zu. Denn hier haben wir es nicht mit neuen Gesetzmäßigkeiten zu tun, sondern mit einem Zustand, in dem alle Regeln und Gesetze außer Kraft gesetzt sind. Wie wäre es uns sonst möglich, den Weg des Tao zu beschreiten?*

Erst an diesem Punkt sind wir imstande, den Ursprung des Chaos zu begreifen. Das Chaos ist ein Resultat ungezügelter Energie. Aber die Vorstellungskraft hält diese Energie unter Kontrolle. Sie weiß nämlich, daß ein Übermaß an Energie ohne die Kontrolle durch die Vorstellungskraft nicht nur für denjenigen verheerende Folgen hat, der sich ihrer bedient, sondern auch für seine Mitmenschen.

Du darfst nie vergessen, Nicholas, daß das Realität-Vorstellungskraft-Kontinuum bei Ninjutsu eine ganz wesentliche Rolle spielt. All jene, die seine Kraft mißbrauchen, sind Dorokusai. *Für sie gibt es keine Erlösung. Sie sind auf ewig verdammt.*

Schaudernd wurde Nicholas bewußt, daß die vermummte Gestalt, der er in Dr. Hanamis Sprechzimmer begegnet war, ein *Dorokusai* gewesen sein mußte. Wenn es ihm nicht baldigst gelang sich wieder in *Getsumei no michi* zu versetzten, dann hatte er selbst mit den magischen Steinen seines Großvaters So-Peng keine Chance gegen diesen übermächtigen Gegner.

Mit einem Geschenkpaket im Arm stand Douglas Howe, der Vorsitzende des Senatsausschusses für Verteidigungsfragen, im noblen Washingtoner Vorort Chevy Chase am Straßenrand und wartete. Wenige Augenblicke später glitt auf der dichtbefahrenen Wisconsin Avenue sein dunkelblauer Lincoln Continental auf ihn zu und hielt direkt neben ihm an. Sobald Howe eingestiegen war, fuhr die schwere Limousine wieder an.

Der Senator legte das Paket neben sich auf den Rücksitz und sagte nur ein einziges Wort zu seinem Chauffeur und Leibwächter Michael: »Nora's.« Dann ließ er sich entspannt in die Lederpolster des Rücksitzes sinken und schaute eine Weile gedankenversunken auf den dichten Vormittagsverkehr hinaus. Im Schlitz seines Auto-Telefax wartete bereits ein Brief aus seinem Büro auf ihn.

Er zog das Blatt Papier heraus, knipste die Innenbeleuchtung an, setzte seine Lesebrille auf und begann, das Schreiben abwesend zu überfliegen. Seine Gedanken waren noch ganz bei dem eleganten Louis Feraud-Kostüm, das er gerade gekauft hatte. Das Modell aus der brandaktuellen Herbstkollektion war aus graumelierter Wolle mit fuchspelzbesetzten Schößen. Er hatte es letzte Woche ausgesucht und anschließend auf einer Kleiderpuppe, die man bei Saks Jandel eigens für ihn angefertigt hatte, abändern lassen. Er hatte einmal gehört, daß sich auch John F. Kennedy so eine Kleiderpuppe nach Marilyn Monroes Maßen anfertigen ließ, um die lästigen Anproben umgehen zu können, wenn er ihr ein Kleid oder ein Kostüm schenken wollte.

Es kostete ihn einige Mühe, sich auf das Schreiben aus seinem Büro zu konzentrieren. Es betraf die Anzahl der neuen Transportschiffe für die Navy, die für den kommenden Militärhaushalt eingeplant werden sollten. Howe kritzelte seine Anmerkungen an den Rand, setzte seine Unterschrift darunter und faxte das Ganze an sein Büro zurück.

Genau genommen war es nicht das Louis Feraud-Kostüm, das Howe so nachhaltig beschäftigte, sondern eher das, was er damit bezweckte: Es handelte sich dabei nämlich weniger um ein Geschenk als vielmehr um eine Prämie für einen erfolgreich durchgeführten Auftrag, an dem ihm außerordentlich viel lag.

Der Lincoln Continental hielt direkt vor dem Eingang von Nora's am Straßenrand. Nur widerstrebend ließ Douglas Howe das Geschenkpaket auf dem Rücksitz liegen, als er sich zum Aussteigen anschickte. Für einen Moment hatte er sogar das Gefühl, als müßte er einen Teil von sich selbst zurücklassen. Aber schon im nächsten Moment öffnete er entschlossen die Tür und stieg in den strahlenden Sommertag hinaus.

Es war sehr heiß und schwül. Aber das gehörte nun mal zu den Sommern in Washington. Dennoch hatte Howe wie gewohnt einen tadellos sitzenden, anthrazitfarbenen Nadelstreifenanzug an, der, den tropischen Temperaturen angepaßt, aus einem superleichten Material bestand. Dazu trug er ein blütenweißes Hemd aus handgewebter ägyptischer Baumwolle und eine dunkle Seidenkrawatte mit einem sehr dezenten Muster.

Howe war eher zierlich von Gestalt. Seine hohe Denkerstirn wurde von dunkelblondem Haar eingefaßt. Von seinem eingefallenen Gesicht mit dem spitzen Kinn und den auffallend leuchtenden blauen Augen ging eine seltsame Anziehungskraft aus. Howe sah zwar nicht gut aus, aber er hatte doch eine Art, mit Menschen umzugehen, daß noch niemand auf die Idee gekommen war, ihn mit einem Wiesel zu vergleichen.

Beim Betreten von Nora's wurde Howe vom Geschäftsführer persönlich begrüßt und unverzüglich an seinen Stammplatz im hinteren Teil des Restaurants geführt, wo er das ganze Lokal im Blick hatte.

Kaum hatte er Platz genommen, stand bereits eine genau nach seinen Anweisungen gemixte Bloody Mary auf dem Tisch. Howe nahm einen kräftigen Schluck und ließ dann in aller Ruhe seinen Blick durch das Lokal wandern. Den Leuten, die er kannte, nickte er freundlich zu. Drei Viertel der Plätze waren bereits besetzt. Spätestens in zehn Minuten würde man hier keinen Tisch mehr bekommen.

Er sah auf seine Polo-Uhr. Zwölf Uhr achtundzwanzig. Brisling hatte noch genau zwei Minuten Zeit, zur Tür hereinzukommen und an seinem Tisch Platz zu nehmen. Und der Sekundenzeiger rückte unaufhaltsam weiter vor.

An sich war es Howe völlig gleichgültig, wann Brisling kam und was er ihm zu berichten hatte. Sicher würde er nicht einmal abwarten, bis ihm etwas zu trinken gebracht wurde, sondern gleich mit seinen Neuigkeiten herausplatzen.

Alles in allem war David Brisling jedoch der ideale Assistent. Intelligent genug, um genau das richtige Maß an Eigeninitiative zu entwickeln, aber andererseits auch nicht so selbständig, um sich Howe nicht vorbehaltslos unterzuordnen. In Howes Augen war er der Inbegriff des nützlichen Idioten. Und wenn es Brisling nicht schon gegeben hätte, hätte man ihn kaum besser erfinden können.

Noch dreißig Sekunden. Und da kam Brisling auch schon zur Tür herein. Ebensogut, fand Howe, hätte sein Assistent CIA-Agent sein können – der typisch unauffällige Durchschnittsamerikaner, aus einfachen Verhältnissen kommend, zielstrebig und absolut zuverlässig.

Nachdem sich Brisling ohne ein Wort des Grußes gesetzt hatte, stieß er atemlos hervor: »Ich glaube, ich hab's.«

»Guten Tag übrigens, David.« Auf gute Manieren legte Howe allergrößten Wert. Sie waren für ihn gleichbedeutend mit Stil. Und da ihm als Sohn eines Farmers gutes Benehmen nicht gerade in die Wiege gelegt worden war, maß er solchen Äußerlichkeiten nur um so größere Bedeutung bei.

Allerdings hätte er sich nur sehr zögernd eingestanden, daß seine erbitterte Feindschaft mit Cotton Branding vielleicht nur darauf zurückzuführen war, daß dieser über all das verfügte, was ihm selbst, Howe, für immer verwehrt sein würde: der richtige familiäre Hintergrund, die richtige Schulbildung, die richtigen Freunde und Beziehungen und der Zutritt zu den richtigen Clubs, jenen elitären Zentren der Macht, die nur den wenigen Auserwählten offenstanden, die dem alten amerikanischen Geldadel entstammten. Männern wie Branding stand schon vom Augenblick ihrer Geburt an die ganze Welt offen. Dagegen mußten sich arme Schlucker wie Howe mühsam Schritt für Schritt nach oben kämpfen und dabei erst einmal unzählige Stiefel lecken, bevor auch ihnen ein gewisses

Maß an Anerkennung zuteil wurde. Trotzdem blieben Leuten wie ihm ein paar Türen – die Türen zu den inneren Zirkeln der Macht – für immer verschlossen.

Brisling erwiderte Howes Gruß mit einem kurzen Nicken und zückte einen Packen Papiere. »Hier, der Untersuchungsbericht über die Mitarbeiter des Johnson Institute. Ich glaube, jetzt haben wir endlich, wonach wir schon die ganze Zeit gesucht haben.« Natürlich ging es wieder einmal um das leidige Hive-Projekt, über das demnächst im Senat abgestimmt werden sollte. Howe konnte einfach nicht zulassen, daß vier Milliarden Dollar – so viel wurde für das von Cotton Branding befürwortete Projekt veranschlagt – einfach zum Fenster hinausgeworfen werden sollten. Sollten sich doch ein paar private Stiftungen dieses utopischen Computerprojekts annehmen, wenn sie unbedingt glaubten, dem Traumziel eines selbständig denkenden Computers hinterherjagen zu müssen. Aber er, Douglas Howe, würde unter keinen Umständen zulassen, daß für dieses lächerliche Hirngespinst Unsummen von Steuergeldern verschwendet wurden.

»Lesen Sie selbst, was hier steht.«

Howe, der in Anwesenheit anderer nur ungern seine Lesebrille aufsetzte, winkte ab. »Es genügt doch, wenn Sie mir den Inhalt kurz schildern, David.«

Brisling hatte herausgefunden, daß zwei Mitarbeiter des Johnson Institute, unter ihnen auch dessen Leiter Dr. Rudolph, mit Personen in Kontakt standen, die ein eindeutiges Sicherheitsrisiko darstellten. Genau auf etwas in der Art hatte Howe schon die ganze Zeit gehofft, um die Verabschiedung des ASCRA-Gesetzesentwurfs torpedieren zu können. Natürlich hätten hierfür allein diese Fakten nicht ausgereicht; dazu hätte er noch ein ganzes Team von Ermittlern einsetzen müssen. Davon hielten ihn allerdings zwei Faktoren ab: Zum einen wollte er in diese Ermittlungen auf keinen Fall persönlich verwickelt werden; falls nämlich bei der ganzen Sache nichts herauskam, hätte der Schuß rückwärts losgehen und ihm selbst zum Verhängnis werden können. Denn seit der Iran-Contra-Affäre war man in Washington in dieser Hinsicht sehr vorsichtig. Und der zweite Grund war Howes Ungeduld.

Dagegen war eine von Cotton Brandings Stärken seine unerschütterliche Geduld. Und da Howe selbst über diese Eigenschaft nicht verfügte, haßte er Branding nur um so mehr. Brandings Taktik basierte nämlich in der Regel immer nur auf dem simplen Trick, so lange zu warten, bis sein Gegenspieler – wer immer das gerade war – einen Fehler machte. Und dann machte er sich diese Schwäche unnachsichtig zunutze. Allerdings konnte sich dieser Methode nur jemand bedienen, der über zwei wichtige Tugenden verfügte: Geduld und absolute Integrität. Sobald sich so jemand jedoch auch nur eines Fehltritts schuldig machte, bedeutete das mehr oder weniger bereits das Aus für seine weitere politische Karriere.

Und genau so verhielt es sich im Fall Cotton Branding. Deshalb war Howe fest entschlossen, seinen Erzfeind eines solchen Fehltritts zu überführen.

Er tippte mit dem Zeigefinger auf den Untersuchungsbericht über die Mitarbeiter des Johnson Institute und sah Brisling lächelnd an. »Ich muß zugeben, David, das haben Sie wirklich gut gemacht.« Brisling auf Branding anzusetzen, war in etwa so, als hetzte man einen abgerichteten Floh auf einen wilden Stier. Daran war nicht das geringste auszusetzen, fand Howe, solange sich der Floh seiner Stellung nicht bewußt war. Er gab seinem Assistenten die Unterlagen zurück. »Bewahren Sie das Ganze mit dem übrigen Material über Branding auf. Aber daß mir kein Mensch von der Sache erfährt! Alles muß streng geheim bleiben.«

Brisling nickte und steckte die Papiere ein.

»Jetzt gilt es herauszufinden, wie sich dieses Wissen am wirkungsvollsten einsetzen läßt. Stellen Sie weitere Nachforschungen über das Privatleben dieser Wissenschaftlicher an; versuchen Sie herauszufinden, wer von ihnen am ehesten erpreßbar ist.« Als ihn Brisling dabei stirnrunzelnd ansah, fügte er beruhigend hinzu: »Kein Grund zur Aufregung, David. Das alles dient einem guten Zweck. Schließlich wollen wir doch nicht zulassen, daß dieser ASCRA-Gesetzesentwurf tatsächlich durchkommt, oder?«

In diesem Moment kam der Geschäftsführer des Restaurants mit einem Telefon auf sie zu und schloß es an einer

Buchse neben ihrem Tisch an. »Ein Anruf für Sie Senator Howe«, sagte er und stellte den Apparat auf den Tisch.

Howe nahm den Hörer ab und meldete sich mit einem knappen »Ja?«

»Haben Sie schon mit dem Essen begonnen?« ertönte Shiseis Stimme am anderen Ende der Leitung.

Howe lächelte so gewinnend, als könnte Shisei ihn sehen. »Nein«, erwiderte er. »Ich faste gerade.«

»Es gibt nichts Besseres, um seinen Organismus gründlich zu entgiften«, stimmte ihm Shisei zu.

»Wo sind Sie gerade?«

»In einer Telefonzelle.« Das bedeutete, daß sie nicht abgehört werden konnten.

»Und wie sieht es bei Ihnen aus?« wollte Howe wissen.

»Es könnte nicht besser sein.«

»Gut. Dann erwarte ich Sie spätestens in achtundvierzig Stunden hier zurück.«

»Aber Sie haben doch gesagt...«

Howe hatte jedoch bereits aufgelegt. Er winkte dem Ober und bestellte sein Mittagessen, ohne sich vorher bei Brisling zu erkundigen, ob er sich schon für etwas entschieden hatte. Offensichtlich hatte er seinen Entschluß zu fasten sehr schnell wieder aufgegeben.

Als Tomi Yazawa den Bereitschaftsraum betrat, sah sie zu ihrem Erstaunen einen Mann vor ihrem Schreibtisch sitzen. Einer ihrer uniformierten Kollegen flüsterte ihr kurz zu, der Mann hieße Tanzan Nangi und hätte schon mehr als eine Stunde auf sie geartet.

Tomi verschwand kurz in die Gemeinschaftsküche, brühte zwei Tassen Tee auf und ging damit an ihren Schreibtisch. Mit einer höflichen Verneigung stellte sie sich ihrem Besucher vor und entschuldigte sich, daß sie ihn so lange hatte warten lassen. Dann tranken sie erst einmal schweigend ihren Tee. Nach einer Weile erkundigte sich Nangi höflich nach ihrem Befinden, um dann wieder in längeres Schweigen zu verfallen.

Nachdem sie die erforderliche Zeit hatte verstreichen lassen, fragte Tomi: »Wie kann ich Ihnen behilflich sein, Nangi-san? Die Tatsache, daß Sie so lange auf mich gewartet haben, deutet darauf hin, daß es sich um eine außerordentlich dringende Angelegenheit handeln muß.«

»Das ist richtig«, nickte Nangi. »Da sich Mr. Linnear im Augenblick noch von den Folgen seiner Verletzungen erholt, möchte ich Sie darum bitten, mir alles zu erzählen, was Sie über die vermummte Gestalt wissen, die Sie in Dr. Hanamis Praxis überfallen hat.«

Stirnrunzelnd erwiderte Tomi: »Aber darüber haben Sie doch bereits mit Mr. Linnear gesprochen. Hat er Ihnen denn die Vorgänge nicht in aller Ausführlichkeit geschildert?«

Nangi nickte ernst. »Selbstverständlich habe ich mit Mr. Linnear über den Zwischenfall gesprochen. Allerdings stand er noch unter einem leichten Schock, und er ist auch nicht – wie Sie als Polizistin – dafür geschult, selbst auf scheinbar unwichtige Einzelheiten zu achten.«

Darauf schwieg Tomi erst einmal eine Weile und sah Nangi nur forschend an. Da sie jedoch weder aus den Worten noch aus der Miene ihres Besuchers irgendwelche Rückschlüsse ziehen konnte, was er eigentlich von ihr wollte, sagte sie schließlich: »Darf ich fragen, weshalb Sie das interessiert?«

»Ich beabsichtige, diese Person ausfindig zu machen.«

»Glauben Sie nicht, Sie sollten das lieber der Polizei überlassen, Nangi-san?«

»Nicht unbedingt. Dieser Mann ist ein Ninja. Und nicht nur das. Verschiedene Gründe zwingen mich zu der Annahme, daß er auch ein Tanjian ist. Sagt Ihnen dieser Begriff etwas, Kommissarin Yazawa? Die Tanjian gelten als die Vorgänger der Ninja und verfügen über ungeahnte geheime Kräfte.«

»Also, ich bitte Sie, Nangi-san.«

»Aber so versuchen Sie sich doch einmal selbst an den Überfall auf Sie und Mr. Linnear zu erinnern, Kommissarin Yazawa. Ist Ihnen daran nichts Ungewöhnliches aufgefallen? Hat Sie dieser Mann zum Beispiel nur mit großer Mühe überwältigen können, oder fanden Sie, daß ihm das ziemlich leicht fiel? Oder ist Ihnen an der Art, wie die beiden Ärzte ermordet wurden, irgend etwas Ungewöhnliches aufgefallen?«

»Eigentlich war alles an diesem Zwischenfall höchst ungewöhnlich«, mußte Tomi zugeben. »Aber das bin ich in meinem Beruf gewöhnt. Sie machen sich keine Vorstellung, mit was für verrückten Geschichten ich bei meiner Arbeit Tag für Tag konfrontiert werde. Das bringt die Arbeit bei der Polizei nun einmal mit sich.« Sie griff nach einem Ordner und klappte ihn auf. »Nehmen Sie nur zum Beispiel diesen Fall – die ebenso tragische wie verrückte Geschichte des Mädchens Mariko. Sie war Tänzerin in einem Sex-Club. Sie war hübsch; sie war jung – und nun sehen Sie, was aus ihr geworden ist.« Sie deutete auf die Fotos von Marikos gräßlich verstümmelter Leiche.

Vielleicht war Tomi einfach schlecht gelaunt; vielleicht fand sie auch nur die Vorstellung absurd, daß dieser lahme und einäugige alte Herr versuchen wollte, diesen extrem gefährlichen Mann auf eigene Faust zu fassen. Jedenfalls hatte sie ganz bewußt Marikos Akte herausgegriffen, um ihm einen gehörigen Schock einzujagen.

Zu ihrer Überraschung zuckte ihr Besucher beim Betrachten der grauenerregenden Fotos jedoch mit keiner Wimper. Im Gegenteil, er deutete ruhig, aber bestimmt auf einen ganz bestimmten Abschnitt ihres schriftlichen Untersuchungsberichts und fragte: »Was ist das?«

»Oh, das stand auf einem Zettel, den wir im Mund der Ermordeten gefunden haben. Die Nachricht war mit dem Blut des ermordeten Mädchens geschrieben und lautete: ›Das könnte auch Ihre Frau sein.‹«

»Dürfte ich bitte das Original sehen?«

Achselzuckend blätterte Tomi ans Ende des Ordners, wo die mageren Beweismittel eingeheftet waren. Sie nahm den Zettel mit der Nachricht heraus und reichte ihn Nangi, worauf sich dieser das Blatt Papier sehr genau ansah.

»Das Papier hat mehrere Löcher«, bemerkte er nach einer Weile.

»Ich weiß.«

»Ich wollte damit sagen, daß das Papier beim Schreiben der Zeichen aufgeschlitzt wurde.« Er deutete auf eine bestimmte Stelle. »Sehen Sie. Hier... und hier. Immer beim Abwärtsstrich. Sehr interessant. Man kann sofort sehen, daß die Nachricht nicht mit einem Pinsel geschrieben wurde. Und, wie es scheint, auch nicht mit einem Stift.« Er sah Tomi aus seinem einen Auge durchdringend an. »Meiner Meinung nach wurden diese Worte mit der Klinge geschrieben, mit der dem Mädchen auch die Haut abgezogen wurde.«

»Und?« Tomi wußte nicht recht, worauf er damit hinauswollte.

Behutsam legte Nangi den Zettel auf den Schreibtisch zurück. »Begreifen Sie denn nicht, was ich meine?«

»Ehrlich gestanden, nein.«

Nach kurzem Schweigen fragte er sie: »Könnten Sie mir vielleicht sagen, Kommissarin Yazawa, was der Satz ›Das könnte auch Ihre Frau sein‹ Ihrer Meinung nach zu bedeuten hat?«

»Es ist eine Nachricht.« Tomi hatte das alles schon so oft durchgekaut, daß sie das Ganze fast automatisch herunterleierte. »Sie war offensichtlich an jemanden gerichtet, der Mariko kannte.«

»Aha. Und wer ist dieser Jemand?«

»Das konnten wir bisher... äh... leider nicht feststellen. Ganz offensichtlich dürfte es sich dabei jedoch um einen... Liebhaber Marikos gehandelt haben.«

»Aha, jetzt verstehe ich.«

»Was verstehen Sie?« Tomi wurde aus dem Ganzen nicht recht klug. »Eben haben Sie doch selbst gesagt, daß es sich bei diesem Zettel um eine Nachricht handelt.«

Tomi nickte. »Natürlich.«

Nangi schüttelte den Kopf. »Meiner Meinung nach handelt es sich dabei eher um eine Drohung. Der Satz ›Das könnte auch Ihre Frau sein‹ ist mit dem Blut des Opfers geschrieben worden. Das kann doch nur bedeuten, daß es sich dabei um eine Drohung handelt – und eine sehr massive noch dazu. Sie sind meiner Meinung nach – wenn ich das einmal so direkt sagen darf – bisher einer falschen Spur nachgegangen. Diese Tänzerin ist zwar das Opfer dieses Verbrechens, aber trotzdem spielt sie dabei nur eine sehr untergeordnete Rolle. Das Mädchen wurde weder im Affekt noch aus Eifersucht getötet. Ihre Ermordung war nichts weiter als ein Teil eines wesentlich umfassenderen Plans. Die Warnung ›Das könnte auch Ihre Frau sein‹ war an eine ganz bestimmte Person gerichtet. Auf diese Person sollten Sie sich bei Ihren Ermittlungen vor allem konzentrieren, Kommissarin Yazawa. Mariko mußte nur dafür herhalten, den Mann, an den diese Drohung gerichtet war, unter Druck zu setzen. Die zweite Frage wäre nun allerdings, warum.«

Bedächtig heftete Tomi den mit Blut beschriebenen Zettel wieder ein und klappte den Ordner zu. Sie war außer sich vor Wut. Nicht auf Tanzan Nangi – er hatte ihr nur die Wahrheit vor Augen gehalten. Nein, auf sich selbst. Das Ganze war so offensichtlich, und doch war sie erst jetzt darauf aufmerksam geworden. Sie hatte sich so sehr auf Marikos schreckliches Schicksal konzentriert, daß sie darüber ganz den größeren Zusammenhang aus den Augen verloren hatte. Unbewußt hatte sie sich so stark mit dem Opfer identifiziert, daß ihr darüber entgangen war, daß Mariko in dem ganzen Mordfall eine völlig untergeordnete Rolle spielte.

Eigentlich hatte Tomi ihrem seltsamen Besucher Marikos Akte nur zeigen wollen, um ihm mehr oder weniger schonend beizubringen, er solle das Detektivspielen lieber ihr überlassen. Nun hatte er allerdings kurzerhand den Spieß herumgedreht und sie eines besseren belehrt.

»Also gut«, lenkte sie deshalb etwas kleinlaut ein und verneigte sich höflich. »Was wollen Sie wissen?«

An sich wußte Nicholas schon seit frühester Kindheit von der Existenz der Tanjian; gleichzeitig war dieses Wissen jedoch so beunruhigend für ihn gewesen, daß er es mit aller Macht zu verdrängen versucht hatte.

Er konnte sich noch gut erinnern, wie seine Mutter vor vielen Jahren einmal zu ihm gesagt hatte: »Mein Vater So-Peng hatte viele Kinder. Seltsamerweise waren es lauter Jungen. Mich hat er nämlich nur adoptiert. Allein das hätte genügt, um mir unter meinen sieben Brüdern eine Sonderstellung einzuräumen; aber mein Vater So-Peng hat mich auch noch ganz bewußt in dem Glauben bestärkt, daß ich etwas Besonderes bin. Du mußt nämlich wissen, daß dein Großvater ein höchst ungewöhnlicher Mann war.«

Da Nicholas wußte, daß seine Mutter noch nie zu Übertreibungen geneigt hatte, hörte er um so aufmerksamer zu. Wenn sie schon einmal von ›höchst ungewöhnlich‹ sprach, dann wollte das einiges heißen.

»Dein Großvater ist an vielen verschiedenen Orten zur Schule gegangen – in Singapur, Tokio und Peking. Folglich beherrschte er auch sämtliche asiatischen Sprachen und Dialekte fließend.«

»Als er mich mit drei Jahren adoptierte, hatte er sich als Kopra-Händler auf den Malediven niedergelassen, wo er sein erstes großes Vermögen machte, um es dann allerdings in seinem Kampf gegen die Rhinozerosjäger auf Borneo und die Piraten in den Gewässern um Celebes wieder zu verlieren. Zum Glück stieß er einige Jahre später in Kalimantan auf reiche Ölvorkommen und kam auf diese Weise erneut zu Reichtum und Wohlstand. Gleichzeitig hatte er in Sumatra mehrere Kohlebergwerke und Goldminen sowie immense Kautschukplantagen. Auf der Malaiischen Halbinsel besaß er im Norden Singapurs ausgedehnte Ländereien mit Teak-, Sandel- und Ebenholzbäumen.

Aber das allein hätte nicht genügt, um deinen Großvater als einen außergewöhnlichen Menschen zu bezeichnen. Was ihn wirklich einzigartig gemacht hat, war sein unvergleichliches Einfühlungsvermögen. Im Gegensatz zu den meisten Männern seiner Zeit betrachtete er Frauen nicht als Menschen zweiter Klasse. In meiner Jugend führte ich das auf den Umstand zurück, daß er viel in der Welt herumgekommen war. Doch im Lauf der Zeit wurde mir klar, daß dieses tiefe Verständnis von innen heraus kam. Dieses Einfühlungsvermögen hätte er auch gehabt, wenn er sein ganzes Leben lang in Singapur gelebt hätte.

Ich wurde vor allem von meinem Vater erzogen. Zum einen ließen die Schulen an den Orten, wo wir gerade lebten, einiges zu wünschen übrig; zum anderen hatte mein Vater seine eigenen Vorstellungen von einer vernünftigen Erziehung. Ich konnte ihn fragen, was ich wollte – er hatte immer eine Antwort parat. Als ich jedoch eines Tages von ihm wissen wollte, warum er nur männliche Nachkommen hatte, wollte er mir nicht antworten. Aber ich habe ihn selten so traurig gesehen wie in diesem Augenblick.

Erst viele Monate später kam er eines Tages wieder auf meine Frage zu sprechen. ›Wir beide – du und ich – sind in einen erbitterten Kampf verwickelt, mein Kind. Deshalb sollst du alles von mir bekommen, was wirklich von Wert ist. Damit meine ich allerdings nicht meine Ölfelder und Kautschukplantagen. Diese irdischen Besitztümer sind letztlich völlig unwesentlich; sollen sich meine Söhne um sie kümmern. Sie sind intelligent und verfügen über eine gute Menschenkenntnis. Das wird genügen, um mein Erbe angemessen zu verwalten. Der Kampf, in dem wir stehen, wird auch dann kein Ende nehmen, wenn wir längst nicht mehr auf dieser Erde weilen. So und nicht anders hat es zu sein. So will es unser Schicksal. Es war übrigens nicht immer so, daß ich nur Söhne hatte. Ich hatte auch einmal mehrere Töchter; ich dachte, sie würden mir in diesem Kampf beistehen. Leider sind sie inzwischen alle tot. Aber zum Glück habe ich ja noch dich. Du bist meine Freude und mein ganzer Stolz. Du wirst diesen Kampf für mich weiterführen – genauso, wie dein Kind ihn eines Tages für dich weiterführen wird.‹

Ich war damals noch jung. Deshalb jagten mir seine Worte einen gehörigen Schreck ein. ›Aber Vater‹, warf ich ein. ›Ich möchte viele Kinder haben. Und ich bin auch sicher, daß der Mann, den ich einmal heiraten werde, viele Kinder haben möchte.‹

›Du wirst dich bereitwillig in dein Schicksal fügen, Cheong‹, gab mir mein Vater darauf zu verstehen. ›Du wirst nur ein Kind zur Welt bringen. Und das wird dir Lohn genug sein. Denn dein Sohn ist es, der diesem langen Kampf endlich ein Ende machen wird.‹

›Wird er den Sieg über die Tanjian davontragen?‹ wollte ich darauf wissen.

›Das kann ich nicht sagen‹, antwortete So-Peng. ›Es ist uns Menschen nicht gegeben, den Ausgang solcher Dinge im voraus zu kennen – selbst Menschen mit unseren Fähigkeiten nicht.‹«

Die Worte seiner Mutter hatten Nicholas damals zutiefst beunruhigt.

»Warum erzählst du mir das alles?« fragte er sie deshalb besorgt.

Darauf hatte ihn Cheong lange liebevoll an ihre Brust gedrückt. Und erst, als seine Angst nachzulassen begann, hatte sie ihm schließlich geantwortet: »Um dich auf das vorzubereiten, was in Zukunft noch auf dich zukommen wird, mein Schatz. Du sollst alles von mir erfahren, was dir helfen wird, die kommenden Gefahren unbeschadet zu überstehen.«

All das stieg wieder in Nicholas hoch, als er wie gebannt auf Kyokis Leiche starrte. Er war unfähig, seinen Blick von dem gräßlichen Anblick loszureißen. Ihm war klar, daß das ein schlechtes Zeichen war: *Shiro Ninja* ergriff immer tiefer von ihm Besitz. Gleichzeitig war er von der verrückten Vorstellung besessen, der tote Tanjian würde ihm schon helfen, wenn er nur lange genug an seiner Seite ausharrte.

Heller Wahnsinn.

Trotzdem klammerte er sich verzweifelt an diese letzte Hoffnung. Wie in einem Traum sah er sich plötzlich selbst neben der verstümmelten Leiche knien. Diesem Anblick haftete etwas so Groteskes an, daß er mit einem Mal Gewißheit hatte, daß er nun endgültig verloren war.

Verzweifelt schlug er die Hände vors Gesicht und ließ sich vornübersinken. Er war völlig ratlos. Ohne *Getsumei no michi* wußte er nicht mehr, was er tun sollte. Das erinnerte ihn an eine andere Begebenheit aus seiner Lehrzeit bei Kansatsu, seinem ersten Ninjutsu-Meister.

Eines Tages war Nicholas in Kansatsus Ninja-Schule zum Kampf gegen seinen Vetter Saigo angetreten. Bei einem früheren Kräftemessen hatte Nicholas seinen Vetter besiegt. Diese Niederlage hatte für Saigo, der schon länger bei Kansatsu in die Lehre ging als Nicholas, einen schweren Gesichtsverlust bedeutet.

Und das konnte Saigo Nicholas nie vergessen. Deshalb ließ er von nun an nichts unversucht, Nicholas zu demütigen und zu schaden. Als dann auch noch Colonel Linnear, Nicholas' Vater, Saigos Vater ermordete, spitzte sich der Konflikt zwischen den beiden Jungen noch mehr zu. Saigos Leben hatte von nun an nur noch ein Ziel: Nicholas zu vernichten.

Eine solch extreme Fixierung auf ein einziges Ziel war auch Gegenstand einer längeren Abhandlung in Miyamoto Musashis *Go rin No Sho,* dem Buch der Fünf Ringe. Dieses alte Werk über die Kampfkünste hatte Nicholas zu Beginn seiner Ausbildung gründlich studiert. Als Kansatsu ihn eines Tages fragte, was er davon hielt, hatte Nicholas geantwortet: »Dieses Buch birgt einen Widerspruch in sich. Einerseits ist natürlich richtig, daß nur aus der unbedingten Ausrichtung auf ein ganz bestimmtes Ziel wahre Stärke erwachsen kann. Andererseits kann diese extreme Zielgerichtetheit jedoch auch sehr leicht zu wachsender Verblendung führen, so daß man die Realität im Lauf der Zeit vollkommen verzerrt wahrzunehmen beginnt.«

Obwohl Nicholas das damals noch nicht wissen konnte, hätte er Saigo kaum treffender beschreiben können.

Eines Tages, Nicholas war gerade in einem Trainingskampf von Saigo besiegt worden, wurde er wieder einmal zu seinem Meister gerufen. Zutiefst geknickt über seine Niederlage, erschien Nicholas vor dem *Sensei.* Und natürlich hoffte er, der Meister würde ihn in seinem Kummer trösten.

Doch weit gefehlt. Zu seiner Enttäuschung zeigte Kansatsu keinerlei Verständnis oder gar Mitleid für seine Lage. Statt dessen erging er sich nur des langen und breiten in irgendwelchen abstrakten philosophischen Theorien, die in Nicholas' Augen in keinerlei Zusammenhang mit seinem augenblicklichen Problem zu stehen schienen. *Licht und Dunkel,* hatte Kansatsu begonnen, *sind keineswegs, wie alle glauben, zwei Seiten ein und derselben Medaille. Vielmehr gehören Licht und Dunkel zwei vollkommen verschiedenen Sphären an. Am ehesten lassen sie sich mit zwei Leitern vergleichen, die so dicht nebeneinander stehen, daß man ohne Mühe von der einen auf die andere überwechseln kann. Der Unterschied zwischen Licht und Dunkel besteht darin, daß sie von unterschiedlichen Gesetzen regiert werden. Und wie es scheint, begreifen das nur diejenigen, die gelernt haben, sich das Dunkel und die in ihm verborgenen Kräfte zunutze zu machen – freilich um den Preis, daß umgekehrt auch das Dunkel sich ihrer bedient. Du mußt wissen, Nicholas, daß auch diejenigen, die im Licht stehen, nicht ohne Fehler sind. Viele von ihnen sind allerdings überzeugt, ihre Tugenden würden ihre Schwächen überdecken. In ihrem Stolz, auf der Seite des Lichts zu stehen, glauben sie, weit über denen zu stehen, die sich für das Dunkel entschieden haben.*

Aber genau das ist ihr Verhängnis. Hochmut kommt vor dem Fall, Nicholas. Wenn du auch sonst nichts von dem behalten solltest, was ich dir zu vermitteln versuche, so vergiß wenigstens dieses eine nicht.

Eines war Nicholas inzwischen bereits klargeworden: Trotz Kansatsus Warnung war auch er Opfer seines eigenen Stolzes geworden. Ohne sich dessen bewußt zu werden, hatte er sich im Lauf der Zeit ganz automatisch für etwas ganz Besonderes zu halten begonnen. Aber mit einem Mal war er von seinem hohen Roß gestürzt und sehr unsanft auf dem nackten Boden der Tatsachen gelandet. Denn ohne seine außergewöhnlichen Kräfte und Fähigkeiten war er plötzlich wieder ein Mensch wie alle anderen. Und damit konnte er sich noch immer nicht abfinden.

Es kostete Nicholas seine ganze Willenskraft, den Blick von Kyokis verstümmelter Leiche abzuwenden. Er stand auf und machte sich daran, den Raum gründlich zu durchsuchen.

Er hatte keine Ahnung, wonach er eigentlich suchte. Vielleicht hing er noch immer der absurden Hoffnung nach, Kyoki könnte ihn selbst nach dem Tod von *Shiro Ninja* befreien. Jedenfalls war er fest entschlossen, die Burg des Tanjian nicht eher zu verlassen, als bis er nicht wenigstens einen noch so unbedeutenden Anhaltspunkt gefunden hatte, der ihm einen möglichen Ausweg aus seiner aussichtslosen Lage aufzeigen konnte. Es hieß, daß alle Tanjian untereinander in sehr engem Kontakt standen. Falls Kyoki also Freunde oder Verwandte hatte, waren aller Wahrscheinlichkeit nach auch sie Tanjian. Möglicherweise fand sich in Kyokis Privatgemächern ein Hinweis auf einen von ihnen.

Deshalb durchsuchte Nicholas zuerst einmal Kyokis Schreibtisch. Als er dort nichts finden konnte, was ihm irgendwie weitergeholfen hätte, wandte er sich einer Truhe zu, die unter einer Schriftrolle mit folgender Aufschrift stand: ›Donner / an einem klaren Tag / weckt Gedanken an die Heimkehr.‹

Auf dem Deckel der Truhe stand eine Lackschatulle mit Schreibutensilien. Vorsichtig legte Nicholas das Kästchen beiseite und öffnete die Truhe, um ihren Inhalt zu durchsuchen. Als erstes nahm er eine Keramikvase heraus und stellte sie auf den Kopf. Bis auf ein vertrocknetes Blatt war sie leer. Trotzdem zündete er eine der Kerzen an, die er in der Truhe fand, und untersuchte damit das Innere der Vase. Nichts.

Anschließend steckte Nicholas die Kerze auf einen steinernen Kerzenhalter und durchsuchte das Innere der Truhe nach einem Geheimfach oder einem doppelten Boden. Ebenfalls vergeblich.

Seufzend richtete er sich wieder auf. Dabei fiel sein Blick auf die Schriftrolle, die über der Truhe an der Wand hing. Irgend etwas daran hatte seine Aufmerksamkeit erregt. War es eine leichte Verfärbung des Seidenpapiers?

Im Schein der Kerze machte sich Nicholas nun daran, die Rolle genauer zu untersuchen. Im selben Moment merkte er, daß die Hitze der Kerzenflamme in dem Seidenpapier der Rolle, eine deutlich erkennbare chemische Reaktion hervorrief. Unter dem Zeichen *Kisho,* das für Heimkehr stand, wurde plötzlich an anderer Text sichtbar.

»Genshi, mein Bruder. Das Schwarze Horn. Hodaka.«

Gütiger Gott, dachte Nicholas, nicht wieder das Schwarze Horn. Aber wie hätte es auch anders sein sollen? Das Schwarze Horn war der Ort, an dem Nicholas Linnear im Alter von vierzehn Jahren gestorben war.

»Bevor ich Ihnen Ihre Fragen beantworte«, sagte Tomi zu Nangi, »möchte ich eines klarstellen: Ich glaube Ihnen kein

Wort von dem, was Sie mir eben erzählt haben. Ihr Interesse an den Hintergründen von Dr. Hanamis Ermordung hat sicher ganz andere Ursachen. »Sie hob abwehrend die Hände. »Es ist Ihre Sache, wenn Sie mir darüber nichts Näheres sagen wollen. Jedenfalls bin ich gut genug über Nicholas Linnear im Bilde, um zu wissen, daß er sich mindestens ebensogut wie ich an alle Einzelheiten des Überfalls erinnern kann.«

Nangi nickte. »Das ist natürlich richtig. Trotzdem ist leider wahr, was ich Ihnen über den Schock erzählt habe, den Linnear-san erlitten hat. Gewiß, er kann sich an die Begegnung mit dem Tanjian genauestens erinnern. Aber in seiner momentanen Verfassung ist leider wirklich nichts mit ihm anzufangen.«

Da Tomi noch immer für Nicholas Linnears Sicherheit verantwortlich war, fragte sie Nangi: »Stehen Sie im Moment mit Linnear-san in Kontakt?«

»Nein.« Nangi schüttelte den Kopf.

»Wissen Sie zumindest, wo er ist?«

»Nein.«

Tomi schien nicht recht überzeugt. »Dürfte ich Sie vielleicht darauf aufmerksam machen, Nangi-san, daß man bei der Polizei wegen dieser KGB-Morddrohung nach wie vor ernsthaft um Linnear-sans Leben fürchtet.«

»Ich kann Ihre Sorge zwar gut verstehen«, pflichtete ihr Nangi bei. »Trotzdem bin ich ganz sicher, daß es sich bei dieser Morddrohung lediglich um ein Ablenkungsmanöver dieses Tanjian handelt, um uns von der eigentlichen Gefahr abzulenken.«

»Mein Chef ist in diesem Punkt leider anderer Meinung. Schließlich wissen wir von dem Anschlag aus einem verschlüsselten KGB-Funkspruch, den wir selbst abgefangen haben.«

»Ich zweifle nicht im geringsten daran, daß Sie für Ihre Befürchtungen gute Gründe haben«, versicherte ihr Nangi. »Trotzdem bin ich der Ansicht, daß Ihr Vorgesetzter... wie heißt er doch gleich wieder?«

»Inspektor Senjin Omukae, der Leiter der Mordkommission.«

»Trotzdem bin ich der festen Überzeugung, daß Inspektor Omukae in diesem Fall auf ein geschicktes Täuschungsmanöver hereingefallen ist. Für den KGB besteht nicht der geringste Anlaß, Nicholas Linnear aus dem Weg zu räumen.«

Nach kurzem Nachdenken sagte Tomi: »Angenommen, Sie wüßten, wo sich Linnear-san im Moment aufhält – würden Sie mir das dann sagen?«

»Kommissarin Yazawa«, entgegnete Nangi bestimmt. »Ich dachte, wir hätten uns darauf geeinigt, daß Sie mir alles erzählen, was Sie über diesen Tanjian wissen.«

Tomi schüttelte den Kopf. »Was halten Sie von einem Kompromiß?« Und mit einem bedauernden Lächeln fügte sie hinzu: »Sie müssen verstehen, daß Linnear-san Gegenstand eines polizeilichen Ermittlungsverfahrens ist. Das heißt: Wenn Sie mir wissentlich irgendwelche Informationen vorenthalten, die dieses Verfahren betreffen, kann ich Sie jederzeit als Zeuge vorladen lassen. Und in diesem Fall würden Sie mit Sicherheit mehr Zeit mit der Beantwortung unserer Fragen verbringen, als Ihnen lieb wäre.«

Von ihrer Drohung sichtlich unbeeindruckt, entgegnete Nangi ruhig: »Dürfte ich Sie dann – um unnötigen Mißverständnissen von vornherein vorzubeugen – darauf aufmerksam machen, daß ich gegenwärtig mit Kusunda Ikusa in dringenden Geschäftsverhandlungen stehe. Und ich kann mir nicht vorstellen, daß meine Inhaftierung, ungeachtet Ihrer sicher außerordentlich wichtigen Ermittlungen, im Interesse Namis wäre.«

Darauf starrten sich die beiden ein Weile frostig an, bis Tomi schließlich einlenkte: »Na gut, nun haben wir also beide den starken Mann herausgekehrt. Und wozu hat das Ganze geführt? Zumindest eines dürfte inzwischen klar sein: Jeder von uns verfügt über Informationen, die für den anderen sehr wichtig sein könnten.«

Nangi nickte. »Das ist richtig.« Er stand vor einer schwierigen Entscheidung. Einerseits durfte er der Kommissarin auf keinen Fall zu erkennen geben, wie wichtig es ihm war, mehr über den Tanjian zu erfahren. Wenn er sie jedoch andererseits nicht davon überzeugen konnte, daß er ihr nichts von dem, was er über diese Angelegenheit wußte vorenthielt, bestand die Gefahr, daß sie doch noch einen Rückzieher machte und ihm auch ihrerseits nicht erzählte, was er wissen wollte.

»Bisher weiß ich über die Sache nur wenig«, rückte er deshalb schließlich mit der Sprache heraus. »Zwischen dem Tanjian und Nicholas Linnear muß irgendeine Verbindung bestehen. Wie Sie seiner Personalakte sicher bereits entnommen haben, ist Nicholas Linnear ein Ninja. Auch die Tanjian könnte man als eine Art Ninja bezeichnen – allerdings verfügen sie über Kräfte, die selbst die eines Ninja noch weit übersteigen.«

Nangi legte eine kurze Pause ein, um seine Worte gebührend auf Tomi einwirken zu lassen. Nach einer Weile fuhr er fort: »Es deutet einiges darauf hin, daß Nicholas Linnear schon früher einmal mit diesem Tanjian zu tun gehabt hat. Sollte sich dieser Verdacht tatsächlich bestätigen, ist es von außerordentlicher Wichtigkeit, die Identität des Tanjian baldmöglichst aufzudecken. Obwohl er nicht zu beabsichtigen scheint, Nicholas Linnear sofort zu töten, dürfte er auf lange Sicht jedoch genau das anstreben. Wenn ich also herausfinden könnte, wer dieser Tanjian ist, könnte ich mir unter Umständen ein besseres Bild von seinem weiteren Vorgehen machen und dementsprechend auch wirkungsvollere Gegenmaßnahmen ergreifen.«

Das ließ sich Tomi erst einmal eine Weile durch den Kopf gehen. »Wenn ich diesen Tanjian nicht selbst gesehen hätte«, erklärte sie schließlich, »und wenn ich nicht mit eigenen Ohren gehört hätte, was er zu Nicholas Linnear gesagt hat, würde ich Ihre Geschichte für blanken Unsinn erklären.« Sie sah Nangi durchdringend an. »Also gut, einigen wir uns auf einen Kompromiß. Ich werde Sie beim Wort nehmen und meine Zeit nicht weiter mit diesem angeblichen Mordanschlag durch den KGB vergeuden. So etwas fällt eigentlich sowieso eher in Inspektor Omukaes Ressort.« Nachdem sich die gespannte Atmosphäre mittlerweile wieder etwas entkrampft hatte, fragte sie Nangi: »Darf ich Ihnen noch etwas Tee anbieten? Nein?« Sie ließ sich in ihren Sessel zurücksinken. »Was also wollen Sie von mir über den Überfall wissen?«

»Haben Sie das Gesicht des Tanjian gesehen?«

»Nein.«

»War es ein Mann oder eine Frau.«

»Ein Mann.«

»Ist das eine Vermutung, ein spontaner Eindruck oder eine Tatsache?«

Tomi dachte kurz nach. »Erst habe ich ihn nur ganz verschwommen wahrgenommen. Er kam blitzschnell durch das Fenster gesprungen. Offensichtlich hing er schon die ganze Zeit an der Fassade des Hochhauses. Und so, wie er sich dann plötzlich über die Fensterbrüstung geschwungen hat, kann sich eigentlich nur ein Mann bewegen.«

»Was ist dann passiert?«

»Ich habe meine Pistole gezogen – beziehungsweise: Ich habe es versucht. Denn noch bevor ich dazu kam, hatte sich dieser Vermummte bereits auf mich gestürzt und mich mit solcher Wucht gegen die Wand geschleudert, daß ich für einen Moment das Bewußtsein verlor. Aber immerhin konnte ich noch so viel erkennen, daß der Angriff nicht mir galt, sondern Linnear-san.«

»Hatten Sie den Eindruck, der Angreifer hätte Linnear-san töten können?«

»Ja.«

»Aber er hat es nicht getan?«

»Nein.«

»Haben Sie eine Vorstellung, warum?«

»Ich weiß auch nicht... Es schien, als wollte er das nicht. Es war fast so, als wäre ihm das zu einfach gewesen – als hätte er nicht gewollt, daß es schon so schnell vorbei wäre.«

»Ist das nur Ihr Eindruck, oder haben Sie für diese Annahme konkrete Anhaltspunkte?«

»Ich war, wie gesagt, eine Weile bewußtlos. Aber ich kann mich noch ganz deutlich erinnern, gesehen zu haben, wie der Vermummte Nicholas Linnear durch die Fensteröffnung in den Raum zurückzog. Und dabei hat er gesagt: ›Wenn du jetzt stirbst, stirbst du zu früh. Dann wirst du nie begreifen.‹«

Eine Weile saß Nangi vollkommen reglos da. »Sind Sie

auch sicher, daß Sie sich nicht getäuscht haben?« fragte er schließlich.

Tomi nickte. »Er hat noch mehr gesagt. Aber daran kann ich mich nicht mehr erinnern, weil ich wieder das Bewußtsein verlor. Ich versuchte noch, an meine Pistole heranzukommen, und dabei hörte ich ein seltsames Geräusch – eine Art unterdrücktes Gelächter. Allerdings konzentrierte ich mich in diesem Moment ganz darauf, an die Pistole heranzukommen. Und dann wurden die Schmerzen plötzlich so stark, daß ich wieder das Bewußtsein verlor. Als nächstes kann ich mich nur noch erinnern, wie ich im Krankenhaus wieder zu mir kam.« Sie sah Nangi forschend an. »Wissen Sie denn, was der Tanjian damit gemeint haben könnte?«

Konkret hätte das im Moment auch Nangi noch nicht sagen können. Trotzdem drängte sich ihm mehr und mehr ein schrecklicher Verdacht auf. Alles deutete daraufhin, daß der Tanjian sein Vorgehen langfristig geplant hatte. Und je länger sich Nangi das Ganze überlegte, desto einleuchtender erschien ihm diese Theorie.

Gerade jetzt hätte er Nicholas' Hilfe dringender denn je gebrauchen können. Nicht nur die Produktion ihres gemeinsam entwickelten Computerchips war ernsthaft gefährdet. Sogar der Weiterbestand des Großkonzerns Sato International stand auf dem Spiel. Und nun hatte die gegnerische Seite Nicholas auf höchst raffinierte Weise ausgeschaltet. Zum Glück war er zwar nicht tot, aber ohne seine besonderen Fähigkeiten stellte er auch keine große Hilfe mehr dar. Und das konnte kein Zufall sein.

Nangi war klar, daß er und Nicholas nur gemeinsam eine Chance gegen den Tanjian gehabt hätten. Jeder für sich allein waren sie diesem übermächtigen Gegner nicht gewachsen. Aber der Tanjian hatte es geschickt verstanden, Nicholas vorläufig außer Gefecht zu setzen. Von Stunde zu Stunde wurde die Gefahr größer, daß die Massenproduktion des neuen Sphynx-Computerchips endgültig scheiterte.

Plötzlich sah Tomi überrascht auf. »Inspektor Omukae!«

Senjin, der mit ein paar Akten vor ihrem Schreibtisch stehengeblieben war, verneigte sich förmlich. Auch vor Nangi machte er eine tiefe Verbeugung, als Tomi die beiden miteinander bekanntmachte.

»Sehen Sie sich diese Unterlagen bitte unverzüglich an«, wandte er sich dann wieder an Tomi. »Ich hätte bei der morgigen Besprechung gern Ihre Meinung dazu gehört.«

Nangi verfolgte den kurzen Wortwechsel der beiden mit großer Aufmerksamkeit. Dabei fiel ihm vor allem Senjin Omukaes forsches Auftreten auf – ein Zug, den er an einem hohen Polizeibeamten höchst ungewöhnlich fand. Dazu kam noch sein auffallender Mangel an *Hara*. Daraus gewann Nangi den Eindruck daß der Inspektor irgend etwas Wichtiges zu verbergen versuchte.

Nangis Hauptinteresse galt jedoch Tomi. Mit dem unerwarteten Auftauchen des Inspektors war plötzlich eine merkwürdige Veränderung in ihr vorgegangen. Daraus schloß Nangi, daß auch sie etwas zu verbergen hatte – möglicherweise eine unterschwellige, aber sehr starke erotische Anziehung. Das wäre zumindest eine naheliegende Erklärung dafür gewesen, weshalb die beiden bei ihrem Aufeinandertreffen eine dermaßen heftige Reaktion gezeigt hatten.

Nachdem sich der Inspektor höflich verabschiedet hatte, wandte sich Tomi wieder Nangi zu: »Nun, was denken Sie?«

Nangi brauchte eine Weile, um den Faden wieder aufzugreifen. Sehr interessant, schoß es ihm durch den Kopf. Offensichtlich hat der Inspektor auch mich ein bißchen aus der Fassung gebracht.

Es kostete ihn einige Mühe, sich wieder auf Nicholas und den Tanjian zu konzentrieren. »Die Morde an den zwei Ärzten haben eine Menge ungeklärter Fragen aufgeworfen. Jedenfalls deutet einiges darauf hin, daß Dr. Hanami nur ermordet wurde, um Nicholas wieder in seine Praxis zurückzulocken. Aber warum wurde Dr. Muku ermordet? Welches Motiv steckte dahinter?«

»Vielleicht wurde er Zeuge des ersten Mordes oder...«

»Kannten sich die beiden Ärzte? Oder hatten sie sogar gemeinsame Patienten?«

»Eine ganze Reihe«, nickte Tomi. »Allem Anschein nach hat Dr. Hanami immer wieder Patienten, die nach einer Operation mit psychischen Problemen zu kämpfen hatten, an Dr. Muku überwiesen. Ich habe bereits mit allen von ihnen gesprochen. Allerdings halte ich es für ausgeschlossen, daß einer von ihnen etwas mit der Sache zu tun haben könnte.«

»Demnach dürfen wir also davon ausgehen, daß der Tanjian beide Ärzte gekannt hat.«

»Möglicherweise«, gab Tomi zu bedenken, »kannte er auch nur Dr. Muku. Wenn er es tatsächlich auf Nicholas Linnear abgesehen hatte, dürfte es ihm keinerlei Schwierigkeiten bereitet haben, herauszufinden, daß Dr. Hanami Linnear-sans Chirurg war.«

»Wir lassen uns bereits zu sehr zu wilden Spekulationen hinreißen.«

Nangi stand auf. »Im Moment haben wir noch keinerlei konkrete Anhaltspunkte. Und bevor wir die nicht haben, tappen wir weiterhin nur im Dunkeln.«

»Falls dieser Tanjian nur annähernd so gerissen und gefährlich ist, wie Sie behaupten, dann hat er sicher längst alle Spuren verwischt.«

»Möglich«, nickte Nangi. »Um so mehr Grund für uns, endlich herauszufinden, wie gerissen er tatsächlich ist.«

Alles in Shisei sträubte sich dagegen, Cotton Branding zu verlassen. Aber sie war es gewohnt zu gehorchen. Sich einem Befehl zu widersetzen, war für sie vollkommen undenkbar. Außerdem war sie ans Leiden gewöhnt. Im Gegenteil, das Leiden war ihr stets ein treuer Begleiter gewesen, so lange sie zurückdenken konnte; es war ebensosehr Bestandteil ihres Lebens wie Atmen oder Essen.

Sie überlegte kurz, wie sie Branding am besten erklären sollte, warum sie nach Washington zurückmußte. Auf keinen Fall durfte *sie* ihm den Vorschlag machen, sie zu begleiten. Auf diese Idee sollte möglichst er selbst kommen.

Als sie schließlich wieder an ihren Tisch im Lobster Roll zurückkehrte, wo sie gerade zu Mittag aßen, hatte sich mit einem Mal ein nachdenklicher Zug über ihr Gesicht gelegt.

Branding, dem dieser Stimmungsumschwung keineswegs entging, fragte besorgt: »Stimmt irgend etwas nicht?«

»Im Büro wollen sie, daß ich unverzüglich nach Washington zurückkomme.«

»Wann?«

Sie vermied es tunlichst, ihn anzusehen. »Morgen – allerspätestens.« Darauf fiel sie in angespanntes Schweigen und stocherte lustlos in ihren Muscheln herum. Ihr war zwar tatsächlich der Appetit vergangen, aber ihr war auch viel daran gelegen, daß Branding das merkte. Bisher hatte er jedenfalls immer ein sehr feines Gespür für ihre jeweiligen Stimmungen bewiesen – ein Umstand, der sie manchmal tief beunruhigte.

Wie das in ihrer Situation vielleicht zu erwarten gewesen wäre, war der Grund hierfür jedoch nicht etwa in der Angst zu suchen, er könnte ihr falsches Spiel durchschauen. Im Gegenteil, Shisei war es gewohnt – oder vielleicht sollte man genauer sagen: Sie blühte erst richtig auf, wenn sie voll und ganz in eine Rolle schlüpfte, die die jeweilige Situation von ihr erforderte. Nein, ihre Besorgnis war eher auf die Intensität seiner emotionalen Verstrickung zurückzuführen. Shisei konnte noch immer nicht recht glauben, daß er tatsächlich so viel für sie empfand. Gleichzeitig konnte auch sie sich immer weniger darüber hinwegtäuschen, daß sie geradezu süchtig nach seiner Zuneigung wurde. Das konnte sehr gefährlich für sie werden. Sie fühlte sich mit einemmal ungewohnt verletzlich und ausgeliefert. Bisher war sie es gewohnt gewesen, andere zu bezaubern und in ihren Bann zu schlagen. Doch plötzlich drohte sich das Blatt zu wenden. Mit einem Mal schien die Welt kopfzustehen. Und das war ein sehr bedrohliches Gefühl.

Branding trank sein Bier aus und sagte: »Hast du denn keinen Hunger?«

Lächelnd schob sie ihren Teller von sich. »Da. Magst du nicht noch ein paar Muscheln?« aufmerksam beobachtete sie dann, wie er geschickt eine Muschel nach der anderen aus der Schale löste und in seinem Mund verschwinden ließ. Nach einer Weile sah sie ihn verträumt an und sagte: »Ich sehe dir gern beim Essen zu.«

»Tatsächlich?« Er schien überrascht, als hätte ihm das bisher noch keine Frau gesagt. »Warum?«

»Essen ist etwas sehr Elementares – genau, wie wenn man miteinander schläft. Du machst dir keine Vorstellung, wieviel man über einen Menschen allein aufgrund seiner Art zu essen erfahren kann. Es ist, als sähe man dabei seine ganze Kindheit wie einen Film an sich vorbeiziehen.«

»Ach ja?« Das klang nicht sehr überzeugt. »Und was hast du gerade über meine Kindheit erfahren?«

»Du hast deine Mutter sehr geliebt«, erklärte Shisei ohne Zögern.

»Vermutlich hat sie genau wie du gegessen – mit kräftigen, aber genießerischen Bissen. Dein Vater machte sich entweder nichts aus Essen oder trank lieber.«

Brandings Magen krampfte sich zusammen. Und als er abrupt zu essen aufhörte, lachte Shisei: »Du machst ja ein Gesicht, als hätte ich dir eben eine fürchterliche Zukunft prophezeit – und nicht nur ein paar harmlose Einzelheiten aus deiner Vergangenheit.«

»Und? Ist das schon alles?«

»Nein«, fuhr Shisei ganz beiläufig fort, als wäre sie sich seiner plötzlichen Anspannung nicht bewußt. »Du hast mindestens zwei Geschwister. Das entnehme ich nicht nur der Tatsache, *daß* du gern teilst, sondern auch der Art, *wie* du mit anderen teilst. Du mußt das älteste Kind gewesen sein.«

»Das war ich«, bestätigte er ihr. »Und auch alles andere, was du gesagt hast, war mehr oder weniger richtig.«

Shisei lächelte. »Ich täusche mich nie.«

»Du bist doch nicht etwa ein Medium?«

Ihr entging der leicht argwöhnische Unterton, der sich in seine Stimme eingeschlichen hatte, keineswegs. »Nein«, antwortete sie, weil er genau das hören wollte. »Ich bin nur eine sehr scharfe Beobachterin.«

»So ist das also.« Um Zeit zu gewinnen, wischte er sich mit seiner Serviette die Lippen ab. »Jedenfalls weißt du inzwischen wesentlich mehr über mich als ich über dich.«

Shisei schüttelte den Kopf. »Das ist nicht wahr. Ich kenne kein einziges deiner Geheimnisse, während du bereits über mein einziges Geheimnis Bescheid weißt.« Wenn er sie in ihren Kleidern vor sich sitzen sah, konnte er sich kaum mehr vorstellen, daß sie tatsächlich diese Tätowierung auf ihrem Rücken hatte.

»Mag sein. Aber ich weiß nicht, wie du dazu gekommen bist.« Sie wich seinem Blick aus und sagte abrupt: »Ich muß jetzt los.« »Shisei.« Er ergriff ihre Hand, um sie zurückzuhalten. »Es tut mir leid, wenn ich dich verletzt habe.«

»Cook.« Sie drehte ihre Hand herum, so daß ihre Handfläche die seine berührte. »Nichts, was du tust, könnte mich verletzten.« Sie sah ihm tief in die Augen. »Wenn du möchtest, werde ich dir alles darüber erzählen – sobald ich aus Washington zurück bin.«

So lange wollte Branding auf keinen Fall warten. Genau genommen wollte er sogar überhaupt nicht warten. »Und wann wird das sein?«

Ihr Schweigen war genau die Antwort, die er befürchtet hatte. »Ich habe eine Idee«, schlug er deshalb vor. »Was hältst du davon, wenn ich meinen Urlaub frühzeitig abbreche? Das ewige Nichtstun wird mir sowieso schon langweilig. Und außerdem liegen mir die Leute vom Johnson Institute schon die ganze Zeit in den Ohren, daß ich mir doch endlich mal ihre neuesten Forschungsergebnisse ansehen soll. Dazu kommen ein paar Gesetzesentwürfe, an denen noch ein paar Änderungen vorgenommen werden müssen. Und nicht zuletzt steht am Ende des Monats der Staatsempfang für den deutschen Kanzler an – in nächster Zeit eines der wichtigsten außenpolitischen Ereignisse im Washingtoner Politzirkus.«

»Aber was ist mit Senat Howe? Du hast doch selbst gesagt, er könnte unsere Beziehung möglicherweise gegen dich verwenden.«

Branding beugte sich über den Tisch und legte ihr den Zeigefinger auf die Lippen. »Überlaß Senator Howe ruhig mir.«

Shisei sah ihn erleichtert an und lächelte.

Tanzan Nangi hatte die Bandaufnahme des Gesprächs mit Kusunda Ikusa im Shakushi-Badehaus schon so oft abgehört, daß er mittlerweile jedes Wort auswendig kannte. Und auch jetzt, als er am Rand des Ueno Parks im Regen auf Kusunda Ikusa wartete, ging er es im Gedächtnis noch einmal von Anfang bis Ende durch.

Um sich mit dem Ort ihrer Begegnung etwas vertraut zu machen, war er schon ein paar Minuten früher als verabredet in den Park gekommen. Gerade in diesem entscheidenden Moment war es ihm wichtiger denn je, sich in seiner Umgebung heimisch zu fühlen.

Nangi gab sich alle Mühe, nicht ständig daran zu denken, wie gefährlich Kusunda Ikusa war. Statt dessen versuchte er, sich auf das bevorstehende Treffen zu konzentrieren. Mittlerweile glaubt Nangi, einen Ausweg aus seiner aussichtlosen Lage gefunden zu haben. Allerdings durfte er sich jetzt nicht den geringsten Fehler erlauben.

Mit einer Lässigkeit, die man ihm angesichts seiner Körperfülle schwerlich zugetraut hätte, kam Ikusa nach wenigen Minuten über den regennassen Gehsteig auf ihn zugeschlendert.

Nangi atmete ein paarmal tief durch. Jetzt hieß es vor allem, Ruhe zu bewahren.

Die beiden Männer verneigten sich tief und tauschten die rituellen Begrüßungsformeln aus. Gerade bei einem Mann wie Ikusa erschien Nangi dieser Rückgriff auf altüberlieferte Traditionen wie der blanke Hohn. Für Ikusa bestand nicht der geringste Anlaß, die förmliche Begrüßung noch einmal zu wiederholen – es sei denn, er wollte Nangi damit ganz bewußt provozieren.

Die Regenschirme der beiden Männer wippten im gleichen Takt durch den strömenden Regen, als sie den Park betraten.

»Wenn Sie wollen«, schlug Ikusa zuvorkommend vor, »können wir auch den Ort wechseln.«

Ohne auf diesen verschleierten Hinweis auf seine körperliche Behinderung einzugehen, entgegnete Nangi: »Der Regen stört mich nicht im geringsten. Er läßt die Blumen, die in der Sommerhitze ermattet sind, in neuer Frische erstehen.«

Diesen geschickten Konter nahm Ikusa mit einem anerkennenden Nicken zur Kenntnis.

»Seit unserem letzten Gespräch ist eine wichtige Veränderung eingetreten«, fuhr Nangi fort. »Darüber hätte ich gern mit Ihnen gesprochen.«

»Betrifft sie den *Iteki* Nicholas Linnear?«

Nun gab es kein Zurück mehr. Unwillkürlich blieb Nangi für einen Moment das Herz stehen. »Nur indirekt«, erwiderte er, ohne sich seine Aufregung anmerken zu lassen. »Nach der Lösung des Vertrags mit Tomkin Industries muß ich mich nun leider nach einem anderen geeigneten Unternehmen umsehen, um unseren neuen Sphynx-Chip in Serienproduktion gehen zu lassen.«

»Wenn Sie meinen Rat hören wollen«, sagte Ikusa. »Dann lassen Sie das Ganze lieber.«

»Mit diesem Gedanken hatte ursprünglich auch ich gespielt.« Nangi hatte das Gefühl, als bewegte er sich durch ein Minenfeld. »Im Grunde genommen haben Sie mir ja auch gar keine andere Wahl gelassen.«

»Das ist richtig.«

»Nun habe ich mir allerdings den Finanzplan für das Projekt noch einmal gründlich vorgenommen«, fuhr Nangi fort. »Bei dieser Gelegenheit habe ich festgestellt, daß die prognostizierten Gewinne für dieses Jahr geradezu astronomische Höhen erreicht hätten.«

An diesem entscheidenden Punkt verfiel Nangi in Schweigen. Zwei Geschäftsleute, in ihrem förmlichen Schwarz so wenig zu unterscheiden wie zwei Raben, hasteten durch den Regen an ihnen vorbei.

»Und von Summen in welcher Höhe ist hier die Rede?« fragte Ikusa.

Unwillkürlich fühlte sich Nangi an einen Hai erinnert, der einen Köder witterte und nun ganz plötzlich an die Oberfläche geschossen kam.

Laut klatschend tropfte der Regen von ihren Schirmen auf den asphaltierten Weg, auf dem sie durch den Park spazierten. Nangi nannte Ikusa die Summe, die er sich bereits vorher überlegt hatte.

Unwillkürlich ließ Ikusa die Luft durch seine feisten Lippen entweichen. »Sich ein so einträgliches Geschäft entgehen zu lassen, wäre allerdings unverzeihlich.«

»Zu dieser Überzeugung bin auch ich gelangt«, pflichtete ihm Nangi bescheiden bei. »Aber was soll ich tun? Ohne das technische Know-how von Nicholas Linnears Leuten kann ich das Projekt nicht starten. Und Sie haben mit allem Nachdruck darauf gedrungen, daß ich sämtliche Verbindungen mit Tomkin Industries löse.« Er hob die Schultern. »So sehr ich diesen Schritt auch bedauere, bleibt mir keine andere Wahl, als Ihrem Wunsch nachzukommen.«

Verächtlich verzog Ikusa den Mund. »Ihre persönlichen Gewissenskonflikte interessieren mich nach wie vor nicht im geringsten, Nangi-san. Um so mehr gilt das jedoch für Ihre finanziellen Prognosen. Wenn sich die Sache tatsächlich so verhält, wäre es in der Tat höchst unvernünftig, das Sphynx-Projekt abzublasen.«

»Und was soll ich nun Ihrer Meinung nach weiter tun?«

Ikusa dachte kurz angestrengt nach. Fast glaubte Nangi, sein Gehirn rattern hören zu können. Aber er hielt sich geduldig im Hintergrund und wartete, daß ihm Ikusa von selbst in die Falle tappte.

»Ich würde folgendes vorschlagen«, brach Ikusa nach einer Weile das Schweigen. »Versuchen Sie erst, die entscheidenden Leute von Tomkin Industries abzuwerben, und machen Sie die Fusion erst dann rückgängig. Auf diese Weise können Sie den neuen Chip auf eigene Faust in Produktion gehen lassen.«

Nangi setzte ein Gesicht auf, als unterzöge er diesen absurden Vorschlag tatsächlich ernsthafter Erwägung. Ebensowenig, wie er gewillt war, seinen besten Freund zu hintergehen, war er auch nicht bereit, die Fusion mit Tomkin Industries rückgängig zu machen.

»Das wäre vielleicht eine Möglichkeit«, erklärte Nangi schließlich.

»Wenn Sie gestatten, möchte ich Ihnen trotzdem einen anderen Vorschlag unterbreiten.« Er faßte Ikusas Schweigen als ein Zeichen der Zustimmung auf. »Unternehmen wir – zumindest vorerst – nichts gegen Linnear und seine Firma. Damit ersparen wir uns unter anderem auch die mit Sicherheit nicht zu vermeidenden gerichtlichen Auseinandersetzungen, ohne die ein Ausstieg aus dem Vertrag mit Tomkin Industries sicher nicht möglich wäre. Sie wissen ja selbst, wie lange sich so etwas hinziehen kann, ganz zu schweigen von den damit verbundenen Kosten.« Nangi ließ Ikusa erst etwas Zeit, um das zu verdauen, bevor er fortfuhr: »Deshalb würde ich eine Fusion mit einem nicht zu Sato International gehörigen Unternehmen vorschlagen, das über die nötigen Erfahrungen auf dem Gebiet der Chip-Produktion verfügt. Auf diese Weise könnten sich die Mitarbeiter dieses neuen Unternehmens nach und nach in die Materie einarbeiten, ohne daß man bei Tomkin Industries Verdacht schöpfen würde. Und erst, wenn diese Leute über das erforderliche Know-how verfügen, lösen wir den Vertrag mit Tomkin Industries und fertigen den Sphynx-Chip ohne ihre Hilfe.«

»Aber Sie glauben doch nicht im Ernst, daß Linnear das einfach unwidersprochen hinnehmen wird? Er wird doch in jedem Fall Verdacht schöpfen.«

»Lassen Sie das ruhig meine Sorge sein. Wenn er seine Einwände gegen die zusätzliche Fusion vorbringt, werde ich ihn einfach damit abspeisen, daß wir aufgrund der enormen Nachfrage unverzüglich expandieren müssen. Und solange ich ihm garantiere, daß sein Anteil dadurch in keiner Weise geschmälert wird, dürfte er dagegen auch nichts einzuwenden haben.«

»Trotzdem sehe ich es nicht gern, wenn Linnear noch weiter im Geschäft bleibt«, meldete Ikusa seine Bedenken an, so daß Nangi seinen Plan fehlgeschlagen glaubte. Aber dann lenkte er doch ein »Sollte Nami tatsächlich auf Ihren Vorschlag eingehen, müßten wir uns allerdings die Entscheidung darüber vorbehalten, mit welchem Elektronikunternehmen Sie sich zu diesem Zweck zusammenschließen werden. Auf diese Weise hätten wir zumindest Gewißheit, daß wichtige Geheiminformationen über den neuen Chip nicht in die falschen Hände geraten.«

»Damit habe ich bereits gerechnet.« Nangi holte ein zusammengefaltetes Blatt Papier aus seiner Brusttasche und reichte es Ikusa. »Ich habe mir die Freiheit genommen, eine kurze Aufstellung der Unternehmen zusammenzustellen, die dafür in Frage kommen.«

»Ich weiß nicht«, brummte Ikusa, »ob Nami mit einer solchen Vorauswahl durch Sie einverstanden sein wird.«

Nangi hob die Schultern. »Das kann ich gut verstehen. Aber vielleicht sollten Sie erst einmal selbst einen Blick auf meine Liste werfen und sich davon überzeugen, ob an meinen Vorschlägen irgend etwas auszusetzen ist.«

Das schmeichelte Ikusa sichtlich. Und nachdem er die Liste kurz überflogen hatte, erklärte er mit unverhohlener Überraschung: »Zufällig steht hier tatsächlich ein Unternehmen, mit dem Nami einverstanden wäre. Nakano Industries gilt bei uns als absolut zuverlässig und loyal. Falls Sie also den Konzernleiter von den Vorteilen einer Fusion überzeugen könnten, hätte Nami gegen einen solchen Schritt nichts einzuwenden.«

Geschafft, dachte Nangi erleichtert. Trotzdem fuhr er nach außen hin völlig ruhig fort: »Vielleicht ließe sich die Abwicklung eines so schwerwiegenden Schritts etwas beschleunigen, wenn Sie in dieser Angelegenheit persönlich an den Chef von Nakano Industries herantreten könnten.«

»Zufällig ist Ken Oroshi ein guter Bekannter von mir«, nickte Ikusa. »Wir spielen ab und zu eine Partie Golf miteinander. Mal sehen, was sich tun läßt.«

Mittlerweile hatten sie das andere Ende des Parks erreicht, wo bereits ein Wagen auf Ikusa wartete. Schimmernd stand der schwarze Mercedes im Regen am Straßenrand. »Kann sein, daß ich Sie falsch eingeschätzt habe, Nangi-san«, erklärte Ikusa zum Abschluß. »An Ihrem Vorschlag ist wirklich nichts auszusetzen. Sie können dafür mit unserer vollen Unterstützung rechnen. Denn er zeugt von echter, tief empfundener Loyalität.«

Damit drehte sich Ikusa um und ging auf seinen Wagen zu. Erst nachdem er eingestiegen war und der schwarze Mercedes losgefahren war, gestattete sich Nangi mit einem erleichterten Seufzen, sich seines mühsam errungenen Siegs zu freuen.

Justine lag auf dem Rücken und starrte zu den Schatten hoch, die die Bäume gegen die alte Balkendecke warfen. Im trüben Licht des anbrechenden Tages schien in dieser seltsamen Landschaft über ihr eine ganz eigene Welt zum Leben zu erwachen. Nicholas hatte ihr einmal erzählt, daß die Tokugawa-Shogune hin und wieder auf einen Ninja zurückgriffen, um ihren willen durchzusetzen, auch wenn das strikt gegen *Bushido,* den Weg des Samurai verstieß. Genau wie die Schatten der Bäume hingen diese Ninja oft direkt über ihren Opfern im Gebälk. Und wenn diese dann eingeschlafen waren, ließen sie sich, lautlos wie eine Katze, zu Boden gleiten, um ihr Opfer mit einer Seidenschnur zu erwürgen.

Natürlich gehörte das alles längst der Vergangenheit an. Aber gewissen Dinge, hatte Justine feststellen müssen, waren in Japan auch nach Jahrhunderten noch unverändert geblieben. Das war der entscheidende Unterschied zwischen Japan und Amerika. In Amerika war *alles* in ständigem Wandel begriffen.

Dagegen gab es in Japan noch immer Ninjas. Justine mußte es schließlich wissen. Sie war mit einem verheiratet.

Nicholas.

Allein der Gedanke an ihn genügte, um sie zum Weinen zu bringen. Nachdem sie sich schniefend die Tränen aus dem Gesicht gewischt hatte, setzte sie sich auf und zog die Decke unter ihr Kinn hoch. Warum konnte sie kein Mann sein? Ihr Vater hatte sich immer einen Sohn gewünscht. Aber seine Frau hatte ihm nur zwei Töchter geboren. Wenn ich ein Mann wäre, dachte Justine, wäre ich vielleicht nicht so schwach. Das hatte ihr sogar Nangi trotz aller japanischen Höflichkeit zu verstehen gegeben.

Sie hatte die zweimal wöchentlich stattfindenden Treffen, in denen Nangi sie mit den wesentlichen Grundzügen der japanischen Kultur vertraut machte, mittlerweile sehr zu schätzen gelernt. Es war Nangi gewesen, der ihr klargemacht hatte, daß in einer japanischen Familie die Finanzen von der Frau verwaltet wurden; das ging sogar so weit, daß die Frau dem Mann ein Art wöchentliches Taschengeld zuteilte. Von Nangi wußte sie auch, daß das gesamte Familienleben von der Mutter des Mannes bestimmt wurde, die ein strenges Regiment über Frau und Kinder führte. Und er hatte ihr auch erklärt, warum die reichsten und mächtigsten Männer des Landes eine Geisha aufsuchten, wenn sie jemandem ihr Herz ausschütten wollten oder in wichtigen politischen oder wirtschaftlichen Entscheidungen einen Rat brauchten.

Dank Nangis behutsamer Einführung begann Justine allmählich ein gewisses Gespür für Land und Leute zu entwikkeln. Ihr war natürlich klar, daß Nangi sich ihrer vor allem deshalb so rührend annahm, weil sie Nicholas' Frau war. Aber das war nicht der einzige Grund. Erst als sie Nangi zum erstenmal in der Kirche beten gesehen hatte, war ihr bewußt geworden, wie völlig falsch sie ihn bisher eingeschätzt hatte. Denn dieser Mann war beseelt von einer christlichen Nächstenliebe, die selbst in einem christlichen Land wie Amerika nur äußerst selten anzutreffen war.

Im Grunde genommen waren es nur noch die Stunden mit Nangi, die sie davor zurückhielten, unverzüglich in die Staaten zurückzukehren. Nicholas war spurlos verschwunden – Gott allein wußte, wohin und warum. Obwohl er ihr seine Beweggründe zu erklären versucht hatte, konnte sie einfach nicht begreifen, was in ihm vorging – gerade so, als wäre sie plötzlich des Englischen nicht mehr mächtig. Ihr war nur soviel klar. Nicholas war von einem unbekannten Gegner angegriffen worden, und es würde nicht bei diesem einen Überfall bleiben. Doch wer steckte dahinter?

Ein Tanjian.

Allein dieses Wort jagte ihr einen eisigen Schauder den Rücken hinunter. Nicholas und Nangi hatten ihr erklärt, daß auch Akiko eine Art Tanjian gewesen war. Allerdings war dieser Unbekannte noch wesentlich gefährlicher als Akiko.

»Ach, Nick«, flüsterte sie in das Dunkel. »Wenn du wüßtest, wie inständig ich darum bete, daß Gott dich beschützen möge.«

Plötzlich hatte sie wieder begonnen, in die Kirche zu gehen. Nangi und seine Unterweisungen genügten nicht mehr, um ihr ein gewisses Gefühl der Geborgenheit zu vermitteln. In ihr war eine seltsame Veränderung vor sich gegangen.

Obwohl es auch in unmittelbarer Nähe ihres Hauses mehrere katholische Kirchen gab, ging Justine mit Vorliebe in St. Theresa zum Gottesdienst, da sie bei diesen Gelegenheiten meistens auch Nangi begegnete. Bei diesen Meßbesuchen stiegen unwillkürlich alte Erinnerungen an ihre Kindheit in ihr auf. Sonntag für Sonntag war sie damals von ihrer Mutter in die Kirche geschleppt worden. Erst viel später war ihr klargeworden, weshalb sie bei diesen Besuchen nie etwas verspürt hatte außer vielleicht einem vagen Gefühl der Geborgenheit. Ihre Mutter hatte den Gottesdienst nur besucht, weil das die religiöse Pflicht erforderte, weil sich das so gehörte und weil sie eben so erzogen worden war. Und deshalb hatte sie bei der Messe auch nichts empfunden – ein Wesenszug, der sich auch auf Justine und ihre Schwester Gelda übertragen hatte.

In ihrer Not hatte sich Justine wieder dem Glauben ihrer Kindheit zugewandt. Vielleicht würde sie in der Religion den Trost und Zuspruch finden, den sie jetzt so bitter nötig hatte. Aber ihre Hoffnungen sollten bitter enttäuscht werden. Die Tröstungen der Religion blieben ihr jetzt ebenso verschlossen, wie das schon in ihrer Kindheit der Fall gewesen war.

Oft ertappte sie sich dabei, daß sie während des Gottesdienstes mit ihren Gedanken ganz woanders war. Am liebsten wäre sie einfach neben Nangi gesessen und hätte ihm ihr Herz ausgeschüttet. Doch so sehr sie sich nach einem Menschen sehnte, dem sie sich anvertrauten konnte, so wenig brachte sie es über sich, mit Nangi über ihre Probleme zu sprechen.

In der fremden Umgebung Japans hatte Justine nichts, woran sie sich halten konnte. Hier war sie ganz allein mit all den beklemmenden Ängsten, die noch verstärkt von ihr Besitz ergriffen hatten, seit Nicholas ihr von seinem Plan erzählt hatte: Er wollte den *Sensei* aufsuchen, bei dem Akiko in die Lehre gegangen war, da er glaubte, daß er ein Tanjian war.

Ganz deutlich stiegen plötzlich wieder die Erinnerungen an ihr letztes Gespräch in ihr auf – und an die wachsende Anspannung, die sich in der zunehmenden Dämmerung zwischen ihnen breitgemacht hatte.

Sie hatten sich lange schweigend angesehen.

»Hast du Hunger?« fragte Justine schließlich.

Er schüttelte den Kopf. »Wie sehe ich aus?«

»Willst du die Wahrheit hören?« Und als er darauf nickte, sagte sie leise, aber bestimmt: »Du siehst zum Erbarmen aus – und zugleich wundervoll.«

Er schloß die Augen, als könnte er ihre Worte nicht ertragen. »Findest du nicht auch, daß es zwischen uns noch verschiedene Dinge zu klären gibt?«

»Ich glaube nicht, daß das im Augenblick so wichtig ist. Was du gerade...«

»Nein.« Es war nicht nur seine Hand auf ihrem Unterarm, sondern auch der Tonfall seiner Stimme, der sie am Weitersprechen hinderte. »Das ist sogar *sehr* wichtig. Seit ich weiß, daß irgend etwas mit mir nicht stimmt, seit ich *Shiro Ninja* bin, bin ich von einer geradezu zwanghaften Angst besessen, daß meine Schwäche ansteckend sein könnte und auch dich befällt. Deshalb habe ich die ganze Zeit krampfhaft versucht, dich möglichst von mir fernzuhalten, damit nicht auch noch du von dieser Geschichte betroffen wirst.«

»Aber Nick«, versuchte sie ihm darauf verzweifelt begreiflich zu machen. »Gerade die Tatsache, daß du mich ständig zurückgestoßen hast, hat mir am meisten Angst gemacht. Diesen ganzen anderen Kram – diesen seltsamen Zauber, diesen Tanjian und dieses *Shiro Ninja* – finde ich nur halb so schlimm. Nicht das ist es, was mir wirklich Sorgen macht.« Sie hatte einfach weitergesprochen, um sich möglichst keine Zeit zum Nachdenken zu lassen. Wenn sie ihm nämlich ihren Schrecken angesichts des erst vor kurzem erfolgten Überfalls gestanden hätte, hätte ihn das nur noch mehr in dem Entschluß bestärkt, sie möglichst von sich fernzuhalten. Und das hätte sie unter keinen Umständen mehr ertragen können. »Jetzt zählt nur noch, daß wir zusammenhalten. Alles andere ist vollkommen unwichtig. Ich liebe dich auch so, wie du jetzt bist, Liebling. Und ich werde dich immer lieben, ganz gleich was geschieht.«

Als Nicholas sie darauf in die Arme schloß und leidenschaftlich küßte, brach sie vor Glück in Tränen aus. Ihre Lippen hatten sich auch nicht voneinander gelöst, als er sie aufs Bett niederzog, ihre Bluse aufknöpfte und den Reißverschluß ihrer Jeans öffnete.

Und dann saß sie plötzlich rittlings auf ihm und spürte, wie er ihre Brüste zu streicheln begann.

Sie liebten sich lange und intensiv. Justine konnte gar nicht genug davon kriegen und zögerte ihren Orgasmus immer weiter hinaus. Doch dann ließ ihr Nicholas keine andere Wahl mehr. Als er zum Höhepunkt kam, gab es auch für sie kein Halten mehr. Laut stöhnend, die Augen verzückt geschlossen, spürte sie nur noch ihn – in ihr, unter ihr, über ihr. Und sie wußte, daß sie in diesem Moment nichts anderes wollte, als nur ihn zu spüren.

Um so mehr vermißte sie ihn jetzt. Das Kinn auf ihre angezogenen Knie gestützt, saß sie nun allein und verlassen in demselben Bett, in dem sie sich damals geliebt hatten. Und das Grau der Morgendämmerung, das sich heimlich durch das Fenster schlich, verstärkte nur ihr Gefühl der Verlassenheit.

Aber sie war nicht wirklich allein. Ganz deutlich konnte sie bereits das keimende neue Leben in sich spüren. Oder bildete sie sich das alles nur ein?

Nach dem Aufstehen führte sie den Schwangerschaftstest durch, den sie kürzlich in der Apotheke gekauft hatte.

Nach fünfminütigem Warten starrte sie auf den Papierstreifen: positiv. Sie war schwanger. Wann war das nur passiert? Natürlich wußte sie das ganz genau. Seit Nicholas' Operation hatten sie so selten miteinander geschlafen, daß sie sich an jedes der wenigen Male noch genau erinnern konnte.

Wenn Nick bloß hier wäre, dachte sie verzweifelt. Das würde vieles erleichtern. Wie von heftigem Schüttelfrost gepackt, begann sie am ganzen Körper zu zittern. Denn sie wußte nur zu gut, daß sie ihn unter anderem auch deshalb so sehr vermißte, weil sie schrecklich Angst hatte, er könnte gar nicht mehr aus den Bergen zurückkehren. Nicht auszudenken, wenn dieses junge Leben alles gewesen wäre, was ihr noch von ihm blieb. Bei diesem Gedanken stieg heftige Panik in ihr auf.

Wie konnte er sie auch ausgerechnet jetzt, in dieser Situation, einfach verlassen? War sie denn nicht immer für ihn dagewesen, wenn er sie brauchte? Aber das sahen Männer bei ihren Frauen offensichtlich für selbstverständlich an. Sollte das auch heißen, daß Frauen nicht dasselbe von ihren Männern erwarten durften? War die Rollenverteilung in einer Beziehung tatsächlich noch immer so ungerecht?

Plötzlich bekam Justine eine fürchterliche Wut auf Nicholas. Ausgerechnet jetzt, wo sie ihn so dringend brauchte, ließ er sie im Stich. Sie brach erneut in Tränen aus und dachte: Allein stehe ich das einfach nicht durch. Langsam weiß ich wirklich nicht mehr weiter.

Alle ihre Gedanken begannen plötzlich um den Tod zu kreisen: feierliche Grabreden, der erstickende Duft blumengeschmückter Kränze, der Geruch frisch aufgeworfener Erde im Regen, das stumpfe Schimmern eines Sargs, der unter dem unterdrückten Schluchzen der trauernden Hinterbliebenen behutsam in die Erde hinabgelassen wird, die leisen Gebete des Geistlichen...

Justine versuchte verzweifelt, nicht mehr an den Tod zu denken. Aber es wollte ihr nicht gelingen. Ebensowenig konnte sie aufhören, immer wieder flehentlich hervorzustoßen: »Oh Gott, schütze mich vor mir selbst.«

Douglas Howe wohnte in der Seventh Street, mitten im Herzen des Northwest District von Washington. Im Erdgeschoß des vierstöckigen Hauses waren die Büros untergebracht; der erste Stock beherbergte die Gästezimmer, im zweiten und dritten Stock befand sich Howes Wohnung.

Das Haus, das inzwischen längst ein kleines Vermögen wert war, lag nicht weit von der Cororan Gallery of Art, vor deren prunkvoller Fassade zwei schlafende Löwen aus Stein Wache hielten. Frank Lloyd Wright hatte das Museum einmal als das ›architektonisch gelungenste Bauwerk von Washington‹ bezeichnet. Howe befand sich hier also in angemessener Umgebung. Das Viertel war einerseits *in* und trotzdem nicht den rasch wechselnden Moden der Hauptstadt unterworfen.

Shisei näherte sich Howes nobler Residenz mit recht gemischten Gefühlen. Nach der kurzen Zeit mit Cotton Branding waren ihr hinsichtlich der Durchführung ihres Auftrags plötzlich ernsthafte Bedenken gekommen. Nur ein einziges Mal hatte sie sich von einem Mann so stark angezogen gefühlt wie von Cook Branding. Aber dieses eine Mal zählte nicht.

Wie ein Fernsehgerät Bilder ausstrahlt, so sendete Shisei Gefühle aus. Allerdings dienten diese Gefühle nur dem einen Zweck, die Zuneigung anderer auf sich zu ziehen. Und das gelang ihr um so besser, je weniger sie selbst dabei empfand. Echte Gefühle hatten in einem Metier wie dem ihren nichts zu suchen; sie wären ihr nur hinderlich gewesen.

Im Fall Brandings hatte Shisei nun allerdings gegen die strengen Regeln ihrer eigenartigen Zunft verstoßen. Erst war sie sich dessen nicht bewußt gewesen, aber inzwischen konnte sie die Augen nicht mehr vor dieser Tatsache verschließen. Mit einem Mal waren auch ihre Gefühle mit ins Spiel gekommen. Und das konnte verdammt gefährlich werden. Denn Douglas Howe war in einschlägigen Kreisen als ein Mann bekannt, für den die Emotionen anderer Menschen nichts weiter waren als Trümpfe, die es nur im richtigen Moment aus dem Ärmel zu schütteln galt.

Einer von Howes Assistenten öffnete ihr die Tür und führte sie in die Bibliothek, wo er sie mit dem Hinweis: »Der Senator wird gleich kommen«, sich selbst überließ. Um sich die Zeit zu vertreiben, ließ Shisei ihren Blick über die reich bestückten Bücherregale wandern und nahm schließlich einen Band Nietzsche heraus. Während sie flüchtig darin blätterte und hier und da eine kurze Passage überflog, mußte sie unwillkürlich an die höchst fragwürdigen gedanklichen Kurzschlüsse denken, mit denen die Nazis Nietzsches Vorstellung vom Übermenschen in ihre martialische Blut-und-Boden-Ideologie einzubauen versucht hatten. Daß so etwas ausgerechnet Nietzsche passieren mußte, der doch dem Staat – und vor allem in seiner deutschen Ausprägung – Zeit seines Lebens mit einer tiefen Skepsis gegenübergestanden hatte!

Shisei war ganz deutlich bewußt, daß sie das Buch nur herausgegriffen hatte, um nicht an Cotton Branding denken zu müssen. Eigentlich hätte gerade ein Mann, der über so strenge Moralvorstellungen verfügte wie Branding, ein glühender Bewunderer des großen Moralisten Nietzsche sein müssen. Dem war jedoch nicht so. Branding konnte dem übersteigerten idealistischen Absolutheitsanspruch des deutschen Denkers nicht das geringste abgewinnen. Solche überspitzten Moralansprüche waren in seinen Augen die Sache Gottes und nicht der Menschen. In dieser Hinsicht war Brandings Denken sehr östlich geprägt. Kein Japaner wäre zum Beispiel auf die Idee gekommen, Vollkommenheit anzustreben. Dafür war der Mensch einfach nicht geschaffen.

Plötzlich stieß Shisei auf einen Satz, der sie aufmerken ließ. »Jeder Idealismus ist nichts anderes als Verstellung im Angesicht der Notwendigkeit«, hieß es da. Das hätte auch von Douglas Howe stammen können. Unwillkürlich erinnerte sie das an eines von Howes Lieblingszitaten, das von dem französischen Philosophen Denis Diderot stammte: »Es gibt keinen moralischen Grundsatz, der nicht etwas Unbequemes an sich hat.«

Sie stellte den Band Nietzsche ins Regal zurück und suchte nach einer Ausgabe des Tao-te-King, obwohl sie eigentlich nicht damit rechnete, dieses Buch der Bücher fernöstlicher Lebensweisheit hier zu finden. Dazu war Howe nicht der Mann. Nach seinem Geschmack waren da schon eher Nietzsche und Diderot – sehr konkret und sehr wesentlich, aber vor allem zutiefst rational und pragmatisch.

Sie hörte, wie die Tür aufging, und drehte sich um. Howes Assistent David Brisling betrat den Raum und teilte ihr in kühlem, fast herablassendem Ton mit: » Der Senator erwartet Sie.«

Shisei setzte ein Lächeln auf. Solange sie ihre Emotionen aus dem Spiel gelassen hatte, war alles ganz einfach gewesen. Doch plötzlich sah sie sich überall von ihren neu entdeckten

Gefühlen umgeben, die sie wie Fallstricke jeden Moment ins Verderben reißen konnte. Sie mußte jetzt mehr denn je auf der Hut sein. Sie trug einen kurzen Rock aus weißer Seide und dazu eine ärmellose Bluse aus schwarzer Crêpe de Chine mit einem hochgeschlossenen Kragen. Ihre schlanke Taille zierte ein breiter Samtgürtel mit einer überdimensionalen Rotgoldschnalle. Aber Brisling tat, als sähe er sie gar nicht.

Howe erwartete sie in seinem Büro. Der Raum strotzte vor Gediegenheit – teakvertäfelte Wände mit Messinglampen, ein wuchtiges Ledersofa, ein englischer Schreibtisch mit einem dazu passenden Sideboard. Davor lauerten wie Wächtersphinxen zwei antike englische Lehnstühle. Über dem Sofa hing ein Gemälde von Robert Motherwell.

Shiseis Lächeln stand dem Howes an Künstlichkeit in nichts nach, als sie gelassen auf ihn zuschlenderte. Dabei entging ihr nicht, daß die Tür zum Vorzimmer, in das sich Brisling unter finsterem Schweigen zurückgezogen hatte, einen Spaltbreit offenstand. Während sie sich auf einem der antiken Lehnstühle niederließ, überschlug sie noch einmal kurz im Kopf, was und wieviel sie Howe erzählen sollte, ohne dabei mehr von sich zu verraten, als ihr lieb war.

»Sie kommen spät«, hielt ihr der Senator vor, ohne auf seine Uhr zu sehen. »Eigentlich hatte ich früher mit Ihnen gerechnet.«

Achselzuckend entgegnete Shisei: »Wenn man sich auf eine persönliche Beziehung mit einem anderen Menschen einläßt, kann man nicht immer so frei über seine eigene Zeit verfügen, wie man das vielleicht gerne möchte.«

»Sparen Sie sich das Theater lieber für andere auf. Hat Branding angebissen?« Howe sagte das in einem Ton, als trüge er einem seiner Mitarbeiter auf , ihm eine bestimmte Akte aus dem Archiv zu holen.

»Er hat sich in mich verliebt«, sagte Shisei wahrheitsgemäß. Ihre Augen leuchteten wie Bernstein. »Und nicht nur das: Er ist mir geradezu verfallen.«

»Traut er Ihnen auch?«

Eines muß man ihm lassen, dachte Shisei: Er weiß, worauf es ankommt. »Das vorbehaltlose Vertrauen eines anderen

Menschen zu gewinnen, ist meistens nicht eine Sache von ein paar Stunden«, erwiderte sie. »Vor allem, wenn es sich dabei um eine Politiker handelt, der in eine erbitterte Fehde mit seinem Erzrivalen verstrickt ist.«

Howe runzelte die Stirn. »Hat er Verdacht geschöpft, daß Sie für mich arbeiten könnten?«

Auch diesmal erwiderte Shisei wahrheitsgemäß: »Nein, er hat mich nicht im Verdacht, ich könnte mit Ihnen unter einer Decke stecken. Das heißt jedoch nicht, daß ihm dieser Gedanke nicht schon des öfteren gekommen ist.«

Howes Stirn legte sich noch tiefer in Falten. »Woher wissen Sie das?«

»Er hat es mir erzählt.«

»Er hat es Ihnen erzählt?« Howe sah sie verblüfft an. »So blöd kann er doch nicht im Ernst sein?«

Als Shisei darauf nicht antwortete, tippte sich Howe mit einem Stift nachdenklich gegen die Unterlippe. »Wie will er im weiteren gegen mich vorgehen?«

»Das weiß ich nicht.«

»Was haben Sie eigentlich die ganze Zeit getrieben?«

»Um einen Menschen ganz in seinen Bann zu schlagen«, erklärte Shisei, »muß man Geduld haben. Man muß sich Zeit lassen. Mit zu großer Eile und verfrühter Neugier weckt man nur Mißtrauen.«

»Kommen Sie mir bloß nicht mit Ihren asiatischen Lebensweisheiten«, fiel ihr Howe unwirsch ins Wort. »Ich stehe in dieser Sache nun mal unter enormen Zeitdruck.« Er begann, nervös an seinem Stift herumzukauen. »Schließlich habe ich Sie engagiert, damit Sie Branding aushorchen. Ich brauche *Informationen*, haben Sie verstanden? Es interessiert mich einen feuchten Dreck, ob er sich nun in Sie verliebt hat oder nur scharf auf Sie ist – mir kommt es nur darauf an, daß Sie aus ihm herausbekommen, was ich wissen will.«

In seiner Stimme schlich sich ein provokant ironischer Unterton ein. »Sie sagen also, Branding wäre Ihnen geradezu verfallen? Das mag ja alles höchst interessant sein. Während Sie allerdings die Mata Hari gespielt haben, war unser ach so verliebter Cotton Branding keineswegs untätig. Während

Ihrer Abwesenheit sind hier in Washington die Drähte heißgelaufen, weil sich nämlich Branding bereits mit allen möglichen Leuten in Verbindung gesetzt hat, um sich ihrer Unterstützung für seinen geplanten Gesetzesentwurf zu versichern. Er hat mich nach allen Regeln der Kunst ausgebootet. Wenn nicht sofort etwas geschieht, bringt er dieses verdammte Hive-Projekt trotz all meiner Bemühungen tatsächlich durch. Und dann können wir sehen, wie wir das Riesenloch stopfen, das diese zusätzliche Milliardenausgabe in unseren Bundeshaushalt reißt. Noch vor Monatsende soll dem Senat der ASCRA-Gesetzesentwurf zur Abstimmung vorgelegt werden. Wenn wir Branding bis dahin nicht das Handwerk gelegt haben, dann können diese ASCRA-Leute mit der Regierung machen was sie wollen, und Cotton Branding hätte gute Chancen, für die nächsten Wahlen als Präsidentschaftskandidat aufgestellt zu werden und in zwei Jahren ins Weiße Haus einzuziehen.«

Wenn er schlechter Stimmung war, konnte Howe manchmal unerträglich sein.

»Wissen Sie eigentlich, was das bedeutet?« begann er sich in einen regelrechten Wutanfall hineinzusteigern.

Shisei wußte das natürlich nur zu gut. Aber sie hielt es für klüger, sich in Schweigen zu hüllen.

»Dieses verfluchte Hive-Projekt ist schon gefährlich weit fortgeschritten. Offensichtlich steht einer Serienfertigung des Hive-Computers so gut wie nichts mehr im Wege. Sollte es dazu tatsächlich kommen, würde Branding damit sämtliche Regierungsstellen untereinander vernetzten. Niemand wäre von dieser Maßnahme ausgeschlossen – auch nicht das NSC und die CIA. Jeder wüßte dann über jeden genauestens Bescheid, und es gäbe in diesem Staat kein noch so kleines Geheimnis mehr, das nicht in den Datenbanken des Hive-Computers gespeichert und für alle zugänglich wäre.

Der harmlose Trottel Branding ist plötzlich zu einem hochgradigen Sicherheitsrisiko geworden. Leider ist er nicht der einzige, der nicht wahrhaben will, welche Risiken dieses neue System in sich birgt. Unser gesamtes Wissen, alle Geheiminformationen, die wir über andere Mächte zusammengetragen haben, sämtliche geheimen Operationen, die wir gerade lancieren – all das würde in den Hive-Datenbanken gespeichert.

Oberflächlich betrachtet, wäre das gewiß mit erheblichen Vorteilen verbunden: Zum Beispiel ließe sich damit eine Vielzahl unserer Verteidigungsprobleme lösen; und vor allem könnten künftig sämtliche Entscheidungen auf Regierungs- und Verwaltungsebene um ein Vielfaches schneller gefällt werden, als das gegenwärtig angesichts der langsam mahlenden Mühlen unserer Bürokratie möglich ist. Allerdings wäre das Hive-Projekt auch mit enormen Sicherheitsrisiken verbunden. Woher nähmen wir zum Beispiel die Gewißheit, daß sich niemand unbefugt Zugang zu diesen streng geheimen Daten verschafft? Im Augenblick lassen sich natürlich alle von der Neuartigkeit dieser Erfindung blenden. Vielleicht gelingt es vorläufig tatsächlich niemandem, die Sicherungscodes des Datennetzes zu knacken. Aber wie wird das in ein, zwei Jahren aussehen? Branding ist felsenfest von der Unfehlbarkeit seines neuen Computers überzeugt. Aber stellen Sie sich nur mal vor, einer fremden Macht gelänge es, sich trotz aller Sicherheitsvorkehrungen in dieses Datennetz einzuschleichen. Die Folgen für die Vereinigten Staaten wären nicht auszudenken. Das hätte eine Katastrophe zur Folge, die das Land bis in seine Grundfesten erschüttern würde.«

Howe hatte sich mittlerweile so in Rage geredet, daß seine Augen bedrohlich aufleuchteten. »Wir müssen diesen Branding stoppen! Koste es, was es wolle!« Er schob herausfordernd die Schultern vor. »Wie ich diesen stinkreichen feinen Pinkel hasse! Was wäre der denn ohne seine ach so noble Familie? Ein Nichts! Ohne seine Beziehungen könnte der hier doch längst einpacken. Und Leute wie ich müssen wegen dieses verfluchten Klüngels ihr Leben lang ein Außenseiterdasein fristen. Bloß, weil ich der Sohn eines einfachen Farmers bin, muß ich um jede kleine Gefälligkeit erbittert kämpfen.« An diesem Punkt wurde ihm plötzlich bewußt, daß er völlig die Kontrolle über sich verloren hatte. Er verstummte abrupt, drehte sich herum und schenkte sich ein

Glas Bourbon ein. Als er sich wieder Shisei zuwandte, wirkte er so ruhig, als wäre nichts geschehen.

»Wenn Brandings Frau nicht bei diesem blöden Unfall ums Leben gekommen wäre, hätten wir ihm längst eine Sexaffäre angehängt, die sich gewaschen hat. Dann könnte Branding jetzt sehen, wo er bleibt.«

Shisei sah Howe lange an, bevor sie sagte: »Da ist etwas, was ich unbedingt wissen muß. Wie weit wollen Sie eigentlich notfalls gehen, um Branding zu Fall zu bringen?«

»Haben Sie das denn noch immer nicht gemerkt?« legte Howe von neuem los. »Um diesen Mann zu vernichten, würde ich vor *nichts* zurückschrecken. Hier geht es um alles oder nichts. Und ich dachte, das wäre Ihnen klar.«

»Selbstverständlich.«

»Ach so? Jetzt auf einmal also doch.« Er beugte sich bedrohlich vor.

»Dann beschaffen Sie mir gefälligst auch ein paar brauchbare Informationen. Dafür habe ich Sie schließlich engagiert. David Brisling hat mittlerweile eine Aktion angeleiert, um ein paar Mitarbeiter des Johnson Institute in Verruf zu bringen, die maßgeblich an der Entwicklung des Hive-Computers beteiligt sind.«

Shisei lachte. »Das können Sie vergessen. Diesen Leuten können Sie nicht das geringste anhängen. Und wenn Sie es doch versuchen sollten, gibt das einen Skandal, der höchstens Ihnen das Genick brechen wird.«

»Mir ganz sicher nicht«, konterte Howe. »Ich habe mich von der Aktion von vornherein distanziert. Das Ganze ist ausschließlich Brislings Sache.«

»Trotzdem verschwenden Sie damit nur Ihre Zeit.«

»Eigentlich bezahle ich Sie nicht dafür, mir gute Ratschläge zu erteilen«, erwiderte Howe beißend. »Aber würden Sie mir vielleicht trotzdem sagen, wie ich meine Zeit *nicht* vergeuden würde.«

Shisei war vollkommen ruhig. Sie hatte sich wieder fest im Griff. »Zumindest in einem Punkt dürften wir bereits einer Meinung sein«, erklärte sie gelassen. »Brisling ist nicht unersetzlich. Sie wissen doch sicher von diesem Festbankett am

Ende des Monats?« Damit bezog sie sich auf den bevorstehenden Staatsbesuch des deutschen Kanzlers, von dem ihr Branding beim Mittagessen erzählt hatte. »Ich werde dafür sorgen, daß Branding dort in meiner Begleitung erscheint.« Sie sah Howe eindringlich an. »Sie müssen nur eines tun: Überzeugen Sie Brisling, daß er etwas gegen mich unternehmen muß. Das dürfte nicht allzu schwierig werden, zumal auch ich in diesem Punkt noch etwas nachhelfen werde. Sehen Sie nur zu, daß er am Abend des Banketts in mein Haus einbricht – und zwar möglichst bald, nachdem Branding mich abgeholt hat.«

Howe sah Shisei lange forschend an, bevor er schließlich sagte: »Also gut. Ich hoffe allerdings, Sie sind sich der Tatsache bewußt, daß das Hive-Projekt unweigerlich durchgehen wird, falls Ihr Plan nicht gelingen sollte.« Er schüttelte besorgt den Kopf. »Zeitlich wird das Ganze nämlich verdammt knapp. Der Empfang für den deutschen Kanzler findet nur wenige Tage vor dem Termin statt, an dem der Senat über Brandings ASCRA-Gesetzesentwurf entscheidet.« In seine Stimme hatte sich ein bedrohlicher Unterton eingeschlichen. »Das ist meine letzte Chance, ihn auszubooten.«

Obwohl Howe nach außen hin den strengen Chef herauskehrte, war er insgeheim mit dem Gang der Dinge sehr zufrieden. Seine Einschüchterungstaktik hatte also wieder einmal den gewünschten Effekt erzielt. Man mußte seinen Leuten nur von Anfang an klarmachen, wo ihr Platz war. Natürlich wollte jeder gern Anerkennung haben. Aber zu viel davon war auch nicht gut. Das machte die Leute nur träge und nachlässig. Um aus seinen Mitarbeitern das Beste herauszuholen, mußte man sie ständig auf Trab halten.

Trotzdem hatte Shisei ein kleines Zeichen der Anerkennung verdient. Howe deutete auf das Louis Feraud-Kostüm, das über einen Stuhl drapiert war. Shisei, die erst jetzt darauf aufmerksam wurde, machte aus ihrem Entzücken keinen Hehl.

»Nur ein kleine Aufmerksamkeit«, bemerkte Howe großzügig. »Sozusagen als Anerkennung für Ihre bisherige Arbeit.«

Wie verzaubert strich Shisei mit den Händen über den weichen Wollstoff des Kostüms. Als ihre Finger jedoch mit dem Fuchspelzbesatz in Berührung kamen, stieg heftiger Ekel in ihr hoch. Das war typisch für Howe. Natürlich hatte er ihr etwas gekauft, was *ihm* gefiel, was *er* gern an ihr gesehen hätte. Und wie gewohnt hatte er dabei keinerlei Rücksichten auf ihren Geschmack genommen. Vor allem hatte er jedoch einfach ignoriert, daß sie es zutiefst ablehnte, für solche Zwecke ein Tier zu töten.

Sie entschuldigte sich und zog sich in die Toilette zurück. Dort schaute Sie lange in den Spiegel und versuchte, sich mit Howes Augen zu sehen. Er konnte sehr gefährlich werden, falls er eines Tages Verdacht zu schöpfen begann.

Insgeheim verfluchte Shisei den Tag, an dem sie nach Washington gekommen war und sich Howes Vertrauen zu erschleichen begonnen hatte. Pflichtbewußtsein, *Giri* – ihr ganzes Handeln wurde durch diesen Grundsatz bestimmt. Allerdings machte es einem Douglas Howe manchmal nicht einfach, seiner Pflicht nachzukommen.

Ganz im Gegensatz zu Cook Branding.

Sie hatte sich in die Toilette zurückgezogen, um sich darüber klarzuwerden, warum sie ständig an Branding denken mußte. Schon wieder verschafften sich ihre Gefühle mit aller Macht Gehör und behinderten sie bei der Durchführung ihres Vorhabens. Wie gebannt starrte sie in den Spiegel über dem Waschbecken. Was ist nur los mit mir? fragte sie sich besorgt.

Doch schon nach wenigen Momenten hatte sie sich wieder fest im Griff. Ihr Entschluß stand fest. Sie würde den einmal eingeschlagenen Weg zu Ende gehen. Nun gab es kein Zurück mehr für sie.

Kusunda Ikusa hatte eine Schwäche für chinesisches Essen und frönte diesem geheimen Laster mit Vorliebe in einem ganz bestimmten Restaurant in Shinjuku. Natürlich fehlte in der Computerdatei des Hamsters auch nicht die Information, daß es sich dabei um das Toh-Li handelte.

Als der Hamster das chinesische Restaurant in der obersten Etage des fünfzigstöckigen Nomura-Versicherungsgebäudes betrat, hätte kein Mensch in ihm den Mann wiedererkannt, der sich vor kurzem in Akihabara mit Nangi getroffen hatte. Er sah aus wie der Inbegriff des korrekten japanischen Geschäftsmanns – tadellos sitzender schwarzer Anzug, frisch gebügeltes weißes Hemd und auf Hochglanz polierte schwarze Schuhe.

Zufällig war der Geschäftsführer des Lokals der Freund eines Freundes, so daß der Hamster einen Tisch direkt neben dem für Kusunda Ikusa reservierten Platz bekam.

Ikusa selbst war zwar noch nicht da, aber an seinem Tisch saß bereits ein gutgekleideter älterer Herr, der einen Martini vor sich stehen hatte und in die jüngste Ausgabe der Zeitung *Asahi Shimbun* vertieft war.

Der Hamster kannte den Mann nicht. Aber das störte ihn nicht im geringsten. Denn erst, wenn es gefährlich wurde, hatte der Hamster das Gefühl, wirklich zu leben. Das war seine Art, mit den strengen gesellschaftlichen Zwängen fertigzuwerden, denen das Leben in Japan unterworfen war.

Als ihm Tanzan Nangi den schwierigen Auftrag erteilt hatte, Kusunda Ikusa zu kompromittieren, hatte er ohne Zögern angenommen. Solche kniffligen Aufgaben waren genau nach seinem Geschmack. Je schwieriger, desto besser.

Nachdem er sich in Akihabara von Nangi verabschiedet hatte, hatte er die nächsten fünfundvierzig Minuten erst einmal damit verbracht, sich davon zu überzeugen, daß ihnen niemand gefolgt war. Erst als er die Gewißheit hatte, daß die Luft rein war, machte er sich auf den Weg zu Han Kawado.

Han Kawado war einer der zuverlässigsten ›Mitarbeiter‹ des Hamsters. Deshalb bekam er den Auftrag, Justine Linnear zu überwachen. Denn auch darum hatte ihn Nangi gebeten.

Den Hamster fand Han Kawado an der Bar des Mama's, wo er gerade an seinem Abschlußbericht über die Kawabana-Affäre arbeitete.

»Ich muß eine Möglichkeit finden, an Kusunda Ikusa heranzukommen«, kam der Hamster ohne Umschweife zur Sache, als er sich neben Han Kawado auf einen Barhocker niederließ. »Allerdings fürchte ich, daß wir dabei zu ziemlich rabiaten Mitteln greifen müssen. Mit unseren üblichen eleganten Methoden dürften wir bei diesem Kerl schwerlich zum Ziel kommen.«

»Das dürfte tatsächlich nicht ganz einfach werden«, stimmte ihm Han Kawado zu. »Angeblich traut Ikusa-san nicht mal seiner eigenen Mutter über den Weg. Stelle dir mal vor!« Er schüttelte den Kopf.

Plötzlich fiel der Blick des Hamsters auf eine Schriftrolle, die an der Wand hinter der Bar hing. *Die Wolken / ohne sterbliches Gewicht / verschwinden wie der Mensch. / Der Geist bleibt.*

Han Kawado massierte sich das Kinn. »Was weißt du über Kusunda Ikusas Macken?«

»In meiner Datenbank sind nur Fakten gespeichert, keine psychologischen Details. Wie es scheint, führt der Kerl einen absolut untadeligen Lebenswandel. Er ist deshalb nicht erpreßbar. Allerdings brauche ich keinen Computer um zu wissen, was ich bereits über Kusunda Ikusa weiß. Er ist noch jung, sehr von sich eingenommen und vor allem krankhaft machtbesessen. Und an diesem Punkte werden wir ihn packen.«

Dieses Gespräch mit Han Kawado lag mittlerweile eine Woche zurück. Ikusa war währenddessen rund um die Uhr überwacht worden, ohne daß dabei etwas Brauchbares herausgekommen wäre. Und das war der Grund, weshalb der Hamster nun in diesem chinesischen Restaurant saß und wartete.

Als Kusunda Ikusa zur Tür hereinkam, faltete der ältere Herr an seinem Tisch seine Zeitung zusammen, verstaute sie in einem eleganten Krokodil-Aktenkoffer und stand auf.

Die beiden Männer begrüßten sich herzlich. Gleichzeitig erfuhr der Hamster bei dieser Gelegenheit, daß er Ken Oroshi, den Chef von Nakano Industries, vor sich hatte.

»Wie geht es Ihrer Frau und den Kindern?« erkundigte sich Ikusa, als er Platz nahm.

»Bestens, Ikusa-san«, erwiderte Oroshi. »Sie lassen Sie herzlich grüßen.«

Dem Hamster war nicht entgangen, daß Oroshi sich tiefer verbeugt hatte als Ikusa. Trotz der unbestrittenen Macht von Nami war das für einen Mann in Oroshis Position höchst ungewöhnlich, zumal er auch noch mindestens zwanzig Jahre älter war als Ikusa. Eigentlich hätte sich nach den gängigen Anstandsregeln Ikusa merklich tiefer verbeugen müssen, um seinen Respekt vor Oroshi zu bekunden. Genau das Gegenteil war jedoch der Fall gewesen.

Die zwei Männer begannen sich über Golf zu unterhalten, das zur Zeit in den feinen Kreisen Japans immer mehr in Mode kam. Die Mitgliedschaft im renommierten Koganei Country Club hatte Ken Oroshi fast acht Millionen Mark gekostet. Und auch dann noch hatte er es nur Ikusas Fürsprache zu verdanken, gehabt, daß er die mehr als hundert Namen überspringen konnte, die noch vor ihm auf der Warteliste gestanden hatten.

Da sich die beiden Männer erst einmal eine ganze Weile über recht belanglose Dinge unterhielten, wandte der Hamster seine Aufmerksamkeit vorübergehend den übrigen Gästen des Lokals zu. Dabei handelte es sich vorwiegend um Geschäftsleute, unter die sich hier und da auch ein paar Ausländer verirrt hatten – stiernackige Amerikaner und aufgedunsene Deutsche.

Kein Wunder also, daß die junge gutaussehende Frau, die direkt hinter Ikusas Tisch saß, dem Hamster sofort in die Augen stach. Obwohl sie sehr elegant – und vor allem auch sehr teuer – gekleidet war, konnte sie, ihrem faltenlosen Gesicht nach zu schließen, bestenfalls Anfang zwanzig sein.

Der Hamster zuckte unwillkürlich zusammen, als sich die Blicke des Mädchens, dem Oroshi den Rücken zugewandt hatte, mit denen Kusunda Ikusas trafen. Dabei huschte ein leicht amüsierter Ausdruck über ihr Gesicht, der sie plötzlich wesentlich erwachsener erscheinen ließ. Ikusa hörte währenddessen weiterhin mit ungeteilter Aufmerksamkeit seinem Gegenüber zu. Aber für einen Moment waren seine Blicke doch zu dem Mädchen herübergezuckt. Und das genügte dem Hamster, sich näher mit ihr zu befassen.

Unter einer schwarzweißen Bolerojacke trug sie eine schwarze Rayonbluse und dazu einen schwarzen Lederrock mit einem breiten Goldgürtel. Ihre Füße steckten in hochhackigen, goldenen Riemchenschuhen.

Sie hatte üppiges, matt glänzendes Haar und grellrot geschminkte, schön geschwungenen Lippen. Der Hamster nahm allerdings an, daß unter dem raffinierten Make-up bestenfalls ein leidlich hübsches Durchschnittsgesicht steckte. Allerdings sprachen aus den Blicken des Mädchens erstaunliche Wachheit und Intelligenz. Und das fand der Hamster wesentlich bemerkenswerter als die Art, wie sie geschminkt und angezogen war.

Über dem Hauptgang aus Fisch in Ingwer und Abalone in Sojasoße lenkte Ikusa das Gespräch behutsam auf das eigentliche Thema ihres Treffens. »Ich glaube übrigens, eine Lösung für Ihre finanziellen Probleme gefunden zu haben, Oroshi-san.«

»Solang damit nicht einhergeht, daß unsere momentane wirtschaftliche Misere an die Öffentlichkeit dringt, bin ich gern bereit, mir Ihren Vorschlag anzuhören«, erwiderte Oroshi höflich. »Wie Sie wissen, haben wir bisher mit allen Mitteln zu verhindern versucht, daß unsere augenblicklichen Schwierigkeiten publik werden.«

»Seien Sie unbesorgt«, versicherte ihm Ikusa und zog dabei mit spitzen Fingern eine perlmuttene Fischgräte zwischen seinen Lippen hervor. »Auch wir sind in dieser Angelegenheit an strengster Geheimhaltung interessiert. Es geht dabei nämlich um die Serienfertigung einer revolutionären Neuentwicklung auf dem Computerchip-Markt.«

»Sie meinen doch nicht etwa den Sphynx T-PRAM?« erwiderte Oroshi lachend.

»Doch«, nickte Ikusa ernst. »Genau den.«

Ken Oroshi legte seine Stäbchen beiseite. »Wollen Sie damit sagen, daß Nami in den Besitz der Fertigungsrechte gelangt ist?«

»Nicht ganz«, winkte Ikusa ab. »Aber fast.« Er schnitt sich eine weitere dicke Scheibe Fisch ab und hievte sie geschickt auf seinen Teller. »Tanzan Nangi steht im Augenblick unter massivem Druck. Damit Sato International in diese Serienfertigung des neuen Superchips gehen kann, ist er auf die Unterstützung eines Unternehmens angewiesen, das über weitreichende Erfahrungen auf diesem Gebiet verfügt. Bei unseren Gesprächen mit Tanzan Nangi fiel unter anderem auch der Name Ihrer Firma, worauf wir ihm unser Einverständnis erklärt haben, falls es zu einer Fusion zwischen Sato International und Nakano Industries kommen sollte.«

»Aber Nangi-san kann doch gar nicht frei über die Vermarktung des neuen Chips verfügen. Meines Wissens handelt es sich dabei doch ursprünglich um eine Neuentwicklung von Nicholas Linnears Tomkin Industries. Ich kann mir schwerlich vorstellen, daß er einer solchen Fusion zustimmen würde.«

»Linnear braucht Sie in diesem Zusammenhang nicht zu interessieren.« Ikusa schob sich einen knusprig gebratenen Fischschwanz in den Mund. »Diese Sache wird ausschließlich zwischen Ihnen und Tanzan Nangi abgewickelt.«

Darauf wandte sich das Gespräch Detailfragen zu: Welche näheren Einzelheiten galt es beim Vertragsabschluß zu berücksichtigen? Welche Anwälte sollte man dafür hinzuziehen? Und dergleichen mehr. Der Hamster wandte seine Aufmerksamkeit nun wieder dem Mädchen zu. Ihm entging keineswegs der wachsame Ausdruck ihrer Augen, als sie, leicht vornübergebeugt an ihrem Tee nippend, wie gebannt über den Rand ihrer Schale starrte.

Erst fand der Hamster das etwas ungewöhnlich. Doch plötzlich merkte er, daß sie die Unterhaltung der beiden Männer belauschte. Und selbst wenn sich Ikusa und Oroshi in die kompliziertesten Spitzfindigkeiten verstiegen, schien das ihrem Interesse keinerlei Abbruch zu tun. Im Gegenteil, gerade dann legte sich ein seltsames Leuchten über ihre Züge.

Das Essen war vorbei, der Tee getrunken, die letzten Einzelheiten geklärt. Die zwei Männer standen auf und verneigten sich. Ken Oroshi verließ das Lokal. Der elegante Aktenkoffer schwang im Takt seiner raschen Schritte, als er auf den Ausgang zustrebte.

Währenddessen ließ sich Kusunda Ikusa gemächlich wieder in seinen Stuhl sinken, um seinen Tee zu Ende zu trinken. Als der Hamster zahlte, sah er, wie das Mädchen aufstand und zum Ausgang ging. Ikusa schaute abrupt auf, und als sich seine Blicke dabei für einen Moment mit dem des Mädchens trafen, leuchteten seine Augen bedrohlich auf.

Bildete sich der Hamster das alles nur ein, oder ging das Mädchen tatsächlich etwas langsamer, als sie auf dem Weg zum Ausgang an Ikusas Tisch vorüberkam?

Fünf Minuten später zahlte auch Ikusa und ging. Der Hamster folgte ihm. Im Foyer verlor er ihn kurz aus den Augen. Aber als er das Gebäude verließ, sah er Ikusa Seite an Seite mit dem Mädchen aus dem Restaurant die Straße hinunterschlendern.

Der Hamster holte sein selbstgebautes Richtmikrofon hervor und schaltete sein Tonbandgerät auf Aufnahme. Ikusa sah das Mädchen mit einem wölfischen Grinsen an.

»Wenn du nur endlich diesen Unsinn lassen könntest«, wies er sie streng zurecht.

»Ich weiß«, imitierte sie seinen Tonfall. »Das ist höchst unvernünftig.« Ihr Kopf zuckte zu ihm herum. »Ich bin nun mal ein bißchen verrückt, Kusunda. Ob es dir paßt oder nicht. Außerdem solltest gerade du am besten wissen, daß sich Yin und Yang immer in einem ausgewogenen Verhältnis befinden sollten. Ich bin nun mal das Gegengewicht von dir.«

Schockiert nahm der Hamster zur Kenntnis, mit welcher Selbstverständlichkeit das Mädchen Ikusa mit dem Vornamen ansprach.

»Was mich betrifft, kann ich in unserer Beziehung keinerlei Ausgewogenheit erkennen«, entgegnete Ikusa nüchtern. »Sie basiert auf gegenseitiger Abhängigkeit, und Abhängigkeit hat nie etwas Ausgewogenes an sich.«

»Das hat sie mit der Gefahr gemeinsam.«

»Du treibst es noch auf die Spitze, Killan. Manchmal könnte man meinen, du machst das nur, damit sich dein Vater irgendwann umdreht und dich sieht.«

Der Hamster traute kaum seinen Ohren. Ken Oroshi hatte drei Kinder – zwei Söhne und eine achtzehnjährige Tochter. Aufgrund seiner Computerdaten wußte der Hamster, daß das Mädchen Killan hieß. Und da stand sie nun plötzlich vor ihm. Und was das Verrückteste war: Sie schien Kusunda Ikusa sehr gut zu kennen. Was hatte das zu bedeuten?

Im selben Moment löste sich Kusunda Ikusa von Killan Oroshi und sie verschwand ohne ein weiteres Wort in der Menge.

Wild zerklüftete Felsformationen aus schwarzem Lavagestein ragten bizarr in den Himmel hinauf. Wie viele Millionen und Abermillionen Jahre waren wohl vergangen, seit die Erde sie feuerspuckend ausgestoßen hatte? Und wie lange waren sie nun schon dem unablässigen Ansturm der Naturgewalten ausgesetzt, die beharrlich an ihnen nagten?

Das Hodaka-Massiv ist mit Sicherheit eines der wildesten und eindrucksvollsten Gebirge Japans. In einer Reihe messerscharfer, wild zerklüfteter Bergzüge, deren kalküberzogenes Granitgestein von tiefen Schrunden durchfurcht ist, erstreckt es sich vom Gipfel des Nishi im Westen zum Oku im Nordosten. Die von tiefen Klammen durchzogene Felswand, die unter der Bezeichnung Takidani, Tal der Wasserfälle, bekannt ist, hat im Lauf der Jahre noch einen zweiten Namen erhalten: In Erinnerung der unzähligen Bergsteiger, die hier ihr Leben gelassen haben, ist die Wand mittlerweile fast besser als ›Friedhof des Teufels‹ bekannt.

Und drohend wie ein schlafender Riese erhebt sich über der Takidani-Wand der mächtige Gipfel des Schwarzen Horns, eine gewaltige Felsmasse aus senkrecht in den Himmel ragendem Lavagestein, durchzogen von unzähligen Adern schwarzen Eises. In seiner beeindruckenden Größe erweckt der gewaltige Berg den Eindruck, als wäre er in einer Eruption von unvorstellbaren Ausmaßen direkt aus dem Erdinnern an die Oberfläche geschleudert worden, wo er nun wie eine finstere Gottheit über der imposanten Bergwelt des Hodaka-Massivs thront.

Und genau hierher war Nicholas kurz vor dem endgültigen Abschluß seiner Lehrzeit von seinem Meister Kansatsu gebracht worden. Nicholas hatte damals geglaubt, der *Sensei* hätte sich für diesen Ort deshalb entschieden, damit er sich ein für allemal beweisen konnte, daß er besser war als Saigo.

Vielleicht war genau diese Verblendung der Grund gewesen, weshalb er im Friedhof des Teufels hatte sterben müssen, während das Schwarze Horn aus seiner luftigen Höhe hohnlächelnd auf ihn herabgeblickt hatte.

Er war ein guter Schüler gewesen. Sein entscheidender Fehler hatte vor allem darin bestanden, daß er in seiner Ausbildung noch nicht annähernd so weit fortgeschritten war, wie er sich das einbildete. Außerdem ließ seine geistige Grundeinstellung noch einiges zu wünschen übrig. Anstatt sich voll und ganz darauf zu konzentrieren, den Zustand des Denkens/Nichtdenkens zu erreichen, der die Grundvoraussetzung für alles wahre Verstehen ist, richtete er seinen ganzen Ehrgeiz darauf, Saigo auszustechen.

Mittlerweile war ihm selbstverständlich längst klar geworden, daß er und Saigo sich in diesem Punkt sehr ähnlich gewesen waren. In ihrer erbitterten Rivalität hatten sie zusehends mehr das eigentliche Ziel ihrer Ninjutsu-Ausbildung aus den Augen verloren. Und gleichzeitig hatte sich dabei ein Wesenszug in ihre Herzen eingeschlichen, der zutiefst gegen alle Prinzipien des Ninjutsu verstieß: Haß.

Angesichts der beängstigenden Erinnerungen, die Nicholas mit dem Schwarzen Horn verband, war es keineswegs verwunderlich, daß ihm die geheime Botschaft auf der Schriftrolle in Kyokis Burg einen tiefen Schock versetzt hatte. Plötzlich war er sich keineswegs mehr so sicher, ob er sein gefährliches Vorhaben tatsächlich zu Ende führen wollte. Abgesehen davon, daß er nicht einmal wußte, wie lange sich die geheime Botschaft schon auf der Schriftrolle befand, war er sich auch keineswegs ihrer wahren Bedeutung sicher. Selbst wenn Genshi, der Bruder des Tanjian, tatsächlich am Fuß des Schwarzen Horns lebte hieß das noch lange nicht, daß er nicht schon längst tot war.

Eines war Nicholas jedoch klar: Wenn er jetzt aufgab, dann gab es keine Rettung mehr für ihn. Dann würde er alles verlieren – Justine, die Firma und vielleicht sogar sein Leben. Wenn jetzt nicht bald etwas geschah, war er rettungslos verloren.

Mit dem Begreifen kommt auch die Verzweiflung.

Shiro Ninja.

Der Aufstieg durch den Friedhof des Teufels war so gefährlich, daß nach den insgesamt zehn Todesfällen in den Jahren 1981 und 1982 die Zahl der Expeditionen in die berühmt-berüchtigte Wand unter dem Gipfel des Schwarzen Horns merklich zurückgegangen war. Das tat jedoch der Faszination, die die gefährliche Wand auf Bergsteiger ausübte nicht den geringsten Abbruch.

Im nachhinein war Nicholas jedoch klargeworden, daß Kansatsu für seine Abschlußprüfung nur deshalb das Hodaka-Massiv ausgewählt hatte, um ihm seine geradezu zwanghafte Rivalität mit Saigo ein für allemal auszutreiben. Zumindest konnte sich Nicholas keinen anderen Grund denken, weshalb seine Wahl ausgerechnet auf diesen extrem schwer zu besteigenden Berg gefallen war.

Das Schwarze Horn war ein Ort des Todes, an dem ein Jugendlicher eigentlich nichts zu suchen gehabt hätte.

Es war damals Dezember gewesen. Japan hatte schon seit zwanzig Jahren keine so strengen Winter mehr erlebt. Selbst in Tokio säumten riesige, schmutzig schwarze Schneehaufen die Straßen.

Und ausgerechnet in diesem bitter kalten Winter brach Kansatsu mit Nicholas ins Hodaka-Massiv auf. Schon beim Anmarsch zur Wand versanken sie bis zu den Hüften im tiefen Schnee. Unnahbarer denn je ragte der Berg unter einem dicken Mantel aus Eis über ihnen auf. An den steilen Graten, die sie auf dem Weg zum Friedhof des Teufels überquerten, hingen gewaltige Schneebretter, und die Luft war so kalt, daß ihr heißer, keuchender Atem sofort zu winzigen Kristallen gefror. Der strahlende, tiefblaue Himmel hoch über ihnen wirkte so zerbrechlich und spröde wie eine gläserne Kuppel.

Trotzdem war Nicholas barfuß unterwegs. Denn Kansatsu hatte gesagt: *Eis und Angst vor dem Tod sind ein und dasselbe. Sobald du gelernt hast, das eine nicht mehr zu spüren, wird dir auch das andere nichts mehr anhaben können.*

Noch ganz deutlich konnte sich Nicholas erinnern, wie klar es am Tag ihres Aufstiegs in die gefährliche Wand gewesen war. Bis heute konnte er sich deshalb nicht erklären, woher der heftige Schneesturm so plötzlich aufgezogen war.

Jedenfalls war das Wetter schlagartig umgeschlagen. Hatte ihnen eben noch die Sonne, durch die Höhenlage und den Schnee in ihrer Kraft um ein Vielfaches verstärkt, die Haut von Gesicht und Händen geschält, so tat dies plötzlich der heftige Schneesturm, der ohne Warnung mitten in der Wand über sie hereinbrach.

Zu diesem Zeitpunkt hatte Nicholas einen Teil der Prüfungen, die ihm Kansatsu auferlegt hatte, bereits hinter sich. Im Nachhinein war ihm manchmal sogar der Verdacht gekommen, ob nicht vielleicht auch der Sturm ein Teil seiner Prüfungen gewesen war.

Jedenfalls löste sich durch den orkanartigen Sturm direkt über ihnen ein dickes Schneebrett. Eigentlich hätte Nicholas die schweren Schneemassen rechtzeitig auf sich zukommen sehen müssen; er hätte, selbst im Heulen des Sturms, das laute Knacken des losbrechenden Schneebretts hören müssen.

Aber er war in Gedanken viel zu sehr mit *Haragei* beschäftigt, jenem Sechsten Sinn, der Kansatsus Aussagen zufolge die Vorstufe zu *Getsumei no michi* darstellte. War es schon schwer genug, diesen Sechsten Sinn in sich zu wecken, so war es noch wesentlich schwieriger, mit dieser fremden und ungewohnten Kraft richtig umzugehen. Die erste Begegnung mit *Haragei* konnte deshalb für den Uneingeweihten häufig einen recht beängstigenden Verlauf nehmen. Und in dieser Hinsicht bildete auch Nicholas keine Ausnahme.

Die Eis- und Schneemassen, die plötzlich wie aus heiterem Himmel auf ihn herabstürzten, erdrückten ihn fast unter ihrem Gewicht. Mit einem Mal war er von undurchdringlichem Dunkel umgeben. Er versuchte zu atmen, aber er bekam keine Luft mehr.

Gleichzeitig stieg eine entsetzliche Panik in ihm auf. Doch im selben Moment, in dem seine Todesangst ihren Höhepunkt erreichte, war seine Angst schlagartig verflogen. Eine seltsame Stille umgab ihn. Ganz deutlich hörte er in der Abgeschlossenheit seines Grabes plötzlich das Klopfen seines Herzens, das Pulsen des Blutes in seinen Adern. Seltsamerweise haftete dem etwas Tröstliches an. Er war noch am Leben.

Instinktiv konzentrierte er sich auf seine Mitte. Und plötzlich war er in *Haragei.* Mit einmal war er imstande, seine Umgebung so deutlich wahrzunehmen, als könnte er die dicken Schneemassen, unter denen er begraben war, mit seinen Blicken durchdringen. Gleichzeitig spürte er ganz deutlich Kansatsus Nähe, die er als sehr beruhigend empfand.

Als er sich freizugraben begann, waren ihm seine neu gewonnen Fähigkeiten eine große Hilfe. Er konnte ›sehen‹, wohin Kansatsu deutete und in welcher Richtung er weitergraben sollte.

Der Sauerstoffvorrat unter den Schneemassen war sehr begrenzt und neigte sich unaufhaltsam seinem Ende zu. Seine Lungen begannen heftig zu stechen, und sein Körper brannte, als hätte er kochendes Öl in den Adern. Trotzdem geriet er nicht in Panik, sondern konzentrierte sich ganz auf sein Vorhaben. Ebensowenig wie er die Kälte spürte, hatte er Angst zu sterben.

Mit voller Wucht klatschte ihm der Sturm ins Gesicht, als er sich wie ein ausschlüpfendes Küken aus den Schneemassen befreite. Und während er noch dabei war, sich heftig keuchend vollends freizuschaufeln, spürte er bereits Kansatsus starke Arme, die sich schützend um ihn legten und ihn unter das schützende Dach eines überhängenden Felsen zerrten…

Und nun war Nicholas wieder im Hodaka-Massiv. Von bösen Vorahnungen geplagt, starrte er zum Gipfel des Schwarzen Horns hoch, der drohend über ihm aufragte. Das war die rauhe Wirklichkeit. Die Vergangenheit flatterte nur noch wie ein letzter versprengter Nebelfetzen um den sturmumtosten Gipfel des Bergriesen. Nicholas konnte noch immer nicht recht fassen, daß er tatsächlich hier war. Denn er war sich ganz sicher gewesen, daß er nie wieder hierher zurückkehren würde.

Aber er war inzwischen *Shiro Ninja,* und nichts war mehr wie früher. Das matt schimmernde Weiß des Himmels über ihm verstärkte noch sein Gefühl der Verlassenheit. Ein fernes Heulen kündigte das Aufkommen eines Sturms an. Gleichzeitig klatschten die ersten dicken Regentropfen in sein Gesicht.

Am ganzen Körper erschaudernd, sah Nicholas besorgt zum Himmel hoch. Es schien wieder genau wie damals, als er mit Kansatsu zum erstenmal hierhergekommen war. Auch jetzt braute sich wieder ein Unwetter zusammen. Unaufhaltsam rückte es von Norden her näher. Begleitet von einem lauten Donnerschlag, zuckte ein greller Blitz aus dem verhangenen Himmel.

Und im nächsten Moment prasselte auch schon ein bitterkalter Eisregen auf ihn nieder. Er ging unter einem zerklüfteten Felsüberhang in Deckung. Das hätte durchaus die Stelle sein können, an der ihn Kansatsu damals vor vielen Jahren in Sicherheit gebracht hatte.

Nicholas zitterte am ganzen Körper. Er war unsäglich müde. Jeder Muskel seines Körpers schmerzte. Seine Operationsnarbe am Kopf pochte so heftig, daß er sie unter seiner Wollmütze vorsichtig betastete. Trotz seines Anoraks ging ihm die Kälte durch und durch.

Im Wüten des Sturms konnte er kaum seine Hand vor den Augen sehen. Ein klägliches Nichts inmitten der ringsum tobenden Naturgewalten, saß er mitten in der gefährlichen Wand unter dem Gipfel des Schwarzen Horns fest. Noch nie hatte sich Nicholas so hilflos gefühlt.

Er schloß die Augen und schlang frierend die Arme um seinen Oberkörper. Alles in ihm sehnte sich danach, sich in erlösenden Schlaf fallen zu lassen und für immer Vergessen zu finden vor dem tosenden Sturm und vor der eisigen Kälte, vor der Ungewißheit, der Angst und vor *Shiro Ninja*.

Es kostete ihn alle Willensanstrengung, dieser Verlockung zu widerstehen. Trotzdem schlich der Schlaf immer näher, um ihn in seine tröstenden Arme zu schließen. Und mit ihm nahte auf leisen Sohlen der Tod, so verführerisch wie die erste Geliebte...

Er schrak hoch. Seine Kehle brannte, als hätte er Schwefel statt Sauerstoff geatmet. Blinzelnd starrte er in das Toben des Sturms hinaus. Aber noch immer konnte er nichts erkennen. Seine Füße waren eingeschlafen. Verzweifelt kniff er sich in die Waden und hieb auf seine Oberschenkel ein. Taub. Vollkommen taub.

Nicholas wußte, daß er verloren war. Selbst wenn er sich dazu hätte durchringen können, aufzustehen und weiterzugehen, wäre er dazu gar nicht mehr in der Lage gewesen. Wollte er es denn außerdem? Und wohin hätte er gehen sollen? Während der Sturm weiter durch die Wand tobte, hüllte ihn die Nacht in undurchdringliches Dunkel.

Nicholas war klar: Wenn er jetzt einschlief, würde er nie mehr erwachen. Verzweifelt versuchte er, sich wachzuhalten, indem er sein Leben noch einmal vor seinem inneren Auge Revue passieren ließ. Wenn er nur nicht so schrecklich müde gewesen wäre. Die Erschöpfung steckte ihm tief in den schmerzenden Knochen. Ihm war bitter kalt. Immer wieder fielen ihm die Augen zu, und ein paarmal schrak er gerade noch rechtzeitig hoch, bevor ihn der Schlaf endgültig übermannte.

Zugleich ergriff zunehmend heftigere Panik von ihm Besitz – nicht nur weil er die Kontrolle über seinen Körper zu verlieren drohte und so völlig hilflos war; nein, das Schlimmste war, daß ein Teil von ihm sogar den Tod herbeisehnte. Aber gegen diesen Todestrieb begann er nun unter Aufbietung seiner letzten Kräfte verzweifelt anzukämpfen.

Er dachte an Tanzan Nangi, seinen väterlichen Freund. Er dachte an Lew Croaker, zu dem er den Kontakt abgebrochen hatte, weil er die Schuldgefühle wegen Lews verlorener Hand nicht mehr ertragen konnte. Er dachte an seine kleine tote Tochter, wie sie mit bleichem Gesicht unter dem Sauerstoffzelt lag, das sie nicht am Leben hatte halten können. Und er dachte an Justine und wie sehr er sie liebte.

In seinem Schmerz brach er in Tränen aus. Sie strömten ihm übers ganze Gesicht, um schon nach wenigen Augenblicken auf Lidern, Wangen und Lippen zu Eis zu erstarren. Er konnte gar nicht mehr aufhören zu weinen. Es war, als bräche alles Leid dieser Welt aus ihm hervor.

Und irgendwann war es dann vorbei. Nach dem Sturm der Gefühle kehrte wieder Ruhe ein.

Und Leere.

Nichts.

Das Gesicht von gefrorenen Tränen bedeckt, sank Nicholas in tiefen Schlaf – und stürzte durch undurchdringlichen Dunst ins Bodenlose...

Bis ihn der Tod endlich holen kam.

»Wenn Tugend ihr eigener Lohn wäre«, sagte Tanzan Nangi zum Hamster, »wäre sie kein menschlicher Wesenszug. Dann wäre sie ausschließlich den Göttern vorbehalten.«

Der Lärm in der hell erleuchteten Pachinko-Halle war ohrenbetäubend. Um so besser. Auf diese Weise konnte sie wenigstens niemand belauschen.

»Ich habe eben nur von Kusunda Ikusa gesprochen.«

»Genau wie ich.« Nangi nickte. »Wenn Ikusa den Tugendhaften spielt, dann nur, weil es für ihn von Vorteil ist.«

»Nicht auch für Nami?« fragte der Hamster.

»Wir sollten hinsichtlich der Motive dieser Leute sehr vorsichtig sein. Sie sitzen an den Schalthebeln der Macht und beanspruchen gleichzeitig, sie ausschließlich zum Wohl der Allgemeinheit bedienen zu wollen. So etwas ist von vornherein verdächtig. Tugend ist keine Eigenschaft, die dem Menschen in die Wiege gelegt wird; sie muß mühsam errungen werden.«

Draußen, auf der lichterflimmernden Ginza, regnete es. Aber hier, in der vollklimatisierten Neonhelle der Spielhalle, blieb alles gleich – bei Tag und bei Nacht, bei Sonnenschein, Regen oder Schnee. Der Pachinko-Salon war rund um die Uhr geöffnet. Und deshalb zog sich der Hamster mit Vorliebe hierher zurück, wenn er mit einem Problem nicht weiterkam. Beim Pachinko konnte er völlig abschalten, und gerade dann kamen ihm meistens die besten Ideen.

»Ich habe die Diskette mit den Daten über das Virus an einen meiner Mitarbeiter weitergeben«, sagte der Hamster.

»Wirklich eine vertrackte Geschichte.« Nangi schüttelte den Kopf.

»Meine Leute kommen damit einfach nicht weiter.«

Der Hamster nickte. »Kein Wunder. Dieses Virus arbeitet nach einem völlig neuartigen Prinzip.«

Obwohl mehrere Pachinko-Automaten nicht besetzt waren, wartete der Hamster, bis ein ganz bestimmter frei wurde. Am ehesten läßt sich dieses in Japan weit verbreitete Spiel mit Flippern vergleichen. Allerdings sind Pachinko-Automaten im Gegensatz zu Flippern senkrecht angebracht. Und selbstverständlich waren jeweils gerade die Geräte am beliebtesten, die mit dem neuesten technischen Schnickschnack aufwarten konnte. So gab es mittlerweile auch Automaten mit eingebautem Bildschirm, so daß man beim Spielen auch fernsehen konnte.

»Ich spiele immer nur an dem da.« Der Hamster deutete auf den sechsten Automaten in der siebten Reihe. Dort war gerade eine alte Dame bei ihrem letzten Spiel angelangt. Sie machte den Eindruck, als wäre sie schon seit Stunden hier.

»Wird Justine Linnear bewacht?« erkundigte sich Nangi, während der Hamster bereits erwartungsvoll mit seinem Chip spielte. Seltsamerweise hatte er sich an der Kasse nur einen einzigen gekauft. Eigentlich konnte sich Nangi nicht vorstellen, daß der Hamster tatsächlich so gut war. Denn nur wenn er gewann, gab der Automat weitere Spielchips heraus.

Der Hamster übernahm den Platz der alten Frau und nickte. »Ich habe meinen besten Mann, Han Kawado, damit beauftragt. Sie brauchen sich ihretwegen keine Sorgen mehr zu machen.«

»Es war auch nur eine reine Vorsichtsmaßnahme. Schließlich weiß ich noch gar nicht, was dieser geheimnisvolle Unbekannte beabsichtigt. Aber sicher ist sicher – damit ich mir später keine Vorwürfe machen muß.«

Der Hamster nickte und begann zu spielen. Das erste Spiel gewann er – allerdings ganz knapp. Das trug ihm nur einen einzigen Chip ein. Er begann das zweite Spiel. »Um zu Ikusa zurückzukommen: Allein die Tatsache, daß der Kerl mit Killan Oroshi ein Verhältnis hat, ist schon Beweis genug, daß es ihm mit seiner Tugendhaftigkeit nicht allzu ernst sein kann.«

»Wer hätte das gedacht«, brummte Nangi sarkastisch.

»Und was Ikusas Verhältnis zu Ken Oroshi betrifft: Obwohl der Chef von Nakano mindestens zwanzig Jahre älter ist als unser Freund, ist er vor ihm regelrecht in die Knie gegangen.«

»Oroshis Unternehmen steckt zur Zeit in ernsthaften finanziellen Schwierigkeiten.«

»Ja, davon habe ich gehört.«

»Dann gehören Sie allerdings einem Kreis von wenigen Auserwählten an. Oroshi hat Tod und Teufel in Bewegung gesetzt, um nichts davon an die Öffentlichkeit dringen zu lassen. Ehrlich gestanden, verstehe ich auch gar nicht, wie sich die Firma überhaupt so lange hat halten können. Alles, was er im Grunde noch hat, ist seine hervorragende Forschungs- und Entwicklungsabteilung. Ein paar seiner besten Leute sind tatsächlich nicht mit Gold aufzuwiegen. Das hat mich überhaupt erst auf die Idee gebracht, Ikusa eine Fusion mit Nakano vorzuschlagen. Und es war auch der Grund, weshalb ich mit ziemlicher Sicherheit davon ausgehen konnte, daß Ikusa unter den Unternehmen auf meiner Liste kein anderes als Nakano auswählen würde. Nach der Fusion werde ich jedenfalls unverzüglich von meinem Vorkaufsrecht Gebrauch machen. Dann gehört Nakano ganz mir – einschließlich der hervorragenden Forschungslabors des Unternehmens und vor allem auch seines fantastischen Mitarbeiterstabs. Denn gerade auf letzteren bin ich bei der geplanten Serienfertigung des neuen Sphynx-Chips dringend angewiesen. Und was das Beste an dem Ganzen ist: Es wird mich so gut wie nichts kosten.«

»Entschuldigung, aber wozu brauchen Sie mich dann eigentlich noch?« wollte der Hamster wissen.

»Um mich gegen alle Eventualitäten abzusichern. Ich darf Ikusa-san nicht unterschätzen. Jedenfalls darf er mir auf keinen Fall dazwischenfunken, sobald die Sache einmal angelaufen ist.«

Das zweite Spiel verlor der Hamster. Nangi, dem seine besorgte Miene nicht entgangen war, fragt ihn erstaunt: »Was haben Sie denn plötzlich?«

»Ich bin mir nicht so recht im klaren, welche Rolle eigentlich Killan Oroshi bei dem Ganzen spielt.«

»Ist das denn so wichtig?«

»Unter Umständen, ja. Vielleicht hat sie sich auf dieses Verhältnis mit Ikusa tatsächlich nur eingelassen, um ihrem Vater eins auszuwischen – bekanntlich hält Killan Oroshi ja nicht allzu große Stücke auf ihren Herrn Papa. Aber ich weiß nicht recht... jedenfalls würde es mich nicht wundern, wenn sie das Ganze nur täte, um den großen Kusunda Ikusa kräftig an der Nase herumführen.«

»Das wäre allerdings höchst interessant«, stimmte ihm Nangi bei.

»Aber um das herauszufinden, bräuchten wir mehr Zeit. Und ich fürchte, daß uns davon bis zur Unterzeichnung des Fusionsvertrags mit Nakano nicht genügend bleiben wird. Ikusa war wesentlich schneller, als ich dachte. Meinen Anwälten liegen bereits die Verträge zur Einsichtnahme vor. Fahren Sie jedenfalls weiter mit Ikusas Observierung fort. Diese Geschichte mit Ken Oroshis Tochter ist zwar sehr interessant, aber wir können es uns im Augenblick nicht leisten, zuviel Zeit damit zu vergeuden. Ich brauche etwas, womit ich Ikusas Ruf ruinieren kann – nicht seine Freundschaft mit Ken Oroshi.«

»Ikusa spielt nicht«, erwiderte der Hamster darauf. »Er ist nicht bestechlich und hat keine Schulden. Er ist nicht verheiratet und führt einen tadellosen Lebenswandel.«

Nangi schüttelte den Kopf. »Verwechseln Sie *Tatemae* den äußeren Schein, nicht mit echter Unbescholtenheit. Kusunda Ikusa ist sehr clever; er versteckt sich hinter seiner Tugendhaftigkeit wie ein Tintenfisch hinter seiner Tinte. Was auch immer seine Gründe dafür sein mögen – er hat sich auf eine Beziehung mit Ken Oroshis Tochter eingelassen. So handelt kein wirklich anständiger Mann, sondern nur jemand, der von unersättlicher Machtgier besessen ist.«

Plötzlich machte sich der Hamster an der Seite des Automaten zu schaffen. Eine Klappe ging auf, und der Hamster nahm ein paar Chips heraus. So ist das also, dachte Nangi. Er schwindelt.

Der Hamster schloß die Klappe wieder und steckte einen Chip in den Schlitz. »Trotzdem habe ich das Gefühl, daß wir etwas Wichtiges übersehen – oder den Gaul verkehrt herum aufzäumen.«

»Seit dem Tod des Kaisers hat Nami seine Machtposition enorm ausgebaut. Es stellt mittlerweile eine große Gefahr für Japan dar. Das beweist schon allein die Tatsache, wie

Nami auf mich Druck auszuüben versucht. Unser Ziel muß deshalb sein, Nami in Verruf zu bringen. Wenn es uns gelingt, Ikusa zu Fall zu bringen, wird das auch Nami zum Verhängnis werden.«

»Halten Sie das wirklich für gerechtfertigt?« fragte der Hamster.

»Namis Macht ist letztlich nichts anders als ein hohler Popanz, ein Hirngespinst, das jeder realen Grundlage entbehrt«, erklärte Nangi ernst. »Eines muß man den Mitgliedern von Nami allerdings lassen: Sie haben es sehr geschickt verstanden, sich den Anschein unbegrenzter Macht zu verleihen, obwohl es nichts gibt, worauf sich diese Macht wirklich stützen kann. Aber um so leichter läßt sich eine solch leere Fassade zum Einsturz bringen. Das Flackern der Flamme ist bekanntlich dann am stärksten, wenn sie nur um ihrer selbst willen brennt und nicht, um anderen das Dunkel zu erhellen.«

»Aber angeblich zieht man doch selbst in höchsten Regierungs- und Wirtschaftskreisen vor allen wichtigen Entscheidungen erst einmal Namis Einwilligung ein«, warf der Hamster ein.

»Das ist ein typisches Beispiel für den unaufhaltsam fortschreitenden Verfall des modernen Japan. Die Menschen fürchten nichts mehr als die Ungewißheit. Und die Zukunft Japans ist nach dem Tod des Kaisers nun einmal von einem großen Fragezeichen überschattet. Diese tiefe Verunsicherung der ganzen Nation hat sich Nami geschickt zunutze zu machen verstanden.«

Unverwandt folgte der Hamster der Bahn der kleinen Stahlkugel durch das Zahlenlabyrinth des Pachinko-Automaten. »Kann sein, das Sie recht haben«, sagte er nach einer Weile. »Vielleicht sollte Namis Macht tatsächlich gebrochen werden. Aber dazu muß ich erst einmal Kusunda Ikusa am Zeug flikken. Und das wiederum kann ich nur, wenn ich herausgefunden habe, was es mit ihm und Killan Oroshi auf sich hat.«

»Ich will Ihnen hier keine Vorschriften machen, wie Sie vorzugehen haben«, erklärte Nangi. »Trotzdem möchte ich Sie warnen: Mit Nami ist nicht zu spaßen. Diese Leute schrecken vor nichts zurück. Und ich brauche Sie wohl nicht ausdrücklich darauf hinzuweisen, daß Sie mir tot nichts mehr nützen werden.«

Der Hamster landete einen Volltreffer. Er hatte eine Glückssträhne.

Während David Brisling Senator Howe beim Telefonieren beobachtete stieg heftige Eifersucht in ihm auf. Diese verdammte japanische Schlampe, dachte er. Nichts war mehr wie früher, seit sie aufgetaucht war. Eigentlich hatte er sich seine Verbitterung nicht anmerken lassen wollen, aber als Shisei aus Howes Büro kam, hatte er sie doch angefahren: »Warum haben Sie mich nicht zu der Besprechung hinzugezogen? Als engster Mitarbeiter des Senators sollte ich doch wohl über alle Vorgänge genauestens informiert sein.«

»Warum fragen Sie das nicht Ihren Boß selbst?« erwiderte Shisei schnippisch. Gleichzeitig setzte sie ihr strahlendstes Lächeln auf und hielt Brisling das neue Louis Feraud-Kostüm unter die Nase. »Haben Sie schon gesehen, was Dougie mir gekauft hat? Das muß ihn ein Vermögen gekostet haben.« Als Brisling darauf heftig errötete, setzte sie mit einem gehässigen Lachen unerbittlich nach: »Sie sind doch nichts weiter als ein lächerlicher kleiner Wichtigtuer. Was ist eigentlich Ihre Funktion hier?« Sie sah ihn herausfordernd an. »Können Sie mir vielleicht sagen, weshalb Dougie Sie angestellt hat? Etwa, um die anderen zum Lachen zu bringen?« Ihr Lächeln wurde noch eine Spur hämischer. »Oder sind Sie dazu da, ihm die Anzüge in die Reinigung zu bringen? Machen Sie sich doch nichts vor: Sie haben noch nie über den Tellerrand gesehen, und werden das auch in Zukunft nicht.« Damit ging sie lachend an ihm vorbei und ließ ihn zitternd und bleich vor Wut stehen.

Howe, der gerade mit General Dickerson, seinem Verbindungsmann im Pentagon, telefonierte, winkte Brisling zu sich. Er legte die Hand über den Hörer. »Ich hätte da was zu erledigen für Sie.«

»Was?« platze Brisling heraus. »Soll ich Ihnen vielleicht was in die Reinigung bringen?«

»Wie bitte?« Howe schaute verwundert auf. Gleichzeitig sagte er in den Hörer: »Ich rufe Sie gleich noch mal zurück, General.« Dann hängte er auf und wandte sich wieder an Brisling: »Was ist denn plötzlich in Sie gefahren?«

»Ach nichts«, erwiderte Brisling verdrießlich. »Nur diese unverschämte Japanerin.«

Howe kam hinter seinem Schreibtisch hervor und griff nach seinem Sakko. Im Vorzimmer klingelten mehrere Telefone gleichzeitig. Aber dafür war Brislings gut eingespielter Mitarbeiterstab zuständig.

»Kommen Sie«, sagte Howe. »Ich muß ins *S Eins* zu Stedman.« John Stedman war im Augenblick einer der einflußreichsten Senatoren, und das S Eins war sein Privatbüro im Kapitol. Insgesamt gab es dort fünfundsiebzig solcher Büros, und sie zählten mit Sicherheit zu den exklusivsten Adressen in der Bundeshauptstadt. »Ab S Vierzig beginnt der Mensch«, pflegte Howe gelegentlich zu sagen, da er selbst nicht zu den Glücklichen zählte, die ein solches Büro ihr eigen nannten. Ganz im Gegensatz zu Cotton Branding. Und das war Howe natürlich ein weiterer Dorn im Auge, der ihn noch mehr in seinem Haß gegen seinen Erzrivalen aufstachelte.

»Shisei braucht Sie nicht zu interessieren, David«, sagte Howe, als sie in seinen wartenden Dienstwagen stiegen. »Lassen Sie das ruhig meine Sache sein.«»Das sagen Sie immer. Wissen Sie eigentlich, daß sie Sie in Gegenwart anderer Dougie nennt?«

»Tatsächlich?« Howe sah seinen Assistenten forschend an. »Das hat sie doch nur im Scherz gesagt, David. Merken Sie denn nicht, daß Sie sich nur über Sie lustig machen will?« Er schüttelte den Kopf. »Manchmal verstehe ich Sie wirklich nicht.«

»Trotzdem möchte ich endlich wissen, welche Funktion sie hier eigentlich ausübt.« Brislings Kinn schob sich nach vorn, und an seiner Schläfe trat eine Ader hervor. Er konnte selbst nicht recht verstehen, wieso ihm diese Frau zuwider war. Jedenfalls war Sie ihm vom ersten Augenblick an unsympathisch gewesen – und diese spontane Abneigung war im Lauf der Zeit nur noch stärker geworden. Aber die Unverschämtheit, die sie sich eben geleistet hatte, hatte das Maß nun endgültig voll gemacht. Das durfte er sich einfach nicht mehr länger bieten lassen.

»Shisei ist eine ganz gewöhnliche Befehlsempfängerin, David«, erklärte Howe achselzuckend. »Genau wie all die anderen pflichteifrigen und vaterlandstreuen Mitarbeiter, die mir dabei behilflich sind, meinem politischen Auftrag nach bestem Wissen und Gewissen nachzukommen.« Über die Lippen des Senators hatte sich ein verstohlenes Grinsen gelegt. Insgeheim bereitete ihm Brislings Eifersucht diebische Freude.

»Sparen Sie sich dieses salbungsvolle Gerede lieber für die Presse auf«, entgegnete Brisling hitzig. »Sie wissen ganz genau, daß diese Frau nicht wie die anderen ist.«

»Das ist allerdings richtig«, stimmte ihm Howe mit hämischer Zufriedenheit bei. »Allein ihre Möse ist erfreulicher anzuschauen als Sie alle zusammengenommen.« Langsam ging ihm Brislings Gejammer auf die Nerven. Im Grunde genommen hatte er seinen Assistenten nur deshalb noch nicht gefeuert, weil sich vielleicht schon bald noch einmal eine wichtige Verwendung für ihn finden würde. Warum sollte er sich seiner also mit viel unnützem Aufwand jetzt schon entledigen, wenn er ihn sich schon in Bälde wesentlich unproblematischer und zugleich auch gewinnbringender vom Hals schaffen konnte.

Howe griff zum Telefon und ließ sich noch einmal mit General Dickerson verbinden. Nachdem er wieder aufgehängt hatte, beugte er sich, einer plötzlichen Laune nachgebend, zu Brisling hinüber und flüstere ihm ins Ohr: »Noch etwas muß ich Ihnen verraten, David: Manchmal ist ihre Möse sogar schlauer als Sie alle zusammengenommen.« Über diesen Witz mußte er so heftig lachen, daß ihm die Tränen kamen.

»Spaß mal beiseite«, sagte Brisling hölzern. »Ich traue dieser Frau nicht über den Weg. Und ich kann auch beim besten Willen nicht verstehen, warum Sie das so vorbehaltlos tun. Ich kann durchaus verstehen, daß Sie sie für Ihre Zwecke einspannen wollen. Aber merken Sie denn nicht, daß dieses

Flittchen Sie nach allen Regeln der Kunst um den Finger wikkelt? Sie sind dieser Frau doch regelrecht verfallen. Sehen Sie sich zum Beispiel nur mal die Geschenke an, die Sie ihr nach jedem erledigten Auftrag machen. Wenn Sie meine Meinung wissen wollen: Sie sind ganz einfach scharf auf sie. Und das ist alles, was Sie im Kopf haben, wenn Sie mit ihr zusammen sind. Ist das etwa Ihre Vorstellung von Macht? Und von Kontrolle?«

»Sind Sie langsam fertig?« fragte Howe wütend. Was bildete sich dieser dahergelaufene Trottel eigentlich ein? Shisei hatte völlig recht. Für Brisling ließ sich jederzeit Ersatz finden. Mühsam um Beherrschung ringend, fuhr er fort: »Im übrigen habe ich Shisei gerade mit dem Auftrag losgeschickt, dafür zu sorgen, daß Branding sie zu dem Bankett mitnimmt, das am Monatsende zu Ehren des deutschen Kanzlers stattfindet. Denn bei dieser Gelegenheit werde ich ihn endgültig fertigmachen. Vergessen Sie also Ihre kleine Johnson Institute-Intrige lieber mal wieder. Ich habe da etwas Besseres für Sie.

Sie können Shisei nicht ausstehen und glauben, sie verdreht mir den Kopf. Vielleicht haben Sie recht. Jedenfalls ist jetzt der Zeitpunkt gekommen, uns Klarheit zu verschaffen, ob wirklich auf sie Verlaß ist.« Er sah Brisling mit einem gewinnenden Lächeln an. »Und mit dieser verantwortungsvollen Aufgabe werde ich keinen anderen als Sie betrauen, David. Ich weiß, daß ich mich auf Sie voll und ganz verlassen kann. Zufällig ist mir zu Ohren gekommen, daß Shisei ihre Geheimunterlagen zu Hause in ihrem Schlafzimmer aufbewahrt. Warten Sie bis zum Abend des Banketts, wenn wir ganz sicher sind, daß sie mit Branding unterwegs ist. Und sobald sie das Haus verlassen hat, versuchen Sie, an diese Unterlagen heranzukommen.«

»Aber...« Brisling wirkte nicht gerade begeistert von dieser Idee. »Ich soll in ihre Wohnung einbrechen?«

Howe sah in verwundert an. »Ich weiß gar nicht, was Sie eigentlich haben, David? Lassen Sie sich was einfallen – nur so kommt man in Washington schließlich voran.« Er sah aus dem Wagenfenster, an dem gerade die zahlreichen Prachtbauten der Bundeshauptstadt vorbeizogen. »Schließlich biete ich Ihnen damit doch nur, was Sie schon die ganze Zeit wollen: eine Chance, endlich mal zu beweisen, was Sie wirklich können.«

Der Senator wandte sich wieder seinem Assistenten zu und fuhr in seinem väterlichsten Ton fort. »Habe ich Ihnen je etwas Falsches geraten, David? Wer anders als ich hat Sie zu dem gemacht, was Sie jetzt sind? Ich war es, der Ihre Fähigkeiten erkannt und gefördert hat.« Mit einem wohlwollenden Lächeln legte er Brisling den Arm um die Schulter. »Hören Sie, David, aus Ihnen wird noch mal was. Heute sind Sie mein Assistent. Und morgen – wer weiß?«

Und der Tod hatte einen Namen.

Als Nicholas die Augen aufschlug, fiel sein Blick auf ein Gesicht, das er nie wiederzusehen geglaubt hatte.

»Kansatsu-san?« Seine Stimme war nur noch ein heiseres Röcheln.

»Träume ich? Oder bin ich schon tot?«

»Du bist nicht tot«, versicherte ihm sein erster Ninjutsu-Meister.

»Aber du bist auch nicht am Leben. Zumindest noch nicht.«

Kansatsus Gesicht war alles, was Nicholas von seinem *Sensei* sehen konnte. Er hatte sich nicht verändert, seit Nicholas ihn im Winter 1963 zum letztenmal gesehen hatte. Das kann doch nicht möglich sein, dachte Nicholas. Er war noch immer nicht ganz zu sich gekommen und nahm alles wie durch einen dichten Schleier wahr.

»Wo sind wir?«

»Im *Limbo*«, erwiderte Kansatsu. »In meinem Haus auf dem Schwarzen Horn.«

»Ein Haus? Hier oben?« Wie seltsam meine Stimme klingt, dachte Nicholas. Hohl und ohne Leben.

»Obwohl das *Limbo* mein Zuhause ist«, erklärte ihm Kansatsu, »ist es ein Ort der Kraft und Geborgenheit.« Er sah Nicholas eindringlich an. »Und das ist es, was du jetzt am dringendsten brauchst.«

Nicholas wollte zwar noch zustimmend nicken, aber er war bereits wieder eingeschlafen. Er träumte vom Gipfel des Schwarzen Horns, der sich, finster und unerbittlich, aus dem Innersten seiner Seele in den Himmel zu recken schien.

Zwei Wochen nach ihrem Eintreffen in Washington lud Cotton Branding Shisei ein, ihn ins Johnson Institute zu begleiten. Das war das erstemal, daß er sich von seinen zahlreichen Senatorenpflichten freimachen konnte.

Das Forschungsinstitut, das die genialsten Köpfe seiner Zeit in seinen Mauern beherbergte, war in einem großen Ziegelbau aus den Anfangstagen des Jahrhunderts untergebracht. Ursprünglich ein ländlicher Herrschaftssitz, lag es mittlerweile fast direkt im Zentrum Washingtons, nur einen Block von der Connecticut Avenue Bridge entfernt.

Die Tatsache, daß ein Gebäude, das ursprünglich für die Unterbringung von Kunstgegenständen gedacht war, mit einmal modernste technische Forschungsanlagen beherbergte, sagte vermutlich mehr über die Bundeshauptstadt aus als sämtliche Reden, die im Verlauf eines Jahres im Senat gehalten wurden.

Obwohl das Gebäude an der Außenseite nichts von seinem altmodischen Charme verloren hatte, hatte sein Inneres unter der drastischen Zweckentfremdung erheblich gelitten. Trotzdem war das Johnson Institute in Cotton Brandings Augen der Nabel der Welt und mindestens ebensoschön wie jedes Museum, das er je besucht hatte.

Sein heutiger Besuch diente dem Zweck, sich über den neuesten Stand der Entwicklung des Hive-Computers zu informieren. Eigentlich waren die Demonstrationsvorführungen ausschließlich für ihn bestimmt. Trotzdem hatte er es sich nicht nehmen lassen, Shisei mitzubringen. Branding machte keinen Hehl aus seinem Stolz über die bahnbrechenden Leistungen des Johnson Institute, und vielleicht sah er darin bis zu einem gewissen Grad auch die Früchte seiner eigenen Arbeit.

Sie betraten die weite, marmorne Eingangshalle, in der eine hochmoderne Überwachungsanlage eingebaut war.

Shisei nannte der jungen Frau an der Rezeption Namen, Alter und Geburtsort und beobachtete fasziniert, wie sie ihre Personalien in einen Computer eintippte. Binnen weniger Sekunden hatte der Drucker einen Ausdruck ausgespuckt, komplett mit einem Foto von Shisei. Die junge Frau reichte den Ausdruck an einen uniformierten Sicherheitsbeamten weiter, der einen kurzen Blick darauf warf und anschließend Shisei prüfend anschaute. Mit einem Nicken forderte er sie schließlich auf, durch einen Metalldetektor zu gehen. Dann mußten sie ihre Taschen leeren. Zusammen mit dem Inhalt von Shiseis Handtasche wurde das Ganze geröntgt. Shiseis Schmuck wurde noch zusätzlich mit einem Spektrometer untersucht.

Nachdem man ihnen die Fingerabdrücke abgenommen hatte, mußten sie sich mit einer komplizierten Maschine die Netzhaut fotografieren lassen. Und zu guter Letzt sprachen sie noch einen kurzen Text auf Band, um per Computer ihr Stimmprofil aufzeichnen und analysieren zu lassen.

Nachdem sie diese aufwendige Prozedur hinter sich gebracht hatten, erhielten sie ein lasergraviertes Namensschild, das sie zum einmaligen Betreten des Forschungsinstituts ermächtigte.

»War das alles?« fragte Shisei mit unüberhörbarem Sarkasmus, als sie schließlich die Sicherheitsschranke passierten.

Branding lächelte finster. »Wenn du nächstes Mal wieder hierher kommst, werden sie dir auch noch Blut abzapfen. Soviel ich weiß, wird gerade ein völlig neues Testverfahren entwickelt, mit dessen Hilfe sich allein anhand einer Blutprobe eine sofortige Identitätsüberprüfung durchführen läßt.«

Hinter dem nächsten computergesteuerten Kontrollpunkt wurden sie von Dr. Rudolph erwartet, einem großen, hageren Mann mit einem dünnen Schnurrbärtchen und hochgewölbten Augenbrauen. Sein kahler Schädel glänzte in der grellen Neonbeleuchtung. Nur um seine Ohren kringelte sich ein Kranz aus graumeliertem Haar. Er machte den Eindruck eines netten, älteren Herrn, der in seiner Freizeit Rosen züchtete – gewissenhaft, korrekt, einfühlsam. Er sah seine Besucher an wie zwei Laborproben und schüttelte ihnen kurz die Hände. Als ihn Branding Shisei vorstellte, nickte er nur abwesend.

»Rauchen Sie?« fragte Dr. Rudolph. »Nein? Um so besser. Rauchen ist in den Institutsräumen nämlich strengstens verboten.«

Damit drehte er sich um und führte sie einen langen, menschenleeren Korridor hinunter. Shisei fand, daß die gedämpfte Beleuchtung und der dicke Teppich eher der Chefetage eines Großkonzerns zu Gesicht gestanden wären.

Dr. Rudolph hielt ihnen eine Tür auf, die in ein Konferenzzimmer führte. Der Raum wurde beherrscht von einem großen ovalen Tisch, um den mehrere Stühle mit hohen Lehnen aufgestellt waren. Vor jedem dieser Stühle standen ein gläserner Aschenbecher, eine Wasserkaraffe, zwei Gläser und ein Block mit Bleistift. In der Mitte des Tischs lag ein länglicher, schwarzer Kasten mit drei Reihen farbiger Knöpfe und Schalter.

»Setzen Sie sich«, forderte sie Dr. Rudolph lakonisch auf.

Shisei sah sich im Raum um. Eine Wand bestand aus einem riesigen Plexiglasschirm, in den eine Weltkarte eingraviert war. Ansonsten wies der Raum keinerlei Besonderheiten auf. Shisei hatte eigentlich mit einem Labor voll rätselhafter Geräte und Apparaturen gerechnet und war deshalb etwas enttäuscht.

»Wie Sie wissen«, begann Dr. Rudolph, »befaßt sich das Hive-Projekt mit der Entwicklung einer völlig neuen Form von künstlicher Intelligenz. Selbstverständlich sind auch vorher schon Versuche in dieser Richtung unternommen worden. Sie waren jedoch leider alle zum Scheitern verurteilt. Der Grund hierfür ist ganz einfach: Mit herkömmlichen Computern läßt sich keine künstliche Intelligenz verwirklichen. Sie können zwar so programmiert werden, daß sie in ganz bestimmten, sehr eng umrissenen Problembereichen, wie zum Beispiel in der medizinischen Diagnostik, wertvolle Entscheidungshilfen anbieten; versucht man sie allerdings außerhalb ihres sehr eng gesteckten Rahmens einzusetzen, sind sie nicht einmal den simpelsten Problemstellungen gewachsen, sobald diese eine gewisse Flexibilität und Anpassungsfähigkeit erfordern. Anders ausgedrückt: Die Mikroprozessoren eines herkömmlichen Computers – selbst wenn mehrere von ihnen miteinander gekoppelt werden – können immer nur Aufgaben bewältigen, für die sie vorher programmiert worden sind; aber sie sind nicht im Sinne künstlicher Intelligenz zu selbständigen Problemlösungen fähig.

Dafür benötigt man ein Gehirn. Und ein Gehirn besteht im Grunde genommen aus nichts anderem als aus Milliarden von Neuronen, die sich in etwa mit den Mikroprozessoren eines Computers vergleichen lassen – mit einem Unterschied: Sie sind im Gegensatz zu den herkömmlichen Mikroprozessoren imstande, eine Vielfalt von Aufgaben gleichzeitig zu bewältigen. Und genau das haben wir uns nun auch hier zum Ziel gesetzt: Wir sammeln und speichern Informationen genauso, wie das auch ein menschliches Gehirn tut – das heißt, in Form sich gegenseitig ergänzender Daten, die alle simultan zugänglich sind. Daher auch der Name Hive-Computer. Denn die Leistungsfähigkeit unseres künstlichen Gehirns ist in etwa mit dem einer Biene zu vergleichen.«*

Dr. Rudolph rieb sich die Hände. »Doch genug geredet. Sie sind schließlich nicht hierhergekommen, um sich lange Vorträge anzuhören. Wie ich Sie kenne, Cook, wollen Sie sicher Resultate sehen.« Mit einer kurzen Kopfbewegung deutete Dr. Rudolph auf den schwarzen Kasten in der Mitte des Tischs. »Würden Sie bitte die Fernbedienung nehmen?«

Branding griff danach, sah sie kurz prüfend an und gab sie dann Shisei. »Wenn Sie nichts dagegen haben, würde ich das gern meiner Begleiterin überlassen.«

Dr. Rudolph nickte. »Wie Sie meinen.« Er drückte auf einen Knopf, worauf die Lichter im Raum ausgingen. Gleichzeitig begann die riesige Weltkarte an der Wand von innen heraus zu leuchten. An verschiedenen Stellen blinkten kleine Lämpchen auf. »Wir befinden uns in der Kommandozentrale unter dem Weißen Haus«, begann der Institutsleiter. »Nachdem von drei verschiedenen sowjetischen Raketenbasen mehrere ICBMs gleichzeitig abgefeuert worden sind,

---

* hive, engl. = Bienenstock; Anm. d. Red.

wurde unsere DEW-Verteidigungslinie aktiviert.« Er deutete auf eine Reihe roter Lichtpunkte, die sich auf die Vereinigten Staaten zubewegten. Die sowjetischen Raketenabschußrampen im äußersten Südwesten Sibiriens waren durch gelbe Lichter gekennzeichnet.

»Soll ich nun mit Hilfe des Hive-Computers die entsprechenden Gegenmaßnahmen ergreifen?« fragte Shisei mit einem Blick auf die verwirrenden Knöpfe und Schalter der Fernbedienung.

»Nein.« Dr. Rudolph schüttelte den Kopf. »Sie steuern den russischen Angriff. Natürlich werden Sie dabei von konventionellen Computern unterstützt. Sie können ihre Lösungsvorschläge auf dem kleinen Bildschirm Ihrer Fernbedienung ablesen. Anhand dieser Daten müssen Sie dann entscheiden, wann und wie Sie den zweiten und dritten Angriff starten – falls Sie dazu noch Gelegenheit haben.«

»Falls ich dazu noch Gelegenheit habe?«

»Die Verteidigung der Vereinigten Staaten liegt nun ausschließlich in den Händen des Hive-Computers«, nickte Dr. Rudolph ernst. »Der Dritte Weltkrieg hat soeben begonnen.«

Die roten Lichtpunkte, die die russischen Raketen kennzeichneten, hatten bereits die Hälfte ihres Wegs zurückgelegt. Mittlerweile kamen ihnen jedoch mehrere grüne Lichtpunkte entgegen. Wenig später zeigten eine Reihe gelber Explosionen an, daß die feindlichen Flugkörper unschädlich gemacht worden waren. Daraufhin startete Shisei auf Anraten ihrer konventionellen Computer eine zweite, doppelt so starke Angriffswelle. Als sie wieder zu der Weltkarte aufschaute, bewegten sich jedoch bereits die grünen Lichtpunkte amerikanischer Raketen auf die Sowjetunion zu. Nach erfolgreicher Abwehr des sowjetischen Angriffs setzte der Hive-Computer nun zum Gegenschlag an.

Shisei drückte auf den Knopf für Flugkörperidentifizierung und ließ den Computer anschließend die entsprechenden Abwehrmaßnahmen errechnen. Während sie ungeduldig auf einen Gegenvorschlag wartete, rückten die grünen Lichtpunkte unaufhaltsam näher. Schließlich schickte sie mehrere Bombergeschwader in die Luft und ließ sie in vier

Gruppen ausstreuen. Aber schon im selben Moment lösten sich von ein paar amerikanischen Flugzeugträgern orangefarbene Kampfflugzeug-Lichtpunkte, die die sowjetischen Bomber abfingen. Der Hive-Computer reagierte so prompt, daß sämtliche ihrer Gegenmaßnahmen unverzüglich vereitelt wurden.

Nachdem sie ihren Computer erneut verzweifelt zu Rate gezogen hatte, ließ sie ihre Atom U-Botte auslaufen und aktivierte das sowjetische Raketenabwehrsystem. Die eingehenden Meldungen waren jedoch so zahlreich, daß der Computer sie nicht mehr verkraftete. Dadurch verzögerten sich ihre Abwehrmaßnahmen so erheblich, daß sie zwar noch ein paar der amerikanischen Raketen abschießen konnte, aber gleichzeitig gingen bereits die ersten sowjetischen Abschußbasen in Flammen auf. Und ehe sie sich's versah, hatten amerikanische Abfangbomber ihre U-Bootflotte dezimiert. Wenig später war Moskau ausgelöscht, und ihr standen nur noch ein paar vereinzelte Bombergeschwader zur Verfügung. Ihr war inzwischen der Schweiß auf die Stirn getreten. Was sollte sie jetzt noch tun?

»Genug fürs erste?« hallte Dr. Rudolphs Stimme plötzlich gespenstisch durch den verdunkelten Raum.

»Ja«, erwiderte Shisei heiser und legte die Fernbedienung abrupt beiseite. »Aber sähe das Ganze in der Wirklichkeit nicht doch etwas anders aus? Ich bin schließlich kein General und verstehe nichts von Raketen und Abwehrsystemen. Außerdem liegen dem Hive-Computer sicher sämtliche erforderlichen Daten vor.«

»Der Hive-Computer weiß nicht mehr und nicht weniger als Ihr Computer«, korrigierte sie Dr. Rudolph. »Und damit wir uns nicht falsch verstehen: Es handelt sich dabei um eine exakte Nachbildung des strategischen Supercomputers in der Kommandozentrale des Kreml.«

»Aber der Hive-Computer ist diesem Rechner doch haushoch überlegen.«

»Ganz richtig«, nickte Dr. Rudolph. »Etwa so, als würden Sie die Intelligenz eines Neanderthalers mit der eines heutigen Menschen vergleichen.« Er rieb sich zufrieden die Hände. »Und was halten Sie von unserer kleinen Demonstration, Cook? Eindrucksvoll?«

Branding war begeistert. Nun stand der endgültigen Verwirklichung des Hive-Projekts nichts mehr im Wege. Der Hive-Computer, für den er seine ganze politische Karriere aufs Spiel gesetzt hatte, war endlich Wirklichkeit geworden. Dr. Rudolph und sein fantastisches Forscherteam hatten das scheinbar Unmögliche möglich gemacht. Nur zu gut konnte sich Branding noch an die ersten Tests in der Anfangsphase des Projekts erinnern. Die Ergebnisse waren zwar schon damals recht ermutigend gewesen, aber einem Vergleich mit dieser Demonstration hatten sie selbstverständlich nicht standhalten können. Eines stand inzwischen fest: Das künstliche Gehirn des Hive-Computers war voll funktionstauglich.

Brandings kühnste Träume waren wahr geworden. Er war so sprachlos vor Freude, daß er im ersten Moment nur hervorbrachte: »Nun, was meinst du dazu Shisei?«

»Ich...« Für einen Moment fehlten auch Shisei die Worte. »Könnten wir den Hive-Computer vielleicht auch mal *sehen*?«

Dr. Rudolph sah Branding an. »Das müssen Sie entscheiden, Cook. Sie ist Ihr Gast.«

»Also gut.«

Der Hive-Computer war drei Stockwerke tiefer untergebracht. Um zusätzlichen Platz für die Labors zu schaffen, war unter dem Keller des alten Gebäudes nachträglich eine weitere Etage aus dem Fels gesprengt worden. Als Shisei den Computer jedoch tatsächlich vor sich hatte, glaubte sie erst, Dr. Rudolph wollte sich über sie lustig machen.

»Aber«, stieß sie ungläubig hervor. »Er ist ja kaum größer als meine Handtasche. Das kann doch unmöglich dieser geniale Supercomputer sein.«

»Ist er aber«, versicherte ihr Dr. Rudolph zufrieden. Er deutete auf einen achteckigen Kupfer-Beryllium-Kasten. »Das ist der Hive-Computer – Ihr Gegner während unseres simulierten Dritten Weltkriegs. Wie Sie sehen, trägt der Hive seinen Namen völlig zu Recht. Er ist tatsächlich ein multifunkionales, selbständig denkendes Gehirn – eine neue Form der Intelligenz. Seine Funktion basiert im wesentlichen auf der simultanen Korrelation unzähliger Einzelinformationen. Um das zu ermöglichen, mußten wir allerdings erst eine von Grund auf neuartige Technologie entwickeln. Die hierfür erforderlichen Computerchips sind nicht aus Silikon oder aus einer dieser neuen superleitfähigen Legierungen wie zum Beispiel Indiumphoshid und Aluminium-Gallium-Arsenid. Nein, darüber geht der Hive noch weit hinaus. Er arbeitet mit Multilaserchips. Das heißt konkret: Es ist uns gelungen, kodierte Lichtsignale binnen einer Zehnmilliardstel Sekunde durch diese Chips zu schicken. Dort werden sie dann mittels einer monokristallinen Diamantbeschichtung in elektronische Signale umgewandelt. Auf diese Weise können die jeweiligen Daten nicht nur mit bisher unvorstellbarer Schnelligkeit verarbeitet werden, sondern sie sind zugleich auch noch gegen die enorme Hitze abgeschirmt, die bei einer so extrem raschen Datenverarbeitung notgedrungen entsteht. Im Klartext heißt das: Der Hive ist sogar den schnellsten konventionellen Superrechnern haushoch überlegen.«

»Deshalb hatte ich also keine Chance«, warf Shisei ein.

»Die hätte nicht mal George Patton in seiner Glanzzeit gehabt«, versicherte ihr Dr. Rudolph.

»Aber wenn dieser Computer tatsächlich so viel kann«, wollte Shisei wissen, »warum ist er dann nicht schon längst im Einsatz?«

»Wie gesagt, Sie haben eben an einer kleinen Demonstrationsvorführung teilgenommen«, erwiderte Dr. Rudolph. »Das heißt, das Ganze hat innerhalb des begrenzten Rahmens eines vorher genau festgelegten Versuchsaufbaus stattgefunden. Bis zur vollen praktischen Anwendbarkeit des Hive-Computers gilt es allerdings, noch eine ganze Reihe von technischen Problemen zu bewältigen, an deren Lösung wir vorerst noch arbeiten.«

»Haben Sie denn keine Angst, irgend jemand könnte ein Virus in den neuen Hive-Computer einschleusen?«

Dr. Rudolph strahlte übers ganze Gesicht. »Nein. Sie sind ja sicher gerade selbst Zeuge unserer außerordentlich strengen äußeren Sicherheitsvorkehrungen geworden, die allerdings nur einen verschwindend geringen Anteil im Rahmen unserer wesentlich weitreichenderen, vorbeugenden Sicherheitsmaßnahmen bilden. Darüber hinaus verfügt der Hive-Computer jedoch auch noch über ein eigenes Sicherungssystem, das jedes Virus unverzüglich vernichtet und die gespeicherten Daten gegen unbefugte Benutzung schützt. Sie können also beruhigt sein: Cook Brandings Baby befindet sich in besten Händen.«

»Der Hive ist doch wohl eher *Ihr* Baby«, gab Branding das Kompliment an Dr. Rudolph zurück. »Ich bin bestenfalls sein Patenonkel.«

»Na, versuchen Sie jetzt bloß nicht, Ihre Vaterschaft abzustreiten, Cook«, erwiderte Dr. Rudolph lachend. »Wenn Sie mir jetzt in mein Büro folgen würden. Dort können wir uns bei einer Tasse Kaffee noch kurz über das Budget für nächstes Jahr unterhalten.«

»Shisei?«

»Komme schon.« Nur mit Mühe konnte Shisei ihren Blick von dem achteckigen Kasten losreißen, der wie ein Gehirn selbständig denken konnte. Als sie sich umdrehte, um den beiden Männern zu folgen, löste sich der Absatz ihres rechten Schuhs. Sie verlor das Gleichgewicht und ging auf ein Knie nieder. »Nein so was.« Als ihr die beiden Männer zu Hilfe kommen wollten, winkte sie jedoch ab. »Danke, nicht nötig. Ich werde einfach die Schuhe ausziehen.«

Darauf drehte sie den beiden Männern für den Moment den Rücken zu, um aus ihren Schuhen zu schlüpfen. Zugleich nutzte sie diese Gelegenheit, um einen flachen, runden Gegenstand aus dem abgebrochenen Absatz ihres Schuhs zu schütteln und blitzschnell unter dem Tisch zu befestigen, auf dem der Computer stand. Ihr Herz schlug wie wild, aber nach außen hin war sie vollkommen ruhig, als sie sich wieder umdrehte und sagte: »Großartig. Eine Tasse Kaffee ist jetzt genau das richtige.«

Spät am Nachmittag kehrte Tomi ins Polizeihauptquartier zurück. Sie hatte den ganzen Tag damit verbracht, mit einer Reihe von Leuten zu sprechen, die beruflich näher mit Dr. Hanami und Dr. Muku zu tun gehabt hatten. Außerdem hatte sie die Terminkalender der beiden Ärzte durchgesehen. Aber auch darin fanden sich keinerlei Hinweise auf den geheimnisvollen Unbekannten, der Hanami und Muku ermordet hatte.

Zumindest eines ließ sich jetzt schon mit Sicherheit sagen: Der Täter hatte seine beiden Opfer gekannt. Am offensichtlichsten war das in Dr. Mukus Fall. Wie hätte der Psychiater sonst seinen Mörder so nahe an sich herangelassen, daß dieser ihm, ohne daß es vorher zu einem Kampf kam, eine brennende Zigarette ins Auge drücken konnte? Laut Obduktionsbefund war die Zigarette, mit der Dr. Muku getötet worden war, mit Phosphor versetzt gewesen; sie hatte sich ›durch den Augapfel, den äußeren und inneren Rectus, den Sehnerv und das Keilbein gebrannt‹. Mit anderen Worten: Sie war bis ins Gehirn vorgedrungen und hatte es so schwer verletzt, daß dadurch der Tod eingetreten war.

Eine höchst ungwöhnliche Methode, einen Menschen umzubringen. Vor allem mußte man nach Ansicht des Gerichtsmediziners sein Opfer dazu völlig unvorbereitet überfallen. Diese Theorie wurde auch durch den Umstand bestätigt, daß Dr. Mukus Kleidung weder zerknittert noch zerrissen gewesen war; auch sein Sprechzimmer hatte keinerlei Spuren eines Kampfes aufgewiesen. Das konnte nur heißen: Der Psychiater hatte seinen Mörder gekannt. Und daraus wiederum zog Tomi die Schlußfolgerung, daß auch Dr. Hanami den Täter gekannt hatte.

Den Rest des Nachmittags verbrachte Tomi mit lästigen Telefonaten: Unter anderem versuchte sie herauszufinden, ob die beiden Ärzte gemeinsame Bekannte gehabt hatten, von denen einer als Täter in Frage gekommen wäre. Außerdem hatte sie ausführlich die Personalien sämtlicher Angehörigen der beiden Ermordeten studiert. Obwohl sie sich davon eigentlich nichts erwartete, wollte sie als gewissenhafte Beamtin nichts unversucht lassen.

Bisher wußte sie nur, daß Muku Witwer und Hanami verheiratet gewesen war. Den Aussagen von Hanamis Frau zufolge war die Ehe glücklich gewesen. Keiner der beiden Ärzte hatte Kinder.

Als Tomi trotz aller Bemühungen keinen Schritt weiterkam, suchte sie Senjin auf, um ihn um Rat zu fragen. Außerdem ging aus ihren Unterlagen hervor, daß er Dr. Muku persönlich gekannt hatte; er hatte den renommierten Psychiater in psychologisch besonders kniffligen Fällen schon des öfteren um Rat gefragt.

Inzwischen war es Abend geworden. Die Büros der Mordkommission hatten sich merklich geleert. Aber Senjin war noch im Dienst.

»›Ein psychopathisches Leiden ist keineswegs die Maske des Bösen‹, hat mir Dr. Muku einmal gesagt«, erwiderte Senjin auf Tomis Frage. »›Eher ließe es sich mit dem Lichtstrahl eines lang vergessenen Leuchtturms vergleichen. Die Einsamkeit ist der einzige Gefährte, dessen Gesellschaft ein Psychopath ertragen kann.‹« Senjin nickte. »Ja, ich kann mich noch gut an Muku-san erinnern. Wirklich ein Jammer, daß es ein solches Ende mit ihm nehmen mußte. Für unsere künftige polizeiliche Ermittlungstätigkeit stellt sein Tod einen unwiederbringlichen Verlust dar. Nur aufgrund seiner außerordentlich scharfsinnigen psychologischen Beobachtungen ist es mir zum Beispiel gelungen, Kuramata, Shigeyuki und Toshiroh zu fassen, drei unserer meistgesuchten Terroristen.«

»Was war Dr. Muku für ein Mensch?« wollte Tomi wissen.

»Muku-san?« Nachdenklich zog Senjin die Stirn in Falten. »Schwer zu sagen. Er war hochintelligent, zugleich sehr in sich gekehrt. Jedenfalls war er kein Mensch, der sich gern in den Vordergrund spielte. Ich kann mir zum Beispiel nicht vorstellen, daß er ein guter Redner war. Im Grunde genommen war er vor allem eine Denkernatur.«

»Soviel ich bisher feststellen konnte, hatte er nicht viele Freunde.« »Ehrlich gestanden, würde es mich sogar sehr wundern, wenn er überhaupt welche hatte. Ungeachtet seiner unbestrittenen fachlichen Kompetenz konnte Muku-san auch sehr stur und voreingenommen sein. Jedenfalls kann ich mir schwerlich vorstellen, daß er einen guten Freund abgegeben hätte.«

»Können Sie mir sonst noch etwas über ihn erzählen, was vielleicht von Interesse sein könnte?«

Inzwischen war Senjin hinter seinem Schreibtisch hervorgekommen. »Eine ganz andere Frage: Nicholas Linnear ist nicht zufällig wieder nach Tokio zurückgekehrt?«

»Gott sei dank, nein«, erwiderte Tomi. »Kein Mensch scheint zu wissen, wo er steckt. Auf diese Weise ist er wenigstens vor dem geplanten Mordanschlag des KGB sicher.«

»Wollen wir das mal hoffen«, nickte Senjin. »Trotzdem beunruhigt es mich etwas, daß niemand weiß, wo er sich im Augenblick aufhält. Nicht auszudenken, wenn ihm jetzt etwas zustieße. Daher würde ich es auch begrüßen, wenn Sie ihn so bald wie möglich ausfindig machen könnten.«

Senjin stand jetzt so dicht vor ihr, daß ihre Brüste seinen Oberkörper berührten. Ihr wurde ganz heiß. Sein männlicher Geruch verschlug ihr fast den Atem. Zugleich stieg heftige Scham in ihr auf: Wie konnte sie nur so nahe bei ihm stehenbleiben? Das gehörte sich einfach nicht. Trotzdem rührte sie sich nicht von der Stelle.

»Haben Sie sich inzwischen von Ihren Verletzungen wieder einigermaßen erholt, Tomi-san? Dieser rätselhafte Vermummte hat Sie ja nicht gerade mit Samthandschuhen angefaßt.«

Die Tatsache, daß er sie so völlig unerwartet mit ihrem Vornamen ansprach, jagte Tomi einen lustvollen Schauder den Rücken hinunter. Auch das gehörte sich eigentlich nicht. Trotzdem fühlte sie sich durch seine unvermutete Intimität keineswegs gekränkt.

»Es geht schon wieder einigermaßen«, erwiderte sie mit einem leichten Zittern in der Stimme. »Ich habe nur noch an ein paar Stellen leichte Schmerzen.« Sie bekam fast keine Luft mehr. »Allerdings werde ich seit diesem Vorfall immer wieder von schlimmen Alpträumen heimgesucht.« Ihr Herz schlug wie wild. »Aber nichts, was sich nicht mit harter Arbeit wieder kurieren ließe.«

»Also habe ich mir doch nicht umsonst Sorgen um Sie gemacht.« Behutsam legte Senjin seinen Finger unter ihr Kinn und hob ihren Kopf ein Stück an, so daß er ihr in die Augen schauen konnte. »Sie nehmen Ihre Arbeit wirklich ernst.«

Tomi bekam ganz weiche Knie. Jetzt hätte nur noch gefehlt, daß sie vor ihm in Ohnmacht fiel. War es denn im Raum plötzlich so heiß geworden? Und dann – ihr Herz drohte stillzustehen – beugte er sich zu ihr herab und küßte sie ganz behutsam auf den Hals. Mit flatternden Augenlidern öffnete Tomi die Lippen.

Und als er dann, wie aus weiter Ferne, ihren Namen flüstere und sie behutsam an der Hand nahm, folgte sie ihm widerstandslos aus seinem Büro. Er führte sie den verlassenen Flur hinunter und drängte sie in eine Besenkammer.

Nachdem er die Tür hinter sich geschlossen hatte, fiel nur noch durch ein winziges Fenster hoch oben in der Wand schwaches Licht in die enge Kammer. In ihrem Rücken spürte Tomi die scharfen Kanten eines Regals. Senjin stand ganz dicht vor ihr. Der Raum war so eng, daß sie sich kaum bewegen konnten.

»W-was ist?« stieß sie hervor, obwohl ihr Körper die Antwort längst wußte – gerade so, als hätte es unausweichlich so kommen müssen, seit Senjin hinter seinem Schreibtisch hervorgetreten war.

Und im nächsten Augenblick spürte sie auch schon seine Lippen auf ihrem Mund. Ihre Lippen teilten sich, und unter wohligem Schaudern begannen ihre Zungen ihr zärtliches Spiel. Mein Gott, schoß es ihr durch den Kopf. Jetzt ist der Augenblick gekommen, nach dem ich mich immer gesehnt habe.

Sie spürte, wie er ihr vorsichtig den Rock über die Hüften streifte, wie seine Hände über ihre Schenkel glitten. Und dann sank er vor ihr in die Knie. Tomi war unfähig, auch nur einen Laut von sich zu geben. Nicht einmal der leiseste Seufzer kam über ihre weit geöffneten Lippen, als sich seine Zunge zu der Stelle zwischen ihren Beinen vortastete, die sich vor Lust nach ihm verzehrte.

Es war ein Gefühl, als ließe sie sich ganz langsam in eine heiße Badewanne gleiten. Ihr ganzer Körper schien unter der wohligen Wärme zu zerschmelzen. Sie nahm alles nur noch wie durch einen dichten Schleier wahr – als stünde sie unter Drogen. Wie oft hatte sie von diesem Moment geträumt, ohne sich freilich vorstellen zu können, daß er je Wirklichkeit werden könnte. Und nun ließen diese sehnsüchtigen Träume die Realität nur noch beglückender erscheinen. Wie viele Nächte war sie stundenlang wachgelegen, um an Senjin zu denken und sich dabei selbst zu streicheln. Doch welch schwacher Abklatsch waren diese Fantasien im Vergleich zu den Gefühlen, die seine Nähe in ihr wachrief?

Trotz der bedrückenden Enge des Raums fühlte sie sich grenzenlos frei und glücklich. Begierig sog sie den betörenden Duft ihres liebeshungrigen Körpers ein. Sie konnte gar nicht genug davon kriegen, schnappte mit der Gier eines Ertrinkenden nach diesem köstlichen Elixier und ließ es nur unwillig mit einem unterdrückten Aufschrei der Lust wieder aus ihren Lungen entweichen.

Immer schneller und schneller wurden die Bewegungen ihrer Hüften, bis das ganze Universum in sich zusammenzustürzen schien. Wie von Sinnen verkrallten sich ihre Finger in Senjins schweißnassem Haar und drückten seinen Kopf in besinnungsloser Gier noch fester an sich. Und dann – langsam, ganz langsam – schwebte sie aus den luftigen Höhen ihrer Ekstase wieder dem Erdboden entgegen.

Sie dachte, nun wäre alles vorbei. Aber sie täuschte sich. Denn jetzt preßte er sich mit der ganzen Länge seines Körpers an sie. Fast drohte sie unter seiner Glut zu zerschmelzen, und dann spürte sie ihn auch schon in sich. Und dieses unbeschreibliche Gefühl ließ selbst ihre bisherigen Wonnen der Lust verblassen.

Tomi konnte gar nicht genug bekommen. Sie wollte mehr von ihm spüren. Wie eine Besessene riß sie ihm das Hemd von den Schultern, um gierig an seinem Hals zu lecken. Als ihre Zunge über eine abgeschürfte Stelle glitt, bedeckte sie sie mit zärtlichen Küssen.

Stöhnend vor Lust, vergrub sie ihr schweißüberströmtes Gesicht an seiner Brust, als seine Bewegungen immer wilder wurden. Gierig seine salzige Haut leckend, schlang sie ihm die Beine um die Hüften. Und als ihre zwei zuckenden, keuchenden Leiber in einer Explosion der Lust miteinander verschmolzen, hörte mit einmal die ganze Welt um sie herum auf zu existieren.

Als Tomi wieder zu sich kam, spürte sie sein Blut auf ihren Lippen. In inniger Umarmung mit ihm verschlungen, lauschte sie im Dunkel dem heftigen Pochen ihrer langsam sich beruhigenden Herzen. Sie bekam kaum mehr Luft. Aber selbst das störte sie nicht im geringsten. Es war, als hätte das Feuer der Lust, das sie für einen kurzen Moment der Ekstase hatte eins werden lassen, den gesamten Sauerstoff in der engen Kammer verzehrt. Ganz gleich, was im weiteren passieren würde: Tomi hatte plötzlich Gewißheit, daß ein Teil von ihm nun für immer ihr gehören würde, und sei es auch nur ein Gefühl, ein Sinneseindruck oder vielleicht auch etwas noch viel Flüchtigeres als das. Aber das war nicht der Zeitpunkt, um sich über ihre Gefühle den Kopf zu zerbrechen. In Momenten wie diesem war das Leben mehr denn je ein Mysterium, dem nur beizukommen war, wenn man sich ihm bedingungslos und ohne Fragen hingab.

Und dann plötzlich, wie ein Dieb in der Nacht, kam der Gedanke angeschlichen: Was haben wir nur getan?

Fast gewaltsam mußte sie sich von Senjin losreißen. Keuchend wie ein gehetztes Tier, stieß sie atemlos hervor: »Was haben wir nur getan, Omukae-san?«

»Vielleicht haben wir uns gegenseitig erlöst.«

Angesichts ihrer engen Umarmung und der Intimität der Situation fand sie diese Antwort so schockierend, daß sie herausplatzte: »Was meinst du damit?« Ein Teil ihrer selbst glaubte jedoch bereits sehr gut zu wissen, was er damit sagen wollte.

»Es ist kein Geheimnis, daß du sehr unglücklich warst, Tomi«, flüstere Senjin zärtlich.

»Woher wußtest du... Aber davon habe ich doch niemandem etwas erzählt!«

Ohne auf ihre Frage einzugehen, fuhr er lachend fort: »Aber was soll ich erst sagen – ich, Omukae, der Stein. Kein Mensch weiß, was in mir vorgeht. Dabei ist des Rätsels Lösung ganz einfach: Nichts, absolut nichts geht in mir vor. Mein Leben ist vollkommen leer; mein ganzer Lebensinhalt ist meine Arbeit.« Als seine Hand sie dabei flüchtig berührte, schien ihre beiden Körper ein heftiger Stromstoß zu durchzucken. »Aber jetzt fühle ich mich mit einemmal, als wäre ich eins mit dem ganzen Universum. Jetzt leuchten die Sterne plötzlich auch für mich. Und nicht nur die Sterne – auch der Mond... und sogar die Sonne.« Er seufzte: »Tomi...«

»Nein!« Mit einem verzweifelten Aufschrei riß sie sich von ihm los und stürzte auf den Flur hinaus, um Hals über Kopf zur Damentoilette zu rennen. Dort spritzte sie sich über dem Waschbecken kaltes Wasser ins Gesicht und begann sich notdürftig am ganzen Körper zu waschen. Sie wagte nicht, in den Spiegel zu schauen – als fürchtete sie, statt ihrem Gesicht könnte ihr das von Senjin daraus entgegenstarren.

Wie hatte sie sich nur auf einen Mann wie Senjin Omukae einlassen können – einen Außenseiter, der außerhalb aller gesellschaftlichen Konventionen nach seinen eigenen Gesetzen lebte? Solange sie nur von ihm geträumt hatte, hatte das noch kein Problem dargestellt. Aber jetzt?

Es ist kein Geheimnis, daß du sehr unglücklich warst, Tomi. Gespenstisch hallte seine Stimme von den Wänden des Waschraums wider. Und immer wieder fragte sich Tomi mit zusammengeschnürter Kehle: Woher hat er das nur gewußt?

Und wie leicht sie seinen Verführungskünsten erlegen war. Es schien, als hätte er genauestens über ihre geheimsten Sehnsüchte und Wünsche Bescheid gewußt. Er hatte mit ihr gemacht, was er wollte. Aber das sollte nicht wieder vorkommen. Denn selbst dieses eine Mal war schon zu viel. Ahnte er denn überhaupt, wie sehr er sie erniedrigt hatte, indem er sie solche Lust empfinden ließ bei einem streng verbotenen Akt?

Nein, vermutlich war er sich dessen tatsächlich nicht bewußt. Senjin Omukae war ein Einzelgänger, ein Rebell, der von seinen Kollegen noch weniger akzeptiert worden wäre, wenn sie gewußte hätten, was tatsächlich in ihm vorging. Nicht umsonst wurde er selbst von seinen Vorgesetzten mehr gefürchtet als geschätzt. Aber da Senjin nun einmal so ein guter Polizist war, sah man stillschweigend darüber hinweg, was er für ein Mensch war. Aber wenn das nicht immer so blieb? fragte sich Tomi schaudernd. Dann würde alles, was er bisher erreicht hatte, zunichte werden; dann würde er eines Tages vor dem Nichts stehen.

Diese Vorstellung war zu entsetzlich, um sie länger zu ertragen. Hals über Kopf stürzte Tomi aus der Toilette.

Donnerstagsabends blieb Kusunda Ikusa immer lange im Büro. Es war bereits neun Uhr vorbei, und das Nippon Keio Building, wo sich die Geschäftsräume von Nami befanden, lag in nächtlichem Dunkel. Nur in Ikusas Büro brannte noch Licht.

Als Klempner getarnt, hatte sich der Hamster schon am frühen Nachmittag Zutritt zu dem großen Bürogebäude verschafft, um sich anschließend in den oberen Etagen versteckt zu halten.

Von hier oben konnte er Killan Oroshi schon lange vor Kusunda Ikusa das Gebäude betreten sehen. Das war für ihn das Zeichen, seine elektronischen ›Ohren‹ auf Empfang zu schalten. Killan erschien in einem bodenlangen Mantel aus einem schlangenhautgemusterten Synthetikmaterial. Darunter trug sie einen superkurzen Wildlederrock, der kaum ihre Schenkel bedeckte, eine cremefarbene Seidenbluse und Lederstiefel. Sie begab sich schnurstracks in Kusunda Ikusas Büro.

Das nächtliche Tokio glitzerte wie ein bernsteinfarbenes Juwel. Wie die Augen einer Raubkatze leuchteten die Fenster der Hochhäuser von Nishi-Shinjuku aus dem Dunkel.

Kusunda Ikusa arbeitete nicht – er wartete auf Killan. Die Unterlagen, die er bei ihrem Eintreten beiseite legte, hatte er schon die ganze Zeit nur abwesend angestarrt.

»Warum mußt du auch immer so unvorsichtig sein?« hielt er Killan vor, sobald diese die Tür hinter sich geschlossen hatte.

»Wenn mein Vater von uns wüßte, bekäme er sicher einen Herzinfarkt.« Killan lächelte zufrieden. »Das wäre doch toll.«

»Unsinn«, entgegnete Ikusa schroff. »Du weißt ganz genau, daß das nicht stimmt.«

»Du hast gut reden«, erwiderte Killan. »Schließlich mußt du nicht mit ihm leben. Er haßte mich fast so sehr wie meine Mutter.«

»Er hängt sehr an dir.«

Killan grinste verschlagen. »Das hättest du wohl gern? Schließlich ist das ja auch der Grund, warum du mit mir ins Bett gehst.«

»Dein Humor ist manchmal wirklich etwas deplaziert, Killan.«

Das Lächeln auf Killans Lippen wurde noch eine Spur gehässiger. »Das war keineswegs witzig gemeint, Kusunda. Das weißt du ganz genau.« Sie sah ihn höhnisch an. »Du weißt doch alles, oder nicht?«

»Manchmal frage ich mich wirklich, was ich eigentlich an dir finde.« Killans Hand verschwand unter dem Schreibtisch. »Auch das weißt du ganz genau.« Es schien, als spielte sie dort an etwas herum. »Sehr genau sogar.«

»Allerdings«, bestätigte ihr Ikusa nach einer Weile heiser. »Mir war von Anfang an klar, daß ich mich unter keinen Umständen auf dich hätte einlassen sollen. Aber ich habe es trotzdem getan. Kannst du mir vielleicht sagen, wie so etwas möglich ist?«

»Möchtest du darauf wirklich eine Antwort haben«, fragte Killan, »oder ist das nur eine deiner rhetorischen Fragen?« Als er darauf nichts erwiderte, fuhr sie fort. »Du gehst deshalb so gern mit mir ins Bett, weil du damit gleichzeitig auch meinem Vater eins auswischen kannst. So ist es doch, oder nicht?« Sie schüttelte den Kopf. »Nein, das stimmt nicht – jedenfalls nicht ganz.« Ihre Züge wurden plötzlich weich wie Wachs; ihre Unterlippe schob sich vor, und genießerisch spitzte ihre Zunge zwischen ihren makellos weißen Zähnen hervor. »Tatsache ist, daß ich der einzige Mensch bin, der dich um den Finger wickeln kann, Kusunda. Sonst verbringst du die ganze Zeit damit, andere nach deiner Pfeife tanzen zu lassen, aber irgendwann bekommst sogar du es satt, wenn alle immer nur vor dir katzbuckeln. Natürlich würdest du das nie zugeben. Aber gerade das ist ja das Schöne an unserer Beziehung: Mir gegenüber mußt du nie etwas zugeben. Du brauchst keinen Beichtvater, dem du dein Herz ausschütten kannst, und ich bin nicht scharf darauf, mir deine Sündenbekenntnisse anzuhören.«

Dem Hamster entging keineswegs, daß es Killan Oroshi

damit todernst war. Allerdings war er sich nicht recht im klaren, ob sich dessen auch Kusunda Ikusa bewußt war.

»Du kannst mich nur um den Finger wickeln, weil ich es zulasse.« Killan lachte. »Das hat nichts mit Verführung zu tun, mein Bester. Das ist ein knallhartes Geschäft.« Sie zuckte mit den Schultern. »Aber lassen wir das, Kusunda. Schließlich ist das nur dein Problem. Außerdem bist du mir im Grunde genommen völlig egal. Was ich tue, tue ich nur wegen meines Vaters. Ich gehe nur deshalb mit dir ins Bett, weil ich genau weiß, daß ihn im wahrsten Sinne des Wortes der Schlag treffen würde, wenn er herausfände, daß ich für dich die Beine breitmache. Ich habe mich nur deshalb auf deine Seite geschlagen, weil deine Absichten meinem Hang zum Chaos sehr entgegenkommen – weil ich mir in der Außenseiterrolle gefalle, die mein Vater nie im Leben gutheißen würde. Im Westen würden sie sagen, daß ich Mumm habe. Meine japanischen Revoluzzerfreunde würden es vermutlich so ausdrücken: Killan ist von dem unstillbaren Verlangen besessen, die bestehenden Verhältnisse zu verändern. Eines würde mich nun allerdings brennend interessieren: Wie siehst du das eigentlich?«

Ikusa hatte sich Killans Monolog fast amüsiert angehört. Das bestärkte den Hamster noch zusätzlich in der Überzeugung, daß er Killan Oroshi bisher völlig falsch eingeschätzt hatte. Unwillkürlich fühlte er sich durch ihre revolutionären Phrasen an eine Zeile des englischen Dichters Algernon Swinburne erinnert. »Dem Zugriff der Veränderung / bleibt die Wahrheit für immer entzogen.« Allerdings konnte er sich schwerlich vorstellen, daß diese zwei Möchtegernrevolutionäre verstanden hätte, was Swinburne damit gemeint hatte.

»Ich würde sagen, dein besonderer Reiz besteht in deiner charismatischen Ausstrahlung, die natürlich reine Fassade ist. *Tatemae.*« Ikusa sah Killan mit einem wissenden Lächeln an. »In dieser Hinsicht bist du übrigens unseren Showstars sehr ähnlich. Niemand scheint sich ihrer Faszination, ihrer *Tatemae,* entziehen zu können. Das hängt natürlich sehr eng mit unserem ausgeprägten Hang zum Fetischismus zusammen. Wir Japaner haben schon immer die Fassade angebetet, den äußeren Schein, irgendein Symbol, dem wir unsere Ängste aufbürden können, damit wir uns nicht mehr selbst mit ihnen herumzuschlagen brauchen. Allerdings um einen hohen Preis: Denn zugleich stellen wir unser ganzes Leben bedingungslos in den Dienst dieses Symbols.«

»Ein solches Symbol ist doch auch der Kaiser.« Killans Augen blitzten verschlagen auf. Sie verfügte über die unnachahmliche Gabe, selbst die gewitztesten Konter Ikusas sofort wieder gegen ihn zu kehren. Für eine Achtzehnjährige war ihre Schlagfertigkeit wirklich erstaunlich. »Niemand kennt den Kaiser besser als du, Kusunda. Immer, wenn ich bei dir bin, fühle ich mich ihm ganz besonders nahe.«

»Jetzt ist aber Schluß!« fiel ihr Ikusa scharf ins Wort. »Über heilige Dinge macht man sich nicht lustig.«

Damit war Killan eindeutig auf einen wunden Punkt gestoßen. Aber sie wäre nicht Killan gewesen, wenn sie das nicht erst recht gereizt hätte. »Wer sagt, daß der Kaiser heilig ist? Du? Oder die anderen Mitglieder von Nami?«

»Der Kaiser ist der Sohn des Himmels.«

Damit hatte sie Ikusa in höchst gefährliche, philosophische Gewässer gelockt, wenn ihm das auch nicht unbedingt bewußt war. »Wer ist nun derjenige, der sich *Tatemae* zunutzemacht? Darauf verstehst du dich doch tausendmal besser als jedes Show-Talent. Der Mythos von der Göttlichkeit des Kaisers ist seit alters tief im japanischen Denken verwurzelt. Aber wie du sehr gut weißt, ist diese Vorstellung nichts weiter als eine hohle Farce, die sich dennoch ganz hervorragend dafür eignet, die Massen zu manipulieren.«

Kusunda lächelte. »Du weißt ganz genau, daß du jetzt Unsinn redest. Du hättest dich nie auf mich eingelassen, wenn du das tatsächlich glauben würdest.«

»Dir ist hoffentlich klar, daß ich genauso unpolitisch bin, wie du politisch bist. Das ist das einzig Ausgewogene an unserer Beziehung.«

»Unpolitisch ist nicht unbedingt die richtige Bezeichnung für dich. Nihilistisch würde der Sache schon eher gerecht. In meinen Augen bist du eine in Schwarz gehüllte Urteilsverkünderin, eine *Futurisuto.*«

»Wenn du mich nur mal beim Vögeln so nennen würdest!«

Als Ikusa sie darauf stürmisch an sich riß, drohte er sie unter seinen gewaltigen Fleischmassen fast zu ersticken. Der Hamster sah zwar weg, als sich die beiden liebten, aber sein Aufnahmegerät schaltete er nicht ab.

»Ab jetzt bist du also meine Futurisuto«, sagte Ikusa danach. »Ich werde dich nie mehr mein Engel nennen.«

Killan, die sich bereits anzog, lachte. »Nichts dagegen einzuwenden.« Sie schlüpfte in ihren Mantel. Ikusa sah ihr nur wortlos dabei zu.

Als Killan das Büro verließ, beschloß der Hamster, ihr zu folgen. Sie fuhr quer durch die Stadt nach Asakusa. Dort betrat sie einen stereotypen Wohnblock mit unzähligen winzigen Apartments und fuhr im Lift nach oben. Schließlich blieb sie vor einer Wohnungstür stehen und klopfte. Ein junger Mann mit wasserstoffblonden Haaren öffnete.

»Killan!« begrüßte er sie stürmisch.

»Tag, Gangster.«

Und dann hatte sich die Tür auch schon wieder hinter den beiden geschlossen, so daß der Hamster das Nachsehen hatte.

Tomi fragte Nangi, ob er sie zu Dr. Hanamis Witwe begleiten wolle. Zu ihrer Freude willigte er unverzüglich ein. In ihren Augen war der alte Herr der geborene Detektiv. Um so weniger wollte sie mittlerweile seinen unaufdringlichen, aber stets fundierten Rat missen. Und einmal ganz abgesehen davon, daß er inzwischen ihr einziger Verbündeter in der Mordsache Mariko war, fand sie ihn von Tag zu Tag sympathischer.

Haniko Hanami war eine vornehme, ältere Dame, die sehr gefaßt wirkte. Sie stammte, wie sie ihnen ohne jede falsche Bescheidenheit erzählte, aus einer sehr alten Samurai-Familie.

Was allerdings ihr Verhältnis zu ihrem Mann betraf, beschränkten sich ihre Äußerungen trotz Tomis Drängen auf die Feststellung, daß sie eine glückliche Ehe geführt hatten. Ganz offensichtlich wollte sie keine näheren Auskünfte über ihr Privatleben geben. Das war einerseits nur zu gut verständlich, wenn es auch für japanische Verhältnisse etwas ungewöhnlich war, da hier die Polizei normalerweise immer mit der vorbehaltlosen Unterstützung von Seiten der Bevölkerung rechnen konnte. Warum allerdings schwieg Dr. Hanamis Witwe so beharrlich?

Als Tomi schließlich nicht mehr weiterwußte, schaltete sich zum erstenmal Nangi in das Gespräch ein: »Dürfte ich Sie vielleicht um einen Stuhl bitten. Aufgrund meiner Beinverletzung kann ich leider nicht länger auf dem Boden sitzen.«

»Aber selbstverständlich. Wenn Sie mir bitte folgen würden.« Haniko Hanami führte sie in einen Raum, der ganz im westlichen Stil eingerichtet war. Als Nangi Platz nahm, wandte sie taktvoll den Blick ab, um ihn nicht in Verlegenheit zu stürzen, falls er sich dabei aufgrund seiner Behinderung etwas ungeschickt anstellte.

Erst als er sich gesetzt hatte, wandte sie sich ihm wieder zu und fragte:

»Sind die Schmerzen sehr schlimm?«

»Manchmal ist es kaum auszuhalten.«

Frau Hanami nickte und begann ihre Hände zu massieren. »Ich selbst leide an Arthritis. Im Augenblick ist es zum Glück nicht so schlimm. Nur direkt nach dem Aufstehen habe ich etwas Schmerzen. Aber im Winter...« Sie schnalzte ganz leise mit der Zunge.

»Auch bei mir ist es im Winter am schlimmsten«, stimmte ihr Nangi zu.

Staunend beobachtete Tomi, wie geschickt Nangi innerhalb kürzester Zeit einen sehr persönlichen Kontakt zu der Witwe des ermordeten Chirurgen herstellte. Denn als diese nun ihre abweisende Haltung mehr und mehr abzulegen begann, kam unter der Fassade der stolzen trauernden Witwe immer deutlicher eine einsame, leidende alte Frau zum Vorschein.

»Haben Sie auch jetzt gerade starke Schmerzen?« erkundigte sich Frau Hanami.

»Vermutlich habe ich mich während der letzten Tage etwas überanstrengt.«

»Dann habe ich genau das richtige für Sie.« Sie eilte aus dem Zimmer und kam kurz darauf mit einem Salbentopf zurück, den sie Nangi zögernd entgegenhielt. »Damit reibe ich mir immer die Hände ein. Mein Mann hat sie selbst für mich gemacht.«

Zu Tomis Überraschung rollte Nangi unverzüglich seine Hosenbeine hoch und begann, etwas Salbe auf seine Knie aufzutragen. »Ist es so richtig?«

»Nein«, korrigierte ihn Frau Hanami. »So müssen Sie das machen.« Sie kniete neben ihm nieder und massierte ihm die Salbe kräftig ein, als wäre er ein kleiner Junge, der von seiner Mutter verarztet wurde. »Ja«, murmelte sie dabei leise. »So ist es gut.«

Als sie fertig war, bedankte sich Nangi und half ihr wieder auf die Beine. Tomi entging nicht, wie Frau Hanami leicht errötete.

»Wir haben leider keine Kinder«, sagte die alte Frau wehmütig. »Kein Mensch braucht mich mehr.« Über ihre Lippen legte sich ein zaghaftes Lächeln. »Um so schöner, wenn man sich wenigstens noch ab und zu ein wenig nützlich machen kann.«

»Allerdings«, pflichtete ihr Nangi bei. »Auch ich versuche, anderen zu helfen, seit ich vor ein paar Jahren in Pension gegangen bin. Das ist auch der Grund, weshalb ich heute hier bin.« Er stützte sich auf seinen Stock. »Frau Hanami, es ist außerordentlich wichtig, daß Sie uns ein paar Fragen beantworten. Der Mann, der Ihren Gatten auf dem Gewissen hat, hat nicht zum erstenmal getötet. Und er wird weiter töten. Deshalb ist es außerordentlich wichtig, daß wir den Mörder Ihres Mannes fassen.«

Im Grunde genommen war das nichts anderes, als Tomi bereits zu Frau Hanami gesagt hatte, aber natürlich bevor Nangi einen sehr persönlichen Zugang zu ihr gefunden hatte. Der alte Herr stieg von Mal zu Mal mehr in Tomis Achtung.

Frau Hanami nickte und stand auf. »Sollen wir vielleicht etwas nach draußen gehen. Heutzutage muß man jeden Sonnenstrahl ausnützen. Vor lauter Smog bekommt man ja kaum mehr den blauen Himmel zu sehen.« Damit führte sie ihre beiden Besucher auf eine gemauerte Terrasse hinaus, von der man einen herrlichen Blick auf den liebevoll angelegten Garten hatte. Sie stiegen ein paar Stufen hinab und folgten einem Pfad aus flachen, blaugrauen Steinen, die so natürlich in den Boden eingelassen waren, als hätten sie schon immer dort gelegen.

»Wie Sie sicher bereits wissen, war mein Mann ein hervorragender Chirurg. Selbst bei den schwierigsten Operationen ist ihm nie ein Fehler unterlaufen. Seine Hände waren sein ganzer Stolz – er hat übrigens noch mehr Handcreme verwendet als ich.«

Das gestand sie ihnen nachdem sie in dem kleinen Teehaus Platz genommen hatten, das in einem verborgenen Winkel des Gartens lag. Es roch dort nach Heu, Gewürzen und dem Rauch eines Holzfeuers.

»Zu Hause hat mein Mann nie Seife benutzt. Ich glaube, er hatte sogar eine regelrechte Seifenphobie. Aber das kann natürlich nicht sein. Schließlich hat er sich vor jeder Operation gründlich mit Seife gewaschen. Trotzdem war er jedesmal untröstlich, wenn er sich auch nur die leiseste Verletzung zuzog. Seine Hände waren so zart wie die eines jungen Mädchens.«

Im ersten Moment war Tomi über diese intimen Enthüllungen fast ein wenig schockiert. Doch sie sollte rasch merken, daß daraus nur Frau Hanamis dringendes Bedürfnis sprach, endlich einmal jemandem ihr Herz ausschütten zu können. Welche Fehler Haniko Hanami auch sonst noch haben mochte, im Teezubereiten war sie eine wahre Meisterin. Fasziniert beobachtete Tomi, wie sie mit einem winzigen Bambusbesen in der dampfenden Flüssigkeit rührte, bis sich darauf eine Schaumschicht von zartestem Grün bildete.

»Mein Mann war ein fantastischer Chirurg« fuhr Frau Hanami fort, »aber als Ehemann könnte man das nicht unbedingt von ihm behaupten.« Sie verfiel in kurzes Schweigen, um einen Schluck Tee zu nehmen. Als sie dabei die zierliche Schale mit beiden Händen an ihre Lippen führte, leuchtete in ihren Zügen plötzlich wieder ein Anflug der Koketterie auf, die in ihrer Jugend sicher noch wesentlich stärker ausgeprägt gewesen war. »Ich hatte mir so vieles von unserer Ehe erhofft. Nun, das war vielleicht ein Fehler. Andererseits kannte ich meinen Mann natürlich kaum, als wir heirateten.

Wie es scheint, sollte ich ihn allerdings auch im Lauf unserer langen Ehe nie wirklich kennenlernen.«

»Wie kommen Sie dazu, so etwas zu sagen?« warf Nangi an dieser Stelle ein.

Seufzend fuhr Frau Hanami fort: »Im Lauf der Zeit verlor mein Mann mehr und mehr das Interesse an mir. Als er noch jünger war, hatte er immer mehrere Geliebte gleichzeitig. Später begnügte er sich dann allerdings mit einer einzigen.« Sie sah erst Nangi, dann Tomi an. »Das lag vermutlich an seinem Mangel an – wie soll ich sagen: Durchhaltevermögen?« Sie nahm einen Schluck Tee. »Vielleicht erscheint Ihnen dieser Begriff in Zusammenhang mit einem außerehelichen Verhältnis etwas fehl am Platz; aber seien Sie versichert, daß er im Fall meines Mannes durchaus angebracht ist.«

»Wissen Sie, was Ihr Mann damit bezweckte?« fragte Nangi an dieser Stelle behutsam.

»Was er damit bezweckte?« Frau Hanami sah ihn für einen Moment erstaunt an. »Aber gewiß. Das war doch nur zu offensichtlich. Er hatte Angst vor dem Tod. Oder genauer: vor dem Altwerden. Und diese immer neuen Geliebten – die ständig neuen Gesichter und Körper – sollten ihn darüber hinwegtäuschen, daß er unaufhaltsam älter wurde. Seine Mädchen waren für ihn wie ein Spiegel, in dem er sich noch immer so sehen konnte, wie er einmal gewesen war.«

»Aber irgendwann hat sich das geändert?« warf Nangi ein.

»Was soll sich geändert haben?« Frau Hanami sah ihn für einen Moment verständnislos an.

»Sie haben doch eben selbst gesagt, daß Ihr Mann irgendwann nur noch eine Geliebt hatte.«

»Ach, das meinen Sie.« Sie nickte. »Ich glaube, daß sie sehr jung war. Und sehr schön. In letzter Zeit war mein Mann immer unzufriedener mit seinen ständig wechselnden Geliebten geworden. Offensichtlich begann er allmählich sogar selbst zu durchschauen, daß er sich damit im Grunde genommen nur etwas vormachte. Vielleicht wollte er diese ewige Jugend eines Tages für immer um sich haben.«

»War zwischen Ihnen je von Scheidung die Rede?«

Frau Hanami brach in ein gequältes kleines Lachen aus.

»Gütiger Gott, nein. Da haben Sie meinen Mann nicht gekannt. So etwas wäre für ihn unter keinen Umständen in Frage gekommen. Im übrigen hatte er keine Ahnung, daß ich etwas von seinen Liebschaften wußte. Es wäre ein schrecklicher Schlag für ihn gewesen, wenn ich ihm davon erzählt hätte.«

»Und *deshalb* haben Sie ihm nicht gesagt, daß Sie Bescheid wußten?« warf Tomi ungläubig ein.

»Aber weshalb hätte ich?« sah Frau Hanami sie nicht weniger erstaunt an. »Wir haben uns doch geliebt.«

Darauf trat erst einmal längeres Schweigen ein, bevor Nangi den Gesprächsfaden wieder aufgriff. »Zurück zu diesem Mädchen, mit dem sich Ihr Mann zuletzt immer traf. Woher wissen Sie, daß sie jung und hübsch war?«

»Sie war doch Tänzerin, oder nicht?«

»Sie *wußten*, wer die Geliebte Ihres Mannes war?« fragte Tomi erstaunt.

»Nicht wer, meine Liebe«, entgegnete Frau Hanami bestimmt. »Nur was.« Sie wirkte inzwischen wieder vollkommen gefaßt. Über ihren Zügen lag wieder diesselbe abweisende Strenge, mit der sie sie empfangen hatte. Aus ihren Blicken sprach der ungebrochene Stolz eines alten Samurai-Geschlechts.

Mit einer natürlichen Anmut, die sowohl ihr Alter als auch ihre augenblickliche Lage Lügen strafte, stand Haniko Hanami auf und trat auf eine alte Truhe aus dunklem Holz zu. Behutsam klappte sie den Deckel hoch, nahm etwas heraus und kehrte damit an den Tisch zurück. Nachdem sie wieder Platz genommen hatte, streckte sie ihre zur Faust geballte Hand aus und öffnete sie ganz langsam.

»Das habe ich in der Anzugtasche meines Mannes gefunden, als er eines Nachts sehr spät nach Hause kam«, erklärte sie dazu. »Während er schlief, habe ich immer seine Taschen durchsucht. Zumindest so viel glaubte ich mir zugestehen zu dürfen.«

Wie gebannt schauten Tomi und Nangi auf den kleinen Gegenstand in ihrer Handfläche. Es war eine winzige Plastiktaschenlampe mit dem Namen des Clubs, den Tomi inzwischen so gut kannte: *Silk Road*.

»Nach anfänglicher Popularität fiel ich in Ungnade und bin nun endgültig in Vergessenheit geraten.« Kansatsu saß im Schneidersitz vor Nicholas auf dem Boden. Sie befanden sich im größten Raum des Steinhauses, das der *Sensei* am Fuß des Schwarzen Horns gebaut hatte. »Du wolltest wissen, warum ich mich hier im Hodaka-Massiv niedergelassen habe, Nicholas. Und du hast meine Antwort gehört. Aber jetzt möchte ich wissen, weshalb du hier bist.«

»Sag mir erst, ob ich bereits tot bin«, entgegnete Nicholas. »Ist das schon das Jenseits?«

Kansatsu legte den Kopf zur Seite. »Glaubst du denn an ein Jenseits, Nicholas?«

»Ja. Ich denke schon.«

»Dann befindest du dich jetzt im Jenseits.« Kansatsu wartete einen Moment. »Nun kommt alles darauf an, was du daraus machst. Nach und nach wirst du dir deine eigene Vorstellung davon machen.«

»Bin ich nun tot oder nicht? Bin ich auf dem Schwarzen Horn erfroren?«

»Diese Frage ist völlig unwichtig«, entgegnete Kansatsu streng. »Wie bereits gesagt, kommt es jetzt nur darauf an, was du aus dem Ganzen machst. Es bleibt völlig dir überlassen, ob du diesen Zustand als Tod oder Leben bezeichnest.« Der scheinbar alterslose *Sensei* hob die Schultern. »Was mich betrifft, mach ich schon längst keinen Unterschied mehr zwischen den beiden.«

»Aber trotzdem kannst du mir doch sagen, ob ich noch am Leben bin. Oder träume ich das alles nur?«

»Erst wenn du begreifst, wie belanglos diese Fragen sind, wirst du die Antwort darauf finden.«

Allmählich begann sich Nicholas' Herzschlag wieder zu beruhigen. Ihm war zwar nicht mehr länger kalt, aber sein Körper schmerzte noch immer heftig. Und als er vorsichtig nach der Operationsnarbe an seinem Kopf tastete, war sie so deutlich zu spüren wie eh und je. Daraus schloß er, daß er noch am Leben war. Allerdings schienen logische Schlüsse in der Welt, in der er sich nun befand, wenig Gewicht zu haben.

»Offensichtlich hat es dich gar nicht überrascht, mich hier zu finden«, sagte Nicholas nach einer Weile.

»Weshalb auch? Du bist schon oft hier gewesen, um mich um Rat zu fragen.«

»Aber ich habe dich seit dem Winter 1963 nicht mehr gesehen. Außerdem bin ich ganz sicher, daß ich noch nie in diesem Haus war.«

Kansatsu warf einen kurzen Blick auf den Teller, der vor Nicholas stand. »Du hast noch nicht zu Ende gegessen. Und das solltest du auf alle Fälle tun. Du wirst bald alle deine Kräfte brauchen.«

»Ich weiß«, nickte Nicholas. »Der Abstieg vom Hodaka ist nicht weniger anstrengend als der Aufstieg.«

»Eigentlich habe ich damit keine körperlichen Anstrengungen gemeint«, entgegnete Kansatsu und sah ihn dabei mit undurchdringlicher Miene an.

Mit gesenktem Kopf griff Nicholas nach seinem Löffel und aß weiter. Als er kurz danach wieder einschlief, träumte er vom drohenden Gipfel des Schwarzen Horns...

Dieser immer wiederkehrende Traum beunruhigte ihn so sehr, daß er Kansatsu unmittelbar nach dem Erwachen davon erzählte.

Lange saß der *Sensei* schweigend da. Schließlich straffte er die Schultern. Seine Stimme hörte sich seltsam abwesend an – als wäre er in Gedanken ganz woanders. »Weshalb beunruhigt dich dieser Traum so sehr?«

»Ich weiß nicht recht«, mußte Nicholas zugeben. »Vielleicht hat es irgend etwas mit den magischen Steinen zu tun, dem Vermächtnis meines Großvaters.«

»Tatsächlich?« Kansatsu hob die Augenbrauen. »Kannst du mir das vielleicht näher erklären?«

Darauf erzählte ihm Nicholas von der Schatulle mit den fünfzehn Smaragden, die ihm seine Mutter vererbt hatte – und von ihrer dringenden Warnung, auf keinen Fall zuzulassen, daß die Anzahl der Steine weniger als neun wurde.

»Hat dir deine Mutter auch gesagt, was passieren würde, wenn du plötzlich doch weniger als neun Steine hättest?«

»Nein. Weißt du denn etwas über die Bedeutung dieser

Smaragde?« »Kann sein, daß ich schon einmal von ihrer Existenz gehört habe«, erwiderte Kansatsu. »Aber ich wußte nicht, daß sie sich in deinem Besitz befinden.«

»Sie sollen eine große Zauberkraft besitzen.«

»Das allerdings.«

»Aber in welcher Hinsicht?« wollte Nicholas wissen.

»Im Sinn von Tau-tau.«

»Aber was habe ich mit Tau-tau zu schaffen?«

Ohne auf Nicholas' Frage einzugehen, sagte Kansatsu: »Der *Dorokusai* hat es auf die Smaragde abgesehen. Wo sind sie?«

»In Sicherheit.«

»Hast du sie bei dir?«

»Nein. In meiner augenblicklichen Verfassung wären sie bei mir nicht gut aufgehoben.«

Kansatsu nickte und versank für eine Weile in nachdenkliches Schweigen. Schließlich sagte er: »Du bist nun schon einige Zeit hier. Ich nehme an, du bist inzwischen wieder so weit zu Kräften gelangt, daß wir anfangen können.« Er war in einen schwarzen *Gi* gekleidet, die traditionelle Kleidung eines Ninja-Kämpfers. »Als ich dich damals zu Kumamoto geschickt habe, dachtest du, ich hätte das getan, damit du dich mit deinem Vetter Saigo messen könntest. Vielleicht glaubst du das sogar heute noch. Du warst damals ja auch noch sehr jung. Allerdings bedeutet die Tatsache, daß du sehr begabt bist, noch keineswegs, daß du dir auch des wahren Ausmaßes deiner Begabung bewußt bist. Ich weiß das deshalb so gut, weil ich genau dieses Gespräch schon unzählige Male mit dir geführt habe.«

»Warum erzählst du mir eigentlich ständig, wie oft wir angeblich schon so miteinander gesprochen haben?« wollte Nicholas wissen. »Ich bin ganz sicher, daß das das erste Mal ist.«

»Was heißt schon das erste Mal?« erwiderte Kansatsu gelassen. »Die Zeit ist wie das Meer. Sie ist von unzähligen Unterströmungen, Strudeln und Wirbeln durchzogen, die das wilde Chaos von Ereignissen in unablässigen Wellen vor sich hertreiben, bis sie an einer felsigen Küste brechen.«

»Du hast eine etwas seltsame Vorstellung von der Zeit.«

»Denkst *du*«, entgegnete Kansatsu ruhig. »In Wirklichkeit

ist deine Vorstellung von der Zeit reichlich absurd. Aber was anderes wäre schon von jemandem zu erwarten, der noch immer eine Unterscheidung zwischen Leben und Tod trifft. Das Durchschauen dieser Illusion geht einher mit dem Erkennen der ›Zehn Ochsen‹, den einzelnen Phasen der Zen-Erleuchtung. Daran kannst du dich doch sicher noch erinnern, Nicholas?«

»Natürlich. Man beginnt damit, daß man Himmel und Hölle bewegt, um den Ochsen zu finden. Wenn man ihn schließlich aufgespürt hat, fängt man ihn ein, um ihn zu zähmen und schließlich auf seinem Rücken wieder ins Dorf zurückzureiten. Und das alles nur, um festzustellen, daß der Ochse nie existiert hat, daß er nur ein verlorener, verirrter Teil des eigenen Selbst ist.«

»Erinnert dich das an etwas?« fragte der *Sensei* weiter.

»Nicht, daß ich wüßte.«

Darauf drehte sich Kansatsu um und nahm einen Eisenkessel von der Feuerstelle im Boden. Der Tee, den er in zwei Schalen schenkte, war bitter und dunkelrot – Eiserner Drache aus Nordchina. »Jetzt hör mir gut zu, Nicholas«, begann Kansatsu schließlich ernst. »Ich habe dich im Winter 1963 zu Kumamoto geschickt, damit du den Ochsen findest.«

»Aber ich habe Saigo herausgefordert, und er hat mich besiegt.«

Kansatsu nickte. »Und damit hat er auch mich besiegt. So sollte es sein. Einen Monat später verließ ich Tokio für immer und kam hierher, um den letzten Abschnitt meines Lebensweges anzutreten: das Vergessenwerden.«

»Aber ich habe dich nie vergessen, *Sensei*.«

»Nein. Das solltest du auch nicht. Deshalb hast du mich ja auch wieder aufgesucht.«

»Wie ich dir bereits gesagt habe, *Sensei*, bin ich *Shiro Ninja*. Ich bin zum Schwarzen Horn gekommen, um etwas dagegen zu unternehmen. Ich hoffte, Kyoki könnte mir dabei vielleicht helfen. Als ich jedoch in seine Burg im Hochland von Asama kam, war er bereits tot. Jemand hatte ihm bei lebendigem Leib die Haut abgezogen. Bei dieser Gelegenheit fand ich heraus, daß er einen Bruder namens Genshi hat.«

»Ich weiß.« Kansatsu nickte ruhig. »Ich bin Genshi, Kyokis Bruder. Natürlich bin auch Kansatsu. Ich habe viele Namen.«

»Du...« Nicholas verschlug es die Sprache. »Du bist ein Tanjian?« »Bevor ich dir darauf antworte, mußt du dir erst klar darüber werden, daß dein Denken noch verwirrt ist. In deiner Angst kannst du nicht mehr zwischen Gut und Böse unterscheiden.«

Nicholas senkte niedergeschlagen den Kopf. »Ich weiß. Seit ich *Shiro Ninja* bin, kann ich nicht mehr über meine bisherigen Kräfte und Fähigkeiten verfügen.«

»*Shiro Ninja* konnte nur deshalb von dir Besitz ergreifen«, erklärte ihm Kansatsu, »weil du dir nicht über die wahre Natur deines Wesens im klaren bist. Du suchst noch immer nach dem Ochsen, Nicholas, und bist dir nicht bewußt, daß dir diese Suche nur hinderlich ist, weil es diesen Ochsen nämlich gar nicht gibt.«

»Was willst du damit sagen?«

»Kannst du dich noch an den Winter 1963 erinnern, Nicholas? Du hast damals geglaubt, dein Vetter Saigo hätte dich besiegt. Und deshalb hast du auch Yukio, das Mädchen, das du geliebt hast, verloren.«

»Das habe ich nicht nur geglaubt. Das war auch so.«

»Du denkst schon wieder an den Ochsen, obwohl der Ochse gar nicht existiert«, sagte Kansatsu geduldig.

Nicholas sah ihn fragend an. »Das verstehe ich nicht.«

»Du bist noch nicht stark genug«, sagte der *Sensei* nach kurzem Nachdenken. »Schlaf noch ein bißchen.«

»Ich bin verloren, *Sensei*«, stieß Nicholas beim Erwachen hervor.

»Draußen«, tröstete ihn Kansatsu, »wirst du frische Kraft schöpfen.« »Nur gut, daß du hier bist, um mir den Weg zu zeigen.« Nicholas zog Bergstiefel und Anorak an.

»Dein Denken ist noch immer verwirrt«, sagte Kansatsu und ging ihm voran nach draußen. »Kein Mensch kann dir den Weg zeigen.«

»Es ist ja Nacht«, entfuhr es Nicholas überrascht.

»Du hast die ganze Nacht und den ganzen Tag geschlafen. Hast du diesmal wieder vom Schwarzen Horn geträumt?«

»Nein.« Nicholas hatte jedoch das untrügliche Gefühl, daß der *Sensei* das längst wußte. »Ich habe vom Schilf am Ufer eines Sees geträumt. Ich habe irgend etwas gesucht. Allerdings weiß ich nicht mehr, was es war. Dann bin ich in dem schlammigen Untergrund plötzlich auf Fußspuren gestoßen. Als ich niedergekniet bin, um sie zu untersuchen, haben sie zu mir zu sprechen begonnen. Ihre Stimme war so melodisch wie der Gesang einer Nachtigall. Und dann waren der Sumpf und das Schilfrohr plötzlich wieder verschwunden. Ich befand mich in Kyokis Burg und ging durch das Mondtor in seinem Studierzimmer.«

»Was hat die Stimme gesagt?« wollte Kansatsu wissen.

»Das weiß ich nicht mehr.«

»War es die Stimme meines Bruders?«

»Nein.« Nicholas schüttelte den Kopf. »Aber irgendwie schien sie mit ihm in Zusammenhang zu stehen.« Er hatte sichtliche Mühe, Kansatsu in dem schwierigen Gelände zu folgen. »Vielleicht«, fügte er nach einer Weile hoffnungsvoll hinzu, »ist es mir gelungen, das Schwarze Horn aus meinen Träumen zu verbannen.«

»Fändest du das wünschenswert?«

»Aber sicher!«

»Hast du schon so schnell wieder vergessen, daß dein Denken verwirrt ist, daß du nicht zwischen Gut und Böse unterscheiden kannst?«

Erst jetzt fiel Nicholas auf, daß Kansatsu nichts trug als seinen dünnen Baumwoll-*Gi*. »Ist dir denn nicht kalt, *Sensei*?«

»Ist es denn kalt?« entgegnete Kansatsu gelassen. Er machte eine kurze Handbewegung, Nicholas solle die Führung übernehmen. »Das ist mir noch gar nicht aufgefallen.«

Ein eiskalter Wind fegte über sie hinweg. Unter ihren Füßen knirschte der Schnee, als sie den schmalen Pfad zum Fuß der steilen Felswand hinaufstiegen. Und dann ragte die Wand plötzlich senkrecht vor ihnen auf – vereist und zerklüftet, abweisend und bedrohlich. Nicholas machte sich an den Aufstieg. Jeden noch so geringen Vorsprung, jeden noch so schmalen Spalt nutzend, tasteten sich seine Finger über den eisverkrusteten Fels, um sich mühsam die glatte Wand hinaufzukämpfen.

Keuchend vor Anstrengung, machte Nicholas schließlich auf einem schmalen Felsvorsprung Rast und sagte: »Jedesmal, wenn ich vom Schwarzen Horn träume, befällt mich schreckliche Panik.«

Als Kansatsu nichts erwiderte, drehte er sich nach ihm um – und stellte fest, daß er allein war. Der *Sensei* war verschwunden.

Shisei lebte in einem Haus in Georgetown, das einer der Hauptgeldgeberinnen ihrer Umweltorganisation gehörte. Da sich die reiche alte Dame jedoch nur selten darin aufhielt und die Winter lieber in St. Moritz, die Sommer in Cap Ferrat verbrachte, hatte Shisei das Haus ganz für sich allein. Nur mittwochs kam das Haushälterehepaar, das schon seit achtzehn Jahren im Dienst der alten Dame stand, zum Saubermachen vorbei. Bei Bedarf kochten sie auch für die kommende Woche im voraus.

Die Räume im Erdgeschoß hatten holzvertäfelte Wände mit herrlichen Marmorkaminen, deren Simse alte französische Bronzefiguren, zartes chinesischen Porzellan und allerlei anderer kostbarer Nippes zierten. Dagegen war Shiseis Schlafzimmer im Obergeschoß relativ schlicht eingerichtet. Durch das Fenster hatte man einen herrlichen Blick auf den gepflegten Garten, der in der Obhut eines japanischen Gärtners prächtig gedieh.

Barfuß aus dem Bad kommend, ging Shisei in die Kleiderkammer, wühlte kurz in den Schuhkartons, die sich dort türmten, und holte darunter ihre Computerausrüstung hervor. Sie stelle das handliche Laptop auf den Schminktisch, steckte es ein und koppelte es über das Modem mit dem Telefon. Dann setzte sie sich, steckte einen Kopfhörer in die dafür vorgesehene Schnittstelle an der Rückseite des Computers und stülpte ihn sich über die Ohren.

Sie gab dem Computer ihre Befehle nicht mittels Tastatur ein, sondern sprach in das am Kopfhörer angebrachte Mikrofon. Der Bildschirm verdunkelt sich kurz, um gleich darauf langsam heller zu werden. Gleichzeitig begann er sich mit einer verwirrenden Vielfalt von Zeichen zu füllen. Schließlich rief Shisei von der Festplatte das MANTIS-Programm ab. Und da war es auch schon. Bedrohlich funkelnd wie ein dunkles Juwel lauerte es in der Mitte des Bildschirms – bereit, jederzeit zuzuschlagen.

Shisei holte tief Luft und sprach weiter in das Mikrofon. Sobald der Computer auf Telefonbetrieb umgeschaltet hatte, gab Shisei eine Nummer ein. Beim zweiten Läuten meldete sich eine Frauenstimme.

»Johnson Institute. Was kann ich für Sie tun?«

Shisei drückte auf die Eingabe-Taste des Computers. Im selben Moment hörte die Empfangsdame des Instituts nur noch das Freizeichen. Aber Shisei hatte sich mit Hilfe des Computer-Modems bereits in das Telefonnetz des Instituts eingeschlichen und den flachen, runden Gegenstand aktiviert, den sie direkt unter dem Hive-Computer angebracht hatte. Damit stand sie nun über das Telefonnetz in direkter Verbindung mit dem Hive.

Auf Shiseis glatter Stirn hatten sich dicke Schweißperlen gebildet. Wie gebannt starrte sie auf den Bildschirm, während sie dem Computer die erforderlichen Befehle erteilte. Und dann war es soweit.

Sie sprach das Codewort in das Mikrofon und drückt noch einmal auf die Eingabe-Taste. Dadurch schlich sich das MANTIS-Virus aus ihrem Computer über das Telefonnetz in den Hive ein.

Auf dem Bildschirm konnte sie genauestens mitverfolgen, wie die beiden Interfaces – das Wabenmuster des Hive und die Spiralen des MANTIS-Virus – miteinander zu verschmelzen begannen. Stück für Stück zerstörten die Spiralen das Wabenmuster, als das Virus, sich ständig verändernd, die Sicherungsprogramme des Hive umging. Es klappt, schoß es ihr triumphierend durch den Kopf. Ich komme rein.

Aber dann passierte etwas. Das Wabenmuster begann plötzlich zu verschwimmen, wurde wieder scharf und verschwamm wieder. Im ersten Moment dachte Shisei, mit der

Leitung stimme etwas nicht. Aber ihr Computer belehrte sie eines besseren. Das Sicherungssystem des Hive war unüberwindlich. Fassungslos starrte Shisei auf den Bildschirm, wo sich das Wabenmuster plötzlich wieder bis zum Rand ausbreitete. Dem Virus blieb dadurch nichts anderes übrig, als sich entsprechend seinen vorprogrammierten Anweisungen selbst zu vernichten. Wenige Augenblicke später deutete nichts mehr auf seine Existenz hin. Gleichzeitig nahm auch das Wabenmuster des Hive wieder seinen ursprünglichen Zustand an. Shisei unterbrach die Verbindung. Was war passiert?

Ihr fiel wieder ein, was Dr. Rudolph über den Aufbau des Hive gesagt hatte: Er ließ sich nicht mit einem herkömmlichen Computer vergleichen. Seine neuen Transistoren waren tausendmal schneller als die gebräuchlichen Silikon-Chips. Deshalb hatte das MANTIS-Virus dem Hive nichts anhaben können. Sein Sicherheitsprogramm arbeitete so schnell, daß selbst ein Virus, das sich darin festfraß, keine Chance hatte.

Nachdenklich ließ sich Shisei in ihren Stuhl zurücksinken, um sich das Ganz noch einmal in Ruhe durch den Kopf gehen zu lassen. Nach einer Weile schaltete sie den Computer aus und griff zum Telefon. Sie mußte ein paar Anrufe tätigen.

Selbst auf das Risiko hin, zu spät zu kommen, wartete Nangi bis zur letzten Sekunde, daß der Hamster anrief oder persönlich vorbeikam. Als Nangi jedoch nichts von ihm hörte, griff er nach seinem Hut und verließ das Büro. Im Foyer erwartet ihn bereits sein Anwalt. Er hielt ihm seinen Regenschirm auf, als sie ins Freie traten.

Ständig regnet es in letzter Zeit, dachte Nangi. Die Tatsache, daß ihn der Hamster nicht mehr erreicht hatte, beunruhigte ihn nicht weiter. Trotzdem wäre er gern mit ein paar zusätzlichen, interessanten Hintergrundinformationen zu der Besprechung erschienen. Aber es würde auch so gehen. Still in sich hineinlachend, schaute Nangi in den verregneten Himmel hoch. Sein Dienstwagen brachte sie zum Nippon Keio Building. Bevor er ausstieg, rief er über das Autotelefon

Tomi an, um mit ihr einen Termin für ein Treffen im *Silk Road* zu vereinbaren. In der Hoffnung, vielleicht doch noch etwas vom Hamster zu hören, blieb er noch ein paar Augenblicke im Wagen sitzen. Nachdem er und sein Anwalt noch ein paar letzte Punkte geklärt hatten, stiegen sie aus und fuhren im Lift zu den Büros von Nami hinauf.

Es war Kusunda Ikusas Vorschlag gewesen, den Fusionsvertrag in seinem Büro zu unterzeichnen. Die anderen Beteiligten waren bereits anwesend – Ken Oroshi, Ikusa und die Anwälte.

Oberflächlich betrachtet, war das Ganze eigentlich sehr einfach; aber so kurz vor dem endgültigen Vertragsabschluß traten dann doch noch ein paar Komplikationen auf. Unter anderem galt es, ein paar Klauseln in den Vertrag einzubauen, auf denen Ikusa bestand. Und natürlich brachte auch Nangi ein paar Sonderwünsche vor, um den Weg für seine später geplante Übernahme der Forschungs- und Entwicklungsabteilung von Nakano zu ebnen.

Alles schien in bestem Einvernehmen zu verlaufen. Während die Anwälte noch über die letzten vertraglichen Feinheiten diskutierten, unterhielten sich Nangi, Ikusa und Oroshi so angeregt, als wären sie die besten Freunde.

Auf einem Tablett wurde Tee in kostbarem englischem Tafelsilber serviert. Ikusa, der die Runde sichtlich dominierte, ließ sich lang und breit über die ständig ansteigenden Aufnahmegebühren seines Golf Clubs aus. Wie kann man nur so ein banales Zeug reden, dachte Nangi insgeheim. Aber das gehörte nun mal dazu – wie die Schmerzen beim Zahnarzt.

Außerdem war Nangi während der ganzen Vertragsunterzeichnung mit seinen Gedanken sowieso ganz woanders. Er dachte an Tomi und Mariko, das Mädchen aus dem *Silk Road*, das von einem unbekannten Täter erst vergewaltigt und dann auf bestialische Weise ermordet worden war. Welcher Zusammenhang bestand zwischen den Morden an Mariko und Dr. Hanami? War etwa der Chirurg Marikos unbekannter Liebhaber, dem die Nachricht ›Das könnte auch Ihre Frau sein‹ gegolten hatte? Wenn der *Dorokusai* tatsächlich auch Mariko ermordet hatte, dann hatte er den Chirurgen damit erpressen wollen, Nicholas irgend etwas anzutun. doch was konnte das gewesen sein? Eines war Nangi klar: Das mußte er unbedingt herausfinden. Denn er war fest entschlossen, Nicholas jetzt auf keinen Fall im Stich zu lassen.

Schließlich riefen die Anwälte ihre Klienten noch einmal zu sich, um den Vertragsentwurf ein letztesmal durchzusehen.

Dann setzten die beiden Hauptbeteiligten, Tanzan Nangi und Ken Oroshi, ihre Unterschriften unter die umfangreichen Vertragswerke. Kusunda Ikusa begnügte sich damit, sich mit einem zufriedenen Lächeln vor den beiden zu verbeugen und ihnen kleine Geschenke zu überreichen. Von nun an war auch Nakano Industries an der Herstellung des Sphynx Computer-Chips beteiligt.

Im Kan, dem Hotel am Stadtrand von Tokio, in dem Senjin regelmäßig verkehrte, gab es eine höchst ungewöhnliche Einrichtung, über die selbst die besseren Hotels der Stadt nicht verfügten: einen Salzwassertank.

Dieser Tank war etwa ein Drittel so groß wie die sargähnlichen Zimmer des Kan und mit körperwarmen Salzwasser gefüllt. Wenn sich Senjin vorsichtig in seine wohlige Wärme gleiten ließ, spürte er nichts mehr. Absolut nichts.

Nur durch ein Netz gehalten, schwebte er in der warmen Flüssigkeit, so daß nur seine Nase und sein Mund aus dem Wasser ragten. Und sobald der Deckel des Tanks über ihm geschlossen wurde, hörte er nichts mehr, sah er nichts mehr und spürte er nichts mehr. Und es gab auch sonst keine Reize mehr. Seine Sinneswahrnehmungen waren gänzlich ausgeschaltet, so daß er sich ganz auf seine Gedanken konzentrieren konnte.

Ohne jegliche ablenkende körperliche Stimuli schwebte Senjin im Nichts. Sein *Sensei* hätte diese Methode, alle Sinneseindrücke auszuschalten, sicher nicht gutgeheißen. So etwas hatte in der reinen Lehre des Tau-tau keinen Platz.

Aber Senjin kannte in dieser Hinsicht keine Hemmungen. Derlei dogmatische Spitzfindigkeiten hatte er längst über Bord geworfen. Schon sehr bald hatte er begonnen, sich seine eigene Philosophie zurechtzulegen, und ging nun schon seit vielen Jahren seinen eigenen Weg – ein Schritt, den er bisher noch kein einziges Mal bereut hatte.

Wenn es ihm nun auch noch gelang die neun magischen Steine in seinen Besitz zu bringen, war er unbezwingbar. Dann hätten selbst die Tanjian-Meister, die ihn in den letzten Feinheiten des Tau-tau unterwiesen hatten, keine Chance mehr gegen ihn gehabt.

Diese Narren. Sie hatten geglaubt, ihn für immer an sich binden zu können, indem sie ihn in die letzten Geheimnisse ihrer Kunst einweihten. So war es schließlich seit Jahrhunderten der Brauch gewesen; nur so hatte sich die Methode des Tau-tau so lange unverfälscht am Leben erhalten können.

Natürlich hatten vor Senjin auch schon andere gegen die ungeschriebenen Gesetze des Tau-tau verstoßen – und schwer dafür gebüßt. Senjin war sich dessen sehr deutlich bewußt. Seine ganze Jugend war von diesen Schauergeschichten begleitet gewesen; sie hatten sogar einen ganz wesentlichen Bestandteil seiner Ausbildung dargestellt – gerade so, als hätte sein *Sensei* bereits geahnt, daß auch er einmal in die Fußstapfen dieser Rebellen treten würde.

Womit er tatsächlich recht behalten sollte. Senjin hatte sich vom wahren Weg des Tau-tau losgesagt. Selbstverständlich war dieser Ablösungsprozeß mit heftigen inneren Kämpfen verbunden gewesen, unter denen er selbst jetzt noch schwer zu leiden hatte. Aber das alles würde ein Ende nehmen, sobald er die Smaragde in seinen Besitz gebracht hatte. Dann würde er der erste sein, der mit den Traditionen des Tau-tau brach und trotzdem zu wirklicher Freiheit gelangte.

Dann würden sich die alten Tanjian-Meister widerspruchslos seinem Urteil beugen. Dann würde er ihnen seine Auffassung von der wahren Lehre genauso unbeugsam aufzwingen, wie sie ihm einst ihre hoffnungslos überalterten Prinzipien oktroyiert hatten.

Nur wenn er, befreit von jeder irdischen Schwere, im Nichts schwebte, konnte Senjin auch an seine leibliche Mutter denken, die er Zeit seines Lebens aus ganzem Herzen gehaßt hatte, obwohl er sie nie gekannt hatte. Unwillkürlich kam ihm dabei ein Slogan in Erinnerung, der ihm seit neuestem an jeder Ecke von den Plakatwänden entgegensprang: DIE EHE IST EINE HEILIGE PFLICHT, hieß es dort, DER LETZTE BEWEIS WAHRER SOHNESTREUE. Wenn man dieser Verpflichtung nicht nachkam, suggerierte das Plakat weiter, stürze man seine Eltern in Schmach und Schande. Denn immerhin bestimmten noch in der Hälfte aller japanischen Familien die Eltern den Ehepartner ihrer Kinder.

Senjin hatte nie geheiratet. Das war seine Art gewesen, sich an seiner Mutter zu rächen – an der Mutter, die er nie gekannt hatte. Daß er damit auch Haha-san, seine Tante und Pflegemutter zutiefst gekränkt hatte, interessierte ihn in diesem Zusammenhang herzlich wenig. Die Weigerung zu heiraten richtete sich einzig und allein gegen seine Mutter – nicht gegen Haha-san.

Während er schwerelos im körperwarmen Wasser schwebte, mußte er an das Foto von seiner Mutter denken, das ihm Haha-san zum Andenken an sie geschenkt hatte – »um ihr Gedächtnis in ewiger Erinnerung zu behalten«, wie sie sich damals ausgedrückt hatte.

Lange hatte Senjin damals auf das einfache, ausdruckslose Gesicht auf dem Foto gestarrt und nach Ähnlichkeiten mit seinen eigenen Zügen gesucht. Als ihm das jedoch nicht gelang, hatte er das Foto mit einem Messer in lauter schmale Streifen geschnitten. Nur die Stelle, wo sich der schmallippige, strenge Mund befand, hatte er intakt gelassen. Anschließend hatte er das Foto in seinem Kleiderschrank unter dem pedantisch ordentlichen Stapel blütenweißer Unterhosen aufbewahrt, die er nach einmaligem Tragen wegwarf.

Nie hatte Senjin einen Menschen geliebt – schon gar nicht seine Mutter. Mit der Liebe waren in seinen Augen nur Verpflichtungen verbunden – Verpflichtungen, wie sie nicht einmal die Ehe mit sich brachte. Und Senjin haßte jede Art von Einschränkung. Außerdem konnte er auch ohne Liebe leben. Schließlich hatte er etwas, das wesentlich kostbarer war.

Eine Zeitlang war Senjin seiner Schwester so nahe gewesen wie sonst keinem Menschen. Noch immer versetzte es ihm einen heftigen Stich ins Herz, wenn er an sie dachte. Denn sie war nicht mehr bei ihm, und es gab nichts, womit er die Leere, die sie in ihm hinterlassen hatte, füllen konnte. Dennoch versuchte er es immer und immer wieder – vergeblich. Aber er gab nicht auf. Denn zu tief war das Loch, das diese Leere in sein versteinertes Herz gefressen hatte.

Unwillkürlich mußte Senjin an einen Film denken, den er als kleiner Junge mit Haha-san gesehen hatte. Noch ganz deutlich hatte er das weiß geschminkte, ausdruckslose Gesicht der jungen Braut vor Augen, die für die Hochzeitsfeier angekleidet wurde. Seltsamerweise hatte ihn die Szene an einen mittelalterlichen Ritter erinnert, dem vor dem Kampf die Rüstung angelegt wurde.

Erst nachdem man das junge Mädchen in unzählige beengende Unterkleider gezwängt hatte, warf man ihr den schweren rüstungsähnlichen Hochzeitskimono über. Senjin fand die stoische Ruhe, mit der die junge Braut diese Zeremonie über sich ergehen ließ, ebenso bewundernswert wie unverständlich. Warum brachte sie diesen ungehobelten Lümmel von Ehemann nicht einfach um, sobald er sich erdreistete, in sie einzudringen? Wieso ließ sie es zu, sich von alter Tradition und männlicher Geilheit so tief demütigen und verletzen zu lassen?

Auch Senjin fühlte sich von allen Seiten eingeengt – freilich nicht durch lästige Kleidungsstücke, sondern durch strenge gesellschaftliche Konventionen, die ihn unablässig an der Entfaltung seines ungeheuren Kräftepotentials hinderten.

Denn schon von frühester Kindheit an hatte sich Senjin zu Höherem berufen gefühlt. Anfänglich war dem die Ausbildung in Tau-tau sehr entgegengekommen. Doch schon bald hatte ihm auch das nicht mehr genügt. Denn je weiter er in seiner Ausbildung in dieser uralten Lehre voranschritt, desto deutlicher wurden ihm auch deren Grenzen bewußt. Doch Grenzen waren für Senjin schon immer nur dazu dagewesen, überschritten zu werden. Folglich hatte er genau das getan – und eine gänzlich neue Welt entdeckt.

Diese Welt basierte auf den uralten Prinzipien, die bis zu einem gewissen Grad auch der Lehre des Tau-tau zugrundelagen. Aber erst nachdem Senjin die Fesseln, die ihm durch seine Tau-tau-Ausbildung angelegt worden waren, abgestreift hatte, wurde ihm der volle Umfang der enormen Möglichkeiten bewußt, die diese andere Welt in sich barg.

Senjin hatte es niemandem anderen als Haha-san zu verdanken, daß er zu einem Tanjian-*Sensei* in die Lehre gegeben wurde. Sie hatte seine außergewöhnliche Veranlagung völlig richtig erkannt. Und da sie irgendwann keine andere Möglichkeit mehr sah, ihren aufmüpfigen ›Sohn‹ für eine Sache zu begeistern und sein Ungestüm zu zähmen und in feste Bahnen zu lenken, hatte sie ihn in ihrer Verzweiflung in Tau-tau unterweisen lassen.

Nun konnte allerdings nicht jeder ein Tanjian werden. Um in die geheimen Lehren des Tau-tau eingeführt zu werden, mußte man Tanjian-Blut in den Adern haben. Und diese Tanjian-Zugehörigkeit wurde ausschließlich über die Mutter vererbt.

Das war ein weiterer Grund, weshalb Senjin seine Mutter haßte. Sie hatte nicht nur die Unverschämtheit besessen, ihn von klein auf im Stich zu lassen, sondern hatte ihm auch noch ein unerwünschtes Erbe hinterlassen. So wenig Mühe es Senjin bereitet hatte, es im Tau-tau zur Meisterschaft zu bringen, so unvorstellbare Anstrengungen hatte es ihn gekostet, dieses Wissen seinen Zwecken so anzupassen, daß es ihm wirklich von Nutzen war.

Senjin war unter Hunden aufgewachsen. Zumindest war ihm dies so erschienen. Und auch dafür machte er seine Mutter verantwortlich. Wenn sie nur nicht gestorben wäre und ihn im Stich gelassen hätte, obwohl es doch ihre heiligste Pflicht gewesen wäre, für ihn da zu sein und alles Unheil von ihm fernzuhalten.

Aber sie war schwach gewesen – schwach und feige. Hätte sie sich etwa sonst ihrer Verantwortung entzogen und zugelassen, daß ihr Leben schon so früh ein Ende nahm? Schon vom ersten Tag an hatte Senjin den Haß gegen seine Mutter mit einer Besessenheit geschürt, als fürchtete er, seine Glut könnte eines Tages für immer verlöschen und ihn seiner Kraft berauben.

Haha-san war eine Tanjian-*Miko,* die über geheime magische Kräfte verfügte. Aber sie hatte sich selbst zur Gefangenen ihres hündischen Gehorsams gemacht. Wie oft hatte sich Senjin gewünscht, diese demütigende Unterwürfigkeit ein für allemal aus ihr herauszuprügeln, damit sie endlich ihre selbst auferlegten Fesseln abgeschüttelt und ihr wahres Potential zur Entfaltung gebracht hätte.

Zum ersten Mal war dieser Wunsch in ihm aufgestiegen, als er sie eines Tages aus dem Bad steigen sah. Züchtig hatte sie ihm sofort den Rücken zugekehrt und sich ihren Kimono übergeworfen. Trotzdem hatte Senjin noch einen kurzen Blick auf ihre Nacktheit erhascht.

Er war damals zwölf gewesen und hatte Haha-san seit dem sechsten Lebensjahr nicht mehr nackt gesehen. Bis dahin hatte er noch gemeinsam mit ihr gebadet, und manchmal, wenn er Angst hatte oder schlecht geträumt hatte, durfte er auch zu ihr ins Bett schlüpfen, um dann in ihren Armen friedlich wieder einzuschlafen.

Es war jedoch nicht nur Haha-sans Nacktheit, die ihn so stark erregte, sondern auch die Art, wie sie sich mit koketter Schamhaftigkeit von ihm abgewandt hatte. Wie sehr hatte er sich in diesem Augenblick danach gesehnt, sich an ihre großen, weißen Brüste zu pressen, ihre Wärme zu spüren und ihren betörenden Duft einzusaugen.

Aber das alles sollte für Senjin nur ein Traum bleiben. Schuld daran war Haha-sans tief verwurzelte Scham, die keineswegs auf religiösen oder gesellschaftlichen Tabus basierte, sondern einzig und allein auf den strengen Anstandsregeln, die sie von ihrer Mutter übernommen hatte. Für Haha-san waren diese Prinzipien absolut unantastbar, so daß Senjin auch nie erfuhr, ob sie sich nicht insgeheim vielleicht doch nach seinen Zärtlichkeiten sehnte.

Als er viele Jahre später zum ersten Mal mit einer Frau schlief, kam er erst zum Höhepunkt, als er an Haha-san dachte. Allerdings verstörte ihn das zutiefst. Denn unwillkürlich wurde er dadurch auch an seine leibliche Mutter erinnert. Doch schon allein bei dem Gedanken an sie stieg unkontrollierter Haß in ihm auf. Und dieser Haß konnte nur durch eines besänftigt werden: durch den Tod.

Als plötzlich leichter Ammoniakgeruch in seine Nase stieg,

hob Senjin den Deckel des Tanks einen Spaltbreit an. Zähflüssige Samenschlieren schwappten im warmen Wasser gegen seinen Bauch, und mit einem genüßlichen Seufzer ließ er seine Fingerspitzen über seine noch zitternde Erektion gleiten.

Völlig nackt lag Shisei auf dem Bauch. Im Schein der Morgensonne, die durch das Schlafzimmerfenster von Brandings Stadthaus fiel, schienen die Farben der gigantischen Spinne auf ihrem Rücken wie von innen heraus zu leuchten. Es war der letzte Tag des Monats; der Sommer näherte sich unaufhaltsam seinem Höhepunkt.

Als sich Shisei genüßlich in den Laken räkelte, erwachte die Spinne auf ihrem Rücken zum Leben. Ihre acht rubinroten Augen begannen bedrohlich zu leuchten.

Mit einer Mischung aus Faszination und Grauen starrte Branding auf die Tätowierung. Und dann konnte er einfach nicht mehr anders: Er streckte seine Hand nach der Spinne aus, um Shiseis warme Haut darunter zu spüren – als könnte er sich nur so vergewissern, daß die Spinne nicht wirklich lebte.

»Wann erzählst du mir nun endlich, wie du zu dieser Tätowierung gekommen bist?«

Shisei drehte sich auf den Rücken. Und schon war die Spinne verschwunden – einfach so, als hätte sie nie existiert. Im warmen Schein der Morgensonne schimmerte ihre Haut wie matte Seide.

»Warum können wir uns heute abend nicht sehen?« wollte sie wissen.

»Die Pflicht ruft«, erwiderte Branding. »Nachdem ich nun schon deinetwegen frühzeitig nach Washington zurückgekommen bin, muß ich wohl oder übel an diesem Festbankett für den deutschen Kanzler teilnehmen.«

»Dabei hatte ich mich schon so auf einen gemeinsamen Abend gefreut. Abendessen im Red Sea. Und anschließen hätten wir zu Hause noch ein wenig tanzen können. Ich war erst gestern im Plattenladen, um uns was Schönes auszusuchen.«

»Das hört sich tatsächlich sehr verlockend an«, erwiderte Branding lächelnd. »Aber heute abend geht es leider wirklich nicht.«

»Wie lange wird der Empfang voraussichtlich dauern? Ich werde einfach auf dich warten. Dann tanzen wir, wenn du nach Hause kommst.«

Da ihm nicht entging, wieviel ihr daran lag, lenkte er schließlich ein: »Also gut. Ich sehe zu, daß ich bis zwölf wieder zu Hause bin. Aber versprechen kann ich es dir nicht.«

Sie reckte ihm ihre Arme entgegen, verschränkte die Hände in seinem Nacken und zog ihn zu sich herab. Im selben Moment spürte Branding auch schon, wie sich ihr Körper wollüstig unter dem seinen zu winden begann.

Trotzdem hatte er das Gefühl, nicht eher wieder mit ihr schlafen zu können, bis er wußte, was es mit der Tätowierung auf ihrem Rücken auf sich hatte. »Du wolltest mir doch erzählen«, flüsterte er ihr ins Ohr, »wie du zu dieser Spinne gekommen bist.«

Shisei löste sich aus seiner Umarmung und schaute ihm forschend in die Augen. »Du willst es also wirklich wissen?«

»Ja.«

»Selbst wenn du mich danach hassen wirst?«

»Shisei.« Branding schmiegte sich ganz eng an sie. »Kannst du dir im Ernst vorstellen, daß ich dich je hassen könnte?«

»Haß und Liebe liegen oft so dicht beieinander, Cook, daß man sie nicht voneinander unterscheiden kann.«

»Du kannst mir glauben«, versicherte er ihr. »Diesen Unterschied kenne ich sehr wohl.«

Shisei schloß die Augen. Er konnte ganz deutlich spüren, wie bei jedem Atemzug heftige Schauder ihren Körper durchzuckten. Irgendwo im Haus klingelte ein Telefon. Branding schenkte ihm keine Beachtung. Sollte sich der Anrufbeantworter darum kümmern.

»Erzähl es mir«, forderte er sie noch einmal auf. »Ich möchte es wissen.« Allerdings *wollte* er nicht nur wissen, wie sie zu dieser seltsamen Tätowierung gekommen war: Er *mußte* es wissen. Denn erst dann würde er sich Shisei wirklich nahe fühlen. Ihm war sehr deutlich bewußt, daß diese rätselhafte Tätowierung der Schlüssel zu ihrem Wesen war.

Shisei holte tief Luft. »Wie alle Menschen«, begann sie

schließlich, »bin auch ich die Furcht der Liebe zwischen einem Mann und einer Frau. Im Gegensatz zu den meisten anderen Menschen habe ich meine Eltern jedoch nie kennengelernt. Der Familie, bei der ich aufgewachsen bin, lag nichts an mir. Wenn sie mir gegenüber wenigsten irgendein Gefühl gezeigt hätten – meinetwegen auch Haß; aber sie sind mir nur mit völliger Gleichgültigkeit begegnet. Deshalb bin ich völlig gefühlskalt geworden. Die einzige Emotion, die ich je kannte, war Angst. Eines Tages bin ich von zu Hause weggelaufen. Meines Wissens haben meine Pflegeeltern nicht versucht, mich wiederzufinden. Wenn ich hungrig war, suchte ich mir etwas zu essen; wenn ich müde war, suchte ich mir ein Fleckchen zum Schlafen. Im Grunde genommen habe ich gelebt wie ein streunender Hund.«

Jedesmal, wenn Shisei sich bewegte, stieg Branding ihr zarter, würziger Duft in die Nase.

»Das Schicksal ist unergründlich, aber manchmal geht es auch sehr seltsame Wege«, fuhr sie flüsternd fort. »Ein Mann wurde auf mich aufmerksam. Er war Künstler. Sein Material waren jedoch nicht Leinwand und Farbe oder Holz, Stein und Metall. Nein, sein Material war die menschliche Haut. Er war Tätowierer.«

»Er hat die Spinne in deinen Rücken geritzt?«

Mit einem wehmütigen Lächeln strich sich Shisei eine Haarsträhne aus dem Gesicht. »Für dich ist das Leben im Grunde genommen ganz einfach, Cook. Irgend etwas passiert, und als Reaktion darauf geschieht etwas anderes – als ob das Leben nach physikalischen Gesetzen abliefe.«

»Du hast also einen Künstler kennengelernt, der in deinem Körper die ideale Leinwand für seine Kunst sah. Und er hatte damit recht, Shisei. Du bist vollkommen. Wie oft soll ich dir das eigentlich noch sagen?«

Shisei schüttelte sich, als wollte sie die Last seiner Worte verzweifelt von sich wälzen. »Die Spinne war die größte Tätowierung, die er je gemacht hat«, fuhr Shisei fort. »Sozusagen der Höhepunkt seiner künstlerischen Laufbahn. Insofern hast du tatsächlich recht.«

»Und was den Rest betrifft?«

»Was den Rest betrifft, weißt du gar nichts.« Shiseis ganzer Körper war inzwischen von einem dünnen Schweißfilm überzogen. »Deshalb sollst du jetzt alles erfahren.«

Nun kamen Branding plötzlich doch Bedenken – als hätte er mit einem gefährlichen Feuer gespielt, das ihn jeden Augenblick zu verbrennen drohte.

Aber es gab kein Zurück mehr. Denn Shisei begann: »Der Künstler hieß Zasso. Das bedeutet im Japanischen ›Unkraut‹. Dieser Name wies so eindeutig programmatische Züge auf, daß es sich dabei eigentlich nur um einen Künstlernamen gehandelt haben kann – sozusagen eine Art Kampfansage an die Gesellschaft, von der er sich als wahrer Künstler unter allen Umständen abgrenzen zu müssen glaubte.

Wie ich bald feststellen sollte, hatte Zasso einen ausgeprägten Sinn fürs Theatralische. Da er die sogenannte Wirklichkeit mit all ihren Fehlern und Mängeln nicht ertragen konnte, baute er sich eine künstliche Gegenwelt dazu auf. Ich kann mich noch gut erinnern, wie er die Leute auf der Straße mit einer Herde Schafe verglich. Sie wollten in seinen Augen einfach nicht begreifen, worauf es im Leben wirklich ankam.

Zasso hatte sein ganzes Leben in den Dienst der Schönheit gestellt. Er war geradezu besessen von der Idee des *Matsuri*. Dabei handelt es sich um ein typisch japanisches Phänomen, das man auf der Bühne ebenso antreffen kann wie im Bett eines Bordells. Diesem typisch japanischen Konzept liegt die Vorstellung zugrunde, daß man sich jedem Aspekt des Lebens aus allen möglichen verschiedenen Blickwinkeln nähern muß. Und dazu gehört auch die ganz spezielle Art von Brutalität, für die wir Japaner berühmt zu sein scheinen. Früher war das allerdings anders. Damals wurde *Matsuri* noch in jedem Dorf praktiziert. Es begann als ein primitives Gemeinschaftsritual, als eine Art chaotischer Tanz. Der berühmte japanische Schriftsteller Yukio Mishima hat *Matsuri* einmal als den obszönen Versuch bezeichnet, das menschliche Wesen mit dem Göttlichen zu verschmelzen. Seine negative Einschätzung von *Matsuri* dürfte jedoch vor allem darauf zurückzuführen sein, daß *Matsuri* den Versuch darstellt, daß göttliche Potential des Menschen mittels Chaos zu wekken. Und bekanntlich hegte Mishima eine tief verwurzelte Abneigung gegen das Chaos.«

»Wie wir alle«, warf Branding an dieser Stelle ein.

Shiseis goldgelackte Fingernägel zeichneten weiße Striemen in seine Haut. »Nein«, entgegnete sie bestimmt. »Keineswegs.«

»Aber du weißt doch, was ich meine.«

»Nein, das tue ich nicht.« Ihre Nägel gruben sich tiefer in seine Haut.

»Wenn ich dir jetzt weh tun würde, Cook – würdest du mich dann immer noch lieben? Oder hassen?«

»Das ist eine komische Frage.«

»Trotzdem möchte ich, daß du sie mir beantwortest.«

»Aber weshalb solltest du mir weh tun wollen?«

»Darum geht es nicht.«

»Ich weiß nicht, was ich dann empfinden würde«, mußte er schließlich zugeben.

»Wie rasch aus Liebe Haß werden kann! Unsere Gefühle sind so unbeständig, daß sie von einer Sekunde auf die andere in ihr genaues Gegenteil umschlagen können!« In Shiseis Augen blitzte ein katzenartiges Leuchten auf. »Aber nun ist die Tür, die ins Chaos führt, bereits geöffnet. Es bedarf nur noch eines ganz geringfügigen Anstoßes, bis es endgültig zum Ausbruch gelangt.«

»Du läßt dabei völlig die Natur der menschlichen Psyche außer acht«, gab ihr Branding zu bedenken. »Im Grunde ihres Herzens sind die meisten Menschen anständig. Und allein aufgrund dieser Tatsache kann das Chaos im Schach gehalten werden.«

»In einem Punkt hattest du recht«, wechselte Shisei abrupt das Thema. »Zasso war von meiner Schönheit unwiderstehlich angezogen. Er spielte sich als mein verständnisvoller väterlicher Freund auf, der, wie er es selbst ausdrückte, nichts anderes wollte, als mich ›von den Fesseln meines bisherigen Lebens zu befreien‹.«

Als Shisei heftig zu zittern begann, drückte Branding sie ganz fest an sich. »Ich will nicht mehr weitererzählen«, flüstere sie. »Bitte, Cook, zwinge mich nicht dazu.«

Branding spürte ganz deutlich, welche Qualen sie litt. »Wie sollte ich dich zu etwas zwingen, wenn du nicht selbst dazu bereit bist«, redete er ihr deshalb gut zu.« Trotzdem glaube ich,daß es sowohl für dich wie für mich das Beste wäre, wenn du mir erzählen würdest, was damals geschehen ist.«

»Cook, ich...«

»Du mußt dir endlich einmal deinen Kummer von der Seele reden«, drängte er sie ruhig, aber bestimmt zum Weitersprechen. »Die Wunden, die dir damals beigebracht worden sind, sind noch keineswegs verheilt.«

»Gibt es denn wirklich keine andere Möglichkeit, endlich darüber hinwegzukommen?« stieß sie verzweifelt hervor.

»Nein.«

Als Shisei darauf niedergeschlagen die Augen schloß, wischte er ihr den Schweiß von der Stirn. »Du kannst mir vertrauen, Shisei. Du kannst mir alles erzählen.«

Als sie darauf abrupt die Augen aufschlug, glaubte er in ihnen ein seltsames Feuer aufflackern zu sehen. »Von Tag zu Tag hatte ich mehr unter Zassos verrückten Ideen zu leiden. Er wurde mein Bewacher, mein Folterknecht, mein wahnsinniger Geliebter. Mir blcib keine andere Wahl. Ich war ihm wehrlos ausgeliefert. In dem Moment, in dem ich in seinen Bannkreis geriet, wurde ich seine Gefangene.«

»Das meinst du natürlich nur im übertragenen Sinn«, flocht Branding ein.

»Keineswegs. Ich meine das in einem sehr wörtlichen Sinn.« Als sie sein Gesicht sah, ließ sie niedergeschlagen die Schultern sinken. »Ich wußte von Anfang an, daß ich das nicht hätte tun sollen.«

»Du mußt entschuldigen, aber es ist wirklich nicht einfach, dich zu verstehen.«

Shiseis Blick kehrte sich nach innen. Ihre ganze Vergangenheit schien wieder lebendig zu werden, als sie leise fortfuhr: »Erst hat Zasso mich zutiefst erniedrigt. Denn je tiefer ich sank, desto mehr glaubte er, mich anschließend erhöhen zu können. Und mit jeder weiteren Demütigung versuchte er mir einzureden: ›Ich will dir doch nur helfen.‹«

»Soll das heißen, er hat dich vergewaltigt?«

»Ich war zehn, als ich Zasso kennenlernte. Er sprach immer von der ›strahlenden Schönheit‹, die er in mir sah. Allerdings dürfte dabei seinerseits auch eine gehörige Portion Geilheit mit im Spiel gewesen sein. Das kam allerdings erst später. Ursprünglich war ich ihm wohl tatsächlich noch zu jung und unreif; ich entsprach noch nicht seinem Ideal von Schönheit, dem er mich mit allen Mitteln anzugleichen versuchte.« Shisei leckte sich ihre trockenen Lippen. »Nein, er hat mich behandelt wie ein Tier. ›Und ein wildes Tier muß erst gezähmt und abgerichtet werden‹, hat er mir immer wieder einzureden versucht. Oft ließ er mich stundenlang in einer Ecke hokken. Ich durfte mich nur auf allen vieren bewegen. Essen mußte ich aus einer Schüssel, die er vor mir auf den Boden stellte. Meine Notdurft mußte ich auf ausgelegtem Zeitungspapier verrichten. Außerdem bestand er darauf, daß ich mich nur in tierischen Grunzlauten verständlich machte. ›Tiere beherrschen die menschliche Sprache nicht‹, erklärte er dazu.«

Branding machte keinen Hehl aus seinem Entsetzen. »Das ist ja grauenhaft«, stieß er schockiert hervor. »Warum bist du nicht geflohen?«

»Das war unmöglich. Er ließ mich keine Sekunde aus den Augen. Und wenn er das Haus verlassen mußte, hat er mich in eine fensterlose Kammer gesperrt und angekettet.«

»Aber du mußt doch irgendwann zu fliehen versucht haben?«

Shisei stieß einen tiefen Seufzer aus. Gleichzeitig begann sie am ganzen Körper zu zittern. »Du scheinst noch immer nicht zu begreifen, Cook. Ohne ihn war ich ein Nichts. Ich wäre verloren gewesen. Ich wäre nicht überlebensfähig gewesen.«

»Um Gottes willen, Shisei! Einfach unvorstellbar, wie dieser Mensch dich behandelt hat! Wie du diese Bestie hassen mußt...«

»Wie einfach das Leben für dich ist, Cook. Für dich gibt es nur Gut und Böse.«

»Also, was deine Beziehung zu diesem ›Künstler‹ betrifft, dürfte doch wohl tatsächlich kein Zweifel bestehen, was davon zu halten ist.« Aus seiner Stimme sprach tiefe Entrüstung.

»Aber genau das ist doch das Problem«, versuchte ihm

Shisei klarzumachen. »Du begreifst einfach nicht, was sich zwischen uns abgespielt hat. Zasso wurde auf der Straße auf mich aufmerksam und sah in mir eine Vollkommenheit, nach der er sich sein ganzes Leben lang gesehnt hatte.«

»Unsinn«, fiel ihr Branding heftig ins Wort. »Er wollte dich seinem Ideal von Vollkommenheit angleichen. Aber Vollkommenheit ist nur den Göttern gegeben – nicht den Menschen. Die Sache ist ganz simpel: Dieser Mann hat dich schlicht und einfach für seine perversen Vorstellungen von Liebe und Schönheit mißbraucht – nicht mehr und nicht weniger. Im Grunde genommen konnte dieser arme Teufel doch gar nicht anders.«

Unwillkürlich wurde Shisei dadurch an das Nietzsche-Zitat erinnert, auf das sie erst kürzlich in Howes Bibliothek gestoßen war: »Aller Idealismus ist nur eine Verstellung im Angesicht der Notwendigkeit.« Und in diesem Augenblick kamen ihr zum erstenmal Zweifel an der Richtigkeit ihrer bisherigen Lebenseinstellung.

Wenn Branding tatsächlich recht hatte? Wenn ihr ganzes Leben tatsächlich nur eine Ausgeburt von Zassos perversen Fantasien war? Vielleicht war das, was sie bisher als ihr Schicksal angesehen hatte, gar nicht wirklich ihr Karma. Vielleicht war ihr das alles nur oktroyiert worden. Ihren Körper durchlief ein eisiger Schauder. Das hätte bedeutet, daß ihr ganzes bisheriges Leben auf einer einzigen Lüge basierte. Unfähig, diese gräßliche Vorstellung noch länger zu ertragen, versuchte sie sich verzweifelt wieder auf ihr Gespräch zu konzentrieren.

»Und welches Ende hat die ganze Geschichte genommen?« wollte Branding wissen.

Shisei vergrub ihr Gesicht an seinem Hals und flüsterte zärtlich: »Cook, ich will dich in mir spüren. Jetzt sofort.« Und als sie sein Zögern spürte, setzte sie nach: »Ich muß unbedingt Gewißheit haben, daß du mich noch liebst und daß du mich auch noch lieben wirst, wenn alles gesagt ist – wenn du weißt, wer ich wirklich bin.«

Im selben Moment spürte sie seinen kräftigen Körper auch schon ganz dicht an ihrem. Sie war so erregt, daß er mühelos in sie eindringen konnte. Ihr Unterleib verfiel in lustvolle Zuckungen, als sie unter lautem Stöhnen begann, seine Brust mit wilden Küssen zu bedecken. Und dann flüstere sie ganz dicht an Brandings Ohr: »Nachdem mich Zasso von meiner ›Schmach‹ befreit hatte und mich für geläutert befand, sagte er zu mir: ›Nun habe ich *Matsuri* vollführt. Deshalb ist der Zeitpunkt gekommen, dich zur Braut des Himmels zu machen, die zum Ergötzen der Götter geschaffen ist.‹

Und dann mußte ich mich auf ein Strohlager legen, damit er mit seinem Meisterwerk beginnen konnte. Danach hat er mich nie mehr angekettet. Es war auch nicht mehr nötig. Tag für Tag hat er an der Tätowierung gearbeitet, um unter unsäglichen Schmerzen die Riesenspinne ins Leben zu rufen.

Als sein Werk nach zwei Jahren vollendet war, glaubte Zasso, mich in ein anderes Wesen verwandelt zu haben – als hätte die Spinne auf meinem Rücken nun für immer Besitz von mir ergriffen.« Sie erschauderte am ganzen Körper. »Und dann sagte Zasso zu mir: › Jetzt kannst du tun und lassen, was du willst. Du kannst bleiben oder gehen – es bleibt ganz dir überlassen. Denn von nun an bist du kein Mensch mehr, sondern eine gefährliche Waffe. Du bist die Braut des Himmels, die Dämonenfrau, die allen Männern zum Verhängnis wird, die sich in ihren Netzen verstricken.‹«

Darauf trat erst einmal längeres Schweigen ein. Als Shisei ihn aus sich herausgleiten spürte, klammerte sie sich verzweifelt an ihn. »Verlaß mich jetzt nicht, Cook! Bitte nicht!«

»Glaubst du tatsächlich, du wärest ein Dämonin?«

»Oh mein Gott, Cook! Wenn du mich jetzt verläßt, werde ich das nicht überleben.«

Ganz deutlich konnte Branding plötzlich ihre Angst spüren; sie ging in fast greifbaren Wellen von ihr aus. »Ich möchte nur wissen, ob du an diesen Unsinn tatsächlich glaubst.« Er schien sehr aufgebracht.

Shisei sah ihn verdutzt an. »Das ist kein Unsinn. Das ist Shintoismus.«

»Nein«, entgegnete Branding entschieden. »Das ist nichts weiter als die Ausgeburt der Fantasie eines Verrückten.«

Diese Möglichkeit auch nur mit einem Gedanken in Betracht zu ziehen, wäre für Shisei einem Sprung ins Bodenlose gleichgekommen. Diesem Abgrund ins Auge zu blicken, wäre für sie gleichbedeutend mit dem Eingeständnis gewesen, daß ihr ganzes bisheriges Leben auf einem einzigen gigantischen Selbstbetrug basiert hatte. Ja, dann wäre ihr Leben tatsächlich nichts anderes gewesen als die Ausgeburt der Fantasie eines Verrückten.

»Cook«, stieß sie plötzlich atemlos hervor. »Du darfst mich heute abend nicht allein lassen. Ich muß unbedingt in deiner Nähe sein. Bitte, nimm mich zu dem Empfang mit.«

Lange sah Branding sie daraufhin an. Bisher hatte er geglaubt, Shiseis Innerstes würde sich ihm wie von selbst entschlüsseln, sobald er nur über den Ursprung der Tätowierung auf ihrem Rücken Bescheid wußte. Doch nun mußte er feststellen, daß sich ihm damit nur eine Vielzahl neuer Rätsel auftaten. Vielleicht würde er diese Frau nie ganz begreifen. Aber gerade diese Ungewißheit übte einen unwiderstehlichen Reiz auf ihn aus. Sie ließ ihm Shisei nur noch verführerischer erscheinen.

»Oh, Cook!« brach Shisei an seiner Schulter in haltloses Schluchzen aus.

Nicholas dachte: Das alles kann ich doch nur geträumt haben – meine Rettung, das warme Haus, Kansatsu. Er begann am ganzen Körper zu zittern. Plötzlich fuhr ihm ein Windstoß so heftig ins Gesicht, daß er um ein Haar den Halt verloren hätte und abgerutscht wäre. Und das hätte mit absoluter Sicherheit tödliche Folgen gehabt. Wegen des dichten Nebels konnte er kaum seine eigene Hand vor den Augen sehen, geschweige denn Kansatsus Haus am Fuß der Wand. Auch von Kansatsu selbst keine Spur. Nicholas fürchtete schon, er wäre infolge seines geschwächten Zustands Opfer einer Halluzination geworden. Und wenn dem tatsächlich so war, dann gab es keinen Kansatsu, kein warmes Haus, und vor allem keine Rettung vor *Shiro Ninja.*

Unvorstellbar.

Unter ihm tat sich ein gähnender Abgrund auf. Bodenlos. Unausweichlich...

Verzweifelt versuchte er, sich mit seinen klammen Fingern festzukrallen. Aber der Fels war spiegelglatt.

Er konnte nichts sehen: Der Schnee, den ihm der böige Wind ins Gesicht peitschte, raubte ihm jede Sicht. Er konnte nichts hören: Das Heulen des Sturms übertönte alle anderen Geräusche. Er konnte nichts spüren: Von der Kälte, die unerbittlich durch seine Handschuhe drang, war jedes Gefühl in seinen Fingern erstorben. In seiner Verzweiflung begann er schließlich sogar, den vereisten Fels mit der Zunge nach einem Halt abzutasten. Aber es half alles nichts. Ohne seinen sechsten Sinn war er in dieser Eishölle rettungslos verloren.

Trotzdem krallte er sich weiter mit blindem Überlebenswillen in der senkrechten Wand fest. Aber der Sturm wurde immer stärker und drohte alles hinwegzufegen, was sich ihm in den Weg stellte. Als Nicholas noch einmal ausglitt, wäre er um ein Haar kopfüber in die Tiefe gestürzt. Und genau in diesem Augenblick, als wäre er plötzlich aus tiefem Schlaf hochgeschreckt, wurde ihm schlagartig bewußt, daß er unter keinen Umständen aufgeben würde.

Ich bin stark, dachte er. Ich bin schwach. Es geht nicht darum, daß diese beiden Phänomene nicht zu unterscheiden sind; es geht vielmehr darum, daß es auf diese Unterscheidung gar nicht ankommt. Und nun begriff er auch, was Kansatsu damit gemeint hatte, daß es keinen Unterschied zwischen Leben und Tod gab.

Jetzt zählte nur eines: das Dunkel.

Mit heftig klopfendem Herzen starrte Nicholas dem Nichts ins Auge. Er befand sich inzwischen so weit oben in der Wand, daß sich der Abgrund unter ihm im Bodenlosen verlor. Er hatte schreckliche Angst, aber zugleich wußte er plötzlich ganz genau, was er zu tun hatte. Der Weg führte nur in eine einzige Richtung: zum Gipfel des Schwarzen Horns. Zu diesem einen Augenblick im Jetzt.

Im selben Moment fegte ihn der Sturm aus der Wand. Vielleicht hatte er sogar selbst losgelassen.

Unaufhaltsam stürzte er in den Abgrund – tiefer und immer tiefer...

Als Justine auf dem Weg zur Kirche mit ihrem Wagen rückwärts aus der Einfahrt stieß, hätte sie um ein Haar einen Radfahrer überfahren. Der Mann war plötzlich aus dem Nichts aufgetaucht.

Justine konnte gerade noch rechtzeitig bremsen. Um ihr auszuweichen, hatte der junge Mann jedoch sein Rad so heftig herumgerissen, daß er das Gleichgewicht verlor und kopfüber in die Büsche am Straßenrand stürzte.

»Oh Gott!« entfuhr es Justine entsetzt. Sie zog die Handbremse an, sprang aus dem Wagen und rannte auf die Stelle zu, wo der Radfahrer am Boden lag. Zum Glück war er bei Bewußtsein. Sie stieß einen erleichterten Seufzer aus und fragte ihn in ganz passablem Japanisch. »Fehlt Ihnen etwas?«

Der Radfahrer schüttelte den Kopf, um sich jedoch gleich darauf unter lautem Stöhnen an den Hinterkopf zu fassen. Dann richtete er sich mühsam auf. Er war noch relativ jung und auffallend gutaussehend. Dem eleganten Schwung seiner Nase und seiner vollen Lippen haftete etwas leicht Feminines an; aber eigentlich wurde dadurch nur der Eindruck jungenhafter Anlehnungsbedürftigkeit verstärkt, der von ihm ausging. Er trug eine schwarze Hose, ein weites, kurzärmeliges weißes Hemd und Turnschuhe.

Als er sich bückte, um sein Rad aufzuheben, entfuhr ihm noch einmal ein leises Stöhnen, so daß Justine unwillkürlich die Hand nach ihm ausstreckte, um ihn zu stützen. Daraufhin warf er ihr jedoch einen finsteren Blick zu, so daß sie ihre Hand abrupt wieder zurückzog. Denn erst jetzt fiel ihr ein, daß es in Japan streng verpönt war, daß ein Mann und eine Frau sich in der Öffentlichkeit gegenseitig berührten.

Sie überlegte kurz, was sie tun sollte. Zumindest hatte der junge Mann einen gehörigen Schock erlitten. Und das nur ihretwegen. Einerseits wußte sie nicht, wie sie sich verhalten sollte; andererseits wollte sie die Sache auf keinen Fall einfach auf sich beruhen lassen und den jungen Mann ohne ein Wort der Entschuldigung mitten auf der Straße stehen lassen. Doch erst an diesem Punkte wurde ihr bewußt, wie typisch amerikanisch sie dachte. In Japan war die Verbrechensrate so gering, daß man sich in Tokio sogar nachts überall unbehelligt bewegen konnte. Vermutlich war Tokio in dieser Hinsicht die sicherste Stadt der Welt. Was wäre also angesichts dessen für einen Japaner naheliegender gewesen, als den Radfahrer auf eine Schale Tee ins Haus zu bitten, damit der sich von seinem Schock erholen konnte.

»Sie müssen vielmals entschuldigen«, stieß sie verlegen hervor. »Dürfte ich Sie vielleicht auf eine Schale Tee ins Haus bitten. Ich wohne gleich hier.«

»Nein, vielen Dank. Es geht schon wieder.«

Eine typisch japanische Antwort – höflich und wie es die Konvention erforderte.

»Aber Sie machen mir bestimmt keine Umstände«, ließ Justine nicht locker. »Im Gegenteil, Sie würden mir damit sogar einen großen Gefallen erweisen. Finden Sie nicht, wir sollten uns erst vergewissern, daß Sie sich auch wirklich nicht verletzt haben?«

»Eine so freundliche Einladung kann ich wohl schwerlich abschlagen.« Er machte eine etwas steife Verbeugung und folgte ihr durch den Garten.

»Machen Sie es sich doch schon mal auf der Veranda bequem«, forderte ihn Justine auf. »Ich werde Ihnen gleich etwas Tee nach draußen bringen.«

»Ich bin wohl doch etwas stärker angeknackst, als ich ursprünglich dachte. Haben Sie vielleicht ein paar Kissen im Haus?«

Nach kurzem Überlegen sagte Justine: »Aber natürlich. Kommen Sie doch herein. Hier ist es in jedem Fall bequemer.«

Nachdem sie in dem engen, steingepflasterten Vorraum ihre Schuhe abgelegt und in einem kleinen Bambuswandschrank verstaut hatten, führte Justine den jungen Mann in den Wohnraum.

Der saß schweigend da und wartete, bis Justine den Tee auftrug. Erst als er die erste Schale leergetrunken hatte und sie ihm nachschenkte, sagte er: »Ihr Haus ist sehr schön.«

»Finden sie wirklich?« erwiderte Justine bescheiden, wie es sich gehörte. »Geht es Ihnen jetzt wieder etwas besser?«

»Viel besser sogar. Vielen Dank.«

»Sprechen Sie zufällig Englisch? Mein Japanisch ist nämlich leider nicht sehr gut.«

»Aber natürlich«, erwiderte er lächelnd. Er sah wirklich außergewöhnlich gut aus. »Es wäre mir sogar ein ausgesprochenes Vergnügen, Mrs...«

»Da fällt mir gerade ein. Ich habe mich ja noch gar nicht bei Ihnen vorgestellt. Ich bin...« Um ein Haar hätte sie ihm ihren Vornamen genannt. Aber das wäre in den Augen jedes Japaners ein unverzeihlicher Fauxpas gewesen. »Mrs. Linnear.«

»Ich bin Mr. Omukae«, stelle sich Senjin vor. »Wir haben uns leider unter etwas unerfreulichen Umständen kennengelernt.«

»Das kann man wohl sagen«, lachte Justine erleichtert auf. Zum Glück schien der junge Mann den Zwischenfall nicht weiter ernst zu nehmen. »Es tut mir schrecklich leid, aber ich habe Sie wirklich erst im allerletzten Moment bemerkt.«

»Die Straße macht an dieser Stelle eine Biegung«, erwiderte Senjin darauf diplomatisch. »Deshalb ist der Verkehr in der Richtung, aus der ich gekommen bin, nur sehr schwer einzusehen. Wenn ich Ihnen vielleicht einen gut gemeinten Rat geben dürfte...«

»Aber bitte, selbstverständlich.«

»Wenn Sie vielleicht an dem Baum direkt neben der Einfahrt einen Spiegel anbrächten, könnten Sie den Verkehr aus dieser Richtung wesentlich besser überblicken.«

»Das ist eine gute Idee«, stimmte ihm Justine bei. »Vielen Dank, Mr. Omukae.«

»Keine Ursache.« Er schaute sich im Raum um. »Für eine einzige Person ist das ein sehr großes Haus.«

»Oh, ich lebe hier nicht allein, sondern zusammen mit meinem Mann.«

Senjin nahm einen Schluck Tee. »Dürfte ich fragen, was Ihr Mann beruflich macht, Mrs. Linnear?«

»Er leitet die Firma meines Vaters. Wir sind in verschiedenen Produktionszweigen tätig – Computer-Chips, feinmechanische Geräte, Textilien. Seit neuestem sind wir auch in die Computerforschung eingestiegen.« Sie legte den Kopf zur Seite. »Und was machen Sie beruflich, Mr Omukae?«

»Oh, ich fürchte, nichts halbwegs so Bedeutendes und Interessantes wie Ihr Gatte. Ich bin Büroangestellter und arbeite in der Sicherheitsabteilung des Amts für Raumplanung und Umweltschutz.«

»Aber das hört sich doch recht interessant an.«

»In Wirklichkeit ist meine Arbeit jedoch sterbenslangweilig« Dabei spielte ein seltsames Lächeln um seine Lippen.

Als er darauf aufstand, sagte Justine: »Sie nehmen mir das hoffentlich nicht übel – aber ich finde, Sie sehen gar nicht wie ein normaler Büroangestellter aus. Mein Mann macht schon seit vielen Jahren Ninjutsu, und Sie wirken genauso durchtrainiert wie er.«

Senjin verneigte sich knapp. »Da Sie Amerikanerin sind, darf ich das wohl als Kompliment auffassen. Radfahren ist ein weit verbreiteter Sport, dem ich allerdings, wie manche bösen Zungen behaupten, mit geradezu manischer Besessenheit nachgehe. Habe ich mich eben richtig ausgedrückt? Sie müssen entschuldigen, aber mein Englisch ist leider nicht sehr gut.«

»Ganz im Gegenteil. Sie haben sich wesentlich gewählter ausgedrückt, als das die meisten Amerikaner könnten.«

»Vielen Dank. Aber das haben Sie sicher nur aus Höflichkeit gesagt.«

Wieder dieses unwiderstehliche Lächeln. »Meine Radsportbegeisterung hält mich sowohl geistig wie körperlich fit. Für mich ist Radfahren fast wie Meditieren: Man ist ständig in Bewegung und befreit sein Denken von allem Ballast.«

»Vielleicht sollte ich mir auch so ein Hobby zulegen.Wenn man wie ich so viel allein ist und nichts Richtiges zu tun hat, verfällt man unweigerlich in eine gewisse Trägheit, von der man sich oft nur schwer wieder losreißen kann.«

»Wenn ich Ihr Mann wäre«, nickte Senjin zustimmend, »Würde ich Sie nicht so oft allein lassen.«

»Seine... Arbeit nimmt ihn sehr in Anspruch«, erwiderte Justine. Gleichzeitig stieg eine leichte Verärgerung in ihr auf, daß sie Nicholas plötzlich einem wildfremden Menschen gegenüber in Schutz nehmen mußte. Sonst hatten die Japaner doch eigentlich bessere Manieren.

»Natürlich«, nickte Senjin. »Das kann ich nur zu gut verstehen. Man muß im Leben nun mal auf viele Dinge verzichten.« Er hob die Schultern. »Das liegt in der Natur der Sache.«

Das weckte Justines Neugier. »Schon die ganze Zeit frage ich mich: Woher kommt eigentlich dieses seltsame Leuchten in Ihren Augen?« Noch während sie das sagte, wurde ihr mit Erschrecken die Intimität dieser Frage bewußt. Wie kam sie dazu, diesen jungen Mann, den sie doch kaum kannte, so etwas zu fragen?

Senjin sah ihr tief in die Augen. »Wie meinen Sie das?«

Zu Ihrer Verblüffung mußte sich Justine eingestehen, daß ihr plötzlich die Knie weich wurden. Gleichzeitig begann ihr Herz wie wild zu schlagen. »Sie wirken so selbstsicher. Man spürt das an Ihrer Art zu sprechen und sich zu bewegen.« Schockiert über ihre Offenheit, fügte Justine verlegen hinzu: »Ich finde das richtig unheimlich. Sie erinnern mich ganz stark an meinen Mann.«

»Das ist selbstverständlich sehr freundlich von Ihnen«, erwiderte Senjin mit typisch japanischer Höflichkeit. »Aber das bilden Sie sich bestimmt nur ein.«

Im schwindenden Licht des Tages nahm sein ebenmäßiges Gesicht fast mythische Züge an. Es strahlte eine stoische, leicht wehmütige Ruhe aus, die Justine zutiefst ans Herz ging. »In Amerika leben wir nach der Maxime«, erklärte sie schließlich, »daß man eine unerfreuliche Situation nicht einfach hinnehmen soll. Statt dessen soll man mit allen Mitteln versuchen, sie zu überwinden.«

»Das Leben birgt notgedrungen viele unerfreuliche Aspekte in sich, Mrs. Linnear. Für einen Japaner steht das vollkommen außer Frage.«

Leicht verwundert beobachtete Justine, daß er sie wie ein Raubtier langsam zu umkreisen begann. »Gewiß, das Leiden ist ein natürlicher Bestandteil des Lebens. Aber glauben Sie wirklich, daß das auch auf alles Unerfreuliche zutrifft? Daß man sich auch damit abfinden muß?«

»Selbstverständlich«, erwiderte Senjin bestimmt. »Das Unerfreuliche ist ein notwendiger Bestandteil des Daseins.

Oder vielleicht sollte ich genauer sagen: des *menschlichen* Daseins. Denn ohne Leid kann es keine Freude, keine Lust und keine Ekstase geben. Das menschliche Fühlen und Denken kann immer nur in Gegensätzen wahrnehmen.« Sein Lächeln hatte sich plötzlich merklich verändert. Aus ihm sprach nun nicht mehr die unschuldige Offenheit der Jugend, sondern die Abgeklärtheit eines weisen alten Mannes.

»Aber das ist noch keineswegs alles«, fuhr er fort. »Denn auch das Leiden kann mit Lust verbunden sein. Manchmal verhilft es einem sogar zu wesentlich intensiveren Gefühlen als jede Ekstase. Sie sind in diesem Punkt anderer Meinung?« Er schaute sie durchdringend an. »Ich kann Ihnen ganz deutlich ansehen, daß Sie mir nicht glauben. Demnach muß ich Sie wohl anhand eines ganz konkreten Beispiels von der Richtigkeit meiner Behauptung überzeugen.«

Zutiefst bestürzt, stieß Justine hervor: »Wovon reden Sie eigentlich, Mr. Omukae?«

Der junge Mann machte eine leichte Verbeugung. »Du kannst mich ruhig Senjin nennen«, sagte er und ergriff, ganz nach westlicher Art, ihre Hand. »Wir kennen uns doch mittlerweile gut genug, um uns zu duzen, findest du nicht auch, Justine?«

»Bin ich eigentlich wirklich dort oben in der Wand gewesen?« frage Nicholas.

Kansatsu nickte. »Ja, du warst in der Wand.«

»Aber du warst doch die ganz Zeit bei mir? Ich habe dich nur nicht gesehen.«

»Du warst ganz allein, Nicholas. So allein, wie du auch jetzt bist.«

»Das verstehe ich nicht.«

Sie saßen in einer kargen Steinzelle in Kansatsus Einsiedelei. Der Raum war nur von ein paar Kerzen erleuchtet. Ihr Duft verlieh dem warmen Licht fast eine dreidimensionale Qualität.

»Du darfst nicht vergessen«, sagte Kansatsu, »daß du schon viele Male bei mir am Fuß des Schwarzen Horns warst.«

»Bin ich auch genauso oft gesprungen?« wollte Nicholas wissen.

»Habe ich genauso oft losgelassen?«

»Die Wellen breiten sich so lange aus, bis sie sich am Ufer brechen.« »Ich habe einfach losgelassen«, murmelte Nicholas nachdenklich.

»An einem bestimmten Punkt habe ich einfach losgelassen.«

»Aber du bist nicht gefallen, wie du befürchtet hast.«

»Nein, ich bin über dem Abgrund geschwebt. Aber zugleich habe ich auch den Berg noch ganz deutlich gespürt. Er war gleichzeitig über mir und unter mir. Ich war einerseits von ihm getrennt, andererseits war ich ein Teil von ihm. Es war, als hätte ich plötzlich fliegen können.«

»Oder die Schwerkraft aufheben.«

»Was ist eigentlich wirklich mit mir passiert, *Sensei*? Ich muß das unbedingt wissen.«

»Das mußt du selbst herausfinden, Nicholas. Meine Antwort wird nicht die deine sein. Versuche dich doch selbst zu erinnern.«

»Ich habe...«

»Sprich ruhig weiter.«

»Ich habe das Dunkel gefunden.«

Kansatsu nickte. »Genau das solltest du auch schon im Winter 1963 finden, als ich dich nach Kumamoto geschickt habe.«

»Statt dessen habe ich Saigo zum Kampf herausgefordert.«

»Vergiß doch endlich den Ochsen, Nicholas. Es gibt ihn nicht. Du solltest damals nur dich selbst finden.«

»Nein!« schrie Nicholas auf. Denn plötzlich begann sich das Dunkel um ihn ganz allmählich zu lichten. Aber was er darin erblickte, ließ ihm das Blut in den Adern erstarren.

»Denk an das Dunkel«, schärfte ihm Kansatsu ein. »Es gibt nur ein Gesetz, nur einen Weg. Du hast dich dem Dunkel überlassen, und es hat dich beschützt. Dein ganzes Leben lang hast du das Dunkel gemieden, obwohl du ganz genau wußtest, daß es existiert. Aber du hast ihm ganz bewußt den Rücken zugekehrt.«

»Wenn wirklich wahr ist, was du sagst – wenn du mich nur fortgeschickt hast, um mich selbst zu finden –, dann heißt das doch, daß ich genau wie Saigo bin. Dann gibt es nichts, wodurch wir uns voneinander unterscheiden.« Mit wachsendem Entsetzen mußte Nicholas an Saigos abgrundtiefe Bosheit denken. »Das darf nicht sein!«

»In gewisser Weise ist es aber so«, entgegnete Kansatsu bestimmt.

»Und jetzt hast du den Beweis. Sieh doch selbst: Es war deine *Mutter*, die dir erklärt hat, was für eine Bewandtnis es mit dem Erbe deines Großvaters hat. Deine Mutter war ebenso eine Tanjian wie dein Großvater, und sie hat dir nicht nur ihre besondere Veranlagung, sondern auch die Smaragde deines Großvaters vererbt.«

»Mein Großvater hat meine Mutter zwar sehr geliebt«, hielt Nicholas dem entgegen. »Aber er hat sie nur adoptiert. Sie war nicht seine leibliche Tochter, und niemand wußte, woher sie stammte.«

»Das hat sie vielleicht *dir* erzählt«, erklärte Kansatsu mit einem wissenden Grinsen. »Und sicher ist daran auch etwas Wahres. Allerdings würde es mich sehr wundern, wenn dein Großvater nicht sehr genau über ihre Herkunft Bescheid wußte. Und zu seinem erklärten Liebling hat er sie vor allem deshalb gemacht, weil sie genau wie er eine Tanjian war. Außerdem wußte er, daß er seine Veranlagung nicht weitervererben konnte, da seine Frau keine Tanjian war. Und deshalb hoffte er, daß deine Mutter sein Erbe fortführen würde.«

Lange starrte Nicholas seinen alten Meister wortlos an. Seine Worte riefen ihm plötzlich wieder verschiedene Vorkommnisse aus seiner Vergangenheit in Erinnerung, deren Bedeutung er bisher nie so recht verstanden hatte. Im Licht seiner jüngsten Erlebnisse fügten sie sich doch mit einmal wie von selbst zu einem sinnvollen Ganzen zusammen.

Kansatsu deute Nicholas' Gesichtsausdruck ganz richtig. »Sieh doch selbst: Du hast das Dunkel gefunden, obwohl du *Shiro Ninja* bist. Eigentlich ist das völlig unmöglich. Und doch ist es passiert. Du *weißt*, daß es passiert ist. Du hast es am eigenen Leib verspürt. Das Dunkel ist der Weg. Es ist der

Teil deines wahren Selbst, den du bisher nicht wahrhaben wolltest. Jetzt weißt du die ganze Wahrheit.« Kansatsus Gesicht schien von innen heraus zu leuchten. »Auch du bist ein Tanjian, Nicholas.«

Justine krampfte sich der Magen zusammen. »Woher wissen Sie meinen Vornamen? Ich habe ihn Ihnen doch gar nicht gesagt.«

Senjin sah sie im schwindenden Licht des Tages unverwandt an.

»Lust und Schmerz, Freude und Leid, Liebe und Haß. Letztendlich läßt sich alles im Leben auf diese Gegensätze reduzieren. Und diesen Grundsatz hat sich auch mein Denken zu eigen gemacht: Es trägt immer beiden Möglichkeiten Rechnung. Oder gibt es sowieso nur eine Möglichkeit?«

»Wer sind Sie wirklich?« stieß Justine gepreßt hervor. Zugleich überlegte sie fieberhaft: Wie komme ich am schnellsten an ein Telefon? Wen rufe ich an? Gibt es auch in Japan so etwas wie einen Notruf? Mein Gott, wie wenig ich noch immer über die alltäglichsten Dinge des Lebens hier Bescheid weiß. »Sie sind doch nicht einfach nur ein Radfahrer, den ich versehentlich angefahren habe.«

Langsam kam Senjin auf sie zu und sagte: »Ich bin allein, weil ich mich dafür entschieden habe, allein zu sein.«

In Justines Mund breitete sich ein seltsamer Kupfergeschmack aus, und ihr Herz begann wie wild zu schlagen. Verzweifelt versuchte sie sich dem Bann zu entziehen, der sie um so stärker gefangenzunehmen schien, je näher Senjin auf sie zukam.

Ihre Wangen glühten. »Ich... habe an meinen Mann gedacht.«

»Tatsächlich? Bist du auch ganz sicher?«

Justine starrte in seine lauernden schwarzen Augen. Von dem Feuer, das sie darin lodern sah, ging eine unwiderstehliche Anziehungskraft aus. Sie war unfähig, ihren Blick abzuwenden, und plötzlich wollte sie das auch gar nicht mehr.

»Ich habe keine Frau«, fuhr Senjin fort. »Und ich werde nie eine Familie gründen.«

»Und deshalb hast du dich für das Alleinsein entschieden? Um so frei und ungehindert wie eine einsame Wolke über die Nichtigkeiten des Erdendaseins hinwegzuschweben?«

»So ist es.«

»Du mußt dich schrecklich allein fühlen. Wie hältst du das nur aus?«

»Schon als Kind war ich immer sehr einsam«, erwiderte Senjin.

»Wenn ich deswegen geweint habe, habe ich mich gleichzeitig meiner Schwäche geschämt. Aber irgendwann habe ich mich daran gewöhnt.«

»Bist du tatsächlich der Überzeugung«, fragte Justine ungläubig, »daß Einsamkeit ein charakterlicher Mangel ist?«

»Zumindest ist es keine Tugend«, erwiderte Senjin. »Was anderes sollte sie demnach also sein?«

»Ich glaube, sie ist der Schmerz in deinen Augen.« Er stand jetzt so dicht vor ihr, daß sie ganz deutlich seinen Duft riechen konnte; er war so schwer wie der einer exotischen Blüte, die nur nachts blüht. »Sie ist eine Narbe auf deiner Seele.«

»Wir Japaner glauben an keine Seele.«

»Dann eben an einen Geist.« Justine war sich ganz deutlich bewußt, daß das die letzte Gelegenheit war, sich dem Bann ihres seltsamen Besuchers zu entziehen. Ihre Glieder wurden bleiern schwer. Voller Bestürzung erkannte sie in dem Kupfergeschmack, der sich in ihrem Mund ausbreitete, den Beigeschmack der Lust wieder. »Ich bin ganz sicher, daß ein Geist in dir wohnt, wenn nicht sogar eine Seele.«

»Mein Geist ist vollkommen rein«, erwiderte Senjin. »Und weil er frei von Gefühlen ist, braucht er keinen Trost.« Zärtlich ergriff er ihre Hand. Immer stärker begannen sich für Justine die Konturen zwischen Traum und Wirklichkeit zu verwischen. Sie bekam so weiche Knie, daß sie sich an der Wand abstützen mußte. Sie fühle sich angenehm kühl auf ihrer glühenden Haut an.

»Justine?« Wieder ihr Vorname, so zärtlich wie eine körperliche Berührung. Seine Lippen – so nah, so lockend. Nacht senkte sich über sie herab, so unwiderstehlich wie der

Sog der Gezeiten. Und in ihrem Herzen loderte wildes, besinnungsloses Verlangen auf.

Gütiger Gott, schoß es ihr durch den Kopf, was ist nur mit mir los?

»Nein!« schrie Nicholas verzweifelt auf. »Das kann nicht sein! Ich bin kein Tanjian!«

»Du bist, was du bist, Nicholas«, entgegnete Kansatsu ruhig. »Es ist dein Schicksal. Und es gibt nichts, was du oder sonst irgend jemand dagegen tun könnte.«

»Das darf einfach nicht wahr sein! Schon allein der Gedanke, ich könnte ein Tanjian sein, ist eine Ungeheuerlichkeit.«

»Versuche doch, dich an das Dunkel zu erinnern«, sagte Kansatsu.

»Weißt du noch, was es für ein Gefühl war, über dem Abgrund zu schweben?«

»Das ist nicht wirklich passiert!« fuhr Nicholas fort. »Das habe ich nur geträumt. Und wenn nicht, dann bin ich jetzt tot. Ich bin also doch aus der Wand abgestürzt, wie ich anfangs befürchtet habe.«

»Du bist am Leben, Nicholas. Tatsache ist allerdings, daß du dir noch wünschen wirst, du wärst gestorben.«

»Hör auf, so zu reden!« Nicholas sprang auf und begann unruhig im Raum auf und ab zu gehen. »Ich will nichts mehr von all dem hören!«

»Ganz im Gegenteil«, erwiderte Kansatsu mit unerschütterlicher Geduld. »Du kannst gar nicht genug davon bekommen. Nur aus diesem Grund bist du hierher gekommen. Nur aus diesem Grund hast du trotz deines angegriffenen Zustands den gefährlichen Aufstieg zum Schwarzen Horn auf dich genommen.«

»Ich bin *Shiro Ninja*!« platzte Nicholas voller Verzweiflung heraus.

»Warum redest du eigentlich die ganze Zeit, anstatt mir zu helfen? Tu doch endlich etwas! Befrei mich von *Shiro Ninja*!«

»Begreifst du denn noch immer nicht?« Als Kansatsu nun langsam auf Nicholas zuging, strahlte er eine solche Kraft aus, daß Nicholas unwillkürlich vor ihm zurückwich.

»Warum hast du Angst vor mir?« Kansatsu straffte die Schultern.

»Dazu besteht doch nicht der geringste Grund, Nicholas. In Wirklichkeit hast du nur Angst vor dir selbst.«

»Ich weiß überhaupt nicht, was du eigentlich willst.«

»Das weißt du sehr wohl«, versicherte ihm Kansatsu bestimmt. »Das Dunkel ist dein Freund, Nicholas. Es hat dich gerettet, als dich der Sturm aus der Wand fegte. Warum weigerst du dich so beharrlich, deinen eigenen fünf Sinnen zu trauen?«

»So glaub mir doch: Ich habe alles nur geträumt! Was ich erlebt habe, kann unmöglich passiert sein.«

»Wenn du das wirklich glaubst, bist du auf dem besten Weg, wahnsinnig zu werden. Deine fünf Sinne sind alles, worauf du dich verlassen kannst.«

»Aber ich *kann* mich doch nicht mehr auf sie verlassen! Ich bin *Shiro Ninja.*«

»Du bist noch immer Nicholas Linnear. Nichts und niemand kann daran etwas ändern. Dein Selbst ist vollkommen unantastbar. Niemand kann ihm etwas anhaben. Das einzige, was dir zum Verhängnis werden kann, ist deine Angst.«

»Die Angst droht mich zu verschlingen, *Sensei.*« Nicholas begann plötzlich am ganzen Körper zu zittern. »Es gibt kein Entrinnen.«

»Nein!« sagte Kansatsu mit solcher Entschiedenheit, daß Nicholas unwillkürlich zusammenschrak. »In Wirklichkeit bist du es, der sich an die Angst klammert und sie nicht loslassen will. Aber diese Angst stellt nicht das eigentliche Problem dar. Dagegen läßt sich etwas tun. Nein, das eigentliche Problem ist deine Angst vor dem Dunkel, vor deiner ererbten Veranlagung und vor den daraus erwachsenen Konsequenzen.«

Nicholas zitterte so heftig, als litte er an Schüttelfrost. »Ich habe schreckliche Angst, *Sensei.*«

»Wovor?«

»Was ist, wenn ich tatsächlich ein Tanjian bin?«

»Wenn dir das solche Angst macht, dann versuche doch erst einmal, deine Angst wirklich zu spüren. Dazu wirst du doch wohl noch imstande sein. Du brauchst nur deine Hand auszustrecken und nach dem Dunkel zu tasten.«

»Ich kann nicht. Ich bin wie gelähmt.«

»Kannst du mir dann wenigstens erzählen, was mit meinem älteren Bruder Kyoki passiert ist?«

Draußen tobte der Sturm. Hagel prasselte gegen das Schilfdach von Kansatsus Klause. Es schien, als wäre die Zeit stehengeblieben, als befänden sie sich in einer völlig anderen Welt, in der sie die beiden einzigen Menschen waren.

Nicholas erzählte dem *Sensei*, was passiert war seit er sich auf den Weg zu Kyoki gemacht hatte. Als er geendet hatte, sagte Kansatsu: »Wie lange war mein Bruder deiner Meinung nach schon tot, als du ihn entdeckt hast?«

»Höchstens einen halben Tag. Vielleicht auch erst sechs Stunden.«

»Wer wußte von deinem Vorhaben, Kyoki in Asama aufzusuchen?«

»Nur meine Frau und mein bester Freund, Tanzan Nangi.«

»Vertraust die diesem Nangi?«

»Absolut.«

Kansatsu sah Nicholas durchdringend an. »Ich hoffe, du bist dir der Tragweite dessen, was du eben gesagt hast, auch wirklich bewußt. Es geht hier um Leben und Tod.«

»Ich stehe zu dem, was ich gesagt habe«, nickte Nicholas ernst. Als Kansatsu darauf nichts erwiderte, fragte Nicholas schließlich besorgt: »Was denkst du gerade, *Sensei*?«

»Der Mörder meines Bruders muß über enorme Kräfte verfügen. Er hat Kyoki umgebracht, damit er dir nicht mehr helfen kann. Aber woher hat er erfahren, daß du meinen Bruder aufsuchen wolltest? Hat es ihm jemand erzählt – deine Frau oder Nangi? Oder wußte er es bereits?«

»Worauf willst du eigentlich hinaus?« fuhr Nicholas auf. »Du willst doch nicht etwa im Ernst behaupten, daß Tanzan Nangi ein *Dorokusai*, ein wahnwitziger Mörder ist? Erstens würde ich meinem besten Freund so etwas nie zutrauen, und außerdem ist er schwer kriegsversehrt.«

»Jedenfalls hat es der Betreffende geschafft, in die Burg meines Bruders einzudringen und ihn zu töten«, fuhr Kansatsu unbeirrt fort. »Wie ihm das gelungen ist, wissen wir nicht. Und das ist nur eines von vielen Rätseln, die sich uns im Zusammenhang mit diesem mysteriösen Fall stellen.«

»Eines ist jedenfalls sicher«, erklärte Nicholas. »Mein unbekannter Feind ist ein *Dorokusai.*«

»Allerdings«, nickte Kansatsu. »Alles ist möglich in dieser Welt – selbst das Undenkbare: Es gibt tatsächlich einen *Dorokusai,* den Schrecken aller Tanjian. Wie du vermutlich weißt, ist ein *Dorokusai* ein Einzelgänger, der sich ganz bewußt von den strengen Grundsätzen des Tau-tau losgesagt hat. Er ist ein Meister in der Kunst der Verstellung. Deshalb gibt er sich meistens den Anschein völliger Harmlosigkeit. Jedenfalls ist er nie das, als was er erscheint.«

Als Kansatsu an dieser Stelle eine Pause machte, hatte Nicholas zum ersten Mal das Gefühl, eine Antwort auf seine Fragen erhalten zu haben.

»Ein *Dorokusai* lebt in seiner eigenen Welt«, fuhr der *Sensei* nach einer Weile fort. »Er schafft sich seine eigenen Regeln und Gesetze. Selbst die Tanjian-Meister fürchten den *Dorokusai,* denn er verfügt über so außergewöhnliche Kräfte, daß er nicht getötet werden kann – er muß vernichtet werden.«

»Ist das nicht dasselbe?« warf Nicholas ein. »Welcher Unterschied besteht zwischen Töten und Vernichten?«

»Genau das ist einer der Gründe, weshalb du mich aufgesucht hast, Nicholas. Das wird das letzte sein, was du noch von mir lernen kannst. Über eines mußt du dir allerdings jetzt schon im klaren sein: Wenn du tatsächlich Wert auf meine Unterweisung legst, dann ist die Konfrontation mit dem *Dorukusai* unausweichlich.«

Nach einigem Überlegen antwortete Nicholas: »Das ist sie auch jetzt schon. Ich habe nur noch die Wahl, ob ich sterben oder kämpfen will.«

»Wenn du zu dieser Überzeugung gelangt bist, dann bleibt dir nur eine Möglichkeit: Du mußt dir das Dunkel zunutze machen. Es ist dein einziger Verbündeter.«

Darauf verfielen die beiden Männer in langes Schweigen. In der engen Kammer war es währenddessen merklich dunkler geworden. Plötzlich stieß Nicholas einen gellenden Schrei aus. »Jetzt habe ich es gespürt«, flüsterte er atemlos. Er war am ganzen Körper von Schweiß überströmt, aber er hatte aufgehört zu zittern. »Ich habe es ganz deutlich gespürt.«

»Streck deine Hand aus«, forderte ihn der *Sensei* auf. Als Nicholas nicht reagierte, sagte er noch einmal: »Streck deine Hand aus.«

Langsam streckte Nicholas daraufhin seine Hand aus, bis sie aus dem Licht in das Dunkel auf Kansatsus Seite des Raums eintauchte.

»Hier ist deine Angst.« Behutsam berührte Kansatsu Nicholas am Zeigefinger. »Versuche, sie zu spüren und sie anzunehmen. Nur so wirst du sie auch verstehen lernen.«

Nach einer Weile sagte Nicholas erstaunt: »Die Angst kommt aus meinem Innern, nicht aus dem Dunkel.«

»Genauso, wie vorhin dein Körper über einem Abgrund aus Schnee, Eis und Fels geschwebt ist, so schwebt jetzt auch dein Geist über einem Abgrund.« Nach einer Weile fragte Kansatsu plötzlich schroff: »Was denkst du gerade?«

»Ich kann mich einfach nicht damit abfinden, daß ich ein Tanjian sein soll«, erwiderte Nicholas schaudernd. »Ich habe schreckliche Angst, daß plötzlich die negativen Seiten meines Wesens überhand nehmen und ich wie Saigo werde.«

»Glaubst du denn, das Dunkel wäre böse?«

»Ist es das denn nicht?«

»Zugegebenermaßen birgt es enorme zerstörerische Kräfte in sich«, nickte Kansatsu ernst. »Dafür ist der *Dorokusai* der beste Beweis. Aber das Dunkel ist nicht nur böse. Nichts auf der Welt ist ausschließlich gut oder böse.« Kansatsus Stimme übte eine sehr beruhigende Wirkung auf Nicholas aus. Ihre Fingerspitzen berührten sich noch immer. »Kannst du dich noch erinnern? Diese grundlegende Wahrheit war eines der ersten Dinge, die ich dir beigebracht habe.

Wie gesagt, das Dunkel ist keineswegs nur böse. Das ungeheure Machtpotential, das es in sich birgt, wird allerdings nur zu häufig mißbraucht – das liegt nun einmal in der Natur der Sache.

Alle Macht ist vergänglich. Und genau in dieser Vergänglichkeit ist der Grund zu sehen, weshalb sie sich für jeden

Zweck einspannen läßt und einen so unwiderstehlichen Reiz auf die Menschen ausübt. Wenn du nun mit der Macht des Dunkels in Berührung kommst, wirst du zwar nicht notgedrungen an ihr zugrunde gehen, aber du wirst dich *verändern.* In welche Richtung allerdings, kann nicht einmal ich dir sagen.«

»Ich habe Angst, mich zu verändern«, gestand Nicholas.

»Wenn du nicht bereit bist, dich zu verändern«, erklärte Kansatsu darauf kurz und bündig, »dann kann ich dir nicht helfen – dann hat dich der *Dorokusai* bereits besiegt. Dann wirst du dir die Kraft der magischen Steine deines Großvaters nie zunutze machen können. Dann wirst du für immer *Shiro Ninja* bleiben.«

Nicholas zitterte wie unter hohem Fieber. Endlos zogen sich die Minuten hin. Immer lastender wurde das Schweigen. Schließlich senkte er kaum merklich den Kopf.

Kansatsu schloß die Augen. Es schien, als hätte er ganz lange nicht mehr geatmet. »Also gut. Zuallererst mußt du wieder sprechen lernen. Du muß lernen, in einer vollkommen neuen Sprache zu denken. Sie heißt Akshara, die Sprache der Ewigkeit.«

»Hat das etwas mit Tau-tau zu tun?«

»Es ist sogar das Allerwesentlichste des Tau-tau«, erklärte ihm Kansatsu. »Ohne Akshara gäbe es kein Tau-tau.« Gespenstisch weiß leuchtete Nicholas' Gesicht aus dem Dunkel. »Hast du Angst, Nicholas-san?«

»Ja, *Sensei.*« Nicholas' Stimme war nur noch ein heiseres Flüstern. In mächtigen Wellen brandete die Angst über ihn hinweg. Doch als ihm bewußt wurde, daß der *Sensei* ihn Nicholas-san genannt hatte, beruhigte sich sein Atem wieder.

»Das macht überhaupt nichts«, versicherte ihm Kansatsu. »Es ist sogar vollkommen normal, daß du jetzt Angst hast. Denn nun ist der Zeitpunkt gekommen, dich endgültig in den Abgrund zu stürzen.«

Es war bereits nach Mitternacht, als Nangi und Tomi im *Silk Road* eintrafen. Der Club war bis auf den letzten Platz besetzt. Das Publikum setzte sich ausschließlich aus Männern zusammen, die wie gebannt auf die Bühne starrten. Auf allen Gesichtern lag genau der gleiche Ausdruck, und es war nur zu deutlich ersichtlich, was in den Köpfen dieser Männer vor sich ging. Wie konnte ein einziger Körperteil nur eine solche Faszination ausüben? fragte sich Tomi. Gleichzeitig konnte sie sich nicht vorstellen, daß auch für eine Frau von einem männlichen Körperteil so starker erotischer Reiz ausgehen könnte. Frauen ging es viel mehr um Gefühle als um Körperliches. Das sollte keineswegs heißen, daß sie nicht auch von geradezu zwanghafter sexueller Gier besessen sein konnte, aber eben doch anders als Männer.

Die dröhnende Musik schlug ihr mit körperlich spürbarer Wucht entgegen. Und als plötzlich die zuckenden Stroboskoplichter angingen, konnte sie für einen Moment auch nichts mehr sehen. Heftig blinzelnd zeigte Tomi dem Mann am Einlaß ihren Dienstausweis. Die Musik war so laut, daß sie sich nur brüllend mit ihm verständigen konnte.

Zusammen mit Nangi bahnte sie sich durch den dichtgedrängten Club einen Weg zur Rückseite des Lokals. Durch eine Tür mit der Aufschrift KEIN ZUTRITT gelangten sie in ein katakombenartiges Gewirr von Gängen, von deren Wänden bereits die Farbe abzublättern begann. Vor der Öffnung der Lüftungsschächte tanzten schmutziggraue Staubfusseln im schwachen Luftzug. Von der Decke baumelten ein paar nackte Glühbirnen. Schließlich blieb Tomi vor einer Tür stehen. Um die laute Musik aus dem Club zu übertönen, hämmerte sie mit aller Kraft dagegen. Auf ein leises »Herein!« hin öffnete sie die Tür. Die Einrichtung des engen Verschlags, den sie nun mit Nangi betrat, bestand aus einem Schminktisch, einem mit Glühbirnen eingefaßten Spiegel, einem Korbstuhl und einem winzigen Waschbecken. Eine junge Frau in einem billigen, dünnen Morgenmantel starrte ihnen abwartend entgegen.

»Ach, Sie sind's«, sagte sie gelangweilt und drehte sich wieder um, um sich weiter zu schminken. Allerdings beobachtete sie ihre Besucher dabei aufmerksam im Spiegel.

»Das ist Nangi-san, Atoko«, stellte Tomi dem Mädchen ihren Begleiter vor. »Er ist ein Freund von mir.« Und an Nangi gewandt fuhr sie fort: »Atoko hat sich mit Mariko die Garderobe geteilt. Sie hat die Leiche entdeckt.« Sie richtete sich wieder an das Mädchen. »Wir hätten Ihnen gern ein paar Fragen gestellt.«

»Ein paar Fragen? Worüber?«

Tomi nahm ein Foto von Dr. Hanami aus ihrem Notizbuch und legte es auf den Schminktisch.

Atoko warf einen flüchtigen Blick darauf und sagte: »Wer ist das?«

»Ich dachte, das könnten Sie uns sagen.«

Achselzuckend ging das Mädchen dazu über, sich ihren Lidstrich zu ziehen.

Übertrieben hinkend, trat Nangi vor. Im Rahmen des Schminkspiegels steckte das Foto eines jungen Mannes. Nangi sah es kurz an und zog es dann heraus.

»Was bilden Sie sich eigentlich ein!« fuhr ihn das Mädchen heftig an. Widerstandslos ließ sich Nangi das Foto von ihr aus der Hand reißen.

»Ihr Bruder oder Ihr Freund?«

Schmollend steckte Atoko das Foto wieder an seinen alten Platz zurück.

Währenddessen begann Nangi ganz beiläufig zu erzählen: »Ich habe eine Schwester, die sich in ihrer Jugend vor Verehrern kaum retten konnte. Sie dürfte damals etwa in dem Alter gewesen sein, in dem auch Sie gerade sind. Sie hat die Bewunderung, die ihr von allen Seiten entgegengebracht wurde, sehr genossen. Und es gab keinen unter ihren zahlreichen Verehrern, dem sie keine Hoffnungen gemacht hätte. Zwar glaube ich nicht, daß sie das mit böser Absicht getan hat. Im Grunde genommen war sie ein herzensguter Mensch. Aber sie brauchte diese Bewunderung einfach zu sehr.« Hinkend begann Nangi in dem engen Raum auf und ab zu gehen. »Hin und wieder bekam sie dadurch allerdings auch ernsthafte Probleme.«

Atoko drehte den Kopf herum. »Was für Probleme?«

Als hätte er nicht damit gerechnet, daß sie ihm zuhören würde, blieb Nangi überrascht stehen und sah das Mädchen an. »Na ja«, fuhr er schließlich achselzuckend fort. »Manchmal machte meiner Schwester auch der eine oder andere Verehrer einer Freundin den Hof. Nicht, daß meine Schwester diesen jungen Burschen schöne Augen gemacht hätte – keineswegs. Es ergab sich einfach so.« Vorsichtig setzte Nangi seine Wanderung wieder fort. »Aber ihre Freundinnen wollten das nicht glauben. Sie haben meine Schwester dafür verantwortlich gemacht, weil sie die Schuld natürlich nicht bei ihren Freunden suchen wollten.«

»Aber genauso war es doch auch bei uns!« platzte Atoko heraus. Sie legte den Lidstift beiseite und sah Nangi eindringlich an. »Mariko und ich waren dick befreundet, bis...« Sie senkte den Blick und deutete auf das Foto von Dr. Hanami. »...bis er auftauchte.«

»Ist Ihre Freundschaft seinetwegen zerbrochen?« fragte Nangi.

Atoko nickte. »Ursprünglich war er mit Mariko befreundet. Dann hatte er eine Weile mit uns beiden etwas zu tun, ohne daß wir davon gegenseitig etwas wußten. Nach einer Weile hat er sich dann aber doch wieder für Mariko entschieden. Er hat sich, glaube ich, tatsächlich eingebildet, er wäre in sie verliebt. Aber dann war es bereits zu spät. Mariko wollte nichts mehr von mir wissen.« Atoko war den Tränen nahe. »Die arme Mariko. Sie war schwer in Ordnung. Jedenfalls hat sie es nicht verdient... ach, verdammt!«

Nangi und Tomi tauschten einen kurzen Blick aus, worauf Tomi das schluchzende Mädchen tröstend in die Arme schloß.

»Es geht schon wieder«, stieß Atoko nach einer Weile gepreßt hervor und griff sich eine Handvoll Papiertaschentücher, um sich das Gesicht zu betupfen. »So kann ich doch unmöglich auf die Bühne gehen.« Im selben Moment brach sie wieder in Tränen aus. »Dabei dachte ich, ich hätte das Ganze endlich verkraftet.«

Nangi wartete, bis sie sich wieder etwas beruhigt hatte. Dann fragte er sie: »Können Sie uns irgend etwas über den Mann auf dem Foto sagen?«

Atoko hob die Schultern. »Was gibt es da schon viel zu sagen? Er war ein reicher Knacker, der fremdging. Außerdem glaube ich, daß er eine ausgeprägte Schwäche für junge Mädchen hatte. Mich bekam er ziemlich schnell über, aber mit Mariko war es wohl etwas anders.«

»Inwiefern anders?« hakte Tomi nach.

»Na ja, wie ich schon gesagt habe: Er dachte, er wäre in sie verliebt.«

»Glauben Sie, daß ihm wirklich etwas an ihr lag?« fragte Nangi unvermittelt.

Atoko, die gerade etwas Puder auftragen wollte, ließ die Hand wieder sinken und starrte abwesend in den Spiegel. Erst nach einer Weile sah sie Nangi wieder an. »Das Komische ist eigentlich, daß er ständig von seiner Frau erzählt hat – zumindest, solange er mit mir zusammen war. Ich glaube eher, daß ihm nur an *ihr* wirklich etwas lag.«

»War er auch an dem Abend hier, als Mariko ermordet wurde?« wollte Tomi wissen. Atoko wich ihrem Blick aus, aber schließlich nickte sie. »Ich habe Ihnen das bisher verschwiegen. Ich... ich habe mich so geschämt, daß meine Freundschaft mit Mariko so zu Ende gehen mußte. Und deshalb... wollte ich nicht darüber sprechen. Niemand sollte davon erfahren.« Sie holte tief Luft. »Ja, er war an diesem Abend hier. Er war mit Mariko verabredet. Ich habe ihn aus der Garderobe kommen sehen. Er war totenbleich. Anschließend hat er sich draußen im Hinterhof übergeben. Und als ich darauf in die Garderobe gegangen bin... lag sie da.« Sie biß sich auf die Unterlippe und wandte den Blick ab. »Es tut mir leid. Ich hätte Ihnen gleich von Anfang an die Wahrheit sagen sollen.« Im Spiegel traf sich ihr Blick mit dem Tomis. »Ich bin kein schlechter Mensch.«

Wie gebannt starrte Justine in Senjins Augen. Sie leuchteten wie zwei Sterne in der unermeßlichen Weite des Alls. Justine hatte das Gefühl, sich in den Abgründen, die sich darin auftaten, zu verlieren.

Hier konnte nur Tau-tau am Werk sein – und nicht nur Tau-tau allein, sondern auch der geheime Zauber des *Dorokusai.* Aber das konnte Justine natürlich nicht wissen. Und selbst wenn sie es gewußt hätte, hätte sie es nicht verstanden.

Senjin, der Vampir, tat nun mit Justine, was er mit allen seinen Frauen bisher getan hatte – was er sogar mit Dr. Muku getan hatte, bevor er ihm die Phosphorzigarette ins Gehirn getrieben hatte: Er saugte ihr das Leben aus, um auf diese Weise Zugang zum Innersten ihres Wesens zu finden, zu ihren geheimsten Ängsten und Schwächen.

Unter dem Einfluß von Senjins hypnotischen Kräften sah Justine plötzlich ihr ganzes bisheriges Leben an sich vorbeiziehen – so ähnlich, wie das auch Nicholas während seiner Operation passiert war.

Nun war sie Senjins geheimen Zauber ebenso ausgeliefert wie Nicholas Dr. Hanamis Skalpell.

»Wo bewahrt dein Mann die Schatulle mit den Steinen auf, Justine?« drängte sie die Stimme sanft, aber unerbittlich zum Sprechen. »Wo hat er die Smaragde versteckt?«

Justine konnte sich noch genau erinnern, wie Nicholas nach seiner Rückkehr aus der Klinik unverzüglich in den Trainingsraum gestürzt war und die kleine Schatulle aus dem Versteck im Fußboden hervorgeholt hatte. Wie erleichtert er aufgeseufzt hatte, als er feststellte, daß die Steine noch da waren. Wie hätte sie das je vergessen können? Aber *etwas* hatte sie trotzdem vergessen. Was war das nur?

»Ich werde es dir zeigen«, konnte sie sich wie aus weiter Ferne sagen hören. »Komm mit.« Als sie ihn darauf an der Hand nahm, durchströmte sie eine seltsame Energie, die sie am ganzen Körper erschaudern ließ.

Sie zeigte ihm die Stelle in Nicholas' Trainingsraum, zeigte ihm, wie der Pfosten entfernt, die Fußbodenbretter herausgenommen wurden. Alles genau so, wie es Nicholas getan hatte... aber an etwas konnte sie sich einfach nicht mehr erinnern.

Senjin hob die Schatulle ans Licht. Nun zitterten sogar seine Hände. Der große Augenblick war gekommen! Die Smaragde gehörten ihm. Seiner Unsterblichkeit stand nichts mehr im Wege. Er war am Ziel seiner Wünsche. Denn schon von frühester Kindheit an hatte er immer nur von der unvorstellbaren Kraft der magischen Steine geträumt.

Er klappte die Schatulle auf – und ließ heftig die Luft entweichen. Sechs Smaragde, nur sechs. Wo waren die anderen neun? Er brauchte neun Steine. Hastig fledderten seine Finger über den blauen Samt, rissen ihn mit wachsender Verzweiflung in Fetzen. Sechs waren nicht genug. Im Gegenteil, diese Anzahl von Steinen konnte für ihren Besitzer sogar extrem gefährlich sein. Senjin ließ die Smaragde in seine Handfläche gleiten und legte die leere Schatulle in ihr Versteck zurück. Dann wandte er sich wieder Justine zu. Sie stand noch immer ganz unter dem Bann seiner hypnotischen Kräfte und tat alles, was er ihr befahl. »Wo sind die anderen Steine?« fragte er sie streng. »Die Schatulle enthält nur sechs.«

»Das weiß ich nicht.«

Eindringlich beobachtete Senjin ihr verwirrtes Gesicht. »Bist du auch ganz sicher? Denk noch mal scharf nach.« Sie mußte es auf jeden Fall wissen. Zumindest unbewußt mußte sie mitbekommen haben, wohin die fehlenden Smaragde verschwunden waren. Um das herauszufinden, mußte er in noch tiefer liegende Schichten ihres Bewußtseins vordringen.

»Ich bin ganz sicher«, nickte Justine. »Ich weiß es nicht. Ich dachte, sie wären in der Schatulle. Ich habe sie doch selbst gesehen, als Nicholas...« Sie verstummte.

»Als was war?« drang Senjin in sie. »Erzähl weiter.«

»Ich, ich...« Stammelnd preßte Justine die Hände an ihre Schläfen.

»Was ist nur mit mir? Ich habe plötzlich so entsetzliche Kopfschmerzen!«

Senjin war sofort klar, was das zu bedeuten hatte. Irgend etwas tief in ihrem Innern setzte sich verzweifelt gegen seine Fragen zur Wehr. Vielleicht hatte ihr Linnear eingeschärft, niemandem das Versteck der Smaragde zu verraten. Das hätte jedenfalls genügt, um einen heftigen inneren Widerstreit in ihr auszulösen. Deshalb beschloß Senjin, es auf einem anderen Weg zu versuchen. Zeit hatte er schließlich genug. Außerdem konnte das auch noch in anderer Hinsicht ganz interessant werden.

Er nahm die Smaragde an sich und brachte den Trainingsraum wieder in seinen ursprünglichen Zustand. Dann führte er Justine aus dem Haus. Draußen war es inzwischen dunkel geworden. Die milde Abendluft schwirrte vom Zirpen der Zikaden, und zwischen den Bäumen flimmerten die ersten Glühwürmchen.

»Du mußt mir alles über dich erzählen«, forderte er Justine auf. »Auch die Dinge, die du sonst keinem Menschen erzählen würdest. Und vor allem möchte ich, daß du dich an alles ganz genau erinnerst.«

Justine saß auf einer Zedernholzbank, die Nicholas selbst gezimmert hatte, nachdem sie hier eingezogen waren. Das war ihr Lieblingsplatz auf der Terrasse. Man hatte von hier einen herrlichen Blick auf den Garten.

»Als ich zum ersten Mal nach Japan kam, war ich begeistert«, begann sie leise. »Alles war so fremd und exotisch. Es gab so viel Neues zu entdecken. Und das hat lange einen sehr starken Reiz auf mich ausgeübt. Doch dann, nach etwa einem Jahr, setzte allmählich die Ernüchterung ein. Wir hatten uns hier mittlerweile häuslich eingerichtet. Mein Mann hatte eine Haushaltshilfe angestellt. Ich wurde schwanger. Alles schien bestens zu laufen. Dachte ich zumindest. Wie naiv ich damals war! Meine Freunde und Verwandten begannen mir mehr und mehr zu fehlen. Schließlich hatte ich hier nur meinen Mann und *seine* Freunde. Aber irgendwann hat mir das nicht mehr genügt. Dann kam unsere kleine Tochter auf die Welt. Sie starb jedoch kurz nach der Geburt. Danach sah ich alles nur noch von der negativen Seite. Ich fand Japan gräßlich, und ich wollte nur noch eines: weg von hier und nach Hause. Wir haben in West Bay Bridge auf Long Island ein Haus direkt am Meer. Wie sehr ich mich plötzlich wieder dorthin zurückgesehnt habe! Und wie sehr ich mich auch jetzt gerade wieder dorthin zurücksehne!«

Unter der Macht der Erinnerungen, die Senjin in ihr wachrief, begann Justine plötzlich am ganzen Körper heftig zu zittern. Die Worte sprudelten mit solcher Gewalt aus ihr heraus, daß sie kaum mehr dazu kam, Atem zu schöpfen. Und als fürchtete sie, ihren Wortfluß durch die leiseste Unterbrechung für immer zum Versiegen zu bringen, sprach sie unaufhaltsam weiter. Alles in ihr sehnte sich danach, ihrem Herzen Luft zu machen, Senjin alles zu erzählen. Denn genau das war es doch, was er von ihr wollte. »Mit einemmal hatte ich wieder mit meinen alten Problemen zu kämpfen, die ich schon lange überwunden zu haben glaubte, und ich hatte das Gefühl, wieder am selben Punkt angelangt zu sein, an dem ich schon vor so vielen Jahren einmal gestanden hatte.«

Ihre damaligen Gefühlseindrücke waren ihr plötzlich wieder mit einer Intensität gegenwärtig, als erlebte sie sie gerade jetzt, in diesem Augenblick.

»Es gab nämlich auch schon in meiner Jugend einen Punkt«, fuhr sie fort, »an dem ich einfach nicht mehr weiterwußte. Deshalb suchte ich bei einem Psychoanalytiker Hilfe. Ich litt unter einer geradezu zwanghaften Abneigung gegen meinen Vater, weil er mir nicht genügend Aufmerksamkeit schenkte und meine Mutter ständig unterdrückte. Ich brauchte deshalb irgend jemanden, mit dem ich mich aussprechen konnte und der mir den Kopf wieder geraderückte.« Sie sah Senjin Omukae an. »Das wirst du vermutlich nicht verstehen können.«

»Warum nicht? Auch in Japan gibt es viele Psychotherapeuten.«

Das Mondlicht war so blendend hell, daß Justine ihren Kopf zur Seite drehte.

»Die Ärztin, bei der ich die Analyse machte, sah fast wie eine Zigeunerin aus. Es war mir schrecklich peinlich, sie aufzusuchen. Ich, das wohlerzogene Mädchen aus gutem Haus, der es im Leben an nichts fehlte und die trotzdem todunglücklich war. Komisch: Ich kann mich noch genau erinnern, was ich bei meinem ersten Besuch in ihrer Praxis anhatte – einen Minirock von Mary Quant und eine gepunktete Bluse, die ich kurz zuvor in England gekauft hatte. Als ich mich danach im Spiegel sah, war ich so entsetzt, daß ich das nächstemal in Jeans und Arbeiterhemd in die Sprechstunde kam. Und von da an sollte mich Honi in nichts anderem mehr zu sehen bekommen.«

Justine machte eine Pause. Es kostete sie enorme Überwindung, ihrer Vergangenheit ins Auge zu sehen. Was für eine verwöhnte und zugleich todunglückliche junge Göre sie damals gewesen war. Nicholas hatte sie davon nie etwas erzählt. Doch wie kam es, daß sie das plötzlich alles so freimütig diesem seltsamen Fremden gestand? Ohne sich jedoch länger mit diesem Problem auseinanderzusetzen, fuhr sie in ihrer Erzählung fort:

»Honi war immer sehr ausgefallen gekleidet: Sie trug bunte Trachtenröcke aus Guatemala und große silberne Ohrringe. Es war ihr völlig gleichgültig, was die Leute über sie dachten. Und ich habe viel von ihrem Beispiel gelernt. Sie hat mir auch beigebracht, den Blick nach innen zu richten – in all die dunklen, verborgenen Winkel meines Wesens. Das hat mich enorme Überwindung gekostet. Manchmal wurde mir das alles einfach zuviel. Nicht selten bin ich schluchzend zusammengebrochen – unfähig, noch ein Wort zu sagen. Aber Honi war immer für mich da. Es war, als ginge ihre Kraft ganz allmählich auf mich über. Und gleichzeitig schien sie mir meine eigene innere Schwäche zu nehmen.

Honi war für mich wie eine Heilige; sie verfügte über die äußerst seltene Gabe, das Leid anderer auf sich zu nehmen. Deshalb hatte ich in ihrer Gegenwart häufig das Gefühl, mich in einer Kirche zu befinden. Ich sah Honi als eine Nonne und mich als Novizin eines religiösen Ordens. Und um endgültig in diese klösterliche Gemeinschaft eintreten zu können, mußte ich erst unzählige Prüfungen bestehen, um mich der Aufnahme in diesen heiligen Orden für würdig zu erweisen.

Genau das war nämlich mein Problem: Ich hatte solche Minderwertigkeitskomplexe, daß ich mich keiner gleichberechtigten Beziehung zu einem anderen Menschen fähig fühlte. Einen anderen Menschen zu lieben und umgekehrt von ihm geliebt zu werden, war für mich schlichtweg ein Ding der Unmöglichkeit. Ganz allmählich kam ich dann aber doch zu der Überzeugung, daß Honi mich mochte. Obwohl sie alle meine Fehler und Schwächen genauestens kannte, hat sie mich trotzdem akzeptiert.

Du kannst dir nicht vorstellen, was das für mich bedeutet

hat! Erst konnte – oder wollte – ich es natürlich nicht glauben. Aber Honis Geduld war unerschütterlich. Als ich zu ihr kam, war ich wie ein wildes Tier, das sich in seiner Verzweiflung selbst zu Tode zu beißen versuchte. Aber mit ihrer Hilfe habe ich gelernt, mich nicht länger selbst zu zerfleischen, so daß die Wunden, die ich mir selbst zugefügt hatte, mit Honis Hilfe schließlich sogar zu verheilen begannen.

›Wenn du dich nicht imstande fühlst, die Last deiner Sünden selbst zu tragen, dann werde ich das eben für dich tun‹, versicherte sie mir immer wieder. ›Du mußt dir endlich klar darüber werden, daß du nicht mehr allein bist, Justine.‹ Und ich dachte natürlich die ganze Zeit: Wo ist der Haken bei der Sache? Was will sie von mir?

Aber Honi war der einzige Mensch in meinem Leben, der nichts von mir wollte. Sie hat mich akzeptiert, damit ich lernen konnte, mich selbst zu akzeptieren.« Sie wandte sich wieder Senjin zu. »Kannst du mich denn akzeptieren, Senjin? Fast möchte ich sagen: nein. Dafür bist du viel zu sehr damit beschäftigt, alles unter Kontrolle zu halten. Nicholas ist ganz ähnlich. Er verschwindet plötzlich im Dunkel, er bewegt sich ohne einen Laut, und manchmal habe ich das Gefühl, daß er zu atmen aufgehört hat. Obwohl er all diese Dinge beherrscht, ist er trotzdem nicht Herr über sich selbst. Und etwas ganz Ähnliches glaube ich auch bei dir zu spüren, Senjin. Oder täusche ich mich?«

Als Senjin darauf nichts erwiderte, fuhr sie fort: »In deiner Gegenwart habe ich das seltsame Gefühl, als wäre ich mit meinem Mann zusammen. Kannst du dir das erklären?«

Das konnte Senjin sehr wohl, aber natürlich sagte er ihr das nicht. Statt dessen streckte er seine Hand nach ihr aus. Er hatte sich nicht getäuscht: Dieser Abend würde noch sehr interessant werden.

Justine hatte plötzlich den Eindruck, als schwebe sie, in ihre eigenen widersprüchlichen Gefühlen verstrickt, über einem tiefen Abgrund. Senjins Berührung durchzuckte sie wie ein Stromstoß, und gleichzeitig dachte sie fassungslos: Das kann doch nicht wahr sein. Ich kann unmöglich fühlen, was ich zu fühlen glaube. Mein Körper betrügt mich im Augenblick genauso, wie ich Nick betrüge. Sie fühlte sich wie im Fieber. Ihre Knie wurden weich, ihre Lungen brannten, und ihre Gedanken waren so wirr und unkontrolliert wie in einem Traum.

Wie feine Spitzen sickerte das Mondlicht zwischen den Bäumen hindurch. Eigentlich sollte ich jetzt allein sein und auf Nicks Rückkehr warten, dachte sie. Statt dessen sehne ich mich nach der Nähe dieses seltsamen Japaners. Ich will ihn ganz nahe bei mir spüren – an mir, über mir, in mir.

Und während sich Justine verzweifelt an Senjin klammerte und ihr Gesicht weinend an seiner Brust vergrub, begann von ihrem Körper eine unstillbare Glut Besitz zu ergreifen.

Senjin spürte diese Glut so deutlich, als ginge sie von einem glühenden Ofen aus. Dieses Gefühl erfüllte ihn mit unbeschreiblichem Triumph. Wie oft hatte er von diesem Moment geträumt.

»Ich habe dir doch versprochen, daß ich dir das Einswerden von Lust und Schmerz ganz konkret demonstrieren werde«, flüsterte er ganz dicht an Justines Ohr. »Und jetzt ist es soweit.«

In diesem Moment ertönte das leise Knacken eines Zweigs. Beide hörten das Geräusch. Mit heftig wogender Brust schrak Justine hoch. Vor Lust waren ihr Pupillen so stark geweitet, als stünde sie unter Drogen. Senjin hätte gern gewußt, wie wohl seine Augen jetzt aussahen. Aber zum Glück war kein Spiegel in der Nähe, um sich darin zu betrachten.

Er legte Justine kurz den Finger auf den Mund. Und im nächsten Augenblick war er bereits lautlos von der Terrasse gehuscht und im Dunkel des Gartens verschwunden.

Die Schritte jedes anderen wären auf den knirschenden Kieseln deutlich zu hören gewesen. Aber Senjin schien völlig schwerelos. Er gab nicht das leiseste Geräusch von sich. Auch darin war er Nicholas sehr ähnlich. Fast glaubte Justine, ihren Mann vor sich zu sehen, als er lautlos durch den Garten schlich.

Sie zitterte am ganzen Körper – wegen der kühlen Abendluft, aber vor allem auch unter dem Einfluß der unerklärlichen Kräfte, die sie noch bis vor kurzem gänzlich in ihren Bann geschlagen hatten und deren Wirkung erst jetzt ganz allmählich wieder nachzulassen begann. Trotzdem spürte sie sie noch immer so deutlich wie die Nachwirkungen eines Traums, der sich auch nach dem Erwachen noch hartnäckig im Bewußtsein festgesetzt hat.

Denn Senjins Bann war noch keineswegs gebrochen. Noch immer starrte Justine ihm so sehnsüchtig hinterher, als wäre er, und nicht Nicholas, ihr Mann.

Mit einem leisen Fluch duckte sich Han Kawado noch tiefer in sein Versteck unter den Büschen im hinteren Teil von Nicholas Linnears Garten und zog sein Messer. Seine Handfläche war plötzlich ganz feucht, als sie sich entschlossen um den aufgerauhten Griff legte.

Ja, er hatte Angst.

Die endlos langen Stunden des Wartens hatten nun doch ihren Tribut gefordert. Je mehr seine Konzentration nachgelassen hatte, desto stärker hatte die Erinnerungen an seine vor sechs Monaten verstorbene Frau von ihm Besitz ergriffen. Sie war ganz plötzlich und unerwartet gestorben, als Han gerade für den Hamster einen Auftrag durchgeführt hatte. Die Ärzte hatten ihm zwar im nachhinein versichert, daß auch er ihr nicht mehr hätte helfen können, wenn er während der letzten Stunden vor ihrem Tod an ihrer Seite gewesen wäre; ein schwerer Herzinfarkt war in gewisser Weise wie ein schweres Erdbeben – unvorhersehbar und mit katastrophalen Folgen.

Trotzdem machte sich Han schwere Selbstvorwürfe. Sein Beruf brachte es mit sich, daß er selten zu Hause war – und wenn, dann nur zu recht ausgefallenen Zeiten. Erst im nachhinein war ihm klargeworden, daß ihm an seiner Arbeit schon immer wesentlich mehr gelegen war als an seiner Frau. An der Last dieser Erkenntnis würde er nun sein ganzes weiteres Leben schwer zu tragen haben.

Denn mit verstärkter Deutlichkeit war ihm dadurch auch klargeworden, wie einsam er eigentlich war. Er hatte sich damals ganz bewußt für dieses Leben entschieden – dieses ständige Warten und Auf-der-Lauer-Liegen, dieses Schattendasein, so fern von aller geordneten Normalität. Im stillen hatte er der damit verbundenen Einsamkeit sogar heroische Züge beigemessen – ein Umstand, der ihm geholfen hatte, über vieles hinwegzusehen. Doch mit einemmal hatte sich die Einsamkeit gegen ihn gekehrt und zehrte nun ebenso unerbittlich an seinen Kräften – genauso, wie sich in seinem Äußeren die Spuren des Alters abzuzeichnen begannen. Es gab Zeiten, in denen er sich sogar älter als sein eigener Vater fühlte. Und der war immerhin bereits zweimal durch die Hölle gegangen – einmal in Bataan und einmal in Hiroshima.

Aber Observierungen waren nun mal das einzige, worauf er sich wirklich verstand. Und als ihm der Hamster den Linnear-Job angeboten hatte, hatte er ohne Zögern zugegriffen. Aber das lange Warten, das damit verbunden war, hatte unnachsichtig an seinen Kräften gezehrt. Seine Glieder waren steif, seine Gelenke schmerzten.

Han hatte alles von Anfang an beobachtet: den Zusammenstoß, das Gespräch beim Tee, das seltsame Schäferstündchen auf der Terrasse. Und dann hatte er für einen Moment nicht aufgepaßt. Um Senjin und Justine besser beobachten zu können, hatte er einen Schritt zur Seite gemacht. Knack! Und schon war er auf einen trockenen Zweig getreten.

Er konnte nicht beurteilen, ob die beiden auf der Terrasse das Geräusch gehört hatten. Außerdem war ihm noch immer nicht recht klar, was es mit diesem seltsamen Radfahrer auf sich hatte und was der Kerl von Justine Linnear wollte. Wie dem auch sei: Seine Aufgabe war es, den Hamster über alle verdächtigen Kontakte von Linnears Frau genauestens in Kenntnis zu setzen.

Vielleicht hätte ich den Zwischenfall unverzüglich melden sollen, schoß es ihm plötzlich durch den Kopf, während er mit angehaltenem Atem in seinem Versteck kauerte und angespannt in das Dunkel hinausstarrte. Andererseits wäre es ihm sträflich leichtsinnig erschienen, wenn er Justine Linnear mit dem seltsamen Unbekannten allein gelassen hätte, ohne sich über dessen Motive Klarheit verschafft zu haben.

Das alles änderte jedoch nichts an der Tatsache, daß ihm dieses dumme Mißgeschick nun mal passiert war. Es war zwar durchaus möglich, daß dieser seltsame Kerl das Knakken gar nicht bemerkt hatte, aber trotzdem durfte er jetzt nichts dem Zufall überlassen. Im Gegenteil, ab sofort mußte er mit dem Schlimmsten rechnen – und das um so mehr, falls sich der seltsame Besucher Linnears Frau tatsächlich mit dubiosen Absichten genähert hatte.

Soll er ruhig kommen, dachte Han mit grimmiger Entschlossenheit. Seine Faust spannte sich fester um den Griff des langen Messers, während er weiter angespannt in das Dunkel lauschte. Er war auf alles gefaßt. Doch dann, unnachsichtig wie ein Schraubstock, legte sich ihm plötzlich etwas um den Hals und drückte ihm die Luftzufuhr ab.

Senjin hatte aufgehört, im üblichen Sinn zu atmen. Statt dessen ließ er die Luft nun mit Hilfe einer speziellen Technik so lautlos zirkulieren, daß sein Gehör nicht mehr durch das leiseste Pfeifen seines Atems, das schwächste Schlagen seines Pulses beeinträchtigt wurde. Auf diese Weise konnte er besser hören als jeder Mensch – ja sogar besser als die meisten Tiere. Schon nach kurzem hatte Senjin den unbekannten Lauscher im Gebüsch entdeckt. Ganz offensichtlich verstand der Mann etwas von seinem Geschäft. Denn er hatte sein Versteck unter den Bäumen so geschickt gewählt, daß er dort für einen normalen Menschen praktisch nicht aufzuspüren gewesen wäre.

Aber Senjin war kein normaler Mensch. Zuerst hatte er die Witterung des Unbekannten aufgenommen. Sein scharfer Schweißgeruch hob sich ganz deutlich gegen die verschiedenen zarten Blütendüfte des nächtlichen Gartens ab.

Und ebenso deutlich konnte Senjin auch seinen Atem aus dem leisen Seufzen des Windes heraushören, der durch die Bäume strich. Plötzlich ertönte in den Zweigen der Zeder direkt über ihm ein leises Rascheln. Senjin erstarrte. Nur sein Kopf zuckte nach oben. Wie die schwarzen Segel eines Geisterschiffs glitten die breiten Schwingen einer Eule durch die mondhelle Nacht. Mit einer zuckenden Maus in den Klauen hatte sich der nächtliche Räuber wenige Augenblicke später auf einem Ast niedergelassen und begann sein blutiges Mahl.

Senjin fühlte sich dem Vogel seltsam nahe. Und nicht nur ihm: auch dem Baum, unter dem er stand. Beide waren in seinen Augen sowohl Verbündete als auch Symbole seines einsamen Kampfs gegen den immer mehr um sich greifenden Verfall.

Aber dann wurde Senjin durch den Geruch frischen Bluts und menschlichen Schweißes sehr rasch wieder an sein eigentliches Vorhaben erinnert. Lautlos setzte er seinen Weg durch den nächtlichen Garten fort.

Er näherte sich dem unbekannten Lauscher, der sich in seinem dunklen Versteck in Sicherheit glaubte, von hinten. Und als er direkt hinter ihm stand, schlang er ihm den Arm um den Hals und drückte unnachsichtig zu.

»Wer hat dich geschickt?« zischte er dem Spion ins Ohr. »Was willst du hier? Für wen arbeitest du?«

Als der Mann nicht antwortete, wiederholte Senjin seine Fragen. Gleichzeitig drückte er noch fester zu und versetzte seinem Gegner mit seiner freien Hand ein paar schmerzhafte Schläge.

Senjin war sich sehr deutlich bewußt, daß der Mann ganz genau wußte, daß er nicht viel Zeit hatte. Und genau diesen Umstand versuchte er sich nun zunutze zu machen. Deshalb blieb Senjin nur noch eine Möglichkeit.

Seine Augen verengten sich zu schmalen Schlitzen, so daß nur noch das Weiße zu erkennen war. Und dann versteifte er die Finger seiner freien Hand und stieß sie dem Mann direkt in die Augen. Der bäumte sich für einen Moment heftig auf, um gleich darauf unter einem kurzen Zucken kraftlos in sich zusammenzusacken. Senjin sprang zur Seite und ließ den Toten zu Boden fallen. Dann machte er sich hastig daran, seine Taschen zu durchsuchen. Vielleicht fand sich darin irgendein Hinweis, wer der Unbekannte war und was er hier wollte.

Als er damit fertig war, kehrte er wieder zu Justine auf die Terrasse zurück.

»Wo warst du?« Noch immer am Boden liegend, sah sie ihn fragend an. Ihre Pupillen waren nach wie vor unnatürlich geweitet.

Von einem milchigen Hof umgeben, hing die Mondsichel am Himmel und spähte unbeteiligt zwischen den Bäumen hindurch auf die seltsame Szenerie.

»Der Geschlechtsakt«, begann Senjin, »ist oft grausam, brutal und unmenschlich. Nur zu häufig kann er zu einer Waffe werden. Manche betrachten ihn deshalb grundsätzlich als einen Akt der Gewalt und nicht der Liebe. Aber Liebe hat mit Sex so wenig zu tun, als stamme sie von einem andern Stern.«

»Nur manchmal«, flüstere Justine leise.

Senjin sah ihr direkt in die Augen. »Sex ist nur dann reizvoll, wenn man sich seiner als Waffe bedient.« Seine Gedanken drehten sich jetzt weniger um die fehlenden Smaragde als um die Gefühle, die jetzt, in diesem ganz besonderen Augenblick, in ihm aufstiegen. Es schien, als wäre mit einemmal die Zeit stehengeblieben.

Überall war Blut – an seinen Händen und in seiner Nase. Erst in Augenblicken wie diesem, wenn er dem Tod ganz nahe war, fühlte er sich wirklich am Leben. Erst dann fühlte er sich ganz in der Mitte des Daseins, wo das ewige Geheimnis regiert, wo der Zweck alle Mittel heiligt, wo es zur Pflicht wird, über das Schicksal der anderen zu bestimmen, um seiner ureigensten, wahren Bestimmung gerecht zu werden.

Als der Hamster sein Aufnahmegerät einschaltete, sagte Kusunda Ikusa gerade: »Ich habe immer mehr das Gefühl, daß ich mich unter keinen Umständen auf dich hätte einlassen sollen.« Er und Killan Oroshi befanden sich in seinem Büro im Nippon Keio Building.

Killan lachte. »Ich würde nur zu gern wissen, was eigentlich in dir vorgeht.«

»Hin und wieder denke ich, ich sollte dich töten, bevor du mir noch zum Verhängnis wirst.«

»Eines Tages wirst du es ja vielleicht tatsächlich versuchen«, erwiderte Killan, scheinbar unbeeindruckt. »Das könnte ja vielleicht noch ganz interessant werden.«

Ikusa starrte sie finster an. »Über den Tod macht man keine Witze, Killan. Aber das scheinst du offensichtlich nicht zu begreifen.«

»Oh, das begreife ich sehr wohl. Nur ist es mir scheißegal.«

»Eines Tages wirst du sehen, daß das dasselbe ist.«

Killan Oroshi warf ihren Mantel auf Ikusas Schreibtisch, setzte sich neben ihn und sah nachdenklich aus dem Fenster. »Tokio ist wie die ältere Schwester, die ich mir immer gewünscht habe. Ich glaube nicht, daß ich ohne dieses wilde pulsierende Treiben, das hier herrscht, leben könnte – ohne die verrückten Punks von Ueno, ohne das Gewimmel in den Elektronik-Shops von Akihabara und ohne das Meer von Leuchtreklamen, die wie riesige Ölgötzen über den Dächern der Stadt thronen. Es gibt wohl kein Land auf der Welt, wo so dicht unter einer zwanghaft ordentlichen und geregelten Oberfläche eine so ungezähmte und wilde sexuelle Energie pulst. Willkommen in der Zukunft. Willkommen in der postatomaren Gesellschaft.«

Kusunda Ikusa lauschte ihren verbalen Eskapaden mit dem Ernst eines Politikers, der eine Wahlrede seines schärfsten Kontrahenten verfolgt. »Wirklich schade, daß du eine Frau bist«, bemerkte er schließlich. »Du denkst wie ein Mann. Und was noch schlimmer ist: Du bist auch so ehrgeizig wie ein Mann.«

»Ehrgeiz – beziehungsweise mangelnder Ehrgeiz – wird meinen Vater eines Tages noch in den Ruin treiben«, erwiderte Killan mit einem verächtlichen Schnauben. »Deshalb muß ich diesen Mangel ausgleichen. Er wäre nie von dir abhängig geworden, wenn er auch nur ein bißchen Mumm in den Knochen hätte. Aber er mußte sich ja so lange von anderen gängeln lassen, bis Nakano endgültig vor dem Ruin stand. Und dann blieb ihm nur noch Nami, um den endgültigen Bankrott und Seppuku von sich abzuwenden.«

»Er kann wirklich von Glück reden, daß ihm Namis Chiyoda Central Bank mit ein paar außerordentlich großzügigen Krediten unter die Arme gegriffen hat. Sonst wäre es um Nakano Industries tatsächlich geschehen gewesen.«

»Dank *deiner* Anweisungen, die durch *deine* Leute durchgesetzt wurden.«

Ikusa hob die Schultern. »Du hast doch eben selbst die unklugen Entscheidungen deines Vaters zur Sprache gebracht.«

»Sie waren aber nicht die Schuld meines Vaters!« protestierte Killan.

»Sie wurden von anderen getroffen.«

»Manchmal merkt man, wie jung du noch bist. Wenn du so etwas Naives sagst wie jetzt gerade, könnte man fast denken, daß du deinen Vater gar nicht haßt, sondern in Wirklichkeit über alles liebst. Er ist nun einmal der Leiter von Nakano, Killan. Und als solcher trägt er die Verantwortung für alle Entscheidungen, die das Unternehmen betreffen.«

»In Wirklichkeit hast du doch Nakano in den Ruin getrieben, indem du das Unternehmen immer mehr aufgesplittert hast.«

»Du hast doch nicht etwa im Ernst erwartet, wir würden unser gutes Geld in Projekte stecken, die keinerlei Aussicht auf Erfolg hatten. Wir mußten schließlich dafür sorgen, daß unser Kapital gewinnbringend investiert wurde. Und das wiederum ließ sich nur durch einen radikalen Führungswechsel bewerkstelligen.«

»So daß plötzlich lauter Leute im Vorstand saßen, die Nami genehm waren.«

»Als dein Vater an uns herantrat, war ihm von vornherein klar, was wir von Nakano wollten«, hielt dem Ikusa entgegen. »Das Ganze war eine rein geschäftliche Abmachung – nicht mehr und nicht weniger.«

Killan lachte bitter. »Diese ›rein geschäftlichen‹ Abmachungen mit Nami kenne ich.«

»Du kannst denken, was du willst«, entgegnete Ikusa achselzuckend.

»Für dich wird sich die Sache auf jeden Fall lohnen. Als Gegenleistung für deine Unterstützung habe ich dir einen lukrativen und einflußreichen Posten in der Firma versprochen.«

»Das will ich aber nicht.« Killan sprang auf und pflanzte sich vor Ikusa auf. Obwohl sie angesichts seiner imposanten Körperfülle fast winzig neben ihm wirkte, schien sie sich in keiner Weise durch ihn einschüchtern zu lassen. Im Gegenteil: Ikusa hörte ihr so aufmerksam zu, daß schon nach kurzem deutlich wurde, wer hier wirklich das Sagen hatte. »Ich möchte eine Stellung in der Chiyoda Bank.«

Kusunda Ikusas Lachen war so tief wie das bedrohliche Rumpeln kurz vor dem Ausbruch eines gewaltigen Erdbebens.

Aber Killan ließ sich dadurch nicht im geringsten aus der Fassung bringen. »Ich würde dir nicht raten, dich über mich lustig zu machen.«

»Aber, Killan, ich mache mich doch nicht lustig über dich.« Mit einem dicken Wurstfinger wischte sich Ikusa die Tränen aus den Augen. »Ich bin nur erstaunt über das wahre Ausmaß deines Ehrgeizes. Jedesmal, wenn ich denke, ich wüßte dich einigermaßen einzuschätzen, wartest du mit einer neuen Überraschung auf.«

»Dieser Schritt ist doch nur logisch. In seinem jetzigen Zustand ist Nakano nichts mehr wert. Die Firma dient nur noch als Fassade für Namis Machenschaften. Was sollte sich damit noch anfangen lassen? Die wirkliche Macht liegt im Augenblick bei der Chiyoda Bank; hier ist schließlich das ganze Kapital konzentriert. Ich möchte nicht wissen, wie viele Konzerne nach der Pfeife von Chiyoda tanzen. Und genau aus diesem Grund möchte ich eine Stellung bei dieser Bank.«

Versonnen zog Kusunda Ikusa mit dem Finger die Konturen ihres Kiefers nach. »Obwohl du manchmal sprichst wie eine Erwachsene, bist du in anderen Dingen noch wie ein kleines Kind. Wann will eigentlich endlich mal in deinen Kopf hinein, daß es gewisse Dinge gibt, von denen nicht einmal du oder dein Vater weiß.« Er brummte verächtlich. »Nach der Fusion von Nakano und Sphynx steht der endgültigen Durchführung unseres Plan nun nichts mehr im

Wege: Nakano, womit deiner Ansicht nach nichts mehr anzufangen ist, wird sich in Bälde als ein gigantisches Industriespionagezentrum entpuppen, mit dessen Hilfe wir nicht nur an eines der bestgehüteten Industriegeheimnisse herankommen werden, sondern auch noch gleichzeitig die für seine Vermarktung erforderlichen Mitarbeiter anwerben.

Nakano besteht im Augenblick nur noch aus seiner Forschungs- und Entwicklungsabteilung. Und genau das hatten wir mit unserer Strategie von Anfang an beabsichtigt. Das Unternehmen deines Vaters sollte nämlich als Köder dienen, Killan. Aber das hat selbstverständlich nicht einmal dein Vater ahnen können.

Wir mußten unbedingt Nangis neuen Computer-Chip in unseren Besitz bringen. Die Frage war nur, wie? Nangi ist ein verdammt schlauer Fuchs und hat alle nur erdenklichen Sicherheitsvorkehrungen gegen eine Zwangsfusionierung getroffen. Auch mit Kooptierungsmaßnahmen war ihm nicht beizukommen. Also blieb uns nichts anderes übrig, als die Forschungsabteilung von Nakano als Köder für ihn auszulegen und ihn anschließend etwas unter Druck zu setzen.

Das hat schließlich zu der Fusion zwischen Nakano und Sphynx geführt. Dazu hat Nangi sich natürlich nur breitschlagen lassen, weil der denkt, Nakano demnächst ganz schlucken zu können. Denn er ist an der Forschungsabteilung von Nakano mindestens ebenso interessiert wie wir an seinem neuen Computer-Chip. Nur wird Nangi Nakano nie bekommen. Statt dessen werden wir Sphynx einkassieren, und das wiederum wird Nangi das Genick brechen. Die Optionsrechte, auf die er sich dabei zu stützen versuchen wird, sind nämlich mittlerweile hinfällig, da die Forschungsabteilung von Nakano vor einer Woche an ein Zweigunternehmen überschrieben wurde, das in den vertraglichen Vereinbarungen nicht eingeschlossen ist. Nangi hat darauf beim Vertragsabschluß auch keinerlei Wert gelegt, da es sich bei dieser Firma in seinen Augen nur um ein paar schrottreife Raffinerien in Kobe handelt. Wie hätte er schließlich auch ahnen sollen, daß kurz zuvor die heißbegehrte Forschungsabteilung von Nakano in ihren Besitz übergegangen war.«

Mit zitternden Fingern führte der Hamster die Aussteuerungsanzeige des Aufnahmegeräts nach, um auch wirklich jedes gesprochene Wort ganz deutlich auf Band zu bekommen. Ikusa hatte Nangi also in eine Falle gelockt! Am liebsten hätte er Nangi sofort Nachricht gegeben, aber irgend etwas sagte ihm, besser auf seinem Posten zu bleiben. Denn wenn er sich nicht von Grund auf täuschte, führte Killan Oroshi etwas im Schilde. Was das allerdings war, konnte er bisher nur dunkel ahnen. Jedenfalls spielte dieses Mädchen bei dem Ganzen eine völlig andere Rolle, als alle Beteiligten – und vor allem Kusunda Ikusa – bisher gedacht hatten.

Währenddessen fuhr Ikusa lachend fort: »Du mußt also nur etwas Geduld haben, Killan. Der Posten, den ich dir bei Nakano vorbehalten habe, ist mit Sicherheit wesentlich besser, als es vielleicht auf den ersten Blick erscheinen mag. Ein besseres Betätigungsfeld ließe sich für deinen gewiß enormen Tatendrang im Grunde genommen gar nicht denken. Und die Stellung bei Chiyoda wird dir währenddessen keineswegs davonlaufen. Was würden außerdem deine Revoluzzerfreunde von dir denken, wenn sie herausfänden, für wen du arbeitest? Würden sie dir nicht vorwerfen, du hast dich vom Establishment korrumpieren lassen?«

»Die können mich alle mal«, zischte Killan. »Mit den Pfeifen kann man doch schon lange keinen Staat mehr machen. Die sind doch genauso kleinkariert und borniert wie das Establishment, das sie so erbittert bekämpfen – obwohl sie zugleich auf seine Kosten sehr gut leben. Wer sonst versorgt sie schließlich mit allem Lebenswichtigem: Nahrung, Unterkunft, medizinische Versorgung und so weiter? Natürlich sind sie sich dieser Ironie ebenso wenig bewußt wie der Absurdität ihrer sogenannten revolutionären Ideologie. Sie wollen das Establishment mit Gewalt zu Fall bringen. Allerdings frage ich mich: Wodurch wollen sie es anschließend ersetzen? Auf diese Frage bekommt man komischerweise nie eine Antwort von ihnen. Und soll ich dir mal sagen, warum? Weil sie es selbst nicht wissen.«

»Du bist noch so jung, und trotzdem hast du schon so viel begriffen.«

»Wir sind beide noch sehr jung, Kusunda. Darunter haben wir beide zu leiden. Diese gemeinsame Erfahrung ist es auch, die uns so stark aneinander bindet. Denn nur gemeinsam bringen wir den Mut auf, auf dem Rücken des Drachen zu reiten.«

»Komm«, winkte Ikusa sie zu sich.

»Noch nicht. Hab noch etwas Geduld.« Sie grinste spöttisch. »Wie steht es nun mit einer Stellung bei Chiyoda?«

»Ich kann dir bei Chiyoda keine Stellung beschaffen. Zumindest jetzt noch nicht.«

»Meinetwegen. Damit kann ich mich durchaus abfinden. Womit ich mich allerdings nicht abfinden kann, ist dieser lächerliche Job in der Presseabteilung von Nakano.«

Ikusa seufzte. »Du bist aber wirklich schwer zufriedenzustellen. Was willst du denn nun eigentlich?«

»Obwohl davon bisher noch nichts an die Öffentlichkeit gedrungen ist, weiß ich natürlich ganz genau, daß du dich verstärkt auf die Entwicklung und Vermarktung neuer Produkte verlegen willst. Gerade auf diesem Gebiet siehst du für Nakano große Möglichkeiten. Du möchtest mit Sato International gleichziehen. Weiß Gott, kein geringes Unterfangen. Immerhin ist Sato die Nummer eins auf dem Elektronik- und Computersektor. Um Nangis Konzern zu überflügeln, wirst du dich ganz gewaltig anstrengen müssen. Und zu diesem ehrgeizigen Vorhaben möchte auch ich mein Scherflein beitragen.«

»Aber du bist doch keine Wissenschaftlerin, Killan.«

»Natürlich nicht. Dafür bin ich eine anerkannte Expertin in Marketing-Fragen. Wenn ich also bereits im voraus mit der Forschungs- und Entwicklungsabteilung von Nakano klären könnte, welche Produkte sich überhaupt für eine Vermarktung eignen und wie diese dann am günstigsten voranzutreiben ist, würde das die Rentabilitätsrate sicher ganz erheblich steigern.«

Nach kurzem Nachdenken sagte Ikusa: »Das hört sich durchaus einleuchtend an. Ich werde das Ganze mal mit den anderen Mitgliedern von Nami besprechen.«

»Mit anderen Worten: Du wirst es ihnen so schmackhaft machen, daß sie es schlucken werden.«

»Ich glaube, in diesem Punkt unterstellst du mir mehr Einfluß, als ich tatsächlich besitze.« Das zufriedene Schmunzeln, das sich dabei über seine Lippen legte, strafte allerdings seine Worte Lügen.

»Jedenfalls weißt du, daß ich recht habe.« Killan rutschte auf seinen Schoß. Der Sessel quietschte leise unter ihrem vereinten Gewicht, als er sich langsam zu drehen begann. Ikusa vergrub sein Gesicht in Killans Haar und drückte sie an sich.

Nun konnte der Hamster direkt in das Gesicht des Mädchens sehen. Aus ihren Augen leuchtete ein Haß, dessen verzehrendes Feuer alles zu verschlingen schien. Aber dieser Haß galt nicht ihrem Vater. Er galt Kusunda Ikusa. Trotz aller gegenteiligen Beteuerungen war sie im Grunde ihres Herzens noch immer die überzeugte Revolutionärin.

Unwillkürlich mußte der Hamster an Kusunda Ikusas Worte denken: *Manchmal denke ich, ich sollte dich töten, bevor du mich endgültig ins Verderben stürzt.* Und im selben Moment wurde ihm klar, daß Killan Oroshi genau das vor hatte.

Tomi ließ ihren Blick durch die schäbige Garderobe wandern und wandte sich dann wieder an Nangi: »Hier wurde Mariko gefunden. Hier wurde sie gequält, vergewaltigt und ermordet.«

Hinkend durchquerte Nangi den engen Raum. Sie waren schon lange unterwegs, und sein Bein schmerzte. »Genau unter diesen Leitungsrohren?«

»Ja.«

»Und der Mord liegt schon mehrere Monate zurück?«

»Fast zehn. Seitdem scheint hier jedoch nichts verändert worden zu sein. Die Mädchen sind abergläubisch. Sie wollen diese Garderobe nicht mehr benutzen.«

Tomi beobachtete ihn, wie er zu den Rohren an der Decke hochschaute. Sie hatte ihnen bisher noch keinerlei Beachtung geschenkt.

»Könnten Sie mir einen Gefallen tun?« bat er sie schließlich. »Legen Sie sich mal genauso auf den Boden, wie Mariko aufgefunden wurde.«

Um seiner Aufforderung nachzukommen, mußte sie sich zwischen seine Beine zwängen.

»Gab es irgendwelche Anzeichen«, wollte Nangi weiter wissen, »daß Mariko erst an einer anderen Stelle gequält oder vergewaltigt wurde, bevor sie hier zu liegen kam?«

»Nein.« Tomi schüttelte den Kopf. »Sie befand sich die ganze Zeit an dieser Stelle.«

Nangi nickte zufrieden. Dann klopfte er mit seinem Stock gegen eines der Rohre und richtete ihn anschließend wie eine Waffe auf Tomis Kehle. »Sie sind doch etwa genauso groß wie Mariko?«

»Ja.«

»Soweit ich mich erinnern kann, wies Marikos Hals auf den Fotos keinerlei Verletzungen auf.«

»Ihr Gedächtnis ist wirklich erstaunlich«, entgegnete Tomi, sichtlich beeindruckt. »Ihr Hals wies tatsächlich keine Verletzungsspuren auf.«

Nangi hob den Stock wieder und begann, rhythmisch gegen das Leitungsrohr zu klopfen. »An dieser Stelle dürfte sich demnach auch der Hals des Opfers befunden haben, als er Mariko vergewaltigt hat.«

»Anzunehmen.« Tomi wußte nicht, worauf Nangi damit hinauswollte.

Während Nangi nun weiterhin gegen das Leitungsrohr klopfte, hielt er plötzlich seine Handfläche darunter. Nach einer Weile zog er einen Stuhl zu sich heran und ließ sich vorsichtig darauf nieder.

Nachdem Tomi sich wieder vom Boden aufgerichtet hatte, ließ er das, was sich in seiner Handfläche gesammelt hatte, in ihre Hand rieseln. Lauter Rostteilchen. Fragend sah sie Nangi an. »Das Rohr ist also verrostet. Was hätten Sie in so einer Bruchbude auch anderes erwartet?«

»Natürlich«, nickte Nangi. »Sehen Sie sich trotzdem mal die Stelle genau über Ihrem Hals an.«

Tomi richtete sich auf und stellte sich auf die Zehenspitzen. »Hier ist das Rohr nicht rostig.«

»Ja, das ist die einzige Stelle, wo das Rohr nicht verrostet ist.«

Tomi sah ihn erstaunt an. »Und was hat das zu bedeuten?«

»Ich fürchte, daß ich über diesen Mörder langsam mehr zu erfahren beginne, als mir lieb ist.«

»Was wollen Sie damit sagen?«

»Ich habe endlich die Verbindung zwischen Dr. Hanamis und Marikos Tod hergestellt. Sie erinnern sich doch sicher noch an den Inhalt des Zettels, der im Mund des toten Mädchens gefunden wurde?«

»›Das könnte auch Ihre Frau sein.‹«

»Ganz richtig. Ich habe Ihnen bereits gesagt, daß es sich dabei meiner Meinung nach nur um eine Drohung gehandelt haben kann. Und nun weiß ich auch, an wen sie gerichtet war: an Dr. Hanami. Damit wurde er von dem Tanjian, dem *Dorokusai*, erpreßt.«

»Wollen Sie damit sagen, daß der Tanjian, der mich und Mr. Linnear in Dr. Hanamis Praxis überfallen hat, auch Mariko ermordet hat?«

»Ja. Gequält, vergewaltigt und ermordet – um es in Ihren eigenen Worten zu sagen.«

»Aber woraus schließen Sie das?«

»Hieraus.« Nangi klopfte mit dem Stock gegen das Leitungsrohr unter der Decke. »An dieser Stelle muß ein Strick befestigt worden sein. Und dadurch wurde der Rost von dem Leitungsrohr geschabt.« Tomi fiel wieder der Hinweis aus dem Obduktionsbefund ein, demzufolge in den Verletzungen an Marikos Oberkörper mehrere Rostpartikel festgestellt worden waren. »Ganz offensichtlich hat sich der *Dorokusai* beim Geschlechtsakt selbst stranguliert. Er hat sich selbst die Luftzufuhr abgeschnitten.«

»Aber man kann sich nicht selbst ersticken«, machte Tomi geltend.

»Lange, bevor der Tod eintritt, schaltet sich das vegetative Nervensystem ein. Der Betreffende hätte ganz automatisch den Zug auf das Seil abgeschwächt, damit er wieder Luft bekommt.«

»Das ist selbstverständlich richtig«, nickte Nangi. »Trotzdem hätte sich an diesem Punkt bereits so viel Kohlendioxid in seinem Organismus gebildet, daß dadurch ein todesähnlicher Zustand hervorgerufen worden wäre. Und genau diesen Vorgeschmack des Todes braucht der *Dorokusai*, um zum Orgasmus zu kommen.«

»Das ist ja ekelhaft.«

»Es ist ein regelmäßiger Bestandteil seines Trainings. Er hat diese Übung – übrigens nicht nur beim Geschlechtsakt – so lange praktiziert, bis sie ihm in Fleisch und Blut übergegangen ist. Das ist eine der vielen Methoden, mit der sich die Tanjian mit dem Nichts vertraut machen.«

Tomi hörte Nangi nur noch mit halbem Ohr zu. In irgendeinem entlegenen Winkel ihres Gedächtnisses hatte etwas an ihr zu nagen begonnen. Aber je hartnäckiger sie sich bemühte, diese vage Idee in den Griff zu bekommen, desto mehr zog sie sich wieder in das Dunkel ihres Unterbewußtseins zurück.

Nangi wollte Tomi schon fragen, worüber sie so angestrengt nachdachte. Schließlich begnügte er sich aber damit, sie nur aufmerksam zu beobachten.

In diesem Moment klopfte es an die Tür. Als Tomi öffnete, stand der Besitzer und Geschäftsführer des Clubs draußen auf dem dämmrigen Flur.»Ach, Sie sind's, Kommissarin Yazawa? Ich dachte, der Fall wäre längst abgeschlossen.« Der Mann verbeugte sich übertrieben höflich.

»Kann ich Ihnen in irgendeiner Weise behilflich sein?«

Tomi trat zur Seite und winkte ihn in die Garderobe.

Der Inhaber des Clubs sah sich forschend um, als wollte er sich vergewissern, daß nichts aus dem Raum entfernt worden war. Neben seiner übertrieben Unterwürfigkeit hatte der dünne, wieselartige Mann zu allem Überfluß noch Mundgeruch.

Tomi war der Nachtclubbesitzer von Anfang an nicht ganz geheuer gewesen, und an diesem spontanen Eindruck hatte sich auch im Lauf ihrer relativ langen Bekanntschaft nichts geändert. Als er nun plötzlich wieder katzbuckelnd vor ihr stand, kam ihr mit einemmal ein Verdacht. Es mußte da etwas geben, was sie bisher übersehen hatte – oder was man ihr mit Absicht verheimlicht hatte. Aber vielleicht würde sie mit Nangis Hilfe herausfinden, was das war.

»Ich hätte noch ein paar Fragen an Sie«, sagte sie deshalb.

»Aber ich habe Ihnen doch schon alles, was ich weiß, hundertmal erzählt.« Der Nachtclubbesitzer rieb sich die Hände, als wasche er sie. »Trotzdem stehe ich Ihnen selbstverständlich gern zur Verfügung.« Er runzelte die Stirn. »Allerdings kann ich nicht recht verstehen, was Sie jetzt, nach so langer Zeit, noch herausfinden wollen.«

Ohne auf seine Einwände einzugehen, sagte Tomi: »Das ist Tanzan Nangi. Er ist Professor für Kriminologie an der Todai und befaßt sich schon eine ganze Weile mit diesem Fall. Außerdem hat der Professor bereits eine Theorie, von deren Stichhaltigkeit er sich noch gern vor Ort überzeugen würde.«

Daraufhin nahm der Nachtclubbesitzer Tomis Begleiter erst einmal sehr genau in Augenschein. Erst als er sich wieder ihr zuwandte, fragte sie ihn: »Wie lange sind Sie hier schon Geschäftsführer?«

»Sechs Jahre. Aber das habe ich Ihnen doch schon hundertmal gesagt, Kommissarin Yazawa.«

»Hätten Sie trotzdem die Freundlichkeit, es für den Herrn Professor noch einmal zu wiederholen. Sind Sie auch schon genauso lange Besitzer des Clubs?«

»Nein. Ich habe ihn erst siebzehn Monate später gekauft. Aber das wissen Sie doch...«

»Womit haben Sie den Kauf finanziert?«

»Wie oft soll ich Ihnen das denn noch sagen?« Der Mann wurde gar nicht mehr fertig mit dem Händewaschen. »Ich habe einen Kredit aufgenommen und als Bürgschaft das Vermögen meiner kleinen Handelsfirma hinterlegt.«

»Wie lange war Mariko bei Ihnen angestellt?«

»Fast drei Jahre.« Der Nachtclubbesitzer hatte sich inzwischen an Nangi gewandt. »Sie war ruhig und zuverlässig. Die Gäste waren begeistert von ihr. Ich kann wirklich nichts Nachteiliges über sie sagen.«

Als darauf niemand von den dreien etwas sagte, war nur noch das dumpfe Wummern der Bässe aus dem angrenzenden Club zu hören. Tomi fand die trostlose Atmosphäre in der engen Garderobe plötzlich so deprimierend, daß sie unvermutet sagte: »Danke, das wär's.«

Der Nachtclubbesitzer sah sie verdutzt an. »Aber... ich dachte, der Professor wollte uns noch etwas von seiner Theorie erzählen. Immerhin hat Mariko für mich gearbeitet. Sie hat sozusagen zur Familie gehört.«

Am liebsten hätte ihm Tomi ins Gesicht gespuckt. Aber sie sagte nur: »Sie werden von uns hören, wenn wir Sie noch einmal brauchen.«

Als sie wieder allein waren, sagte Nangi: »Was sollte dieser Unsinn, ich wäre Professor an der Todai?«

»Ich weiß auch nicht«, mußte Tomi zugeben. »Nur so ein spontaner Einfall von mir. Bleiben Sie vorerst noch hier. Vielleicht fällt Ihnen noch irgend etwas Ungewöhnliches auf. Ich werde inzwischen mal sehen, was unser Freund treibt. Irgend etwas in der Art, wie er Sie angesehen hat, kam mir spanisch vor.«

»Haben Sie ihn denn noch nicht gründlich überprüfen lassen?«

»Natürlich. Aber wir haben nichts Konkretes gegen ihn vorliegen. Als ich allerdings vorhin seine Reaktion sah, beschloß ich, ihm noch einmal auf den Zahn zu fühlen. Das Ganze war zwar reichlich primitiv, aber vielleicht funktioniert es trotzdem.«

Als Tomi darauf lautlos aus der Garderobe huschte, glaubte sie, plötzlich wieder freier atmen zu können. Sie hatte keine Mühe, sich in dem dunklen Labyrinth von Gängen zurechtzufinden. Mittlerweile kannte sie sich hier fast ebenso gut aus wie die Mädchen, die hier arbeiteten.

Sie blieb vor dem Büro des Clubbesitzers stehen und lauschte an der Tür. Wegen der dröhnenden Bässe konnte sie jedoch nichts hören.

Sie versuchte die Tür zu öffnen, aber sie war abgeschlossen. Dieses Problem ließ sich jedoch mit einer Büroklammer ohne nennenswerte Schwierigkeiten beheben.

Tomi holte tief Luft und riß die Tür auf. Der Nachtclubbesitzer saß hinter seinem Schreibtisch und telefonierte. Als er Tomi hereinkommen sah, sprang er erschrocken auf und starrte sie für einen Moment mit weit aufgerissenen Augen an. Das genügte ihr, um sich auf ihn zu stürzen und ihm den Hörer zu entreißen, bevor er einhängen konnte.

»Mit wem haben Sie gerade telefoniert?« fuhr sie ihn an.

Der Mann sah sie jedoch nur wortlos an. Darauf stieß ihn Tomi energisch in seinen Sessel nieder und sagte »*Moshi*« in den Hörer.

Als sie jedoch keine Antwort bekam, hielt sie die Leitung offen und rief über eine zweite Leitung die Telefongesellschaft an. Sie nannte Namen, Dienstgrad und Berechtigungsnummer und erklärte kurz, was sie wissen wollte.

Fünf Minuten später rief ein Techniker der Telefongesellschaft zurück. »Der Anruf, über den Sie Bescheid wissen wollten, ging an die Polizei von Tokio.«

Darauf trat ein so langes Schweigen ein, daß der Techniker besorgt in den Hörer rief: »Hallo? Was ist denn? Sind Sie noch da?«

»Ja«, antwortete Tomi heiser. »Ja.« Das mußte sie erst einmal verdauen. »Können Sie mir auch sagen, an welche Dienststelle?«

»Kein Problem. Das Hauptquartier in der Uchibori-dori.« Tomis eigene Dienststelle.

Noch ganz benommen, dankte Tomi dem Techniker und hängte ein. Den Schock mußte sie erst einmal verdauen. In ihrem Kopf überstürzten sich die Gedanken. Ganz offensichtlich war der Nachtclubbesitzer durch ihr plötzliches Auftauchen etwas nervös geworden. Und als sie ihm dann auch noch von Nangis Rolle bei dem Ganzen erzählt hatte, war er vollends hellhörig geworden. Und dann wußte sie plötzlich, was ihr schon die ganze Zeit durch den Kopf gegangen war, ohne daß sie es zu fassen bekommen hatte. Daß ihr das nicht gleich aufgefallen war.

Gleich zu Beginn ihrer Unterhaltung hatte der Nachtclubbesitzer gesagt: *Ich dachte, der Fall wäre längst abgeschlossen.* Woher wußte er das? Eigentlich gab es dafür nur eine Erklärung: Irgend jemand, der für die Polizei arbeitete, hatte es ihm gesagt:

Tomi starrte den Mann durchdringend an. »Wen haben Sie gerade angerufen?«

»Meine Mutter.«

»Arbeitet Ihre Mutter für die Polizei?«

»Ja, sie ist Putzfrau und macht bei Ihnen die Toiletten sauber.«

Erst einmal zeigte Tomi keine Reaktion. Doch plötzlich, mit blitzartiger Schnelligkeit, riß sie den Nachtclubbesitzer an den Rockaufschlägen hoch und schleuderte ihn gegen die Wand.

Dann pflanzte sie sich drohend vor ihm auf und zischte: »Sie werden diesen Raum nicht eher verlassen, als bis Sie mir die Wahrheit gesagt haben.«

»Was Sie nicht sagen.«

Tomi stieß ihn noch einmal so heftig gegen die Wand, daß ihm ein lauter Aufschrei entfuhr. Aus seinem Mund rann Blut.

»Wen haben sie gerade angerufen?«

Dem Nachtclubbesitzer war der Schweiß auf die Stirn getreten, und er begann kläglich loszuwimmern: »Das kann ich Ihnen nicht sagen. Begreifen Sie denn nicht, daß er mich sonst umbringen würde.«

»Keine Sorge, dazu wird er keine Gelegenheit mehr bekommen«, stieß Tomi finster hervor und schmetterte den Mann noch einmal gegen die Wand.

»Also gut«, würgte er schließlich keuchend hervor. »Aber Sie müssen mich vor ihm beschützen.«

»Vor wem? Reden Sie endlich!«

»Sie müssen mich unter Polizeischutz stellen!«

»Sie haben hier keine Forderungen zu stellen. Trotzdem werde ich sehen, was sich machen läßt. Wen haben Sie angerufen? Wem wollten Sie von Professor Nangi erzählen?«

Dem Nachtclubbesitzer traten fast die Augen aus den Höhlen. »Das ist keineswegs so einfach, wie Sie sich das vorstellen. Der Kerl ist ein ziemlich hohes Tier bei der Polizei. Als ihm vor ein paar Jahren dieser Bezirk zugeteilt wurde, kam er zu mir, um mit mir eine Abmachung zu treffen. Er sicherte mir seinen Schutz zu und wollte als Gegenleistung immer ein paar von meinen Mädchen. Keine Ahnung – au, tut das weh!–, was er immer mit ihnen angestellt hat. Ich... ich habe ihn auch nie danach gefragt. Und dann ist diese Sache mit Mariko passiert. Natürlich bekam ich es mit der

Angst zu tun. Ich wollte auf keinen Fall in diese Sache verwickelt werden und...«

»Soll das heißen: Ein hoher Beamter der Polizei von Tokio hat Mariko gefoltert, vergewaltigt und ermordet?« Tomi war so aufgebracht, daß sie aus vollem Hals auf den völlig verdatterten Nachtclubbesitzer einschrie. Aber das war ihr längst vollkommen egal.

Der Mann nickte. »J-ja.«

Dein ganzes Leben lang hattest du keinen einzigen Menschen, Mariko, schoß es Tomi durch den Kopf. Aber jetzt hast du mich – deinen Racheengel.

»Wer hat sie umgebracht?« Völlig außer sich, begann sie den Nachtclubbesitzer wie eine Wahnsinnige zu schütteln. Und im selben Moment zuckte ein flüchtiger Erinnerungsfetzen durch ihr Bewußtsein: Halbdunkel, die Enge der Besenkammer, die betörende Nähe von Senjins Körper. Ihre tastenden Lippen auf seiner Haut. Sein Geschmack und...

»Wer hat Mariko umgebracht? Los, sag es schon, du Schwein, oder du wirst diesen Raum nicht mehr lebend verlassen!« Sie war nahe daran durchzudrehen. Schlüpfrig wie ein Aal, entzog sich der Erinnerungsfezen dem Zugriff ihres Bewußtseins. Und dann fielen ihr wieder Nangis Worte ein. *Der* Dorokusai *hat sich beim Geschlechtsakt selbst stranguliert. Er hat sich selbst die Luftzufuhr abgeschnitten. Das ist ein wesentlicher Bestandteil seines Trainings...*

»Wer hat Mariko umgebracht?« Tomi schüttelte den Nachtclubbesitzer inzwischen so heftig, daß ihr fast schwarz vor Augen wurde, und gleichzeitig stiegen wieder die Erinnerungen an Senjin in ihr auf: wie sie sich in der Besenkammer geliebt hatten, wie sie ihm die Krawatte vom Hals gerissen und das Hemd über die Schultern gestreift hatte und wie schließlich ihr Blick auf die Abschürfungen an seinem Hals gefallen war.

Der Dorokusai *hat sich beim Geschlechtsakt selbst stranguliert. Er hat sich selbst die Luftzufuhr abgeschnitten. Das ist ein wesentlicher Bestandteil...*

Ein hoher Beamter der Polizei von Tokio war ein Tanjian, ein *Dorokusai,* und er hat mich nach allen Regeln der Kunst verführt und hinters Licht geführt: Erst hat er mir einen Mordfall zugeteilt, in dem er selbst der Täter war; dann hat er mich dazu eingespannt, Nicholas Linnear genau im Auge zu behalten, um selbst keinen Verdacht auf sich zu lenken; und zu guter Letzt hat er mich wie eine läufige Hündin genommen – und das auch noch direkt am Arbeitsplatz, wo sonst schon ein Kuß für einen Skandal sorgen würde. Er hat mich dazu gebracht, gegen sämtliche Anstandsregeln zu verstoßen. Und nicht nur das: Er hat mich sogar dazu gebracht, meinen eigenen Grundsätzen untreu zu werden. Er hat mich auf unvorstellbare Weise gedemütigt und erniedrigt. Er hat sich meine Verliebtheit zunutze gemacht, um es mit mir zu treiben, wie es ihm gerade paßte. Mit Hilfe seiner enormen erotischen Ausstrahlung ist es ihm gelungen, sich Zutritt zu meinem Innersten zu verschaffen – und zwar sowohl körperlich wie geistig; wie ein böser Dämon hat er von mir Besitz ergriffen, um mich für seine finsteren Zwecke zu mißbrauchen. Ich war dieser Bestie so wehrlos ausgeliefert, wie Mariko das in der Stunde ihres Todes gewesen sein muß.

Von Tomi ergriff ein heftiges Gefühlschaos Besitz – eine Mischung aus Wut, Angst und tiefer Scham.

»Wer hat Mariko getötet!«

Diese Bestie. Die aufgeschürfte Haut an seinem Hals. Dieser Unmensch.

»Wer hat Mariko umgebracht!« Er hat mit uns gemacht, was er wollte. Wir waren ihm wehrlos ausgeliefert. Mariko, ich – und wie viele andere noch? Mein Gott, wie viele andere wohl noch?

»Wer hat Mariko umgebracht?«

»Omukae!« quietschte der Nachtclubbesitzer wie eine Ratte in Todesangst. »Inspektor Senjin Omukae!«

Als Killan das Nippon Keio Building nach ein paar Stunden wieder verließ, wußte der Hamster ganz genau, was er zu tun hatte: Er folgte ihr. Sie war der Schlüssel; sie war des Rätsels Lösung. Nur durch sie würde er erfahren, was hier eigentlich gespielt wurde.

Es war eine unnatürlich helle Mondnacht. Nach den anhaltenden Regenfällen der letzten Tage war die Luft ungewohnt frisch und klar. Es bereitete dem Hamster keinerlei Probleme, Killan zu folgen. Sie fuhr nach Asakusa, wie sie den Gangster in seinem Apartment besuchte.

Diesmal würde der Hamster jedoch nicht wieder wie beim letztenmal unverrichteter Dinge nach Hause gehen. Er hatte über den Gangster Erkundigungen eingezogen und zu seiner nicht geringen Überraschung festgestellt, daß er für die Forschungsabteilung von Nakano Industries arbeitete. Außerdem war er schon seit einiger Zeit mit Killan Oroshi befreundet. Was führten die beiden im Schilde? Eines schien jedenfalls jetzt schon klar: Killan hatte es von Anfang an auf einen Job bei Nakano abgesehen und nicht bei Chiyoda. Warum? Das wollte der Hamster herausfinden.

Er sah sich kurz im Flur um. Das Apartment des Gangsters lag direkt neben dem Treppenhaus; auf der anderen Seite grenzte es an eine Wohnung. Der Hamster entschied sich für das Treppenhaus. Er packte seine Miniabhöranlage aus und brachte sie in Fußbodenhöhe an der Wand an. Kein Empfang. Er tastete über die Stahlbetonwand des Treppenhauses. Offensichtlich störten die unzähligen Stahlträger den Empfang.

Darauf kehrte er wieder in den Flur zurück und lauschte an der Tür des angrenzenden Apartments. Nichts zu hören. Zur Sicherheit vergewisserte er sich auch noch mit seiner Abhöranlage. Wieder nichts. Die Wohnung war leer.

Er brauchte fünfzehn Sekunden, um das Schloß zu knakken.

Vorsichtig schob er die Tür gerade so weit auf, daß er sich seitlich durch die Öffnung zwängen konnte. Dahinter erwartete ihn Dunkel und der Geruch von Gips, frischer Farbe und Lack. Im Mondlicht, das durch das unverhangene Fenster fiel, konnte er Unmengen von Bauschutt auf dem Boden sehen. Es gab kein Licht, keinen Strom. Offensichtlich wurde die Wohnung von Grund auf renoviert.

Unverzüglich machte sich der Hamster an die Arbeit. Er kauerte neben der Trennwand zum Apartment des Gangsters nieder und stülpte sich seine elektronischen ›Ohren‹ über.

Schon im selben Moment hörte er Killans Stimme, sehr laut, untermalt vom Zischen der ›Ohren‹. »...sage dir doch: Ich wüßte nicht, wo ich ohne dich bliebe, Gangster. Du bist der einzige Mensch, der mich wirklich so sieht, wie ich bin. Die Frauen, die ich kenne, können mich nicht ausstehen, und die Männer wollen nur mit mir ins Bett gehen. Außer dir. Du bist der einzige, den auch interessiert, was in mir vorgeht.«

»Trotzdem würde ich auch ganz gern mal eine Nummer mit dir schieben.« Die Männerstimme gehörte zweifellos dem wasserstoffblonden Gangster.

Killan lachte. »Außerdem bist du der einzige Mensch, der mich zum Lachen bringen kann. Darauf solltest du dir auf keinen Fall weniger einbilden als auf dein technisches Genie.«

Natürlich nahm der Hamster auch dieses Gespräch auf Band auf: »Schau dir doch nur mal die ganzen elektronischen Apparaturen und Geräte an, die du hier rumliegen hast«, fuhr Killan fort. »Bleibt nur zu hoffen, daß das Zeug auch was taugt. Bist du übrigens wirklich sicher, daß dieses Virus tatsächlich so fantastisch funktioniert, wie du sagst?«

»Es ist sogar noch besser, als ich anfänglich dachte. Außerdem ist MANTIS kein Virus, sondern ein sogenannter Bohrer, der sogar in Programme mit Virusabwehr-Kryptogrammen eindringen kann; er verleibt sich sozusagen die Virusabwehr des Programms ein, um sich anschließend mit seiner Hilfe in ihm festzubeißen. Und je komplizierter dieses Abwehrsystem ist, desto hartnäckiger frißt sich mein Bohrer darin fest. Wie gesagt: MANTIS ist eine ganz heiße Sache. Natürlich befindet es sich noch im Entwicklungsstadium.«

Killan lachte. »Du solltest dich mal reden hören. Im Labor bist du wirklich unschlagbar. Aber im wirklichen Leben... na ja, dazu möchte ich mich mal lieber nicht weiter auslassen. Als du mir zum ersten Mal von dieser Geschichte erzählt hast, sah es jedenfalls so aus, als ob für dich bei dem Ganzen wieder mal absolut nichts herausspringen würde.«

»Das ist natürlich richtig«, bestätigte ihr der Gangster etwas kleinlaut.

»Mein Chef hat mir von vornherein klargemacht, daß MANTIS ausschließlich für Regierungszwecke eingesetzt werden darf.«

»Und ich habe dir gesagt: Scheiß auf die Regierung und laß uns lieber versuchen, deine Erfindung privat zu vermarkten. Damit könnten wir ein Vermögen machen. Hast du eigentlich eine Ahnung, wie viele westliche Firmen dir deine Erfindung für astronomische Summen aus der Hand reißen würden – und sei es nur, um der Konkurrenz einen Schritt voraus zu sein? Mein Gott, allein auf dem amerikanischen Markt könnten wir mit deinem Virus so kräftig absahnen, daß wir über Nacht Millionäre wären.«

»Falls wir noch so lange am Leben bleiben«, bremste der Gangster ihren Enthusiasmus. »Ich weiß wirklich nicht, ob es richtig ist, was wir tun, Killan. Wir leben schließlich in einer verdammt rauhen Wirklichkeit und nicht in irgendwelchen Traumwelten, in denen man über Nacht zum Millionär wird. Und ganz abgesehen davon, muß ich noch verschiedene Verbesserungen an dem Bohrer vornehmen.«

»Traumwelt, wirkliches Leben… mein Gott, wir sollten uns selbst mal reden hören!« schnaubte Killan. »Demnächst werden wir uns noch darüber unterhalten, ob wir heiraten und Kinder kriegen und welche Windelsorte wir dann kaufen. Lieber sollten wir uns gleich einsargen lassen! Oder was noch schlimmer ist: Wir ersticken an *Kata*, unseren ach so tollen, gesellschaftlichen Konventionen, die einem nicht mal genügend Spielraum lassen, um frei durchzuatmen.«

»Da haben wir's wieder«, wies sie der Gangster mit gespielter Strenge zurecht. »Die große Revoluzzerin. Mag ja ganz amüsant sein, sich im Kopf die tollsten revolutionären Ideen zurechtzulegen, aber du glaubst doch nicht im Ernst, daß es hier in Japan je zu einer grundlegenden Änderung der bestehenden Verhältnisse kommen wird. Im Grunde genommen hat es sowieso nur zwei Revolutionen gegeben, die wirklich etwas bewirkt haben: Das waren die amerikanische und die französische. Bei allen anderen sogenannten Revolutionen wurde doch nur einen Form der Willkürherrschaft durch eine andere abgelöst.«

Dem kurzen Diskurs über die Revolutionen der Weltgeschichte hörte der Hamster nur mit halbem Ohr zu. Schließlich wurde jedes Wort genauestens auf Band festgehalten. Nein, ihn interessierte im Augenblick vor allem die Tatsache, daß dieser ausgeflippte Computerfreak, der mit Killan befreundet war und für Nakano Industries, der Firma ihres Vaters, arbeitete, offensichtlich kurz vor der Fertigstellung eines neuen Supervirus stand. War etwa das das Virus gewesen, das in das Computernetz von Sato International eingedrungen war? Der Hamster wußte natürlich, daß Tag für Tag unzählige solcher Viren auftauchten, aber in diesem Fall handelte es sich allem Anschein nach um eine völlig neuartige Form von Virus. Denn im Gegensatz zu den meisten anderen Viren zerstörte er das befallene Programm nicht nur einfach, sondern schlich sich in die einzelnen Dateien ein, um ihnen unbemerkt Daten zu entziehen. Demnach zu schließen, was der Gangster über MANTIS gesagt hatte, handelte es sich dabei um genau so ein Virus. Mit Sicherheit ließ sich das natürlich noch nicht sagen, aber auszuschließen war es jedenfalls nicht.

Mit einemmal schien sich für den Hamster ein Kreis zu schließen: Nangi und das Supervirus des Gangsters; Nangi und Ikusa; Ikusa und Ken Oroshi; Ken Oroshi, Ikusa und Nangi; Ikusa und Killan Oroshi; Killan Oroshi und der Gangster. Dem wirren Geflecht dieser Beziehungen schien ein tieferer Sinn zugrunde zu liegen, der sich dem Hamster jedoch noch immer nicht so recht erschließen wollte. Er war zwar ganz sicher, daß zwischen diesen scheinbar zusammenhanglosen Ereignissen eine Verbindung bestand, aber was nun hinter den Kulissen tatsächlich gespielt wurde, war ihm noch immer nicht recht klar. Eines stand allerdings fest: Er mußte Nangi unverzüglich von seiner Entdeckung berichten, denn er konnte sich bestimmt eher einen Reim auf das Ganze machen.

Der Hamster war so in seine Gedanken versunken, daß er den langsam größer werdenden Lichtfleck an der Wand erst nicht bemerkte. Erst als es längst zu spät war, wurde ihm plötzlich mit Entsetzen klar, daß es sich dabei nur um die Flurbeleuchtung handeln konnte, die durch die offene Apartmenttür fiel. Aber er hatte die Tür beim Eintreten doch wieder fest hinter sich geschlossen.

Abrupt erlosch der Lichtfleck an der Wand. Nur das Mondlicht erleuchtete den Raum noch schwach. Trotzdem wußte der Hamster, daß er Besuch bekommen hatte.

Er stand völlig regungslos da, wagte kaum zu atmen. Erst nach einer Weile streifte er sich ganz langsam die Kopfhörer ab. Aber die Spulen des Aufnahemgeräts drehten sich lautlos weiter und zeichneten weiterhin jedes Wort auf, das in der Wohnung nebenan gesprochen wurde.

Im Raum selbst herrschte vollkommene Stille. Nur von draußen drangen die nächtlichen Straßengeräusche durch das Fenster. Aber sonst war es ganz still.

Und doch...

Das plötzliche Rascheln von Zeitungspapier, so laut und abrupt wie das Auflodern einer Stichflamme.

Mit einer unauffälligen Fußbewegung schob der Hamster das Aufnahmegerät unter einen Haufen aus leeren Farbkübeln und Lackdosen. Wie eine Bruthenne, die sich bei nahender Gefahr instinktiv von ihren Küken entfernt, um die Bedrohung von ihnen abzuwenden, so entfernte nun auch er sich von der Stelle, an der er bisher das Gespräch in der angrenzenden Wohnung belauscht hatte. Denn jetzt kam es vor allem auf eines an: Das Beweismaterial, das er bisher gesammelt hatte, durfte auf keinen Fall wieder verlorengehen.

Während er lautlos an der Wand entlangschlich, zog er seinen Dolch mit der zwanzig Zentimeter langen Spezialklinge, die er nach genauen Computerberechnungen hatte anfertigen lassen. Sie war gerade schmal genug, um sich problemlos unter seiner Kleidung verbergen zu lassen, und zugleich doch so breit, daß jeder Stoß damit tödlich war, auch wenn er sein Ziel geringfügig verfehlte.

Tiefe Schatten spielten über Boden und Wände, über das Chaos aus Farbkübeln, Bodenleisten und abgelösten Tapeten und dazwischen ein unentwirrbares Durcheinander aus losen Leitungen und Drähten.

Und dann, ganz plötzlich, ein leises Pfeifen. Bedrohlich und unheilvoll. Der Hamster wußte sofort, was das zu bedeuten hatte. Blitzschnell war er sich mit eingezogenem Kopf genau in die Richtung, aus der der Angriff kam. Denn das war seine einzige Chance.

Das eigenartige Pfeifen konnte nur von einem *Tetsubo* kommen – ein Verdacht, der sich schon im nächsten Moment bestätigen sollte. Von der Stelle, wo er eben noch gestanden hatte, ging ein dichter Sprühregen aus Betonsplittern und Staub über ihn nieder.

Ein *Tetsubo* ist eine sehr alte Waffe; sie besteht aus einer massiven Eisenstange, an deren einem Ende strahlenförmig mehrere Stahlspitzen angebracht sind. Ursprünglich wurde der *Tetsubo* in der Schlacht eingesetzt. Die damit bewaffneten Fußsoldaten schwangen ihre schwere Eisenstange im Kreis, um damit den Gegnern die Rüstung zu zerschmettern oder den Pferden die Beine zu brechen.

Wenn sich also dieser schweren Waffe heute noch jemand bediente, dann stand von vornherein fest, daß sich der Betreffende nicht mit Halbheiten abgeben würde.

Mit ausgestreckter Faust schnellte der Hamster aus seiner geduckten Haltung hoch. Aber es war, als prallte er gegen eine Wand. Um mit dem *Tetsubo* umgehen zu können, brauchte man enorme Kräfte. Obwohl der Hamster im Dunkel das Gesicht seines Gegners nicht erkennen konnte, wußte er ganz genau, mit wem er es zu tun hatte: Kusunda Ikusa.

Im selben Moment ging Ikusa zum Gegenangriff über. Er schleuderte den Hamster quer durch den ganzen Raum, so daß er mit dem Rücken heftig gegen die Wand schlug. Und fast im selben Augenblick sauste auch der *Tetsubo* schon wieder leise pfeifend auf ihn zu. Er konnte sich gerade noch rechtzeitig ducken, bevor ein Regen aus Holzsplittern und Putzbrocken auf ihn niederging.

Der *Tetsubo* hatte vor allem einen Nachteil: Da man sich mit dieser extrem schweren Waffe praktisch nicht verteidigen konnte, durfte man seinem Gegner keine Ruhepause gönnen, damit er nicht zum Gegenangriff übergehen konnte. Ikusa mußte also ständig mit der schweren Waffe auf den Hamster einschlagen, und das konnte selbst für einen Koloß wie ihn auf die Dauer ermüdend werden.

Dem Hamster war jedoch klar, daß er in der Enge der winzigen Wohnung der tödlichen Waffe nicht mehr viel länger würde ausweichen können. Eine falsche Bewegung genügte, und es war um ihn geschehen. Dann würde ihm Ikusa mit einem Schlag den Schädel zertrümmern.

Daher gab es für ihn nur eine Rettung: Er mußte versuchen, so nahe wie möglich an Ikusa heranzukommen. Denn aus unmittelbarer Nähe verlor die schwere Eisenstange ihre verheerende Wirkung.

Als Ikusas Arm erneut hochkam, stieß der Hamster mit dem Messer zu. Er hörte das Geräusch von reißendem Stoff und spürte, wie sich die Klinge tief in Ikusas Fleisch bohrte.

Ikusa ließ den *Tetsubo* sinken und versuchte, den Hamster zu fassen zu bekommen. Doch darauf war dieser bereits vorbereitet und setzte mit dem Ellbogen sofort zu einem gefährlichen *Atemi* an. In geduckter Haltung warf er sich seinem Gegner entgegen, so daß er mit der linken Hand die Eisenstange zu fassen bekam. Gleichzeitig wich er mit einem *Jowaza* wieder zurück, so daß sich Ikusas Schwerpunkt nach vorn verlagerte und er aus dem Gleichgewicht kam. Jetzt oder nie, schoß es dem Hamster durch den Kopf.

Er stellte sein linkes Bein ein Stück vor und versuchte, Ikusa trotz seines gewaltigen Gewichts zu Boden zu werfen. Doch in diesem Moment traf ihn seitlich am Kopf ein fürchterlicher Schlag.

Ihm wurde schwarz vor Augen. Blindlings mit dem Messer zustechend, verlor er endgültig das Gleichgewicht und taumelte unkontrolliert durch den Raum.

Im selben Augenblick hörte er wieder das leise Pfeifen. Er sah die schwere Eisenstange sogar, wie sie, unaufhaltsam größer werdend, genau auf ihn zukam. Verzweifelt versuchte er, den Kopf zur Seite zu reißen, aber er war wie gelähmt.

Ein Donnerschlag wie vom Ende der Welt. Alles Bewußtsein, so zerbrechlich wie das Flackern einer Kerze, erlosch.

Senjin strich mit der Handfläche über Justines Bauch. »Du bist schwanger, nicht wahr?«

Genauso gut hätte er sagen können: Du bist tot, nicht wahr? Im ersten Moment dachte Justine sogar, er hätte genau das gesagt. Aber dann wurde ihr bewußt, daß sie in Wirklichkeit das Echo ihre eigenen inneren Stimme gehört hatte.

»Oh, Gott«, stieß sie gequält hervor und ließ sich gegen ihn sinken.

»Ich habe gelogen.«

Senjin schloß Justine in die Arme. Er hielt sie so behutsam wie einen Vogel mit einem gebrochenen Flügel. Trüb und träge fiel das Mondlicht über ihr ausgeprägtes Gesicht – über die tiefgründigen Augen, die energische Nase, die hohen Wangenknochen und über die vollen, leicht offenstehenden Lippen. Ihr üppiges Haar war über ihre Brüste gefallen, die sich im Takt ihres flachen, raschen Atems heftig hoben und senkten. Das helle Mondlicht warf tiefviolette Schatten und zauberte zwei weitere Gestalten auf die Terrasse, grotesk in die Länge gezogen und menschenähnlich, aber dennoch keine Menschen; mit Flügeln, die aus ihren Rücken wuchsen, und doch keine Engel.

Dieses eigentümliche Licht hatte einen weiten Weg hinter sich. Wie aus unendlich weiter Vorzeit kam es aus der unermeßlichen Weite des Alls. Trotzdem war Senjin bestens mit diesem Licht vertraut, und ebenso deutlich war er sich der Kräfte bewußt, die in ihm schlummerten.

»Ich habe meinen Mann die ganze Zeit belogen. Und auch dir habe ich nur etwas vorgemacht. Es stimmt nämlich nicht, daß ich Honi nur deshalb aufgesucht habe, weil ich mich selbst nicht mochte. Es ist natürlich richtig, daß ich mich selbst nicht leiden konnte, aber es ist noch keineswegs die ganze Wahrheit. Ich wollte – wie soll ich es sagen? – ich wollte einfach nicht erwachsen werden. Ich hatte bis dahin mein ganzes Leben an der Seite meiner Mutter zugebracht, die schon in jungen Jahren so kränkelnd und antriebslos war wie eine alte Frau. Das führte ich darauf zurück, daß meine Schwester und ich ihr sozusagen mit der Muttermilch ihre ganze Lebensenergie ausgesaugt hatten.

Sie war wie vertrocknet, ohne jede Lebensfreude. Es schien, als hätte sie ihre ganze Kraft für uns Kinder aufgebraucht. Sie war früh gealtert, immer müde, ständig von irgendwelchen Wehwehchen geplagt – Migräne, Rückenschmerzen, Krämpfe. Meistens konnte sie deshalb nicht einmal den simpelsten familiären Pflichten nachkommen. Zum Beispiel nahm sie ihre Mahlzeiten fast ausschließlich in ihrem Schlafzimmer ein. Natürlich konnte sie auch nicht im selben Bett mit meinem Vater schlafen – angeblich bekam sie nachts Wadenkrämpfe, wenn er sich nur von einer Seite auf die andere drehte.

Sie nahm fast nie an Partys oder Familienfesten teil. Natürlich schaffte sie es auch nicht, zu meiner Abschlußfeier an der High School und am College zu kommen; statt dessen schickte sie zwei Diener. Eine Teilnahme an einem Begräbnis war von vornherein ausgeschlossen – das hätte sie emotional nicht verkraftet–, und sie setze auch bis zum Tag ihres Todes kein einziges Mal ihren Fuß über die Schwelle eines Krankenhauses.

Je mehr sie innerlich vertrocknete, je mehr sie von ihrer Lebenskraft an uns Kinder abgab, desto lebensunfähiger schien sie zu werden. Und genau das war es, was für mich Erwachsenwerden bedeutete. Genau das, glaubte ich, würde in den nächsten Jahren auch auf mich zukommen. Kannst du dir vorstellen, was bei dem Gedanken, selbst ein Kind zu bekommen, in mir vorging? Ich sah nur meine Mutter vor mir – bleich, kränkelnd, ständig von irgendwelchen Leiden ans Bett gefesselt.

›Du bist nicht deine Mutter‹, versicherte mir Honi immer wieder. Aber damit war es natürlich nicht getan. Ich habe mich so bemüht, meine Angst vor dem Erwachsenwerden in den Griff zu bekommen. Aber das war nicht einfach. Mein Gott, wie ich mich damit jahrelang herumgequält habe. Und irgendwann, nach unzähligen, verzweifelt durchweinten Nächten, glaubte ich, endlich darüber hinweggekommen zu sein: Ich dachte zu wissen, daß ich nicht so werden würde wie meine Mutter. Aber dann bin ich mit meinem Mann nach Japan gezogen. Ich wurde schwanger, und unsere

Tochter starb kurz nach der Geburt. Selbstverständlich war ich über ihren Tod untröstlich. Aber ich habe tapfer gegen meinen Schmerz und meine Schuldgefühle angekämpft. Ich brachte sogar die Kraft auf, meinem Mann zur Seite zu stehen, als er sich wenig später einer ernsten Operation unterziehen mußte.

Dann wurde ich wieder schwanger, und plötzlich war alles, was ich bisher erreicht zu haben glaubte, mit einem Schlag zunichte gemacht. Ich wußte nicht mehr aus noch ein. Es war, als läge ich wieder bei Honi auf der Couch – geradezu besessen von der panischen Angst, so zu werden wie meine Mutter. Ich weiß beim besten Willen nicht, ob ich dieses Baby wirklich will. Ich weiß auch nicht, ob ich der damit verbundenen Verantwortung gewachsen sein werde. Ich habe nur das Gefühl, als wäre ich tatsächlich genau wie meine Mutter, als wäre ich einfach unfähig, ein Kind großzuziehen. Und deswegen habe ich solche Schuldgefühle, daß ich nicht weiß, wie ich das noch länger aushalten soll. Und trotzdem möchte ich auf keinen Fall so werden wie meine Mutter. Auf keinen Fall!«

Wortlos hielt Senjin sie an sich gedrückt und lauschte ihrem verzweifelten Schluchzen. Auch ich habe meine Mutter gehaßt, dachte er. Nur meine Schwester wußte das. Und auch sie konnte das erst verstehen, als ich es ihr erklärte – nicht mit Worten, sondern mit Taten. Meine Schwester ist eine energische und sehr zielbewußte Frau. Alles muß nach ihrem Kopf gehen. Ich bin der einzige, den sie nicht dazu gebracht hat, nach ihrer Pfeife zu tanzen. Ich habe versucht, ihr ihre Flausen auszutreiben. Zum Teil ist mir das sogar geglückt. Aber ich durfte es auch nicht zu weit treiben, sonst wäre sie daran nur zerbrochen, anstatt sich zum Besseren zu verändern. Sie hatte etwas absolut Unbeugsames an sich und widersetze sich hartnäckig jedem Erziehungsversuch, obwohl ihrem Wesen noch eine gefährliche Unausgegorenheit anhaftete. Außerdem ist sie meine Schwester, nicht meine Mutter. Meine Mutter hätte ich ändern können, wenn ich eine Gelegenheit dazu gehabt hätte. Denn meine Mutter war genau wie diese Frau – schwach und von Selbstzweifeln geplagt. Mit den entsprechend drastischen Mitteln wäre dem allerdings durchaus abzuhelfen gewesen.

Im Grunde genommen ist mein ganzes Leben von dem Wunsch geprägt, in allem, was ich tue, sage und denke, Stärke zu zeigen. Ich gestatte mir keinen einzigen Moment der Schwäche. Einfach unvorstellbar, daß ich irgend etwas vom Wesen meiner Mutter geerbt haben könnte. Ob Schwäche wohl vererbbar ist? Oder überträgt sie sich wie ein Gift durch die Nabelschnur, um schon im Mutterleib seine zersetzende Wirkung auf das noch ungeborene Leben auszuüben?

Sehnsüchtig tasteten Justines Lippen über seinen Hals, ihre weichen Brüste streiften über seinen muskulösen Brustkorb, ihre strammen Schenkel rieben sich lockend an seinen Beinen. Trotzdem glaubte Senjin nicht das geringste zu spüren – ebenso wenig wie mit Mariko, Tomi oder all den unzähligen anderen Frauen, die nur Namen waren, abgehakt auf einer langen Liste. Wenn er nicht an Haha-san dachte, verspürte er bei der Berührung einer Frau nicht einmal einen Anflug fleischlicher Lust.

Was nicht hieß, daß diese sexuellen Begegnungen für ihn nicht mit enormer geistiger Befriedigung verbunden waren. Denn immer wieder von neuem erfüllte es ihn mit tiefer Genugtuung, einen fremden Menschen bis in die innersten Winkel seines Wesens zu durchleuchten und zu entschlüsseln. Aber der Rest, der brünftige Wolf in ihm, der mit zurückgeworfenem Kopf den Mond anheulte, der hatte nichts davon.

Und dann hörte er plötzlich Justine ganz dicht an seinem Ohr flüstern: »Rette mich. Oh, rette mich.« Diese Worte erregten ihn mindestens ebenso sehr, als hätte sie gesagt: »Nimm mich.«

Denn er dachte gerade an eine andere Frau: seine Schwester. Mit ihr teilte er alle wichtigen Wesenszüge: Stärke, Sünde, Strafe, Schicksal, die Angst vor Schwäche und nicht zuletzt eine unstillbare Sehnsucht nach Höherem, deren nie erlöschendes Feuer ihn manchmal zu verzehren drohte.

Justine lag so dicht neben ihm, daß er das Wogen ihrer

vollen Brüste, das Schlagen ihres Herzens ganz deutlich spüren konnte. Hingebungsvoll hatte sie ihm das Gesicht zugewandt. Das Licht der Sterne verlieh ihrem Haar magischen Glanz, der verblassende Schein des Mondes umspielte zärtlich die zarte Haut ihrer Kehle.

Und das war der Augenblick, in dem Senjin sie mit leuchtenden Augen heftig an sich riß. Seine muskulösen Schenkel schlangen sich um ihre Hüften. Justine wollte aufschreien, brachte aber keinen Laut hervor. Weiß schimmerten ihre Zähne im Mondlicht. Er stellte sich vor, wie sie von Blut trieften – die gefletschten Reißzähne eines wilden Tiers, das mit weit zurückgeworfenem Kopf den Mond anheulte. Und in diesem Augenblick wollte – nein, *mußte* – er sie sich so ähnlich machen, wie das nur irgend möglich war; er würde ebenso verzweifelt versuchen, eins mit ihr zu werden, wie er das mit Mariko versucht hatte und wie er das vor ihr schon mit so unzähligen anderen Frauen versucht hatte. Denn jeder Geschlechtsakt hatte für ihn nur ein einziges Ziel: die betreffende Frau so vollständig wie möglich zu besitzen.

Der Grund hierfür war, daß er seine Schwester nicht mehr so besitzen konnte. Denn nur mit ihr allein hatte er die grauenerregende Leere tief in seinem Innern zu füllen vermocht, der nicht einmal er sich zu nähern wagte, weil dort jede Lust mit unsäglichem Schmerz verbunden war.

»Lust und Leid, Yin und Yang, Licht und Dunkel«, flüstere Senjin heiser. »Das ist die gängige Sicht der Dinge, die falsche Realität. Mit Hilfe von Kshira habe ich die Wahrheit erkannt: Lust und Leid können eins werden und das ganze Erfahrungsspektrum umspannen. Und das ist mit einer Erfahrung verbunden, die noch weit über jede Ekstase hinausgeht. Man fühlt sich dann wie in einer neuen Dimension, als wäre man plötzlich in eine völlig andere Welt versetzt worden.« Rauh und heiß streifte sein Atem über ihre Wange. »Ich habe dir den konkreten Beweis dafür versprochen. Ich möchte, daß du wirklich verstehst.«

Er dachte jetzt nicht mehr nur an Justine, sondern auch an Haha-san – und an seine Schwester.

An seine Schwester.

Und an das Gefühl, wenn sich eine Frau ganz in seiner Gewalt befand.

Doch dann brach Senjin über Justine zusammen. Denn plötzlich sah er nicht mehr nur Justine vor sich, sondern auch seine Schwester und Haha-san. Mit einemmal wurden alle drei Frauen eins für ihn; denn er brauchte sie ja auch alle drei. Wie abgrundtief er sich dieser demütigenden Abhängigkeit schämte!

Ebenso plötzlich, wie die drei miteinander verschmolzen waren, lösten sie sich auch wieder voneinander. Zärtlich streiften seine Lippen über Justines Hals, während seine Zunge begierig den salzigen Schweiß von ihrer Haut leckte.

Wie zuvor hielt er nun wieder ihren Kopf. »Und jetzt mußt du mir alles erzählen«, flüsterte er leise. »Ich muß wissen, was der Ninja mit den Steinen gemacht hat, nachdem er sie aus der Schatulle genommen hat.« Da ihn Justine nicht zu hören schien, legte er seine Lippen ganz dicht an ihr Ohr und flüstere noch einmal: »Versuch dich zu erinnern: Der Ninja, dein Mann, steht im Trainingsraum. Er hält die Schatulle mit den Steinen in der Hand. Jetzt nimmt er sie heraus. Du siehst sie im Licht funkeln. Was tut er als nächstes? Versuche dich zu erinnern!«

Mit halb geöffneten Augen, noch immer unter Hypnose, stieß Justine stammelnd hervor. »An etwas... kann... ich mich erinnern...«

»An was? *An was*!« Aber es hatte alles keinen Zweck. Sie konnte sich nicht daran erinnern. Noch nicht.

Er starrte in ihr schweißüberströmtes Gesicht, das im Mondlicht metallisch glänzte.

Aber lange konnte es nicht mehr dauern.

Und dann ließ er sie auf der mondbeschienenen Terrasse liegen – aber nicht für lange.

Das neue Louis-Feraud-Kostüm, das ihr Douglas Howe bei Saks Jandel gekauft hatte, stand Shisei großartig. Sie verschloß die Eingangstür ihres Hauses in Georgetown und eilte auf den wartenden schwarzen Jaguar zu.

Branding saß selbst am Steuer. Obwohl er einen Chauffeur

hatte, zog er es als passionierter Autofahrer vor, sich nach Dienstschluß selbst ans Steuer zu setzen.

»Großartig siehst du aus!« begrüßte er Shisei, als sie auf den weich gepolsterten Ledersitz neben ihm glitt. »Die werden Augen machen!«

»Und was ist mit Howe?« fragte Shisei nervös.

Lachend fuhr Branding los. »Du hast doch sicher schon mal von General Dickerson gehört? Howes Schoßhündchen im Pentagon? Vor etwa zwanzig Minuten, als Howe sich gerade für den heutigen Abend in Schale werfen wollte, rief ihn der General zu Hause an. Witzigerweise kann einer meiner Mitarbeiter den guten General sehr treffend imitieren. Jedenfalls hat vor zwanzig Minuten jemand, der sich genau wie Dickerson anhörte, Senator Howe angerufen und ihm mitgeteilt, daß aus dem Johnson Institute streng geheime Informationen an die Öffentlichkeit durchgesickert seien. Diese Nachricht hat Howe natürlich den Mund wäßrig gemacht. Denn ein Gutes haben alle Machtbessenen wie er an sich: Sie sind absolut berechenbar.

Der General, beziehungsweise seine Stimme, bestand also darauf, daß Howe sich irgendwo mitten in Maryland mit ihm treffen sollte; dort würde er dann erfahren, wie diese Geheiminformationen aus dem Johnson Institute an die Öffentlichkeit gedrungen wären.«

Lachend fuhr Branding fort: »Howe wird erst einmal anderthalb Stunden brauchen, um zu dem vereinbarten Treffpunkt hinauszufahren – wenn nicht sogar noch länger. Weil sein Chauffeur heute seinen freien Tag hat, wird er nämlich selbst fahren müssen. Dann wird er dort mindestens noch eine Stunde warten – für den Fall, daß der General unterwegs aufgehalten wurde. Und dann noch einmal neunzig Minuten, um wieder nach Washington zurückzufahren. Bis dahin wird das Festbankett längst vorüber sein.«

Es war kurz vor acht. Der Feierabendverkehr hatte bereits merklich nachgelassen, und eine nach der anderen begannen die zahlreichen Sehenswürdigkeiten der Bundeshauptstadt im nächtlichem Schweinwerferlicht zu erstrahlen. In Brandings Augen haftete dieser Abendstunde ein ganz spezieller Zauber an. In New York wäre man jetzt zu einer Broadway-Aufführung unterwegs gewesen, in Paris den Boulevard Haussmann zur Oper hinuntergeschlendert, und in Tokio hätte man sich auf dem Weg zu einem exklusiven Restaurant in Roppongi an der fantastischen Modenschau ergötzt, die dort Abend für Abend auf den nächtlichen Straßen abgehalten wurde.

Und hier, in Washington, waren sie unterwegs zum Zentrum der Macht: zum Weißen Haus. Der Gedanke daran ließ Brandings Herz jedesmal von neuem schneller schlagen. Ob er wohl eines Tages selbst als Präsident ins Oval Office einziehen würde? Immerhin war das einer der Hauptgründe, weshalb er überhaupt eine politische Laufbahn eingeschlagen hatte.

Er wußte sehr genau, daß er bei den in zwei Jahren stattfindenden Präsidentschaftswahlen gute Chancen auf das Amt des mächtigsten Mannes der Welt hatte. Allerdings mußte er sich dazu erst einmal genügend politischen Rückhalt verschaffen, um den für die Durchführung des Hive-Projekts erforderlichen Gesetzesentwurf im Senat durchzubringen.

Erst am Abend zuvor hatte Les Miller, der Vorsitzende der Republikanischen Partei, zu ihm gesagt: »Cook, inzwischen haben Sie tatsächlich die gesamte Partei geschlossen hinter sich. Dieser Gesetzesentwurf wäre nun sozusagen nur noch das Tüpfelchen auf dem I. Sogar unsere konservativsten Grabenkämpfer sind mächtig beeindruckt von Ihnen. Wie sie mir erst kürzlich gestanden haben, behalten sie Sie schon seit ein paar Jahren sehr genau im Auge. Mittlerweile setzen sie hochgesteckte Erwartungen in Sie – und das um so mehr, als sich angesichts des gegenwärtigen Amtsinhabers im Weißen Haus zunehmend größeres Unbehagen breitzumachen beginnt. Schließlich wurde diese Partei nicht gegründet, um von einem Mann geführt zu werden, der sich demokratischer gibt als die meisten Demokraten.

Sie hätten unsere Konservativen mal bei Ihrer letzten Senatsrede sehen sollen. Für uns war das geradezu eine Offenbarung. Darin haben Sie die Grundzüge der republikanischen Politik der Zukunft dargelegt: schnörkellos, direkt und ohne diesen ganzen pseudoliberalen Ballast. Angesichts dessen halte ich es keineswegs für verfrüht, sich schon mal Gedanken über Ihre Kandidatur zu machen. Denn dabei kommt es vor allem auf die richtige Organisation und Planung an. Je früher Sie uns grünes Licht geben, desto eher kann ich den Parteiapparat und das ganze Drumherum in Bewegung setzen. Wie Sie sehen, Cook, setzen wir große Hoffnung in Sie.«

»So was Dummes.« Shisei schlug sich die Hand an die Stirn. »Ich habe meine Handtasche vergessen. Es ist doch immer wieder das gleiche. Manchmal denke ich, das mache ich absichtlich. Es gibt nichts, was ich mehr hasse als Handtaschen.«

»Das macht doch nichts«, sagte Branding und wendete. »Wenn wir zu spät kommen, werden wir noch mehr Aufsehen erregen.«

Shisei sah in verwundert an. »Aber genau das wolltest du doch eigentlich vermeiden.«

»Schau dich doch mal an«, entgegnete er lächelnd. »Wie sollte dich in dem Kostüm jemand übersehen?« Er hielt vor dem Haus am Straßenrand. »Man darf sich nicht zum Sklaven seiner eigenen Taktik machen. Und deshalb habe ich die meine geändert.« Als sie ihn daraufhin fragend ansah, küßte er sie leidenschaftlich auf den Mund. »Jetzt geh und hol deine Handtasche. Sonst wirst du noch den Ausgang des heutigen Abends versäumen.«

Nach ihrem Schlüssel kramend, stöckelte Shisei die Eingangstreppe hinauf, schloß die Tür auf und war kurz darauf im Haus verschwunden.

In der Diele steckte sie den Schlüssel wieder in ihre Tasche, zog ihre hochhackigen Schuhe aus und schlich lautlos die Treppe ins Obergeschoß hinauf. Im Flur war es dunkel. Aber durch die offene Tür ihres Schlafzimmers fiel Licht.

Ohne einen Blick ins Innere zu werfen, schlich Shisei lautlos an der offenen Schlafzimmertür vorbei und betrat den angrenzenden Raum. Von dort hatte man ebenfalls Zutritt zu ihrem großen, luxuriös ausgestatteten Bad – und damit auch zu ihrem Schlafzimmer.

Als sie lautlos die Tür öffnete, die vom Bad in ihr Schlafzimmer führte, hatte sie den ganzen Raum im Blickfeld. Ihre Handtasche stand auf dem Schminktisch neben der Tür zum Bad. Die Schubladen der antiken Eichenkommode waren herausgezogen und übereinander gestapelt. Ihr Inhalt war in wildem Durcheinander über die Orientteppiche und den Parkettboden verstreut.

David Brisling machte sich gerade an ihrem Kleiderschrank zu schaffen. Hastig wühlte er zwischen ihren Kleidern. Gleich würde er unter ihren Schuhen auf den Computer und die Abhörausrüstung stoßen.

Shisei durchquerte den Raum so lautlos, daß sie nicht einmal ein Tier gehört hätte. Aber sie konnte nicht verhindern, daß sie einen Schatten warf.

Und gerade in dem Moment, in dem sie Brisling erreicht hatte, wirbelte er herum. Er starrte sie haßerfüllt an und hielt seine Pistole direkt auf sie gerichtet.

Shisei überließ sich ganz Kshira. Ihr Denken wurde frei von allen unnützen Gedanken; statt dessen breitete sich darin blitzartig das allumfassende Nichts des Klang-Licht-Kontinuums von Kshira aus.

Und dann ging alles ganz schnell: Ihr Oberkörper zuckte zur Seite, und gleichzeitig schnellte blitzartig ihr linker Fuß vor. Ihre Zehen trafen Brislings Handgelenk genau an der empfindlichen Stelle, wo Nerven und Adern zusammentreffen.

Noch bevor der Befehl zum Abdrücken von Brislings Gehirn bis zu seinem Zeigefinger vordringen konnte, war seine Hand bereits gelähmt. Die Pistole flog in hohem Bogen durch die Luft. Gleichzeitig ging Shisei in die Knie und richtete sich dann mit einem markerschütternden Kampfschrei ruckartig wieder auf, um Brisling mit aller Kraft die Handballen unters Kinn zu rammen. Sein Kopf zuckte nach hinten und krachte mit voller Wucht gegen die Kante der offenen Schranktür.

Erst jetzt, nachdem die Gefahr gebannt war, ließ die Wirkung von Kshira wieder nach. Und Shisei wurde wieder die Frau, die Cotton Branding kannte. Ein kurzes Blinzeln, und sie hatte wieder einen klaren Kopf. Sie vergeudete nicht eine Sekunde. Blitzartig überschaute sie die Situation und faßte gleichzeitig einen Plan für ihr weiteres Vorgehen.

Im Grunde genommen hätte es gar nicht besser kommen können.

Erst vor wenigen Minuten hatte ihr Branding erzählt, wo Howe heute abend war. Sie wog noch einmal kurz die verschiedenen Möglichkeiten gegeneinander ab. Nein, es konnte nichts schiefgehen.

Sie griff nach dem Telefon und machte einen kurzen Anruf.

Vier Minuten später saß sie wieder neben Branding auf dem Vordersitz des schwarzen Jaguars. »Tut mir leid«, entschuldigte sie sich, noch etwas außer Atem. »Es hat doch etwas länger gedauert, als ich dachte.«

»Ich habe mir schon Sorgen gemacht«, sagte Branding im Losfahren.

»Einen Moment dachte ich, ich hätte etwas Verdächtiges gehört, und wollte schon fast ins Haus kommen.«

»Das hast du dir vermutlich nur eingebildet.« Shisei beugte sich vor und gab ihm einen Kuß. »Mein Chef hat gerade angerufen, als ich gehen wollte. Ich hatte zwar den Anrufbeantworter eingeschaltet, aber ich konnte es mir doch nicht verkneifen, dranzugehen.« Sie legte ihre Hand auf seinen Oberschenkel. »Übrigens soll ich dir ausdrücklich in seinem Namen danken, daß du mich heute abend auf den Empfang mitnimmst. Ohne dich hätte ich dort sicher nie Zutritt bekommen. Vielleicht kann ich bei dieser Gelegenheit ein paar wichtige Kontakte knüpfen.«»Na wunderbar«, grinste Branding. »Für heute habe ich also für den Umweltschutz schon das Meinige getan.«

»Denk bloß nicht, das wäre schon genug, Cook. Dafür kann man gar nicht genug tun – jedenfalls so lange nicht, als sich bei dem Wort ›Umweltschutz‹ noch ein mildes Lächeln über die Lippen der meisten amerikanischen Politiker legt.«

An den getönten Wagenfenstern zog die glitzernde Lichterpracht des nächtlichen Washington vorbei – zumindest des Washington, wie man es aus unzähligen Bildbänden und Werbebroschüren kannte. Allerdings wußte Branding nur zu gut, daß das alles lediglich schöner Schein war. Denn dahinter verbargen sich Armut, Verbrechen und Arbeitslosigkeit – lauter Probleme, die in den vorwiegend schwarzen Vierteln der Stadt von Tag zu Tag mehr um sich griffen. Und während sich die Herren Politiker bei prunkvollen Empfängen im Glanz der Macht sonnten, brodelte das wirkliche Washington wie ein Dampfkessel unaufhaltsam weiter vor sich hin, um eines Tages endgültig zu explodieren.

Wie in Bestätigung dieser beunruhigenden Situation raste im selben Moment ein Polizeiauto mit zuckendem Blinklicht und jaulender Sirene an ihnen vorbei. Aber anstatt sich noch länger seinen düsteren Gedanken hinzugeben, griff Branding wieder den Gesprächsfaden auf. »Wie kommt es eigentlich, daß du dich auf die Seite der Umweltschützer geschlagen hast?« fragte er Shisei.

»Ich konnte dieses Morden nicht mehr mitansehen.« Shisei war sich sehr deutlich bewußt, wie Branding sie aus dem Augenwinkel beobachtete. »Denk doch nur an die unzähligen Wale, die gerade von meinen Landsleuten abgeschlachtet werden. An die zahllosen Seehunde, die von Pelzjägern gnadenlos zu Tode geknüppelt werden. An die Tonnen von Müll und hochgiftigen Abfällen, die Tag für Tag in unsere Flüsse, Seen und Meere gekippt werden. Nie war die sinnlose Maßlosigkeit menschlicher Raffgier augenfälliger als heute. Das konnte ich nicht länger tatenlos mitansehen. Dagegen mußte ich etwas unternehmen. Ich sehe im Umweltschutz eine Aufgabe, die wirklich Sinn hat. Und das ist sehr wichtig für mich.«

Unwillkürlich mußte Branding an Shiseis Lebensgeschichte denken, an ihre Versklavung durch Zasso, den wahnsinnigen Künstler, der in ihr die sagenhafte Dämonenfrau zu neuem Leben erstehen lassen wollte. Zum Glück waren Zassos Bemühungen jedoch gescheitert, dachte Branding. Shisei war über ihre schreckliche Vergangenheit hinweggekommen; sie war eine selbständige, selbstbewußte junge Frau, die engagiert für eine gute und sinnvolle Sache kämpfte. Dadurch kam ihm verstärkt zu Bewußtsein, wie stolz er auf Shisei war.

Ein Bankett wie der Empfang anläßlich des Staatsbesuches des deutschen Kanzlers zählte selbstverständlich zu den Ereignissen im politischen Leben der Bundeshauptstadt, bei denen der augenblickliche Marktwert eines Politikers besonders augenfällig zum Ausdruck gelangte. Und dementsprechend zählte Branding schon bald zu den wenigen, um die sich dichte Menschentrauben bildeten, um aufmerksam zu lauschen, hin und wieder eine witzige Bemerkung einzuflechten und vor allem: um gesehen zu werden.

Trotzdem behielt Branding die ganze Zeit über Shisei unauffällig im Auge. Mit einem Glas Champagner in der Hand wanderte sie durch den festlich geschmückten Empfangssaal, um bald hier, bald da mit einem Diplomaten oder einer kleinen Gruppe von Politikern zu sprechen, die ihr alle sehr aufmerksam zuzuhören schienen. Immer wieder nickten oder lächelten sie weise, um ihr schließlich am Ende des Gesprächs ihre Visitenkarten zu überreichen als handelte es sich dabei um eine Opfergabe am Altar einer Göttin.

Etwa eine Stunde, nachdem sie auf dem Empfang eingetroffen waren, zog Branding Shisei verstohlen an seine Seite und zwinkerte ihr verschwörerisch zu. »Und?« erkundigte er sich. »Amüsierst du dich?«

»Eher würde ich sagen: Ich gehe meiner Arbeit nach – übrigens mit großem Erfolg.«

»Das ist mir keineswegs entgangen.« Gleiches hätte Branding auch von sich behaupten können. Sämtliche maßgeblichen Parteifreunde aus den Reihen der Republikaner begegneten ihm ausgesprochen zuvorkommend und schienen ganz bewußt seine Nähe zu suchen. Alle waren sichtlich bemüht, ihn in ein Gespräch zu verwickeln, in dessen Verlauf sie ihn dann unweigerlich ihrer vollen Unterstützung versicherten, was die Durchsetzung des ASCRA-Gesetzentwurfs betraf.

Etwas vergällt wurde Branding dieser Triumph lediglich durch Tricia Hamilton, die Gattin seines langjährigen Freundes und Mitstreiters Bud Hamilton, des Senators von Maryland. Wie ein Herold, der das Herannahen eines feindlichen Heeres ankündigt, erschien sie plötzlich mit großem Getue an seiner Seite.

»Sie sind mein Tischherr beim Diner, Cook«, erklärte sie etwas großspurig.

Sie trug ein Abendkleid aus Seide, das sicher ein Vermögen gekostet hatte. Trotzdem sah sie darin mindestens zehn Jahre älter aus.

Branding entging nicht, wie ihr scharfer Adlerblick, ein untrügliches Kennzeichen aller Washingtoner Politikergattinnen, auf Shisei haften blieb.

»Ausgesprochen reizend, Ihre junge Begleiterin«, bemerkte sie dazu in einem Ton, als wollte sie eigentlich sagen: Wo haben Sie denn das Flittchen aufgegabelt?

Branding lachte nur. Er war zu guter Stimmung, um sie sich durch Tricias gehässige Bemerkung verderben zu lassen. »Nicht nur das meine Teuerste. Sie ist auch ausgesprochen intelligent.«

»Das kann ich mir denken.« Tricia Hamilton setzte ihr süßestes Lächeln auf, als sie sich gemeinsam in den Speisesaal begaben. »Ihr Kostüm ist wirklich todchic. Es ist doch von Louis Feraud, oder nicht?«

»Keine Ahnung«, gestand ihr Branding. »Aber ich finde auch, daß es ihr hervorragend steht.«

»Gewiß, gewiß«, nickte Tricia Hamilton sarkastisch. »Nur komisch, daß mir dieses Kostüm so bekannt vorkommt – und das, obwohl es in Washington sicher nicht allzu viele Louis-Feraud-Kostüme geben dürfte. Oder genauer gesagt: Saks Jandel ist der einzige, der sie hier führt; und er hat immer nur eines in jeder Größe. Das weiß ich zufällig weil ich erst kürzlich wegen eines neuen Kleids bei Saks Jandel war. Und, ob Sie's glauben oder nicht, bei dieser Gelegenheit habe ich dort genau dieses Kostüm gesehen.« Tricia hatte sich vertraulich an Brandings Arm eingehängt und rückte nun sogar noch ein Stück näher an ihn heran. »Ja, ich bin ganz sicher. Es war *dieses* Kostüm.« Sie sah ihm in die Augen. »Und wissen Sie auch, wer es gekauft hat, Cook?« Sie machte eine bedeutungsschwere Pause, bevor sie fortfuhr:

»Ihr Intimfeind, Senator Douglas Howe. Zum Glück hat Douglas mich nicht bemerkt – er war zu sehr in Eile. Ein widerwärtiger Mensch, finden Sie nicht auch, Cook? Schon allein die Vorstellung, er könnte mir die Hand schütteln, jagt mir einen kalten Schauder den Rücken hinunter.«

Branding sah sie forschend an. »Trotz allem, was Sie über Saks Jandel gesagt haben, kann das doch unmöglich das einzige Louis-Feraud-Kostüm in ganz Washington sein. Worauf wollen Sie nun eigentlich hinaus, Tricia?«

»Worauf ich hinauswill, Cook?« spielte sie die Erstaunte. »Auf gar nichts, mein Lieber. Ich mache lediglich Konversation.«

Obwohl sich Branding alle Mühe gab, sich durch Tricia Hamiltons Andeutungen nicht aus der Ruhe bringen zu lassen, ging ihm ihre Bemerkung während des ganzen Essens nicht mehr aus dem Kopf. Jedenfalls konnte er sich danach nicht mehr erinnern, was er gegessen oder worüber er sich mit seinen Tischnachbarn unterhalten hatte. Auch den Reden des amerikanischen Präsidenten und des deutschen Kanzlers hatte er nur mit halbem Ohr zugehört.

Während der Heimfahrt war er so schweigsam, daß ihn Shisei irgendwann behutsam am Arm faßte und frage: »Was hast du denn, Cook?«

Fast wollte er sie fragen, woher sie das Kostüm hatte. Ob sie es sich selbst gekauft hatte oder ob es sich dabei um ein Geschenk handelte? Aber dann besann er sich doch eines besseren. Aus einem ganz einfachen Grund: Da die Chancen ziemlich hoch standen, daß sie ihn belog, wollte er ihre Antwort lieber gar nicht hören.

»Ach, nichts«, antworte er deshalb ausweichend.

Tricia Hamiltons Andeutungen hatten ihn sichtlich aus dem Konzept gebracht. Wenn Tricia über andere klatschte, dann eigentlich nur mit gutem Grund. Sie war bekannt dafür daß sie nur Dinge in Umlauf setzte, die Hand und Fuß hatten. Haltlose Gerüchte und Halbwahrheiten zu verbreiten überließ sie lieber anderen Politikergattinnen.

Der Grund, weshalb Tricias Bemerkung Cotton Branding so sehr aus der Fassung brachte, war ganz einfach: Wenn

Tricia behauptete, Douglas Howe gesehen zu haben, wie er besagtes Kostüm bei Saks Jandel gekauft hatte, dann war das die Wahrheit – nicht mehr und nicht weniger.

Erst versuchte er sich noch einzureden, daß es dafür sicher irgendeine völlig harmlose Erklärung gab. Allerdings gelangte er schon bald zu der Überzeugung, daß das ebenso unwahrscheinlich wie absurd war. Demnach konnte das Ganze also nur eines bedeuten: Shisei und Howe stecken unter einer Decke.

Andererseits konnte er ich selbst beim besten Willen nicht vorstellen, aus welchem Grund sich eine Frau wie Shisei mit Douglas Howe zusammentun sollte. Diese Möglichkeit wollte ihm einfach nicht so recht in den Kopf – außer Shisei war die fantastischste Schauspielerin, der er je begegnet war.

Er hielt vor ihrem Haus, ohne den Motor abzustellen.

»Kommst du nicht mehr mit rein?« fragte Shisei.

»Nein, heute abend nicht mehr.«

In dem Schweigen, das darauf eintrat, tat sich plötzlich eine Kluft zwischen ihnen auf, wie sie zu Beginn des Abends nicht einmal vorstellbar gewesen wäre. Völlig verlassen lag die Straße vor ihnen. Die Straßenlaternen warfen Pfützen aus Licht auf den Asphalt. Über die Kühlerhaube des Jaguar hatten sich die Schatten der hohen Ulmen gelegt.

Shisei ergriff Branding am Unterarm. »Cook, was hast du denn? Du bist plötzlich so verändert.«

Er schloß kurz die Augen. »Ich bin müde. Deshalb möchte ich lieber gleich nach Hause.«

Shisei sah ihn flehentlich an. »Dann komm wenigstens noch ganz kurz rein. Bitte! Ich möchte nicht, daß der Abend so endet.«

Nach kurzem Zögern stellte Branding den Motor ab. Im Haus schaltete Shisei sofort alle Lichter im Erdgeschoß ein, als wollte sie nach einem Alptraum die letzten bösen Geister vertreiben. Branding sah ihr nur mit undurchdringlicher Miene dabei zu.

»Willst du etwas trinken?«

»Lieber nicht.« Er stand noch immer etwas verloren im Wohnzimmer herum.

»Cook, ich bitte dich: So sag mir doch endlich, was los ist.«
»Das weiß ich doch selbst nicht – zumindest *noch* nicht.«
»Jedenfalls möchtest du nach Hause. Ich kann es dir ansehen, daß du nicht hier bleiben willst.«
»Das bildest du dir nur ein.«
»Mach mir doch nichts vor«, erwiderte Shisei entschieden.
Branding stieg die Galle hoch. Das hatte gerade noch gefehlt: Jetzt beschuldigte sie *ihn*, daß er ihr etwas vormachte. Und das schlimmste war: Sie hatte auch noch recht damit. »Du brauchst gerade zu reden, du hinterhältiges Aas!« legte er wutentbrannt los. »Wo hast du dieses neue Kostüm her?« Und im selben Moment war er auch schon aus dem Zimmer gestürmt.

Shisei wurde plötzlich ganz heiß. Hatte er herausgefunden, daß das Kostüm ein Geschenk von Howe war? Aber wie war das möglich?

Branding hörte noch, wie sie seinen Namen rief. Dann klingelte das Telefon. Er verließ das Haus. Seine Beine fühlten sich seltsam steif an; seine Muskeln standen wie unter Strom.

Shisei nahm den Hörer ab und schrie hinaus: »Wer da?« Und dann blieb ihr fast das Herz stehen. Es war ihr Bruder.

»Senjin«, flüstere sie in den Hörer. »Wir haben doch abgemacht...«

»Damit ist jetzt Schluß«, unterbrach sie Senjin abrupt.

»Aber damit gefährdest du alles, was wir bisher...«

»Sei endlich still!«

»Was ist los?« stieß Shisei atemlos hervor. »Was ist passiert?«

»Das erkläre ich dir später«, schnaubte Senjin. Er schien kurz vor dem Explodieren zu stehen. »Ich bin ganz dringend auf deine Hilfe angewiesen.«

»Was soll das h...«

»Ich bin in Amerika.« Senjin ließ sie nicht zu Ende reden. »Ich bin gerade nach West Bay Bridge auf Long Island unterwegs.« Er nannte ihr eine Adresse. »Dort muß ich dich unbedingt sehen.«

Noch bevor Shisei etwas erwidern konnte, war die Verbindung bereits unterbrochen. Schaudernd legte sie den Hörer auf die Gabel zurück und begann, abwesend an ihrem Smaragdring zu drehen.

Mittlerweile war Branding in seinen Jaguar gestiegen und hatte den Motor angelassen. Als er losfuhr, spürte er wie seine Hände zitterten. Sein Herz schlug wie wild, und in seinem Innern tobte ein heftiger Widerstreit der Gefühle. Dringender denn je hätte er jetzt den Rat seiner Frau gebraucht; sie hätte ihm sagen können, was richtig war und was nicht – beziehungsweise: wer mit wem unter einer Decke steckte, und zwar im wörtlichen wie im übertragenen Sinn. Seine Frau hatte für solche Dinge immer ein untrügliches Gespür gehabt.

Die Vorstellung, Shisei könnte von Douglas Howe auf ihn angesetzt worden sein, um ihn und das Hive-Projekt zum Scheitern zu bringen, war fast zu schlimm, um wahr zu sein. Denn erst jetzt, in diesem schrecklichen Moment, konnte sich Branding endlich eingestehen, daß er sich unsterblich in Shisei verliebt hatte. Mit schmerzlicher Deutlichkeit wurde ihm plötzlich bewußt, wie sehr er sie liebte. Die Gefühle, die sie in ihm geweckt hatte, waren von solcher Intensität und Tiefe, wie sie bisher noch keine andere Frau – auch nicht Mary – in ihm hervorgerufen hatte. Und das sollte alles nur Einbildung gewesen sein? Nein, das konnte er sich selbst beim besten Willen nicht vorstellen.

Er hatte das Gefühl, als wäre ihm plötzlich der Boden unter den Füßen weggezogen worden, als hätte ihn seine Menschenkenntnis, auf die er bisher immer so viel gegeben hatte, plötzlich aufs kläglichste im Stich gelassen. Er kam sich vor wie ein kleiner Junge, der die Schule gewechselt hatte und nun feststellen mußte, daß alles, was er bisher gelernt hatte, vollkommen falsch und unbrauchbar war. Er kam sich dumm und hoffnungslos naiv vor, aufs schmählichste von eben der Macht hintergangen, die ihm bisher scheinbar so wohlgesonnen gewesen war.

Ihm war sehr wohl bewußt, daß es vor allem seiner im Grunde noch sehr tief verwurzelten puritanischen Erziehung zuzuschreiben war, daß er Shisei so rasch und bereitwillig verdammte und ihr nicht einmal die Möglichkeit bieten wollte, sich zu rechtfertigen. Denn er wußte nur zu gut, daß es ihm seine Liebe zu ihr unmöglich gemacht hätte, zwischen Wahrheit und Lüge zu unterscheiden.

Er konnte die Worte seiner Mutter so deutlich hören, als säße sie neben ihm auf dem ledergepolsterten Sitz des Jaguar. *Die Welt ist des Teufels, Cotton. Nur wenn du nicht von dem schmalen Pfad abweichst, den Gott, der Herr, dir vorgezeichnet hat, kann dir das Böse nichts anhaben.*

Das Jaulen einer näherkommenden Sirene ließ ihn aus seinen Gedanken hochschrecken. In seinem Rückspiegel begann das Rotlicht eines Polizeiautos aufzuleuchten. Fast automatisch fuhr Branding an den Straßenrand und hielt an. Seine Gedanken waren noch immer bei Shisei. Ein Streifenwagen, weiß mit blauen Streifen, blieb direkt hinter ihm stehen. Im Schein des zuckenden Rotlichts konnte Branding hinter der Windschutzscheibe die dunklen Umrisse zweier Gestalten erkenne.

Erst geschah lange nichts. Schließlich ging die Tür auf der Fahrerseite auf, und ein uniformierter Polizist stieg aus. Sein Partner blieb im Wagen sitzen.

Branding ließ das Seitenfenster herunter. Nun konnte er die Schritte des Polizisten ganz deutlich näher kommen hören. Der Uniformierte pflanzte sich mit seinen stattlichen eins neunzig vor ihm auf und starrte ihn durch seine Spiegelsonnenbrille durchdringend an. Branding fragte sich, wie er damit nachts überhaupt etwas sehen konnte.

»Dürfte ich bitte Ihren Führerschein und die Wagenpapiere sehen?«

»Ich bin ganz sicher nicht zu schnell gefahren«, antwortete Branding.

Als ihn der Polizist darauf nur wortlos ansah, händigte ihm Branding seine Papier aus. Dabei fiel ihm auf, daß der Polizist sie mit seiner linken Hand entgegennahm; seine Rechte lag die ganz Zeit auf dem Holzgriff seines Dienstrevolvers.

Der Polizist winkte seinem Partner zu und sagte: »Ich muß Sie leider bitten, Ihren Kofferraum zu öffnen, Senator Branding.«

»Wie bitte?«

Der Polizist trat einen Schritt zurück. »Würden Sie bitte aussteigen, Senator Branding.«

Branding stieg aus und ging zum Heck seines Wagens. Der Polizist folgte ihm. Inzwischen war auch der zweite Polizist ausgestiegen; er hielt eine Schrotflinte in der Hand.

»Düfte ich zumindest erfahren, was das eigentlich soll?« fragte Branding energisch.

Doch der Polizist hinter ihm sagte nur: »Wenn Sie bitte so freundlich wären, Ihren Kofferraum zu öffnen, Senator Branding.«

Branding kam seiner Aufforderung nach. Er klappte den Kofferraumdeckel hoch und trat zurück. Aus dem Innern drang ein widerlich süßlicher Geruch. Der Uniformierte trat einen Schritt vor und leuchtete mit seiner Taschenlampe in den Kofferraum.

»Herr im Himmel!«

Im Hintergrund konnte Branding ganz deutlich hören, wie der zweite Polizist seine Flinte spannte, als nun auch er in den Kofferraum starrte und die Leiche entdeckte, die dort zusammengekauert im Dunkeln lag. Ihm wurde entsetzlich übel. Im Lichtstrahl der Taschenlampe waren die getrockneten Blutflecken, der zertrümmerte Schädel und das bleiche Gesicht des Toten ganz deutlich zu erkennen.

Und wieder gingen Branding die Worte seiner Mutter durch den Kopf: *Weichst du auch nur einen Schritt vom schmalen Pfad der Tugend ab, so wird alles, was gut an dir ist, unweigerlich verwelken und der ewigen Verdammnis anheimfallen.*

Gütiger Gott, schoß es ihm durch den Kopf, während er wie gelähmt vor Entsetzen auf den Toten starrte. Ich kenne diesen Mann. Das ist David Brisling, Douglas Howes Assistent.

Hoch oben im Hodaka, fernab von jeder Zivilisation, sein bärtiges Gesicht eisverkrustet, setzte Nicholas zum Gipfelsturm auf das Schwarze Horn an. Endlich war es soweit. Er war aufgebrochen, um das zu finden, wonach er in seinem Traum im Schilf am Ufer des Sees gesucht hatte. Die melodische Stimme, die damals zu ihm gesprochen hatte, war die Stimme seiner Erinnerung gewesen. Aber er war zu sehr mit seinen Gedanken beschäftigt gewesen und hatte deshalb nicht verstehen können, was sie ihm mitteilen wollte.

Es lag keineswegs an *Shiro Ninja*, daß in seinem Innern solches Chaos herrschte. Das hatte Kansatsu völlig richtig erkannt. *Shiro Ninja* war nicht die Ursache seiner Krankheit, sondern lediglich eines ihrer Symptome. In Wirklichkeit war Nicholas längst aus seinem inneren Gleichgewicht geraten gewesen, als es zu der ersten Konfrontation mit dem Tanjian kam; sonst hätte *Shiro Ninja* erst gar nicht von ihm Besitz ergreifen können.

Obwohl Nicholas inzwischen die wesentlichen Grundbegriffe von Akshara in Fleisch und Blut übergegangen waren, war er noch immer *Shiro Ninja.* Auch das war etwas, was er eingesehen hatte: Weder Kansatsu noch sonst irgend jemand konnte ihn von *Shiro Ninja* heilen.

Im Grunde genommen gab es überhaupt kein Heilmittel gegen *Shiro Ninja.* Letztendlich handelte es sich dabei um eine Selbsttäuschung, der man nur beikommen konnte, indem man sie als solche durchschaute. Trotzdem konnte sich Nicholas noch immer nicht besser an die Dinge erinnern, die er während seiner Ninjutsu-Ausbildung gelernt hatte.

»Das Problem, mit dem du zu kämpfen hast, hat eigentlich nichts mit *Shiro Ninja* zu tun«, hatte Kansatsu eines Abends nach dem Unterricht gesagt und dabei Nicholas' Operationsnarbe am Kopf untersucht.

»Das verstehe ich nicht. *Shiro Ninja* macht sich doch vor allem durch einen totalen Gedächtnisverlust bemerkbar.«

»Das ist nicht ganz richtig.« Kansatsu schüttelt den Kopf. »Dein Problem ist nicht, daß du dein Gedächtnis *verloren* hast, sondern daß du keinen *Zugang* mehr zu ihm hast. Mit Hilfe von Akshara hat sich zwar deine geistige Verwirrung etwas zu klären begonnen, aber du hast noch immer keinen Zugang zu deinen Erinnerungen an deine Ninjutsu-Ausbildung und an *Getsumei no michi.* Aus diesem Grund nehme ich fast an, daß dein Problem organische Ursachen hat.«

»Willst du damit sagen, meine Unfähigkeit, mich zu erinnern, ist körperlich bedingt?«

Kansatsu nickte ernst. »Ja. Ich bin inzwischen zu der Überzeugung gelangt, daß während der Operation irgend etwas passiert ist.«

Nicholas jagte ein eisiger Schauder den Rücken hinunter. »Willst du damit sagen, der Chirurg hat bei der Operation versehentlich einen gesunden Teil meines Gehirns verletzt?« Die Vorstellung, dadurch auf Lebzeiten verstümmelt zu sein, war ihm unerträglich.

»Nein«, erwiderte Kansatsu sofort, als ahnte er den schrecklichen Verdacht, der in diesem Moment in Nicholas aufstieg. »Das ist so gut wie ausgeschlossen. Die Wahrscheinlichkeit, daß der Chirurg zufällig genau den Gehirnbereich verletzt hat, in dem dein Gedächtnis sitzt, ist so verschwindend gering, daß wir diese Möglichkeit fürs erste außer acht lassen können.« Kansatsu saß völlig reglos da. Seine Augen waren zwei dunkle Punkte – wie zwei Raben, die in der Ferne über einem abgeernteten Weizenfeld schwebten. Neben tiefer Wehmut sprach zugleich auch unerschütterliche Zuversicht aus ihnen. »Was ich damit sagen will, ist folgendes, Nicholas: Der betreffende Bereich in deinem Gehirn ist vorsätzlich, mit voller Absicht, außer Funktion gesetzt worden.«

In dem betretenen Schweigen, das daraufhin eintrat, hörte Nicholas ganz deutlich das panische Pochen seines Herzens. Mit dem immer heftiger anschwellenden Sausen in seinen Ohren verschmolz es zu einer gräßlichen Symphonie des Grauens. »Aber der Chirurg…«

»Muß nicht unbedingt dafür verantwortlich gewesen sein«, fiel ihm Kansatsu ins Wort. »Obwohl er ziemlich sicher daran beteiligt war.«

Plötzlich sah Nicholas wieder Dr. Hanamis zerschmetterten Körper auf dem blutüberströmten Pflaster liegen.

»Der Chirurg, der mich operiert hat, wurde vor wenigen Tagen aus dem Fenster seines Sprechzimmers geworfen«, stieß er aufgeregt hervor. Und dann erzählte er Kansatsu alles – angefangen von der Diagnose, die Dr. Hanami wie ein

Todesurteil über ihn ausgesprochen hatte bis zu dem Kampf mit dem Tanjian, der mehr als ein halbes Jahr danach in Dr. Hanamis Praxis stattgefunden hatte.

»Jetzt beginne ich langsam zu begreifen«, seufzte Kansatsu erleichtert. Er entnahm seiner Bibliothek ein anatomisches Lehrbuch und schlug das Kapitel über die Gehirnhälften auf. »Dein Tumor befand sich also genau an der zweiten Gehirnwindung im Schläfenbereich.« Er deutete auf die Abbildung eines menschlichen Gehirns. »Hier. Wie du siehst, befindet sich die Stelle direkt über der Hippocampusspalte.« Er deutete auf eine andere Stelle.

»Die Tanjian wissen schon lange, daß das Gehirn wie ein Computer aufgebaut ist. Jedem einzelnen Bereich ist eine ganz bestimmte Funktion zugeteilt. Dem entsprechend gibt es auch einen ganz eindeutig bestimmbaren Teil des Gehirns, in dem das Gedächtnis sitzt. Dieser relativ kleine Bereich befindet sich im sogenannten Hippocampus.«

»Und mein Tumor lag genau über dem Hippocampus«, warf Nicholas ein. »Was wäre also naheliegender, als daß Dr. Hanami versehentlich etwas zu tief geschnitten hat und dabei auch diesen Gehirnbereich in Mitleidenschaft gezogen hat.«

»Das halte ich für höchst unwahrscheinlich, Nicholas. Du solltest dich lieber auf die konkreten Fakten konzentrieren, anstatt dich zu wilden Spekulationen hinreißen zu lassen. Dr Hippocampus liegt so weit unter der Stelle, an der sich dein Tumor befand, daß ihn ein guter Gehirnchirurg unmöglich aus Versehen verletzt haben kann.«

Kansatsu hatte inzwischen ein paar Seiten weitergeblättert. »Der Hippocampus ist nach neuesten wissenschaftlichen Erkenntnissen von entscheidender Bedeutung für das Erinnerungsvermögen. In den Gehirnzellen dieses Bereichs ist nämlich ein ganz bestimmtes Molekül in besonders starker Konzentration vertreten. Es handelt sich dabei um den sogenannten NMDA-Rezeptor, dessen Name daher rührt, daß sich sein Vorhandensein mit Hilfe der chemischen Substanz N-Methyl-D-Aspartase feststellen läßt. Mit Hilfe der NMDA-Rezeptoren nimmt nun also das Gehirn Sinneseindrücke auf und speichert sie anschließend in den Gehirnzellen, wo sie jederzeit abrufbereit sind. Das allerdings ist nur möglich, wenn sie die Gehirnzellen beziehungsweise Neuronen untereinander verbinden und über die Synapsen Neurotransmitter austauschen können. Wenn nun allerdings dieser Austausch unterbrochen wird, können keine neuen Erinnerungsinhalte mehr gespeichert werden. Wenn allerdings, wie in deinem Fall, die Gehirnzellen zerstört oder die Funktion der NMDA-Rezeptoren unterbunden wird, ist lediglich der Zugang zu bereits gespeicherten Erinnerungen versperrt. Du denkst, du hättest dein Gedächtnis verloren. In Wirklichkeit ist lediglich der Zugang zu ihm blockiert.«

»Was ist mit mir passiert?« fragte Nicholas.

»Dazu kann ich nur ein paar Vermutungen anstellen: Während der Chirurg den Tumor aus deinem Gehirn entfernt hat, hat jemand anderer einen winzigen Gegenstand in deinen Hippocampus eingesetzt. Dabei könnte es sich zum Beispiel um eine Fiberglasfaser gehandelt haben, die mit einer chemischen Substanz getränkt war, durch die die Funktion der NMDA-Rezeptoren gestört wurde.«

»Aber müßten davon nicht alle Erinnerungen betroffen sein und nicht nur die, die in Zusammenhang mit meiner Ninja-Ausbildung stehen?«

»Normalerweise schon«, nickte Kansatsu. »Allerdings haben wir es hier nicht nur mit einem gewöhnlichen Tanjian zu tun, sondern mit einem *Dorokusai*. Genauso, wie du in der Lage bist, nur diejenigen Bereiche deines Gehirns außer Funktion zu setzen, in denen du Schmerz empfindest, so ist der *Dorokusai* imstande, auf ganz bestimmte Bereiche deines Erinnerungsvermögens einzuwirken. Außerdem«, fügte der *Sensei* hinzu, »war dein ganzes Denken bisher ausschließlich darauf fixiert, daß du *Shiro Ninja* bist. Es würde mich daher nicht wundern, wenn du dich zum Beispiel auch nicht mehr an deine frühe Kindheit erinnern könntest.«

Nachdem sich Nicholas das kurz durch den Kopf hatte gehen lassen, mußte er sich tatsächlich eingestehen, da er sich an viele Dinge aus seiner Kindheit nicht mehr erinnern konnte. Obwohl er das Gefühl hatte, daß diese Erinnerungen noch irgendwo in seinem Gedächtnis gespeichert waren, konnte er sie sich trotz aller Anstrengungen nicht mehr vor Augen führen.

Ärgerlich schüttelte Nicholas den Kopf. »Aber Dr. Hanami muß doch darüber genauestens Bescheid gewußt haben. Der *Dorokusai* muß während der Operation neben ihm gestanden haben.«

»Das ist allerdings richtig.« Kansatsu nickte. »Demnach zu schließen was du mir vorhin über den Chirurgen erzählt hast, könnte er erpreßt worden sein. Vielleicht hat ihn der *Dorokusai* mit Gewalt dazu gezwungen, ihn einen Eingriff an deinem Gehirn vornehmen zu lassen.«

Nach einigem Nachdenken fragte Nicholas: »Ist es denn möglich, daß der Tanjian, der mich angegriffen hat, über so gute chirurgische Kenntnisse verfügt?«

»Ja«, versicherte ihm der *Sensei*. »Es ist sogar sehr wahrscheinlich, daß ein Mann mit so außerordentlichen Fähigkeiten auch auf diesem Gebiet über umfangreiche Kenntnisse verfügt. Auch du kannst schließlich aufgrund deiner Ninjutsu-Ausbildung auf ein profundes anatomisches Wissen zurückgreifen.«

»Trotzdem würde ich mir nicht zutrauen, eine vergiftete Fiberglasfaser an einer ganz bestimmten Stelle des Gehirns einzusetzen.«

»Gott sei Dank. Schließlich bist du kein *Dorokusai* und hast noch etwas mehr Achtung vor dem menschlichen Leben.«

Obwohl Nicholas schon seit einiger Zeit ein spezielles Mittel einnahm, das ihm der *Sensei* für den Abbau des erinnerungshemmenden Gifts in seinem Gehirn gegeben hatte, zeigte sich bisher noch keinerlei Wirkung. Deshalb mußte er mit seinen Übungen wieder ganz von vorn beginnen. Für ihn war das so, als müßte er wieder gehen und sprechen lernen wie ein kleines Kind. Alles, was ihm noch vor kurzem völlig selbstverständlich erschienen war, mußte er nun unter vielen Mühen wieder von Grund auf lernen. Sein Gehirn war leer – wie ein unbeschriebenes Blatt, das erst mit Inhalt gefüllt werden mußte. Und genau das tat Nicholas nun mit Hilfe von Akshara. Mühsam eignete er sich die Grundlagen seines verlorenen Wissens von neuem an.

Seltsamerweise war bei diesem leidvollen Kampf nicht sein Verstand sein treuester Verbündeter, sondern sein Körper. Er war so vorbildlich trainiert, daß er alles tat, was ihm Akshara abverlangte. Mit einem Mal verfügte Nicholas wieder über sein blitzschnelles Reaktionsvermögen und seine unerschütterliche Ausdauer – eine Tatsache, die ihn bei seinen weiteren Bemühungen enorm ermutigte.

Und nun war der entscheidende Augenblick endlich gekommen. Er machte sich an die letzte große Herausforderung, an die Besteigung des Schwarzen Horns. Ihm wurde gleichzeitig ganz schwer und ganz leicht ums Herz. Denn als er nun in der steilen Wand hing, hatte er das Gefühl, als gäbe der abweisende Fels plötzlich unter seinem Körper nach, als könnte er sich jede noch so geringe Vertiefung zunutze machen, um daran Halt zu finden, so daß ihm selbst die heftigsten Windstöße nichts mehr anhaben konnten. Und trotz allem hatte er sich schon lange nicht mehr so frei und ungebunden gefühlt. Er war wieder in *Getsumei no michi*! In einem einzigen heftigen Schwall schwappten seine alten Erinnerungen plötzlich in sein Bewußtsein hoch. Bis in die kleinste Faser wurde sein Körper plötzlich wieder von überschäumender Energie durchpulst. Er war nicht mehr länger *Shiro Ninja*.

Das war so ein erhebendes Gefühl, daß Nicholas den Kopf in den Nacken warf und einen wilden Triumphschrei ausstieß, der selbst das Heulen des Sturms übertönte. Das wirre Durcheinander der Gedanken in seinem Kopf begann sich allmählich zu legen, und schon nach kurzem war dort wieder solche Klarheit eingekehrt, daß ihm der Blick auf die wahre Natur der Dinge nicht mehr länger verstellt blieb.

Die Fußabdrücke im Schilf, die Stimme aus seinem Innern. Er war plötzlich wieder in Kyokis Klause und ging durch das Mondtor in seinem Arbeitszimmer.

Was hat die Stimme gesagt? hatte Kansatsu gefragt.

Ich weiß es nicht mehr, hatte Nicholas geantwortet.

War es die Stimme meines Bruder?

Nein. Aber sie kam aus unmittelbarer Nähe.

Wie nahe? Die Antwort darauf gab ihm Akshara: Sehr

nahe. Und als die Stimme jetzt wieder zu ihm sprach, konnte er jedes Wort verstehen. Es war seine eigene Stimme, die sagte: *Zeit.* Wie der Stundenschlag einer alten Standuhr, wie das Hallen eines mächtigen Gongs, wie das Auftauchen einer Gestalt aus undurchdringlichem Nebel. *Zeit zu lernen, das Gelernte zu verarbeiten. Zeit zu leben. Das ist das Ende: der Angst, der Verwirrung und des Todes.*

In Nicholas' Ohren heulte der Sturm, in seinen Adern pulste eine neue, unvorstellbare Energie, und aus seiner Kehle drang ein wilder, herausfordernder Schrei: Wo steckst du, *Dorokusai*? Es hat keinen Sinn, dich vor mir zu verstekken. Denn du wirst mir nicht entrinnen!

Sommer 1970 – Winter 1980

»Soll das schon alles sein? fragte das Mädchen.

»Du hast uns versprochen, die Geschichte zu Ende zu erzählen,«, fiel ihr Bruder mit ein.

Amüsiert sah der *Sensei* die beiden an und sagte: »Diese Geschichte hat kein Ende.«

»Aber du hast es versprochen«, beharrte Senjin hartnäkkig.

»Was ist passiert, nachdem sie der Wasserfall in die Tiefe gerissen hat?« wollte seine Schwester Shisei wissen.

»Ach ja, der Wasserfall«, sagte der *Sensei* in einem Ton, als erinnerte ihn das daran, warum sie eigentlich hier waren – nicht nur hier, am Ort ihres Unterrichts, sondern auf der Erde, auf diesem Planeten.

Es war der Mann vom Fluß. Das war der einzige Name, unter dem Senjin und Shisei ihn kannten, obwohl sie ihn selbstverständlich immer nur mit *Sensei*, Meister, ansprachen. Er war eigentlich Haha-sans Bruder, aber die elternlosen Zwillinge sahen in ihm ihren Vater, ihren Beschützer, ihren Lehrer und Freund. Und sie liebten den *Sensei* mehr als jeden anderen Menschen auf der Welt – ja, sogar mehr als sich selbst.

Mann vom Fluß nannten sie ihn deshalb, weil er sie zum Unterricht immer zu den schattigen Bäumen am Ufer des breiten Flusses hinunterführte. Hier fühlte er sich zu Hause. Und manchmal hielt er sich mehr im Wasser auf als auf dem Land, ein Amphibienwesen wie die Frösche, die sich am Ufer von der Sonne aufheizen ließen und dabei den arglos vorbeischwirrenden Insekten auflauerten.

»Der Wasserfall war wie ein Komet am Himmel«, fuhr der Mann vom Fluß fort. »Mit unvorstellbarer Kraft stürzten seine gewaltigen Wassermassen in die Tiefe. Und als er schließlich die beiden in einen Kampf auf Leben und Tod verschlungenen Brüder mit sich riß, geschah etwas nie

Dagewesenes. Das Universum erschauderte. Vielleicht war es genau im Moment von Zhao Hsias Tod – als ihn So-Peng am Fuß der Fälle so lange unter Wasser drückte, bis er keine Luft mehr bekam und ertrank.

Aber vielleicht erschauderte die Erde auch erst, als So-Peng, gierig nach Luft schnappend, aus den Fluten auftauchte und sich ans Ufer schleppte. Er hatte überlebt, aber sein Jugendfreund Zhao Hsia war tot. Obwohl So-Peng seinen Bruder hätte retten können, hatte er sich ganz bewußt dafür entschieden, ihn ertrinken zu lassen. In seiner Vermessenheit hatte er sich die Rolle von Richter, Geschworenem und Henker in einer Person angemaßt.

Von einem gerechten Verfahren konnte also im Fall Zhao Hsias überhaupt nicht die Rede sein. Und das, obwohl jeder Mensch ein Recht auf Gerechtigkeit hat – ganz gleich, wie hart das Urteil zuweilen auch ausfallen mag. Deshalb ist jeder Verstoß gegen die Gerechtigkeit zutiefst verdammenswert – und vor allem: Er muß gerächt werden.«

Und so hatte alles angefangen. Im schattigen Grün der Bäume am Fluß. Schon von klein auf wurde den Zwillingen diese Sicht der Dinge beigebracht. Aber wessen Moralvorstellungen waren es eigentlich, die sie in ihrem kindlichen Vertrauen so bereitwillig übernahmen?

Haha-san war ganz allein. Sie hatte nur ihren Bruder, den Mann vom Fluß. Im Gegensatz zu ihrer Schwester, Senjins und Shiseis Mutter, hatte sie sich ganz bewußt dafür entschieden, nicht zu heiraten. Schon von frühester Kindheit an war sie den Männern mit tiefem Mißtrauen begegnet.

Sie wußte nichts über Sex und hatte Angst davor. In erster Linie sah sie darin einen Akt der Gewalt – eine Auffassung, die völlig unverständlicherweise niemand sonst mit ihr zu teilen schien. Zumindest so lange nicht, bis Senjin alt genug wurde, um langsam verstehen zu können, was er von klein auf eingetrichtert bekommen hatte.

Möglicherweise war Haha-san als junges Mädchen einmal brutal vergewaltigt worden. Zumindest hätte das ihre negative Einstellung zur Sexualität erklären können. Aber vermutlich war die Wahrheit, wie alles im Leben, wesentlich vielschichtiger und komplizierter. Fest stand nur eines: Haha-Sans Abwehrhaltung gegen alles, was mit Sex zu tun hatte, reichte weit in ihre Kindheit zurück, an die sie sich nur noch sehr verschwommen erinnern konnte.

Und selbst das wenige, was sie davon noch im Gedächtnis behalten hatte, versetzte sie jedesmal von neuem in heftige Panik, wenn es in stinkenden, halb angefaulten Erinnerungsfetzen aus den Tiefen ihres Bewußtseins aufstieg. Wenn Haha-san von ihren Erinnerungen heimgesucht wurde, war nichts mehr vor ihr sicher. Sie bekam dann so heftige Tobsuchtsanfälle, daß man ihr besser aus dem Weg ging.

Anschließend überkam sie jedoch sofort heftige Reue über ihr unbeherrschtes Verhalten. Deshalb drückte sie die Zwillinge dann um so liebevoller an ihre warme, weiche Brust, um ihnen in einer fremden Sprache, die sie nicht verstanden, leise vorzusingen und sie zärtlich in den Schlaf zu wiegen.

Von diesen plötzlichen Gefühlsausbrüchen Haha-sans war die ganze frühe Kindheit der Zwillinge überschattet. Erst in der Gegenwart des *Sensei*, in der schattigen Kühle unten am Fluß, sollten die Zwilling so etwas wie Geborgenheit und Wärme kennenlernen.

Deshalb war es auch nicht weiter verwunderlich, weshalb sie so sehr an ihm hingen und so begierig in sich aufsogen, was er ihnen erzählte.

Erst sehr viel später begann Senjin zu begreifen, daß auch Haha-san über seine und Shiseis Gabe verfügte.

Haha-san hatte eine bewegte Vergangenheit hinter sich. Ihre Eltern waren beim Atombombenabwurf auf Nagasaki ums Leben gekommen. Nach Meinung der Ärzte hätte eigentlich auch Haha-san den Folgen der starken Strahlung, der sie ausgesetzt worden war, erliegen müssen. In dem Glauben, das junge Mädchen wäre dem Tod geweiht, hatten die Ärzte sie deshalb in der Klinik behalten, um sie dort über einen längeren Zeitraum hinweg gründlich zu untersuchen. Auf diese Weise hofften sie, nähere Aufschlüsse darüber zu gewinnen, welche Auswirkungen die radioaktive Strahlung auf den menschlichen Organismus hatte.

Diese Experimente am lebenden Objekt gingen jedoch keineswegs nur auf die Initiative der Ärzte zurück. Im Gegenteil, die Idee dazu war sogar von Haha-san selbst gekommen. Anläßlich der gründlichen ärztlichen Untersuchung, der alle Überlebenden der Katastrophe von Nagasaki unterzogen wurden, hatten sich die behandelnden Ärzte in Haha-sans Gegenwart so ungeniert über ihren Zustand unterhalten, daß sie genauestens über die Hoffnungslosigkeit ihrer Lage Bescheid wußte. Trotz ihrer Jugend hatte sie schon damals sehr genau begriffen, was es hieß, sterben zu müssen – gerade so, als wäre durch das Grauen der atomaren Zerstörung ihr geistiger Reifungsprozeß genauso beschleunigt worden wie die Ionen im Moment der Kernspaltung.

Aber das Leben mußte weitergehen. Mit Ausnahme ihrer kleinen Schwester, die zum Zeitpunkt des Atombombenabwurfs zufällig bei Verwandten gewesen war, hatte Haha-san ihre ganze Familie verloren. Das hieß, daß nun sie als neues Oberhaupt der Familie die Verantwortung für ihre kleine Schwester trug. Da gerade in den Wirren der Nachkriegszeit von staatlicher Seite keinerlei Hilfe zu erwarten war, brauchte Haha-san also vor allem Geld. Und sie wußte auch bereits, wie sie sich welches beschaffen konnte: Da zu diesem Zeitpunkt gerade intensive Untersuchungen über die Kurz- und Langzeitfolgen der bei einem Atombombenabwurf freigesetzten radioaktiven Strahlung durchgeführt wurden, verdingte sich die zehnjährige Haha-san als lebendes Versuchskaninchen. Das Geld, das sie auf diese Weise verdiente, schickte sie an ihre Schwester, die sich damit bei einer Bauernfamilie einkaufte, die im Krieg alle drei Söhne verloren hatte und nun dringend eine Hilfskraft für die harte Feldarbeit brauchte.

Das Interesse der Wissenschaft an Haha-san hielt jedoch nicht ewig an. Nach sechs Monaten, als sich die erwarteten Strahlungsspätfolgen nicht einstellten wurde Haha-san zugunsten anderer, vielversprechenderer Kandidaten aus der Klinik entlassen. Da sich in Haha-sans Körper keinerlei Strahlung mehr feststellen ließ, gingen die Wissenschaftler davon aus, daß ihre Anfangsbefunde falsch gewesen waren.

In Senjins Augen war dieser erstaunliche Heilungsprozeß

jedoch einzig und allein auf Haha-sans Gabe zurückzuführen gewesen. Trotzdem bedeutete ihre unerwartete Genesung einen gewaltigen Schock für Haha-san. Sie hatte sich bereits mit dem Sterben abgefunden. Als sich dann jedoch keinerlei körperliche Auswirkungen der Strahlungen zeigten, war sie statt dessen psychisch erkrankt. Von Tag zu Tag wurde Haha-san von heftigeren Schuldgefühlen geplagt. Warum war nicht auch sie, wie ihre Eltern und ihre Brüder, bei dem Atombombenabwurf ums Leben gekommen? Womit hatte sie es verdient, am Leben zu bleiben, während ihre gesamte Familie in der Flammenhölle von Nagasaki den Tod gefunden hatte? Das war um so unverständlicher, als sie sich den Anforderungen, die das Leben nun an sie stellte, in keiner Weise gewachsen fühlte. Mit Sicherheit wären ihre älteren Brüder wesentlich besser imstande gewesen, für ihre kleine Schwester zu sorgen.

Und trotzdem hatte ausgerechnet sie überlebt – nein, nicht nur überlebt; sie war geradezu aufgeblüht. Denn als Haha-san schließlich aus dem Krankenhaus entlassen wurde, wirkte sie wie das blühende Leben selbst – wohlgenährt und kräftig, mit rosigen Wangen, üppigem Haar und makellos weißen Zähnen.

Und das alles hatte Haha-san nur ihrer besonderen Gabe zu verdanken gehabt.

Dagegen hatte das Leben ihrer jüngeren Schwester einen gänzlich anderen Verlauf genommen. Senjin sah sich sogar zu der Annahme gedrängt, daß seiner Mutter vermutlich nie zu Bewußtsein gekommen war, daß auch sie über diese ganz besondere Veranlagung verfügte. Offensichtlich war es ihr vom Schicksal nicht bestimmt gewesen, sie zur Entfaltung zu bringen; sie gab sie lediglich an ihre Kinder weiter: die Zwillinge Senjin und Shisei.

Ihre Namen hatten die beiden übrigens von Haha-san, die sich ihrer schon vom ersten Tag an liebevoll angenommen hatte, da ihre Mutter keinerlei Interesse an ihnen gezeigt hatte. Möglicherweise war sie aber auch nur zu krank und schwach gewesen, sich um sie zu kümmern. Fast schien es, als hätte ihr Leben nur einem einzigen Zweck gedient: Senjin und Shisei auf die Welt zu bringen. Und danach ereilte sie dasselbe Schicksal wie die meisten Insekten, sobald sie das ihrige für die Erhaltung der Art getan haben: Sie starb einfach – in gewisser Weise von ihren eigenen Kindern aufgezehrt.

Aber wie war es möglich, daß der *Sensei* Haha-sans Bruder war, wenn ihre beiden einzigen Brüder angeblich in Nagasaki umgekommen waren? Kaum war Senjin alt genug, sich dieses Widerspruchs bewußt zu werden, wollte er von Haha-san eine Antwort auf diese Frage haben.

Lachend hatte ihm Haha-san darauf geantwortet: »Der *Sensei* ist einfach mein Bruder. Genau ein Jahr nach der Hochzeit deiner Mutter stand er plötzlich vor der Tür. Deine Mutter war damals bereits mit dir und Shisei schwanger. Er behauptete, er hätte den Bombenabwurf von Nagasaki überlebt, obwohl er sich genau im Zentrum der Explosion befand. Angeblich hat er sich sogar absichtlich dort aufgehalten, um feststellen zu können, wie groß seine Kräfte tatsächlich waren. Und wenn er an den Folgen der enormen Strahlung gestorben wäre, dann hätte ihm das auch nichts ausgemacht; es hätte nämlich bedeutet, daß seine Kräfte nicht genug waren. Und das hätte er unter keinen Umständen ertragen. Er war nicht bereit, irgend etwas neben sich zu dulden, was noch stärker war als er.

Außerdem behauptete er, er wäre nach der Zerstörung Nagasakis mehrere Jahre nach China gegangen, um sich in einem Kloster in Zhuji in verschiedenen Kampf- und Meditationstechniken ausbilden zu lassen. Dort erwarb er auch den Titel eines *Sensei.*«

Neugierig schaute Senjin, der bereits im Bett lag, zu Haha-san auf. »Ist denn auch wahr, was dir der *Sensei* erzählt hat?«

Haha-san sah ihn lächelnd an. Nie würde Senjin ihren ganz eigenen Geruch nach Milch und Zucker vergessen. »Es gehört sich eigentlich nicht, die Worte eines *Sensei* in Zweifel zu ziehen. Trotzdem habe ich ihm nicht geglaubt, was er über die Atombombe gesagt hat.« Sie hob die Schultern. »Vielleicht hat er sich während des Abwurfs in Wirklichkeit irgendwo in den Bergen versteckt. Oder er bekam von der enormen Druckwelle der Explosion eine schwere Gehirnerschütterung. Jedenfalls bezweifle ich, daß jemand, der sich im Zentrum der Explosion befunden hat, den Abwurf überlebt haben kann. Aber mit Sicherheit kann ich das natürlich nicht sagen. Alles andere stimmt allerdings. Der *Sensei* war tatsächlich in diesem Kloster in Zhuji, um sich dort ausbilden zu lassen. Deshalb haben wir ihn erst viele Jahre später wieder getroffen, als deine Mutter und ich schon junge Frauen waren. Er hatte sich in der Zwischenzeit sehr verändert.«

Was hatte Haha-san damit gemeint? Inwiefern hatte sich der *Sensei* in Zhuji verändert? Senjin versuchte, Haha-san mit allen Mitteln dazu zu bringen, ihm mehr darüber zu erzählen: den *Sensei* selbst danach zu fragen, hätte er nicht gewagt. Aber so hartnäckig wie Senjin sie auch drängte, so beharrlich wich Haha-san seinen bohrenden Fragen immer wieder aus.

An diesem Punkt seiner Entwicklung wurde Senjin nun auch klar, daß er sich nicht mehr nur auf einen einzigen Menschen verlassen durfte, wenn er die unzähligen Fragen, die ihn beschäftigten, befriedigend beantwortet haben wollte. Einige von ihnen beantwortete ihm Haha-san, andere der *Sensei*. Allerdings wurde Senjin immer deutlicher bewußt, daß keiner von beiden die Fragen beantworten konnte, die ihn am brennendsten interessierten.

Deshalb erzählte er nur Shisei von seinem Vorhaben, nach Zhuji zu gehen. Darüber war seine Schwester zutiefst bestürzt. Bis dahin waren die beiden unzertrennlich gewesen, vor allem – oder besonders – im Mutterleib. Der Gedanke, Senjin könnte sie verlassen, war Shisei unerträglich.

»Wie schwach du bist!« wies sie Senjin darauf streng zurecht. »Hast du etwa schon wieder vergessen, was der *Sensei* über solche Schwachheit gesagt hat?«

»Ja«, gestand ihm Shisei schluchzend.

Und dann schlug Senjin seine Schwester. Eigentlich wollte er das gar nicht, aber er konnte in diesem Moment einfach nicht anders. Es war das erstemal, daß er Shisei schlug, aber keineswegs das letztemal. Erst viel später, im fernen Zhuji, wurde ihm bewußt, warum er das getan hatte: Da er Haha-san nicht bestrafen konnte – oder zumindest noch nicht –, hatte er an ihrer Stelle Shisei bestraft.

Shisei, seine Zwillingsschwester, seine andere Hälfte. Sie.

Es gab keinen Ort, wo er vor *Ihr* sicher war. *Sie*, der Inbegriff alles Weiblichen, wich keinen Moment von seiner Seite. Und wenn er sich tagsüber noch so sehr bemühte, sie aus seinen Gedanken zu verbannen, dann suchte sie ihn nachts um so beharrlicher in seinen Träumen heim. Erst nahm er an, dieses weibliche Element wäre das Erbe seiner schwachen Mutter, die er noch immer zutiefst verachtete. Später gelangte er zu der Auffassung, daß es sich dabei um jenen Aspekt von Haha-sans Gabe handelte, den sie zeit ihres Lebens mit allen Mitteln zu unterdrücken versucht hatte. Zu guter Letzt schließlich kam er zu der Überzeugung, daß diese weibliche Komponente seines Wesens möglicherweise auf beides zurückzuführen war.

In gewisser Weise hatte das Ganze nichts und alles mit Shisei zu tun. Schon im Mutterleib hatte Shisei dieselben Gaben und Anlagen mitbekommen wie er. Die weibische Schwäche, die er zutiefst verachtete, konnte allerdings nur Shisei geerbt haben. Denn allein der Gedanke, auch auf ihn könnten Züge dieser Schwäche übergegangen sein, wäre ihm vollkommen unerträglich gewesen. Nur zu gut konnte er sich noch erinnern, was ihm Haha-san über den *Sensei* erzählt hatte: *Und wenn er an den Folgen der enormen Strahlung gestorben wäre, hätte ihm das auch nichts ausgemacht; es hätte nämlich bedeutet, daß seine Kräfte nicht groß genug waren. Und das hätte er unter keinen Umständen ertragen. Er war nicht bereit, irgend etwas neben sich zu dulden, was noch stärker war als er.* Senjin war sich sehr deutlich bewußt, daß Haha-san genausogut von ihm hätte sprechen können.

Wenn er also in Zukunft auch nur das geringste Anzeichen von Schwäche an sich zu bemerken glaubte, versuchte er es sofort unnachsichtig zu unterdrücken. Es hätte für ihn wohl kaum etwas Schlimmeres geben können als das Eingeständnis, daß auch er die Schwäche seiner Mutter geerbt hatte. Insgeheim war er deshalb auch bereits mit ganz anderen Dingen beschäftigt, als er bei seinem *Sensei* in die Lehre ging und begierig alles in sich aufsog, was dieser ihm beibrachte.

In seiner kindlichen Naivität war ihm damals natürlich noch in keiner Weise bewußt, daß er damit auch, ohne es zu wissen, das ganze Weltbild des *Sensei* übernahm. Die Welt war für ihn so, wie der Mann vom Fluß sie beschrieb. Eine andere Möglichkeit wäre für ihn nicht denkbar gewesen.

Es wäre vermutlich eine gar zu starke Vereinfachung, wenn man das alles nur auf den Umstand zurückführen wollte, daß Senjin keinen Vater hatte. Und trotzdem: Welche naheliegendere Erklärung hätte sich hierfür angeboten? Es war im übrigen eine unbestrittene Tatsache, daß sowohl Senjin wie Shisei ihrem Vater sehr ähnlich sahen. Ihre Mutter war zwar keineswegs häßlich gewesen, aber einem Vergleich mit dem blendenden Aussehen ihres Mannes hätte sie auf keinen Fall standgehalten.

Bis auf ein Foto war Senjin nichts von seinem Vater geblieben. Es war in der Mitte gefaltet, hatte schmutzige, abgegriffene Ränder, und die linke untere Ecke fehlte. Trotzdem hätte er sich um nichts in der Welt von diesem Foto getrennt. Es zeigte einen kräftigen, schlanken Mann in tadellos sitzender Uniform mit ordensgespickter Brust.

Was war aus dem Vater der Zwillinge geworden? Niemand wußte es. Aufgrund seiner unübersehbaren Führungsqualitäten sowie seiner außergewöhnlichen Tapferkeit hatte er beim Militär rasch Karriere gemacht. Die Tatsache, daß er nach dem Krieg nicht vor ein amerikanisches Kriegsverbrechertribunal gestellt wurde, deutete darauf hin, daß er einige außerordentlich einflußreiche Freunde gehabt hatte.

In den Nachkriegsjahren machte er sich als Testpilot für Mitsubishi und Kodai einen Namen und bewies auch auf diesem Gebiet wieder enormen Mut und Einsatzbereitschaft. Außer Chuck Yeager gab es keinen Menschen, der je höher mit einem Flugzeug in die Stratosphäre vorgestoßen war. Doch dann begann das Zeitalter der Astronauten und ließ diese Pionierleistungen rasch in Vergessenheit geraten.

Und eines Tages war Senjins Vater plötzlich spurlos verschwunden. Vielleicht hatte er, der hochdekorierte Kriegsheld und Luftfahrtpionier, das plötzliche Verblassen seines Ruhms nicht verkraften können. Schließlich war er ein Mann gewesen, der zeit seines Lebens die Gefahr gesucht hatte. Wäre es daher verwunderlich gewesen, wenn er nun nicht mehr in der Lage gewesen wäre, sein Leben von Grund auf umzustellen? Vielleicht hatte er auch, sobald er die Mutter der Zwillinge geschwängert hatte, seinen Daseinszweck erfüllt, so daß er von diesem Zeitpunkt an nicht mehr länger auf dieser Welt gebraucht wurde.

Das war allerdings nicht ganz richtig. Denn Senjin und Shisei hätten ihren Vater dringend gebraucht.

»Der Wasserfall«, erinnerte Senjin den Mann vom Fluß.

»Ja«, fiel Shisei mit ein. »Was ist nach dem Sturz über den Wasserfall passiert?«

Der Wasserfall. Für den Mann vom Fluß war der Wasserfall gleichbedeutend mit der Apokalypse, der Götterdämmerung, dem Harmagedon. Es war zugleich der Anfang und das Ende. Es war der Punkt, an dem alle Wege in Raum und Zeit zusammenführten.

Jahrelang hatten die Zwillinge von diesem Wasserfall geträumt, als wäre er ein verborgenes Lebewesen, das in den dunklen Winklen ihres Zimmers ein stilles Schattendasein führte.

»Es war der *Samseng* Tik Po Tak, der den Mörder So-Peng aus dem Wasser am Fluß der Fälle zog«, begann der Mann vom Fluß zu erzählen. »Dagegen blieb Zhao Hsia für immer verschwunden. Der Fluß gab ihn nicht mehr frei.

Sobald So-Peng wieder zu Atem kam, sagte er zu Tik Po Tak: ›Der Tanjian, nach dem wir gesucht haben, ist tot.‹

Zufrieden über den erfolgreichen Ausgang ihres Unternehmens, kehrten die beiden Männer nach Singapur zurück. Dort hatte sich während ihrer Abwesenheit einiges getan.

Ein rivalisierender *Samseng* hatte die Gelegenheit genutzt, um in Singapurs Unterwelt die Macht an sich zu reißen. Außerdem war So-Pengs Mutter spurlos verschwunden. Offensichtlich hatte sie ihre Schuldgefühle nicht mehr ertragen können und war deshalb in die Wälder im Norden der Stadt geflohen. Denn sie war es schließlich gewesen, die ihre beiden Söhne aufeinander losgehetzt und dadurch einen von ihnen in den Tod getrieben hatte.«

Damit nahm die Erzählung des Mannes vom Fluß ihr Ende. Aber die Zwillinge wollten sich mit diesem Ausgang nicht zufriedengeben und versuchten, den *Sensei* mit allen Mitteln dazu zu bringen, ihnen mehr zu erzählen. Obwohl er ihnen darauf immer wieder versicherte, daß diese Geschichte kein Ende hätte, wollten sich die Zwillinge mit dieser ausweichenden Antwort nicht abfinden.

Für Senjin war das ein weiterer Grund, weshalb er fest entschlossen war, nach Zhuji aufzubrechen. Er war zu der Überzeugung gelangt, daß er nur in China den Ausgang dieser Geschichte erfahren würde.

Dagegen hing Shisei ganz anderen Träumen nach. Wenn sie vom Wasserfall träumte, bestand er nicht aus wild schäumenden Wassermassen, sondern aus unzähligen menschlichen Gesichtern, alle jung und alle schön. Und ihre bewundernden Blicke waren wie gebannt auf Shisei gerichtet – gerade so, als wäre sie ein gefeierter Star. Das war Shisei natürlich nicht; aber sie wußte, daß sie die Bewunderung dieser hingerissenen jungen Gesichter ebenso zum Überleben brauchte wie die Luft zum Atmen. Ohne die Vergötterung durch die Massen wäre ihr Leben nichts anderes gewesen als ein dumpfes Dahinvegetieren.

Shisei hatte jedoch keineswegs Angst vor dem Alleinsein, wie man vielleicht hätte denken können. Sie hatte ja Senjin, der ihr so nahe war, wie das kein anderer Mensch je sein würde. Ihr Problem war vielmehr, daß sie Angst hatte, nicht genügend Liebe zu bekommen.

Natürlich wurde sie von Senjin geliebt. Aber was war mit den anderen? Gewiß, Haha-san hatte sich ihrer angenommen und sie wie ihr eigenes Kind großgezogen. Aber das hatte sie aus Pflichtbewußtsein getan, nicht aus Liebe.

Shisei hatte damals noch nicht ahnen können, daß Hahasan in einem ständigen inneren Widerstreit lebte, der ihr Leben ganz entscheidend prägte. Ihre innere Zerrissenheit war jener Teil ihrer selbst, dem sie am tiefsten verbunden war. Zugleich hatte diese innere Zerrissenheit eine Gefangene aus ihre gemacht; unfähig, den Mauern des von ihr selbst errichteten Gefängnisses zu entrinnen, war sie den plötzlichen Gewaltausbrüchen ihrer zerrütteten Seele hilflos ausgeliefert.

Bei den Zwillingen riefen die damit verbundenen Anfälle recht unterschiedliche Reaktionen hervor. Bei Shisei machten sie sich zum Beispiel durch ein seltsames Kribbeln im Kopf bemerkbar, als wäre dort plötzlich ein ganzes Spinnennest ausgeschlüpft. Gleichzeitig begannen ringsum grelle Blitze aufzuzucken, so daß sie wie geblendet zu Boden stürzte.

Aber das war erst der Anfang. Was dann kam, war noch viel schlimmer. Denn mit einem Mal schien ringsum noch einmal die Hölle von Nagasaki loszubrechen – mitsamt dem Gestank von verkohltem Fleisch, dem Anblick gräßlich aufgedunsener oder verbrannter Leichen, den markerschütternden Schmerzensschreien der Verwundeten, der alles erstikkenden Asche verbrannter Häuser und menschlicher Knochen. Und das alles noch ins Unerträgliche verzerrt und übersteigert durch die Deformierungen von Haha-sans gequälter Psyche.

Stellen Sie sich das schlimmste Ungeheuer aus dem gräßlichsten Ihrer Alpträume vor, wie es plötzlich zum Leben erwacht, wie es Sie, nicht einmal vor Wänden und verschlossenen Türen haltmachend, durch Ihr eigenes Haus verfolgt und Sie schließlich in Ihrem Versteck aufspürt. Und dann stellen Sie sich vor, wie es über Sie herfällt, sich Ihrer bemächtigt und von Ihrem ganzen Denken Besitz ergreift, bis nichts anderes mehr darin Platz hat als die gräßlichsten Ausgeburten menschlicher Fantasie.

Die Zwillinge reagierten sehr unterschiedlich auf Haha-sans Anfälle. Im Gegensatz zu Shisei verließ Senjin sofort fluchtartig das Haus und trieb sich dann so lange im Freien herum, bis alles vorüber war. Auf Haha-sans Anfälle war im übrigen auch Senjins zwanghafte Beschäftigung mit Dämonenfrauen zurückzuführen, die, nach außen hin schön und verführerisch, in Wirklichkeit von Grund auf böse und verdorben war. Und wenn er dann wieder einmal bei Schnee und Regen, vor Kälte zitternd, im Freien herumirrte, schwor er Haha-san erbittert Rache. Eines Tages würde sie dafür büßen, was sie ihm angetan hatte.

Im Gegensatz dazu war Shisei angesichts dieser unkontrollierten Ausbrüche jedesmal von neuem wie gelähmt vor Entsetzen; sie war dann nicht mehr imstande, sich auch nur einen Schritt von der Stelle zu rühren, geschweige denn das Haus zu verlassen. Sie verlor jede Kontrolle über sich und überließ sich widerstandslos ihrem Schicksal beziehungsweise dem, was sie dafür hielt. Wie ein verängstigtes Tier drückte sie sich dann, am ganzen Körper zitternd, in eine dunkle Ecke, um hilflos mit anzusehen, wie sich ringsum unsägliches Grauen breitmachte. Sie konnte dann nur noch beten, daß diese Schrecken endlich ein Ende nehmen würden.

Hilflos ließ sie die Schreckensbilder aus Haha-sans gemarterter Seele immer wieder von neuem bis zum bitteren Ende über sich ergehen. Danach dauerte es immer sehr lange, bis im Haus wieder Ruhe einkehrte. Oft glaubte Shisei noch Stunden nach dem Abklingen dieser Anfälle das Geschirr im Schrank leise klirren zu hören. Und niemand, nicht einmal der *Sensei,* wagte sich nach einem solchen Anfall in die Nähe von Haha-san.

Nach und nach gelangte Shisei zu der Überzeugung, daß sie an diesen gräßlichen Anfällen Haha-sans die Schuld trug. Schließlich war sie auch diejenige, die am meisten unter ihnen zu leiden hatte. Außerdem sah sie darin den unumstößlichen Beweis, daß sie offensichtlich der Liebe eines anderen Menschen nicht würdig war.

Wenn Senjin müde oder krank war und Haha-san ihn tröstend an sich drückte, hatte er oft das Gefühl, unter der schieren Fülle ihrer großen, weichen Brüste zu ersticken. Dann drehte sich ihm von ihrem allgegenwärtigen Milch- und Zuckergeruch fast der Magen um. Wenn dagegen Shisei in Haha-sans Schoß saß, dann kuschelte sie sich eng an sie und lauschte still dem ruhigen Klopfen ihres Herzens, bis sie binnen weniger Minuten friedlich eingeschlafen war. Diese

Anhänglichkeit – mit der Shisei Haha-sans Liebe zu gewinnen hoffte – erfüllte Haha-san jedesmal von neuem mit stiller Genugtuung; denn obwohl sie sich nach außen hin nie etwas anmerken, ließ, ging ihr Senjins nervöse Unrast zuweilen doch sehr auf die Nerven. Aber es war nun einmal ihre Pflicht, die Kinder zu trösten und zu beruhigen. Gelang ihr das nicht, dann entluden sich ihre daraus resultierenden Schuldgefühle in einem ihrer berüchtigten Anfälle.

Ironischerweise sollte Shiseis spätere Lebenseinstellung ganz entscheidend durch Haha-sans Anfälle geprägt werden: Denn in erster Linie sah sie im Leben einen immerwährenden Kampf, in dessen Verlauf der Geist verzweifelt versuchte, den Körper unter seine Kontrolle zu bringen. Daneben übten noch zwei andere Faktoren einen entscheidenden Einfluß auf Shiseis Entwicklung aus: die Angst, nicht genügend Liebe zu bekommen, und die Überzeugung, als Frau jedem Mann von vorneherein unterlegen zu sein. In diesem Eindruck wurde sie ganz maßgeblich durch den Umstand bestärkt, daß sie sich ihr ganzes Leben lang immer nur mit einem Mann hatte messen müssen – mit ihrem Zwillingsbruder Senjin. Und einem Vergleich mit ihm hatte sie natürlich nie standhalten können.

Eines Nachts, sie hatten sich wieder einmal unten am Fluß versammelt, deutete der *Sensei* mit erhobenen Arm zum Sternenhimmel hoch und sage: »Schaut.« Und als die Zwillinge seiner Aufforderung nachkamen und gehorsam die Hälse reckten, fuhr er fort: »Euer Blick ist nach außen gerichtet, und doch liegt das, was ihr seht, in der Vergangenheit. Das Licht dieser Sterne ist Millionen von Jahren alt. So lange war es unterwegs, um uns auf der Erde zu erreichen. Ihr wendet den Blick nach außen und seht doch nach innen.

Das ist die Essenz von Kshira, der Sprache des Klang-Licht-Kontinuums. Sie ist das genaue Gegenteil der Ewigkeit, denn Kshira kennt keine Ruhe. Nehmt euch zu Herzen, was die Sterne euch sagen; es ist die Essenz all dessen, was ich euch lehre. Die Sterne sind sehr, sehr weit von uns entfernt – sowohl räumlich wie zeitlich. Aber eigentlich besteht gar kein Unterschied zwischen Raum und Zeit. Die Vergangenheit – die eure genauso wie die meine – gehört einem anderen Ort und einer anderen Zeit an.

Dasselbe gilt für die Tage. Der Mensch benennt sie mit verschiedenen Namen, aber Kshira lehrt uns, daß es nur einen einzigen Tag gibt. Dieser eine Tag kehrt unablässig wieder und läßt sich deshalb nicht beeinflussen.

Sicher habt ihr schon von *Kokoro* gehört, dem Herz der Dinge. Allerdings ist *Kokoro* kein Organ wie euer Herz oder das meine. Und es schlägt auch nicht. Vielmehr handelt es sich dabei um ein Energiefeld, dessen Kräftepotential sich jeder zunutze machen kann. Allerdings bedarf es dazu einer ganz bestimmten Technik, die erst mühsam erlernt werden muß.

Genau genommen gibt es zwei Wege, sich diese verborgenen Kräfte anzueignen: Ritus und Meditation, rituelle *Handlung* und meditativer *Gedanke*. Beide Methoden dienen dem Zweck, die Energie so zu bündeln, daß man damit auf die Membran von *Kokoro* einwirken kann. Diese beiden Wege müssen immer und immer wieder von neuem beschritten werden. Und je häufiger man sie beschreitet, desto mehr wird die Membran von *Kokoro* stimuliert, desto mehr Kraft wird freigesetzt.«

Unter dem gespenstischen Flackern des kleinen Feuers, das sie unter den Bäumen entzündet hatten, schien sich das Gesicht des Manns vom Fluß ständig zu verändern. »Ich will euch dafür ein Beispiel geben«, sprach er nach längerer Pause in einem seltsam entrückten Tonfall weiter. Seine Augen waren inzwischen geschlossen, und über seinen Zügen lag ein Ausdruck tiefen Friedens.

Aufgrund ihrer außergewöhnlichen Veranlagung konnten die Zwillinge ganz deutlich spüren, wie eine unsichtbare Kraft von ihrem *Sensei* ausging. Die Luft um sie herum schien mit einemmal von einem seltsamen Leuchten erfüllt; zugleich fühlte sie sich ungewohnt schwer, fast wäßrig an. Über ihnen funkelten noch immer die Sterne, aber ihr Glanz schien unaufhaltsam zu verblassen.

Und plötzlich von einem Moment auf den anderen, erloschen sie. Gleichzeitig kam ein kühler, feuchter Wind auf, und leichter Regen setzte ein. Das Feuer zischte und prasselte, als hätte jemand ein paar Knochen in die Flammen geworfen. Und dann hörte der Regen ebenso schnell, wie er gekommen war, wieder auf.

Der Mann vom Fluß schlug die Augen auf. »Habt ihr gesehen, wozu die Kraft von Kshira imstande ist?«

»Du hast eine Wolke herbeigezaubert«, sagte Senjin.

»Aber jetzt ist die Nacht wieder so klar wie zuvor«, fiel Shisei mit ein.

Der Mann vom Fluß lächelte. »Ich habe keine Wolke gemacht. Dazu wäre kein Mensch fähig. Aber Kshira lehrt uns, daß es immer Wolken gibt, auch wenn sie für das menschliche Auge nicht erkennbar sind. Wolken sind ein Bestandteil der Natur, und die Natur befindet sich in ständigem Wandel. Immer. Unablässig entstehen neue Wolken und lösen sich wieder auf. Sie sind immer vorhanden. Das gilt für alle Erscheinungsformen in der Natur. Man muß nur seine Kräfte sammeln und damit die Membran von *Kokoro* zum Schweigen bringen. Alles weitere ergibt sich dann von selbst.«

Der Mann vom Fluß stand auf. »Um diese Energie zu wecken, habe ich mich eben nur einer der zwei Methoden bedient. Aber wie ich euch vorhin gesagt habe, gibt es zwei.« Er verschwand kurz im Dunkeln, um wenig später mit einem Wiesel zurückzukommen.

Verzweifelt wand sich das verängstigte Tier in seinen Händen, bis er ihm mit einem kurzen Ruck das Genick brach. Dann holte er ein kleines Messer aus seiner Tasche und schnitt und ritzte ein seltsames Muster in das Fell. Offenbar lag dem irgendeine tiefere magische Bedeutung zugrunde.

Senjin und Shisei entging nicht, daß der *Sensei* die Augen dabei fast völlig geschlossen hielt. Offensichtlich hatte er sich in einen Zustand tiefer Versenkung versetzt, um erneut seine Kräfte zu sammeln.

Nun wurden die beiden Wege, rituelles Handeln und meditatives Denken, miteinander kombiniert. Schaudernd spürten die Zwillinge, wie ein heftiger Windstoß in die

Baumwipfel fuhr und einen Schwall von Blättern durch die Nacht peitschte. Schlagartig verstummte das Quaken der Baumfrösche und das Summen der nächtlichen Insekten.

Die Nacht war so finster, als wäre ein schwarzer Vorhang über den Himmel gezogen worden. Nicht ein Stern drang mehr durch das Dunkel. Zusammen mit dem Rauschen des nahen Flusses schwoll das Brausen des aufkommenden Sturms zu solcher Lautstärke an, als hätte sich die ganze Welt in einen reißenden Strudel verwandelt.

Plötzlich fuhren die Zwillinge heftig zusammen. Fast direkt über ihnen ertönte ein so gewaltiger Donnerschlag, daß sogar die Erde unter ihren Füßen erzitterte. Kein Blitz zuckte durch das nächtliche Dunkel, aber die gewaltigen Donnerschläge nahmen kein Ende. Sie waren sehr kurz, sehr laut und sehr nah.

Und dann waren sie plötzlich von einer Art seltsamen Gewebe umgeben. Vielleicht war es sogar die Membran von *Kokoro* selbst, die der *Sensei* ihnen eben beschrieben hatte. Alles um sie herum begann wie unter den Schwingungen eines gigantischen Gongs zu erzittern, und selbst der Boden zu ihren Füßen zerfiel in ein heftiges Beben.

Erst als ein heftiger Wolkenbruch einsetze, schlug der Mann vom Fluß die Augen wieder auf.

Er sah die Zwillinge grinsend an und sagte: »Das ist eure Kraft, die Kraft von Kshira, dem Weg der zwei Pfade.«

Die Zeit verging, und Senjin träumte weiter von Zhuji. Eines Tages begann Haha-san, ihn und Shisei in der seltsamen Sprache zu unterrichten, in der sie sie in den Schlaf gesungen hatte, als sie noch klein waren. Es war die Sprache der Tanjian.

Für Senjin begann sich allmählich ein Lebensziel herauszukristallisieren: Er mußte unbedingt herausfinden, wie die Geschichte der zwei Brüder So-Peng und Zhao Hsia tatsächlich geendet hatte.

Der Mann vom Fluß war in seinem Unterricht sehr gründlich. Er machte die Zwillinge nicht nur mit den Kampfkünsten vertraut, sondern führte sie auch in die Grundbegriffe der Philosophie, Religion, Politik und Geschichte ein und machte sie dabei mit allen großen Denkern der östlichen und westlichen Philosophie vertraut.

Begierig verschlangen die Zwillinge, die für ihr Alter bereits eine erstaunliche geistige Reife zeigten, alle großen Werke der Weltliteratur, derer sie habhaft werden konnten. Daneben widmeten sie sich weiter ihrem gründlichen Studium der Kshira-Methode. Was allerdings ihr Verhältnis zur Außenwelt betraf, mußte Senjin bald feststellen, daß irgend etwas mit ihm nicht stimmte.

Ganz automatisch war er davon ausgegangen, daß er in allem, was er tat, besser war als die anderen Jungen seines Alters. Die bittere Erkenntnis, daß dem jedoch nicht so war, versetzte ihm einen schweren Schock. Wie war es möglich, daß er zwar in vielem wesentlich begabter war als die anderen Jungen seines Alters, aber eben doch nicht in allem?

Eines Tages stieß Senjin bei seinen Studien auf eine Schrift Joseph Jouberts, eines französischen Moralisten aus dem sechzehnten Jahrhundert. Darin fand er einen Weg aufgezeichnet, wie er – der Individualist und Einzelgänger – sich ohne Schwierigkeiten in die Gesellschaft einfügen und Seite an Seite mit all den anderen Normalsterblichen leben konnte. »Große Geister zeichnen sich dadurch aus, daß sie ihre Mängel und Fehler geschickt zu verbergen verstehen«, fand er bei Joubert geschrieben – ein Gedanke, den er sich von nun an zum Lebensgrundsatz machte.

Er versuchte nicht mehr länger, sich in allem als der Beste hervorzutun, sondern beschränkte sich auf die Bereiche, in denen er tatsächlich mit außergewöhnlichen Leistungen aufwarten konnte. Zuweilen rang er sich sogar dazu durch, eine Niederlage einzustecken, um nicht zu viel Aufmerksamkeit auf sich zu lenken. Schon bald stellte er zu seiner nicht geringen Überraschung fest, daß ihm wenig daran lag, sich seine Überlegenheit zunutze zu machen, irgendwelche Führungsansprüche zu stellen. Das hatte einen ganz einfachen Grund: Seine Mitmenschen interessierten ihn nicht. Statt dessen bildete er sich lieber weiter in den Kampfkünsten aus, betrieb unter der Anleitung des *Sensei* seine philosophischen Studien und führte mit Shisei lange Gespräche über grundlegende Moralfragen.

Letzteres taten die Zwillinge vor allem nachts. Entweder kroch Senjin in Shiseis Bett oder umgekehrt. Ursprünglich hatte dem nur die Absicht zugrunde gelegen, Haha-san nicht zu stören. Ihre Pflegemutter schien nämlich sogar im Schalf ein sehr feines Gespür zu haben, was in den beiden vor sich ging.

Doch im Lauf der Zeit begannen die Zwillinge, an der damit verbundenen körperlichen Nähe immer stärkeren Gefallen zu finden.

So gab es für Senjin nichts Schöneres, als sich ganz eng an seine Schwester zu schmiegen. Umgekehrt begann sich auch Shisei immer mehr nach Senjins Nähe zu sehnen. Es gab an seinem sehnigen, durchtrainierten Körper nicht eine weiche, nachgiebige Stelle. Immer stärker ergriff deshalb der Wunsch von ihr Besitz, ganz in ihm aufzugehen und so völlig von ihm umschlossen zu werden, daß nichts auf der Welt ihr noch etwas hätte anhaben können. Nicht selten träumten beide denselben Traum, wenn sie irgendwann eng aneinandergekuschelt einschliefen.

Diese lustvollen Gefühle hatten jedoch nicht nur rein körperliche Ursachen. Manchmal hatte Shisei den Eindruck als massierte ihr jemand das Rückgrat. Erst viel später sollte ihr klar werden, daß sie dieses wundervolle Gefühl auch hatte, wenn sie einen Orgasmus bekam.

Eingehüllt in einen Kokon aus körperlicher Wärme, unterhielten sich die Zwillinge oft bis tief in die Nacht hinein über die Natur des Menschen und das Wesen von Gut und Böse. Dabei erschufen sie sich ihre eigene kleine Welt, die erhellt wurde vom warmen Schein ihrer tiefen körperlichen und geistigen Nähe.

Ohne es zu wissen, waren sie wie Götter – jenseits von Gut und Böse. Aber unaufhaltsam näherten sie sich der Schwelle zum Erwachsenwerden. Und dann würde sich schlagartig alles in einem ganz anderen Licht für sie darstellen.

Nach Senjins Meinung handelte es sich bei Gut und Böse

um relative Begriffe, die von jedem Menschen unterschiedlich definiert wurden. Er ging sogar so weit zu behaupten, das wäre in der Natur des Menschen angelegt. In diesem Licht deutete er zum Beispiel auch die christliche Vorstellung vom Sündenfall, durch den die Menschheit das bis dahin allen gemeinsame Bewußtsein von Gut und Böse verloren hatte.

Im Gegensatz dazu vertrat Shisei die Auffassung, daß die Prinzipien von Gut und Böse von Anbeginn an unveränderlich waren. Und das war es, versuchte sie ihrem Bruder klarzumachen, was die Sterblichkeit der Menschen bedingte und sie von den Göttern und Erleuchteten unterschied, die jenseits von Gut und Böse wären.

»Tag für Tag müssen wir uns von den Göttern, von der Natur, ja sogar von den Tieren beschämen lassen«, machte Shisei geltend. »Denn sie alle sind dem Geist, der Energie, die das Universum belebt, wesentlich näher, als wir Menschen das je sein werden.«

»Aber genau das versucht uns doch der *Sensei* beizubringen«, hielt dem Senjin entgegen. »Darum geht es doch bei Kshira. Es gibt auch für uns Menschen eine Möglichkeit, unsere inneren Kräfte zu manipulieren, um damit *Kokoro,* das Herz der Dinge, aus eigener Kraft zum Schwingen zu bringen.«

»Da haben wir es wieder«, hielt ihm Shisei vor. »Dir geht es immer nur ums Manipulieren. Ständig willst du die Dinge beherrschen. In Wirklichkeit will uns der *Sensei* nur beibringen, die Welt um uns herum ebenso verstehen zu lernen wie die Welt in unserem Innern.«

»Du begreifst wieder mal gar nichts«, schnaubte Senjin ungehalten. »Es ist uns Menschen nicht gegeben, irgend etwas zu verstehen – und schon gar nicht uns selbst. Das ist die größte Selbsttäuschung überhaupt. Und willst du auch wissen, warum? Weil wir nicht wahrhaben wollen, was für hilflose, blinde Würmer wir im tiefsten Innern unseres Wesens in Wirklichkeit sind.«

»Das ist doch alles Unsinn«, erklärte Shisei kurz und bündig, um dann ihren Standpunkt mit einem Zitat von Montaigne zu untermauern: »›Die schönen Geister sind jene, die für alles offen sind und sich vor nichts verschließen.‹«

»Daran wäre nicht das geringste auszusetzen«, lachte Senjin. »Nur leben wir leider nicht in einer schönen und guten Welt.«

»Warum mußt du eigentlich alles immer genau umgekehrt sehen wie ich?« konnte Shisei darauf nur noch fragen.

Statt einer Antwort streckte Senjin seine Hand aus und begann, sie zärtlich zu streicheln.

Nach einer Weile hauchte Shisei seufzend: »Schön fühlt sich das an.« Darauf fuhr ihr Senjin mit dem Fingernagel so fest über den Rücken, daß ihre Haut zu bluten begann.

»Und das?« flüsterte er ihr ins Ohr. »Wie fühlt sich das an?«

Zwei Jahre später, er war gerade siebzehn geworden, verschwand Senjin eines Tages spurlos. Shisei wußte natürlich, wohin er aufgebrochen war: nach Zhuji. Aber sie erzählte keinem Menschen davon – nicht einmal Haha-san, die vor Sorge außer sich war. Shisei wußte nämlich ganz genau, daß Haha-san den Mann vom Fluß losgeschickt hätte, um Senjin zurückzuholen, wenn sie gewußt hätte, wo er war.

Die Trennung von ihrem Bruder hatte in Shisei eine tiefe, schmerzende Wunde hinterlassen. Ohne ihn war es unerträglich kalt und einsam in ihrem Bett. Seltsamerweise hatte sie auch das Gefühl, durch die Trennung von Senjin ihre Unschuld verloren zu haben – gerade so, als hätte sie im Moment des Verlassenwerdens gleichzeitig auch die Schwelle von der Kindheit zum Erwachsenwerden überschritten.

So etwas wie eine Pubertät hatte es in der Entwicklung der Zwillinge nicht gegeben. Nicht nur, daß infolge ihrer strengen Ausbildung, die praktisch ihre ganze Freizeit in Anspruch nahm, bestimmte, hormonell bedingte Entwicklungsprozesse einfach ausblieben, war auch ihr ganzer Werdegang gänzlich anders verlaufen als der ihrer Altersgenossen.

Die Zwillinge waren in ihrer eigenen kleinen Welt groß geworden. Ihr Leben war zwar von früh bis spät von harter

Arbeit geprägt gewesen, zugleich wurde ihnen dabei jedoch auch die beste Fürsorge und Erziehung zuteil, die sich nur denken ließ.

Für Shisei stellte die Trennung von Senjin einen ähnlich schmerzlichen Einschnitt dar wie für Senjin der Tod seiner Mutter. Im Gegensatz zu ihrem Zwillingsbruder hatte sich allerdings Shisei von ihrer Mutter nie im Stich gelassen gefühlt. Im Grunde genommen dachte sie eigentlich kaum an ihre Eltern. Und wenn doch, dann tat sie das ziemlich unbeteiligt und emotionslos. Schließlich hatte sie Haha-san und den Mann vom Fluß; sie waren für sie Vater und Mutter.

Mit der Trennung von Senjin sollte ihre kleine Traumwelt jedoch ganz abrupt zum Einsturz kommen. Mit erschreckender Deutlichkeit wurde ihr mit einemmal klar, daß sie im Grunde genommen schon genau wie Haha-san geworden war – eine Gefangene ihrer eigenen kleinen, hermetisch abgeriegelten Welt.

Diese Erkenntnis verstörte sie zutiefst. Vielleicht versuchte sie nur deshalb so krampfhaft, den Körper durch den Geist zu beherrschen, weil sie insgeheim ganz deutlich spürte, wie schwach sie in Wirklichkeit war. Natürlich machte sie in der Kshira-Methode beachtliche Fortschritte und hatte sich auch schon viele außergewöhnliche Kräfte und Fähigkeiten angeeignet. Das alles konnte sie jedoch nicht darüber hinwegtäuschen, daß sie sich auch mit Hilfe von Kshira nie die Kraft würde aneignen können, die jedem Mann schon von Geburt an gegeben war. In diesem Punkt würde sie immer auf andere angewiesen sein. Daher mußte sie nun vor allem eine Möglichkeit finden, sich diese Kraft zunutze zu machen, ohne sich dafür in zu große Abhängigkeit begeben zu müssen.

Nachts, wenn sie ganz allein, nur ein Kissen an sich gedrückt, in ihrem Bett lag, dachte sie oft sehnsüchtig an Senjin, ihren Zwillingsbruder – wie sehr sie auf ihn angewiesen war und wie sehr sie sich danach sehnte, sich ihm ganz hinzugeben und vollkommen abhängig von ihm zu sein. Und dabei blitzte jedes Mal eine verstohlene Träne in ihrem Auge auf.

Hätte ihm der Mann vom Fluß Zhuji nicht so genau beschrieben, wäre Senjin sicher am falschen Ort gelandet. Das einzige Zhuji, das man in China kannte, war eine kleine Stadt etwa siebzig Kilometer südlich von Hangzhou.

Allerdings lag dieses Zhuji, wo vor allem Seide und grüner Tee produziert wurden, in den Lößebenen Südostchinas. Senjin war jedoch ganz sicher, daß das Zhuji, das er suchte, ein kleines Bergdorf in Nordwestchina sein mußte.

Und so entdeckte er die Heimat der Tanjian schließlich auch im Taihang Shan, einem Gebirgszug im Norden der Provinz Henang, westlich von Anyang, der Wiege der chinesischen Kultur.

Selbst die ausgedorrten braunen Berge dieser Region wirkten abgenutzt und uralt. Zhuji, das mitten im Gebirge lag, war von unzähligen Tempeln umgeben, die über die weiten Hänge des Taihang Shan verstreut lagen.

Aber Senjin hatte es nicht nur der exakten Beschreibung des Manns vom Fluß zu verdanken, daß er schließlich doch ans Ziel gelangte. Es war vor allem Kshira, das ihm den Weg nach Zhuji zeigte.

Als er schließlich nach langer Reise in dem abgelegenen Bergdorf ankam gab es dort keine einheitlichen Mao-Anzüge, keine allgegenwärtige chinesische Bürokratie, keine kommunistischen Propagandaparolen und keine von Peking eingesetzte Regierung.

Im Gegenteil, Zhuji schien nicht nur vollkommen abgeschnitten vom Rest der Welt zu sein; es schien sogar einer völlig anderen Zeit anzugehören. Es war als existiere diese magische Ort für das restliche, von Armut und staatlich verordneter Uniformität beherrschte China gar nicht. In der kleinen, völlig autarken Gebirgsenklave schien die Zeit schon seit Jahrhunderten stillgestanden zu haben. Zhuji war noch gänzlich unberührt von den öl- und rußverschmierten Händen des Industriezeitalters.

Schon von weitem wurde Senjins Ankunft durch die Ausstrahlung seiner machtvollen Aura angekündigt. Er hatte noch kaum die unwirtlichen Ausläufer des Taihang Shan erreicht, als bereits ganz Zhuji von seinem Kommen wußte.

Bei seiner Ankunft hatten sich die Tanjian-Ältesten bereits auf dem Dorfplatz versammelt, um ihn zu empfangen.

Sie begrüßten ihn in der Sprache, die er von Haha-san gelernt hatte. Er wurde so herzlich willkommen geheißen wie ein lange verlorener Sohn – und genau das war er ja auch. Bereits am nächsten Morgen bei Sonnenaufgang begann seine Unterweisung in Tau-tau.

Der Tanjian, der mit Senjins Ausbildung beauftragt wurde, hieß Mubao. Er war ein hochgewachsener, schlanker Mann, in dessen harten Gesichtszügen sich das entbehrungsreiche Leben in der rauhen Bergeinsamkeit Nordchinas widerspiegelte. Mit seinen ruckartigen Kopfbewegungen und seinen flinken Augen, denen nichts zu entgehen schien, erinnerte er Senjin an einen Habicht.

Senjin wurde in Mubaos Kammer geführt; die kahlen Steinwände des engen Raums waren von einer dicken Rußschicht überzogen. Da es um diese Jahreszeit im Taihang Shan bitter kalt war, brannte ein Feuer im Kamin. Durch das winzige unverglaste Fenster konnte man den bewölkten Himmel sehen, der von der aufgehenden Sonne in glühendes Rosa getaucht wurde.

Ohne von seiner Lektüre aufzuschauen, blieb Mubao schweigend hinter seinem Bambusschreibtisch sitzen, als hätte er die Ankunft seines neuen Schülers gar nicht bemerkt.

Nach einer Weile begann Senjin, unruhig von einem Fuß auf den anderen zu treten. Plötzlich sprang Mubao auf. Instinktiv versuchte Senjin, sich den wesentlich älteren Mann mit Hilfe seiner Aura vom Leibe zu halten.

Doch zu seiner Bestürzung mußte er feststellen, daß er plötzlich von einer unsichtbaren Mauer umgeben war, hinter der tödliche Stille herrschte. Im selben Moment hatte ihn Mubao auch schon am Genick gepackt. Mit übermenschlicher Kraft zerrte ihn der alte Tanjian vor den Kamin und hielt ihm den Kopf ganz dicht vors Feuer.

Die züngelnden Flammen flackerten so dicht vor Senjins Augen, daß ihn ihr harziger Rauch fast zu ersticken drohte. Seine Haut wurde glühend heiß, und plötzlich stieg ihm der

Geruch von verbranntem Haar in die Nase. Die Hitze hatte ihm die Augenbrauen versengt.

Endlich zog Mubao ihn wieder vom Feuer zurück. Aber er ließ ihn noch immer nicht los. »Du kommst also hier an«, begann er schließlich in seinem tiefen sonoren Baß, »und weißt in deiner unglaublichen Verblendung nichts Besseres zu tun, als dich gleich als erstes völlig unbedacht deiner Gabe zu bedienen. Du glaubst wohl, du wärst etwas Besonderes? Aber laß dir gesagt sein, mein Junge: In Wirklichkeit bist du ein Nichts – eine Gefahr für uns und für dich selbst. Hast du irgend etwas zu deiner Rechtfertigung vorzubringen?«

Kaum hatte ihn Mubao losgelassen, hätte sich Senjin in seiner blinden Wut fast noch einmal seiner Aura bedient, um es dem Tanjian heimzuzahlen.

Doch dann gewann gerade noch rechtzeitig die Vernunft die Oberhand, so daß er darauf verzichtete, die geheimen Fähigkeiten, die ihm der Mann vom Fluß beigebracht hatte, gegen Mubao einzusetzen. Instinktiv spürte er, daß er nur wieder gegen diese unsichtbare Mauer angerannt wäre und sich dabei nur selbst Schaden zugefügt hätte.

Statt dessen senkte er reumütig den Blick zu Boden und erklärte kleinlaut: »Im Angesicht der Wahrheit habe ich zu meiner Verteidigung nichts vorzubringen.« Was ihn dazu bewog, das zu sagen, war jedoch keineswegs Demut. Nein, es war eiskalte Berechnung. Er war fest entschlossen, in den Besitz der Macht zu gelangen, über die Mubao zu verfügen schien. Und zu diesem Zweck sollte ihm jedes Mittel recht sein.

»Da dem tatsächlich so ist«, begann Mubao in einem seltsam monotonen Singsang, »spreche ich nun das Urteil. Du wirst dir zum Zeichen deiner Unwürdigkeit den Schädel kahlscheren und so lange kahlgeschoren lassen, bis man dir erlaubt, dein Haar wieder wachsen zu lassen. Du wirst mit den anderen Novizen in der Küche arbeiten und dort auch schlafen. Du hast allem, was sie dir auftragen, widerspruchslos nachzukommen. Solange du der Küche zugeteilt bist, wirst du ohne Widerrede jede Arbeit verrichten, die man dir aufträgt, so niedrig sie auch sein mag.«

»Und was ist mit meiner Unterweisung in Tau-tau?« wollte Senjin wissen.

»Die hat bereits begonnen.«

Sollen sie mich meinetwegen noch so sehr demütigen, dachte Senjin. Aber meinen Stolz werden sie nicht brechen.

Und die Demütigungen schienen in der Tat kein Ende nehmen zu wollen. Weil er Japaner war, konnten ihn die anderen Novizen nicht ausstehen. Und dann glaubten diese Hinterwäldler mit ihren lächerlichen Auras auch noch, sich über ihn lustig machen zu müssen. Aber obwohl Senjin sie zutiefst verachtete, führte er ohne jede Widerrede aus, was sie ihm befahlen. Er mußte den halbverfaulten Müll wegschaffen und die großen Gemüsegärten des Klosters mit bloßen Händen mit Kuhmist düngen. Eines Tages befahlen sie ihm sogar, eine neue Abortgrube auszuheben. Und als er damit fertig war, reihten sie sich um den Rand der Grube auf und urinierten auf ihn hinab. Bei einer anderen Gelegenheit fand er einen Haufen Kot in seinem Bett. Außerdem befanden sich fast ständig irgendwelche Insekten in seinem Essen. Ohne mit der Wimper zu zucken, aß sie Senjin jedoch einfach mit; ja, er tat sogar so, als handelte es sich dabei um eine ganz besondere Delikatesse.

Natürlich dienten diese Schikanen nur dem Zweck, Senjin zu einem besseren, demütigeren Menschen zu machen. Aber Senjin war nicht gewillt, auch nur einen Blick in den Spiegel zu werfen, den Mubao ihm damit vorhalten wollte. Er war wie eine Art spiritueller Vampir, der kein Spiegelbild hatte.

Ebensowenig hatte er offensichtlich einen Schatten. Er sah keinerlei Sinn in dem Leben, das er in Zhuji führte. Ihn interessierte nur die Macht, die Tau-tau verhieß. Was die unzähligen Prüfungen betraf, die er zu ihrer Erlangung zu bestehen hatte, ließ er sie wie ein Roboter geduldig über sich ergehen. Aber in seinem Innern blieb er immer noch der alte. Er lernte lediglich von Tag zu Tag besser, sich nach außen hin den Anschein von Demut und Bescheidenheit zu verleihen.

Darin brachte er es schließlich zu solcher Meisterschaft,

daß eines Tages sogar Mubao auf seine Schauspielkünste hereinfiel und zu der Überzeugung gelangte, daß sein Schüler nach dem harten und entbehrungsreichen Leben als Küchengehilfe endlich doch gelernt hatte, was es hieß, Demut zu üben.

Wie sehr Mubao sich freilich täuschen sollte. In blindem Vertrauen in die altbewährten Tau-tau Unterrichtsmethoden hatte er Senjin wie alle anderen Schüler behandelt. Doch das erwies sich als ein schwerwiegender Fehler. Denn Senjin war in nichts mit den anderen Novizen zu vergleichen, die in Zhuji Unterweisung suchten. Blinder Dogmatismus und die damit einhergehende Selbstzufriedenheit hatten den Tanjian-Ältesten den Blick auf die Realitäten so sehr verstellt, daß sie nicht merkten, welche Schlange sie da an ihrem Busen genährt hatten.

Senjin hatte einen voll ausgefüllten Tagesablauf. Nachts schlief er kaum mehr als ein, zwei Stunden. Tagsüber kam er ohne Widerrede den Anweisungen der anderen Küchengehilfen nach, die ihn nach allen Regeln der Kunst schikanierten. Und nach der Arbeit wurde er von Mubao oder anderen Tanjian-Meistern in Tau-tau unterwiesen.

Dabei handelte es sich jedoch nicht um Kshira, jene besondere Spielart des Tau-tau, die ihm der Mann vom Fluß beigebracht hatte, obwohl unbestreitbar gewisse Ähnlichkeiten zwischen den beiden Methoden bestanden. Senjin hatte jedoch schon rasch erkannt, daß das Übungssystem des Mannes vom Fluß infolge der zahlreichen Verfälschungen, wie sie bei jahrhundertealter mündlicher Überlieferung zwangsläufig auftreten, immer mehr von der ursprünglichen reinen Lehre abgewichen war.

Doch was waren nun eigentlich die Fragen, die ihm weder Haha-san noch der Mann vom Fluß beantworten konnten und die ihn schließlich veranlaßt hatten, bei den Tanjian von Zhuji Unterweisung zu suchen.

Zum einen wollte er natürlich wissen, was eigentlich der Mann vom Fluß hier in Zhuji wirklich gelernt hatte und ob es sich bei der Lehre des Tau-tau tatsächlich um mehr handelte als um irgendwelche Binsenweisheiten. Und dann hatten ihn vor allem die grundlegenden Fragen nach dem Sinn des Lebens beschäftigt: Warum bin ich hier auf dieser Welt? Wohin führt mich mein Weg? Gibt es ein Leben nach dem Tod?

Doch schon bald sollte sich Senjin selbst damit nicht mehr begnügen. Und je weiter seine Unterweisung in Tau-tau fortschritt, desto drängendere Probleme begannen ihn zu beschäftigen: Woher rührt nur dieser fürchterliche Zorn in mir, fragte er sich immer wieder, wenn er mit bloßen Händen den Mist auf den Gemüsebeeten verteilte. Woher kommt nur diese unbezähmbare Wut, arbeitete es in ihm,wenn er den Mund voller Käfer hatte. Wo hat nur diese erbitterte Verzweiflung ihren Ursprung, bohrte es in ihm, wenn er nachts allein in seinem Bett lag und seinen Gedanken nachhing.

Weder Mubao noch ein anderer Tanjian-Meister waren bereit, Senjin irgend etwas über den Mann vom Fluß zu erzählen. Als alles Bitten und Drängen nichts half, beschloß Senjin, notfalls auch zu einer List zu greifen, um an sein Ziel zu kommen. Doch während er noch fieberhaft überlegte, wie er das am besten bewerkstelligen sollte, löste sich dieses Problem eines Tages wie von selbst.

Abgesehen von den Mahlzeiten, die von allen gemeinsam eingenommen wurden, war es den jungen Männern und Frauen des Klosters strengstens verboten, miteinander zu verkehren. Trotzdem gab es natürlich immer wieder Jungen und Mädchen, die gegen dieses Verbot verstießen. Senjin wurde allerdings nie recht klar, ob diese geheimen Liebschaften den Tanjian-Ältesten tatsächlich verborgen blieben oder ob sie sie nur stillschweigend duldeten, weil auch die enormen Anstrengungen, die die Betreffenden zur Geheimhaltung ihrer Beziehung unternahmen, einen Bestandteil der Unterweisung in Tau-tau darstellten.

Unter den Novizinnen befand sich ein Mädchen, das große Mühe zu haben schien, dem Unterricht zu folgen. Ihre Leistungen fielen deutlich hinter den anderen Mädchen zurück. Das hatte zur Folge, daß sie wie Senjin unablässigen Demütigungen und Schikanen von seiten ihrer Mitschülerinnen ausgesetzt war.

Sie hieß Xu und war auffallend hübsch. Von der makellosen Vollkommenheit ihres jungen Gesichts ging eine geradezu hypnotische Wirkung aus. Wie es die Ironie des Schicksals wollte, reichten allerdings ihre geistigen Fähigkeiten nicht annähernd an ihre körperlichen Vorzüge heran. Schon immer ein wahrer Meister in der Kunst, sich etwas vorzumachen, versuchte sich Senjin die starke Anziehung, die Xu auf ihn ausübte, damit zu erklären, daß eben alles Vollkommene einen starken Reiz auf ihn ausübte. Allerdings mußte sie erst noch entsprechend geformt werden, damit ihre Schönheit zur Geltung kam. Und wer wäre hierfür geeigneter gewesen als er selbst? In Wirklichkeit war Senjin jedoch einfach nicht mehr in der Lage, seine totale Isolation innerhalb der Tanjian-Gemeinschaft noch länger zu ertragen. Stolz wie er war, konnte er sich jedoch nicht eingestehen, daß er sich nur aus Einsamkeit so stark zu dem Mädchen hingezogen fühlte, das ihm in vieler Hinsicht sehr ähnlich war: Denn auch Xu war eine Außenseiterin und wurde trotz ihrer Schönheit von allen verachtet und gemieden. Zugleich machte sein Bedürfnis nach menschlicher Nähe Senjin blind für die Schwächen des Mädchens, die er unter anderen Umständen auf keinen Fall gutgeheißen hätte.

Anfangs hatte er die Demütigungen, die Xu über sich ergehen lassen mußte, eher gleichgültig mit angesehen, ohne sich jedoch wie die anderen an ihnen zu ergötzen oder gar zu beteiligen. Irgendwann wurde ihm das Ganze allerdings dann doch zuviel. Die Schikanen, denen sich Xu Tag für Tag aufs neue ausgesetzt sah, stellten in Senjins Augen einen groben Verstoß dar – nicht so sehr gegen die strengen Verhaltensregeln der Tanjian, die ihm wenig bedeuteten, als vielmehr gegen sein eigenes inneres Gesetz, über dessen Wesen er sich von Tag zu Tag deutlicher klar zu werden begann.

Als Senjin eines Tages eine neue Klärgrube ausheben mußte, beobachtete er, wie Xu wieder einmal von einer Gruppe von Mitschülerinnen gehänselt wurde. Anfangs überhäuften die anderen Mädchen Xu nur mit wüsten Beschimpfungen, aber nach einer Weile begannen sie, das wehrlose Mädchen so lange hin und her zu stoßen, bis sie ins Stolpern geriet und zu Senjin in die Grube stürzte.

Senjin entging nicht, daß Xu verzweifelt mit den Tränen kämpfte. Um nicht lauthals loszuheulen, hatte sie sich so heftig auf die Unterlippe gebissen, daß sie zu bluten begann. Aber die anderen Mädchen machten sich unbarmherzig weiter über sie lustig, so daß sie in ihrer Verzweiflung nichts Besseres mehr zu tun wußte, als sich wie ein verängstigtes Tier in der hintersten Ecke der Grube zu verkriechen.

Nach einer Weile fing eines der Mädchen sogar an, sie zu bespucken. Allerdings traf sie nicht Xu, sondern Senjin. Und zwar mitten ins Gesicht. Das hatte zur Folge, daß die Mädchen noch lauter lachten.

»Schaut nur«, riefen sie, »wer da in der Scheiße wühlt? Wir haben dich ja gar nicht beim Buddeln gesehen. Scheißeschaufler! Scheißeschaufler! Scheißeschaufler...«

Entsetzt starrte Xu zu Senjin hoch, über dessen Backe ein widerlich zäher Schleimklumpen troff. Jetzt konnte sie die Tränen, gegen die sie schon die ganze Zeit verzweifelt angekämpft hatte, nicht mehr länger zurückhalten. Aber sie weinte nicht um sich selbst, sondern um Senjin.

Mit geschlossenen Augen konzentrierte sich Senjin auf den Punkt in seinem Innern, wo das Herz aller Dinge seinen Sitz hatte, und binnen kürzester Zeit hatte er die Membran von *Kokoro* in heftige Schwingungen versetzt.

Als er die dadurch freiwerdende Energie nach außen richtete, machte die Erde einen gewaltigen Ruck. Gleichzeitig ertönte ein tiefes Rumpeln, begleitet von lautem Geschrei. Als Senjin die Augen wieder aufschlug, waren die Mädchen kopfüber in eine tiefe Erdspalte gestürzt, die sich direkt unter ihnen aufgetan hatte.

Während sie verzweifelt wieder an die Oberfläche zu klettern versuchten, warf Senjin lachend seine Schaufel beiseite und sagte zu Xu: »Das wäre geschafft. Die neue Klärgrube ist fertig.«

Er klettere aus der Grube, die er mit der Schaufel mühsam ausgehoben hatte, und half anschließend Xu heraus. Erst starrte sie ihn nur fassungslos an, doch dann kauerte sie nieder, hob ihren Rock hoch und weihte die neue Grube ein.

Anschließend nahm sie Senjin an der Hand und führte ihn wortlos einen schmalen Bergpfad hinauf. Mit großen Augen folgten die friedlich äsenden Bergziegen ihrem Aufstieg. Ab und zu floh ein aufgeschrecktes Kaninchen durch das raschelnde Gebüsch, und einmal erhaschten sie sogar einen kurzen Blick auf einen durchs Unterholz pirschenden Fuchs.

Sie hatten längst die Felsregion erreicht, wo kein Baum mehr wuchs, als sie den Pfad verließen und ein Stück über loses Geröll weitergingen. Nach einer Weile stießen sie auf ein paar mächtige Felsblöcke, hinter denen sich eine winzige grasbewachsene Lichtung auftat. Der abgeschiedene Platz war nach allen Seiten hin gegen neugierige Blicke abgeschirmt.

»Woher kennst du diese Stelle?« fragte Senjin.

»Hier komme ich immer her, wenn ich allein sein will,« antwortete Xu. »Und wenn ich die ständigen Hänseleien der anderen nicht mehr ertragen kann.«

»Von nun an brauchst du dir deswegen keine Sorgen mehr zu machen.«

»Ich weiß nicht, wie ich dir dafür danken soll«, stieß Xu darauf heftig errötend hervor. »Niemand sonst hätte das für mich getan.«

»Aber du hättest es doch auch selbst tun können«, erwiderte Senjin. »Dazu hättest du weder mich noch sonst irgend jemanden gebraucht.«

»Oh doch.« Verlegen wich Xu seinem Blick aus und drehte sich um.

»Wie schön es hier ist.« Sie begann in tiefen Zügen zu atmen. »Und wie rein und frisch die Luft hier oben ist.«

Doch Senjin gingen ganz andere Dinge durch den Kopf. Ständig mußte er daran denken, wie er diesem atemberaubend schönen Geschöpf zu endgültiger Vollkommenheit verhelfen könnte. Gleichzeitig kam ihm ein bedrückender Gedanke: Falls ihm das tatsächlich gelingen sollte, würde ihm anschließend keine andere Wahl bleiben, als Xu zu töten.

Er packte sie am Handgelenk. »Warum hast du mich hierhergebracht?«

»Warum?« Senjins Frage schien sie sichtlich zu verwirren. »Um das alles mit dir zu teilen.«

»Was alles?«

»Na, *das* eben.« Xu machte eine ausholende Armbewegung, um auf ihre herrliche Umgebung zu deuten.

»Was soll an diesem Platz schon so Besonderes sein?« fragte Senjin.

»Das ist doch auch nur ein Haufen Dreck und Steine.«

»Nein«, schüttelte Xu energisch den Kopf und sah Senjin tief in die Augen. »Dieser Platz ist etwas Besonderes. Genau wie du.« Sie nahm ihn an den Händen. »Weil er *mir* gehört.«

Und jetzt spürte Senjin zum erstenmal ihre Gabe. Erst dachte er, sie wäre nur sehr schwach ausgeprägt. Aber später, als er Zhuji bereits wieder verlassen hatte, kam ihm der Verdacht, daß es Xu nur sehr gut verstanden hatte, ihre Gabe vor den anderen Tanjian zu verbergen. Deshalb bedauerte er es sehr, sie nicht besser kennengelernt zu haben.

Im Augenblick hatte er allerdings nur Verachtung und bestenfalls Mitleid für Xus Aura übrig; sie war so schwach ausgeprägt, daß sie sich nur hier oben in der Einsamkeit der Berge, auszubreiten wagte. Trotzdem fand er Xus Aura genauso schön und anziehend wie ihr hübsches Gesicht. Es schien geradezu von innen heraus zu leuchten, als sich seine Aura wie ein schützender Mantel zärtlich um sie legte.

Und dann sah ihm Xu tief in die Augen. »Es heißt, daß du aus Asama stammst. Ist das wahr?«

»Ja.« Senjin spürte ganz deutlich, wie plötzlich heftige innere Erregung von ihr Besitz ergriff. Deshalb beschloß er, alle ihre Fragen wahrheitsgemäß zu beantworten.

»Kennst du einen gewissen Aichi? Er ist ein Tanjian und hat sich in dieser Gegend niedergelassen.«

»Nein.« Aber kaum hatte Senjin das gesagt, stieg plötzlich ein seltsamer Verdacht in ihm auf. »Wie sieht dieser Aichi aus?« fragte er Xu deshalb.

Als sie ihm darauf den Mann vom Fluß beschrieb, sagt er:

»Ja, ich kenne diesen Mann. Er war viele Jahre wie ein Vater für mich.«

»Tatsächlich!« entfuhr es Xu erstaunt.

Darauf erzählte ihr Senjin, wie es dazu gekommen war, daß der Mann vom Fluß sein *Sensei* wurde.

»Ach, jetzt verstehe ich«, stieß Xu aufgeregt hervor, »warum die Tanjian solche Angst vor dir haben.«

»Mubao und die anderen Meister haben Angst vor mir?« fragte Senjin ungläubig. »Aber weshalb haben sie mich dann als Schüler angenommen?«

»Dazu waren sie verpflichtet. Sie hatten keine andere Wahl. Du bist ein Tanjian. Deshalb konnten sie dich nicht zurückweisen. Du kommst also tatsächlich von Aichi, dem Mann, der die Smaragde der Tanjian zu stehlen versucht hat. Deshalb also...«

»Einen Moment mal«, fiel ihr Senjin ins Wort. »Ich dachte, die sechzehn Smaragde wären schon vor vielen Jahren von der Verräterin Liang gestohlen worden.«

»Ursprünglich waren es vierundzwanzig Smaragde«, erklärt ihm Xu darauf. »Acht befinden sich immer noch hier. Und diese acht Steine waren es, die Aichi zu stehlen versucht hat.«

»Und? Ist es ihm denn nicht gelungen?«

»Er wurde dabei ertappt und für immer aus der Gemeinschaft der Tanjian verstoßen. Allem Anschein nach hat er sich darauf nach Asama zurückgezogen und dort begonnen, seine eigene Art des Tau-tau zu lehren. Das ist allerdings streng verboten.«

»Trotzdem hat er sich nicht davon abhalten lassen.«

»So scheint es«, nickte Xu.

Plötzlich kam Senjin ein Gedanke. »Du hast vorhin von einer Regel gesprochen, derzufolge mich die Tanjian als Schüler aufnehmen mußten. Davon habe ich noch nie etwas gehört.«

»Trotzdem gibt es diese Vorschrift.«

Dabei sah sie ihn so eigenartig an, daß er sie heftig anfuhr: »Du verschweigst mir doch etwas.«

»Ja«, erwiderte Xu zaghaft. »Diese Vorschrift gilt nur für Tanjian, die dem innersten Zirkel entstammen.«

Senjin war wie vom Donner gerührt. »Willst du damit sagen, ich bin...«

»Ja, du bist ein direkter Nachkomme des Märtyrers Zhao Hsia der...«

»...von dem Verräter So-Peng im Wasserfall ertränkt wurde?«

Xu nickte. »Ja.« In ihren feuchtschimmernden Augen brach sich das Sonnenlicht. Ihr Gesicht war wie in Gold getaucht. Sie löste sich aus seinem Griff und warf sich an seine Brust.

Im selben Moment spürte Senjin, wie sich seine Aura, die die ihre noch immer umschloß, unter lustvollem Pulsieren immer weiter auszudehnen begann.

Unwillkürlich wurde Senjin dadurch an die seltsamen Sexspiele erinnert, die er mit seiner Zwillingsschwester Shisei getrieben hatte. Eigentlich hatte es sich dabei um eine Art spielerischen Kampf gehandelt, wer von beiden über den stärkeren Willen verfügte. Und jedesmal von neuem hatte es Senjin dabei mit wilder Genugtuung erfüllt, wenn sich Shiseis Wille dem seinen schließlich widerstandslos unterordnete.

Aber mit Xu war das etwas ganz anderes. Während ihn bei den Spielen mit Shisei vor allem ihre vollkommene Unterwerfung gereizt hatte, erregte ihn bei Xu am meisten, daß plötzlich *er* sich gänzlich in ihrer Gewalt zu befinden schien. Für einen Moment hatte er das Gefühl, als wären die Grenzen von Raum und Zeit aufgehoben. Er war diesem anderen Willen so vollständig ausgeliefert, daß in seinem seligen Taumel für einen Moment sogar die brennenden Fragen verstummten, die ihn sonst bis in den Schlaf hinein verfolgten.

Als alles vorbei war, blieb Senjin noch eine ganze Weile wie erschlagen neben Xu liegen. Schießlich ließ er sich seitlich an Xus Körper hinabgleiten, bis er ihre Knöchel zu fassen bekam. Und als er dann die Augen schloß, verspürte er für einen kurzen, strahlenden Moment so etwas wie unendlichen Frieden. Doch schon im nächsten Augenblick begannen wieder die alten quälenden Fragen an ihm zu nagen. Und alles war wieder wie eh und je.

Nie wieder kehrten Senjin und Xu an diesen Platz in den Bergen zurück. Und auch an keinem anderen Ort kamen sie sich noch einmal so nahe. An Xu lag das sicher nicht. Es war Senjin, der es unter keinen Umständen zu einer Wiederholung dieses Vorfalls kommen lassen wollte. Gewiß, ein Teil von ihm hätte sich nichts sehnlicher gewünscht als das. Aber da war auch noch ein anderer, beherrschenderer Teil seines Wesens, und der sträubte sich erbittert gegen ein neuerliches Treffen mit dem Mädchen. Zu groß war seine Angst vor der damit verbundenen Unterwerfung unter den Willen eines anderen Menschen. Auf keinen Fall durfte er sich noch einmal so vollständig die Kontrolle über die Situation entgleiten lassen.

Drei Monate nach seiner Ankunft in Zhuji gelangte Senjin zu der Einsicht, daß die Wahrheit des Manns vom Fluß nicht *die* Wahrheit war. Und noch einmal drei Jahre später entdeckte er, daß auch die Wahrheit des Tau-tau nicht *die* Wahrheit war.

Unwillkürlich mußte er dabei an Shisei denken. Noch ganz deutlich hatte er das Gespräch in Erinnerung, in dessen Verlauf sie ihn gefragt hatte: »Warum mußt du eigentlich alles immer genau anders herum sehen?« Damals hatte er ihr diese Frage noch nicht beantworten können. Aber das hatte sich inzwischen geändert. Er verspürte plötzlich das unwiderstehliche Verlangen, Shisei mit all seinen Sinnen in sich aufzusaugen und ihr im Moment des endgültigen Verschmelzens ins Ohr zu flüstern: »Ich sehe deshalb alles genau anders herum, weil ich weiß, daß es keine Wahrheit gibt – nur unzählige vermeintliche Wahrheiten. Jeder Mensch hat seine eigene Wahrheit; oder er übernimmt die eines anderen. Und aus diesem Grund ist das Leben ein ständiger Konflikt.«

Drei Jahre und drei Monate, nachdem Senjins Unterweisung in Tau-tau begonnen hatte, befragten die Ältesten das Orakel über ihn. Das uralte Ritual, das von endlosen Anrufungen und Gesängen begleitet wurde, zog sich über eine ganze Woche hin. In diesem Zustand gemeinsamer Meditation diente jede Bewegung, jede Geste nur noch einem Zweck: die Membran des *Kokoro* immer stärker in Schwingung zu versetzen. Senjin spürte die dadurch freiwerdende Energie mit jeder Faser seines Körpers und wurde dadurch in eine solche innere Erregung versetzt, daß an Schlaf nicht mehr zu denken war.

Nach Ablauf der Woche versammelten sich die Ältesten in einem Tempel hoch oben in den Bergen, wo die Frauen des Dorfs bereits ein gewaltiges Feuer entzündet hatten. Als Senjin in das Heiligtum geführt wurde, konnte er durch eine Öffnung in der Decke den Sternenhimmel sehen.

Die Ältesten waren damit beschäftigt, ihre Fragen an das Orakel in speziell dafür vorbereitete Schildkrötenpanzer zu ritzen. Als sie damit fertig waren, warfen sie die Orakeltafeln ins Feuer. Das einwöchige Ritual hatte seinen Höhepunkt erreicht. Der gemeinsame Gesang der Ältesten schwoll zu einem mächtigen Crescendo an, um dann allmählich zu verstummen.

Nun wurden die Frauen damit beauftragt, die Schildkrötenpanzer wieder aus der Glut zu fischen. Anschließend machten sich die Ältesten daran, mit Hilfe der Sprünge, die die Panzer durch die Hitzeeinwirkung bekommen hatten, die Zukunft zu deuten.

Schließlich kam Mubao an die Reihe. Wortlos winkte er Senjin zu sich. Nachdem sein Schüler neben ihm niedergekniet war, deutete er auf den Schildkrötenpanzer in seinen Händen und sagte: »Das ist deine Zukunft.«

Verständnislos starrte Senjin auf das verkohlte Etwas, in dessen Oberfläche sich neben den eingeritzten Zeichen inzwischen auch ein Netz von feinen Rissen abzeichnete. »Und was wird mir die Zukunft bringen?« fragte er.

»Ein tosendes Unwetter, eine gewaltige Überschwemmung, eine Explosion von Energie«, begann Mubao in einem seltsam monotonen Singsang: »Und nach der großen Flut: *Xin*.« Mit *Xin* war das Herz aller Dinge gemeint: *Kokoro*.

Senjins Herz begann schneller zu schlagen. »Ist es das, was mich erwartet?«

Mubao nickte. »Zum Teil.« Und dann begann er, mit seinem schwieligen Daumen über den rissigen Schildkrötenpanzer zu streichen. »Der Tod ist allgegenwärtig. Unser ganzes Dasein erzittert unter dem endlosen Widerhall seiner stummen Schwingungen. Wir hören sie und folgen ihnen. Und dann herrscht nur noch Tod, nichts als Tod.«

Plötzlich hielt Mubaos Daumen an einer ganz bestimmten Stelle des Schildkrötenpanzers inne. Der Tanjian sah Senjin an und sagte: »Du mußt diesen Ort verlassen. Deine Tage hier sind gezählt.«

Es fiel Senjin nicht schwer, Zhuji zu verlassen. Im Gegenteil, er war seines Aufenthalts hier während der letzten Wochen zunehmend überdrüssig geworden. Er hatte alles gelernt, was ihm Mubao und die anderen Tanjian-Ältesten beibringen konnten. Und nun war für ihn der Zeitpunkt gekommen, ihnen zu zeigen, was *er* wußte. Denn im Gegensatz zu ihm waren sie *nicht* im Besitz der Wahrheit. Nachdem ihm jedoch Mubao die Zukunft geweissagt und ihn aus der Gemeinschaft der Tanjian ausgestoßen hatte, war Senjin endgültig klar geworden, daß seine ehemaligen Lehrer nie begriffen hatten, was er ihnen zu sagen hatte: daß es nämlich gar keine Wahrheit gab.

Das bedeutete jedoch keineswegs, daß das, was er von ihnen gelernt hatte, falsch oder nutzlos war. Ganz im Gegenteil. Aber die Tatsache, daß es zwei verschiedene Formen von Tau-tau gab, die gleichermaßen wirksam waren, hatte Senjins Weltbild von Grund auf erschüttert.

Denn diese Erkenntnis ließ nur einen logischen Schluß zu: Nichts war wahr. Nichts war heilig. Und deshalb gab es auch kein Gesetz.

Und so kehrte Senjin im Alter von zwanzig Jahren als *Dorokusai* nach Japan zurück, um sich dort für den Polizistenberuf zu entscheiden – eine Wahl, die in seinen Augen keineswegs einer gewissen Ironie entbehrte.

Er kehrte nicht mehr nach Asama zurück. Nach allem, was er in Zhuji erlebt hatte, hätte er den Anblick Haha-sans und des Mannes vom Fluß nicht mehr ertragen können. Und selbst das Wissen, daß Shisei dort sehnlichst auf ihn wartete, konnte ihn nicht dazu bewegen, in sein Heimatdorf zurückzukehren. Aber das war auch gar nicht nötig: Sie trafen sich in Tokio auf der lichterflimmernden Ginza, wo die Namen der neuen Götter des elektronischen Zeitalters in gigantischen Neonschriftzügen vom Himmel leuchteten: SONY, MATSUUSHITA, TOSHIBA und NEC.

Die Anziehung, die die Zwillinge aufeinander ausübten, war so stark daß sie sich nicht einmal im unüberschaubaren Menschengewimmel Tokios verfehlen konnten. Um so größer war ihre Wiedersehensfreude. Allerdings hätte ihnen kein Umstehender auch nur die leiseste Gefühlsregung angesehen. Alles spielte sich in ihrem Innern ab. Alles war wieder gut.

Oder zumindest glaubte das Shisei.

Shisei hatte eine große Wohnung, die in einem der teuersten Viertel der Stadt lag und ganz im westlichen Stil eingerichtet war. Auf der Fahrt dorthin blickte Senjin zu seinem Erstaunen von fast jeder Plakatwand das lächelnde Konterfei seiner Schwester entgegen. Und wenig später konnte er sie sogar im Fernsehen bewundern, wo sie vor einer begeisterten Menge kreischender Jugendlicher ein Lieg sang.

»Ich bin in Japan inzwischen ein berühmter Showstar«, erklärte ihm Shisei. »Ich singe ein bißchen, ich tanze ein bißchen und ich versuche mich ein bißchen als Entertainerin. Ich gebe Konzerte, spiele in einer Fernsehserie die Hauptrolle und mache für fast alle großen Unternehmen Werbung. Ganz Japan liegt mir zu Füßen.«

»Und?« fragte Senjin. »Bist du glücklich damit?« Er war unfähig, seinen Blick vom Bildschirm loszureißen, wo Shisei, von einer Woge der Begeisterung fortgetragen, im gleißenden Scheinwerferlicht über die Bühne tanzte. Sogar die Kamera schien hingerissen von ihr. Senjin war der festen Überzeugung, daß der Regisseur der Show unsterblich in Shisei verliebt sein mußte.

»*Alle* lieben mich«, versicherte ihm Shisei, als hätte sie seine Gedanken erraten. »Das Publikum, das Aufnahmeteam, die Produzenten, die Fernsehgewaltigen – *die* übrigens ganz besonders. Was will ich also mehr?« Plötzlich verdüsterte sich ihre Miene. »Aber so schön das Ganze auch ist, ist es doch nur von kurzer Dauer. Ein Showtalent wie ich muß jung und unverbraucht sein – sozusagen jungfräulich. Deshalb ist die Zeit mein erbittertster Feind.«

»Aber wie ist das alles gekommen?«

Beide konnten es kaum erwarten zu erfahren, was der andere während der drei Jahre ihrer Trennung erlebt hatte. Zugleich hielt sie jedoch auch eine seltsame Scheu davor zurück, den anderen nach seinen Erlebnissen zu fragen – gerade so, als wären sie zwei Jungvermählte, für die nun der Augenblick der Wahrheit gekommen war: die Hochzeitsnacht.

Aber dann hielt es Senjin, der schon immer der stürmischere der beiden gewesen war, nicht mehr länger aus: Er mußte Shisei einfach den Ausgang der Geschichte erzählen, den ihnen der Mann vom Fluß damals so beharrlich verschwiegen hatte.

»Ich habe meine Entscheidung, nach Zhuji zu gehen, nie bereut«, begann er. »Die Mönche dort wußten genauestens über alles Bescheid.«

Und dann erzählte Senjin seiner Schwester in aller Ausführlichkeit, was er von ihnen erfahren hatte.

Als Tik Po Tak nach Zhao Hsias Tod mit So-Peng nach Singapur zurückkehrte, stelle er fest, daß ihm sein erbittertster Rivale während seiner Abwesenheit sein Revier streitig gemacht hatte. Außer sich vor Wut, fand Tak heraus, in welchem Bordell sein Erzfeind verkehrte. Dort verschaffte er sich in den frühen Morgenstunden des nächsten Tages heimlich Zutritt und brachte den Mann samt seiner drei Leibwächter und ihrer Mädchen eigenhändig um.

Dieser Ansicht war zumindest die Polizei von Singapur, die sich aufgrund dieses Massakers trotz ihres recht einträglichen Stillhalteabkommens mit Tak nun doch zum Einschreiten gezwungen sah. Sie versuchte, Taks mit allen Mitteln habhaft zu werden, und arbeitete zu diesem Zweck sogar mit den Leuten des ermordeten *Samseng* zusammen.

Nun hatte So-Peng, wie bereits erwähnt, einen Vetter, der

im Polizeipräsidium die Fußböden putzte. Wenige Tage, nachdem die Polizei zur Hetzjagd auf Tik Po Tak geblasen hatte, wurde die Presse durch einen anonymen Hinweis darauf aufmerksam gemacht, daß die Behörden bei der Fahndung nach dem flüchtigen Mörder mit Mitgliedern einer Unterweltorganisation zusammenarbeiteten. Obwohl der britische Polizeichef jedes Wissen von diesen unerhörten Vorgängen mit Nachdruck abstritt, sorgte diese Enthüllung in Singapur für einen so handfesten Skandal, daß er sich gezwungen sah, etwa zwei Drittel seiner gesamten Polizeitruppe zu entlassen. Diese momentane Schwäche der Polizei nutzte nun Tak, um in die Schattenseite zurückzukehren, die Macht wieder an sich zu reißen und sogar noch weiter auszubauen.

Inzwischen leitete er seine Organisation jedoch nicht mehr allein. Der gefürchtete *Samseng* hatte in So-Peng einen klugen Berater gefunden, auf dessen Urteil er große Stücke hielt. Den Aussagen der Ältesten von Zhuji zufolge, hatte Tak seine rasche Rückkehr an die Macht nur So-Peng zu verdanken gehabt. Und So-Peng war es auch gewesen, der die Belegschaft des streng bewachten Bordells bestochen hatte, damit Tak sich dort unbemerkt Zutritt verschaffen konnte, er hatte dafür gesorgt, daß der Reiswein mit einem Schlafmittel versetzt wurde, damit Tak seinen Rivalen ohne Probleme ausschalten konnte.

Und es war auch So-Peng gewesen, der seinen Vetter Wan dazu angestiftet hatte, die belastenden Unterlagen aus dem Polizeipräsidium zu entwenden und an die Presse weiterzuleiten. Und wer besaß nun auch noch die Frechheit, sich für die eben erst freigewordene Stelle des stellvertretenden Polizeichefs von Singapur zu bewerben? Niemand anderer als So-Peng.

Eigentlich war das Ganze reichlich absurd. Schließlich war So-Peng gerade erst zwanzig geworden. Andererseits kam ihm bei seiner Bewerbung sehr zugute, daß der Polizeichef angesichts der jüngsten Massenentlassungen mit gewaltigen Personalproblemen zu kämpfen hatte. Außerdem stand er unter enormem Druck, in der Kronkolonie nicht nur die

Ordnung wiederherzustellen, sondern auch das Vertrauen der Bürger in die Schutzfunktion ihrer Polizei. Und allein mit dem gewaltigen Militäraufgebot, das er zu diesem Zweck angefordert hatte, war diesem Problem nicht beizukommen. Nicht umsonst hatte ihm der Gouverneur bereits zweimal mit seiner Entlassung gedroht, falls sich an dieser Misere nicht baldigst etwas ändern würde.

Da sich überdies sonst niemand für die Stelle bewarb, blieb dem Polizeichef keine andere Wahl, als den Posten zähneknirschend So-Peng zu überlassen – und das, obwohl dieser, von seiner Jugend einmal abgesehen, keinerlei praktische Erfahrungen für sein vertrauensvolles Amt mitbrachte. Aber das war im Fall So-Pengs auch gar nicht nötig. Schließlich hatte er seine außergewöhnliche Veranlagung. Und was noch wichtiger war: Er hatte in Tik Po Tak einen treuen Verbündeten.

So-Pengs Plan war geradezu genial. Mit Hilfe der Polizei von Singapur beschnitt er den Einfluß der übrigen Unterweltorganisationen so drastisch, daß sich diese schließlich widerstandslos unter Taks Oberkommando fügen mußten.

Infolgedessen war in der Schattenseite binnen einer Woche die Ordnung wiederhergestellt. Wieder eine Woche später wurde ein Mann gefaßt, der dringend der Morde an dem *Samseng* und seinen Leibwächtern verdächtig wurde. Zur allgemeinen Überraschung war dies jedoch keineswegs der gefürchtete *Samseng* Tik Po Tak, sondern der allzu ehrgeizige Anführer einer rivalisierenden Unterweltorganisation. Die Last der Beweise, die gegen den Angeklagten vorlagen, war so erdrückend, daß er zum Tode verurteilt wurde. Da es der Gouverneur und der Polizeichef außerdem nicht versäumt hatten, den Prozeß und die anschließende Hinrichtung des Massenmörders verstärkt ins Rampenlicht des öffentlichen Interesses zu rücken, hatte die Bevölkerung von Singapur ihren Sündenbock. Gleichzeitig wurde dadurch ihr erheblich angegriffenes Vertrauen in die Behörden wieder hergestellt.

Einen Monat, nachdem So-Peng sein Amt angetreten hatte, hatte sich die Lage in Singapur wieder völlig normalisiert. Zugleich war der knapp zwanzigjährige So-Peng in dieser kurzen Zeit zum berühmtesten Mann der ganzen Kronkolonie aufgestiegen.

In seiner Funktion als stellvertretender Polizeichef von Singapur war es ihm ein leichtes gewesen, sowohl den Mord an seinem Halbbruder Zhao Hsia als auch die Beteiligung an den Bordellmorden zu vertuschen.

Außerdem hatte er Tak davon überzeugen können, sein Geld nicht mehr länger in den Mohnanbau zu investieren. Statt dessen kaufte er nun mit Taks Kapital riesige Ländereien im Norden Singapurs auf und beauftragte H. N. Ridley, den Direktor des Botanischen Gartens, damit, auf diesem Gelände Parabäume anzupflanzen.

Binnen fünf Jahren waren dort die größten Kautschukplantagen der ganzen Region entstanden, so daß So-Peng seine Stellung bei der Polizei kündigen und ganz ins Geschäftsleben einsteigen konnte. Zu seinen treuesten und zuverlässigsten Mitarbeitern zählte neben seinen Brüdern der ehemalige Anführer einer Jugendbande, den er anläßlich eines Streits um einen streunenden Hund kennengelernt hatte. Die beiden Männer waren inzwischen enge Freude geworden. So-Pengs Vater war in Java an der Ruhr gestorben. Von seiner Mutter fehlte noch immer jede Spur, obwohl So-Peng keine Kosten und Mittel scheute, etwas über ihren Verbleib in Erfahrung zu bringen.

Die Zeit verging. Und während die Kautschukplantagen wie von selbst gediehen, kaufte So-Peng mit Tik Po Taks schmutzigem Geld immer weitere Firmen auf. Er heiratete eine junge Chinesin, die ihm Jahr für Jahr mit fast mechanischer Regelmäßigkeit eine Tochter gebar.

Dennoch war So-Peng mit dem Erreichten nicht zufrieden. Den Aussagen der Tanjian-Ältesten zufolge, kam es zwischen So-Peng und Tak zu immer heftigeren Meinungsverschiedenheiten, die schließlich zum endgültigen Bruch führten.

Als Tik Po Tak daraufhin seine Geschäftspartnerschaft mit So-Peng löste, wurde wenig später seine Leiche in der Bucht von Singapur gefunden. Die polizeilichen Ermittlungen über die Hintergründe seines Todes wurden rasch eingestellt. Obwohl So-Peng schon lange nicht mehr für die Polizei arbeitete, stand er nach wie vor in engem Kontakt mit seinen Amtsnachfolgern...

»Aber das Wichtigste hast du mir noch immer nicht erzählt«, drängte Shisei ungeduldig. »Was ist mit den Smaragden der Tanjian geworden?«

»Ach ja, die magischen Steine«, fuhr Senjin darauf seufzend fort. »Natürlich waren auch die Tanjian während So-Pengs unaufhaltsamen Aufstieg zu Macht und Reichtum nicht untätig geblieben. Als Zhao Hsia nicht nach Zhuji zurückkehrte, schickten sie andere aus, um die Smaragde zurückzuholen. Die Tanjian-Ältesten waren eigentlich ganz selbstverständlich davon ausgegangen, So-Peng würde seine Mutter dazu überreden, die magischen Steine, die sie ihrem Vater gestohlen hatte, zurückzugeben. Außerdem hatten sie angenommen, daß Zhao Hsia seinen Halbbruder dazu bewegen könnte, mit ihm nach Zhuji zurückzukehren. Schließlich war es nicht nur sein angestammtes Recht, sondern auch seine Pflicht, sich dort in Tau-tau unterweisen zu lassen.

Aber ihre versöhnliche Geste war schroff zurückgewiesen worden, und Zhao Hsia hatte dafür sogar mit seinem Leben bezahlen müssen.

Trotzdem waren die Ältesten noch immer nicht bereit, zu drastischeren Maßnahmen zu greifen. Immerhin waren Liang und ihr Sohn So-Peng auch Tanjian. Und vor allem gehörten sie der Hauptlinie des uralten Geschlechts an. Deshalb mußte ihr Leben unter allen Umständen geschont werden.

Also schickten die Tanjian noch einmal ihre Agenten aus, um Liang und die kostbaren Steine zu finden. Doch auch diese Männer mußten unverrichteter Dinge wieder nach Zhuji zurückkehren. Von Liang und den magischen Steinen fehlte jede Spur. Für den Fall, daß So-Peng die Smaragde in der Zwischenzeit in seinen Besitz gebracht hatte, wurde er weiterhin auf Schritt und Tritt überwacht. Allerdings deutete nichts darauf hin, daß er die Steine tatsächlich hatte. Sicherheitshalber behielten die Tanjian sogar den ehemaligen Anführer der Kinderbande im Auge, der inzwischen zum Verwalter der Kautschukplantagen aufgestiegen war. Dann starb So-Pengs Frau. Er heiratete ein zweites Mal. Und während seine Töchter aus erster Ehe der Reihe nach von einer schrecklichen Epidemie dahingerafft wurden, die gerade die Malaiische Halbinsel heimsuchte, gebar ihm seine zweite Frau mehrere Söhne.

Und noch immer fehlte von den magischen Steinen jede Spur. Währenddessen siechte So-Pengs und Zhao Hsias Großvater unaufhaltsam dahin. Ohne die Zauberkraft der Smaragde war er dem Tode geweiht. Nur die in ihnen gespeicherte Energie, die ihren Ursprung in *Kokoro*, dem Herz aller Dinge, hatte, konnte ihn noch vor dem Tod bewahren.

Auch mit der Zahl neun hatte es eine ganz spezielle Bewandtnis. Erst in neuneckiger Anordnung gelangte das Energiepotential der Smaragde zu seiner vollen Entfaltung. Sank die Zahl der magischen Steine dagegen unter neun, so standen sie in einem räumlichen Verhältnis zueinander, durch das ihre Kraft erheblich beeinträchtigt wurde. Und dies wiederum konnte unvorhersehbare Auswirkungen haben. Unter Umständen wurde dadurch sogar die Membran von *Kokoro* so negativ beeinflußt, daß sie rissig wurde…

»Und was würde passieren«, fragte Shisei, »wenn die Membran von *Kokoro* tatsächlich beschädigt würde?«

Senjin sah sie ernst an. »Dann wäre der Tod allgegenwärtig. Unser ganzes Dasein würde unter dem endlosen Widerhall seiner stummen Schwingungen erzittern. Wir würden sie hören und ihnen folgen. Und dann würde nur noch Tod herrschen, nichts als Tod.«

Shisei hatte einen Geliebten. Schockiert mußte Senjin feststellen, daß die Zeit nicht stehengeblieben war, während er in Zhuji Tau-tau studiert hatte. In seinem Wahn, alles drehe sich nur um ihn, konnte er sich nur schwer vorstellen, daß das Leben auch ohne ihn weitergegangen war.

Shisei konnte sich nicht erinnern, daß sich ihr Bruder auch nur ein einziges mal negativ über ihren Freund geäußert hätte. Das war auch gar nicht nötig. Nur zu deutlich konnte sie nämlich spüren, wie sich seine Aura verdunkelte, wenn Jeiji sie besuchen kam.

Jeiji stand kurz vor dem Abschluß seines Jurastudiums an der Todai-Universität, der renommiertesten Hochschule Japans, und zählte zu den zehn Besten seines Semesters. Außerdem verfügte Jeiji über hervorragende Beziehungen: Sein Vater war ein Schulfreund des Dekans der juristischen Fakultät, und seine Mutter kam aus derselben Stadt in der Präfektur Nara wie der Inhaber der renommiertesten Anwaltskanzlei Tokios, der sich auch schon bereit erklärt hatte, Jeiji nach Abschluß seines Studiums in seine Kanzlei aufzunehmen. Und nicht zuletzt hatte Jeiji seine Shisei. Ihm fehlte nur noch eines zum Glück: Senjins Einwilligung in ihre Heirat.

Jeiji vergötterte Shisei geradezu. Das war eine Grundvoraussetzung für ihre Beziehung. Denn Shisei hätte ohne diese uneingeschränkte Bewunderung nicht leben können; sie brauchte sie genauso wie die Begeisterung der Massen, die ihr auf der Bühne zujubelten.

Und gerade diesem hemmungslosen Bedürfnis nach Anerkennung sollte Jeiji wie kein Zweiter nachkommen. Als sich die beiden kennenlernten, hatte Jeiji nur eines im Kopf: seine Karriere. Das sollte sich jedoch rasch ändern. Binnen kürzester Zeit spielte Shisei in seinem Leben eine mindestens ebensowichtige Rolle wie sein Beruf. Aber damit gab sich Shisei noch keineswegs zufrieden. Für Senjin war das von Anfang an vollkommen klar gewesen, allerdings bezweifelte er, daß sich dessen auch seine Schwester bewußt war. Im Grunde genommen sah Shisei das Leben noch immer so naiv verklärt wie während ihrer gemeinsamen Kindheit in Asama; sie wollte noch immer nicht begreifen, daß sie sowohl gute wie schlechte Seiten hatte und sich deren Möglichkeiten ganz nach Belieben bedienen konnte.

Scheinbar völlig unbeteiligt beobachtete Senjin, wie es mit Jeiji unaufhaltsam bergab ging. Dagegen schien sich Shisei über die negativen Auswirkungen ihres Einflusses auf Jeiji nur sehr verschwommen bewußt zu sein. Sie schien nicht zu merken, daß Jeiji ihr längst vollkommen hörig geworden war.

Diese Entwicklung verfolgte Senjin mit stiller Genugtuung. Denn noch bis vor kurzem hatte er in Jeiji eine ernste Bedrohung gesehen. Aber inzwischen war ihm längst klargeworden, daß er kein ernstzunehmender Rivale für ihn war. Er brauchte nur noch dazusitzen und zuzusehen, wie Shisei, ohne es zu wissen, selbst zerstörte, was sie am meisten liebte.

Es bedeutete einen fürchterlichen Schock für sie, als Jeiji eines Tages von der Universität gefeuert wurde, weil er die Vorlesungen nicht mehr besuchte, nicht an den Klausuren teilnahm und die für das Staatsexamen erforderlichen Scheine nicht mehr schaffte.

Sollte Shisei in ihrer Naivität tatsächlich nicht begreifen wollen, daß sich ihr über alles geliebter Jeiji nicht zweiteilen konnte? Er konnte schließlich nicht einerseits ständig für sie da sein und sich zugleich noch auf seine Prüfungen vorbereiten. Aber wie es schien, überstieg das ihr Begriffsvermögen.

Was Jeiji betraf, hatte er jedes Interesse an seinem Jurastudium verloren. Er war Shisei längst rettungslos verfallen. Aber je mehr er sich für sie aufopferte, desto mehr wollte sie von ihm haben.

Fasziniert beobachtete Senjin, wie sie ihm nach und nach den letzten Tropfen Blut aus den Adern saugte. Sie war so maßlos wie ein Vampir. Ohne sich dessen bewußt zu sein, machte sie von ihrer Gabe aufs schamloseste Gebrauch. In dieser Hinsicht war sie wie Haha-san; auch sie war sich dieser Seiten ihrer Veranlagung in keiner Weise bewußt gewesen. Je mehr Senjin diese seltsame Parallele erkannte, desto mehr gelangte er zu der Überzeugung, daß er Shisei unbedingt vor sich selbst retten mußte.

Das war der Punkt, an dem er beschloß, Jeiji zu töten.

Natürlich hatte er nicht vor, Jeiji einfach umzubringen. Das wäre vollkommen sinnlos gewesen, und möglicherweise hätte er damit sogar das genaue Gegenteil von dem erreicht, was er bezweckte. Nein, er mußte dabei so vorgehen, daß Shisei endlich die Augen geöffnet wurden, daß sie endlich begriff, über welch außerordentliche Kräfte sie verfügte und wie diese Kräfte ihr Leben zerstören würden, wenn sie nicht lernte, richtig mit ihnen umzugehen. Und wer hätte ihr das besser beibringen können als er, Senjin, ihr Bruder?

Was ging währenddessen in Shisei vor sich? War sie sich ihres negativen Einflusses auf Jeiji tatsächlich so wenig bewußt, wie es den Anschein hatte? Oder verschloß sie einfach die Augen davor?

Tatsache war: Sie machte sich während dieser Zeit weder um Jeiji noch um Senjin größere Gedanken. Denn sie ahnte nichts von dem Unheil, das mit Senjins Auftauchen seinen Lauf genommen hatte. Nein, ihre Gedanken kreisten fast ausschließlich um Haha-san, die immer noch sehr gemischte Gefühle in ihr hervorrief. Einerseits wünschte sie sich nichts sehnlicher, als sich wieder wie früher ganz eng an sie zu schmiegen und sich von ihr zärtlich in den Schlaf wiegen zu lassen. Aber zugleich verfolgten sie noch immer die Erinnerungen an Haha-sans schreckliche Anfälle. Selbst jetzt noch hatte sie deswegen so heftige Schuldgefühle, daß sie oft nächtelang wach lag und sich den Kopf zermarterte, wie es dazu hatte kommen können: Was habe ich falsch gemacht? Wieso habe ich Haha-san enttäuscht? Liebt sie mich trotzdem? *Liebt sie mich*?

Und jedesmal, wenn sie sich wieder mit diesen entsetzlichen Schuldgefühlen herumquälte, zog sie die Schlinge, die sie, ohne es zu wissen, Jeiji bereits um den Hals gelegt hatte, ein Stück fester zu.

Denn schon lange, bevor Senjin den Entschluß gefaßt hatte, Jeiji zu töten, hatte Shisei das Todesurteil über ihn gesprochen. Aber wie hätte er ihr das jemals klarmachen sollen? Selbst Senjin, wäre er tatsächlich naiv genug gewesen, sie darauf aufmerksam zu machen, hätte ihr nicht die Augen öffnen können. Wie hätte sie auch begreifen sollen, daß sie gerade Jeiji, der sie doch über alles liebte, opfern mußte, um Haha-sans lähmenden Einfluß endlich von sich abzuschütteln? Noch war es dafür zu früh. Aber nicht mehr lange. Und dann...

Senjin hatte längst alles genau geplant. Jeiji sollte keineswegs umsonst sterben. Nein, durch seinen Tod sollte die Membran von *Kokoro* ins Schwingen gebracht werden.

Je mehr sein Plan gedieh, desto deutlicher kam Senjin zu Bewußtsein, daß Jeiji in vieler Hinsicht das ideale Opfer war. Wenn er auch nicht mehr im buchstäblichen Sinn jungfräulich war, so hatte er doch etwas Reines und Unschuldiges an sich. Seine Liebe zu Shisei war vollkommen selbstlos. Als sich die beiden kennengelernt hatten, war Jeiji ein arroganter junger Mann mit außerordentlich selbstbewußtem Auftreten gewesen. Aber je mehr er Shiseis Reizen erlegen war, desto mehr war jede Überheblichkeit und Anmaßung von ihm abgefallen, so daß Jeiji ironischerweise jetzt, am Tiefpunkt seiner Entwicklung, ein besserer Mensch war als je zuvor.

Als Senjin ihn tötete, fügte er sich so widerstandslos in sein Schicksal wie ein Lamm. Bis zum letzten Atemzug machte ihn seine Liebe zu Shisei blind für alles, was um ihn herum geschah.

Senjin hatte lange über den richtigen Zeitpunkt von Jeijis Ermordung nachgedacht. Im nachhinein gelangte er allerdings zu der Überzeugung, daß er die Wirkung, die Jeijis Tod auf Shisei ausüben würde, nicht ganz richtig eingeschätzt hatte.

Noch ganz deutlich hatte Senjin den Anblick ihrer eng ineinander verschlungenen Leiber vor Augen, als er auf das Bett stieg, in dem sich die beiden leidenschaftlich liebten. Nie würde er den Ausdruck in Shiseis Augen vergessen, als er mit einem kurzen, heftigen Ruck Jeijis Kopf herumriß und ihm das Genick brach. Das Geräusch, das dabei entstand, erinnerte ihn an das Knacken eines brechenden Zweigs.

Wie immer, wenn sie mit Jeiji schlief, lag ein seltsam entrückter Ausdruck in Shiseis Augen. Doch plötzlich starrte Senjin nur noch das nackte Grauen aus ihnen entgegen. Und das ließ ihn zu der Einsicht gelangen, daß er sich in der Wahl des Zeitpunkts wohl doch etwas vergriffen hatte.

Der Grund für diesen Mißgriff war ganz einfach. Ohne sich dessen bewußt zu sein, hatte seinem Entschluß letztendlich nur der Wunsch zugrunde gelegen, Jeiji ein für allemal daran zu hindern, das mit Shisei zu tun, was ihm selbst für immer verwehrt war.

Senjin zerrte Jeijis Leiche vom Bett. Und als er dann vor

Shisei stand, fiel sein Schatten über ihren nackten Körper. Wehmütig blieb sein Blick auf ihr ruhen. Zumindest sein Schatten drang nun in all die lockenden Höhlungen ihres Körpers ein, die ihm selbst für immer verwehrt waren.

Es verletzte Senjin zutiefst, als sich Shisei wie vor den Blikken eines lüsternen Spanners hastig vor ihm bedeckte. Für einen Moment hätte er in seiner Enttäuschung am liebsten alles hingeworfen. Sollte Shisei doch selbst sehen, was ohne ihn aus ihr wurde. Es war schließlich nicht sein Problem, wenn sie nicht erwachsen werden wollte.

Und als sie ihm dann auch noch ins Gesicht spuckte, schlug er mit aller Kraft zurück. Darauf steigerte sie sich in einen so heftigen hysterischen Anfall hinein, daß er kurzerhand ihren Seidenpyjama in Streifen riß und sie damit an Händen und Füßen fesselte.

Immer lauter, immer deutlicher begannen dabei die uralten Beschwörungsformeln der Tanjian in seinem Kopf widerzuhallen, und nach einer Weile ging er sogar dazu über, sie laut nachzusprechen. Der Raum verdunkelte sich von den unablässig wiederholten Anrufungen. Die Luft geriet in Schwingungen. Doch Shisei starrte ihn nur aus weit aufgerissenen Augen fassungslos an und überhäufte ihn mit wüsten Beschimpfungen. Da auch das ein Bestandteil des Rituals war und einen ganz bestimmten Zweck erfüllte, ließ er sie gewähren, ohne sie noch einmal zu schlagen. Außerdem würde sie noch früh genug begreifen, was aus ihr geworden wäre, wenn er nicht eingegriffen hätte.

Zu diesem Zeitpunkt hatte er sich noch nicht seine eigenen Klingen geschmiedet. Deshalb zog er ein ganz gewöhnliches Messer heraus, kniete damit neben Jeijis Leiche nieder und machte sich daran, ihm in feinen Mustern die Haut einzuritzen. Shisei traten fast die Augen aus den Höhlen, und sie begann so heftig zu würgen, daß sie sich schließlich übergeben mußte. Trotzdem war sie außerstande, ihren Blick von dem grausigen Schauspiel abzuwenden; ja, sie war nicht einmal fähig, lautstark dagegen zu protestieren.

Außerdem war es dazu längst zu spät. Auch sie war *Kokoro,* dem Herz aller Dinge, inzwischen so nah, daß sie die

Kraft seiner Schwingungen ganz deutlich spüren konnte. Erst jetzt, in diesem Augenblick, wurde den Zwillingen das volle Ausmaß der Kräfte bewußt, die schon immer in ihnen geschlummert hatten. Das also war der Grund, weshalb sie so anders waren als alle anderen Menschen.

Keuchend streifte Shisei ihre Fesseln ab, um sich dann wie im Fieber über das blutverschmierte Bett zu wälzen und Senjin die Hand zu reichen.

Damit hatten sie nun endgültig die Grenze überschritten, die diejenigen, die von *Kokoro* nur wußten, von denen trennte, die sich seiner Kräfte auch zu bedienen verstanden. Das war weder Kshira, noch war es Tau-tau. Es war etwas anderes, völlig Neues – etwas, das ganz allein sie geschaffen hatten.

Am selben Tag wurde Japan von einem schrecklichen Erdbeben heimgesucht, dessen Epizentrum sich in Tokio befand. Für die Seismologen kamen diese gewaltigen Erschütterungen völlig unerwartet.

Jenseits des Meeres, im Tempel von Zhuji, waren die Tanjian in stillem Gebet versammelt. Sie spürten das Beben im Herzen der Dinge und sahen sich schweigend an.

Und es war einer unter ihnen, dessen Miene sich noch mehr verdüsterte als die der anderen. Es war Mubao; denn nur zu gut konnte sich der alte Tanjian noch an die Worte des Orakels erinnern: *Ein tosendes Unwetter, eine gewaltige Überschwemmung, eine Explosion von Energie. Und nach der großen Flut: der Tod. Unser ganzes Dasein erzittert unter dem endlosen Widerhall seiner stummen Schwingungen. Wir hören sie und folgen ihnen. Und dann herrscht nur noch Tod, nichts als Tod.*

Drittes Buch

VOR MORGENGRAUEN
AKEGATA

Wer nichts fürchtet,
ist nicht weniger mächtig als der,
den alles fürchtet.

Friedrich von Schiller

Tokio/Washington/West Bay Bridge/New York

Sommer, Gegenwart

Als Nicholas in sein Haus in Tokio zurückkehrte, war dort der Teufel los. Der ganze Garten war von Polizisten umstellt. Schon am Tor ließ man Nicholas nicht mehr durch.

Sein erster Gedanke war natürlich Justine. »Was geht hier eigentlich vor?« stieß er aufgeregt hervor. Aber niemand konnte oder wollte ihm Auskunft geben. Statt dessen starrten ihn die Polizisten, die das Haus umstellten, nur wortlos an.

Verzweifelt sah sich Nicholas nach einem bekannten Gesicht um. Er mußte unbedingt wissen, was passiert war, ob Justine... Tomi hatte sich gerade mit ein paar Kollegen unterhalten, eilte nun aber unverzüglich auf ihn zu.

»Linnear-san?«

»*Hai*. Es scheint Sie zu überraschen, mich zu sehen.«

»Nein, ich finde nur, Sie sehen sehr verändert aus.«

Er strich mit dem Handrücken über seine Wange. »Das liegt vermutlich an meinem Bart.«

»Nein, das allein ist es nicht.« Tomi sah ihm forschend in die Augen. »Sie kommen gerade zum rechten Zeitpunkt. Wir sind jetzt dringend auf Ihre Hilfe angewiesen.« Sie gab dem Polizisten, der Nicholas den Weg versperrte, ein kurzes Zeichen, ihn durchzulassen.

»Was ist passiert?« wollte Nicholas wissen.

»Das soll Ihnen am besten Nangi-san erklären. Er ist im Haus.«

»Was ist mit meiner Frau?« stieß Nicholas atemlos hervor. »Ist ihr was zugestoßen?«

Tomi sah ihn eindringlich an. »Ihrer Frau ist zum Glück nichts passiert. Aber der Rest ist nicht gerade erfreulich.«

»Ist meine Frau bei Nangi-san?«

Statt einer Antwort drängte sich Tomi durch das dichte Polizeiaufgebot im Garten und ging, von Nicholas dichtauf gefolgt, auf den Eingang zu. Die zwei Beamten in Schutzhelmen und kugelsicheren Westen, die sich dort postiert hatten, ließen sie ungehindert passieren.

»Was soll das eigentlich?« fragte Nicholas mit einem Blick auf die mit Maschinenpistolen bewaffneten Polizisten.

»Jetzt wird es ernst, Linnear-san«, antwortete Tomi und zog ihre Schuhe aus. »Von nun an wird mit harten Bandagen gekämpft.«

Nicholas streifte sich den Rucksack vom Rücken und schlüpfte aus seinen Bergschuhen.

»Justine? Bist du da?«

Eine Schiebetür ging auf, und Nangi erschien in der Öffnung.

»Nicholas! Gott sei Dank, daß du endlich hier bist. Meine Gebete sind also doch erhört worden.«

»Nangi-san.« Nicholas verneigte sich. Und dann umarmten sich die beiden Männer mit ihren Blicken. Noch nie hatte Tomi ein solches Leuchten in Nangis Augen bemerkt. Langsam begann sie zu begreifen, was diese beiden Männer so eng miteinander verband: Sie waren wie Vater und Sohn.

»Wo ist Justine? Wo ist meine Frau?«

»Sie ist vor kurzem nach Amerika geflogen.«

Nicholas, dem Nangis besorgte Miene keineswegs entging, stieß aufgeregt hervor: »Aber warum? Was ist passiert? Tomi hat gesagt, daß es nun hart auf hart geht.«

»Das kann man wohl sagen«, nickte Nangi ernst. Er stand auf seinen Stock gestützt, sein Gesicht war von tiefen Sorgenfalten zerfurcht. Er winkte Nicholas, ihm zu folgen. »Komm mit. Umi ist auch hier. Sie hat schon Tee gemacht. Wenn du Hunger hast, ist auch etwas zu essen da. Komm erst einmal nach drinnen. Beim Essen werde ich dir dann alles erzählen, was passiert ist – oder genauer: was ich weiß. Allerdings muß ich dir jetzt schon gestehen, daß das nicht sehr viel ist.«

In ihrem ganzen Leben hatte Shisei nur eine einzige wirkliche Freundin gehabt. Sie hieß Kiku und wirkte auf den ersten Blick tatsächlich so zart und zerbrechlich, wie ihr Name – ›Kirschblüte‹ – besagte. Shisei hatte Kiku, die Geisha werden wollte, beim Tanzunterricht kennengelernt.

Kiku strahlte eine stille Ruhe aus, die Shisei sehr bewunderte. Unwillkürlich fühlte sie sich durch sie an eine Blüte erinnert, die unter den wärmenden Strahlen der Morgensonne ihre Blätter entfaltete. Kiku war die Beste in ihrer Tanzklasse. Das überraschte Shisei nicht im geringsten. Denn in ihren Augen hatte Tanz ebensoviel mit Ruhe zu tun wie mit Bewegung. Wie das Spiel der Schatten auf den kahlen Wänden eines leeren Raums brachten erst die Momente der Ruhe die tänzerischen Bewegungen voll zur Geltung.

Scheinbar mühelos verharrte Kiku oft stundenlang im traditionellen Geishasitz, bei dem die Beine direkt unter den Hüften übereinandergeschlagen wurden. Nur bei genauem Hinsehen konnte man feststellen, daß sie hin und wieder kaum merklich ihre Fußstellung veränderte, um ihr Körpergewicht anders zu verteilen und dadurch die enorme Spannung in ihren Sehnen und Gelenken abzubauen.

Die Tatsache, daß auch Shisei beim Tanzen ganz passable Fortschritte machte, hatte sie weniger ihrem Lehrer zu verdanken als Kiku. Denn Kiku hatte sie in die Geheimnisse der Stille eingeführt – eine Lektion, die Lektion, die für Shiseis ganzes weiteres Leben von entscheidender Bedeutung bleiben sollte. Denn es kam nicht nur darauf an, daß man wußte, wann man sich zu bewegen hatte, sondern auch, wann man sich *nicht* bewegen sollte. Dieses Wissen sollte Shisei später für ihre Showkarriere sehr zugute kommen.

Shisei dachte gerade an Kiku und das Phänomen der Stille, als Douglas Howe zur Tür hereingeplatzt kam und sie abrupt aus dem Zustand meditativer Versenkung riß, in den sie sich nach dem Anruf ihres Zwillingsbruders Senjin versetzt hatte. Durch ihr kurzes Telefongespräch waren mit einem Schlag wieder all jene Dinge aus ihrer Vergangenheit wachgerufen worden, die sie bisher möglichst von sich fernzuhalten versucht hatte. Unter der scheinbar ruhigen Oberfläche taten sich plötzlich wieder beängstigende Abgründe auf.

Und in diese spannungsgeladene Atmosphäre platzte nun Douglas Howe herein. Er war vor Freude so außer sich, daß er gar nicht die einsame Träne bemerkte, die verstohlen in Shiseis Augenwinkel aufblitzte.

»Einfach großartig!« platzte er überschwenglich los. »Ich kann es gar nicht fassen! Das Ganze ist einfach zu schön, um wahr zu sein!« In seinem Begeisterungstaumel packte er Shisei an den Armen und riß sie stürmisch an sich. »Er wird wegen Mordes verdächtigt! Mein Gott, Shisei, besser hätte es gar nicht kommen können! Einfach unvorstellbar!« Er wirbelte sie vor Freude mehrmals im Kreis herum. »Toll, wie Sie das wieder eingefädelt haben! Mein Gott, wenn ich Sie nicht hätte!«

Shisei hatte von Anfang an gewußt, daß Howe über Leichen gehen würde. Aber sie hatte aus dieser Einsicht fürs erste keine Konsequenzen gezogen, als sie für ihn zu arbeiten begann. Allerdings war sie schon damals fest entschlossen gewesen, sich dieses Wissen gegebenenfalls zunutze zu machen, falls es die Situation erforderte. Daß Howes Korruptheit sie freilich einmal so persönlich betreffen könnte, hätte sie sich selbst beim besten Willen nicht träumen lassen.

Und da stand er nun, außer sich vor Freude über seinen Triumph. Shisei war ebenso angewidert wie beschämt. Nicht, daß Howes Reaktion sie überrascht hätte – aber sie bestärkte sie dennoch in dem Entschluß, den gefährlichen Weg, den sie bereits eingeschlagen hatte, zu Ende zu gehen. Im Augenblick war ihr die Entrüstung über Howe sogar sehr willkommen. Auf diese Weise wurde sie wenigstens etwas von Senjins Anruf und den damit verbundenen Konsequenzen abgelenkt. Sie konnte es noch immer nicht fassen: Ihr Bruder kam nach Amerika; und ganz offensichtlich war er dringend auf ihre Hilfe angewiesen. Was hatte das zu bedeuten? Es war besser, sich darüber nicht weiter den Kopf zu zerbrechen, sonst wäre auch das letzte bißchen ihrer Zuversicht verflogen wie der Rauch eines Sommerfeuers...

Sommer. In Shisei stiegen wehmütige Erinnerungen an einen längst vergangenen Sommer auf – und an ihre Freundin Kiku, die ihr ganzes Leben der Kunst verschrieben hatte.

Aber es war nicht nur das gewesen, was Shisei so sehr an Kiku angezogen hatte. Aus Kikus Wunsch, Geisha zu werden, sprach auch ein tief verwurzeltes Verantwortungsbewußtsein, das Shisei sehr gut zu kennen glaubte. Dazu kam noch, daß sich Kiku unbeugsam dem Wunsch ihrer Eltern und dem Diktat gesellschaftlicher Konventionen widersetzte und sich beharrlich weigerte zu heiraten, wie es sich für ein Mädchen in ihrem Alter eigentlich gehört hätte. Dieses ausgeprägte Unabhängigkeitsbedürfnis übte auf Shisei, die sich zeit ihres Lebens als Außenseiterin gesehen hatte, eine starke Anziehungskraft aus.

Ebenso bedingungslos, wie sich Kiku gegen alle erstarrten Konventionen auflehnte, hatte sie ihr Leben der Kunst verschrieben. Sie hatte es sich zum Grundsatz gemacht, jeden Atemzug, jede Bewegung, jede noch so kleine Geste mit solcher Hingabe zu zelebrieren, daß dadurch das Leben selbst zum Kunstwerk erhoben wurde. Darin sah Shisei einen weiteren Beweis für *Seishinshugi,* den Triumph des Geists über den Körper – eine Vorstellung, die sie schon von frühester Kindheit an aufs Nachhaltigste beschäftigte...

»Ich habe nur meine Pflicht getan«, erwiderte Shisei bescheiden. »Auch Sie hätten an meiner Stelle nicht anders gehandelt.«

»Aber wie genial Sie das alles eingefädelt haben!«

»Im Grunde genommen war das Ganze doch Ihre Idee«, erwiderte Shisei vollkommen wahrheitsgemäß. »Ich habe Ihren Plan lediglich in die Tat umgesetzt.«

Oft führten Shisei und Kiku stundenlange Gespräche, in denen sie sich ihre intimsten Gefühle und Gedanken anvertrauten. Darin sah Shisei einen wichtigen Ersatz für den regen Gedankenaustausch, den sie mit Senjin gepflegt hatte, bevor dieser nach Zhuji gegangen war.

Nichts in dieser Welt ist von Bestand, hatte sich Kiku bei einer dieser Gelegenheiten einmal geäußert. *Die Welt der Schönheit, für die ich mich entschieden habe, ist nichts anderes als eine Welt der Illusionen und des schönen Scheins. Was gäbe es demnach für mich Wichtigeres als guten Geschmack und Stil.*

Es war auch Kiku, die Shisei in die Geheimnisse von *Iki*

einweihte, jenes absolut treffsichere Geschmacksempfinden, das zum Rüstzeug jeder guten Geisha gehörte. Und auch *Iki* basierte letztendlich wieder nur auf dem Wechselspiel von Ruhe und Bewegung. Klang und Stille, Licht und Dunkel: Denn alle Ästhetik lebte vom Kontrast; erst durch den Gegensatz wurde das Schöne sichtbar.

Obwohl sich Kiku sehr nach der Liebe eines Mannes sehnte, führte sie ein stilles und zurückgezogenes Leben, wie es sich für eine Geisha gehörte. Deshalb hörte sie auch sehr genau zu, wenn Shisei sie mit schonungsloser Offenheit über all die raffinierten Tricks aufklärte, mit denen sich die Männer das Vertrauen eines jungen Mädchens erschlichen. Kiku war zwar vorerst nur Geishaschülerin, aber trotzdem mußte sie auch jetzt schon peinlichst auf die Wahrung ihres guten Rufs achten. Männerbekanntschaften kamen für sie also nicht in Frage.

Irgendwann wurde den beiden Mädchen klar, daß die Liebe – zumindest die romantische Liebe, wie sie sie aus unzähligen Büchern und Filmen kannten – unvereinbar war mit den hehren Idealen, denen sie ihr Leben verschrieben hatten. In Shiseis Fall war das *Seishinshugi*, der Triumph des Geists über den Körper, in Kikus Fall die Kunst. Doch dann sollten die beiden Mädchen eines Sommernachmittags die überraschende Entdeckung machen, daß diese beiden Ideale keineswegs so unterschiedlich waren, wie sie bis dahin gedacht hatten…

»Es freut mich, daß Sie mit meiner Arbeit zufrieden sind«, sagte Shisei zu Howe und verneigte sich förmlich.

»Zufrieden?« Howe konnte kaum an sich halten. »Wo denken Sie hin. Ich bin begeistert, völlig außer mir! Mit einem Schlag haben Sie alle meine Probleme gelöst! Für Brisling findet sich jederzeit Ersatz. Er war nie zufrieden mit dem, was er bekam. Immer wollte er noch mehr. Aber er hat mir sowieso nur als Strohmann gedient. Formell trägt er die Verantwortung für die geheimdienstliche Überprüfung, denen die Leute beim Johnson Institute unterzogen wurden. Mir kann deshalb nicht die geringste Beteiligung an dieser Aktion nachgewiesen werden.«

»Wozu haben Sie diese Leute überprüfen lassen?« wollte Shisei wissen. Im *Kokoro*, ihrer Mitte, herrschte völlige Ruhe. Und gleichzeitig begann sich darin der schimmernde Panzer eines neuen, völlig fremden Wesens herauszukristallisieren. Die ganze Welt – ihre Welt – schien sich um diesen einen Augenblick zu drehen.

»Haben Sie das denn noch immer nicht begriffen?« stieß Howe ungeduldig hervor. »Ich bin fest entschlossen, Branding fertigzumachen. Das ist nicht irgendein harmloses Spiel. Hier geht es ums Ganze!

Wie gesagt, offiziell habe ich mit dieser geheimdienstlichen Überprüfung nicht das geringste zu tun. Das ist einzig und allein Brislings Idee gewesen. Mir kann man daran nicht einmal eine Mitwisserschaft anlasten. Leider hat uns das Ganze nicht einen Schritt weitergebracht. Vielleicht hätte ich doch auf Sie hören sollen; Sie haben mir ja von Anfang an davon abgeraten. Offensichtlich hat Branding Wind von der Sache bekommen.

Aber das hier ist eine andere Sache! Das hat Hand und Fuß! Damit habe ich mir nicht nur Branding vom Hals geschafft, sondern Brisling noch gleich mit dazu!

Was wollen Sie eigentlich noch länger bei dieser Umweltschutzorganisation, Shisei? Sobald im Senat über den ASCRA-Gesetzentwurf abgestimmt worden ist – und glauben Sie mir, Branding wird dabei auf völlig verlorenem Posten stehen –, möchte ich, daß Sie nur noch für mich arbeiten.« Jetzt auf einmal, dachte Shisei bitter. Wie gefällig er plötzlich werden konnte, wenn es ihm nur in den Kram paßte. »Ich hätte für jemanden mit Ihren Fähigkeiten sicher eine bessere Verwendung als diese Umweltschützer. Was hielten Sie davon, künftig die Verantwortung für meine Sicherheit zu tragen? Wer wäre schließlich besser imstande als Sie, meine Feinde das Fürchten zu lehren.«

Wenn Howe wüßte, dachte Shisei. Wie konnte er nur so unvorsichtig sein, sich auf bloße Vermutungen zu stützen. Diesen unverzeihlichen Fehler würde sie zum Glück nie wieder machen…

Und da war noch etwas, was Shisei geradezu magisch an

Kiku anzog. Es war am Abend des Mondfests, als ihr das wahre Ausmaß der unwiderstehlichen Anziehungskraft, die Kiku auf sie ausübte, bewußt wurde. Sie wollte eigentlich ihre Freundin im Haus ihrer Eltern besuchen. Doch zu ihrer Überraschung wurde sie dort von einem feingliedrigen jungen Samurai empfangen. Für einen Moment stockte ihr bei seinem Anblick der Atem. Der junge Krieger war so schön, daß es ihr buchstäblich die Sprache verschlug. Und hinter seiner Maske verbarg sich niemand anderer als Kiku.

Mit einem wissenden Lächeln auf den Lippen sah Kiku ihre Freundin an. *Auch das ist eine der vielen Fertigkeiten, die eine Geisha beherrschen muß,* verriet sie Shisei und drehte dabei ihren Kopf so zur Seite, daß das Licht auf ihr stark geschminktes Gesicht fiel. *Gefalle ich dir?* Es heißt, nur Frauen können auf der Bühne einen Mann überzeugend verkörpern. Denn nur Frauen verfügen über die Reinheit und Vollkommenheit, die den wahren Helden ausmacht. Findest du, ich habe meine Sache gut gemacht?

Sie hatte ihre Sache mehr als gut gemacht. Denn Shisei hatte sich Hals über Kopf in sie verliebt. Das war ein weiterer wichtiger Punkt, den Kiku Shisei beigebracht hatte: Im Leben gab es nur eines, was wichtiger war als höchste Perfektion in allem, was man tat – *Kokoro,* das Herz aller Dinge. Um es in der Kunst der Illusion und des schönen Scheins zu wahrer Meisterschaft zu bringen, mußte man vor allem lernen, wie man die Gedanken und Gefühle seiner Mitmenschen manipulieren konnte. Das war das Höchste an Macht, was eine Frau erreichen konnte. Und das war auch das Ideal, dem Kiku ihr Leben verschrieben hatte. Im Grunde genommen war das nichts anderes als der vollkommenste Ausdruck von *Seishinshugi,* dem Triumph des Geists über den Körper...

Mit einer Liebenswürdigkeit, die Howe selbst in weniger euphorischer Stimmung nicht durchschaut hätte, sagte Shisei: »Ihr großzügiges Angebot ehrt mich selbstverständlich außerordentlich, Senator Howe, aber eigentlich sind Sie gar nicht an mir interessiert – zumindest nicht wirklich.« Noch bevor Howe darauf etwas erwidern konnte, hatte sie sich bereits abgewandt, um ihnen etwas zu trinken einzuschenken. Nach den sich überstürzenden Ereignissen der letzten Stunden mußte sie erst einmal etwas Zeit gewinnen, um sich wieder zu sammeln und sich über ihr weiteres Vorgehen klarzuwerden.

»Was darf ich Ihnen zu trinken anbieten?« fragte sie, ohne sich umzudrehen. »Scotch oder Wodka?«

»Einen Wodka!« Howe näherte sich von hinten. »Wenn das kein Grund zum Feiern ist: Branding in der Arrestzelle! Das muß ordentlich begossen werden! Damit sind alle meine Probleme mit einem Schlag aus der Welt geschafft!«

Shisei war zu der Überzeugung gelangt, daß sie mit Kikus Hilfe die größte Geisha von ganz Japan hätte werden können. Aber wozu? Selbst der beträchtliche Einfluß, den sie in dieser Position gehabt hätte, wäre ihr noch zu gering gewesen. Sie wollte von allen angehimmelt und bewundert werden und nicht nur von einem relativ begrenzten, wenn auch sicher exklusiven Personenkreis. Denn selbst wenn sie als Geisha mit den reichsten und mächtigsten Männern des Landes verkehrt hätte, so wäre ihre Zahl im Vergleich zu den Massen, nach deren Bewunderung sich Shisei sehnte, nur sehr begrenzt gewesen. Und Shisei stand der Sinn nach Höherem.

Außerdem mußte sie auch an Senjin denken. Sicher hätte er unter keinen Umständen zugelassen, daß sie Geisha wurde. Denn auch er hatte Großes vor, und Shisei spielte in seinen Plänen eine wichtige Rolle.

Immer wieder sollte er ihr später versichern: *Shisei, ich brauche dich. Ohne dich kann ich mein Vorhaben unmöglich durchführen.* Als hätte er mit diesen Worten die unbeschreiblichen Schmerzen lindern können, die sie ohne ein Wort der Klage über sich ergehen ließ, wenn sich die in Tinte getauchten Nadeln scheinbar ohne Ende in ihre Haut bohrten. Stunde für Stunde, Tag für Tag, Woche für Woche...

In seiner Erregung hatte Howe das halbe Glas verschüttet. Als Shisei ihm ein frisches reichte, hatte er sich bereits Hemd und Krawatte vom Leib gerissen.

Er war am ganzen Oberkörper, sogar an Hals und Rücken,

dicht behaart. Angewidert starrte Shisei auf seinen dunkel gekräuselten Pelz, der sie unwillkürlich an das Wiesel erinnerte, dem der *Sensei* damals in langen, schmalen Streifen die Haut abgezogen hatte.

Sie hätte gern gewußt, warum Howe sich ihr ausgerechnet jetzt nackt zeigte. Sexuelle Hintergedanken konnten eigentlich kaum dafür verantwortlich sein. Shisei wußte nämlich sehr genau, daß sich Howes Interesse am Sex darauf beschränkte, ihn als Waffe gegen andere zu gebrauchen. Ansonsten befriedigte er sich lieber selbst – wer hätte sich schließlich besser darauf verstanden als er selbst, sich ein Höchstmaß an Lust zu verschaffen? Ein Mann wie Howe ging doch nicht mit einer kleinen Angestellten ins Bett; so etwas hätte er als weit unter seiner Würde betrachtet.

Oder sollte Shisei der Umstand, daß sie ihm Branding ans Messer geliefert hatte, momentan doch zu einem etwas anderen Status verhelfen als dem einer bloßen Befehlsempfängerin? Machte sie das in Howes Augen, zumindest vorübergehend, doch attraktiv genug, um sich auf ein erotisches Abenteuer mit ihr einzulassen?

Ohne sich ihren Abscheu vor seinem dichtbehaarten Körper anmerken zu lassen, stellte sich Shisei vor, sie stünde wieder auf der Bühne. Eingetaucht in blendendes Scheinwerferlicht, versetzte sie die jubelnden Massen mit ihrer unterkühlt erotischen Ausstrahlung in einen blinden Begeisterungstaumel. Ein wogendes Meer weit ausgestreckter Arme reckte sich ihr sehnsüchtig entgegen. Unzählige bewundernde Augenpaare waren auf sie gerichtet. Aller Aufmerksamkeit galt ihr – *nur ihr*. Und begierig sog Shisei die Bewunderung dieser jungen Menschen in sich auf. Es schien, als könnte sie gar nicht genug davon bekommen…

Und ebenso deutlich spürte sie nun, wie Howe ihrem Zauber mehr und mehr erlag. Allerdings verabscheute sie diesen Mann zu sehr, als daß sie diesem stillen Triumph auch nur die geringste Genugtuung hätte abgewinnen können. Sie wollte nur noch eines: diesen schrecklichen Menschen so rasch wie möglich loswerden, damit diese lächerliche Farce endlich ein Ende nahm.

Howe stürzte sein Glas hinunter, zog sie ungestüm an sich und drückte ihr einen feuchten Kuß auf die Lippen. Er hatte Mundgeruch und eine Fahne. Für einen Moment war Shisei wie betäubt vor Ekel. Doch schon im nächsten Augenblick löste sie sich behutsam aus seiner stürmischen Umarmung und sagte: »Warum verschieben wir unsere Siegesfeier nicht, bis ich meinen Auftrag endgültig zu Ende geführt habe?«

Howe sah sie verständnislos an. »Aber wieso? Was wollen Sie noch mehr? Branding sitzt im Gefängnis.«

»Aber man hat ihm bisher noch nichts nachweisen können. Und das wird man auch in Zukunft nicht können, wenn ich nicht noch ein paar Kleinigkeiten erledige.« Mit einem stillen Lächeln mußte sie noch einmal an die Zeiten ihres Starruhms zurückdenken, denen freilich Senjin ein abruptes Ende bereitet hatte. »Gerade jetzt, so kurz vor dem Ziel, dürfen wir auf keinen Fall unvorsichtig werden. Sie haben doch selbst gesagt, daß wir hier Nägel mit Köpfen machen müssen. Und deshalb dürfen wir jetzt nichts dem Zufall überlassen.«

Ohne zu wissen, wozu er damit sein Einverständnis erklärte, nickte Howe...

Eines Tages erschien Kiku nicht mehr zum Tanzunterricht. Eine Woche verging, und noch immer gab es kein Lebenszeichen von ihr. Da Shisei sich allmählich ernsthafte Sorgen um sie zu machen begann, beschloß sie, Kiku im Haus ihrer Eltern zu besuchen, um sich nach ihr zu erkundigen. Aber sowohl ihre Freundin wie ihre Familie waren spurlos verschwunden. Auch die Familie, die inzwischen in ihrem Haus eingezogen war, konnte ihr nichts Näheres über ihren Verbleib erzählen. Es war, als hätten Kiku und ihre Familie nie existiert, als hätte sich Shisei das Ganze nur eingebildet. Das war selbstverständlich vollkommen ausgeschlossen. Aber wie war es dann möglich, daß ihre Freundin samt ihren Eltern plötzlich spurlos verschwunden war? Auch der Tanzlehrer konnte Shisei nicht sagen, was aus Kiku geworden war: und als sie daraufhin Haha-san bat, sich in der Nachbarschaft umzuhören, versicherte ihr Haha-san, daß auch hier niemand etwas über Kiku und ihre Familie wußte. Aber Haha-san hatte ihr nicht die Wahrheit gesagt…

Ganz deutlich zeichneten sich auf der polierten Oberfläche der Hausbar die Abdrücke von Howes schwitzenden Handflächen ab, nachdem er sich ein drittes Glas eingeschenkt hatte. Er zitterte vor Erregung.

Und dann brach er in wildes Gelächter aus. »Mein Gott, der arme Branding. Das hätte er sich bestimmt nicht träumen lassen, als er sich auf Sie eingelassen hat.«

Ohne sich anmerken zu lassen, was wirklich in ihr vorging, lächelte Shisei ihn weiter gewinnend an. Aber sie wußte bereits ganz genau, was sie zu tun hatte…

Inwiefern hatte Haha-san sie damals belogen? Nicht nur, daß sie sehr wohl wußte, wo Kiku war – nein, sie war es sogar selbst gewesen, die Kiku veranlaßt hatte, Shisei ohne ein Wort des Abschieds zu verlassen. Den Grund dafür sollte Shisei jedoch erst viele Jahre später erfahren, als es längst zu spät war.

Shisei war untröstlich. Zwar ließ sie sich nach außen hin nichts anmerken, aber nachts, in der Einsamkeit ihres Zimmers, wo niemand sie sehen konnte, gab sie sich dann um so hemmungsloser ihrem Kummer hin. Nur hier konnte ihr der *Sensei* keine Vorhaltungen wegen ihrer Schwäche machen; nur hier konnte Haha-san sie nicht mit ihren besorgten Fragen bedrängen, um sie anschließend tröstend an sich zu drücken.

Aber Shisei wollte nicht getröstet werden. Sie wollte Kiku.

Senjin gelangte irgendwann einmal zu der Einsicht, daß Haha-san zeit ihres Lebens vollkommen allein gewesen war. Im Grunde genommen waren ihre beiden Pflegekinder Shisei und Senjin, für die sie sich bedingungslos aufgeopfert hatte, ihr ganzer Lebensinhalt gewesen. So betrachtet, war es auch durchaus verständlich, weshalb sie ständig diese intensive körperliche Nähe zu ihnen gesucht hatte: Kein Mensch konnte auf Dauer überleben, ohne daß seine Gefühle erwidert wurden – selbst wenn es sich dabei um erbitterten Haß handelte.

Deshalb war Haha-san auch nicht bereit gewesen, den einzigen Menschen, der ihr irgendwelche Gefühle entgegenbrachte, mit jemand anderem zu teilen. Als sie sich daher immer mehr in ihren Befürchtungen bestärkt sah, Kiku könnte ihr Shisei streitig machen, beauftrage sie den Mann vom Fluß damit, sie ihr vom Hals zu schaffen. Was dieser Verlust für Shisei bedeuten könnte, interessierte sie dabei nicht im geringsten. Ihr war es immer nur um das leibliche Wohlergehen ihrer Pflegekinder gegangen. Und dafür hatte sie sich auch zeit ihres Lebens aufgeopfert. Aber die Frage, ob Senjin und Shisei dabei auch glücklich wurden, hatte sich ihr in diesem Zusammenhang nie gestellt. Glück war etwas, was auch in Haha-sans eigenem Leben nur eine sehr untergeordnete Rolle spielte. Vielleicht wußte sie nicht einmal selbst so recht, was damit eigentlich gemeint war. Fast schien es, als wäre ihre Fähigkeit, Glück zu empfinden, in der Feuerhölle von Nagasaki für immer zerstört worden. Und danach war ihr junges Leben nur noch von bedingungsloser Pflichterfüllung bestimmt gewesen, so daß andere Gefühle darin keinen Platz mehr hatten.

Von all dem konnte Shisei zum Zeitpunkt von Kikus Verschwinden natürlich noch nichts wissen. Und selbst wenn sie etwas davon geahnt hätte, wäre sie damals noch nicht in der Lage gewesen, die Ursachen für Haha-sans tiefsitzenden Egoismus, der sich unter dem Deckmäntelchen aufopfernder Hilfsbereitschaft versteckte, zu begreifen oder gar Verständnis dafür aufzubringen. Ihr Lebensweg war ihr längst vorgezeichnet, und es gab für sie keine Möglichkeit mehr, von ihm abzuweichen.

Und so verließ auch Shisei eines Tages wie Senjin ihr Zuhause, das ihr vom Tag ihrer Geburt an sowohl schützendes Nest wie Gefängnis gewesen war.

Damit zog sie den endgültigen Schlußstrich unter ihr Leben an Haha-sans Seite. Das hieß jedoch nicht, daß sie Haha-san damit auch für immer aus ihrem Leben verbannt hatte. Das würde ihr wohl nie gelingen...

Shisei sah Howe an und sagte: »Warten Sie einen Moment. Ich werde Ihren Chauffeur rufen, damit er Sie zum Wagen bringt.«

Howe schüttelte den Kopf. »Michael hat heute seinen freien Tag.«

Aber das wußte Shisei längst.

»Trotzdem können Sie nicht hierbleiben. Dann werde eben ich Sie nach Hause bringen.«

»Justine ist nach West Bay Bridge unterwegs?« stieß Nicholas aufgeregt hervor. »Dann muß ich ihr sofort hinterher.« Hastig faltete er den Zettel zusammen, auf dem Justine ihm eine kurze Nachricht hinterlassen hatte. Das Ganze war ihm vollkommen unverständlich: Sie hatte ihm darin nur mitgeteilt, wohin sie unterwegs war – aber nicht, was passiert war und weshalb sie so überstürzt abgereist war. Fast hörte sich das Ganze an, als rechnete sie nicht damit, ihn je wiederzusehen.

Nangi und Tomi tauschten vielsagende Blicke aus. »Solange wir nicht wissen, wo der *Dorokusai* gerade ist, halte ich das für keine sehr gute Idee«, sagte Nangi. Er hatte Nicholas bereits alles erzählt; von dem Virus, das in das Computernetz des Konzerns eingedrungen war; von Kusunda Ikusas Drohung, Nicholas auszubooten und den neuen Sphynx-Computerchip statt dessen in Zusammenarbeit mit Nakano Industries herzustellen; und schließlich von der geheimen Liaison zwischen Ikusa und Killan Oroshi, der Tochter des Chefs von Nakano Industries.

»Übrigens ist der Hamster, der für uns in dieser Sache tätig geworden ist, schon seit drei Tagen verschwunden«, fügte Nangi hinzu. »Wir haben seitdem vergeblich versucht, Kontakt mit ihm auszunehmen.«

»Aber was ist nun eigentlich hier passiert?« wollte Nicholas wissen. »Du hast mir noch immer nicht gesagt…«

Nangi gebot ihm mit einer energischen Handbewegung Schweigen und stand auf. Vom langen Sitzen waren seine Glieder steif geworden, so daß er stärker als gewohnt hinkte, als er ins Freie ging und die Stufen der Terrasse hinunterstieg. Er führte Nicholas zu einer Stelle des Gartens, die von einem Polizeikordon abgeriegelt war. Nangi blieb stehen und deutete unter einen Busch, wo auf dem Boden mit Kalk die Umrisse einer menschlichen Gestalt markiert waren. Gleichzeitig reichte Tomi Nicholas einen Packen Schwarzweißvergrößerungen. Die Fotos waren von einem Polizeifotografen aufgenommen. Nicholas fragte: »Wer ist das?«

»Ein gewisser Han Kawado. Er hat für den Hamster gearbeitet. Ein außerordentlich zuverlässiger Mann. Er hatte den Auftrag, deine Frau zu überwachen...«

Nicholas sah abrupt auf. »Justine ist überwacht worden?«

Nangi nickte. »Ursprünglich ging ich zwar nicht davon aus, Justine könnte in ernsthafter Gefahr schweben, aber trotzdem hielt ich es für angeraten...«

»Was ist hier eigentlich passiert,verdammt noch mal?«

»Der *Dorokusai* war hier«, erklärte Tomi. »Allerdings wissen wir nicht, was passiert ist – außer, daß der *Dorokusai* offensichtlich Han Kawado hier im Gebüsch entdeckt hat.« Sie deutete auf die Fotos. »Das Ergebnis sehen Sie hier.«

»Und Justine?«

»Ist unverletzt – zumindest, soweit wir das beurteilen können.«

»Was soll das heißen?« Nicholas wandte sich wieder Nangi zu. »Hat sie dich denn vor ihrer Abreise nicht angerufen?«

Nangi schüttelte den Kopf. »Daß sie das Land verlassen hat, haben wir erst durch einen Hinweis der Einwanderungsbehörde erfahren.«

An dieser Stelle flocht Tomi erklärend ein: »Wir haben nämlich schon vor einiger Zeit die Einwanderungsbehörde eingeschaltet, als wir von der – vermutlich fingierten – Morddrohung gegen Sie erfuhren. Wir hielten es damals für das Beste, Sie und Ihre Frau auf jeden Fall genau im Auge zu behalten.«

Nicholas gab ihr die Fotos zurück. »Das genügt. Ich muß unbedingt wissen, wie es ihr geht. Ich darf sie jetzt auf keinen Fall allein lassen.«

»Ich kann dich zwar sehr gut verstehen, Nicholas«, meldete sich an dieser Stelle Nangi wieder zu Wort. »Trotzdem muß ich dir widersprechen. Du weißt doch, daß Justine zu eurem Haus in West Bay Bridge unterwegs ist. Warum rufst du sie dort nicht einfach an? Sie kann dir doch auch am Telefon sagen, wie es ihr geht. Außerdem wirst du hier dringend gebraucht. Ohne dich haben wir gegen den *Dorokusai* keine Chance. Offensichtlich hat er versucht, über Justine an dich heranzukommen. Begreifst du denn nicht, daß es für uns nur von Vorteil ist, wenn sie sich vorläufig nicht mehr in unmittelbarer Gefahr befindet? Willst du sie denn unbedingt unnötig gefährden? Denn genau das wirst du erreichen, wenn du ihr nach Hause in die Staaten folgst.«

Nach Hause in die Staaten. Warum blieb genau das in Nicholas' Gedächtnis haften?

Wortlos entfernte er sich von der Gruppe und eilte in den Trainingsraum. Dort schob er den gepolsterten Pfosten beiseite und nahm die Tatami-Matte darunter heraus. Tomi und Nangi, die ihm gefolgt waren, sahen ihm verständnislos dabei zu.

Hastig riß Nicholas die Fußbodenbretter heraus und holte die Schatulle aus ihrem Versteck. Aber als er sie öffnete, fehlten sechs Steine. Der blaue Samt war zerfetzt.

»Gütiger Gott«, hauchte Nicholas. »Darauf hatte er es also abgesehen – auf die Smaragde. Kansatsu hatte recht. Er braucht sie. Aber wozu?« Allem Anschein nach hatte der *Dorokusai* Justine dazu gebracht, ihm das Versteck der Schatulle zu verraten. Justine war daraus jedoch kein Vorwurf zu machen; gegen die hypnotischen Kräfte des *Dorokusai* hatte sie keine Chance gehabt.

Welch ein Glück, daß Nicholas einen Teil der Smaragde aus der Schatulle genommen hatte. Wenigstens die restlichen neun Steine waren in Sicherheit. Zumindest vorübergehend. Denn bestürzt fiel ihm nun wieder ein, daß Justine ihn dabei beobachtet hatte, als er das Päckchen fertig gemacht hatte. Möglicherweise hatte sie sogar die Adresse gesehen. Und selbst wenn dem nicht so war, hatte sie sich vermutlich denken können, an wen er das Päckchen adressiert hatte. Sie wußte demnach ganz genau, an wen er die restlichen Steine geschickt hatte.

Nicholas richtete sich wieder auf. »Ich muß sofort los. Zuallererst muß ich Justine finden.«

»Falsch«, rief ihm Nangi ins Wort. »Zuallererst mußt du dich selbst in Sicherheit bringen. Wenn du tot bist, wirst du weder Justine etwas nützen noch der Firma, deren Leitung dir ihr Vater anvertraut hat.«

»Was soll Tomkin Industries damit zu tun haben?«

»Eine ganze Menge. Es geht auch um das Überleben der Firma.«

Da Nicholas nicht sonderlich überzeugt schien, fügte Nangi hinzu: »Bevor du irgend etwas unternimmst, solltest du dir zumindest erst einmal anhören, was ich dir zu sagen habe.«

Nicholas nickte.

Mit einem besorgten Blick auf die umstehenden Polizisten, die ihre Unterhaltung jederzeit hätten mithören können, schlug Tomi vor: »Vielleicht sollten wir uns dazu lieber wieder ins Haus zurückziehen.«

Darauf führte Nangi sie in eines der Privatgemächer, in das Umi sich in der Zwischenzeit zurückgezogen hatte. Bei ihrem Eintreten stand sie unverzüglich auf, um den Raum zu verlassen. Rücksichtsvoll, wie sie war, wollte sie die drei nicht bei ihrer Unterhaltung stören. Nangi forderte sie jedoch zum Bleiben auf. »Wir brauchen dich«, war alles, was er sagte. Darauf nahm Umi wieder Platz.

Nachdem sich auch Nangi auf den Tatami-Matten niedergelassen hatte, begann er, an Nicholas gewandt: »Schon bevor es zu deiner Begegnung mit dem *Dorokusai* kam, hat Umi das nahende Unheil ganz deutlich gespürt. Seine Ausmaße waren so gewaltig, daß es die ganze Welt aus den Angeln zu heben drohte. Zugleich hat Umi die Stimme der Spinnenfrau vernommen: Sie hat das Kommen einer neuen Eiszeit angekündigt.

Nach Auffassung der Hopi-Indianer erhebt die Spinnenfrau ihre Stimme jedesmal dann, wenn großes Unheil im Anmarsch ist. Im Schöpfungsmythos der Hopi-Indianer heißt es, daß die Spinnenfrau schon einmal gekommen ist. Das war, als noch die Zweite Welt existiert hat – jene Welt, die unserer heutigen vorausgegangen ist. Die damaligen Menschen hatten sich so sehr gegen den Willen der Götter versündigt, daß die Spinnenfrau zur Strafe dafür die ganze

Welt mit einem dicken Mantel aus Eis überzog und alles Leben auf ihr vernichtete.«

»Und was soll das alles bedeuten?« wollte Tomi wissen.

»Der Zorn der Spinnenfrau ist bereits geweckt«, erklärte ihr Umi ruhig. »Unser ganzes Dasein ist bedroht. Das Unheil naht unaufhaltsam. Ich kann seine Schritte so deutlich hören wie das Schlagen einer gewaltigen Glocke.«

»Umi kann das Nahen des *Dorokusai* hören«, erläuterte Nangi dazu. »Sie hat seine Gegenwart schon einmal ganz deutlich gespürt. Und sie spürt sie auch jetzt wieder. Wie du sehr wohl weißt, Nicholas, besteht zwischen allem, was auf dieser Welt geschieht, ein tiefer Zusammenhang. Deshalb war mir von Anfang an klar, daß es kein Zufall sein konnte, daß der Angriff auf dich zum gleichen Zeitpunkt erfolgte wie Namis Komplott gegen Sato International: Du mußtest *Shiro Ninja* werden, um uns in dem bevorstehenden Machtkampf nicht beistehen zu können – eine Vermutung, die sich leider nur zu bald bestätigen sollte.

Während deiner Abwesenheit hat Nami nämlich versucht, die Produktion unseres neuen Superchips zu torpedieren. Das kann kein Zufall sein. Obwohl mich Ikusa nach allen Regeln der Kunst in die Ecke gedrängt hatte, glaubte ich doch, ihm ein Schnippchen schlagen zu können. Um die Partnerschaft mit dir nicht lösen zu müssen, machte ich ihm den Vorschlag, eine Fusion mit Nakano Industries einzugehen, die bekanntlich kurz vor dem Bankrott stehen. In Wirklichkeit hatte ich es dabei natürlich nur auf die Forschungsabteilung von Nakano abgesehen, auf die ich, wie du sicher weißt, schon seit Jahren ein Auge geworfen habe. Aus diesem Grund habe ich in den Fusionsvertrag eine Optionsklausel einfügen lassen, die es mir ermöglichen sollte, Nakano später ganz zu schlucken.

Offensichtlich hat Ikusa mit diesem Schachzug jedoch bereits gerechnet. Gestern habe ich nämlich meine in dieser Klausel verankerten Ansprüche geltend zu machen versucht. Und ich habe Nakano auch tatsächlich bekommen. Allerdings ist Nakano mittlerweile nur noch eine reine Fassade. Die Forschungs- und Entwicklungsabteilung des Unternehmens wurde nämlich schon vor mehreren Wochen insgeheim an eine Holding-Gesellschaft überschrieben, die lediglich aus ein paar wertlosen Ölraffinerien besteht und – was das Wichtigste ist – nicht in die Abmachungen unseres Fusionsvertrags eingeschlossen ist. Im Klartext heißt das: Ich habe keinerlei Ansprüche auf diese Firma und damit auch nicht auf die Forschungsabteilung von Nakano.«

»Demnach war das Ganze also eine Falle.«

Nangi nickte. »Und ich bin blindlings in sie hineingetappt. Erst jetzt ist mir leider klargeworden, weshalb Nami so viel an der Sanierung von Nakano Industries gelegen war. Es ging ihnen keineswegs darum, dem angeschlagenen Unternehmen wieder auf die Beine zu helfen. Vielmehr sollte Nakano als Köder dienen, um uns eine Falle zu stellen, Nicholas.«

»Aber du verfügst doch inzwischen über die Mehrheit der Anteile bei Nakano«, warf Nicholas ein.

»Gewiß«, nickte Nangi niedergeschlagen. »Aber was nützt mir das jetzt noch. Ohne die Forschungsabteilung steht Nakano mit mehr als vierhundert Millionen Yen in den roten Zahlen. Wenn man dabei noch berücksichtigt, daß ich zum Ankauf der völlig wertlosen Anteile an Nakano fast unsere gesamten Konzernrücklagen angreifen mußte, heißt das nichts anderes, als daß damit der Fortbestand von Sato International ernsthaft gefährdet ist. Und in gleichem Maße gilt das selbstverständlich auch für Tomkin Industries. Wenn es uns also nicht baldigst gelingt, wirksame Gegenmaßnahmen zu ergreifen, werde ich mich notgedrungen nach jemandem umsehen müssen, der mir in dieser Notlage unter die Arme greift.«

»Dafür käme doch nur Nami in Frage?«

Nangi nickte. »Allerdings. Nami kann es vermutlich schon kaum mehr erwarten, mir zu Hilfe zu kommen und mich schützend in seine Arme zu schließen – mit dem Effekt, daß mich das gleiche Schicksal ereilt wie Nakano.«

»Unsinn«, fiel ihm Nicholas heftig ins Wort. »Du hast schließlich freien Zugang zum Betriebskapital von Tomkin Industries. Wir können Sato stützen. Wenn wir es geschickt anstellen…«

Aber Nangi schüttelte bereits den Kopf. »Glaubst du, daran hätte Ikusa nicht schon längst gedacht? Es gibt eine Bestimmung des Handelsministeriums, die es japanischen Unternehmen strikt untersagt, von ausländischen Firmen oder Banken Kredite aufzunehmen. Würde nämlich ein solches Unternehmen trotz einer solchen Finanzspritze bankrott gehen, ginge es automatisch in die Hand eines ausländischen Konzerns über – und dem versuchen Nami und das Handelsministerium bekanntlich mit allen Mitteln vorzubeugen. Wenn wir also nicht bald etwas unternehmen, werden wir in Kürze so stark verschuldet sein, daß wir früher oder später von einem anderen Konzern geschluckt werden. Denn genau darauf hatte es Ikusa von Anfang an abgesehen. Ihm geht es vor allem um unseren neuen Superchip. Da wir bisher über die ausschließlichen Nutzungsrechte dafür verfügt haben, sah Nami keine andere Möglichkeit, an das Geheimnis des Sphynx T-PRAM heranzukommen, als uns zu schlucken. Und sobald ihm das gelungen ist, gehört ihm auch der neue Superchip.« Nangi stieß einen schweren Seufzer aus. »So leid es mir tut, Nicholas-san, aber die Lage ist ziemlich aussichtslos.«

»Die Vergangenheit ist nur von Nutzen«, erwiderte Nicholas ungerührt, »wenn man für die Gegenwart aus ihr lernt.«

»*Hai.*« Nangi verneigte sich tief. Es erstaunte ihn immer wieder von neuem, wie vertraut Nicholas mit dem japanischen Denken war. »Ja, von nun an soll uns nur noch die Gegenwart interessieren.«

»Natürlich«, nickte Nangi. »Der *Dorokusai.*« Er wandte sich wieder Nicholas zu. »Übrigens haben wir während deiner Abwesenheit eine ganze Menge mehr über ihn in Erfahrung gebracht.« Darauf erzählte er Nicholas von ihrem Besuch im *Silk Road,* von der geheimen Liebschaft zwischen Mariko und Dr. Hanami und von seinem Verdacht, daß der *Dorokusai* den Chirurgen damit erpreßt hatte.

»Das klingt durchaus einleuchtend«, bestätigt Nicholas und erzählte ihnen nun umgekehrt von seiner Vermutung, daß der *Dorokusai* mit Hilfe eines bestimmten Medikaments einen Teil seines Gehirns außer Funktion gesetzt haben könnte.

»Das ist noch nicht alles«, fuhr Nangi fort. »Wir wissen inzwischen auch, wer der *Dorokusai* ist. Er...«

In diesem Moment kam aufgeregt ein Polizist in den Raum gestürzt und drückte Tomi wortlos einen Zettel in die Hand. Ihr Gesicht wurde totenbleich, als sie seinen Inhalt überflog.

»Was ist passiert?« fragte Nangi besorgt.

»Er ist verschwunden«, stieß Tomi verärgert hervor.

»Von wem sprechen sie eigentlich?« wollte Nicholas wissen.

»Vom *Dorokusai*«, erwiderte Tomi.

»Sein Name ist Senjin Omukae«, erklärte Nangi Nicholas. »Er ist der Leiter der Mordkommission – oder zumindest war er das bis zu seinem Treffen mit Justine. Er ist heute morgen nicht zum Dienst erschienen. Es muß irgend etwas Unvorhergesehenes eingetreten sein...«

»Dieser Tanjian ist *Polizist*?« platzte Nicholas fassungslos heraus.

»Ja«, bestätigte ihm Tomi. »Er ist mein Chef. Deshalb konnte er auch problemlos den verschlüsselten Funkspruch fälschen, demzufolge der KGB angeblich einen Mordanschlag auf Sie geplant hatte.« Sie hob den Zettel hoch. »Jetzt wissen wir auch, was er vorhat. Er hat sich heute vormittag mit einem falschen Paß an Bord einer Maschine der JAL begeben. Die Paßbeamten haben ihn aber trotzdem erkannt.«

»Und wohin ist Omukae geflogen?« wollte Nangi wissen.

»In die Vereinigten Staaten«, antwortete Tomi bedrückt. »Nach New York.«

Nicholas konnte einen entsetzten Aufschrei nicht unterdrücken. »Justine!«

Mit einer seltsamen Mischung aus Faszination und Grauen starrte der Gangster auf den seltsamen Gegenstand in seiner Handfläche. Er wußte nicht recht, was er davon halten sollte. Entdeckt hatte er das rätselhafte Objekt unter dem Bauschutt in der Wohnung direkt nebenan. Und dann war da noch dieser seltsame dunkle Fleck an der Wand gewesen, der ganz nach vertrocknetem Blut aussah. Ganz sicher war sich der Gangster allerdings nicht. Sein Spezialgebiet waren Computer, nicht die menschliche Anatomie.

Und der Grund, weshalb er überhaupt einen Blick in die verlassene Wohnung geworfen hatte? Ganz einfach: An dem Abend, als Killan ihn besucht hatte, war plötzlich von nebenan ein seltsam dumpfes Geräusch ertönt, dessen Ursache er sich nicht recht erklären konnte. Und doch kam ihm dieser eigenartige Laut seltsam vertraut vor. Das Ganze war um so ungewöhnlicher, als er genau wußte, daß die Wohnung nebenan gerade renoviert wurde. Wer hätte sich dort also um diese Zeit aufhalten sollen? Im Haus gingen Gerüchte um, daß ein Yakuza-*oyabun* das Apartment für seine Tochter gekauft hatte. Da es jedoch während der Renovierungsarbeiten zu Unstimmigkeiten mit dem Bauunternehmen gekommen war, stand die Wohnung nun schon seit mehr als einem Monat leer.

Da Killan zu besagtem Zeitpunkt gerade im Bad gewesen war, hatte sie das Geräusch nicht gehört. Und der Gangster hatte ihr auch nichts davon erzählt. Was hätte er ihr auch sagen sollen? Außerdem wollte er erst einmal in Ruhe überlegen, was er, wenn überhaupt, in dieser Sache unternehmen sollte.

Wodurch konnte dieses seltsam dumpfe Geräusch nur entstanden sein? Es hatte sich gerade so angehört, als wäre eine riesige Melone aus großer Höhe auf das Straßenpflaster geknallt.

In der Nacht hatte der Gangster einen schrecklichen Alptraum. An seinen Inhalt konnte er sich zwar am nächsten Morgen nach dem Aufwachen nur noch sehr vage erinnern. Aber um so deutlicher war ihm dieses seltsame dumpfe Geräusch im Gedächtnis haften geblieben. Deshalb beschloß er, der Sache auf den Grund zu gehen und einen Blick in die Wohnung nebenan zu werfen.

Die Eingangstür war nicht abgeschlossen. Schon das war höchst verdächtig. Der Gangster kam sich vor wie ein Detektiv in einem alten Film der Schwarzen Serie: Eine junge

Frau in einem eleganten schwarzen Kostüm taucht plötzlich in seinem Büro auf und beauftragt ihn, den Mann zu finden, der sie zu ermorden versucht. Und nun hat er den Schlupfwinkel dieses Kerls ausfindig gemacht. Leise Hintergrundmusik sorgt für zusätzliche Spannung. Langsam, ganz vorsichtig öffnet er die Tür.

Der Boden war übersät mit abgerissenen Tapeten, Fußbodenleisten und sonstigem Bauschutt. Dazwischen schlängelte sich ein wirres Durcheinander aus Kabeln und Drähten. In einer Ecke stand ein stattliches Areal von dick verkrusteten Lackdosen und Farbkübeln herum. Es roch nach abgeschlagenem Putz und frischer Farbe – allerdings durchsetzt mit einer ganz speziellen Duftnote. Wenn das ein Film wäre, dachte der Gangster, müßte er auf jeden Fall in Schwarzweiß sein.

Im Gegensatz zu einem abgebrühten Filmdetektiv hatte er jedoch schreckliche Angst. Sein Herz schlug so laut, daß er dachte, es müßte noch auf dem Flur zu hören sein. Und tatsächlich schlich er noch einmal zur Eingangstür zurück, um einen vorsichtigen Blick nach draußen zu werfen. Auf dem Flur war es jedoch vollkommen still. Nicht einmal das leise Summen des Lifts war zu hören. Er war ganz allein mit seinen Gedanken und mit den schrecklichen Ausgeburten seiner überreizten Fantasie. Das hat man davon, dachte er, wenn man seine halbe Jugend im Kino verbringt.

Zunächst konzentrierte er seine Suche auf den Wandabschnitt, an dem seiner Meinung nach das dumpfe Geräusch ertönt war, das ihn seitdem sogar bis in den Schlaf hinein verfolgt hatte.

Als erstes stieß er auf den dunklen Fleck in der Wand; er hatte die Umrisse einer Spinne. In seiner Mitte war die dünne Wandverkleidung leicht eingedrückt. Bei näherem Hinsehen entdeckte der Gangster, daß außerdem winzige Knochensplitter, Hautfetzen und Gewebeteilchen an der Tapete klebten. Demnach war hier am Abend zuvor jemand mit dem Kopf gegen die Wand gestoßen worden. Daher also das seltsame Geräusch. Aber was war genau passiert?

Auf dem Boden unter dem dunklen Fleck türmte sich ein

riesiger Haufen Müll. Obwohl der Gangster sorgfältig nach weiteren Spuren eines Kampfs suchte, hätte er den winzigen Kassettenrecorder, den der Hamster im letzten Moment in einer leeren Lackdose versteckt hatte, aller Wahrscheinlichkeit nach genauso übersehen wie Kusunda Ikusa. Aber wie es der Zufall wollte, trat der Gangster versehentlich auf einen Pinsel.

Dessen langer Stiel schnellte hoch und stieß eine Lackdose um, die unter einem Haufen zerknülltem Zeitungspapier stand. Heraus purzelte ein winziges Aufnahmegerät mit einem speziellen Haftmikrofon, mit dem man ein Gespräch sogar durch eine Wand aufnehmen konnte. Vorsichtig hob der Gangster das winzige Tonbandgerät vom Boden auf und hielt es eine Weile nachdenklich in seiner Handfläche. Damit bin *ich* abgehört worden, schoß es ihm durch den Kopf. Er ließ das Aufnahmegerät in seiner Tasche verschwinden, und nachdem er sich vergewissert hatte, daß draußen auf dem Flur die Luft rein war, schlich er aus der Wohnung.

Zurück in seinem Apartment, überlegte der Gangster lange, was er tun sollte. Eigentlich hätte er sich anhören sollen, was auf dem Band war. Aber er hatte Angst. Selbstverständlich wußte er von den strengen Überwachungsmaßnahmen, denen die Mitarbeiter von Nakano unterzogen wurden, um zu verhindern, daß streng geheime Forschungsdaten unerlaubt an die Öffentlichkeit drangen. Dies war auch der Grund gewesen, weshalb man ihm strikt untersagt hatte, irgendwelche Unterlagen über seine Arbeit an dem neuen MANTIS-Virus nach Hause mitzunehmen, da dort diese strenge Geheimhaltung nicht mehr gewährleistet gewesen wäre. Und je länger der Gangster nun auf das winzige Tonbandgerät in seiner Hand starrte, desto stärker fühlte er sich versucht, es einfach wegzuwerfen und das Ganze so schnell wie möglich zu vergessen. Das wäre sicher das Vernünftigste gewesen. Vermutlich enthielt das Band sowieso nur Material, das ihn schwer belastete – der eindeutige Beweis, daß er schon seit Wochen gegen die strikten Sicherheitsvorkehrungen bei Nakano verstoßen hatte. Nicht auszudenken, wenn seine Vorgesetzten davon erfahren hätten. Das hätte seine fristlose Entlassung bedeutet.

Ja, dachte der Gangster. Am besten lasse ich dieses Band verschwinden – wie ein Verbrecher, der belastendes Material vernichtet. Seltsam, wie schnell man vom Detektiv zum Täter werden kann. Wenn er nur nicht so neugierig gewesen wäre. Aber je eher er sich dieses Band vom Hals schaffte, desto besser.

Aber als es dann so weit war, brachte er es doch nicht über sich, das Band zu vernichten. Er mußte einfach wissen, was sich darauf befand. Sein Finger schwebte bereits über der Abspieltaste. Aber dann kamen ihm doch noch einmal Bedenken. Wenn er mit diesem Gerät tatsächlich abgehört worden war, mußte er davon ausgehen, daß er vermutlich auch jetzt noch überwacht wurde.

Er stopfte das Tonbandgerät in die Tasche und verließ die Wohnung. Ursprünglich hatte er vorgehabt, in den Ueno Park zu gehen, besann sich aber dann eines anderen. Schließlich mußte er davon ausgehen, daß er auch außerhalb seiner Wohnung auf Schritt und Tritt überwacht wurde. Demnach durfte er sich das Band auf keinen Fall in der Öffentlichkeit anhören. Aber wo dann?

Plötzlich befiel ihn solche Panik, daß er keinen klaren Gedanken mehr fassen konnte. Es war, als hätte ihm plötzlich jemand eine Pistole auf die Brust gesetzt. Irgend jemand – er hatte keine Ahnung, wer – belauschte seine Gespräche, verfolgte jede seiner Bewegungen und beschattete ihn auf Schritt und Tritt. Eigentlich konnte das nur mit seiner Arbeit an dem neuen MANTIS-Virus zusammenhängen. Er liebte seine Arbeit zwar über alles, aber das war ihm nun doch zu viel.

Mittlerweile war er bei der Verbesserung von MANTIS einen entscheidenden Schritt weitergekommen. Shiseis Angaben zufolge war der neue Hive-Computer so schnell, daß nicht einmal MANTIS eine Chance gegen sein Virus-Sicherungssystem hatte. Wenn es um schnellstmöglichen Informationsaustausch ging, mochten ja die neuesten Lasertransistoren mit ihrer monokristallinen Diamantbeschichtung durchaus ihre Vorteile haben, aber der Gangster wußte sehr genau, daß er diese scheinbar technische Verbesserung durchaus auch zu seinem Vorteil nutzen konnte. Denn genau der Bündelungseffekt, der diese Transistoren so schnell machte, hatte auch zur Folge, daß das MANTIS-Virus dadurch noch rascher assimiliert werden konnte. Im Grund genommen mußte er also nichts weiter tun, als sein Virus auf die neuen Laserchips des Hive-Computers abzustimmen.

Und nun das hier! Statt weiter an der Verbesserung von MANTIS zu arbeiten, lief er wie ein Schwerverbrecher durch die Gegend, ständig in Angst, ob ihn auch wirklich niemand beobachtete. Irgendwann wurde ihm das Ganze dann aber doch zu dumm. Nicht umsonst war er so viel ins Kino gegangen: Er beschloß, zur Tat zu schreiten.

Um seine vermeintlichen Verfolger abzuschütteln, schlug er nun eineinhalb Stunden lang einen wilden Zickzackkurs quer durch die Stadt ein. Wenn er zwischendurch den Bus oder die U-Bahn benutzte, stieg er immer im allerletzten Moment ein oder aus. Und als er schließlich sicher war, daß ihm niemand mehr folgte, falls das überhaupt je der Fall gewesen war, machte er sich auf den Weg zu Killan.

Nicholas bat Nangi, ihn zum Flughafen zu begleiten. Auf Tomis Angebot, sie zu fahren, erwiderte Nicholas jedoch nur: »Sie werden hier gebraucht.«

Zuvor hatte sich Tomi auf Nicholas' Bitte hin mit der New Yorker Polizei in Verbindung gesetzt und sie gebeten, Senjin gleich am Kennedy Airport festzunehmen. Die Aussagen des Inhabers des *Silk Road* belasteten Senjin schwer genug, um seine sofortige Verhaftung veranlassen zu können. Tomi gab Nicholas einen Zettel mit dem Namen und der Telefonnummer des Detektivs, der in New York den Fall übernommen hatte.

Als Nicholas gerade in aller Eile seine Sachen packte, kam Umi zu ihm ins Schlafzimmer. »Es gibt da einige Punkte, über die Nangi gern mit Ihnen sprechen würde, Nicholas. Allerdings verbietet es ihm der Anstand, das zu tun. Sie wissen ja, wie er ist – noch ganz von der alten Schule... womit ich selbstverständlich nichts gegen eine solche Einstellung gesagt haben möchte; ich akzeptiere diesen Standpunkt sehr wohl. Aber für mich sind auch noch andere Dinge von Bedeutung. Das hat zur Folge, daß ich einerseits mehr wahrnehme, andrerseits aber weniger geachtet werden – wenn Sie verstehen, was ich meine.«

Nicholas, der gerade einen Stapel Hemden aus dem Schrank genommen hatte, blieb stehen. »Sie wissen doch ganz genau, daß Sie in mir schon immer einen aufmerksamen Zuhörer hatten, oder nicht?«

Umi kam näher, faßte ihn mit der Hand am Kinn und drehte seinen Kopf von einer Seite auf die andere. »Was sehe ich da, Nicholas? Sie haben sich verändert.«

»Ich bin ein Tanjian«, nickte er ernst.

»Aber nicht deswegen sind Sie verändert. Schließlich sind Sie schon immer ein Tanjian gewesen – von Geburt an.«

»Das wußten Sie?« fragte Nicholas erstaunt. Als Umi nur nickte, fuhr er hastig fort: »Und Nangi?«

»Auch er wußte Bescheid.«

»Und trotzdem haben Sie mir nichts davon gesagt?«

»Sie hätten uns ja doch nicht geglaubt«, erwiderte Umi lächelnd. »So etwas steht uns nicht zu.«

Nicholas warf die Hemden in seinen Koffer. »Manchmal kann ich es ja selbst jetzt noch nicht recht glauben.«

»Trotzdem«, kam Umi noch einmal auf den Ausgangspunkt ihres Gesprächs zurück. »Nicht die Tatsache, daß Sie ein Tanjian sind, hat Sie verändert, Nicholas.« Sie beobachtete sein Gesicht mit derselben fast unheimlichen Eindringlichkeit, mit der sie sonst ihre mythologischen Texte studierte.

»Ich verfüge inzwischen über noch mehr Kraft, als ich als Ninja hatte, Umi.«

Umi sah ihm direkt in die Augen. »Der *Dorokusai* ist ganz nah«, flüsterte sie geheimnisvoll. »Näher, als Sie denken, Nicholas.«

»Im Moment sind wir zum Glück noch durch den halben Erdball voneinander getrennt.« Nicholas fuhr mit dem Pakken fort. »Er hat also einen gewaltigen Vorsprung.«

»Seien Sie vorsichtig. Zu Beginn können Sie ihre neuen Kräfte noch blenden. Solange Sie Ihr Wesen nicht wirklich begriffen haben, können diese neu gewonnenen Fähigkeiten durchaus auch von Nachteil für Sie sein, Nicholas. Sie haben noch viel zu lernen.« Ohne ihren Blick von seinem Gesicht abzuwenden, sah Umi ihm beim Packen zu. »Wenn man mit einem *Dorokusai* zu tun hat, gelten die gängigen Vorstellungen von Raum und Zeit nicht mehr länger. Dann muß man sich vor allem auf die Kraft des Geistes konzentrieren – und die der Illusion. Beide sind wesentliche Merkmale des *Dorokusai.*«

»Ich bin also gewarnt.« Nicholas war mit dem Packen fertig. Er klappte den Koffer zu und ließ die Verschlüsse zuschnappen.

»Nehmen Sie vor allem auch die Gefahr, die Ihrer Firma droht, nicht auf die leichte Schulter.«

An diesem Punkt stahl sich zum erstenmal ein Lächeln über Nicholas' Lippen. »Das tue ich keineswegs, Umi. Nur deshalb habe ich Nangi gebeten, mich zum Flughafen zu begleiten. Ich habe nämlich schon einen Plan. Allerdings ist es sehr riskant – nicht nur für mich, sondern auch für Nangi. Deshalb sollen Sie jetzt schon davon erfahren – bevor es Nangi erfährt.«

»Ich vertraue Ihnen genausosehr wie Nangi.« Mehr brauchte sie nicht zu sagen.

»Sie könnten mir einen großen Gefallen erweisen, Umi«, begann Nicholas darauf. »Vermutlich werde ich in New York dringend auf Hilfe angewiesen sein. Deshalb würde ich Sie bitten, dort jemanden für mich anzurufen, sobald wir zum Flughafen aufgebrochen sind. Benutzen Sie dafür allerdings nicht mein Telefon oder Ihres. Am besten rufen Sie von einer Zelle an.« Er nannte ihr eine New Yorker Nummer und bat sie, sie sich genau einzuprägen und auf keinen Fall zu notieren. »Lassen Sie es so lange läuten, bis jemand an den Apparat kommt. Hängen Sie auf keinen Fall vorher ein. Irgendwann wird auf jeden Fall jemand abnehmen. Wenn sich eine Männerstimme meldet, sagen Sie nur: ›Halten Sie sich morgen bereit.‹ Nicht mehr und nicht weniger. Wenn sich eine Frau meldet, sagen Sie, Sie wären eine Bekannte von Tick-Tick. Außerdem fragen Sie, wann er wieder zurückkommt. Vergessen Sie dabei nicht, den Zeitunterschied zwischen Tokio und New York zu berücksichtigen. Dann sagen Sie, daß Sie noch einmal anrufen werden, und hängen auf. Wenn sich allerdings eine Männerstimme meldet, sagen Sie: ›Halten Sie sich morgen bereit.‹ Würden Sie das für mich tun?«

Umi nickte. »*Hai.*«

»Danke.«

Nicholas wollte bereits gehen, drehte sich aber noch einmal um. »Und noch etwas, Umi: Sagen Sie Nangi bitte nichts. Er würde sich nur unnötig Sorgen machen.«

Umi sah ihn aus ihren klugen Augen lange eindringlich an, so daß Nicholas schon dachte, sie wollte ihm noch etwas Wichtiges mitteilen. Statt dessen verneigte sie sich jedoch nur und sagte förmlich: »Auf Wiedersehen, Nicholas-san.«

Auch Nicholas machte eine Verneigung. »*Domo arigato,* Umi-san. Danke.«

Justine saß auf dem Fensterplatz in der dritten Reihe der riesigen 747-SP. Obwohl sie unverwandt auf die Wolken hinausstarrte, die unter ihr vorüberzogen, war ihr Blick nach innen, in die Vergangenheit, gerichtet. Was war ihr von ihrer Begegnung mit Senjin Omukae noch in Erinnerung geblieben? Genauer hätte diese Frage vielleicht lauten sollen: Inwieweit ließ Senjin zu, daß sie sich noch an ihre Begegnung erinnerte. Die Wirkung der Hypnose, in die Senjin sie versetzt hatte, hatte noch keineswegs nachgelassen. Noch immer konnte sich Justine nicht erinnern, was eigentlich an jenem Abend passiert war.

So bildete sie sich zum Beispiel jetzt ein, sie wäre nach Japan unterwegs und nicht in die Staaten. Obwohl sie dort noch nicht einmal vier Jahre gelebt hatte, erschien es ihr mit einemmal, als hätte sie ihr ganzes Leben in Japan verbracht. Sie hatte einmal einen authentischen Bericht eines amerikanischen Vietnamveteranen gelesen, dessen Erfahrungen den ihren auf geradezu unheimliche Weise sehr ähnlich waren – zumindest was den beängstigenden Realitätsverlust betraf, der mit diesen Erlebnissen einherging: das seltsam verzerrte

Zeitgefühl, der Eindruck totaler menschlicher Isolation und das Gefühl, einer vollkommen fremden und unverständlichen Umwelt hilflos ausgeliefert zu sein.

Und genauso war es auch ihr ergangen, versuchte sich Justine immer wieder einzureden. Deshalb flog sie doch schließlich auch nach Hause, oder nicht?

Plötzlich bekam sie heftige Kopfschmerzen. Sie kramte ein paar Aspirin aus ihrer Handtasche und ging auf die Toilette, um sie dort einzunehmen. Anschließend kehrte sie wieder an ihren Platz zurück und war wenig später eingeschlafen.

Sie träumte von Senjin. Er war ein weißer Tiger, der sie durch einen lichtdurchfluteten Dschungel verfolgte.

Schon als Kind hatten die Tiger im Zoo immer eine ganz besondere Faszination auf Justine ausgeübt. Weiße Tiger kannte sie jedoch nur von Fotos. Vielleicht war das der Grund, weshalb sie diesen seltenen Tieren in ihrer Fantasie eine ganz besondere Bedeutung beimaß. Einerseits weniger schön und eindrucksvoll als ihre gelben Artgenossen, waren sie in ihren Augen jedoch zugleich wesentlich gefährlicher als diese. Es schien, als hätten die weißen Tiger um der größeren Bedrohlichkeit willen auf ihre äußere Schönheit verzichtet. Ganz ähnlich verhielt es sich ihrer Meinung nach auch mit Menschen.

Senjin, der weiße Tiger, war hinter ihr her. Völlig mühelos brach er durch das dichte Unterholz, das ihr jedes Durchkommen unmöglich machte. Schon nach kurzem hatte er sie deshalb eingeholt. Und als er nur noch einen Sprung von ihr entfernt war, fletschte er plötzlich sein beängstigendes Gebiß.

Aber statt über sie herzufallen und sie zu zerfleischen, begann er, zu ihr zu sprechen. Das tat er mit Honis Stimme. (Konnten weiße Tiger sogar sprechen?) *Ich bin ganz allein. Ich habe mich fürs Alleinsein entschieden,* sagte die riesige Raubkatze mit der Stimme ihrer Therapeutin. Die flammenden Augen unverwandt auf sie gerichtet, kauerte das mächtige Tier nieder und wartete so geduldig wie ein Gott.

Mit einem Mal stieg tiefes Mitleid für die gefährliche Raubkatze in ihr auf. *Du bist so schrecklich allein,* sagte sie zu ihr. *So einsam wie eine Wolke am Himmel. Wie kannst du diese Einsamkeit ertragen?*

Wie ein Puls eines riesigen Herzens klopfte der mächtige Schweif des Tigers auf die schwarzverbrannte Erde. *Schon als Kind war ich immer allein. Oft habe ich nachts weinend wachgelegen und mich meiner Schwäche geschämt. Aber mit der Zeit bin ich darüber hinweggekommen.*

Das ist doch kein Zeichen von Schwäche! widersprach Justine entschieden. *Der Schmerz, der aus deinen Augen spricht, rührt von einer Narbe auf deiner Seele her.* Am liebsten hätte sie die Hand ausgestreckt, um der mächtigen Raubkatze tröstend über das Fell zu streichen.

Der Tiger sah sie lächelnd an und sagte: *Mein Innerstes ist rein. Gefühle haben dort keinen Platz. Und deshalb brauche ich keinen Trost.*

Dadurch ließ sich Justine jedoch nicht täuschen. Sie überwand ihre Angst und schloß das gewaltige Tier in ihre Arme.

Im selben Moment löste sich der weiße Tiger auf. Unter seiner Maske kam Honi zum Vorschein. Sie sagte etwas zu Justine, und Justine wußte, daß es sehr wichtig war. Angestrengt versuchte sie, Honis Worte zu verstehen. Aber auch Honis Gesicht begann sich bereits aufzulösen, und darunter kamen nun die Züge von Senjin Omukae zum Vorschein. Im selben Moment begann sich Justine in ihrem Traum zu fragen: Kenne ich diesen Mann? Habe ich ihn schon einmal gesehen?

Doch noch bevor sie sich diese Frage beantworten konnte, begann plötzlich auch Senjin Omukaes Gesicht zu zerfließen wie eine Maske aus Wachs, die von der Glut ihrer Neugier zum Schmelzen gebracht wurde. Erst jetzt kam darunter das wahre Wesen der seltsamen Kreatur zum Vorschein, das sich bisher so hartnäckig vor ihr zu verbergen versucht hatte. Und mit einem Mal hatte Justine absolute Gewißheit: Auch wenn alles, was sie bisher gesehen hatte, Illusion gewesen war – das hier war die Wahrheit, nackt und unverstellt.

Beim Anblick des wahren Wesens ihres Verfolgers blieb

ihr das Herz stehen. Tief aus ihrem Innern brach ein wilder Schrei hervor. Sie versuchte zurückzuweichen, aber sie war wie gelähmt. Obwohl sie wußte, daß ihr der Tod sicher war, wenn sie nicht unverzüglich floh, war sie unfähig, sich von der Stelle zu bewegen.

Schaudernd schrak Justine aus ihrem Traum hoch.

»Was haben Sie denn?« erkundigte sich direkt neben ihr eine besorgte Stimme.

»Wie bitte?«

»Sie zittern ja.« Das kleine Mädchen, das auf dem Platz neben ihr saß, sah sie besorgt an. »Ist Ihnen nicht gut?«

»Nein, nein.« Justine bemühte sich krampfhaft zu lächeln und ließ den Kopf gegen die Lehne zurücksinken. »Ich habe nur geträumt.«

»Meine Mami sagt immer, daß man vor dem, was man träumt, keine Angst zu haben braucht.«

»Ja«, nickte Justine. »Damit hast du allerdings recht.«

Darauf begann das Mädchen, in seinem Rucksack zu kramen, um schließlich einen Riegel Schokolade herauszuholen. »Da, essen Sie das. Davon wird Ihnen gleich wieder besser.«

»Vielen Dank.« Lachend nahm Justine den Schokoladeriegel an sich und begann ihn auszupacken. »Findest du nicht auch, daß das für einen allein viel zu viel ist. Wollen wir nicht teilen?«

»Gern!« Quietschvergnügt hopste das Mädchen auf seinem Sitz herum.

Fasziniert beobachtete Justine, mit welchem Genuß die Kleine die Schokolade aß. »Wie heißt du eigentlich?« fragte sie nach einer Weile.

»Martha.«

»Und ich heiße Justine.« Sie lächelte. »Ich bin richtig froh, dich kennengelernt zu haben.«

»Ich auch!« platzte Martha heraus und leckte sich die letzten Schokoladereste von den Lippen.

»Bist du denn ganz allein unterwegs?«

Das Mädchen schnitt ein Gesicht. »Meine Mami ist in New York und mein Papi in Tokio.«

»So weit sind deine Eltern voneinander getrennt?«

Martha sah sie bedrückt an. »Sie haben sich schon scheiden lassen, bevor mein Papi nach Tokio gegangen ist.«

»Ach so«, stieß Justine verlegen hervor. »Aber zumindest siehst du sie ja beide ab und zu. Und Japan lernst du bei dieser Gelegenheit auch noch kennen.«

»Allerdings!« Marthas Miene hellte sich wieder auf. »Japan finde ich ganz prima. Ich habe dort schon eine Menge guter Freunde. Deshalb möchte ich am liebsten gar nicht mehr weg.« An ihrer Miene war jedoch ganz deutlich zu erkennen, daß ihr Abschiedsschmerz keineswegs ihren neugewonnenen Freunden galt.

»Warten Sie, ich muß Ihnen etwas zeigen.« Sie begann wieder, in ihrem Rucksack zu kramen. Diesmal förderte sie daraus einen zusammengerollten Bogen Papier zutage, der mit einem bunten Band verschnürt war.

Martha streifte das Band ab, entrollte das Papier und reichte es schüchtern Justine. »Das habe ich selbst gemacht.«

»Ist das aber schön!« rief Justine aus. Es handelte sich dabei um ein Aquarell, das in wenigen, aber erstaunlich gekonnten Strichen eine japanische Landschaft darstellte und in seiner kindlich-naiven Natürlichkeit das wahre Wesen Japans wesentlich besser zum Ausdruck brachte, als Justine das in Worte hätte fassen können. Was ihr bisher immer als abweisende und unnahbare Strenge erschienen war, entpuppte sich unter dem unverstellten Blick eines Kindes als eine tiefe Reinheit und Unverfälschtheit, die dem Kern der Sache vermutlich wesentlich näherkam.

»So ein Bild habe ich auch für meinen Papi gemalt«, erklärte die Kleine stolz. »Es hat ihm so gut gefallen, daß er es in seinem Büro aufgehängt hat. Aber das da ist für meine Mami.«

»Dein Vater kann wirklich sehr stolz auf dich sein«, bestätigte Justine und gab ihr das Bild zurück. Dann half sie ihr, das Papier wieder zusammenzurollen und die Schleife darüberzustreifen. »Du malst wirklich sehr schön.«

»Danke«, sagte Martha. »Dabei habe ich mich gar nicht so besonders angestrengt.«

»Es gibt eben Leute, denen selbst die schwersten Dinge

ganz leicht fallen.« Unwillkürlich mußte Justine an Nicholas denken. Wie stolz er wohl gewesen wäre, wenn Martha ihre Tochter gewesen wäre.

Währenddessen verstaute das Mädchen das Bild wieder in seinem Rucksack. Um die Unterhaltung mit ihr nicht abreißen zu lassen, fragte Justine: »Was liest du denn da? Sicher ist dieses Buch sehr spannend. Du hast dich ja den ganzen Flug über nicht davon losreißen können.«

»Ach, es handelt von zwei Mädchen«, erzählte ihr Martha. »Und eines von ihnen hat keine einzige Freundin.«

»Das ist aber traurig.«

»Ja, aber das andere Mädchen ist noch schlimmer dran. Sie hat nämlich keine Familie. Und das ist, glaube ich, das schlimmste, was einem passieren kann, finden Sie nicht auch?«

Justine schmolz regelrecht dahin, als das kleine Mädchen sie aus seinem sommersprossigen Kindergesicht mit unschuldigen blauen Augen vertrauensvoll ansah. Unwillkürlich legte sie die Hand auf ihren Bauch, und zum erstenmal stiegen dabei nicht die gewohnten Schuldgefühle und Ängste in ihr auf.

Statt dessen dachte sie: Genau so einen kleinen Menschen trage auch ich jetzt unter meinem Herzen. Und wenn dieses kleine Wesen schließlich auf die Welt kommt, wird es schrecklich klein und hilflos und liebesbedürftig sein. Unwillkürlich mußte sie dabei wieder an Marthas Worte denken: *Das ist das Schlimmste, was einem passieren kann.*

»Ja«, nickte Justine schließlich nachdenklich. »Freunde kann man immer finden – wie du ja gerade in Japan gesehen hast. Aber mit einer Familie ist das etwas anderes.«

Da Killan Oroshi nicht zu Hause war, hörte sich der Gangster schon mal das Band an. Sich zu Killans Wohnung Zutritt zu verschaffen, hatte ihm keinerlei Schwierigkeiten bereitet. Schließlich war er es selbst gewesen, der das computergesteuerte Zahlenschloß in ihrer Wohnungstür installiert hatte. »Von nun an kannst du dich wenigstens nie wieder ausschließen«, hatte er Killan damals gesagt. »Und außerdem ist so ein Zahlenschloß wesentlich sicherer als ein konventionelles Schloß.«

Erst einmal mußte der Gangster in Ruhe verdauen, was er eben gehört hatte. Mit totenbleichem Gesicht ging er in die winzige Küche und schenkte sich einen steifen Suntory-Scotch ein. In was für eine dumme Geschichte war er da nur wieder hineingeraten? Und dann steckte auch noch ausgerechnet Kusunda Ikusa hinter der ganzen Sache!

Der Gangster stürzte das Glas in einem Zug hinunter und schenkte sich sofort ein neues ein. Nachdem er auch das leergetrunken hatte, ging er wieder in den Wohnraum zurück, wo das Tonbandgerät wie ein bösartiges Wesen von einem anderen Stern lauernd auf Killans hypermodernem Stahlbeton-Couchtisch lag. Er spielte das Band noch einmal von vorne ab.

Als Killan schließlich zur Tür hereinkam, saß der Gangster noch immer auf der Couch und starrte, den Kopf in die Hände gestützt, auf das bedrohliche kleine Ding vor ihm.

»Na, wie geht's«, begrüßte ihn Killan. Falls sie überrascht war, ihn hier anzutreffen, ließ sie sich jedenfalls nichts anmerken. Andrerseits war es keineswegs ungewöhnlich, daß einer von beiden plötzlich völlig unerwartet in der Wohnung des anderen auftauchte. »Was hast du denn da?« fragte Killan mit einem Blick auf den Kassettenrecorder.

»Unsere Vergangenheit«, erwiderte der Gangster, ohne seinen Blick von dem Tonbandgerät abzuwenden. »Und vielleicht auch unsere Zukunft.«

Er spielte ihr das Band vor.

Ohne eine Miene zu verziehen, hörte sich Killan alles wortlos an. Erst als das Band zu Ende war, sagte sie: »Wo hast du denn das her?«

Der Gangster sah sie an. »Das hättest du dir wohl auch nicht träumen lassen. Oder hast du gewußt, daß du abgehört worden bist?«

»Natürlich nicht.« Sie deutete auf das Tonbandgerät. »Wem gehört das?«

Der Gangster hob die Schultern. »Inzwischen mir. Ich habe es in der leerstehenden Wohnung neben meiner gefunden.«

Nun erzählte er Killan auch von dem seltsamen Geräusch, das er an dem Abend, als sie bei ihm war, gehört hatte. »Es klang genauso, als wäre jemand mit dem Kopf gegen die Wand geknallt.« Und dann erzählte er ihr von der Delle in der Wand, von den Blutflecken und von den Knochensplittern.

Killan stieß einen leisen Pfiff aus. »Der Kerl, der das getan hat, muß ganz schön Kraft gehabt haben.«

»Allerdings.« Dem Gangster entging nicht, daß Killan angestrengt nachdachte. Deshalb fragte er sie: »Hey, was ist los? Worüber denkst du gerade nach.«

»Ich überlege gerade, was sich in der Wohnung nebenan abgespielt haben könnte – und wer über genügend Kraft verfügen könnte, um jemandem mit solcher Wucht den Schädel einzuschlagen.«

»Soll das heißen, du kennst jemanden, der dafür in Frage käme?«

»Vielleicht«, erwiderte Killan zögernd. Nach einer Weile deutete sie auf das Tonbandgerät. »Hast du dir eigentlich schon Gedanken gemacht, was du damit anfangen willst?«

Der Gangster nickte: »Ich wollte es jemandem geben, den ich ganz gut kenne.«

»Ja? Wem denn?«

Mit dieser Frage hatte der Gangster bereits gerechnet. Trotzdem zögerte er jetzt. »Tomi.«

»Der blöden Ziege?« schnaubte Killan. »Du hast sie wohl nicht alle. Da hätte ich eine bessere Idee.«

»So? Für wen besser? Für dich oder für mich?«

»Manchmal kannst du ganz schön zynisch sein.« Lächelnd ließ sich Killan neben dem Gangster auf die Couch nieder. »Du wirst doch nicht plötzlich anfangen, mir zu mißtrauen? Ich tue doch immer nur, was für uns beide das Beste ist.«

»Na, ich weiß nicht.«

»Warum bist du dann überhaupt hierhergekommen? Du wolltest doch, daß ich dir helfe, oder nicht?«

Der Gangster schüttelte den Kopf. »Vor allem ging es mir darum, das Band ungestört abhören zu können. Ich konnte doch nicht wissen, ob ich immer noch beschattet werde.«

Killan sah ihn forschend an. »Aus dem Band geht eindeutig hervor, daß nicht nur du überwacht worden bist, sondern auch ich. Was die sich wohl dabei gedacht haben, auf Band aufzunehmen, wie ich mit jemandem schlafe?«

»Da fällt mir gerade ein: Glaubst du, daß auch deine Wohnung überwacht wird?«

»Keine Ahnung.«

»Ich habe jedenfalls genauestens darauf geachtet, daß mir niemand gefolgt ist.«

Killan lachte. »Das sieht dir ähnlich – der letzte große Detektiv.«

Mit einem mißmutigen Brummen starrte der Gangster wieder das Tonbandgerät auf dem Couchtisch an. »Und was willst du nun damit anfangen?« fragte er schließlich.

»Ich werde es der Person bringen, die am meisten daran interessiert ist.«

»Und wer ist das?«

Killans Augen begannen zu leuchten, und über ihre Lippen huschte der Anflug eines Lächelns. »Kusunda Ikusa.«

Der Gangster zuckte zusammen, als hätte er einen Stromschlag bekommen. »Daß du verrückt bist, habe ich ja schon immer gewußt. Aber für *so* verrückt hätte ich dich nun auch wieder nicht gehalten.«

»Was regst du dich denn gleich so auf?« entgegnete Killan seelenruhig. »Überleg doch lieber erst mal. Für dieses Band können wir von Ikusa haben, was wir von ihm wollen. Für ihn wäre es schon schlimm genug, wenn seine Affäre mit mir publik würde. Wenn allerdings auch noch an die Öffentlichkeit dränge, was für zwielichtige Ziele er mit der erzwungenen Fusion von Sato International und Nakano verfolgt hat, würde ihm das endgültig das Genick brechen.«

Der Gangster stand auf und begann, nervös vor Killan auf und ab zu gehen. »Weißt du noch, als wir noch Kinder waren? Du wolltest damals unbedingt in meine Bande aufgenommen werden. Deshalb haben wir dir als Probe auferlegt, du solltest deine Hand ins Feuer halten. Natürlich dachten wir, du würdest kneifen und uns endlich in Ruhe lassen.« Er griff nach ihrer Hand und drehte sie herum. Dann fuhr er mit dem Daumen über die Narben auf ihrer Handfläche. »Aber du hast es uns gezeigt. Und von da an warst du eine von uns. Trotzdem sind diese Zeiten lange vorbei, Killan. Wir waren damals noch dumme Kinder und wußten es nicht besser. Das hat sich inzwischen geändert.«

Killan fuhr den Gangster heftig an: »Wie kannst du so etwas nur sagen? Merkst du denn nicht, wie dich Kusunda Ikusa schamlos für seine Zwecke einspannt? Bei Nakano Industries hat inzwischen längst er das Sagen. Mein Vater dient ihm nur noch als Strohmann. Er wird sich an deinen Erfindungen dumm und dämlich verdienen. Und was bekommst du dafür? Nichts als einen lächerlichen Hungerlohn! Und wem hast du das alles zu verdanken? Niemand anderem als Kusunda Ikusa. *Du* hast MANTIS entwickelt. Und was springt letzten Endes für dich dabei heraus? Nichts! Absolut nichts! Und was noch schlimmer ist: Du wirst dein ganzes Leben lang auf keinen grünen Zweig kommen. Wie oft soll ich dir das eigentlich noch klarmachen? Du arbeitest dir für Kusunda den Buckel krumm. Und was bekommst du dafür? Wer profitiert denn wirklich von deiner Arbeit? Doch mit Sicherheit nicht du, dem das eigentlich zustünde.«

Sie warf ihm einen herausfordernden Blick zu. »Und außerdem bin ich stolz auf diese Narben. Sie sind ein Teil von mir. Sie sind der Beweis, daß ich mich damals nicht habe unterkriegen lassen; daß ich es damals mit jedem Jungen eurer Bande aufgenommen habe; daß ich mindestens genauso mutig war wie ihr – und mit Sicherheit wesentlich cleverer als ihr alle zusammen.«

»Und verrückter.«

Sie lachte. »Jedenfalls habe ich mich nicht unterkriegen lassen. Ich werde mich *nie* unterkriegen lassen. Das weiß ich ganz genau. Ich habe das Zeug, um es mit *jedem* aufzunehmen.«

»Auch mit Kusunda Ikusa?« Der Gangster schüttelte den Kopf. »Ganz abgesehen davon, daß er wesentlich mächtiger ist als du – ist dir noch nie der Gedanke gekommen, er könnte auch etwas gerissener sein?«

Killan schüttelte entschieden den Kopf. Dann stand sie grinsend auf und griff nach dem Tonbandgerät. »Laß das ruhig meine Sorge sein.« Sie drückte dem Gangster einen Kuß auf die Wange und hielt ihm den Minirecorder unter die Nase. »Damit werden alle unsere Wünsche in Erfüllung gehen.«

Nachdenklich starrte der Gangster auf den leeren Tisch und murmelte: »Ich habe bereits alles, was ich will.«

Aber Killan war bereits aus der Wohnung.

Die Polizeibeamten, die Shisei abholen kamen, waren ausgesprochen höflich und zuvorkommend. Da sie bereits mit ihrem Kommen gerechnet hatte, begleitete sie sie widerspruchslos aufs Revier. Dort wollte ein dicker, bärtiger Detektiv von ihr wissen, was sie während der vergangenen Nacht gemacht hatte. Der Detektiv hatte wache, intelligente Augen und schien sich in seinem zerknitterten, schlecht sitzenden Anzug so wohl zu fühlen wie andere im Bademantel; er wirkte darin vollkommen locker und entspannt. Shisei selbst trug einen kurzen, schwarzen Rock, eine feuerrote Bluse mit schräg angeschnittenen Ärmeln und einen breiten Stoffgürtel.

Der Detektiv, der sich ihr mit Albemarle vorgestellt hatte, aß während ihres Gesprächs eine durchgeweichte Boulette, aber Shisei konnte sich des Eindrucks nicht erwehren, daß das nur ein Ablenkungsmanöver war.

Sie saßen an einem zerschrammten Holztisch in einem in tristem Behördengrau gestrichenen Raum. In einer Ecke stand ein Trinkwasserbehälter, in einer anderen eine unappetitliche Kochplatte mit einer Kanne Kaffee darauf. Die Fenster waren vergittert.

Obwohl der Detektiv das bisher mit keinem Wort erwähnt hatte, wußte Shisei ganz genau, weshalb man sie aufs Revier zitiert hatte: Branding hatte sie als sein Alibi angegeben. Albemarle weihte sie kurz in die Begleitumstände von Brandings Verhaftung ein: Bei der Polizei war ein anonymer Hinweis eingegangen, demzufolge sich in Brandings Kofferraum eine Leiche befand. Über den Anrufer war nur bekannt, daß er eine Männerstimme hatte. Die Polizei ging dem anonymen Anruf nach. Dabei stellte sich heraus, daß es sich bei dem Toten um Senator Howes Assistenten David Brisling handelte. Da aufgrund der erbitterten Feindschaft zwischen den Senatoren Branding und Howe auch bereits ein hinreichendes Tatmotiv gegeben war, wurde Branding unter dringendem Mordverdacht festgenommen. Dieser Formulierung konnte Shisei allerdings unschwer entnehmen, daß die Polizei nach weiteren Anhaltspunkten suchte, die Brandings Festnahme hätten rechtfertigen können. Und genau aus diesem Grund wurde sie nun verhört. Aber sie hatte natürlich nicht vor, Albemarle die Wahrheit zu sagen.

Als Shisei den Auftrag übernommen hatte, das Hive-Projekt zu sabotieren, war ihr zu ihrer Unterstützung ein kleiner Mitarbeiterstab zugeteilt worden. Den Männern dieses Spezialteams hatte Shisei einen Nachschlüssel zu Brandings Wagen zukommen lassen. Und ihnen hatte auch der Anruf gegolten, den sie unmittelbar nach Brislings Ermordung gemacht hatte. Während sie und Branding anschließend an dem Staatsempfang teilgenommen hatten, hatten zwei Männer des Spezialteams Brandings Jaguar abgeholt, Brislings Leiche in seinem Kofferraum deponiert und den Wagen anschließend wieder an seinen alten Platz zurückgebracht. Damit der Jaguar auch tatsächlich wieder an derselben Stelle stand, hatten die beiden Männer in der Zwischenzeit ihren eigenen Wagen in der Parklücke abgestellt.

Shisei beantwortete Albemarles Fragen vollkommen wahrheitsgemäß. Sie ließ dabei nur aus, daß sie Brisling in ihrem Schlafzimmer überrascht hatte, als sie noch einmal ins Haus zurückgekehrt war, um ihre Handtasche zu holen. Damit der Detektiv nicht den Eindruck gewann, sie könnte ihm etwas verheimlichen, verschwieg sie ihm allerdings nicht, daß sie wegen der Handtasche noch einmal ins Haus gegangen war. Es war nämlich nicht auszuschließen, daß Branding das bei seiner Vernehmung zu Protokoll gegeben hatte. Und in diesem Fall wäre die Polizei sicher stutzig geworden, wenn Shisei dieses kleine Detail verschwiegen hätte.

»Sie und Senator Branding sind also gute Bekannte«, sagte

Albemarle nach einer Weile und wischte sich dabei etwas Tomatenketchup von den Lippen.

»Wir sind gemeinsam zu dem Staatsempfang gegangen. Es ist nicht das erstemal, daß wir privat etwas unternehmen.«

Darauf nahm sie der Detektiv erst einmal gründlich in Augenschein, um schließlich mit einem breiten Grinsen zu der Schlußfolgerung zu gelangen: »Eines muß man dem Senator immerhin lassen: Geschmack hat er.«

»Entschuldigen Sie bitte, wenn ich das so direkt sage – aber ich kann mir eigentlich nicht vorstellen, daß Ihr offensichtlich sehr ausgeprägtes Interesse an meiner Beziehung zu Senator Branding rein voyeuristischer Natur sein sollte.«

Um nicht humorlos zu erscheinen, verneinte Albemarle das lachend, um jedoch im selben Atemzug völlig ernst hinzuzufügen: »Sie sind das Alibi des Senators.«

»Wollen Sie damit andeuten, ich könnte für ihn lügen – sozusagen aus Liebe?«

»So was soll zumindest schon vorgekommen sein«, entgegnete der Detektiv achselzuckend.

»Außer mir haben auf dem Staatsempfang noch mindestens zweihundertfünfzig andere Personen Senator Branding gesehen.«

»Ihrer Aussage zufolge«, Albemarle warf einen kurzen Blick auf seinen Notizblock, »sind Sie und der Senator gegen halb neun im Weißen Haus eingetroffen. Ist das richtig?«

»Ja.«

»Laut Obduktionsbefund hat nun allerdings Brisling irgendwann zwischen sieben und neun Uhr abends das Zeitliche gesegnet. Bis halb neun bliebe demnach also noch eine Menge Zeit.«

Shisei war selbstverständlich klar, daß ihr Albemarle diese Information ganz bewußt so lange vorenthalten hatte.

»Der Senator hat mich zirka Viertel vor acht zu Hause abgeholt«, sagte sie.

»Es kann kaum länger als – sagen wir mal – drei Minuten gedauert haben, Brisling umzubringen«, brummte Albemarle betont beiläufig. »Jetzt würde mich allerdings eines brennend interessieren: Was hat Branding Ihrer Meinung nach während der restlichen zweiundvierzig Minuten getrieben?«

Shisei entging keineswegs, daß Albemarle sie zu ködern versuchte. Das Verhör war nun an seinem entscheidenden Punkt angelangt. Jetzt ging es hart auf hart. Zeit für Shisei, Albemarle auch ihrerseits die Zähne zu zeigen.

»Senator Branding hat David Brisling nicht ermordet«, erklärte sie deshalb mit Nachdruck.

Der Detektiv ließ sich seine Verblüffung über diesen Gegenangriff nur durch ein schwaches Stirnrunzeln anmerken. Allerdings sah er sie auch noch weiterhin so durchdringend an, als könnte er eine Lüge zwanzig Schritte gegen den Wind riechen. Shisei hätte es nicht gewundert, wenn er sich das tatsächlich eingebildet hätte. »Und woher wollen Sie das so sicher wissen?« fragte er schließlich.

»Können Sie mir vielleicht einen vernünftigen Grund nennen, weshalb Branding die ganze Nacht mit Brislings Leiche im Kofferraum durch die Gegend gefahren sein sollte? Für so dumm würde ich ihn auf keinen Fall halten.«

»Vielleicht hatte er nicht mehr genügend Zeit, um sie irgendwo abzuladen, bevor er Sie abholen kam.«

»Ich dachte, Sie hätten eben selbst gesagt, er hätte noch zweiundvierzig Minuten Zeit gehabt.«

Darauf wußte Albemarle zwar erst einmal nichts zu erwidern, aber sein Blick gab Shisei ganz deutlich zu verstehen, daß er noch keineswegs gewillt war, klein beizugeben – zumindest noch nicht.

Das Ganze sieht doch viel zu offensichtlich nach einer Falle aus, wollte Shisei in ihrer Argumentation schon fast fortfahren. Und genau das hätte sie vermutlich auch getan, wenn sie einen nicht ganz so cleveren Detektiv wie Albemarle vor sich gehabt hätte. Aber in seinem Fall durfte sie unter keinen Umständen den Fehler begehen, zu viele eigene Schlußfolgerungen vorwegzunehmen.

Deshalb holte sie aus ihrer Handtasche eine Tonbandkassette hervor. »Können Sie dieses Band hier irgendwo abspielen?«

Nachdem der Detektiv eine Weile nur wortlos auf die Kassette gestarrt hatte, zog er schließlich brummend die Schublade des Tischs, an dem sie saßen, heraus und entnahm ihr einen Kassettenrecorder. »Da drauf hat schon mancher Vogel gesungen«, erklärte er grinsend und nahm eine Kassette heraus. »Mit meinen Stenokenntnissen ist es leider nicht mehr allzuweit her.«

Er legte Shiseis Kassette ein und drückte auf die Abspieltaste.

»Für Brisling findet sich jederzeit Ersatz«, ertönte Douglas Howes blecherne Stimme aus dem Lautsprecher. »Er war nie zufrieden mit dem, was ich für ihn tat. Immer wollte er noch mehr.«

Albemarle drückte die Stoptaste. »Wer ist das?«

»Senator Douglas Howe.«

Der Detektiv nickte. »Aha.«

Der Kerl war auf Draht, mußte Shisei neidlos eingestehen. Man mußte ihm nicht erst erzählen, daß Howe Brislings Boß war oder daß Howe und Branding sich nicht ausstehen konnten.

Albemarles Zeigefinger schoß vor und setzte das Band wieder in Gang. »Aber er hat mir sowieso nur als Strohmann gedient. Formell trägt er die Verantwortung für die geheimdienstliche Überprüfung, denen die Leute beim Johnson Institute unterzogen wurden. Mir kann deshalb nicht die geringste Beteiligung an dieser Aktion nachgewiesen werden.«

»Wozu haben Sie diese Leute überprüfen lassen?« ertönte Shiseis Stimme.

»Haben Sie das denn noch immer nicht begriffen?« kam wieder Howes Stimme aus dem Lautsprecher. »Ich bin fest entschlossen, Branding fertigzumachen. Das ist nicht irgendein harmloses Spiel. Hier geht es ums Ganze!

Wie gesagt, offiziell habe ich mit dieser geheimdienstlichen Überprüfung nicht das geringste zu tun. Das ist einzig und allein Brislings Idee gewesen. Mir kann man daran nicht einmal Mitwisserschaft anlasten. Leider hat uns das Ganze nicht einen Schritt weitergebracht. Vielleicht hätte ich doch auf Sie hören sollen; Sie haben mir ja von Anfang an davon abgeraten. Offensichtlich hat Branding Wind von der Sache bekommen. Aber das ist etwas anderes! Das hat Hand und Fuß! Damit habe ich mir nicht nur Branding vom Hals geschafft, sondern Brisling auch noch gleich mit dazu!«

Albemarle hielt das Band an. »Woher haben Sie das?«

»Ich habe gelegentlich für Howe gearbeitet – selbstverständlich nur inoffiziell. Und da die Bezahlung nicht schlecht war, habe ich keine langen Fragen gestellt. Die Sache mit Senator Branding ging mir dann allerdings doch zu weit. Ich habe versucht, Howe von seinem Vorhaben abzubringen. Aber er wollte nicht auf mich hören. Er war regelrecht besessen von der Idee, Branding zu ruinieren. Und deshalb wollte ich aussteigen, bevor Howe endgültig zu weit gegangen wäre.«

»Wie zum Beispiel, seinen Assistenten zu ermorden und das Ganze Branding anzulasten?« Nachdenklich tippte Albemarle mit dem Zeigefinger gegen seine Unterlippe. »Was genau haben Sie für Howe getan?«

»Wenn sich meine Umweltinteressen mit den seinen deckten, was tatsächlich hin und wieder der Fall war, haben wir gemeinsam versucht, Geldgeber zu finden oder einen Gesetzentwurf durchzubringen... Dinge der Art eben.«

Albemarle nickte. »Machen Sie weiter.«

Shisei beugte sich vor und drückte auf die Abspieltaste.

»Was wollen Sie eigentlich noch bei dieser Umweltschutzorganisation, Shisei? tönte darauf Howes Stimme wieder aus dem Lautsprecher. »Sobald im Senat über den ASCRA-Gesetzentwurf abgestimmt worden ist – und glauben Sie mir, Branding wird dabei auf völlig verlorenem Posten stehen –, möchte ich, daß Sie nur noch für mich arbeiten. Ich hätte für jemanden mit Ihren Fähigkeiten sicher eine bessere Verwendung als diese Umweltschützer. Was hielten Sie davon, künftig die Verantwortung für meine Sicherheit zu tragen? Wer wäre schließlich besser imstande als Sie, meine Feinde das Fürchten zu lehren.«

Damit war das Band zu Ende. Albemarle schaltete das Tonbandgerät aus und sah Shisei nachdenklich an. »Was hat er denn damit gemeint?«

»Howe hat in mir nichts anderes gesehen als in Brisling – einen gut abgerichteten Hund, der ihm aufs Wort gehorchte. Ein widerlicher Mensch!«

»Nein, ich meine damit diese Stelle: Gewissen Leuten ein bißchen Angst zu machen.«

Shisei hob die Schultern. »Ich bin ganz gut in Aikido und Ninjutsu. Das hat Howe offensichtlich ziemlich imponiert. Jedenfalls schien er sich in meiner Gegenwart irgendwie sicherer zu fühlen.«

»Eines muß man Ihnen jedenfalls lassen«, brummte Albemarle. »Es scheint Ihnen offensichtlich nicht das geringste auszumachen, sich selbst zu belasten.«

»Inwiefern sollte ich mich damit selbst belasten?« erwiderte Shisei völlig ruhig. Nun war höchste Vorsicht geboten. Ihr entging keineswegs, wie Albemarle sie aufs Glatteis zu führen versuchte.

»Wenn Sie sich schon so gut auf diese fernöstlichen Kampfkünste verstehen«, fuhr der Detektiv fort, »wieso sollten dann nicht Sie diesen Brisling in Howes Auftrag kaltgemacht haben?«

Shisei hielt Albemarles Blick unverwandt stand. »Wie ist Brisling überhaupt ums Leben gekommen?«

»Ihm wurde mit einem stumpfen Gegenstand der Hinterkopf eingeschlagen«, sagte der Detektiv, als schilderte er ihr die Vorzüge seines neuen Wagens. »Etwa so, wie man ein Ei am Pfannenrand aufschlägt.« Er sah Shisei fragend an. »Sie haben doch schon mal Spiegeleier gemacht, oder?«

»Das hört sich eher nach einer Affekthandlung an«, erwiderte sie jedoch ungerührt. »Nach einem Mord aus einem plötzlichen Wutanfall heraus, und nicht nach einem kaltblütigen, sorgfältig geplanten Verbrechen. Welches Motiv hätte ich außerdem dafür haben sollen?«

»Sie haben mir doch eben selbst gesagt, daß Sie für Howe gearbeitet haben – und daß er gut bezahlt hat.«

In Shiseis Stimme war plötzlich ein schneidender Unterton. »Ich bin als sehr junges Mädchen von einem Mann mißbraucht worden. Damals habe ich mir geschworen, mir so etwas nie wieder bieten zu lassen. Deshalb bin ich sofort ausgestiegen, als mir klar wurde, daß auch Howe etwas Ähnliches vorhatte.« Ihr Ton entkrampfte sich wieder. »Außerdem wäre ich in so einem Fall sicher etwas eleganter vorgegangen.«

»Könnten Sie mir das vielleicht etwas näher erklären?«

»Kennen Sie sich ein wenig mit fernöstlichen Kampfkünsten aus?«

»Na ja, ich habe während meiner Ausbildung ein wenig Karate-Unterricht genommen – aber das ist auch schon alles.«

»Das hat nichts mit Kampfkunst zu tun, wenn ich das einmal so sagen darf. Dabei lernt man nur, mit der bloßen Hand ein Brett durchzuhacken oder im Notfall einen Angreifer unschädlich zu machen.«

»Genau darauf kommt es in meinem Job aber nun mal an.«

»Für Sie mag das durchaus richtig sein«, versetzte Shisei mit Nachdruck. »Aber nicht für mich. Bei den wirklich seriösen Kampfkunstformen geht es zu achtzig Prozent um rein geistige Dinge. Und vor allem übt man sie aus einer rein defensiven Grundhaltung heraus aus. Das ist also nichts für irgendwelche aggressiven Schlägertypen. Wenn mich also David Brisling – oder irgend jemand sonst – angreifen würde, wüßte ich mich zwar durchaus zur Wehr zu setzen, aber mit Sicherheit würde ich dem Betreffenden dabei nicht den Schädel einschlagen. So viel Kraftaufwand wäre vollkommen unnötig.«

Darauf sagte Albemarle lange nichts. Er fischte einen Zahnstocher aus seiner Hosentasche und begann, damit zwischen seinen Zähnen zu puhlen. Schließlich deutete er auf das Tonbandgerät. »Die Kassette muß ich leider einziehen. Beweismaterial.«

»Sie können sie gern haben.«

»Ich hätte Sie gern dabei, wenn ich mir Howe kaufe.«

»Sie können jederzeit auf mich zählen.«

Kaum hatte Nicholas am New Yorker John F. Kennedy Airport die Paßkontrolle passiert, wurde über die Lautsprecheranlage sein Name aufgerufen. Als er sich daraufhin am Informationsschalter meldete, gab man ihm dort eine Telefonnummer. Er betrat eine der Telefonzellen neben dem Auskunftsschalter und wählte die Nummer.

»Ich bin's«, meldete sich eine Männerstimme. »Ich kann dich von meiner Zelle aus sehen. Du wirst nicht beschattet.«

»Damit hatte ich nicht gerechnet«, erwiderte Nicholas. »Wir können uns unbesorgt treffen.«

Darauf wählte Nicholas die Nummer, die ihm Tomi Yazawa gegeben hatte. Mel Branca von der New Yorker Mordkommission war trotz der späten Stunde noch im Dienst. »Schlechte Neuigkeiten, Chef«, meldete er sich brummig. »Ich war zwar am Flughafen, als die Maschine aus Tokio ankam. Aber von diesem Kerl fehlte jede Spur. Er stand zwar auf der Passagierliste – davon habe ich mich selbst überzeugt –, aber niemand konnte sich an ihn erinnern. Ich habe mich sogar bei ein paar Besatzungsmitgliedern nach ihm erkundigt. Der für ihn gebuchte Platz war besetzt, aber mehr konnten sie mir auch nicht sagen. Tja, mehr konnte ich in der Sache bisher leider nicht unternehmen. Wenn Sie wüßten, wieviel wir hier zu tun haben, wären Sie vermutlich sogar froh, daß ich überhaupt da rausgefahren bin.«

Nicholas bedankte sich und hängte auf. Er wollte schon Justine in West Bay Bridge anrufen, überlegte es sich dann aber doch anders. Unter Umständen hätte der damit nur Senjin auf sein Kommen aufmerksam gemacht. Nicht auszudenken, wenn der *Dorokusai* schon in dem einsamen Haus am Strand gewesen wäre – ganz allein mit Justine.

Nur jetzt nicht die Nerven verlieren, versuchte sich Nicholas zu beruhigen. Alles schön der Reihe nach.

Als er die Telefonzelle verließ, sah er Conny Tanaka auf sich zukommen. Es war Conny, den Umi in seinem Auftrag angerufen hatte, ihn am Flughafen abzuholen.

Conny war Terry Tanakas älterer Bruder. Er hatte in Vancouver gelebt, als Saigo 1980 nach New York kam, Terry zum Kampf herausforderte und ihn tötete. Nach dem Tod seines Bruders war Conny nach New York übergesiedelt, um dort seine Ninjutsu-Schule zu übernehmen. Das New

Yorker Nachtleben hatte es Conny schon bald so sehr angetan, daß ihn nichts mehr nach British Columbia zurückzog. Die Tatsache, daß Conny den Freuden des Lebens keineswegs abhold war, hieß allerdings nicht, daß er beruflich nicht absolut auf Draht gewesen wäre.

Er nahm Nicholas seinen Koffer ab. »Ich habe deine Nachricht erhalten, Tick-Tick.« Conny war der einzige Mensch, der Nicholas Tick-Tick nannte. Den Grund hierfür hatte er Nicholas einmal folgendermaßen erklärt: *Du bist wie eine Zeitbombe, die unter einer scheinbar völlig ruhigen Oberfläche unaufhaltsam vor sich hin tickt. Gegen dich hat keiner eine Chance.*

Da sich Nicholas im Flugzeug, zehntausend Meter über Hawaii, den Bart abgenommen hatte, hatte Conny keine Mühe gehabt, ihn zu erkennen. »Was gibt's?« wollte er wissen.

»Probleme«, erwiderte Nicholas, während sie sich durch das dichte Menschengedränge einen Weg zum Ausgang bahnten. »Und zwar jede Menge.« Draußen war es bereits Nacht. Die hohen Bogenlampen tauchten alles in gespenstisch blaues Licht. Die Windschutzscheiben der geparkten Autos schienen von innen heraus zu leuchten, und die Gesichter der Passanten wirkten blutleer und fahl.

Nur Conny sah aus wie eh und je: klein und stämmig wie ein Feuerhydrant, Arme und Schultern muskelbepackt. Trotzdem bewegte er sich mit der mühelosen Leichtigkeit eines Tänzers. Sein breites Gesicht, das dem Terrys sehr ähnlich war, wirkte auf jemanden, der ihn nicht kannte, finster und bedrohlich. In Wirklichkeit war Conny jedoch ein ausgesprochen liebenswürdiger Mensch. Es war zum Beispiel seine Idee gewesen, ein Drittel der Gewinne der Ninjutsu-Schule Eileen Okuras Familie zur Verfügung zu stellen. Eileen war Terrys Freundin gewesen und ebenfalls von Saigo ermordet worden.

Es hatte zu regnen begonnen. Die Zufahrtsstraße zum Parkplatz sah aus wie ein Schlachtfeld; überall lag aufgeweichter Müll herum. Nicholas stieg in Connys verbeulten alten Buick. »Leider habe ich nur verdammt wenig Zeit, aber noch eine ganze Menge zu erledigen.«

»Dann machen wir uns gleich mal auf die Socken«, nickte Conny und verstaute Nicholas' Gepäck im Kofferraum.

Nachdem auch er eingestiegen war, drehte sich Nicholas zu ihm herum und sagte förmlich: »Schön, dich wiederzusehen, Tanaka-san.«

Conny verneigte sich. »Zuviel der Ehre, Linnear-san.« Da Nicholas den Tod von Connys Bruder gerächt hatte, stand Conny für immer in seiner Schuld. Diesen Freundesdienst würde er Nicholas nie vergessen.

»Dann also mal los«, kam Nicholas abrupt zur Sache. »Zuerst fahren wir nach West Bay Bridge raus. Wohin, weißt du ja.«

Conny nickte. Sie passierten die Schranke an der Ausfahrt des Parkplatzes und ordneten sich in den dichten Verkehr auf dem Flughafenzubringer ein. »Du wirst dort alles genauso vorfinden, wie du es hinterlassen hast. Das Haus wird einmal in der Woche saubergemacht. Außerdem kommt regelmäßig jemand vorbei, um nach dem Rechten zu sehen.«

»Und mein Wagen?«

»Ich fahre höchstpersönlich jedes Wochenende raus, um ein bißchen damit durch die Gegend zu kutschieren. Er ist hervorragend in Schuß.« Conny überholte einen Bus, der an einer Haltestelle stoppte. »Es war übrigens wirklich eine gute Idee, das Haus zu kaufen, als es euch euer Vermieter zum Kauf anbot – vor allem damals, als die Grundstückspreise noch erschwinglich waren. Heutzutage ist so ein Stadthaus unter zwei, drei Millionen kaum mehr zu bekommen.«

»Mann, o Mann!«

»Was heißt hier: Mann, o Mann?« Conny sah Nicholas vielsagend an. »Hast du eigentlich mal gezählt, wie viele Millionen du inzwischen auf dem Konto hast?«

»Nein«, brummte Nicholas. »Ehrlich gestanden, habe ich mich noch immer nicht daran gewöhnen können, daß ich inzwischen ein reicher Mann bin. Irgendwie ist mir das Ganze nach wie vor nicht recht geheuer.«

Conny nickte. »Das kann ich gut verstehen. Mit dem Geld

ist das so eine Sache. Ehe man sich's versieht, wird man davon aufgefressen.«

»Na, das will ich mal nicht hoffen«, erwiderte Nicholas lachend.

Sie hatten inzwischen den Van Wyck Expressway erreicht und fuhren in Richtung Osten. Schweigend lauschten sie dem Takt der Scheibenwischer. Erst als sie Patchogue hinter sich hatten, brach Nicholas das Schweigen. »Die Lage ist verdammt ernst. Ich kann nur hoffen, daß dir so etwas nie passiert, Conny. Jedenfalls kannst du mir am besten helfen, indem du dich möglichst aus dem Ganzen raushältst.«

»Wie schlimm sieht es genau aus?« fragte Conny völlig ruhig.

»Sehr schlimm. Im Moment sehe ich kein Licht am Ende des Tunnels.«

»Hört sich nicht gut an.« Conny warf Nicholas ein aufmunterndes Lächeln zu. »Aber wenigstens hast du ein paar gute Freunde, auf die du dich voll und ganz verlassen kannst.«

»Ich weiß.«

»Aber man sagt zu seinen Freunden nicht: Haltet euch da gefälligst raus. Wozu sind Freunde schließlich da, wenn nicht, um einem in der Not zu helfen?«

»Conny…«

»Ich lasse mich von dir nicht an die Leine nehmen, nur um mitansehen zu müssen, wie du in dein eigenes Verderben rennst.«

Nicht mit einem Wort erwähnte einer von den beiden, wie tief Conny nach dem Tod seines Bruders Terry in Nicholas' Schuld stand. Das war auch gar nicht nötig. Über *Giri* wurde unter Japanern nie ein Wort verloren, obwohl – oder vielleicht: weil – es so selbstverständlich und zugleich auch wichtig war wie die Luft zum Atmen.

»Na gut«, lenkte Nicholas ein.

Darauf verfielen die beiden wieder in längeres schweigen. Erst als Conny den Montauk Highway verließ und auf den Parkplatz des A&P-Supermarkts in West Bay Bridge bog, sagte Nicholas: »Hier sieht noch alles genauso aus wie früher.«

Plötzlich stieg Conny hart auf die Bremse. Weit und breit war kein Wagen zu sehen. »Aber vor kurzem war er doch noch hier«, stieß er fassungslos hervor. »Mann, dein Wagen ist weg.«

»Das ist ein gutes Zeichen.« Nicholas wußte, daß ihn nur Justine genommen haben konnte. »Könntest du mich noch nach Hause bringen?«

»Ich kann auch noch ein bißchen hierbleiben. Für alle Fälle.«

Nicholas wußte, was Conny damit meinte. »Danke, nicht nötig. Aber du könntest in New York ein paar Dinge für mich erledigen.« Damit reichte er Conny einen Umschlag mit einer Tonbandkassette, die er während des Flugs mit seinem Diktiergerät besprochen hatte. »Hör dir das mal an, wenn du zu Hause bist.«

Conny nahm die Kassette an sich und fuhr in Richtung Dune Road los. Es war schon spät. Die Straßen waren verlassen. Nur ein paar Jugendliche standen rauchend um einen geparkten Wagen herum. Die kleine Stadt wirkte so idyllisch wie eine Illustration aus einem Kinderbuch. Hätten nur noch ein paar Teddybären gefehlt, die Hand in Hand die Straße hinunterschlenderten.

Nicholas mußte an Justine denken – und an das letzte Weihnachten, das sie kurz vor ihrer Abreise nach Japan hier verbracht hatten. Nach dem Drama mit Saigo hatten sie für eine Weile genug gehabt von New York und den unangenehmen Erinnerungen, die sie damit verbanden. Wie schön West Bay Bridge damals gewesen war. Die Straßen waren mit hellerleuchteten Christbäumen und Lichtergirlanden geschmückt gewesen. Am Weihnachtsmorgen wurde das Ganze dann noch von einer dicken Schneeschicht überzuckert. Aber schon wenig später waren die Wolken aufgerissen, und die Sonne war durchgekommen. Trotz des strahlenden Sonnenscheins war es am Strand so kalt und windig gewesen, daß sie schon bald wieder von ihrem Morgenspaziergang ins Haus zurückgekehrt waren und bei einem kräftigen Glühwein die Geschenke ausgepackt hatten. Justine hatte ihm eine Uhr geschenkt – dieselbe, die er auch jetzt trug. Und er hatte ihr bei Tiffany's ein Rubincollier ausgesucht. Noch ganz deutlich konnte er sich daran erinnern, wieviel Sorgfalt und Mühe er auf seine Auswahl verwendet hatte. Und nie würde er vor allem den Blick vergessen, mit dem Justine ihn angesehen hatte, als sie die blaue Schatulle öffnete.

Was ist seit damals nur zwischen uns gekommen? fragte sich Nicholas niedergeschlagen. Wie konnten wir uns so sehr auseinanderleben? Wann haben wir aufgehört, ein Paar zu sein?

»Da wären wir«, riß ihn Conny aus seinen Gedanken.

Die Scheinwerfer des Buick fielen auf Nicholas' Wagen, eine weiße Corvette, Baujahr 62, mit roter Seitenverkleidung. Nicholas hatte den Wagen, nachdem er ihn gekauft hatte, gründlich überholen lassen, und seitdem befand er sich in erstklassigem Zustand.

»Da ist ja jemand im Haus.« Die Anspannung in Connys Stimme war unüberhörbar.

Im Haus brannten zwar Lichter, aber es war niemand zu sehen.

»Keine Sorge, Conny. Es ist alles in Ordnung.« Nicholas stieg aus und nahm sein Gepäck aus dem Kofferraum. Dann beugte er sich durch das offene Fenster auf Connys Seite. »Fahr ruhig schon mal in die Stadt zurück. Du hast dort noch einiges zu erledigen.«

Conny nickte, wartete, bis Nicholas zurücktrat, und fuhr dann los.

Nicholas stieg die Stufen zur Veranda hinauf. Donnernd brandeten die Wellen des Atlantik gegen den nahen Strand an. Im Winter fraßen die gewaltigen Brecher oft mehrere Meter Sand weg, so daß sich das alte Gleichgewicht zwischen Meer und Land meist erst im Frühjahr wieder herstellte, wenn die Brandung zahmer wurde. Hier draußen, direkt am Meer, war es mindestens fünf Grad kühler als am Flughafen, wo selbst so spät am Abend noch drückende Hitze geherrscht hatte. Nicholas hatte Hunger, aber zuallererst wollte er unter die Dusche.

Er fischte den Hausschlüssel aus seiner Tasche und schloß auf, ohne zu klingeln. Obwohl er Conny gegenüber so getan hatte, als wäre alles in Ordnung, ging er mit äußerster Vorsicht vor. Schließlich hatte er keine Ahnung, wo Senjin Omukae, der *Dorokusai*, gerade war und was er außer den restlichen neun Smaragden noch von ihm wollte.

Wenn du jetzt stirbst, stirbst du zu früh. Dann wirst du nie begreifen. Was hatte der *Dorokusai* damit gemeint? Aber das würde sich jetzt bald herausstellen.

Als Nicholas die Tür öffnete und das Haus betrat, drang ihm aus dem Innern leise Musik entgegen – Tracy Chapmans ›Fast Car‹, eines von Justines Lieblingsliedern. Eigentlich war das ein gutes Zeichen. Aber er war trotzdem auf der Hut.

Er schaute in den großen Wohnraum, ins Eßzimmer und in die Küche. Nach der langen Zeit in Japan, wo infolge der massiven Überbevölkerung jeder Quadratzentimeter Boden genutzt wurde, erschien ihm das Haus plötzlich riesengroß.

Sogar das riesige Aquarium, das Wohn- und Eßbereich voneinander trennte, war unverändert. Majestätisch schwebte ein Trio farbenfroher Flügelfische an der Glaswand des Aquariums entlang, und über den Boden gründelte algenschnorchelnd ein schnurrhaariger Wels.

»Tag, Gus, altes Haus«, begrüßte Nicholas den Wels. »Schön, dich wiederzusehen.«

Er stellte sein Gepäck ab und ging durchs ganze Haus. Im Schlafzimmer lagen Justines Koffer offen auf dem Bett. Offensichtlich hatte sie gerade mit dem Auspacken begonnen. Ein Teil ihrer Kleider lag wahllos über das Bett verstreut. Aus dem angrenzenden Bad ertönte das Rauschen der Dusche. Wenige Augenblicke später wurde sie abgestellt.

Reglos stand Nicholas im Halbdunkel und lauschte den Geräuschen, die seine Frau im Bad machte. Er fühlte sich seltsam fremd. Und das in seinem eigenen Haus. Gerade so, als hätte er weder ein Heim noch eine Familie, als gäbe es für ihn nur in Japan so etwas wie ein Gefühl der Geborgenheit, des Dazugehörens.

Ihm wurde bewußt, um welch hohen Preis er sich dieses seltsame Zugehörigkeitsgefühl erkauft hatte. War es das denn auch wirklich wert? Er fühlte sich nur noch in Japan zu Hause

– ganz im Gegenteil zu Justine. Erst jetzt wurde ihm die Tragweite dieses scheinbar geringfügigen Unterschieds bewußt. Mit einemmal konnte er sich sehr gut in Justine hineinversetzen – was es für sie bedeuten mußte, sich in ihrer vertrauten, alltäglichen Umgebung wie eine Fremde zu fühlen.

Am liebsten hätte er auf der Stelle kehrtgemacht und das Haus für immer verlassen. Aber aus irgendeinem Grund konnte er das nicht. Seltsamerweise lag das nicht nur an Justine, sondern auch an seiner seltsamen Verbundenheit mit Japan – ein Widerspruch, dessen Hintergründe er noch nicht so recht durchschaute.

Nicholas wußte nicht, was er tun sollte.

In diesem Moment ging die Tür auf, und aus einer Wolke duftenden Dampfs kam Justine auf ihn zu. Sie hatte sich ein Badetuch um den Oberkörper geschlungen, ein Handtuch um das nasse Haar gewickelt. Als sie Nicholas sah, blieb sie wie angewurzelt stehen.

»Mein Gott, Nick, du!«

Und im nächsten Augenblick lag sie auch schon schluchzend in seinen Armen. Ganz nahe drängte sich ihr warmer, noch feuchter Körper an ihn. Er konnte jeden Muskel unter ihrer zarten Haut spüren. Und während sie ihn mit stürmischen Küssen überhäufte, konnte er wieder ganz deutlich den vertrauten Geruch ihres Körpers riechen, der durch den Duft ihrer Seife und ihrer Körpercreme noch besser zur Geltung kam.

Lange hielt Nicholas sie eng umschlungen. Und mit einem Mal spürte er, daß er sie noch liebte. An seinen Gefühlen hatte sich nicht das geringste verändert, wenn er auch nicht hätte sagen können, was nun eigentlich während der letzten Wochen und Monate zwischen sie gekommen war.

Allerdings deutete inzwischen einiges darauf hin, daß sein plötzlicher Rückzug von Justine – und auch von allen anderen, die ihm nahestanden – in sehr direktem Zusammenhang mit dem schmerzlichen Erkenntnisprozeß stand, in dessen Verlauf ihm bewußt geworden war, daß er ein Tanjian war. Diese plötzliche Einsicht erfüllte ihn mit tiefer Wehmut, deren Hintergründe er sich vorerst jedoch noch in keiner Weise erklären konnte.

Im Augenblick war ihm nur so viel klar: Er war in Justine noch immer genauso verliebt wie damals, vor vielen Jahren, als sie sich nur wenige Meter von der Stelle, wo sie gerade standen, am Strand kennengelernt hatten. Und noch etwas wurde ihm bewußt: Er war wieder vollkommen eins mit sich und der Welt. Diese Erkenntnis erfüllte ihn mit so grenzenloser Erleichterung und Freude, daß er Justine ganz fest an sich drückte.

»Mein Gott, Justine, wenn du wüßtest, wie sehr ich dich liebe.«

Und sie flüsterte ihm nur immer wieder weinend vor Glück ins Ohr: »Nick! Ach, Nick, wie schön, daß du wieder da bist. Ich hatte solche Angst, dich nie wiederzusehen. Ich...«

»Aber warum?« Er hielt sie ein Stück von sich, um ihr in die Augen schauen zu können. »Wieso hätten wir uns nicht wiedersehen sollen?«

»Ich... ich...« Justine schüttelte den Kopf, so daß sich das Handtuch um ihren Kopf löste, und ihr dunkles, noch feuchtes Haar in wilden Strähnen über ihre Schultern fiel. »Ich weiß auch nicht. Aber ich dachte...«

Und dann sah er es – das seltsame grüne Leuchten in ihren braunen Augen, die eigenartig blassen und glanzlosen roten Sprenkel in ihrer linken Iris. Ganz deutlich konnte Nicholas die Kraft des Tau-tau in ihren Augen lauern sehen, hinterhältig wie eine Spinne, die nur darauf wartet, daß sich ihr Opfer in ihrem Netz verfing. Nicholas bekam es mit der Angst zu tun. Denn er wußte nicht, ob er Justine je von diesem Bann würde befreien können.

»Das denkst du nur, weil es dir jemand eingeredet hat«, versuchte er, sie zu beruhigen. »Das ist nur eine fixe Idee, die dir jemand in den Kopf gesetzt hat.« Ihm blieb keine andere Wahl: Er konnte es ihr nicht schonender beibringen. Um den Bann von Senjins Hypnose zu brechen, war er dringend auf ihre Mithilfe angewiesen. Allein würde ihm das nie gelingen.

»Ja...« Justine sah ihn leicht benommen an, als hätte er sie eben aus tiefem Schlaf gerissen. »An irgend etwas... kann ich mich noch ganz vage erinnern.« Sie schaute ihm in die Augen. »Es ist wie ein Traum – oder ein Bild, das sich ständig verändert, so daß man nicht erkennen kann, was sich darauf befindet.«

Und plötzlich mußte Nicholas hilflos mit ansehen, wie sich die nackte Angst in ihrem Gesicht ausbreitete. Ihr Blick verdunkelte sich, die roten Sprenkel in ihrer Iris verblaßten. »Nick, was ist nur mit mir los? Ich habe ein Gefühl... als würde ich ständig zwischen zwei völlig verschiedenen Welten hin und hergerissen. Ich weiß nicht, wie ich es erklären soll, aber es ist, als wäre ich einerseits wie gefangen und zugleich auch vollkommen frei. Verrückt, findest du nicht auch?«

»Nicht annähernd so verrückt, wie du denkst«, versicherte ihr Nicholas. »Zieh dich erst mal an, und dann wollen wir sehen, ob etwas zu essen im Haus ist...«

»Bitte, laß mich jetzt nicht allein.« Flehentlich streckte Justine die Hände nach ihm aus. »Bitte, Nick. Ich muß dich unbedingt in meiner Nähe haben. Es ist, als hätten wir uns schon Jahre nicht mehr gesehen. Ich...« Sie griff sich an den Kopf. »Wenn ich nur wüßte, was mit mir los ist.«

»Zieh dich an, Liebling«, forderte Nicholas sie behutsam auf. »Sonst erkältest du dich noch.«

Lächelnd schlüpfte Justine in eine Jeans und einen schwarzen Rollkragenpullover. »Zufrieden?« Sie kam auf ihn zu. »Was ist passiert, Nick? Was ist los mit mir?«

Er schloß sie in die Arme. »Kannst du dich noch an die Geschichte mit Saigo erinnern – wie er dich hypnotisiert hat?« Als sie nickte, fuhr er fort: »Und etwas ähnliches ist auch diesmal passiert. Vermutlich kannst du dich nicht mehr erinnern – aber der *Dorokusai*, der es auf mich abgesehen hat, hat dich in unserem Haus in Tokio aufgesucht. Offensichtlich hat auch er dich zu hypnotisieren versucht.« Als er ihren Gesichtsausdruck bemerkte, sah er sie eindringlich an und sagte: »Du kannst dich nicht zufällig an einen Fremden erinnern, der plötzlich zu Hause aufgetaucht ist?«

»Nein.« Justine schüttelte den Kopf. »Das war nur dieser Radfahrer. Aber ich kann mich nicht erinnern, was mit ihm war.«

»Was für ein Radfahrer?«

»Ich... na ja, ich hätte um ein Haar einen Radfahrer überfahren. Ich kam aus der Einfahrt und ich habe ihn zu spät bemerkt. Zum Glück ist ihm nichts Ernsteres passiert. Er ist nur gestürzt. Obwohl er sich offensichtlich nicht verletzt hatte, habe ich ihn auf eine Tasse Tee ins Haus gebeten.« Über ihre Lippen huschte ein zaghaftes Lächeln. »Er hat zwar erst abgelehnt, aber ich dachte, das wäre nur seine typisch japanische Höflichkeit. Und so konnte ich ihn schließlich doch noch überreden, mit ins Haus zu kommen.«

»Und was ist dann passiert?«

»Was dann passiert ist?« Justine sah ihn verwundert an. »Das weiß ich nicht mehr. Wirklich, ich kann mich beim besten Willen nicht mehr daran erinnern. Vermutlich hat er mit mir Tee getrunken und ist dann wieder gegangen.«

»Nein, das war nicht alles. Der Radfahrer war Senjin Omukae.«

»Stimmt. So hieß der Mann. Jetzt kann ich mich wieder erinnern.«

»Dieser Mann ist der *Dorokusai*, Justine.« Er spürte, wie sie am ganzen Körper zu zittern begann.

»Um Gottes willen«, stieß sie schluchzend hervor. »Was ist passiert, Nick? Was hat er mit mir gemacht? Ich kann mich an nichts mehr erinnern...«

»Ich weiß ganz genau, was er mit dir gemacht hat«, versicherte ihr Nicholas, obwohl er in Wirklichkeit keine Ahnung hatte, was passiert war. »Überlaß das ruhig mir.« Allerdings war er sich keineswegs so sicher, ob er gegen den *Dorokusai* tatsächlich eine Chance hatte. Außerdem wußte er nicht, wieviel er Justine von den einschneidenden Veränderungen erzählen sollte, die in den letzten Tagen in ihm vorgegangen waren.

Würde sie das Wissen, daß er ein Tanjian war, in ihrem Vertrauen in ihn bestärken, oder würde es ihr nur noch mehr Angst machen?

Deshalb führte er sie erst einmal ins Wohnzimmer, wo es heller und geräumiger war, und schenkte ihr ein Glas Whiskey ein.

»Und was ist nun eigentlich mit mir passiert?« wollte Justine wissen.

»Offensichtlich wollte dich der *Dorokusai* dazu benutzen, mir einen vernichtenden Schlag beizubringen.«

Justine nahm einen Schluck Scotch. »Meinst du, er wollte mich wie Saigo dazu bringen, dich zu töten?«

»Das glaube ich nicht. Der Dorokusai würde sich die Genugtuung, mich eigenhändig umzubringen, kaum entgehen lassen.«

Justine starrte Nicholas entsetzt an. »Ist dir eigentlich klar, was du da sagst, Nick?«

Nicholas spürte ganz deutlich, daß er seine Frau nie mehr geliebt hatte als in diesem Augenblick, und als er sie daraufhin leidenschaftlich zu küssen begann, begannen sich ihre Lippen sofort hingebungsvoll unter den seinen zu öffnen. »Hab keine Angst«, versuchte er Justine zu beruhigen. »Wenn Senjin das gewollt hätte, hätte er mich schon in Dr. Hanamis Praxis umbringen können. Allerdings bin ich inzwischen zu der Überzeugung gelangt, daß er sich diese Gelegenheit lieber nicht hätte entgehen lassen sollen. Es gibt nämlich ein altes japanisches Sprichwort, das besagt: ›Wenn es dir nicht gelungen ist, einen Feind zu töten, solltest du lieber gleich zwei Gräber ausheben.‹«

Verzweifelt ließ Justine ihren Kopf gegen Nicholas' Schulter sinken. »Wird denn dieses Morden nie ein Ende nehmen? Es muß doch auch einen anderen Ausweg geben.« Sie schaute zu ihm auf. »Können wir nicht einfach untertauchen. Es ist mir völlig gleichgültig, wo – solange nur endlich...« Aber ein kurzer Blick in Nicholas' Augen ließ sie abrupt verstummen. Er bestätigte ihr nur, was sie längst geahnt hatte.

»Nein, du hast recht, Nick«, fuhr sie deshalb nach einer Weile fort. »Eine andere Möglichkeit gibt es nicht. Das Leben, für das du dich entschieden hast, läßt dir keine andere Wahl. So sei es denn.« Vorsichtig legte sie ihre Hand auf die seine. »Ich werde diesen Weg mit dir zu Ende gehen. Komme, was wolle. Denn ich liebe dich – nur dich und keinen anderen.« Sie nahm seine Hand und legte sie auf ihren Bauch. »Aber bei allem, was du tust, möchte ich, daß du immer daran denkst, daß unsere Zukunft – oder zumindest ein wichtiger Teil von ihr – hier ist. Verspricht mir bitte, daß du nichts tun wirst, was diese Zukunft gefährden könnte.«

»Justine, willst du damit etwa sagen...« Aber mit Hilfe seiner Gabe hatte er bereits festgestellt, daß sie schwanger war. »Du bekommst wieder ein Baby?«

»Freust du dich?«

»Na, und wie!« Er küßte sie überschwenglich. »Wann ist es soweit?«

»Nächstes Frühjahr.«

»Mein Gott, ein Baby.« Seine Hand ruhte noch immer auf ihrem Bauch.

»Und diesmal werden wir es nicht verlieren.« Sie drückte sich fest an ihn. »Das verspreche ich dir. Dieses Kind wird am Leben bleiben; es wird heranwachsen und unsere gemeinsame Zukunft sein.«

Nicholas hob sie hoch und trug sie zur Couch. Dort lagen sie dann eng umschlungen und begannen sich zärtlich an all den Stellen zu streicheln, die sie sich während der letzten Wochen aus Scheu, aber nicht aus Gleichgültigkeit vorenthalten hatten – nein, ganz sicher nicht aus Gleichgültigkeit.

Verspielt flitzten die bunten Flügelfische mit ihren durchsichtigen Flossen zwischen den Wasserpflanzen hindurch, und Gus, der Wels, hielt an seinem Lieblingsplatz zwischen den Spanten eines versunkenen Plastikschiffs ein kleines Nickerchen.

Und dann packte sie plötzlich wieder dieselbe wilde Lust, die sie beim allerersten Mal überkommen hatte, als sie noch kaum etwas über sich gewußt hatten, außer daß sie sich ganz, ganz nah sein wollten.

Justine war bereits dabei, ihm das Hemd aufzuknöpfen und über die Schultern zu streifen. Nicholas überhäufte sie währenddessen mit leidenschaftlichen Küssen.

»Ich habe solche Sehnsucht nach dir!«

Als ihr Nicholas den Pullover ausziehen wollte, stieß Justine atemlos hervor: »Nein, nein, nicht. Ich will dich jetzt sofort in mir spüren. Auf der Stelle!« Hastig zerrte Nicholas darauf seine Hose nach unten. Gleichzeitig machte er sich an Justines Gürtel zu schaffen.

Da sie unter ihrer Jeans keinen Slip trug, war er fast sofort in sie eingedrungen, als sie ihn auf sich zog und sich ihm unter ein paar kurzen, heftigen Zuckungen wild entgegendrängte.

Laut stöhnend warf sie den Kopf zurück, während sich ihre Hüften immer rascher aneinander rieben, und dann begann sie ihn, heiser vor Erregung, wild anzufeuern: »Ja, ja, ja...« Als schließlich ihr Unterleib in unkontrollierte Zukkungen verfiel, konnte auch er nicht mehr länger an sich halten, so daß für einen kurzen Moment nur noch sie beide zu existieren schienen. Aber für den Augenblick war das mehr, als sie sich wünschen konnten.

Kusunda Ikusa war nicht in den Ostteil der Kaiserlichen Gärten gekommen, um hier zu joggen. Vielmehr hatte man von diesem Teil des Parks, der als einziger der Öffentlichkeit zugänglich war, nicht nur einen hervorragenden Blick auf den Kaiserpalast selbst, sondern auch auf den Weg, der um den Palast führte und sich bei den Tokioter Fitneßfanatikern als Joggingpiste großer Beliebtheit erfreute. Daran konnten selbst die dichten Abgaswolken nichts ändern, die von der verkehrsreichen Ringstraße auf der anderen Seite der Palastumfriedung in den Park drangen. Es war kurz nach sechs Uhr morgens. Im rötlichen Schein der aufgehenden Morgensonne konnte Ikusa Masuto Ishii bereits am vereinbarten Treffpunkt stehen sehen. Ishii war Tanzan Nangis rechte Hand und Vize-Präsident von Sato International. Deshalb hatte sich Ikusa sofort einverstanden erklärt, als ihn Ishii am Vortag um ein Treffen gebeten hatte.

Ikusa war zwar auf der Hut, als er sich dem kleinen Mann näherte; trotzdem ging er nicht mit derselben Vorsicht vor, die er vielleicht unter anderen Umständen an den Tag gelegt hätte. In der Regel waren Nangi seine Leute treu ergeben. Etwas anderes wäre in einem Land wie Japan auch gar nicht zu erwarten gewesen. Aber die Fusion mit Nakano – und vor allem die katastrophalen Folgen, die daraus für Sato International erwachsen waren – hatten unter Nangis Leuten nun doch für einige Unruhe gesorgt. Zum ersten Mal in der

Geschichte seines Bestehens war der Konzern in ernsthafte finanzielle Schwierigkeiten geraten. Jeder wußte, worauf diese Probleme zurückzuführen waren und wie sie sich relativ einfach aus der Welt hätten schaffen lassen. Und genau aus diesem Grund hatte Ikusa in alle Welt hinausposaunt, was er bisher so streng geheimzuhalten versucht hatte. Denn inzwischen galt es vor allem, das Vertrauen der Sato-Mitarbeiter in Nangi nachhaltig zu erschüttern.

Daher war Masuto Ishiis Anruf keineswegs unerwartet gekommen. Das einzig Überraschende daran war vielleicht, daß er von einem Mann kam, der Tanzan Nangi so nahe stand und bei Sato International einen so hohen Posten bekleidete. Ikusa faßte das als ein gutes Zeichen auf. Überhaupt befand er sich schon seit mehreren Tagen in Hochstimmung – genaugenommen, seit dem Moment, als er den Kerl ausgeschaltet hatte, der ihm und Killan nachspioniert hatte. Er stand kurz vor dem Ziel. Allein die Vorstellung, daß schon in wenigen Tagen seine kühnsten Träume Wirklichkeit geworden sein konnten, ließ ihn in stillem Triumph erschaudern.

Nachdem sich die beiden Männer förmlich begrüßt hatten, brachen sie zu einem kurzen Rundgang durch den morgendlichen Park auf. Ikusa konnte Ishiis Nervosität ganz deutlich spüren.

Obwohl er sich schon vor Monaten bei den Vorbereitungen für seinen Großangriff auf Sato International genauestens über sämtliche Führungskräfte des Konzerns informiert hatte, hatte er Ishiis Personalakte vor ihrem Treffen noch einmal sorgfältig studiert, um sicherzugehen, daß er auch kein wichtiges Detail übersah.

Ishii arbeitete schon seit zwanzig Jahren für Sato International und war maßgeblich am raschen Aufschwung des Konzerns beteiligt gewesen. Er war ein kleiner, drahtiger Mann mit flinken, wachsamen Augen, die durch seine dicke Brille grotesk vergrößert wurden. Seine einzige Schwäche schien seine ausgeprägte Spielleidenschaft zu sein, ein in Japan weitverbreitetes Laster.

Ishii war ein stiller, eher zurückgezogener Mann, der jedoch durchaus auch Zähne zeigen konnte. So hieß es zum Beispiel, daß er als Zwanzigjähriger bei den Hafenarbeiterstreiks mit einem Brecheisen auf einen der Anführer der Aufständischen losgegangen war. Wer den Kaiser stürzen will, muß erst einmal mit mir fertig werden«, soll sein Kommentar dazu gelautet haben. Noch am selben Nachmittag hatten die Streikenden ihre Arbeit wieder aufgenommen.

»Ihr Wunsch, mich zu sprechen, hat mich, ehrlich gestanden, etwas überrascht, Ishii-san«, begann Ikusa, nachdem sie einen herrlich blühenden Azaleenstrauch passiert hatten. »Gelte ich in Ihren Kreisen denn nicht als der Feind?«

Ishii trug Ikusas ironischer Bemerkung mit einem zaghaften Lächeln Rechnung. »Wer als Feind gilt, ist oft eine Frage der Auslegung.«

Ikusa dachte: wohl eher eine Frage der Opportunität. Aber natürlich sagte er das nicht. Ihm war nur zu deutlich bewußt, daß das Reden im weiteren vor allem Ishii übernehmen würde.

Obwohl der Tag noch kaum begonnen hatte, war es bereits drückend heiß. Ikusa entging nicht, daß Ishii unter seinem dunkelgrauen Nadelstreifenanzug heftig ins Schwitzen geraten war. Der Kragen seines weißen Hemds hatte sich vor Feuchtigkeit dunkel verfärbt.

Und tatsächlich sollte ihn Ishii nicht enttäuschen. »Darf ich ganz offen mit Ihnen sprechen, Ikusa-san?«

»Aber selbstverständlich. Wir gehören doch inzwischen alle einer einzigen großen Familie an«, entgegnete Ikusa jovial. »Ziehen wir denn nicht alle am selben Strang?«

»Im Grunde genommen ist die Sache ganz einfach.« Ishii wischte sich mit einem Taschentuch den Schweiß von der Stirn. »Ich bin in Geldnöten.«

Aha, dachte Ikusa, so läuft der Hase also. Ohne sich seinen Abscheu über Ishiis Schwäche anmerken zu lassen, erklärte er gönnerhaft: »Und inwiefern kann ich Ihnen dabei behilflich sein?«

»Leider muß ich gestehen, daß ich ein leidenschaftlicher Spieler bin. Und bedauerlicherweise lasse ich mich dabei hin und wieder dazu hinreißen, Einsätze zu wagen, die meine Mittel bei weitem überschreiten.«

»Warum versuchen Sie nicht, Ihre Spielleidenschaft etwas zu zügeln, Ishii-san?«

»Oh, das habe ich sehr wohl versucht«, erwiderte Ishii und wischte sich schon wieder den Schweiß von der Stirn. »Sogar schon mehrere Male. Nangi-san hat sich freundlicherweise schon des öfteren bereiterklärt, für meine Spielschulden aufzukommen.«

»Und trotzdem konnten Sie nicht damit aufhören?«

»Ich gebe mir wirklich Mühe, aber ich komme einfach nicht davon los. Einmal habe ich sogar schon ein ganzes Jahr lang nicht mehr gespielt, aber irgendwann habe ich dann doch wieder damit angefangen.« Er hob die Schultern. »Schicksal.«

»Ein sehr unglückliches Schicksal, würde ich doch sagen.« Als Ikusa in einen schmaleren Seitenweg einbog, folgte ihm Ishii gehorsam wie ein Hund an der Leine. »Aber warum kommen Sie damit ausgerechnet zu mir, Ishii-san? Nangi-san wird Ihnen doch sicher auch diesmal wieder aus der Patsche helfen.«

»Er hat mir tatsächlich schon mehrere Male unter die Arme gegriffen.« In Ishiis Stimme begann sich zunehmend deutlicher der Unterton der Verzweiflung einzuschleichen. »Angesichts der augenblicklich sehr angespannten Situation habe ich erst nicht gewagt, ihn schon wieder um Hilfe anzugehen; schließlich ist es um den Konzern momentan nicht gerade bestens bestellt. Als ich mich schließlich aber doch dazu durchrang, Nangi-san um Hilfe zu bitten, hat er es abgelehnt, mir erneut unter die Arme zu greifen. Er meinte, ich sollte endlich einmal aus meinen Fehlern lernen. Natürlich kann ich gut verstehen, daß er im Moment genügend andere Probleme hat, aber trotzdem fand ich es nicht richtig, mich einfach zurückzuweisen. Immerhin bin ich seit vielen Jahren ein treuer und zuverlässiger Mitarbeiter des Sato-Konzerns. Die Firma ist sozusagen mein Leben. Trotzdem hat er mir seine Hilfe gerade dann verweigert, als ich sie am dringendsten benötigt hätte. Das ist nicht gerecht.«

»Ach ja, der angeblich so entgegenkommende Konzernchef…« Ganz bewußt ließ Ikusa offen, was er damit sagen wollte. »Und die Banken, Ishii-san? Hat man denn dort kein Verständnis für Ihr Problem gezeigt?«

»Ich brauche das Geld unbedingt bis zu diesem Wochenende, Ikusa-san. Keine Bank gewährt so kurzfristig einen Kredit.«

Sie durchquerten den Schatten eines Pflaumenbaums. »Um eine Summe welcher Größenordnung handelt es sich eigentlich?«

Als Ishii ihm darauf eine Zahl nannte, tat Ikusa erst einmal so, als müßte er das Ganze reichlicher Überlegung unterziehen. Aber schließlich sagte er: »Sie haben recht getan, sich in dieser Angelegenheit an mich zu wenden, Ishii-san. Ich bin sicher, daß wir eine für uns beide zufriedenstellende Lösung Ihres Problems finden werden.«

»Sie sind wirklich zu gütig, Ikusa-san«, sprudelte es aus Ishii hervor. »Das werde ich Ihnen nie vergessen.«

Ikusa warf ihm aus dem Augenwinkeln einen Blick zu, als hätte er gerade seine Hosen heruntergelassen und ein Häufchen unter die Azaleen gemacht.

Darauf schlenderten sie erst einmal eine Weile schweigend weiter. Ikusa beobachtete die Jogger, die an ihnen vorbeitrabten und sich die Lungen mit Abgasen vollpumpten. Und das sollte gesund sein?

»Ach, übrigens«, brach er schließlich das Schweigen. »Was hat Nangi-san eigentlich im weiteren vor? Er hat das, worauf es ihm beim Kauf von Nakano ankam, nicht bekommen. Und nun kann er das vollkommen wertlose Unternehmen, das er um teures Geld gekauft hat, nicht mehr abstoßen. Wie will er diesen einschneidenden Verlust wieder gutmachen?«

»Mittlerweile ist das nicht mehr nur seiner Entscheidung überlassen.« Nachdem das leidige Geldproblem vom Tisch war, war Ishii plötzlich kaum mehr wiederzuerkennen. »Er hat sich mit Linnear-san zusammengetan, um gemeinsam mit ihm zum Gegenschlag auszuholen.«

»Nicholas Linnear ist wieder aufgetaucht?« platzte Ikusa

verblüfft heraus. »Es hieß doch, er wäre spurlos verschwunden.«

»Davon weiß ich nichts«, erwiderte Ishii achselzuckend. »Jedenfalls ist Linnear-san wieder zurück.«

Wie ist es möglich, daß ich davon nichts erfahren habe, schoß es Ikusa durch den Kopf. Und wo zum Teufel steckt eigentlich Senjin? Er sollte mich doch unverzüglich in Kenntnis setzen, sobald Linnear wieder auftaucht. Schließlich kann das ziemlich unangenehm für uns werden.

»Wissen Sie denn zufällig auch, was Nangi und Linnear vorhaben?«

»Leider nein.« Ishii schüttelte den Kopf. »Ich weiß nur, daß sie sich gestern mit verschiedenen Angehörigen des Wirtschaftsministeriums getroffen haben.« Auch das hatte nichts Gutes zu bedeuten. Selbstverständlich wußte Ikusa nur zu gut, daß Nangi als ehemaliger stellvertretender Wirtschaftsminister noch immer enge Kontakte zu diesem Ministerium pflegte. Und obwohl sich Nami und das Wirtschaftsministerium über ihr Vorgehen im großen und ganzen durchaus einig waren, kam es in Detailfragen doch hin und wieder zu ernsten Differenzen. Ikusa war also klar, daß er auf der Hut sein mußte. Nicht umsonst galt Nangi schon seit jeher als ein außerordentlich geschickter und raffinierter Taktiker. Er durfte ihm also auf keinen Fall zuviel Spielraum lassen.

»Ishii-san?« erklärte er abschließend. »Wenn Sie die Güte hätten, sich morgen um dieselbe Zeit wieder hier mit mir zu treffen, werde ich die gewünschte Summe mitbringen.«

Der Vizepräsident von Sato International verneigte sich tief. »*Domo arigato,* Ikusa-san. Selbstverständlich werde ich Ihnen auch einen entsprechenden Schuldschein ausstellen. Und dann wäre da noch die Frage der Zinsen...«

»Aber nicht doch«, winkte Ikusa großspurig ab. »So etwas ist doch Vertrauenssache. Und selbstverständlich brauchen Sie auch keine Zinsen zu zahlen.« Als Ishii ihn darauf erstaunt ansah, fuhr er fort: »Aber vielleicht können Sie mir ja in anderer Form etwas entgegenkommen.«

»Aber selbstverständlich, Ikusa-san. Ich bin Ihnen für Ihre großzügige Unterstützung zu tiefstem Dank verpflichtet.«

»Aber das ist doch nicht der Rede wert«, erwiderte Ikusa betont bescheiden. »Trotzdem könnten auch Sie mir einen kleinen Gefallen tun: Wenn wir uns morgen wieder hier treffen, hätte ich gern von Ihnen gewußt, wie Nangi-san im weiteren vorzugehen gedenkt.«

Etwa zum gleichen Zeitpunkt, zu dem dieses Treffen stattfand, waren Tomi und Nangi in den Hafenanlagen von Tsukiji unterwegs, die im Osten Tokios am Sumida-Fluß liegen.

Hier befindet sich auch der riesige Fischmarkt von Tokio, wo täglich Fisch im Wert von zwölf Millionen Dollar umgeschlagen wird. Aber an diesem Tag ging es in Tsukiji um etwas anderes als um Fisch.

Tomi und Nangi gingen auf eine Stelle an der Hafenmauer zu, die von einem dichten Polizeikordon abgesperrt war. Tomi zückte ihren Dienstausweis, worauf sie unverzüglich durchgelassen wurden. Auf dem nassen Pflaster brach sich das zuckende Blaulicht eines Krankenwagens. Arbeiter in schwarzem Ölzeug und hohen Gummistiefeln standen in kleinen Gruppen untätig herum, während ringsum gewaltige Berge von metallisch schimmernden Fischleibern auf den Abtransport warteten.

Schwer stützte sich Nangi beim Gehen auf seinen Stock. Seine Stirn zerfurchten tiefe Sorgenfalten. Diffuses Dämmerlicht, das der Szenerie etwas gespenstisch Unwirkliches verlieh, kündigte den nahenden Tag an.

Direkt an der Hafenmauer blieb Tomi stehen. Unter ihr schaukelten ein paar Fischerboote auf dem tiefblauen Wasser des Flusses. Eigentlich hätte um diese Zeit ihre Fracht gelöscht werden sollen, um anschließend gewogen, mit Wasser bespritzt und für die Morgenauktion ausgezeichnet zu werden.

Aber an Bord der Boote herrschte ungewohnte Stille. Wortlos starrten die Männer der Besatzung auf ein etwa zwei Meter langes Stück Plane, das auf dem nassen Pflaster der Hafenmauer lag.

»Er ist vor knapp vierzig Minuten aus dem Fluß gefischt worden«, sagte Tomi zu Nangi und deutete auf die Plane.

»Er trieb an der Oberfläche und stieß zufällig gegen die Bordwand dieses Boots. Darauf hat der Skipper sofort die Polizei verständigt.«

Auf ein kurzes Zeichen Tomis hin schlug ein Polizeibeamter die Plane zurück.

»Oh, Gott!« entfuhr es Nangi entsetzt.

»Ist er das? fragte Tomi. »Können Sie den Mann zweifelsfrei identifizieren?«

»Ja.« Nangi schluckte schwer. »Das ist der Hamster.«

Tomi nickte und deutete auf die Füße des Toten. »Ich weiß zwar nicht, was passiert ist, aber man kann ganz deutlich erkennen, daß die Leiche mit einem schweren Gegenstand – vielleicht ein paar Eisenstangen – beschwert wurde. So machen sie das immer.«

»Wer macht das immer so?«

»Die Yakuza.«

Nangi beugte sich über die aufgedunsene Leiche. »Aber das waren keine Yakuza.«

»Sie scheinen sich Ihrer Sache sehr sicher zu sein.«

»Ja, das bin ich«, nickte Nangi finster. »Der Hamster hatte unter den Yakuza zu viele Freunde.«

»Wo man Freunde hat, hat man auch Feinde«, entgegnete Tomi lakonisch.

»Das ist sicher richtig«, stimmt ihr Nangi zu. »Aber sehen Sie sich doch diese Verletzungen einmal genauer an. Sie wurden ihm mit einem stumpfen, schweren Gegenstand beigebracht.« Er unterzog die dunkel angelaufenen Stellen einer genaueren Untersuchung. »Wenn mich nicht alles täuscht, rühren diese Verletzungen von einem *Tetsubo* her.«

»Aber das ist doch eine mittelalterliche Waffe, die längst außer Gebrauch gekommen ist. Wenn ich das aus dem Geschichtsunterricht richtig in Erinnerung behalten habe, handelt es sich dabei um eine schwere Eisenstange, mit der in der Schlacht den Pferden die Beine weggeschlagen oder dem Gegner die Rüstung zertrümmert wurde.« Tomi trat näher heran. »Mir ist bisher noch kein Fall untergekommen, in dem jemand mit so einem *Tetsubo* umgebracht worden ist.«

»Aber mir«, entgegnete Nangi. »Das ist allerdings schon lange her. So ein *Tetsubo*-Kampf ist wirklich eine Sache für sich. Um mit dieser schweren, mit Stahlspitzen bewehrten Stange richtig umzugehen, bedarf es sowohl außerordentlicher Geschicklichkeit wie auch enormer Körperkraft.« Nangi rieb sich mit dem Knauf seines Stocks die Wange. »Der arme Kerl«, flüsterte er kaum hörbar. »Man muß es schon verdammt ernst meinen, wenn man zum *Tetsubo* greift. Ein Schlag mit dieser Waffe hat unweigerlich tödliche Folgen.«

»Und Sie glauben tatsächlich, es gibt immer noch Leute, die von so einem Mordinstrument Gebrauch machen?«

»Den Beweis dafür haben Sie doch vor sich liegen«, entgegnete Nangi und richtete sich wieder auf. Dann zog er Tomi beiseite, damit niemand sie hören konnte. »Was hat man an dem Toten gefunden?«

»Absolut nichts. Entweder trug der Mann nichts bei sich, oder man hat ihm alles abgenommen, bevor man ihn in den Fluß geworfen hat – wobei ich letzteres für wahrscheinlicher halte.«

»Der Ansicht bin ich auch«, pflichtete ihr Nangi bei. »Andererseits war der Hamster immer sehr vorsichtig. Demnach dürfte er also bestenfalls etwas Geld und vielleicht einen falschen Ausweis bei sich gehabt haben. Er hat es sich zum Grundsatz gemacht, nie etwas bei sich zu tragen, das irgendwelche Rückschlüsse auf seine wahre Identität zugelassen hätte.«

»Zum Glück haben Sie mir eine sehr genaue Personenbeschreibung von dem Mann gegeben. Deshalb haben mich die zuständigen Kollegen sofort verständigt, als er hier auftauchte. Das tut mir selbstverständlich sehr leid für Sie.«

Nangi nickte niedergeschlagen. »Ja, wirklich schlimm, diese Geschichte. Ich hatte den Hamster auf Kusunda Ikusa angesetzt. Bedauerlicherweise hat er mich bei unserem letzten Treffen nur ganz oberflächlich über seine neuesten Entdekkungen in Kenntnis gesetzt. Denn ich bin ganz sicher, daß er bereits wesentlich mehr wußte, als er mir damals in aller Eile sagen konnte.« Aber vielleicht kommt es darauf inzwischen auch gar nicht mehr an, dachte Nangi. Ihm war nämlich längst klargeworden, was Ikusa beabsichtigte: er hatte es auf nichts geringeres abgesehen als auf Sato International und den neuen Sphynx T-PRAM Superchip.

Trotzdem hätte Nangi für diese Annahme lieber noch ein paar konkrete Beweise gehabt. Nachdenklich ließ er seine Blicke auf dem Toten ruhen. Nun hatte der Hamster sein Geheimnis also mit ins Grab genommen. Was hätte er ihm wohl noch mitzuteilen gehabt?

Nach einer Weile wandte sich Nangi wieder Tomi zu: »Immerhin hat er mir gegenüber bereits so viel angedeutet, daß Killan Oroshi, die Tochter des Chefs von Nakano, ein Verhältnis mit Kusunda Ikusa hat. Wir fanden das beide etwas seltsam. Im Augenblick ist es allerdings der einzige Anhaltspunkt, der uns irgendwie weiterführen könnte.«

»Kommissarin Yazawa!«

Als sie sich beide abrupt umdrehten, winkte ihnen einer der Detektive aufgeregt zu. Sie gingen zu der Stelle, wo die Leiche für den Abtransport gerade auf eine Bahre gelegt wurde.

»Schauen Sie, was wir gefunden haben«, wandte sich der Detektiv an Tomi. »Als der Tote an die Oberfläche trieb, hat er wohl seinen linken Schuh verloren. Sehen Sie sich doch mal seinen großen Zeh an.«

Tomi und Nangi bückten sich. Wie immer hatte der Hamster keine Socken getragen. Sein Fuß war zu einem unförmigen Klumpen angeschwollen. Aber an der Innenseite seines großen Zehs war mit Heftpflaster ein winziger Schlüssel befestigt. Vorsichtig löste ihn Tomi mit einem Taschenmesser ab und ließ ihn in Nangis Handfläche gleiten.

»Jetzt haben wir vielleicht noch einen Anhaltspunkt.«

»Ich finde, wir sollten keine Zeit verlieren«, erklärte Albemarle. »Deshalb schlage ich vor, wir suchen Senator Howe am besten gleich auf.«

Shisei hob die Schultern. »Wenn Sie meinen.«

»Das ist Sergeant Johnson«, stellte er ihr einen auffallend großen schwarzen Detektiv vor, der sich auf dem Weg nach draußen zu ihnen gesellte.

»Ich kann mich vom Verhörraum noch an ihn erinnern«, nickte Shisei.

»Für eine Frau haben Sie ganz schön Mut«, sagte Albemarle, als sie die Eingangstreppe des Polizeireviers hinuntergingen, wo eine Zivilstreife auf sie wartete.

Es war heiß und drückend, und die schwache Brise, die vom Chesapeake heraufwehte, verschaffte kaum Kühlung – ein typischer Washingtoner Sommerabend. »Aber sind Sie auch sicher, daß Sie sich das wirklich zutrauen?«

»Wenn Sie wollen, daß ich mitkomme, komme ich mit – so einfach ist das.«

»Wann ist im Leben schon mal was einfach«, brummte Albemarle im Losfahren. »Immerhin verfügt Howe über eine Menge Einfluß. Deshalb dürfte es für Sie nicht ganz ungefährlich werden, ihm in die Quere zu kommen.«

»Ich komme Senator Howe nicht in die Quere. Ich liefere ihn ans Messer.«

Das entlockte sogar Albemarle ein Lächeln. »Eines muß man Ihnen lassen: Mut haben Sie. Was meinst du, Bob?«

»Mhm«, brummte Sergeant Johnson auf dem Rücksitz. Shisei hatte den Eindruck, daß er die ganze Fahrt über unverwandt auf ihren Hinterkopf starrte.

»Ihnen ist doch hoffentlich klar«, fuhr Albemarle fort, »daß Howe Ihnen Ihre ganze Zukunft vermasseln kann. Macht Ihnen das nichts aus?«

Statt einer Antwort warf Shisei ihm nur einen kurzen Blick zu.

Albemarle fuhr zwar schnell, aber nicht riskant. Nach wenigen Minuten hielten sie vor Howes Haus in der Seventeenth Street.

»Wie kann man in so einem Museum nur wohnen«, brummte Albemarle, als sie ausstiegen. Im zweiten Stock brannte noch Licht. Der Detektiv deutete zu dem Fenster hinauf. »Sie kennen sich hier doch sicher aus, oder?«

»Nur in den Büros im Erdgeschoß«, erwiderte Shisei. »In seine Wohnung im zweiten Stock hat mich der Senator bisher leider noch nicht eingeladen.«

Mit einem mißmutigen Brummen stieg Albemarle darauf

die Eingangstreppe hinauf und drückte auf den Klingelknopf neben der Tür. Sie warteten. Als sich im Haus nichts rührte, klingelte Albemarle noch einmal – diesmal Sturm. Wieder nichts. Als er die Klinke niederdrückte, ging die Tür auf. Sie war nicht abgeschlossen gewesen.

Unverzüglich zogen Albemarle und Johnson ihre Revolver. »Das kann doch nicht mit rechten Dingen zugehen.«

»Ich fordere besser mal Verstärkung an«, schlug Johnson vor.

»Kommt gar nicht in Frage«, zischte Albemarle entschieden. »Das ziehen wir ganz allein durch. Mir ist heute abend nicht nach Teilen zumute.« Er nickte Shisei kurz zu. »Sie bleiben hier.«

»Nein, ich komme mit.«

»Das ist gegen die Vorschrift«, knurrte Albemarle und verschwand nach drinnen. Johnson warf ihr einen finsteren Blick zu und folgte ihm dann.

In den Büros im Erdgeschoß herrschte völlige Dunkelheit. Vorsichtig tasteten sich die zwei Detektive die Wendeltreppe zum Obergeschoß hinauf. Lautlos wie ein Schatten folgte ihnen Shisei. Auch im ersten Stock brannte kein Licht. Aber sie hatten sich inzwischen besser an die Dunkelheit gewöhnt. Außerdem fiel vom zweiten Stock schwaches Licht durch den Treppenschacht.

»Kopf runter«, flüsterte Albemarle seinem Partner zu, als sie weiter nach oben schlichen. Shisei folgte den beiden.

Im zweiten Stock fiel schwaches Licht durch eine offene Tür. Sie führte in Howes Arbeitszimmer, dessen Wände von hohen Bücherregalen gesäumt waren. Die Einrichtung bestand aus zwei massiven Ledersofas und einem Sessel sowie einem antiken Kirschbaumschreibtisch mit einem bequemen Drehstuhl. An den dunkelgrün tapezierten Wänden hingen ein paar alte Stiche mit Jagddarstellungen. Mehrere Messinglampen verbreiteten warmes, anheimelndes Licht.

Auf dem Fußboden lag ein alter Isfahan. Allerdings war das teure Stück über und über mit Blut bespritzt.

Senator Howe saß mit übereinandergeschlagenen Beinen auf einem der Ledersofas, als hätte er es sich nach einem anstrengenden Arbeitstag gemütlich gemacht. Allerdings hatte er die Arme wie in Abwehrhaltung weit von sich geworfen, und direkt neben seiner rechten Hand lag eine 357er Magnum. Von seinem Hinterkopf war nichts mehr zu sehen. Teile davon klebten an den Buchrücken in dem Regal hinter ihm.

»Herr im Himmel«, lautete Albemarles ganzer Kommentar zu diesem gräßlichen Anblick. Aber schon im nächsten Augenblick wandte er sich Shisei zu, um ihr energisch einzuschärfen: »Rühren Sie sich nicht von der Stelle. Und fassen Sie vor allem nichts an.«

Dann ging er auf den Schreibtisch zu, hob mit einem Taschentuch den Telefonhörer ab und wählte mit einem Kugelschreiber eine Nummer. »Bobby? Hier Phil. Krankenwagen, Spurensicherung, Arzt und Verstärkung.« Er gab die Adresse durch. Und dann, nach einer kurzen Pause: »Ja, Senator Howe persönlich. Nachdem er nun sowieso nicht für seine Wiederwahl kandidieren kann, sieh bitte zu, daß wir hier erst mal eine Weile ungestört sind, bevor die Aasgeier von der Presse über uns herfallen, ja? Wer soll den Fall am besten bearbeiten? Gut, in Ordnung. Ja, ja, schon gut. Was ist eigentlich? Du solltest doch schon längst hier sein, Mann.«

Albemarle hängte ein und vergewisserte sich kurz, ob sich Shisei auch wirklich an seine Anweisungen hielt. Dann kniete er neben Johnson nieder, der Howe nachdenklich anstarrte. Sein Blick blieb erst lange auf der Magnum ruhen, bevor er zu Howes rechter Hand weiterwanderte.

»Wonach suchen Sie?« fragte Shisei.

»Normalerweise werden diese Ballermänner nicht häufig benutzt. Trotzdem muß man die Dinger immer schön in Schuß halten.«

Johnson deutete auf die Finger des Senators. »Das sieht ganz nach Waffenöl aus.«

Albemarle richtete sich wieder auf und sah Shisei an. »Das werden die Kollegen von der Spurensicherung gleich feststellen. Wenn nämlich Howe den Abzug selbst gedrückt hat, ist es Selbstmord. Wenn ihm allerdings die Magnum jemand in den Mund geschoben hat, ist es Mord. Und das ist doch ein gewaltiger Unterschied – zumindest für mich.«

»Aber nicht für Howe«, warf Shisei ein.

Johnson lachte bellend.

»Sie haben aber einen etwas seltsamen Humor«, bemerkte Albemarle.

»Das sollte kein Witz sein«, entgegnete Shisei. »Nur eine Feststellung.«

Fünf Minuten später ertönten in der Ferne die ersten Sirenen, und gleich darauf kamen hastige Schritte die Treppe hoch. Detektive in Zivil, Beamte in Uniform, die Leute von der Spurensicherung und ein Polizeiarzt, der selbst aussah wie eine Leiche, kamen in den Raum gestürmt. Sie gingen ohne große Umschweife an die Arbeit, machten Fotos, sicherten Fingerabdrücke und nahmen Albemarles, Johnsons und Shiseis Aussagen zu Protokoll.

Schon nach kurzem hatten sie Howes Waffenschein für die Magnum gefunden. Der Assistent des Polizeiarztes sagte zu Albemarle: »Ich will mich ja nicht zu großen Prognosen hinreißen lassen, Phil – aber wenn das kein Selbstmord ist, hab ich 'nen Affen als Neffen.«

Zufrieden verfolgte Shisei das geschäftige Treiben. Für sie stand längst außer Zweifel, daß auch der abschließende Obduktionsbefund keinerlei Hinweise enthalten würde, daß es sich hier um einen Mord gehandelt haben könnte.

Kein Mensch würde je erfahren, daß niemand anderer als sie es gewesen war, die Howe vor ein paar Stunden nach Hause gefahren, die Magnum aus seiner Schreibtischschublade genommen, ihm in die Hand gedrückt, den Lauf in den Mund geschoben, seinen Zeigefinger um den Abzug gelegt und dann ganz langsam abgedrückt hatte.

Sie stand die ganze Zeit ruhig in einer Ecke, wo sie niemandem im Weg war, und wartete geduldig, bis Albemarle sie wieder zurück ins Revier brachte. Sie wollte dabeisein, wenn sie Branding freiließen.

Mehr gab es für sie nicht mehr zu tun. Nun war nur noch die Frage, wie Branding reagieren würde. Liebte er sie noch? Oder hatte er das Vertrauen in sie verloren?

Sie konnte es kaum erwarten, das herauszufinden.

Voller Neid beobachtete Senjin, wie Nicholas und Justine sich liebten. Und vielleicht war es diese Eifersucht, die ihn seine guten Vorsätze um ein Haar in den Wind hätte schlagen lassen. Denn plötzlich überkam ihn ein fast unwiderstehliches Bedürfnis, Nicholas auf der Stelle zu töten, anstatt ihn vorher noch unzähligen weiteren Demütigungen zu unterwerfen.

Aber irgend etwas hinderte ihn dann doch daran, sein Vorhaben in die Tat umzusetzen. Denn als er mit Hilfe seines Sechsten Sinns die Ausstrahlung seines Gegners zu sondieren begann, hatte er es zu seiner Verblüffung plötzlich nicht mehr, wie noch in Dr. Hanamis Praxis, mit einer schwachen und verletzlichen Aura zu tun. Statt dessen prallte er völlig unvermutet gegen eine undurchdringliche schwarze Wand, die er nicht einmal mit Hilfe der Kräfte des Tau-tau zu überwinden vermochte.

Es war, als hätte Nicholas plötzlich zu existieren aufgehört. Senjin konnte ihn nicht einmal mehr mit seinem Sechsten Sinn wahrnehmen.

Wie war das möglich? Der einzige Mensch, der Nicholas Linnear von *Shiro Ninja* hätte befreien können, war tot: Senjin hatte den Tanjian-Meister Kyoki eigenhändig ermordet. Die Frage war nun nur noch, was Nicholas Linnear getan hatte, nachdem er Kyoki in seiner Klause in den Bergen von Asama tot aufgefunden hatte. Jedenfalls war er nicht sofort wieder nach Tokio zurückgekehrt, wie Senjin eigentlich erwartet hatte. Sollte er noch länger in den Bergen geblieben sein? Und wenn ja, warum?

Letzten Endes kam es darauf aber gar nicht an. Jetzt zählte nur noch, daß Nicholas Linnear vollkommen unerwartet wieder in den Besitz seiner alten Kräfte gelangt war. Offensichtlich hatte er inzwischen gelernt, sich das verborgene Kräftepotential zunutze zu machen, von dem er bis vor kurzem nicht einmal selbst etwas geahnt hatte. Denn nur ein Tanjian war imstande, eine so undurchdringliche schwarze Wand um sich zu errichten, wie Linnear das eben getan hatte.

Demnach beherrschte Linnear also auch Tau-tau. Senjin überlegte kurz. Wie war es möglich, daß er davon nichts wußte? Aber auch darauf kam es jetzt nicht an. Im Augenblick zählte nur eines: Er mußte sein Vorgehen noch einmal von Grund auf neu überdenken und der veränderten Situation anpassen.

Das oberste Prinzip von Kshira lautete: Yang, der Erste Sohn, bringt Bewegung hervor; Licht gebiert das Feuer; das Denken gebiert das Licht; der Donner bringt den Klang hervor; und Wut gebiert den Donner. Yin, die Mutter, ist das weiche, nachgiebige und empfangende Element; die Erde ist der Schoß, der das Denken in sich aufnimmt, der Schmelztiegel der Ideen.

Das eine kann ohne das andere nicht existieren, lehrt Kshira weiter. Aber in diesem Punkt ging Senjin sogar noch über Kshira hinaus. Denn Yin verlieh Yang nicht nur Stärke, sondern auch Schwäche. Und Senjin war sich schon immer sehr deutlich bewußt gewesen, welche verheerenden Folgen auch das geringste Anzeichen von Schwäche nach sich ziehen konnte. Deshalb hatte er sein ganzes Leben lang krampfhaft alles von sich fernzuhalten versucht, was Yin war – alles Mütterlich-Weibliche, alles Weiche und alles Anpassungsfähige.

Von Anfang an hatte er im Grunde genommen nur ein einziges Ziel verfolgt: die kosmische Wechselwirkung von Yin und Yang ein für allemal aufzuheben und den unablässigen gegenseitigen Austausch dieser beiden Energieformen zu unterbinden. Und so war er schließlich der *Dorokusai* geworden, die Geißel der Tanjian.

Wie eine Eule auf ihren nächtlichen Raubzügen lauerte Senjin im Gebälk des alten Hauses und starrte auf Nicholas und Justine hinab, die inzwischen, eng ineinander verschlungen, in tiefen Schlaf gesunken waren. Fast träumerisch dachte er an seine Unterhaltung mit Justine zurück. Sie hatte vollkommen recht gehabt: Er war tatsächlich unendlich einsam, für immer ausgeschlossen von all den Freuden und Leiden, den kleinen und großen Sorgen des Alltags, wie sie das Leben der gewöhnlichen Menschen mit sich brachte. Aber daran war nun einmal nichts mehr zu ändern, seit er sich ganz bewußt für das Leben entschieden hatte, das er jetzt führte.

Er begann in tiefen, ruhigen Zügen zu atmen. Noch war die Luft klar und rein. Noch war sie nicht erfüllt vom Gestank des Todes. Denn das Maß von Nicholas Linnears Erniedrigung war noch lange nicht voll. Erst würde er noch so manche Hölle durchlaufen müssen, bevor Senjin ihm die Gnade des Todes – und des Vergessens – gewährte.

Aber das war nicht der einzige Grund, weshalb Senjin hier war. Seine Nasenflügel begannen zu zittern, als hätte er plötzlich die Witterung der fehlenden neun Smaragde aufgenommen. Eigentlich hatte er von Justine zu erfahren gehofft, wo sie versteckt waren. Doch mit Nicholas Linnears unerwartetem Auftauchen hatte sich ihm unvermutet auch noch eine andere Möglichkeit eröffnet, das Versteck der magischen Steine in Erfahrung zu bringen. Mit dem, was er nun vorhatte, würde er sich nicht nur Gewißheit verschaffen, ob sich die Smaragde hier, im Haus, befanden – nein, er würde damit auch die erste der unzähligen Höllen heraufbeschwören, die Linnear vor seinem endgültigen Tod noch zu durchwandern hatte.

Lautlos wie der Tod glitt Senjin aus seinem Versteck, um sich im Schutz der Dunkelheit an die Arbeit zu machen. Als er damit fertig war, erhellte plötzlich grelles Licht das eben noch undurchdringliche Dunkel. Und mit der blendenden Helle breitete sich im Haus eine unerträgliche Hitze aus, die gierig alle Luft zum Atmen verschlang.

Wenige Augenblicke, nachdem sich Senjin heimlich aus dem Haus gestohlen hatte, schrak Nicholas abrupt aus dem Schlaf hoch. Die Rauchentwicklung war bereits so stark, daß er heftig zu husten begann. Lodernde Flammen züngelten über den Boden und tauchten den Raum in ein gespenstisches Flackern.

In einem heruntergekommenen Vorstadtviertel von Tokio standen Killan und der Gangster an einer Straßenecke und warteten. Vom Eingang der billigen Absteige auf der anderen Seite der kaum befahrenen Straße leuchteten in grellem Neonlicht die Schriftzüge HOTEL KAN zu ihnen herüber.

»Kusunda hat ausdrücklich gesagt, daß ich allein kommen

soll«, wiederholte Killan inzwischen zum vierten- oder fünftenmal. Dabei trat sie nervös von einem Bein aufs andere. »Du hättest nicht mitkommen sollen.«

»Ich kann dich doch jetzt unmöglich allein lassen«, sagte auch der Gangster zum vierten- oder fünften mal. »Du glaubst doch nicht im Ernst, er geht auf unseren Vorschlag ein.«

»Aber natürlich wird er das«, erklärte Killan mit dem Brustton der Überzeugung. Dabei beobachtete sie aufmerksam die wenigen Autos, die auf der Straße vorbeifuhren. »Er hat doch gar keine andere Wahl.«

Statt einer Antwort fingerte der Gangster nur nervös an einer auffälligen Wölbung unter seiner Windjacke herum.

Erst hatte Kusunda Ikusa nur gelächelt, als ihm Killan das Band vorspielte, das sie aus den Aufnahmen zusammengeschnitten hatte, die der Gangster in der leerstehenden Wohnung neben seinem Apartment gefunden hatte. Nach einer Weile sagte er schließlich: »Woher hast du das?«

»Darauf kommt es jetzt nicht an. Im Augenblick zählt nur, daß ich es habe. Bist du daran interessiert?«

»Natürlich.« Ikusa beobachtete sie mit dem starren Blick eines Reptils.

»Willst du denn nicht wissen, was ich dafür will?« Killan wurde langsam ungeduldig.

»Ich bin jetzt schon sicher, daß deine Forderungen vollkommen maßlos sein werden.« Wieder dieses Lächeln, als ließe ihn das Ganze völlig kalt.

»Ich will endlich Macht haben«, legte Killan darauf los. »Nicht nur irgendeinen lächerlichen Werbejob bei Nakano, damit ich irgendwelchen armen Teufeln unsere Produkte unterjubeln kann.«

»Ich dachte...« Abrupt war Ikusas selbstgefälliges Grinsen verflogen.

»Dein Problem ist vor allem«, fiel ihm Killan schneidend ins Wort, »daß du in mir immer nur eine Frau gesehen hast. Du ergehst dich zwar ständig in den höchsten Tönen über mein Talent, meine Intelligenz, meinen Ehrgeiz und was weiß ich noch alles; aber zugleich setzt du mir anschließend immer einen Dämpfer auf, indem du kein einziges Mal hinzuzufügen vergißt, welch ein Jammer es doch wäre, daß ich kein Mann bin. Ist dir eigentlich klar, wie beleidigend das für mich ist? Natürlich nicht. Wie solltest du auch für so etwas Verständnis aufbringen?

Aber das wird sich von jetzt an ändern. Es wird dich nämlich verdammt teuer zu stehen kommen, wenn du nicht für immer dein Gesicht verlieren willst. Ich möchte eine wirklich einflußreiche Position bei Nakano.«

»Einmal ein Revolutionär, immer ein Revolutionär«, entgegnete Ikusa achselzuckend. »Eigentlich hätte ich damit rechnen sollen, daß es früher oder später so kommen würde. Trotzdem muß ich sagen, daß du mich enttäuschst, Killan.« Er spitzte gekränkt die Lippen. »Aber zumindest habe ich dich inzwischen endgültig durchschaut. Wie alle Revolutionäre bist du von einem krankhaften Streben nach eben der Macht besessen, die dir aufgrund deiner Ideologie für immer verwehrt bleibt. Denn sobald du in den Genuß dieser Macht gelangen würdest, wärst du unweigerlich ein Teil eben des Establishments, gegen das du zeit deines Lebens so erbittert angekämpft hast.« Mit einer wegwerfenden Handbewegung fuhr er fort: »Meinetwegen – du sollst den Posten haben, den du dir wünscht. Sicher irgend etwas in der Marketingabteilung. Also, was willst du?«

Über Killans Lippen legte sich ein hämisches Grinsen, und aus ihrer Stimme brach plötzlich der ganze Haß hervor, den sie so lange unterdrückt hatte. »Du glaubst also, mich von Grund auf zu durchschauen? In Wirklichkeit weißt du gar nichts! Ich lasse mich nicht mit einem lächerlichen Job in der Marketingabteilung abspeisen. Nein, ich möchte schon in dem Bereich etwas mitzureden haben, in dem die entscheidenden Weichen gestellt werden: in der Forschung. Ich möchte an MANTIS beteiligt werden – und zwar mit zehn Prozent des Gewinns.«

Killan bildete sich ein, plötzlich alles Blut aus Ikusas Gesicht weichen zu sehen. Um ihren Triumph perfekt zu machen, hätte er sie jetzt nur noch fragen müssen, woher sie über MANTIS Bescheid wußte. Aber den Gefallen tat er ihr nicht. Statt dessen nannte er ihr nur eine Adresse und einen Zeitpunkt. »Du bringst das Band, und ich werde den entsprechenden Kontrakt dabeihaben.«

So einfach war das alles gewesen.

»Und wenn er nun doch nicht kommt?« fragte der Gangster nervös.

»Keine Sorge, er wird kommen.« Killan trat weiter von einem Fuß auf den anderen. »Schließlich hat er gar keine andere Wahl.«

»Wir hätten uns den Vertrag auf jeden Fall vorher zeigen lassen sollen. Ich hab' dir doch gleich gesagt, du sollst das Ganze lieber mir überlassen.«

»Wie oft soll ich dir eigentlich noch erklären, daß niemand erfahren darf, daß du etwas mit dieser Sache zu tun hast«, wies ihn Killan energisch zurecht. »Kusunda darf auf keinen Fall erfahren, woher ich über MANTIS Bescheid weiß. Du hältst dich also gefälligst im Hintergrund, wenn er gleich hier auftaucht. Er darf dich auf keinen Fall sehen.«

Mittlerweile war der vereinbarte Zeitpunkt ihres Treffens um zwei Minuten verstrichen. Doch dann bog ein schwarzer Mercedes um die Ecke und kam direkt auf sie zu. Der Gangster zog sich in einen Hauseingang zurück. Die schwere Limousine hatte dunkel getönte Scheiben, so daß man keinen Blick in ihr Inneres werfen konnte.

Als der schwarze Mercedes noch etwa einen Block entfernt war, sagte Killan zuversichtlich: »Na, was habe ich gesagt!« Sie hatte plötzlich aufgehört, von einem Fuß auf den anderen zu treten.

Als sie der Mercedes fast erreicht hatte, begann er plötzlich abrupt zu beschleunigen.

»Sind die verrückt geworden?« schrie der Gangster auf.

Die schwere Limousine holperte über den Gehsteig und schoß direkt auf sie zu.

»Um Gottes willen!« hauchte Killan. Aber sie blieb wie angewurzelt stehen.

Kurzentschlossen sprang der Gangster aus seinem Versteck und zerrte sie vom Straßenrand zurück. Gleichzeitig riß er seinen Revolver heraus und feuerte damit zwei Schüsse auf die Windschutzscheibe des schwarzen Mercedes ab. Und dann konnte er gerade noch rechtzeitig zur Seite springen, bevor ihn die schwere Limousine niedergewalzt hätte. Er wurde zwar noch ganz leicht vom linken Kotflügel gestreift, aber schon im nächsten Moment war er wieder auf den Beinen und stürzte mit Killan im Schlepptau Hals über Kopf davon.

Im selben Augenblick ertönte hinter ihnen ein lautes Krachen, gefolgt von einem häßlichen metallischen Knirschen. Aber keiner von beiden warf auch nur einen Blick zurück. Statt dessen sprangen sie atemlos vor Angst in ihren in der Seitenstraße geparkten Wagen und rasten mit laut aufheulendem Motor in die entgegengesetzte Richtung davon. Heftig nach Atem ringend, saß der Gangster weit über das Lenkrad gebeugt, während Killan neben ihm in einen heftigen Weinkrampf ausbrach.

Das ganze Haus war von dichtem Qualm erfüllt. Nicholas war sofort klar, daß das Feuer nur auf eine Brandstiftung zurückzuführen sein konnte.

»Runter!« rief er Justine zu. »Leg dich auf den Boden.«

Das Haus war erfüllt vom lauten Prasseln der lodernden Flammen, die gierig die letzte Luft zum Atmen verschlangen. Vor lauter Rauch konnte Nicholas nichts mehr sehen. Da er sich schon mehrere Jahre nicht mehr im Haus aufgehalten hatte, hatte er deshalb etwas Mühe, sich zurechtzufinden.

Es gab im Haus zwar viele Fenster, durch die sie sich ins Freie hätten retten können. Aber es war inzwischen fast unmöglich, an sie heranzukommen. Der hintere Teil des riesigen Wohnraums, in dem sie sich befanden, war bereits von allen Seiten von den Flammen eingeschlossen. Außerdem wurde der Qualm immer dichter. Wenn sie nicht bald ins Freie kamen, würden sie jämmerlich ersticken.

Nicholas warf einen kurzen Blick auf das Aquarium. Als könnten sie die drohende Gefahr ganz deutlich spüren – oder vielleicht war es auch nur die Hitze –, hatten sich die Fische genau in der Mitte des riesigen Aquariums zusammengedrängt. Gus, der Wels, schwamm aufgeregt auf und ab, als suche er nach etwas.

Entschlossen packte Nicholas Justine an der Hand. Aus ihren Blicken sprach neben panischer Angst auch tiefes Vertrauen. Er schloß die Augen und konzentrierte sich ganz auf seine Mitte. In wenigen Augenblicken hatte er sich in *Getsumei no michi* versetzt, so daß er nun auch ohne Augen sehen konnte. Und im selben Moment zeigte sich ihm auch schon ein rettender Ausweg.

»Los!« Nicholas sprang auf. Justine hinter sich herziehend, stürmte er quer durch den Wohnraum und brach mit einem mächtigen Satz durch eine Bresche in der Flammenwand, die sich vor ihnen auftürmte. Für einen Moment stieg ihm der ekelhafte Geruch von verbranntem Haar in die Nase.

Zwei Meter weiter lag die schwere Schiebetür aus Glas, die ins Freie führte. Aber in dem Moment, als er sie aufzuschieben versuchte, ließ ihn ein lautes Krachen herumfahren.

Ganz deutlich konnte Nicholas spüren, wie einer der mächtigen Deckenbalken einstürzte. Obwohl er Justine gerade noch rechtzeitig zur Seite stoßen konnte, wurde er selbst am linken Oberarm gestreift. Mit einem entsetzten Aufschrei stürzte Justine auf ihn zu und legte schützend ihre Hände um seinen Arm.

Im selben Augenblick ertönte ein ohrenbetäubender Knall, und während bereits ein Regen aus unzähligen messerscharfen Glassplittern auf sie niederging, versuchte sich Justine noch schützend über Nicholas zu werfen. Unter der gewaltigen Hitzeeinwirkung war das Küchenfenster gesprungen.

Mittlerweile hatte Justine wegen des erstickenden Rauchs heftig zu husten begonnen. Nicholas spürte ganz deutlich, daß sie am Ende ihrer Kräfte war. Deshalb nahm er sie in die Arme und warf sich, schräg zu Seite gedreht, mit voller Wucht durch die Glasschiebetür, die auf die Veranda hinausführte.

In einer Explosion aus Glas schnellten sie in die Nacht hinaus. Zum Glück war das Sicherheitsglas nicht gesplittert, sondern zu Millionen winziger Teilchen zerbröckelt, die wie Hagelkörner an ihnen hinabrieselten.

Weit vornübergebeugt und mühsam um Atem ringend, blieb Justine schließlich unten am Strand stehen, um sich unter heftigem Würgen zu übergeben. Nicholas neben ihr atmete tief und ruhig durch. *Prana.* Von dem Augenblick an, als er aufgewacht war, hatte er sich die ganze Zeit einer ganz speziellen Atemtechnik bedient.

Er strich Justine beruhigend übers Haar und legte ihr den Arm um die Schultern. Die ganze Körperbehaarung an seinem linken Arm war versengt, aber ansonsten war er unverletzt.

In der Ferne waren bereits die ersten Sirenen zu hören. Offensichtlich hatte ein Nachbar die Feuerwehr verständigt. Währenddessen kamen aus den umliegenden Häusern mehrere Leute auf sie zugeeilt. Sie hatten Verbandskästen und Decken bei sich. Eine davon warf Nicholas Justine über die Schulter. Jemand rieb ihm den linken Arm mit Brandsalbe ein. Aber sonst konnten sie nur hilflos mit ansehen, wie das herrliche Haus unaufhaltsam niederbrannte. Da es wie die meisten Häuser im East End von Long Island aus Holz gebaut war, hatte sich das Feuer in kürzester Zeit überall ausgebreitet.

»Was ist passiert?« wollte jemand wissen. »Wie ist das Feuer ausgebrochen?«

»Keine Ahnung«, antwortete Nicholas, obwohl er es natürlich genau wußte. Dahinter konnte nur einer stecken: Senjin Omukae, der *Dorokusai.* Niemand anderer als er hatte das Feuer gelegt. Aber warum? Um ihn und Justine zu töten? Auf so unpersönliche Art? Das konnte sich Nicholas schwerlich vorstellen. Aber was könnte er sonst damit bezweckt haben? Nicholas versetzte sich wieder in *Getsumei no michi,* und im selben Augenblick wußte er auch die Antwort. Die Smaragde! Seine Reaktion beim Ausbruch des Feuers sollte Senjin verraten, ob sich die fehlenden Steine im Haus befanden oder ob sie an einem anderen Ort versteckt waren.

Am ganzen Körper zitternd, vergrub Justine das Gesicht an Nicholas' Brust. Schützend legte er darauf seinen Arm um sie. »Mein Gott, Nick«, stieß sie fassungslos hervor. »Das schöne Haus. Es ist für immer verloren.«

In diesem Augenblick kamen die ersten Löschzüge angefahren. Feuerwehrleute sprangen heraus und machten sich daran, die Schläuche auszurollen, so daß sie schon nach wenigen Minuten mit dem Löschen beginnen konnten. Obwohl die Feuerwehr alles tat, den Brand einzudämmen, war Nicholas längst klar, daß das Haus nicht mehr zu retten war. Das Feuer hatte bereits zu weit um sich gegriffen, als daß es noch unter Kontrolle hätte gebracht werden können.

»Vorsicht!« schrie ein Feuerwehrmann, als plötzlich unter heftigem Funkensprühen der Dachstuhl einstürzte. Lodernde Stichflammen schossen in den sternklaren Nachthimmel hoch. Den Umstehenden entlockte dieses beeindruckende Schauspiel laute Ahs und Ohs, als handelte es sich dabei um ein Feuerwerk. »Zurückbleiben! Lebensgefahr!«

Hilflos mußte Nicholas mit ansehen, wie ein Teil seiner Vergangenheit ein Raub der Flammen wurde. Justine hatte recht: Das schöne Haus war für immer verloren.

Albemarle öffnete die Tür der Arrestzelle und trat zur Seite. »Sie sind wieder ein freier Mann, Senator Branding. So leid es mir tut – mir haben die Umstände keine andere Wahl gelassen, als Sie vorübergehend festzunehmen.« Er zuckte mit den Schultern. »Bedauerlicherweise zwingt einen die Pflicht hin und wieder, Dinge zu tun, die man nur sehr ungern tut. Und genau das war einer dieser Fälle.«

Wortlos sah Branding den Detektiv an. Seinen Smoking hatte er sich nachlässig über die Schultern geworfen. Die Hemdsärmel hatte er hochgekrempelt, den Kummerbund in die Hosentasche gestopft.

Er kam aus der Zelle. »Hätten Sie vielleicht die Güte, mir zu erklären, was das Ganze eigentlich soll?«

Erst jetzt trat Shisei, die bisher in einer dunklen Ecke des engen Korridors gestanden hatte, in den Schein der kalten Neonbeleuchtung. Albemarle hatte sie durch eine Hintertür in das Polizeigebäude geführt, da der Haupteingang bereits von einer Meute von Journalisten belagert wurde.

Das erste, was Shisei sagte, war: »Howe ist tot, Cook. Er hat sich heute abend erschossen.«

»Was?«

Als Branding dem Detektiv einen fragenden Blick zuwarf, nickte dieser bestätigend, enthielt sich aber jedes weiteren Kommentars.

Darauf fuhr Shisei fort: »Offensichtlich sah Howe angesichts deines sich immer deutlicher abzeichnenden Erfolgs keinen anderen Ausweg mehr, als zu recht drastischen Maßnahmen zu greifen. Nachdem es zwischen ihm und Brisling zum Streit gekommen war, in dessen Verlauf er seinen Assistenten umbrachte, versuchte er, seinen Tod dir anzulasten.«

»Das kann doch nicht dein Ernst sein.«

»Genau so stellt sich uns der Sachverhalt mittlerweile allerdings dar«, nickte Albemarle zustimmend und führte sie den langen Flur hinunter. »Ich muß Sie bitten, mir noch ein paar Formulare zu unterzeichnen, Herr Senator. Außerdem bekommen Sie Ihre Sachen wieder zurück.« Er drehte sich kurz um. »Falls Sie ein paar Ihrer Freunde bei den Medien lieber schon von hier anrufen wollen, bitte: Das Telefon steht Ihnen jederzeit zur Verfügung. Vor dem Eingang wartet nämlich schon eine ganze Meute auf Sie. Selbstverständlich bleibt es ganz Ihnen überlassen, ob Sie mit ihnen sprechen wollen. Wenn Sie das allerdings nicht wollen, können wir Sie selbstverständlich jederzeit unerkannt aus dem Gebäude schaffen.«

Branding nickte. »Vielen Dank.«

Die nötigen Formalitäten erledigten sie in Albemarles chaotischem Büroabteil. »Großen Staat kann man damit zwar nicht machen«, meinte er entschuldigend. »Aber immerhin gehört es mir ganz allein.«

»Immer noch besser als eine Arrestzelle«, versicherte ihm Branding schmunzelnd.

Während Branding die verschiedenen Formulare unterzeichnete, ging Albemarle seine Sachen holen.

Branding und Shisei sahen sich lange wortlos an.

»In der Zelle mußte ich immer nur an dich denken«, brach

Branding schließlich das Schweigen. »Ich war vielleicht wütend auf dich.«

Shisei sah ihn unverwandt an. »Soll das heißen, daß du das jetzt nicht mehr bist?«

»Was interessiert dich das eigentlich noch?« entgegnete Branding bitter. »Du hast mich ganz schön zum Narren gehalten.«

»Glaubst du das wirklich?«

»Versuche mir doch nichts vorzumachen. Das glaube ich nicht nur – das *weiß* ich.«

In diesem Moment erschien Albemarle in der offenen Tür. Branding und Shisei verfielen in betretenes Schweigen.

Besorgt sah der Detektiv von einem zum anderen. »Ein kleiner Streit unter Freunden?« Achselzuckend ließ er sich auf seinen Schreibtisch nieder. »Na ja, geht mich ja nichts an.« Er öffnete einen braunen Umschlag und sagte zu Branding: »Vergewissern Sie sich bitte selbst, ob auch nichts fehlt.«

»Alles da«, bestätigte ihm Branding und steckte Brieftasche, Schlüsselbund, Adreßbuch und noch verschiedene andere persönliche Gegenstände ein.

»Wenn Sie mir bitte diese Empfangsbescheinigung unterzeichnen würden«, erklärte Albemarle in einem Ton, als wäre der offizielle Teil damit beendet. »Was ich Ihnen jetzt noch privat zu sagen habe, können Sie meinetwegen auffassen, wie Sie wollen, Senator Branding: Ihre Begleiterin hat wirklich Mut bewiesen. Natürlich bin ich über die näheren Einzelheiten Ihrer Beziehung nicht im Bilde – geht mich schließlich auch nichts an.« Er hob die Schultern. »Aber eines sollten Sie trotzdem wissen: Sie hat nichts unversucht gelassen, Sie freizubekommen. Sie wußte, daß Sie Brisling nicht ermordet haben. Um das zu beweisen, ist sie nicht einmal davor zurückgeschreckt, sich selbst schwer zu belasten.« Nachlässig warf der Detektiv die von Branding unterzeichnete Empfangsbestätigung auf seinen Schreibtisch. »Und das will einiges heißen – finde ich zumindest.« Er lächelte. »Aber ich meine, wen interessiert hier schon meine Meinung?«

Er rutschte von der Schreibtischkante. »Gute Nacht, Senator, und alles Gute.« An der Tür drehte er sich noch einmal um. »Fühlen Sie sich hier wie zu Hause. Die Herren von der Presse können es schon kaum mehr erwarten, ein paar Einzelheiten von mir zu erfahren. Falls ich Sie anschließend unbemerkt nach Hause bringen soll, stehe ich Ihnen selbstverständlich jederzeit gern zur Verfügung. Wenn Sie telefonieren wollen – wählen Sie erst eine Neun. Aber wie gesagt, das bleibt selbstverständlich ganz Ihnen überlassen. Sie haben schließlich nicht zum erstenmal mit der Presse zu tun.«

Wieder allein, sahen sich Shisei und Branding lange wortlos an. Als ihr klar wurde, daß er ihr nichts mehr zu sagen hatte, griff sie nach ihrer Handtasche.

»Warte noch einen Moment«, hielt sie Branding jedoch zurück.

»Das hast du schon einmal gesagt«, entgegnete sie. »Und hast du denn noch immer nicht gemerkt, was dir das Ganze eingetragen hat? Nichts als Scherereien.«

»Was für Scherereien?«

Als sie ihm darauf keine Antwort gab, griff er nach dem Telefon auf Albemarles Schreibtisch und rief der Reihe nach seine wichtigsten Kontaktleute bei den Medien an. Es war keiner unter ihnen, den er nicht erreichte. Viele von ihnen warteten bereits vor dem Eingang des Polizeigebäudes, wo sie per Funktelefon ständig erreichbar waren. So etwas wie Feierabend kannten diese Leute nicht. Sie waren süchtig nach Neuigkeiten. Der Medienrummel war ihr ganzes Leben.

Fünfundvierzig Minuten später hatte sie Branding alle durch. »So, das wäre geschafft«, seufzte er, um zu guter Letzt noch seine Pressereferentin anzurufen. »Ich werde morgen eine Pressekonferenz abhalten – nein, nicht am Vormittag. Da ich bereits eine vorläufige Presseerklärung abgegeben habe, wird sie das bis auf weiteres bei Laune halten. Nein, wir werden sie am Abend abhalten – zur besten Sendezeit, wenn wir der Aufmerksamkeit der ganzen Nation gewiß sein können. Wenn schon, denn schon. Außerdem werden wir die Konferenz in S Vierzehn abhalten.« Damit war Brandings Privatbüro im Capitol gemeint. »Lassen Sie ruhig auch die Kameraleute und die Fotografen rein. Wir werden einen Wirbel veranstalten, der sich gewaschen hat. Sollen die Medien die Sache ruhig ausschlachten. Auf diese Weise bekommen wir die bestmögliche Publicity, und dann werden wir den Spieß herumdrehen und nicht nur verlorenen Boden wettmachen, sondern sogar noch ein paar zusätzliche Punkte hinzugewinnen. Ich sage Ihnen, das wird eine Sensation wie damals das Attentat auf Reagan. Wenn die Öffentlichkeit erfährt, was Howe mit mir vorhatte, werde ich über Nacht zum Helden der ganzen Nation. Ach, und noch etwas, Maureen: Ich möchte auch, daß dieser Detektiv – er heißt Albemarle...« Er warf einen kurzen Blick auf seine Unterlagen. »Phillip Albemarle.« Er gab ihr auch noch seine Telefonnummer durch. »Ich möchte, daß er an der Pressekonferenz teilnimmt. Nein. Oben, neben mir. Seite an Seite. Ganz richtig. Sie wissen schon. Die Presse wird begeistert sein. Vermutlich werden sie uns als zwei verwandte Seelen hochstilisieren. Genau. Leiten Sie also schon mal alles Nötige in die Wege. Bis morgen. Ach, und noch etwas, Maureen: vielen Dank.« Branding legte den Hörer auf und seufzte: »So, das wäre geschafft.«

»Wo ist dein Anwalt?«

»Er war während der Vernehmung die ganze Zeit hier. Als sie mich dann wieder in die Arrestzelle brachten, ist er los, um eine vorläufige Verfügung für meine Freilassung zu erwirken. Vermutlich ist er immer noch unterwegs.« Plötzlich mußte Branding lachen. »Sein Pech.« Er stand auf und sah Shisei fragend an. »Und was ist mit dir? Kommst du mit?«

Shisei rührte sich nicht von der Stelle. »Ich möchte dir alles erzählen, was passiert ist.«

Branding sah sie erstaunt an. »Warum glaubst du eigentlich, du müßtest mir ständig irgendwelche Lügen auftischen?«

»Mir war dieses Feraud-Kostüm, das ich beim Bankett getragen habe, von Anfang an zuwider. Ich habe es sofort verbrannt, als du weg warst.«

Branding sah sie nur stumm an.

Als Shisei seinem Blick nicht mehr länger standhalten konnte, schaute sie betreten zu Boden. »Ich weiß auch nicht«, sagte sie schließlich so kleinlaut, wie er sie bisher noch nie erlebt hatte.

»Na gut«, brummte Branding. »Das ist immerhin schon mal ein Anfang.«

Bei ihrem zweiten Treffen gab sich Kusunda Ikusa nicht mit langen Formalitäten ab. Er ging auf Masuto Ishii zu und drückte ihm mit verächtlicher Miene einen dicken Umschlag in die Hand. »Hier ist Ihr Geld.«

Da niemand in der Nähe war, öffnete Ishii den Umschlag und sah hinein. »Danke, Ikusa-san. Vielen Dank.« Er konnte gar nicht mehr aufhören, sich zu verbeugen.

»Schon gut«, unterbrach Ikusa seine überschwenglichen Dankesbezeugungen unwirsch. »Was haben Sie für mich?« Verflogen war die unerschütterliche Ruhe, die er noch am Tag zuvor an den Tag gelegt hatte. Andrerseits war natürlich auch am Tag zuvor noch dieser lästige kleine Schnüffler gut beschwert auf dem Grund des Sumida gelegen und hatte den Fischen guten Tag gesagt. Wie war es möglich, daß seine Leiche plötzlich an die Oberfläche getrieben war? Nicht, daß die Polizei irgendeinen Zusammenhang zwischen ihm und dem Toten hätte herstellen können; aber er glaubte nun man an Vorzeichen. Und wenn das kein böses Omen war…

»Sie hatten übrigens recht.« Ishii ließ den Umschlag in seiner Jackentasche verschwinden. »Nangi-san holt zum Gegenschlag gegen Sie aus. Und zu diesem Zweck versucht er, seine alten Freunde vom Wirtschaftsministerium auf seine Seite zu bringen.«

»Hab' ich's doch gewußt!« stieß Ikusa triumphierend hervor. Einerseits ärgerte es ihn zwar, daß Nangi so viele Jahre nach seinem Ausscheiden aus dem Wirtschaftsministerium noch so viele Freunde dort hatte. Andrerseits kam ihm diese Gelegenheit jedoch gerade recht, um den Herren vom Ministerium mal ordentlich die Zähne zu zeigen. Denn im Grunde genommen war ihm schon eine ganze Weile klar, daß eine solche Auseinandersetzung früher oder später unausweichlich war. Zu viele Angehörige des Wirtschaftsministeriums beobachteten seinen unaufhaltsamen Machtzuwachs mit immer unverhohlenerem Mißtrauen. Und gerade jetzt, nach dem Tod des Kaisers, hatte sich dieser Konflikt dramatisch zugespitzt, da der neue Kaiser kein Hehl daraus machte, daß er sich in wichtigen politischen Entscheidungen vor allem auf den Rat von Nami stützte – eine Entwicklung, die die Leute vom Wirtschaftsministerium, die bei der Durchsetzung ihrer Politik bis vor kurzem kaum mit Widerstand zu rechnen gehabt hatten, mit wachsender Beunruhigung verfolgten.

Vielleicht war nun der Zeitpunkt gekommen, um eine endgültige Entscheidung dieses sich unaufhaltsam zuspitzenden Machtkampfs herbeizuführen. Welches Staatsschiff hätte sich auf Dauer schon von zwei Kommandanten gleichzeitig lenken lassen?

Na gut, dachte Ikusa, wenn Nangi auf eine Machtprobe aus ist – an mir soll's nicht liegen. Außerdem befinde ich mich ihm gegenüber schon allein deshalb im Vorteil, weil ich über seine Pläne informiert bin.

Ikusa wandte sich wieder Ishii zu. »Welche Gegenmaßnahmen gedenkt Nangi zu diesem Zweck zu ergreifen?«

»Offensichtlich bemüht er sich um umfangreiche Kredite.« Da Ikusa in seiner Erregung immer schneller ging, hatte Ishii Mühe, mit ihm Schritt zu halten. »Darauf deutet zumindest die Zusammensetzung des Personenkreises hin, mit dem er in letzter Zeit vorwiegend verkehrt hat.« Ishii zählte kurz die Namen von vier hohen Beamten des Wirtschaftsministeriums auf. »Jeder dieser Herren ist für seine engen Kontakte zu einer unserer Großbanken bekannt. Vermutlich erhofft sich Nangi-san von ihrer Seite die entsprechenden Stützungsmaßnahmen für den Konzern.«

»Und was erwarten die Banken als Gegenleistung?«

»Das ist doch gerade das Verrückte. Nangi mußte dafür nicht ein einziges Unternehmen des Konzerns als Sicherheit anbieten.« Ishii holte tief Luft. »Er hat ihnen lediglich Ihren Kopf versprochen.«

Ein Schlüssel. Aber wofür? Nangi hatte keine Ahnung.

»Als erstes werden wir die Wohnung des Hamsters durchsuchen«, schlug Tomi vor.

»Das wäre reine Zeitverschwendung.« Kopfschüttelnd drehte Nangi den winzigen Schlüssel zwischen seinen Fingern. »Aus Sicherheitsgründen hat der Hamster wichtige Daten nie in seiner Wohnung aufbewahrt. Deshalb würde es mich sehr wundern, wenn er ausgerechnet in diesem Fall gegen diesen Grundsatz verstoßen haben sollte.«

»Trotzdem sollten wir der Gründlichkeit halber erst einmal seine Wohnung durchsuchen – zumindest, solange Sie nicht mit einem besseren Vorschlag aufwarten können, wozu dieser Schlüssel gehören könnte.«

Drei Stunden später hatten sie Gewißheit, daß es in der Wohnung des Gangsters tatsächlich keinen Safe oder ein verstecktes Geheimfach gab.

»Wie es hier aussieht!« Tomi warf einen letzten Blick auf das Chaos, das sie hinterlassen hatten. »Der reinste Saustall.«

Draußen auf dem Flur sagte sie: »Wie es scheint, hatte der Hamster tatsächlich keinen Safe.«

»Das habe ich Ihnen doch gleich gesagt«, entgegnete Nangi. »In seinem Job wäre so etwas ja auch sträflicher Leichtsinn gewesen.«

»Was war denn nun eigentlich sein Job?«

Nangi lächelte. »Er hat Informationen gesammelt. Ich kenne niemanden, der darin besser war als er.«

»Na schön. Der Schlüssel gehört also nicht zu einem Schrank oder Safe in seiner Wohnung. Ist ja auch durchaus einleuchtend. Andrerseits dürfte ihm in seinem Job viel daran gelegen gewesen sein, daß er zu wichtigen Informationen jederzeit Zugang hatte.« Nachdenklich schüttelte Tomi den Kopf. »Das heißt im Grunde nichts anderes, daß wir nun jedes Schließfach in sämtlichen Bahnhöfen von Tokio überprüfen dürfen.«

»In diesem Punkt bin ich anderer Meinung«, widersprach ihr Nangi. »Der Schlüssel hat keine Nummer. Demnach kann er schwerlich zu einem öffentlichen Schließfach gehören.«

»Aber wozu gehört er dann?«

Nangi dachte nach. In seinem Hinterkopf hatte sich plötzlich eine vage Idee zu formen begonnen. Und mit einem Mal leuchteten seine Augen auf. »Kommen Sie, wir werden eine Partie Pachinko spielen.«

Der Pachinko-Salon in der Ginza war laut, hektisch, verräuchert und, was das Wichtigste war, rund um die Uhr geöffnet.

Nachdem Nangi an der Kasse einen Chip gekauft hatte, ging er an den langen Reihen der Spielautomaten entlang. Siebte Reihe, sechster Automat. Hier hatte der Hamster immer gespielt.

Im Augenblick war jedoch an dem Automaten ein junger Bursche mit einem pinkfarbenen Irokesenhaarschnitt zugange. Er trug schwere Stiefel mit Eisen an den Absätzen, eine schwarze Nietenjacke und eine kurze, schwarze Lederjacke. Jedesmal, wenn er die kleine Stahlkugel in den Automaten schnellen ließ, begannen die Ketten, mit denen er sich behängt hatte, leise zu klirren. Offensichtlich war der Junge ein Könner. Am Ende spuckte der Automat nämlich jedesmal eine wahre Flut von Spielmarken aus.

»Das kann ja ewig dauern«, stöhnte Nangi.

Tomi zückte ihren Dienstausweis und hielt ihn dem Jungen unter die Nase.

»Was soll'n das?« nölte er sie an.

»Zieh Leine.« Tomi sah ihn scharf an. »Oder ich buchte dich auf der Stelle ein.«

»Ach!« schnaubte der Junge. »Und wofür, wenn ich fragen darf?«

»Deine Frisur ist hier ein bißchen im Weg, Kleiner«, zischte Tomi und ließ ihn kurz ihren Dienstrevolver sehen.

Nachdem sich der Junge daraufhin verdrückte, wandte sie sich wieder Nangi zu. »Und was nun?«

»Das werden wir gleich sehen.« Er reichte ihr die Spielmarke. »Da, versuchen Sie mal Ihr Glück.«

Tomi steckte den Chip in den Schlitz und begann zu spielen. Währenddessen trat Nangi neben den Automaten und bückte sich. Da war sie – die Klappe, hinter der der Hamster seine Chips versteckt hatte. Sein Herz begann rascher zu schlagen. In der linken oberen Ecke der Klappe befand sich ein Schlüsselloch.

»Was tun Sie denn da?« fragte Tomi erstaunt.

»Mein letztes Treffen mit dem Hamster hat genau hier, an diesem Automaten, stattgefunden. Zum Teil war das natürlich eine Vorsichtsmaßnahme. Bei dem Lärm hier versagen sogar die raffiniertesten elektronischen Abhörgeräte. Aber dieser Spielsalon war auch der Ort, an den er sich immer zurückzog, wenn er in Ruhe nachdenken wollte. Er hat immer nur an diesem Automaten gespielt. Erst konnte ich das nicht recht verstehen – bis er irgendwann diese Klappe öffnete und ein paar neue Chips herausholte.«

»Na gut, das mag ja alles schön und gut sein...« Tomi wurde langsam etwas ungeduldig.

»Das war aber noch nicht alles«, fuhr Nangi fort.

Andrerseits dürfte ihm in seinem Job viel daran gelegen gewesen sein, daß er zu wichtigen Informationen jederzeit Zugang hatte. Diese beiläufige Bemerkung Tomis hatte Nangi auf die Idee mit dem rund um die Uhr geöffneten Pachinko-Salon gebracht.

Er holte den Schlüssel aus seiner Tasche und steckte ihn ins Schloß. Paßte genau. Nangi versuchte, ihn nach rechts zu drehen. Nichts passierte. Der Schlüssel ließ sich nicht bewegen. Sein momentaner Triumph wich tiefer Enttäuschung. Doch dann probierte er es links herum.

Die Klappe sprang auf. Nangi steckte seine Hand in die Öffnung. Schon nach wenigen Augenblicken ertasteten seine Fingerspitzen einen kleinen, flachen Gegenstand, der mit Klebeband an der Decke des winzigen Abteils befestigt war. Hastig riß Nangi ihn los und zog ihn aus der Öffnung. Es war eine Tonbandkassette.

Volltreffer!

Mit hundertfünfzig raste Nicholas in Richtung Westen über den Long Island Expressway. Neben ihm, auf dem Beifahrersitz der Corvette, hatte sich Justine in eine Decke gewikkelt und schlief. Jedesmal, wenn sie im Schlaf leise stöhnte, warf Nicholas einen besorgten Blick zu ihr hinüber und legte ihr tröstend seine Hand auf den Schenkel.

Es war halb fünf Uhr morgens. Der Himmel war wie aus Perlmutt. Nur direkt über dem Horizont waren die Wolken bereits in zartes Rosa getaucht.

Nicholas hatte das Verdeck nach hinten geklappt. Der Wind, der ihm das Haar zerzauste, wehte ihm den Brandgeruch aus der Nase.

Da das Haus restlos niedergebrannt war, hatten er und Justine sich von Nachbarn ein paar Kleider leihen müssen.

Obwohl er genau wußte, daß das vollkommen überflüssig war, sah Nicholas immer wieder nervös auf den kleinen Radarschirm an der Innenseite der Sonnenblende. Schließlich hätte ihn auch der Piepton unverzüglich auf eine Radarfalle der Polizei aufmerksam gemacht. Aber er brauchte einfach irgend etwas, um sich während der endlosen Fahrt in die Stadt von seinen quälenden Gedanken abzulenken.

Er brauchte genau eine Stunde und fünfzehn Minuten für die Strecke von West Bay Bridge nach New York. Als er an der Mautstelle des Queens-Midtown Tunnel vom Gas ging, wachte Justine auf.

Sie streckte sich und fragte: »Wie spät ist es?«

»Zu früh, um schon aufzustehen.« Nicholas fuhr in den Tunnel. »Versuch, noch ein bißchen zu schlafen.«

Justine rieb sich die Augen. »Wenn ich nur nicht ständig diese schrecklichen Alpträume hätte. Nick, ich habe von Saigo geträumt. Und dann hat er sich plötzlich in dich verwandelt.«

Schaudernd mußte Nicholas an Kansatsus Worte denken. *Dein ganzes Leben lang bist du dem Dunkel ausgewichen.* Und an seine Antwort darauf: *Aber das würde doch bedeuten, daß ich genau wie Saigo bin.* Zu Justine sagte er jedoch nur: »Dieser Senjin ist nicht wie Saigo. Du mußt dir vor allem über eines klarwerden: Saigo war sozusagen der Inbegriff alles Bösen. Dagegen befindet sich Senjin, der *Dorokusai*, jenseits von Gut und Böse. So etwas wie moralische Maßstäbe gibt es für ihn nicht mehr. Darüber hat er sich längst hinweggesetzt – oder zumindest glaubt er das.«

»Was ist nun wirklich der Fall? Hat er sich tatsächlich darüber hinweggesetzt oder bildet er sich das nur ein?«

Inzwischen hatten sie Manhattan erreicht. Nicholas fuhr in Richtung Downtown weiter.

»Das weiß ich selbst nicht. Allerdings kommt es darauf auch gar nicht an. Im Augenblick zählt nur eines: Was hat Senjin vor? Wenn ich das weiß, weiß ich auch alles über ihn.«

Er fuhr die ganze Second Avenue bis zur Houston hinunter. In Soho bog er in die Greene Street und hielt nach wenigen Metern vor ein paar alten Fabrikgebäuden an. Noch bis vor wenigen Jahren waren hier tatsächlich ein paar textilverarbeitende Betriebe untergebracht gewesen. Inzwischen waren die ehemaligen Industriebauten allerdings in sündteure Lofts umgewandelt worden.

Nicholas nahm Justine am Arm und ging mit ihr auf eine dunkelgrün lackierte Metalltür zu, die mit drei Medeco-Schlössern gesichert war. Daneben war ein Klingelschild mit Sprechanlage angebracht. Über dem Eingang linste eine Videokamera auf sie herab.

Nicholas drückte auf den Klingelknopf mit der mysteriösen Aufschrift Con Tower. Gleich darauf ertönte ein leises Summen, und die Tür sprang auf.

Sobald sie wieder hinter ihnen zufiel, waren sie von undurchdringlichem Dunkel umgeben. Eine Minute verstrich, dann noch eine. Nicholas rührte sich nicht von der Stelle. Auch Justine stand wie angewurzelt im Dunkeln. Sie spürte ganz deutlich, daß Nicholas neben ihr vollkommen entspannt war. Und mehr brauchte sie im Augenblick nicht zu wissen.

Als plötzlich ohne Vorwarnung das Licht anging, mußte Justine heftig blinzeln. Von allen Seiten starrte ihnen ihr Spiegelbild entgegen. In Justine rief das einen seltsamen Schwindeleffekt hervor, der erst verflog, als sich in den verspiegelten Wänden eine Tür öffnete, durch die sie Nicholas folgte.

Dahinter tat sich ein riesiger kathedralenartiger Raum auf, dessen sanft gerundete Wände Justine unwillkürlich an die

Wölbungen eines menschlichen Körpers erinnerten. An einigen Wänden hingen gigantische Leinwände – lichtdurchflutete Landschaften in postimpressionistischer Manier.

Die Einrichtung bestand aus einer ebenso extravaganten wie raffinierten Kombination aus modernen Möbeln und kostbaren japanischen Antiquitäten. Vor einer nach außen gewölbten Wand stand eine lebensgroße Figur eines Kabuki-Schauspielers, der eine Frauengestalt verkörperte. Die Mitte des Raums nahm ein riesiger Buddha aus vergoldetem Holz ein. Trotz all dieser sehr konträren Elemente strahlte die Einrichtung des Raums jedoch eine tiefe Ruhe und Harmonie aus.

Sie wurden von einem Japaner erwartet, der ihnen finster entgegenstarrte. Justine konnte seine Anspannung ganz deutlich spüren, zumal er auch keinerlei Anstalten machte, sie zu verbergen.

»Das ist aber schnell gegangen, Tick-Tick«, begrüßte sie der Mann. »Zu schnell sogar, würde ich sagen.«

Erst jetzt erkannte ihn Justine. »Conny?« rief sie überrascht. »Conny Tanaka?«

»*Hai*!« Conny wirkte sichtlich verlegen, als sich ihm Justine stürmisch um den Hals warf.

Nicholas lachte. »Du solltest mal dein Gesicht sehen, Tanaka-san.«

Conny stöhnte nur.

»Deine neue Wohnung ist einfach fantastisch«, schwärmte Justine.

»Du solltest erst den Rest davon sehen« bemerkte Nicholas schmunzelnd.

»Tick-Tick?« Conny sah ihn stirnrunzelnd an. »Ich habe mir das Band, das du mir gegeben hast, bereits angehört. Aber so schnell bin ich nun auch wieder nicht. Nicht, daß ich mich über euren Besuch nicht freue, aber ich hatte damit eigentlich erst in ein paar Tagen gerechnet.«

»Leider hat sich die Lage dramatisch zugespitzt.« Nicholas ließ sich in eine vorzügliche Nachbildung eines Louis XIV-Sofas sinken. »Der *Dorokusai* hat unser Haus in Brand gesteckt.«

Conny stieß einen wilden japanischen Fluch aus, den Justine nicht verstand. Doch er hatte sich rasch wieder beruhigt und sagte, wieder in Englisch: »Ich werde erst mal Tee machen.«

Entsetzt starrte Justine Nicholas an. »Warum hast du mir nicht gleich gesagt, daß Senjin unser Haus angezündet hat?«

»Du hättest dir nur unnötig Sorgen gemacht«, erwiderte Nicholas.

»Aber woher hat er gewußt, wo er mich finden würde?« Fast schien es, als flehte sie Nicholas an, er solle ihr doch sagen, daß das Ganze nur ein schlechter Scherz oder zumindest ein Alptraum war, aus dem es irgendwann ein Erwachen gab.

»Ich fürchte, du hast es ihm selbst gesagt.« Auf keinen Fall durfte er jetzt durchblicken lassen, daß sie dem *Dorokusai* auch das Versteck der magischen Steine verraten hatte. Denn die Schuldgefühle, die das in ihr hervorgerufen hätte, hätte sie in der augenblicklichen Situation sicher nicht mehr verkraftet.

»Nick, um Himmels willen! Was habe ich ihm sonst noch gesagt? Ich kann mich an nichts mehr erinnern.«

»Woher soll ich das wissen?«

Niedergeschlagen ließ Justine die Schultern hängen. Sie schien am Ende ihrer Kräfte. Erst als Conny mit dem Tee zurückkam, hatte sie sich wieder einigermaßen im Griff.

Keine Krise ohne Teezeremonie, mußte sie unwillkürlich denken. Dieser alte Brauch hatte durchaus auch seine guten Seiten. Indem man sich eine Weile voll und ganz auf das strengstens festgelegte Ritual der Teezubereitung konzentrierte, bekam man wie von selbst wieder einen klaren Kopf. Und das war doch schließlich das Allerwichtigste, wenn man sich in einer verfahrenen Situation über sein weiteres Vorgehen klarwerden wollte.

Nachdem sie also unter strikter Einhaltung des traditionellen Zeremoniells Tee getrunken hatten, erzählte Nicholas Conny von den jüngsten Vorfällen und was es damit seiner Meinung nach auf sich hatte. Letzteres war zum größten Teil auch für Justine vollkommen neu. Sie folgte den Ausführungen ihres Mannes mit wachsendem Entsetzen.

»Und was soll ich nun tun, Tick-Tick?« fragte Conny, als Nicholas geendet hatte.

»Das Beste ist, wenn du zu Ende führst, worum ich dich gebeten habe.« Nicholas sah ihn eindringlich an. »Außerdem brauche ich Bargeld, Kreditkarten, Führerschein und sonstige Papiere. Aber das können auch die Leute im Büro für mich erledigen. Leider kann ich mich bei der Durchführung meines Vorhabens nicht auf fremde Hilfe stützen. Diese Angelegenheit kann nur ich ganz allein bereinigen. Du könntest mir allerdings einen großen Gefallen erweisen, wenn du dich in der Zwischenzeit um Justine kümmern würdest.«

»Nick!« protestierte Justine, bevor Conny etwas erwidern konnte. »Ich weiche keinen Schritt von deiner Seite. Glaubst du im Ernst, ich würde untätig hier herumsitzen, während du...«

Nicholas setzte sich neben sie und ergriff behutsam ihre Hand. »Von untätig Herumsitzen kann hier überhaupt nicht die Rede sein«, sagte er schließlich in einem Ton, den Justine nur zu gut kannte. »Jedem von uns fällt bei unserem Vorhaben eine wichtige Rolle zu. Und unser Plan kann nur gelingen, wenn sich jeder von uns strikt an seine Rolle hält.«

Justine sah ihn kurz flehentlich an, um aber dann doch zu nicken.

»Wie ich dich kenne«, schaltete sich Conny wieder in die Unterhaltung ein, »hast du diesen Kerl auf dem Weg hierher sicher abgeschüttelt. Warum tauchst du also nicht einfach eine Weile unter und läßt etwas Gras über die Sache wachsen...«

»Früher oder später wird er mich auf jeden Fall wieder aufspüren, Conny«, unterbrach ihn Nicholas entschieden. »Vor dem *Dorokusai* gibt es kein Entrinnen. Es ist nur eine Frage der Zeit, wann er mich findet.«

»Aber wir könnten doch...«

»Es hat keinen Sinn, das Unvermeidliche verhindern zu wollen«, erklärte Nicholas bestimmt. »Das wäre reine Energieverschwendung. Und wir werden schon sehr bald alle unsere Kräfte brauchen.« Als ihn Justine daraufhin nur mit wachsendem Entsetzen anstarrte, drückte er sie tröstend fester an sich. »Wir haben gegen diesen Kerl nur eine Chance, wenn es uns gelingt, ihm eine Falle zu stellen. Dazu brauchen wir allerdings einen Lockvogel. Und im Augenblick, in dem er zupacken will, schnappen wir ihn uns.«

»Hört sich nicht übel an«, nickte Conny beifällig.

»Aber unser Plan darf auf keinen Fall schiefgehen«, sagte Nicholas ernst. »Er ist unsere einzige Chance.«

Conny räumte das Teegeschirr ab und verschwand damit hinter einem antiken japanischen Wandschirm, auf dem mehrere weiße Reiher über ein Meer aus Gold und Grüntönen schwebten.

Nicholas wandte sich wieder Justine zu und sah sie lange eindringlich an, bevor er sagte: »Wenn du wüßtest, wieviel mir an dir liegt.«

»Ach Nick.« Schluchzend ließ Justine ihren Kopf gegen seine Brust sinken. »Ich habe solche Angst. Da habe ich dich nun endlich wieder, und plötzlich taucht dieser Senjin wieder auf...«

Behutsam legte ihr Nicholas den Zeigefinger auf die Lippen.

»Hab keine Angst. Du mußt nur Vertrauen in mich haben!«

»Wichtige Notiz«, tönte die blecherne Stimme des Hamsters aus dem Minirecorder. Wie alle übrigen Vermerke war auch dieser genauestens datiert. »Betrifft: Virus-Attacke auf Sato. Diskette mit Virusdaten an Mickey zur Analyse weitergegeben. Soll sie in achtundvierzig Stunden wieder anrufen... Wichtige Notiz: Habe Mickey angerufen. Im Augenblick tappt sie noch im dunkeln. Vollkommen neuartiger Virustyp. Hört sich nicht gut an. Zum Glück scheint sie der Fall brennend zu interessieren. Sie will dem Geheimnis dieses Virus unbedingt auf die Spur kommen. Ich soll sie täglich anrufen... Wichtige Notiz: Mickey angerufen. Nichts Neues... Wichtige Notiz: Mickey angerufen. Noch immer nichts... Wichtige Notiz: Mickey sagt, Virus verändert sich ständig. Soweit sich das bisher feststellen läßt, macht sich das Virus das Sicherungssystem des befallenen Datennetzes zunutze, um sozusagen mit seiner Hilfe an die geschützten Dateien heranzukommen... Wichtige Notiz: Laut Mickey ist das Virus nicht dafür gedacht, die befallenen Daten zu löschen oder zu verändern. Vielmehr handelt es sich dabei um einen sogenannten Maulwurf, der es seinem Benutzer ermöglicht, sich unerlaubten Zugang zu streng gesicherten Geheimdaten zu verschaffen. Das Ganze hört sich immer abenteuerlicher an. Mickey läßt das Ganze keine Ruhe mehr; sie arbeitet inzwischen achtzehn Stunden am Tag, um dem Geheimnis dieses Virus auf die Spur zu kommen... Wichtige Notiz: Offensichtlich steht Mickey kurz vor des Rätsels Lösung. Sie ist inzwischen sicher, daß es sich bei der Attacke auf das Datennetz von Sato um eine Art Probelauf gehandelt hat. Außerdem deutet einiges darauf hin, daß das Virus noch nicht voll ausgereift ist. Mickey meint, es gibt eigentlich nur einen, dem so etwas zuzutrauen ist. Und das Verrückte ist: Der Kerl arbeitet für die Forschungsabteilung von Nakano. Zufall? Muß umgehend Nangi anrufen...«

An diesem Punkt war das Band zu Ende, aber die Luft im Raum schien mit einemmal unter Hochspannung zu stehen. Der erste Vermerk stammte von dem Tag unmittelbar nach der Virus-Attacke, an dem sich Nangi in Akihabara zum erstenmal mit dem Hamster getroffen hatte. Den letzten Eintrag hatte der Hamster am Tag vor seinem Verschwinden auf Band gesprochen.

Lange starrte Nangi gedankenverloren auf das winzige Tonbandgerät, das auf Tomis Schreibtisch lag. Tomi ging währenddessen so hektisch vor ihm auf und ab, daß Nangi sie besorgt fragte: »Was haben Sie denn?«

Mit einem gequälten Lächeln blieb Tomi für einen Moment stehen und sah ihn an. »Ach, nichts«, stieß sie angespannt hervor. »Wenn allerdings diese Mickey recht hat, weiß ich, wer hinter diesem Virus steckt.«

Als Nangi erstaunt zu ihr aufschaute, fuhr sie fort: »Sie brauchen mich gar nicht so anzusehen. Ich weiß sogar, wie dieses Virus heißt. MANTIS. Ein Freund von mir hat ihn entwickelt, und wenn man seinen Aussagen Glauben schenken darf, ist MANTIS so anpassungsfähig, daß es sich das Sicherungssystem des befallenen Computers zunutze macht, um sich Zugang zu dessen Dateien zu verschaffen. Genau das Wort ›anpassungsfähig‹ war es, das mich plötzlich stutzen ließ.«

»Ein Freund von Ihnen hat dieses MANTIS-Virus entwikkelt?«

Tomi nickte betreten. »Eigentlich heißt er Seji Kikoko, aber alle nennen ihn nur den Gangster. Er arbeitet für die Forschungsabteilung von Nakano. Ich kenne ihn schon seit Jahren; er ist ein guter Freund von mir. Deshalb kann ich mir unmöglich vorstellen, daß er sich im klaren darüber ist, wofür seine Erfindung verwendet wird.«

»Aber natürlich muß er das wissen«, fiel ihr Nangi ins Wort. »Dieses Virus ist noch so neu, daß vermutlich nur Ihr Freund in der Lage ist, die Resultate der Attacke auf unser Datennetz auszuwerten.«

Tomi nickte und ließ sich schwer auf einen Stuhl niedersinken. Offensichtlich konnte sie das Ganze noch immer nicht recht glauben. »Ich muß unverzüglich mit ihm sprechen. Ich muß wissen, was er...«

»Immer mit der Ruhe«, fiel ihr Nangi ins Wort.

Tomi sah ihn fragend an. »Was halten Sie eigentlich von dem Ganzen?«

»Ich gelange mehr und mehr zu der Überzeugung, daß wir das Opfer eines gigantischen Komplotts geworden sind.« Er sah Tomi eindringlich an. »Jetzt weiß ich, was es bedeutet, plötzlich vor einem Abgrund zu stehen. Nicholas hatte also doch recht. Auf der Fahrt zum Flughafen hat er mir noch einmal mit allem Nachdruck zu verstehen gegeben, daß eine Gruppe von Leuten schon seit Monaten ganz gezielt darauf hinarbeitet, uns zu ruinieren.«

»Aber wer sollte daran ein Interesse haben?«

Nangi verschränkte die Finger über dem Knauf seines Stocks und stützte nachdenklich sein Kinn darauf. »So genau bin ich mir darüber selbst noch nicht im klaren. Im

Grunde genommen geht es mir damit so ähnlich wie mit diesem Virus. Wie diese Mickey so schön gesagt hat: Ich weiß zwar bereits, wie das Ganze funktioniert, aber ich habe bisher noch nicht die leiseste Ahnung, welchem Zweck es eigentlich dienen soll.«

Er warf einen kurzen Blick auf seine Uhr, stand auf und nahm das Tonbandgerät wieder an sich. »Kommen Sie. Ich habe Ihnen etwas Interessantes zu zeigen.«

Als sie in Nangis Haus eintrafen, wurden sie dort bereits von Masuti Ishii erwartet. Umi hatte ihn in der Zwischenzeit mit Tee und Gebäck bewirtet.

Durch das große Panoramafenster des Empfangszimmers hatte man einen herrlichen Blick auf den geschmackvoll angelegten Innengarten. Als Nangi zur Tür hereinkam, stand Ishii unverzüglich auf und verneigte sich tief.

Nachdem Nangi Ishii und Tomi miteinander bekanntgemacht hatte, brachte Umi frischen Tee und ließ sich dann an der Seite ihres Mannes nieder.

»Nun, was gibt es Neues zu berichten«, wandte sich Nangi an Ishii.

Lächelnd holte der Vizepräsident von Sato International eine Videokassette aus seinem Aktenkoffer und überreichte sie Nangi mit einer tiefen Verneigung. »Darauf ist alles genauestens festgehalten. Es kam genauso, wie Sie gesagt haben.«

Mit einem leisen Brummen nahm Nangi die Kassette an sich und schob sie in das Videogerät neben dem Fernsehapparat. Nachdem er sich wieder an Umis Seite niedergelassen hatte, setzte er das Band per Fernbedienung in Betrieb.

Nach kurzem Flimmern erschien ein deutliches Bild auf dem Fernsehschirm. Tomi war sofort klar, daß die Aufnahmen von einem Profi stammen mußte.

Die Szene spielte unverkennbar im Östlichen Park des Kaiserpalastes. Plötzlich kam Ishii ins Bild, und wenig später gesellte sich Kusunda Ikusa zu ihm. Um jegliche Fälschungsvorwürfe von vornherein zu entkräften, waren am unteren Rand des Bildes Uhrzeit und Datum einblendet.

Mit einer schroffen Geste überreichte Ikusa seinem Gegenüber einen dicken Umschlag. Ishii nahm ihn an sich und warf einen kurzen Blick hinein. Währenddessen war die Kamera so nahe herangefahren, daß das dicke Bündel Geldscheine, das der Umschlag enthielt, ganz deutlich zu erkennen war.

Darauf spazierten die zwei Männer, in eine angeregte Unterhaltung vertieft, eine Weile durch den Park. Das Band lief allerdings ohne Ton, so daß kein Wort von ihrem Gespräch zu hören war. Als sich die beiden Männer schließlich voneinander verabschiedeten, folgte die Kamera Ishii zu seinem Wagen. Ohne Unterbrechung war dann auf Band festgehalten, wie Ishii einstieg und, ohne anzuhalten, ans andere Ende von Tokio fuhr.

Dort hielt er in einer kleinen Seitenstraße an und wartete. Nach einer Weile sah er auf seine Uhr. Wenig später kam ein Mann ins Bild, bei dem es sich unverkennbar um Catch Hagawa handelte, einen stadtbekannten Buchmacher mit guten Beziehungen zu den Yakuza.

Hagawa stieg zu Ishii in den Wagen und redete kurz auf ihn ein, worauf ihm dieser den Umschlag aushändigte, den ihm Ikusa im Park gegeben hatte. Hagawa zählte das Geld. Zweimal. Dann steckte er den Umschlag mit einem kurzen Nicken in die Brusttasche seiner Jacke und stieg wieder aus dem Wagen. Ishii fuhr aus dem Bild. Ende des Films.

»Das ist ja ein Ding«, hauchte Tomi.

Nangi verneigte sich vor seinem Vizepräsidenten. »Gut gemacht, Ishii-san.«

Der zierliche Mann verbeugte sich ebenfalls – noch tiefer. »Besten Dank, Nangi-san. Sato International muß mit allen Mitteln vor dem Ruin gerettet werden. Es ist die Pflicht eines jeden Firmenangehörigen, alle Angriffe gegen das Unternehmen mit bedingungslosem Einsatz zurückzuschlagen. Ihr Vertrauen war mir sogar eine große Ehre. Im Vergleich zu der schwierigen Aufgabe, die Ihnen noch bevorsteht, Nangi-san, ist mein bescheidener Beitrag zum Gelingen Ihres Plans völlig unerheblich.«

»Jeder Mitarbeiter ist Teil eines großen Ganzen«, erwiderte Nangi, sichtlich zufrieden über Ishiis Antwort. »Und jeder scheinbar noch so bescheidene Beitrag ist für das Gedeihen der Firma von entscheidender Wichtigkeit, solange er nur aus der richtigen Einstellung heraus erfolgt. Diesem Grundsatz wurde bei Sato seit jeher größte Bedeutung beigemessen.«

An dieser Stelle schaltete sich Tomi in das Gespräch ein. »Wie haben Sie das denn eingefädelt, Nangi-san?«

»Das Ganze ist eigentlich Nicholas Linnears Idee gewesen«, entgegnete er lächelnd. »Sind Sie mit den Prinzipien von Aikido einigermaßen vertraut, Tomi-san? Eine der Grundregeln dieser Kampfform lautet: Man muß sich den Schwung des Angreifers zunutze machen und ihn gegen ihn kehren. Am besten tut man das, indem man den Angreifer zu sich heranzieht und nicht von sich zu stoßen versucht, obwohl das auf den ersten Blick vielleicht als die naheliegendere Reaktion erscheinen mag. Aber bei eingehender Betrachtung wird sofort klar, daß letzteres mit einem wesentlich größeren Kraftaufwand verbunden ist.

Nach demselben Prinzip sind wir nun auch in diesem Fall vorgegangen. Anstatt uns Ikusas Angriff verzweifelt entgegenzustemmen – das heißt: zum Gegenangriff anzusetzen –, haben wir ihn näher zu uns herangezogen. Das heißt in diesem Fall: Wir haben uns seine Machtgier und seine Absicht, uns zu ruinieren, zunutze gemacht. Zu diesem Zweck haben wir einen Köder für ihn ausgelegt.« Er schilderte Tomi in kurzen Zügen den Inhalt von Ishiis erster Unterredung mit Ikusa. »Diese Gelegenheit konnte sich Ikusa natürlich unter keinen Umständen entgehen lassen. Er witterte darin eine Chance, uns noch mehr zu schaden. Und tatsächlich versuchte er, sich Ishiis vermeintliche Notlage zunutze zu machen, um von ihm zu erfahren, wie wir gegen ihn vorgehen wollen.« Über Nangis Lippen legte sich ein triumphierendes Lächeln. »Ishii ist seinem Wunsch nachgekommen. Und als Folge davon liegt uns nun der sichtbare Beweis vor, daß Kusunda Ikusa, nach außen hin das moralische Aushängeschild von Nami, einem stadtbekannten Kriminellen durch einen Mittelsmann eine größere Summe Geld hat zukommen lassen.«

»Aber der wahre Sachverhalt sieht doch ganz anders aus«, machte Tomi geltend. »Und das klarzustellen, dürfte Ikusa wohl kaum größere Schwierigkeiten bereiten.«

Nangi schüttelte den Kopf. »Nur wird es ihm dazu an der nötigen Zeit fehlen. Wenn man ständig so penetrant seine Tugendhaftigkeit herauskehrt, wie Ikusa das tut, kann man sich auch nicht den geringsten Ausrutscher leisten. Wie will Ikusa außerdem beweisen, was auf dem Video tatsächlich zu sehen ist? Was er auch zu seiner Rechtfertigung vorbringen mag – es wird von der Öffentlichkeit in jedem Fall nur als eine plumpe Ausrede angesehen werden.

Wie das leider nur zu häufig zutrifft, ist in einem Fall wie diesem der wahre Sachverhalt vollkommen irrelevant. In diesem Zusammenhang zählt nur, wie die breite Öffentlichkeit die auf Band festgehaltenen Vorgänge interpretiert. Und die Öffentlichkeit wird darin mit Sicherheit den Beweis für irgendwelche unsauberen Machenschaften Ikusas sehen. Daß sich das mit dem wahren Sachverhalt in keiner Weise deckt, tut in diesem Fall nichts zur Sache. Wie es Ikusa auch drehen und wenden mag: Der damit verbundene Skandal wird unweigerlich zu seinem Sturz führen.«

Shisei nahm Branding mit zu sich nach Hause, da vor seiner Wohnung sicher schon die Reporter warteten.

»Ich möchte, daß du bis auf weiteres keinen Schritt mehr von meiner Seite weichst«, erklärte er ernst. »Nach allem, was passiert ist, habe ich vorläufig genug von Überraschungen.«

»Weißt du eigentlich«, sagte Shisei, »daß es in Japan eine Schule gibt, wo man lernt, mit den Augen zu lügen?«

»Ich werde erst mal duschen«, erklärte Branding und begann sich auszuziehen. »Und ich möchte, daß du mit ins Bad kommst.«

»Ich laufe dir schon nicht weg, Cook.«

Als Branding ausgezogen war, rollte er seine Kleider zu einem Knäuel zusammen und sah Shisei fragend an. »Wohin damit?«

Shisei streckte ihm die Arme entgegen. »Gib her. Ich lasse sie in die Reinigung bringen.«

Aber Branding warf seine Sachen aufs Bett.

»Du hörst mir wohl überhaupt nicht mehr zu?«

Ihre Stimme war ohne jeden Vorwurf und vor allem auch ohne jedes Selbstmitleid. Und das stimmte Branding schließlich doch um. »Du wolltest vorhin von dieser Schule erzählen«, sagte er und ging ins Bad.

»Kann ich mitkommen?« fragte Shisei.

Er sah ihr beim Ausziehen zu und dachte: Wer bringt einer Frau wohl bei, wie man so etwas macht? Doch sicher nicht ihre Mutter.

»Ich dachte, du hättest Angst vor mir«, sagte sie, als sie splitternackt vor ihm stand.

Branding drehte das Wasser auf, und nach wenigen Augenblicken hatte sich im Bad dichter Dampf ausgebreitet. Es wurde unangenehm heiß. Branding stieg in die Duschkabine. Shisei folgte ihm und schob die Tür hinter sich zu.

»Wie war das nun mit dieser Schule?« setzte Branding noch einmal an. Das heiße Wasser fühlte sich wundervoll an. Schon nach wenigen Augenblicken hatte es den Schmutz und den Schweiß der Angst von seiner Haut gewaschen. Mein Gott, hatte er vielleicht Bammel gehabt, als er plötzlich David Brislings Leiche in seinem Kofferraum vor sich liegen sah. Aber das war noch nichts im Vergleich dazu gewesen, als ihn die Polizei eingesperrt hatte. Ich hätte nie das Zeug zum Verbrecher, mußte er sich eingestehen. Dazu fehlt es mir einfach am nötigen Mut.

»Diese Schule war auf dem Land«, begann Shisei und machte sich daran, ihn einzuseifen. »Die einzelnen Gebäude sahen aus wie Schweizer Chalets. Ich weiß auch nicht, woran das genau lag – aber irgendwie wirkte das Ganze seltsam unwirklich, fast märchenhaft. Die Schule hieß *Kinsei no Kumo*, Goldene Wolke. Und wie du vielleicht weißt, haben fast alle japanischen Firmen ein bestimmtes Motto, das den Mitarbeitern sozusagen als Leitsatz dienen soll. Das der Goldenen Wolke lautete: *Kiyoku Utsukushiku Kanzen* – rein, schön, vollkommen.

Die Kurse in der Goldenen Wolke wurden ausschließlich von Frauen besucht. Aber die Lehrer waren lauter Männer.

Im Grunde genommen war die Goldene Wolke eine Art Schauspielschule; allerdings wurden wir dort in einer ganz speziellen Form der Schauspielkunst unterrichtet. Kannst du dich noch an den Begriff *Kata* erinnern – Anstand, Konvention; das, was sich gehört? Wie gesagt, in der Goldenen Wolke lief alles streng nach den Regeln des *Kata* ab. Aber das blieb keineswegs nur auf den Schauspielunterricht beschränkt – nein, davon war unser ganzes Leben mitsamt seinen alltäglichen Verrichtungen betroffen. Wenn wir aßen, wenn wir schliefen, wenn wir uns badeten – alles war den Regeln von *Kata* unterworfen.

Wir spielten nur Männerrollen. Dafür gab es eine ganze Reihe von Gründen. Zum Beispiel wurden wir gleich zu Beginn unserer Ausbildung mit den Theorien des großen Schauspielers Yoshisawa Ayame vertraut gemacht. Seiner Auffassung nach geht es in der Schauspielerei vor allem darum, ein Ideal zu verkörpern. Und aus diesem Grund war in seinen Augen eine Frau nicht geeignet, auf der Bühne den Inbegriff alles Weiblichen zu verkörpern. Denn unwillkürlich wird sie sich dazu immer ihrer äußeren weiblichen Reize bedienen – ihrer Lippen, ihrer Hüften, ihrer Brüste. Aber genau das ist der Darstellung wahrer Weiblichkeit abträglich. Deshalb kann auf der Bühne nur ein Mann eine Frau wirklich überzeugend verkörpern.«

»Aber das ist doch vollkommen widersinnig«, warf Branding ein.

»Findest du?« Kreisend arbeiteten sich Shiseis Hände immer weiter seinen Rücken hinunter. »Bist du demnach auch nicht der Meinung, daß wahre Vollkommenheit nur mit total künstlichen Mitteln überzeugend dargestellt werden kann? Ein Idealbild kann immer nur perfekte Illusion sein, und um sie hervorzurufen, bedarf es der Meisterschaft eines genialen Künstlers.«

Branding drehte sich zu ihr herum. »Trifft das umgekehrt auch auf die Frauen zu? Kann nur eine Frau den idealen Mann verkörpern?«

»Natürlich.«

»Aber du bist eine Frau, die eine Frauenrolle spielt.«

»Ich bin ja auch eine Meisterin meines Fachs«, entgegnete Shisei, »keine Schülerin mehr. Im übrigen bezweckten die meisten Schauspielschülerinnen in der Goldenen Wolke mit ihrer Ausbildung noch etwas ganz anderes: Indem sie ausschließlich Männerrollen spielten, legten sie ihre weiblichen Eigenschaften im Lauf der Zeit so weit ab, daß sie zwar nicht unbedingt wie Männer wurden, aber zumindest geschlechtslos. Nur zu gut war schließlich den meisten von ihnen bewußt, welche fest umgrenzte Rolle sie als Frauen beim endgültigen Eintritt in die japanische Gesellschaft erwartete. Und die Ausbildung in der Goldenen Wolke stellte für sie eine Möglichkeit dar, dieses Schicksal zumindest noch für eine Weile hinauszuzögern.«

»Und weshalb hast du diese Schule besucht?«

»Weil ich unbedingt ein Star werden wollte. Ich kann mich noch gut erinnern, mit welcher Begeisterung ich damals die Hochzeit der zwei bekanntesten japanischen Showstars verfolgt habe. Die Medien berichteten über dieses Ereignis in einer Ausführlichkeit, wie es für japanische Verhältnisse bis dahin vollkommen unerhört war. Das Ganze wurde als *das* Jahrhundertereignis hochgejubelt. Ich kann mich noch gut erinnern, daß ich damals dachte, für das glückliche Paar müßte das der Himmel auf Erden sein. Die ganze Jugend Japans lag ihnen zu Füßen. Sie hatten in meinen Augen alles erreicht, was sich ein Mensch wünschen kann.«

Das Wasser perlte über Shiseis Gesicht. »Ich habe mich für eine Ausbildung in der Goldenen Wolke entschieden, weil ich lernen wollte, wie man über andere Menschen Macht ausübt. Denn mir war längst klar, daß mir allein aufgrund der Tatsache, daß ich eine Frau war, die wirkliche Macht für immer verwehrt bleiben würde.«

Branding sah, wie das Wasser über Shiseis durchtrainierten Körper strömte. »Und dort hast du also gelernt, mit den Augen zu lügen«, sagte er. »Haben dir deine Lehrer auch beigebracht, dein Herz zu betrügen?«

Sie sah zu ihm auf. »Cook…«

Er berührte sie zärtlich. »Wenn du mir nur nicht ständig etwas vormachen würdest.«

»Wieso ist die Wahrheit so furchtbar wichtig für dich?«

»Weil ich mein ganzes Leben in den Dienst der Wahrheit gestellt habe.«

»Aber das Leben ist doch nichts anderes als eine einzige Lüge.«

»Das glaubst du doch nicht im Ernst, Shisei.«

»Natürlich. Davon bin ich sogar fest überzeugt. Und das wärst auch du, Cook, wenn du durchgemacht hättest, was ich durchgemacht habe.«

Plötzlich packte sie Branding an den Schultern und zog sie so nahe zu sich heran, daß sich ihre Lippen fast berührten. Er sah ihr tief in die Augen – in eben die Augen, die zu lügen gelernt hatten – und sagte: »Wer bist du eigentlich, Shisei? Bist du tatsächlich die selbstbewußte Lobbyistin, die sich selbst auf dem schlüpfrigen Parkett der Washingtoner Politszene vollkommen zu Hause zu fühlen scheint? Bist du wirklich die engagierte Umweltschützerin, die sich ihrer guten Sache voll und ganz verschrieben hat? Bist du tatsächlich die gedemütigte und gequälte Kreatur, die von einem verrückten Künstler unter unmenschlichen Bedingungen eingesperrt wurde – oder das ehrgeizige junge Mädchen, das in der Goldenen Wolke seinem verrückten Traum vom Starruhm hinterhergejagt ist, und das sogar um den Preis seiner geschlechtlichen Identität? Weißt du denn überhaupt selbst, welche dieser Personen du nun eigentlich bist?« Er schüttelte den Kopf. »Je näher ich dich kennenlerne, desto weniger kann ich mir das, ehrlich gesagt, vorstellen. Im Gegenteil, ich komme sogar mehr und mehr zu der Überzeugung, daß du keine einzige dieser Personen bist – und auch keine Kombination aus ihnen.

Du weißt doch nicht einmal selbst, wer du bist. Denn irgendwann hast du jedes Gefühl für deine eigene Identität verloren. Gewiß, du verstehst dich ganz hervorragend darauf, anderen etwas vorzumachen. Allerdings hat das auch dazu geführt, daß du irgendwann selbst nicht mehr zwischen Schein und Wirklichkeit unterscheiden konntest.«

Unter einem kläglichen Aufschrei riß sich Shisei von ihm los und sank auf den Boden der Duschwanne, wo das Wasser unablässig weiter auf sie niederprasselte und ihr das dichte, schwarze Haar vors Gesicht spülte.

»Shisei, ich bitte dich!« Branding kniete neben ihr nieder und richtete sie wieder auf.

»Cook«, hauchte sie schließlich, »das Leben ist für mich eine einzige Lüge, weil die Wahrheit zu entsetzlich ist, um sie zu ertragen.«

»Das mag für den Augenblick durchaus zutreffen«, nickte Branding verständnisvoll. »Trotzdem wirst du irgendwann den ersten Schritt tun müssen und der Wahrheit ins Auge schauen.«

»Das kann ich nicht.«

»Es wäre viel gewonnen, wenn du dich dazu durchringen könntest, mir die Wahrheit zu sagen.« Zärtlich legte ihr Branding den Arm um die Schulter. »Vielleicht wäre die Wahrheit leichter für dich zu ertragen, wenn du siehst, daß auch ich sie ertragen kann.«

»Nein!« Sie klammerte sich verzweifelt an ihn. »Nein, Cook! Bitte nicht! Zwinge mich nicht, etwas zu tun, was du für immer bereuen würdest!«

»Shisei.« Er drückte sie zärtlich an sich. »Du weißt ganz genau, daß ich dich nie zu etwas zwingen würde.«

Shisei schloß die Augen. Ihr Herz klopfte wie wild. »Ich bin so schrecklich müde, Cook.«

Branding stellte das Wasser ab.

Sie begann, ihn abzutrocknen. »Ich glaube, du hast noch ein paar von deinen Sachen in meinem Schrank.«

Branding ging ins Schlafzimmer und sah in den Kleiderschrank. Dort fand er seinen Bademantel und frische Unterwäsche. Hemd und Hose waren ordentlich über einen Bügel gehängt.

Als er in den Bademantel schlüpfte und sich den Gürtel um die Hüften schlang, fiel sein Blick zufällig auf die Kante der Schranktür. Etwa in Augenhöhe befand sich ein dunkler Fleck. Außerdem war an dieser Stelle das Holz etwas abgeschabt. Während Branding noch wie gebannt auf den seltsamen Fleck starrte, sah er plötzlich wieder David Brislings Leiche vor sich liegen. Noch ganz deutlich hatte er die häßlich klaffende Wunde an seinem Hinterkopf vor Augen. Gleichzeitig mußte er wieder an Albemarles Worte denken. Er konnte sich noch genau erinnern, wie der Detektiv mehrmals gesagt hatte, daß Brisling eine V-förmige Verletzung am Hinterkopf gehabt hatte und daß man darin bei der Obduktion mehrere feine Holzsplitter gefunden hatte. *Wovon könnte Ihrer Meinung nach so eine Verletzung herrühren, Herr Senator? Was glauben Sie?* Branding hatte damals allerdings mit keiner brauchbaren Erklärung aufwarten können. Und natürlich wußte er auch jetzt noch nicht, ob er die Erklärung gefunden hatte.

Als Shisei aus dem Bad kam, starrte er noch immer nachdenklich vor sich hin. Sie war gerade dabei, ihr Haar zu einem dicken Zopf zu flechten. Als sie jedoch seinen seltsamen Gesichtsausdruck bemerkte, ließ sie die Hände sinken und sah ihn fragend an.

»Shisei«, begann Branding ganz ruhig. »Weißt du, wer David Brisling ermordet hat?«

»Douglas Howe.«

»Das denkt zumindest die Polizei.«

Ein Schatten huschte über Shiseis Gesicht. »Wieso fragst du überhaupt, wenn du so sicher bist, daß ich dir sowieso nur etwas vormache?«

»Ich möchte dich hiermit bitten, mir wenigstens dieses eine Mal die Wahrheit zu sagen. Wenn dir auch nur das geringste an mir liegt, dann sag mir jetzt bitte die Wahrheit.«

»Cook, ich liebe dich.«

Er schüttelte den Kopf. »Ehrlich gestanden, weiß ich nicht recht, was ich im Augenblick davon halten soll.«

Shisei stand völlig reglos vor ihm. Aber Branding konnte die seltsame Veränderung, die plötzlich in ihr vor sich ging, ganz deutlich spüren. Mit einemmal lag eine solche Spannung in der Luft, daß ihm die Beine zu zittern begannen. Hatte sie nicht eben erst gesagt: *Ich dachte, du hättest Angst vor mir.* Falls sie Douglas Howe tatsächlich ermordet hatte, hätte er jedenfalls allen Grund dazu. Was hätte sie schließlich daran gehindert, auch ihn aus dem Weg zu räumen? Aber natürlich hatte er dafür keinen einzigen Beweis – nur einen verräterischen dunklen Fleck an der Kante ihrer Schranktür und seine blühende Phantasie, die gerade verrückt spielte.

Nach langem Schweigen sagte Shisei: »Was würdest du tun, wenn ich dir die Wahrheit sage?«

Branding schüttelte den Kopf. »Du mußt mir die Wahrheit sagen, weil du es willst, weil du ein neues Leben beginnen möchtest – nicht, weil ich darauf so oder so reagieren könnte.«

Shiseis Augen leuchteten wie Bernstein, als sie tief Atem holte. Die Luft im Raum schien förmlich zu knistern. Ganz deutlich konnte Branding den heftigen inneren Aufruhr spüren, der plötzlich von ihr Besitz ergriffen hatte.

»Ja«, flüsterte sie schließlich kaum hörbar. »Ich weiß.«

Branding entfuhr ein leiser Seufzer, als hätte er unendlich lange den Atem angehalten. Dann drehte er sich wortlos um und machte das Bett für die Nacht fertig. Shisei kam auf ihn zu. »Ist das schon alles? Willst du denn nicht mehr wissen?«

Branding richtete sich auf und schaute ihr in die Augen. »Ich weiß bereits mehr.« Wieder diese entsetzliche Anspannung. Er spürte, wie ihm unter den Achselhöhlen der Schweiß ausbrach.

»Ich möchte, daß du dir vor allem über eines im klaren bist, Shisei: Ich liebe dich. Allerdings bin ich mir noch nicht ganz sicher, wen ich nun eigentlich liebe. Könnte ja sein, daß ich mich nur in eine perfekte Illusion verliebt habe – in eine der unzähligen Phantasiegestalten, die du mir ständig vorgaukelst. Aber vielleicht liebe ich auch tatsächlich dich – so, wie du wirklich bist, mit all deinen Fehlern und Schwächen.« Er sah ihr noch immer in die Augen. »Um das herauszufinden, bin ich allerdings auf deine Hilfe angewiesen. Die Shisei des schönen Scheins kenne ich inzwischen ja zur Genüge. Aber langsam ist es an der Zeit, daß ich auch die wirkliche Shisei kennenlerne. Willst du mir dabei helfen?«

Shisei war in Tränen ausgebrochen. »Ich kann nicht fassen, daß du noch immer hier bist, daß du mich nicht schon längst verlassen hast. Warum bist du geblieben, Cook? Das kann ich einfach nicht verstehen. Je mehr Schreckliches du über mich erfährst, desto näher scheinen wir uns zu kommen. Das kann doch nicht möglich sein.«

Branding verspürte das spontane Bedürfnis, sie in seine Arme zu schließen. Aber irgend etwas hielt ihn davor zurück. Vielleicht spürte er instinktiv, daß er alles zunichte gemacht hätte, wenn er jetzt nicht einfach stillhielt und abwartete. Unwillkürlich mußte er an eine Urlaubsreise an die Westküste denken; er hatte sich damals sehr ausführlich mit einem Cowboy unterhalten, der gerade ein Pferd gezähmt hatte. Der Mann hatte ihm damals erklärt, daß ein Mustang gerade dann am gefährlichsten war, wenn er kurz vor seiner endgültigen Kapitulation stand – und zwar in dem Augenblick, bevor er sich die Zügel anlegen und den Sattel anschnallen ließ. *Wenn man in diesem entscheidenden Moment nicht verteufelt aufpaßt,* hatte ihm der Cowboy in seinem saloppen Ton erklärt, *kann das verdammt unangenehm werden. Man wird plötzlich unvorsichtig, weil man denkt, man hätte es bereits geschafft, und – zack! – ehe man sich's versieht, hat einem so ein Teufelsbraten mit dem letzten verzweifelten Aufbäumen das Genick gebrochen.*

Instinktiv spürte Branding, daß er nun mit Shisei an einem ähnlich entscheidenden Punkt angelangt war. Anstatt sie also tröstend in die Arme zu schließen, sah er sie nur ruhig an und wartete.

»Die Wahrheit ist...«, begann Shisei schließlich stockend. »Die Wahrheit ist: Mein ganzes Leben ist eine einzige Lüge – nichts als Getue, die reine Show. Und im Grunde genommen war das schon immer so. Nur wenn ich anderen Menschen etwas vormache, wenn ich ihnen etwas vorgaukle, habe ich das Gefühl, von ihnen geliebt zu werden. Ich bin geradezu süchtig nach Bewunderung – daher auch mein Wunsch, ein Star zu werden.«

Darauf verfiel sie erst einmal wieder in langes Schweigen, so daß Branding schon dachte, das wäre bereits alles gewesen. Doch nach einer Weile fuhr sie schließlich doch fort: »Mein Bruder war immer der Ansicht, daß mir dieser krankhafte Hang, anderen etwas vorzumachen, eines Tages zum Verhängnis würde.«

»Ich wußte gar nicht, daß du einen Bruder hast.«

»Einen Zwillingsbruder.« Sie lächelte zaghaft. »Da sind noch so viele Dinge, die du nicht über mich weißt, Cook. Lauter Dinge, die ich dir nur sehr ungern erzähle.«

»Wieso? Hast du Angst, ich könnte dich verlassen, wenn ich alles über dich weiß?«

»Niemand hat dich je so geliebt wie ich, Cook. Und niemand wird dich auch je wieder so lieben. Denn keine Frau ist dazu fähig, dich so zu lieben, wie ich das tue. Zumindest daran wird sich nie etwas ändern – ganz gleich, was auch sonst passieren mag. Und ich schwöre dir, daß das die Wahrheit ist.«

»Das weiß ich. Ich glaube dir.«

»Wenn ich dir nur glauben könnte.«

»Habe ich dich je belogen, Shisei?« Er streckte seine Hand nach ihr aus. »Beginnst du denn nicht langsam zu begreifen, wie tief du dich im Netz deiner eigenen Vorspiegelungen verstrickt hast?«

Shisei schien sich kaum mehr auf den Beinen halten zu können. Kraftlos stützte sie sich am Bett ab. »Mein Gott, Cook, was willst du noch von mir? Begreifst du nicht, daß ich die Wahrheit nicht überleben werde?«

»Nein«, erwiderte Branding entschieden. »Das bildest du dir nur ein. In Wirklichkeit dient dir deine Angst nur als Ausflucht, damit du dich nicht aus dem dunklen Loch hervorzuwagen brauchst, in dem du dich schon seit Jahren verkrochen hast, ohne zu ahnen, daß dich außerhalb dieses Lochs nichts anderes erwartet als das Leben – nicht mehr und nicht weniger.«

Zitternd gestand ihm nun Shisei: »Ich habe für dich die verführerische Sirene und den Judas gespielt. Und nun verlangst du von mir, all die Rollen abzulegen, in denen ich mich zeit meines Lebens so sicher gefühlt habe. Mit einem mal soll ich plötzlich ich selber sein. Ich weiß nicht, ob ich dazu überhaupt noch imstande bin.«

»Selbstverständlich nicht – weil du dir inzwischen selbst völlig fremd geworden bist. Es ist nun mal in der menschlichen Natur so angelegt, daß wir uns mit Vorliebe für das Bekannte und Vertraute entscheiden, während wir um das Unbekannte schon immer einen weiten Bogen geschlagen haben.«

»Aber ich bin kein Mensch!« brach es verzweifelt aus Shisei hervor. Nun hatte er ihr dieses Geständnis also doch abgerungen – und das, obwohl sie sich schon vor langem feierlich geschworen hatte, dieses Geheimnis keinem Menschen zu verraten.

»Mein Bruder und ich, wir haben uns außerhalb jeder menschlichen Gemeinschaft gestellt. Wir sind Tanjian und verfügen über eine Reihe von übernatürlichen Fähigkeiten, die es uns ermöglichen, Dinge wahrzunehmen, die anderen Menschen verborgen bleiben. Aber nicht nur das: Wir können auch Dinge *tun*, zu denen andere nicht fähig sind.«

Wie ein Schlafwandler tastete sich Branding auf Shisei zu. Sie hatte sich mittlerweile wie ein verängstigtes Tier in der hintersten Ecke des Betts zusammengerollt. »Willst du damit sagen, du bist ein Medium?«

Sie lachte bitter. »Nur im weitesten Sinn. Jedenfalls bin ich keine Varietékünstlerin, die einem wildfremden Menschen das Geburtsdatum aus den Augen lesen kann. Nein, nichts in der Art. Meine Veranlagung rührt an wesentlich tiefere Bereiche der menschlichen Natur.«

Branding setzte sich neben sie aufs Bett. Er konnte ihre seelische Not so deutlich spüren, als wäre es seine eigene. »Ist das alles? Dachtest du, deswegen könnte ich dich verlassen?«

»Nein«, stieß sie atemlos hervor und drückte sich noch weiter in die Ecke. »Mein Gott, Cook, wenn du wüßtest.« Und dann fuhr sie schaudernd fort: »Nein, mein Geheimnis hat mit meinem Zwillingsbruder zu tun – und mit der seltsamen Beziehung, die uns verbindet. Ich habe dir doch von diesem verrückten Künstler erzählt, von dem angeblich die Spinne auf meinem Rücken stammt. Aber diesen Zasso gibt es gar nicht. In Wirklichkeit war es mein Bruder, der mich wie ein Tier eingesperrt hat. Er war es, der glaubte, sich von seinen schrecklichen Ängsten und Zwangsvorstellungen befreien zu können, indem er sie in Gestalt dieser grauenerregenden Spinne auf meinem Rücken verewigte.

Kein Mensch ist mir je so nahe gewesen wie mein Zwillingsbruder. Wir gehören für immer unauflöslich zusammen. Und deshalb wird er jeden vernichten, der es wagen sollte, mir ebenso nahezukommen. Er wird mich nie freigeben.

Mein Zwillingsbruder ist mein Beschützer, mein heimlicher Geliebter, meine andere Hälfte – eben jene Schattenseite meines Wesens, wo Tod und Verderben herrschen.«

Shisei lag bäuchlings auf dem Bett. Unter ihren Atemzügen erwachte die Spinne auf ihrem Rücken plötzlich zu gespenstischem Leben. Und zum erstenmal begann Branding, das wahre Ausmaß ihrer seelischen Qualen zu erahnen.

Er rückte näher, um ihr behutsam über den Rücken zu streichen. »Shisei…«

»Das ist noch nicht alles«, hielt sie ihn zurück. »Höre mich erst zu Ende an. Erst gestern hat mein Bruder mich angerufen. Er ist hier, in Amerika. In New York. Irgend etwas ist passiert. Sonst hätte er mich nicht angerufen.«

»Aber du brauchst doch nicht wie ein Hund zu springen, wenn er pfeift.«

»Doch, Cook!« stieß sie verzweifelt hervor. »Wenn du mich nur ein wenig kennen würdest, wüßtest du, daß ich keine andere Wahl habe. *Kata,* die Konvention. *Giri,* die Pflicht. Mein ganzes Leben wird nur von diesen beiden Prinzipien bestimmt. Ohne sie bin ich ein Nichts.«

Mit einem flehentlichen Blick in den Augen setzte sie sich auf. Aber sie wollte kein Mitleid – nein, sie wollte nur, daß er sie zu verstehen versuchte. Es schien, als wollte sie sagen: Wenn du nur nicht immer so schrecklich westlich denken würdest und das Leben wenigstens dieses eine Mal mit den Augen eines Asiaten sehen könntest. Hab Geduld. Und versuche, das Leben so zu akzeptieren, wie es ist.

Sie streckte die Arme nach ihm aus. »Nimm mich in die Arme, Cook. Ich habe schreckliche Angst.«

»Vor deinem Bruder?« fragte er und drückte sie liebevoll an sich.

»Ja«, flüsterte sie. »Aber zugleich habe ich auch schreckliche Angst vor mir selbst.«

»Das halte ich für ein gutes Zeichen.« Der zarte Duft ihrer Haut erfüllte ihn mit solcher Zuneigung, daß er sie noch fester an sich drückte. Jetzt endlich, zum erstenmal, fühlte er sich ihr wirklich nahe. Das geduldige Warten hatte sich gelohnt. Langsam kam er dem Kern der Sache näher, jenem zutiefst zerrissenen und gepeinigten Teil ihres Selbst, den er ganz besonders ins Herz geschlossen hatte.

»Cook«, stieß sie mit zerquälter Stimme hervor. »Ich kann unmöglich länger hier bleiben. Sobald es Tag wird, muß ich fort von hier.«

»Wirst du ihm von mir erzählen?«

»Das wird nicht nötig sein«, erklärte sie düster. »Er weiß längst Bescheid.«

Brandings Körper durchlief ein heftiger Schauder, als kröche die Spinne plötzlich über seinen Rücken. »Und was wird er dann tun?«

»Das weiß ich nicht. Ich verfüge nicht über das zweite Gesicht. Deshalb kann ich nur spüren, wie tief deine Liebe zu mir ist. Ich habe sie wie einen köstlichen Schmerz in meinem Herzen eingeschlossen.«

Wie zwei Kinder, die sich ängstlich aneinanderklammerten, begannen sie, sich gegenseitig zu wiegen.

»Leider kann ich unmöglich mitkommen, Shisei«, sagte Branding nach einer Weile. »Die Presse würde das schamlos ausschlachten. Außerdem wird morgen nachmittag über den ASCRA-Gesetzentwurf abgestimmt, der auf meine Initiative zurückgeht. Ich muß also unbedingt im Senat sein. *Kata. Giri.*«

»Ja, ich weiß.«

»Trotzdem werde ich in Gedanken immer bei dir sein.« Er küßte sie so liebevoll, daß sie von neuem zu weinen begann.

Tief gruben sich ihre Fingernägel in seinen Rücken. »Ach, Cook, wenn du wüßtest, wie sehr ich dich liebe!«

Als Tomi im Polizeipräsidium eintraf, teilte ihr ein Kollege in Uniform mit, daß jemand auf sie wartete. Unwillkürlich wurde sie dadurch an eine ganz ähnliche Situation erinnert, in deren Verlauf sie Nangi kennengelernt hatte.

Doch als sie diesmal ihr Büro betrat, wurde sie dort von einem Mann erwartet, den sie bereits kannte. Sie machte für sich und ihren Besucher Tee. »Hallo, Gangster, wie geht's?« Die nackte Panik, die ihr aus seinen Augen entgegensprang, machte jede Antwort überflüssig.

»*Domo,* Tomi-san«, erwiderte der Gangster höflich. »Danke.« Und dann griff er nach seiner Tasse, um sie in drei gierigen Zügen leerzutrinken.

Tomi sah ihn kurz an. »Wenn du noch mehr willst – bitte, bediene dich.«

»Danke«, sagte der Gangster noch einmal und verneigte sich förmlich. Und das gerade er, der rotzfreche Billy Idolverschnitt, der sich sonst ganz bewußt über die gängigen Anstandsformen hinwegsetzte.

Verwundert sah ihm Tomi hinterher, als er aufstand, um sich frischen Tee zu holen. Ihr war die plötzliche Veränderung, die in ihm vorgegangen war, vollkommen unerklärlich.

Nachdem er sich wieder gesetzt hatte, sagte sie: »Ich bin, ehrlich gestanden, etwas überrascht, daß du allein gekommen bist.«

»Wieso?«

»Wo ist Killan?«

Vor Verblüffung schüttete sich der Gangster fast den ganzen Tee über die Hose.

Tomi reichte ihm ein paar Papierservietten. »Schlimm?«

»Nein, nein, ist nur halb so wild«, winkte der Gangster ab.

»Eigentlich habe ich damit nicht den verschütteten Tee gemeint.« Als daraufhin der Gangster abrupt aufschaute, fuhr sie ruhig, aber sehr bestimmt fort: »Warum ist Killan nicht mitgekommen?«

»Killan? Was soll sie damit zu tun haben?«

»Weil sie zusammen mit dir in diese Sache verwickelt ist.«

»In was für eine Sache?«

»Jetzt laß doch endlich dieses blöde Getue!« fuhr ihn Tomi scharf an. »Du hast mich aufgesucht, weil du über beide Ohren in der Scheiße steckst. Das sieht doch ein Blinder. Außerdem habe ich im Moment Wichtigeres zu tun, als dir jeden

Wurm einzeln aus der Nase zu ziehen. Ich weiß genauestens über MANTIS Bescheid. Während du nämlich wieder mal deinem genialen Erfindergeist freien Lauf gelassen hast, war auch ich nicht faul. Unter anderem habe ich in diesem Zusammenhang auch die Bekanntschaft eines gewissen Tanzan Nangi gemacht. Schon mal von ihm gehört? Solltest du eigentlich. Immerhin hast du dein neues MANTIS-Virus an seinem EDV-System ausprobiert.« Mißbilligend schüttelte Tomi den Kopf. »Wie konntest du dich nur auf so etwas einlassen, Seji? Ich kenne dich doch. Und deshalb weiß ich auch sehr genau, was dir zuzutrauen ist – und was nicht.

Deshalb war mir auch von Anfang an klar, daß hinter dem Ganzen nur Killan Oroshi stecken kann. Wir waren mal wirklich gute Freunde. Die drei Musketiere – kannst du dich noch erinnern? Waren das noch Zeiten! Und wenn wir uns nicht gerade, Pizza mampfend, einen Film nach dem anderen reingezogen haben, haben wir die Ginza von oben bis unten unsicher gemacht.«

Der Gangster räusperte sich. »Tja, das ist lange her.«

»Das kann man wohl sagen.« Tomi legte die Hände auf den Schreibtisch. »Also gut, kommen wir zur Sache. Du bist hier, weil du Hilfe brauchst. Die sollst du auch haben. Aber nur, wenn du mir nichts verschweigst. Ich will nichts als die Wahrheit von dir hören – so wahr uns John Wayne helfe.«

Das entlockte dem Gangster nun doch ein zaghaftes Lächeln. »Du mußt das verstehen, Tomi. Killan ist eine gute Freundin von mir. Ich habe auch ihr gegenüber Verpflichtungen…«

»Red doch keinen Unsinn. Sie hat dich von Anfang an nur ausgenutzt.«

»So darfst du das nicht sehen, Tomi. Das liegt nur daran, daß ihr beide euch noch nie…«

»Laß bitte uns beide aus dem Spiel«, fiel ihm Tomi energisch ins Wort. »Also – warum bist du nicht schon früher zu mir gekommen?«

»Killan hat mir davon abgeraten.«

»Killan!« Tomi hatte Mühe, sich zu beherrschen. »Du weißt doch, daß du dich hundertprozentig auf mich verlassen kannst, Seji. Ich hätte dir auf jeden Fall geholfen. Und ich werde dir auch jetzt noch helfen, solange du mir eine Möglichkeit dazu läßt.«

Schuldbewußt wich der Gangster ihrem vorwurfsvollen Blick aus. Er stellte seine Tasse beiseite und stützte das Kinn in seine Hände. »Tomi-san, wir sind gestern abend nur mit knapper Not einem Mordanschlag entgangen. Ich... ich habe in der leerstehenden Wohnung neben meinem Apartment ein Abhörgerät gefunden, mit dem jemand jedes Gespräch in meiner Wohnung abgehört hat. Aber dieser Kerl – ich weiß nicht, was aus ihm geworden ist – hat nicht nur mich überwacht, sondern auch Killan und Kusunda Ikusa. Das Band enthält eine Menge belastendes Material über Ikusa. Deshalb kam Killan auf die Idee, ihn damit zu erpressen. Davon habe ich ihr zwar dringend abgeraten, aber sie wollte einfach nicht auf mich hören. Sie hatte es sich in den Kopf gesetzt, die Sache ganz allein und ohne meine Hilfe durchzuziehen.

Was dabei herausgekommen ist, haben wir ja nun gesehen. Um ein Haar wären wir gestern abend von Ikusas Wagen niedergewalzt worden. Die Karre kam direkt über den Gehsteig auf uns zugeschossen! Wenn ich nicht im letzten Augenblick noch ein paar Schüsse auf den Fahrer abgegeben hätte, wären Killan und ich jetzt tot.«

»Immer schön der Reihe nach«, unterbrach ihn Tomi aufgeregt. Sie wußte, daß der Hamster von Nangi den Auftrag erhalten hatte, Ikusa zu überwachen. Hatte demnach das Band, das der Gangster gefunden hatte, dem Hamster gehört? Aber warum hatte der Hamster auch den Gangster überwacht? Doch plötzlich fiel es ihr wie Schuppen von den Augen: wegen Killan Oroshi.

Tomi griff nach dem Telefon und wählte die Nummer der Spurensicherung. »Ich brauche dringend ein paar Leute.« Sie gab die genaue Adresse des Gangsters durch. »Das Apartment nebenan steht im Augenblick leer. Lassen Sie es genauestens durchsuchen – und zwar sofort! Ich rechne spätestens in vierundzwanzig Stunden mit Ihrem Bericht.«

Sie hängte ein und wählte eine andere Nummer. Diesmal

erkundigte sie sich nach irgendwelchen ungewöhnlichen Verkehrsunfällen, die sich während der letzten vierundzwanzig Stunden ereignet hatten. Darauf erzählte ihr der zuständige Beamte von einem schwarzen Mercedes, der in einem Außenbezirk von Tokio in einen Laden gerast war. Seine beiden Insassen waren auf der Stelle tot gewesen. Seltsamerweise hatte die Windschutzscheibe des Unglückswagens zwei Einschußlöcher aufgewiesen.

Tomi erkundigte sich, ob die zwei Toten bereits identifiziert worden wären. Da ihr die zwei Namen, die ihr der Beamte am anderen Ende der Leitung daraufhin nannte, nichts sagten, erkundigte sie sich, ob die Personaldaten der zwei Toten auch schon in den Fahndungscomputer eingegeben worden wären. »Ja«, bestätigte ihr der Beamte. »Und aufgrund dessen haben wir den Fall auch sofort an die Mordkommission weitergeleitet. Die zwei Toten waren Yakuza-Killer.«

Tomi bedankte sich und hängte auf. Nachdem sie eine Weile nachdenklich dagesessen hatte, sah sie wieder den Gangster an. »Du hast recht. Kusunda Ikusa hat euch tatsächlich aus dem Weg zu räumen versucht. Mir bleibt also nichts anderes übrig, als dich vorerst in Schutzhaft zu nehmen. Wo ist Killan?«

»Ich...«

Tomi griff nach ihrer Handtasche und kam hinter ihrem Schreibtisch hervor. »Los, rück schon raus mit der Sprache, bevor es dafür endgültig zu spät ist.«

Auf dem Weg zum Ausgang hielt ihm Tomi ihre geöffnete Hand entgegen und sagte: »Gib schon her.«

Gehorsam ließ der Gangster den Minirecorder in ihre Handfläche gleiten.

Wohin Kusunda Ikusa auch sah, von allen Seiten sprang ihm sein eigenes Gesicht entgegen. Wenn er den Fernseher einschaltete, war gerade zu sehen, wie er Masuto Ishii einen dicken Umschlag mit Geld zusteckte. Und ganz gleich, welche Rundfunkstation er wählte – überall war der Skandal, in den er verwickelt war, Gesprächsthema Nummer eins.

Wenn er eine Zeitung aufschlug, prangte ihm schon von der ersten Seite sein Konterfei entgegen, meistens noch garniert mit ein paar Fotos von dem belastenden Videoband. Ikusa kam sich vor wie ein exotisches Tier in einem Käfig, das von allen Seiten neugierig beglotzt wurde.

Kaum war die erste Rundfunkmeldung über den Vorfall gekommen, läutete bei Ikusa auch schon das Telefon. Das durchdringende Geräusch ließ ihm das Blut in den Adern erstarren. Natürlich wußte er ganz genau, von wem der Anruf kam. Von Nami. Und ebenso deutlich war ihm auch bewußt, daß er von Namis Seite kein Pardon zu erwarten hatte. Denn eben jene engen Bande zu Nami, denen er bisher seinen unaufhaltsamen Aufstieg zu verdanken hatte, würden ihm nun zum Verhängnis werden. Die Schlinge würde sich um seinen Hals legen, sich immer enger ziehen. Und dann…

Aber so weit durfte er es auf keinen Fall kommen lassen. Dagegen mußte er dringend etwas unternehmen.

Draußen regnete es in Strömen, als Ikusa durch den Hintereingang aus dem Haus schlüpfte. Er trug Blue Jeans, ein UCLA-Sweatshirt und Basketballschuhe und hatte sich einen weiten Regenumhang übergeworfen. In dessen tiefen Taschen waren allerdings nicht nur seine geballten Fäuste vergraben.

Unbemerkt erreichte Ikusa die nächste U-Bahnstation. Während der Fahrt quer durch die Stadt hing er seinen Gedanken über die Vergänglichkeit der Macht nach. Wie lange schon hatte er sich eigentlich völlig unangreifbar gefühlt? Er wußte es nicht. Wenn man sich fühlte wie ein Gott, schien mit einemmal die Zeit stehenzubleiben. Eigenartig. Offensichtlich bestand irgendein seltsamer Zusammenhang zwischen Macht und Zeit – ein Phänomen, das nicht einmal ein Genie wie Einstein zu ergründen vermocht hatte.

Aber da war noch ein anderer, höchst interessanter Aspekt der Macht. Wenn man sich in ihrem Besitz befand, war sie etwas sehr Reales. Um so unwirklicher erschien sie einem dagegen, wenn man sie nicht hatte. Das ließ eigentlich nur eine Schlußfolgerung zu: Die Macht war letzten Endes nur eine Illusion. Denn etwas, das man so rasch erringen beziehungsweise wieder verlieren konnte, konnte eigentlich nur in den Köpfen der Menschen existieren.

Zeit zum Aussteigen. Ikusa stand auf. Und während er in der langen Schlange von Fahrgästen wartete, bis er an die Reihe kam, gelangte er zu dem Schluß, daß es nur eine Macht gab, die nicht auf Einbildung beruhte: wenn man einem anderen Menschen den Tod brachte.

Als er den U-Bahnhof verließ, hingen düster schwarze Wolken über der Stadt. Mit fast hämischer Schadenfreude prasselte der Regen auf das wogende Meer aus Regenschirmen nieder.

Ganz Tokio – nein, ganz Japan ist von Schafen bevölkert, dachte Ikusa. Immer nur ein einziges Ziel vor Augen, strömen sie alle in dieselbe Richtung. Obwohl auch er mitten unter ihnen ging, fühlte er sich nicht mehr länger dazugehörig. Wie ein Fesselballon, dessen Haltetaue gekappt worden waren, trieb er ziellos durch die Straßen.

Als er an einem shintoistischen Schrein vorbeikam, blieb er kurz stehen, um die Glocke zu läuten und die Shinto-Gottheiten um ihren Beistand zu bitten. Aber er mußte feststellen, daß ihm mittlerweile auch die Tröstungen der Religion verwehrt waren; abgeschnitten selbst von dieser elementaren Kraft, fühlte er sich mit einem Mal wie ein lebender Toter.

Dieses verdammte Videoband hatte ihn mit einem Schlag um *Tatemae*, sein Ansehen und seinen Ruf, gebracht. Er hatte sein Gesicht verloren. Gestern noch einer der mächtigen Männer Japans, war er heute nur noch ein Nichts – nein, schlimmer als das: ein Ausgestoßener.

Während er sich weiter seinen Weg durch das dichte Gedränge auf den Gehsteigen bahnte, fiel ihm plötzlich ein Lied aus einem populären Yakuza-Film ein, das seine gegenwärtige Situation sehr treffend umschrieb: *Rastlos streife ich durch die Stadt / Aber im warmen Lichterstrahl des Zuhauses / Sehe ich plötzlich meine Mutter / Und dann verblaßt auch sie vor meinen Augen.*

Plötzlich begann Ikusa zu weinen. Dabei stiegen Gefühle

in ihm auf, wie er sie sonst nur beim Betrachten der Kirschblüte empfunden hatte – eine tiefe Wehmut, hervorgerufen durch die Vergänglichkeit aller Schönheit.

Wie rasch die Zeit vergeht, dachte er. Wie schnell die Macht zerrinnt. Wie früh das Leben endet.

Erst als ihm aus einem Scheinwerfer unvermutet sein Spiegelbild entgegensprang, wurde er sich plötzlich bestürzt seiner Tränen bewußt. Er hatte nicht mehr geweint, seit er als kleiner Junge bei einem Aikido-Wettkampf seine erste Niederlage hatte einstecken müssen. Schon seit Jahren hatte er nicht mehr an sein Zuhause gedacht. Je mehr er im Zug seines unaufhaltsamen Aufstiegs an die Macht ein neuer Mensch geworden war, desto mehr hatte seine Vergangenheit an Bedeutung für ihn verloren. Seltsam, daß er ausgerechnet jetzt plötzlich an nichts anderes mehr denken konnte.

Schließlich hatte er das anonyme Dutzendhotel in Asakusa erreicht. Als er das Zimmer, das er suchte, gefunden hatte, warf er sich, ohne lange zu überlegen, gegen die Tür. Laut krachend flog sie unter seinem enormen Gewicht auf.

In dem karg eingerichteten Hotelzimmer gab es keine Möglichkeit, sich zu verstecken.

»Ich habe dich und den Verräter Kikoko beschatten lassen«, sagte Ikusa zu der Gestalt, die ihm aus dem Halbdunkel entgegenstarrte. »Eigentlich hätte ich mir das sparen können. Ich wußte, daß du dich wie ein Tier verkriechen würdest.«

»Ich dachte, hier hätte ich nichts zu befürchten«, erwiderte Killan Oroshi.

»Aber nicht, wenn ich hier bin«, sagte Ikusa ruhig und ging ganz langsam auf sie zu. »Inzwischen müßtest du eigentlich wissen, daß mit mir nicht zu spaßen ist.«

»Aber ich habe das Band doch gar nicht«, stieß Killan nervös hervor. »Ich habe es Seji gegeben, und er ist damit zur Polizei gegangen.«

»Das tut jetzt nichts mehr zur Sache.« Langsam, aber unaufhaltsam kam Ikusa immer näher auf Killan zu, bis er mit seiner gewaltigen Körperfülle fast den ganzen Raum auszufüllen schien.

Plötzlich riß Killan den Arm hoch. »Halt! Oder ich schieße!«

»Du glaubst doch nicht im Ernst, damit könntest du mich aufhalten. Es gibt nichts, womit du mich an meinem Vorhaben hindern könntest.« Seine Stimme klang fast liebevoll. Aber das machte sie nur um so bedrohlicher.

Killan hielt den Revolver mit gestrecktem Armen auf ihn gerichtet. »Ich meine es ernst!«

»Ich auch«, erwiderte Ikusa, ohne sich durch das bedrohliche Funkeln des Revolvers beeindrucken zu lassen.

Von draußen prasselte der Regen gegen die Jalousie. Ab und zu drückte ein plötzlicher Windstoß die Aluminiumblenden scheppernd gegen das Fenster. Und wenn ein Blitz durch die schmalen Zwischenräume der Jalousien zuckte, wurde der Raum für einen kurzen Moment in gespenstisches Licht getaucht.

»Keinen Schritt weiter!« schrie Killan. »Oder ich schieße!« Unnatürlich laut hallte das metallische Klicken von den kahlen Wänden wieder, als sie den Revolver spannte. »Ich weiß, daß du den Mann ermordet hast, der uns beschattet hat. Du hast ihm den Schädel eingeschlagen. Aber mit mir wird dir das nicht gelingen. So nahe werde ich dich nämlich nicht an mich heranlassen.«

»Du hättest mich nicht erpressen sollen, Killan. Das war ein Fehler. Aber auch ich habe einen Fehler gemacht: Ich habe über deine revolutionären Ideen einfach hinweggehört, weil ich dachte, du würdest früher oder später von selbst Vernunft annehmen.«

»Dein Fehler war vor allem, daß du versucht hast, mich für deine Zwecke einzuspannen«, zischte Killan haßerfüllt. »Das ist doch alles, was du kannst: andere schamlos auszunutzen. Was ist es plötzlich für ein Gefühl, selbst der Dumme zu sein? Und dabei dachtest du, alles so klug eingefädelt zu haben. Ohne auch nur mit der Wimper zu zucken, hast du meinen Vater aufs schamloseste für deine finsteren Zwecke eingespannt. Du hast ihm die Firma genommen, die er mit meinem Großvater in mühevoller Arbeit aufgebaut hat. Du hast sein ganzes Lebenswerk ruiniert und dazu immer nur gegrient wie ein unschuldiges kleines Kind.«

»Ich dachte, du haßt deinen Vater. Hast du mir etwa auch das nur vorgemacht?«

»Du warst ja immer so von dir eingenommen, daß du nicht einmal im Traum auf die Idee gekommen wärst, ich könnte dich vielleicht sogar noch mehr hassen als meinen Vater.« Killan lachte verächtlich. »Genau genommen hast du mir sogar einen ausgesprochenen Gefallen erwiesen: Du hast mich meinen Vater in einem völlig neuen Licht sehen lassen. Erst du hast mir die Augen geöffnet, was er geleistet hat und weshalb ihm die Firma so viel bedeutet. Nur dir und deinen widerwärtigen Intrigen habe ich es zu verdanken, daß ich meinen Vater schließlich doch noch verstehen und lieben gelernt habe.«

»Ein schwacher Trost, wenn man bedenkt, daß du gleich sterben wirst.«

»Nicht ich bin hier diejenige, die gleich sterben wird.«

Im selben Augenblick stürzte sich Ikusa auf sie. Killan drückte ab. Aber Ikusa ließ sich durch nichts mehr bremsen. Und als Killan einen zweiten Schuß abfeuerte, schnellte plötzlich sein linker Arm vor und traf sie mit einem schweren Gegenstand an der Schulter.

Vor Schmerz stieß Killan einen lauten Schrei aus, und im selben Augenblick begann sich auch schon der Stoff ihrer Bluse rot zu verfärben.

Auch Ikusa blutete. Eine Kugel hatte sich in seine Brust gebohrt, die andere in seine Hüfte. Doch er war durch nichts mehr aufzuhalten. Unbeirrbar ging er seinen Weg zu Ende.

Nur Killan hatte er es zu verdanken, daß er so tief gesunken war. Erst jetzt, als es längst zu spät war, wurde ihm klar, daß das Verhängnis bereits in dem Augenblick seinen Lauf genommen hatte, als er sich auf die Beziehung zu Killan eingelassen hatte. Sie war an allem schuld. In seiner maßlosen Verblendung hatte er geglaubt, gegen die Reize dieser verführerischen Frau gefeit zu sein. Er, der große Kusunda Ikusa, hatte sich eingebildet, er könnte auf dem Rücken des Drachen reiten, wie Killan es immer so schön ausgedrückt hatte. Doch erst jetzt wurde ihm klar, was er schon lange hätte wissen müssen: Der Drache war viel zu gefährlich, als daß er sich auch nur in seine Nähe hätte wagen dürfen.

Aber noch etwas anderes war ihm in der Zwischenzeit deutlich geworden: Wenn er den Drachen schon nicht reiten konnte, so konnte er ihn zumindest vernichten. Wenigstens so viel Macht war ihm noch geblieben.

Verzweifelt schlug ihm Killan mit dem Revolverlauf ins Gesicht, als sich seine fetten Wurstfinger um ihren Hals legten. Er blutete inzwischen so stark, daß er nichts mehr sehen konnte. Aber das war auch gar nicht mehr nötig. Er würde auch so zu Ende bringen, weshalb er hierhergekommen war.

Immer fester drückte Ikusa zu. Killan wollte schreien, aber sie brachte keinen Laut mehr hervor. Mit weit aufgerissenem Mund versuchte sie verzweifelt, nach Luft zu schnappen. Aber Ikusas riesige Pranken hatten sich wie ein Schraubstock um ihre Kehle gelegt. Und dann begann sie am ganzen Körper unkontrolliert zu zucken.

Ganz deutlich konnte Ikusa spüren, wie das Leben langsam, aber unaufhaltsam aus ihr wich – wie die Luft aus einem Ballon. In seinen Gliedern breitete sich bleierne Schwere aus. Seine Ohren begannen zu dröhnen, und das Blut in seinen Adern pochte so wild, als ob sie jeden Augenblick zu platzen drohten.

Und als er nun in ihr angstverzerrtes Gesicht mit den weit aufgerissenen Augen starrte, wünschte er sich nur noch eines: ihren Tod. Er sah den Revolver zwar hochkommen, aber er schaute ihr nur hohnlachend in die Augen, als wollte er sagen: Versuch's doch, wenn du noch genügend Kraft hast, um abzudrücken.

Haßerfüllt fauchte Killan ihn an. Ihr wurde bereits schwarz vor den Augen. Aber dieses Grinsen – dieses fiese, fette Grinsen gab dann doch den Ausschlag. Nein, diese Genugtuung würde sie ihm nicht lassen. So leicht ließ sie sich nicht unterkriegen.

Unter Aufbietung ihrer letzten Kräfte riß sie den Revolver hoch. Ihre Hände zitterten so sehr, daß an ein Zielen nicht mehr zu denken war. Und deshalb tat sie das einzige, wozu sie noch fähig war: Sie drückte den Abzug.

Von dem Knall platzten ihr fast die Trommelfelle. Die Wucht des Rückstoßs riß ihr fast den Revolver aus den Händen. Sie wollte schreien, aber wie in einem Alptraum brachte sie keinen einzigen Ton über die Lippen.

Sie war in die Knie gesunken. Ihre rechte Seite war vollkommen taub. Über ihre Beine floß ein warmes Rinnsal hinab. Alles war voll Blut – vor allem der mächtige Koloß, der vor ihr auf dem Boden lag und mit gebrochenen Augen an die Decke stierte.

Und dann gellte plötzlich ein markerschütternder Schrei durch den Raum. Die Tür flog auf, und mehrere Leute kamen in das Hotelzimmer gestürzt. Es waren vertraute Gesichter unter ihnen: der Gangster und Tomi Yazawa.

Erst jetzt wurde Killan bewußte, daß dieser durchdringende Schrei aus ihrer Kehle kam. Sie versuchte ihn abzustellen, aber sie konnte nicht. Wie durch einen dichten Nebel sah sie Tomi und den Gangster stehenbleiben und entsetzt auf sie herabstarren.

Ganz verschwommen bekam sie dann noch mit, wie ihr die beiden auf die Beine halfen und aufgeregt auf sie einredeten. Aber sie konnte nichts von dem verstehen, was sie sagten. Sie wollte nur noch eines: schreien, schreien und noch mal schreien. Also tat sie genau das.

Es war Senjins neunundzwanzigster Geburtstag. Allerdings gab es außer ihm nur einen einzigen Menschen, der das wußte: Shisei. Er hatte sie angerufen und eine kurze Nachricht auf ihren Anrufbeantworter gesprochen. Wo steckte sie nur? Eigentlich hätte sie sich doch schon in West Bay Bridge mit ihm treffen sollen. Warum war sie nicht gekommen? Dabei hatte er ganz fest mit ihr gerechnet. Er konnte es schon gar nicht mehr erwarten, sie wiederzusehen, ihr in die Augen zu schauen, ihre zarte Haut zu spüren, seine intimsten Gefühle und Gedanken mit ihr zu teilen und ihr wieder so nahe zu sein, wie sie das früher immer gewesen waren. Das wäre sein schönstes Geburtstagsgeschenk gewesen.

Senjin hatte seinen Geburtstag noch nie gefeiert. Keine Feier im Familien- oder Freundeskreis, keine Geschenke, nicht einmal eine Glückwunschkarte. Aber an diesem speziellen Geburtstag hatte er zum erstenmal das Gefühl, sich belohnen zu müssen. Er fand, daß er diesmal ein Geschenk verdient hatte. Denn mittlerweile befand er sich kurz vor dem Ziel des langen und beschwerlichen Weges, den zu beschreiten ihm von Geburt an bestimmt war. Nur für diesen einen Augenblick hatte ihn der *Sensei* ausgebildet, ohne dies freilich selbst ahnen zu können. Dazu hatte es ihm an der erforderlichen Freiheit des Denkens gefehlt. Der *Sensei* war zwar ebenfalls ein Tanjian und verfügte auch über die besondere Gabe, aber er war kein *Dorokusai* und konnte sich deshalb auch keine Vorstellung davon machen, was das bedeutete.

Auf Haha-san, fürchtete Senjin, traf das jedoch nicht zu. Noch gut konnte er sich an den Tag erinnern, an dem sie ihn einmal in die Stadt mitgenommen hatte. Die Fahrt dorthin hatte er als lange, beschwerlich und vor allem tödlich langweilig in Erinnerung. Viel lieber wäre er deshalb beim Mann vom Fluß zu Hause geblieben. Aber der *Sensei* war gerade wieder einmal für ein paar Tage spurlos verschwunden, wie er das mehrmals im Jahr tat. Und Shisei mußte irgendwelche Besorgungen für Haha-san erledigen.

In der Stadt ging Haha-san als erstes zur Bank. Dort wurden sie von einem steifen Bankangestellten mit einem noch steiferen Hemdkragen bedient. Nachdem der Mann Haha-sans Personalien aufgenommen hatte, ließ er sie ein langes Formular ausfüllen. Dabei entging Senjin nicht, daß sie in der Spalte für das Geburtsdatum nicht das ihre eintrug, sondern das von ihm und Shisei.

Nachdem sie die Bank wieder verlassen hatten, stellte Senjin sie deshalb zur Rede.

»Was du nicht sagst?« erwiderte Haha-san mit einem verträumten Lächeln. »Das war selbstverständlich nur ein Versehen. Aber wenn man bedenkt, was für ein wichtiger Tag in meinem Leben dein Geburtstag ist, ist das vielleicht gar nicht so verwunderlich.«

Erst viele Jahre später sollte Senjin begreifen, was sie damit gemeint hatte. Haha-san war so vollständig in der Sorge um ihre beiden Kinder aufgegangen, daß sich ihr ganzes Leben nur noch um sie drehte. Diese starke Nähe hatte allerdings auch zur Folge, daß sich Haha-sans negative Wesensmerkmale sehr stark auf die Zwillinge übertrugen. Vor allem waren das ihre Ängste und Zwangsvorstellungen, ihre psychische Unausgeglichenheit und ihre Einsamkeit – kurzum, all jene Schwächen, die sich zunehmend bestimmter auf Haha-sans Persönlichkeit auszuwirken begonnen hatten.

Senjin ließ seine Hand in seine Hosentasche gleiten und tastete dort fast zärtlich über das sorgfältig verschnürte Schächtelchen mit den Smaragden. Ganz deutlich konnte er das stumme Pulsieren ihrer magischen Kräfte spüren. Es waren sechs Steine- – eine gefährliche Zahl. Sie verhieß nichts Gutes. Nur zu deutlich war sich Senjin bewußt, wie gefährlich es war, die Steine ständig bei sich zu tragen. Denn die Konstellation des Skorpions, die sie bildeten, stand für Tod und Verderben. Und nur mit Hilfe seiner übernatürlichen Kräfte war es ihm möglich, diese gewaltige Bedrohung unter Kontrolle zu halten.

Deshalb mußte er so schnell wie möglich die restlichen Smaragde in seinen Besitz bringen. Denn erst, wenn die magischen Steine eine Neunerkonstellation bildeten, war er wirklich am Ziel all seiner Träume angelangt. Erst dann war er unsterblich. Erst dann verfügte er über die nötige Kraft, um der Welt seinen Willen aufzuzwingen.

Je länger er die grüne Eingangstür des umgewandelten Fabrikgebäudes in der Greene Street beobachtete, desto deutlicher spürte er, daß die restlichen Smaragde in unmittelbarer Nähe sein mußten.

Nur ihretwegen war er schließlich hier – und um Nicholas Linnear das Leben zur Hölle zu machen, bevor er ihn endgültig tötete.

Im Moment interessierte ihn Nicholas Linnear allerdings nur am Rande. Bis auf weiteres galt sein Hauptaugenmerk vor allem seiner Frau Justine. Nur von ihr würde er das Versteck der magischen Steine erfahren. Zehn Minuten mit ihr allein, und er hatte ihr das Geheimnis entlockt. Und dann, wenn sie ihren Zweck erfüllt hatte, würde er sie wie ein Insekt an der Wand zerquetschen.

Reglos stand Senjin im Dunkel eines Hauseingangs und wartete. Nach einer Weile verließ Conny Tanaka, der bedrohlich aussehende Japaner, dem das Loft gehörte, das Haus und entfernte sich in Richtung Houston Street, wo er in ein Taxi stieg.

Keine zehn Minuten später erschien Nicholas Linnear in der grünen Tür, sah sich kurz um und ging die Straße in die andere Richtung hinunter. Einen Moment lang wußte Senjin nicht, was er tun sollte. Einerseits hätte er natürlich gerne gewußt, was Nicholas Linnear vorhatte, aber andrerseits durfte er sich diese günstige Gelegenheit unter keinen Umständen entgehen lassen. Endlich war die Wohnung unbewacht. Senjin hatte Nicholas Linnear schon vor zwei Tagen vor den Büros von Tomkin Industries entdeckt und war ihm anschließend von dort zu Tanakas Kampfkunstschule gefolgt.

Aufgrund des außerordentlich umfangreichen Datenmaterials der Tokioter Polizei war Senjin schon bei seiner Ankunft in den Staaten genauestens über die einzelnen Orte in New York informiert gewesen, an denen sich Nicholas Linnear gewöhnlich aufhielt. Es hatte ihm deshalb keinerlei Schwierigkeiten bereitet, ihn hier aufzuspüren.

Auf das Loft in der Greene Street, wo Linnear und seine Frau bis auf weiteres Unterschlupf gefunden hatten, war Senjin allerdings erst durch Conny Tanaka aufmerksam geworden. Ob hier auch die restlichen Smaragde versteckt waren?

Inzwischen lag es bereits drei Tage zurück, daß Linnears Haus in West Bay Bridge ein Raub der Flammen geworden war. Und genauso lange lag Senjin hier auf der Lauer. Er hatte sich in Midtown ein Hotelzimmer genommen, wo er sich jedoch kaum aufhielt. Aber nachdem er seine Pläne so überstürzt hatte ändern müssen, war er dort wenigstens für Shisei jederzeit erreichbar. Seit das schöne Strandhaus für immer zerstört war, gab es nichts mehr, was Nicholas Linnear noch nach West Bay Bridge gezogen hätte. Und das galt auch für Senjin.

Senjin behielt die grüne Tür scharf im Auge. Sowohl Tanaka als auch Linnear hatten das Haus verlassen. Aber Justine mußte noch dort sein. Denn vor zwei Stunden hatte Senjin die drei das Haus betreten sehen. Und er wußte, daß es sonst keinen Ausgang gab.

Ob Justine allein im Haus war oder von jemandem bewacht wurde, war im Grunde genommen unerheblich. Nichts und niemand würde ihn daran hindern können, sie in seine Gewalt zu bringen. Die Frage war nur, wieviel Blutvergießen dazu nötig war.

Reglos verharrte er in seinem Versteck, bis Nicholas Linnear verschwunden war. Er warf einen kurzen Blick auf seine Uhr. Was war nur mit Shisei los? Warum war sie noch immer nicht hier?

Auf der Straße herrschte kaum Betrieb – zumindest für Tokioter Verhältnisse. Etwa in der Mitte des Blocks stand ein Kombi der Elektrizitätsgesellschaft am Straßenrand. Unmittelbar daneben befand sich ein offener Einstiegsschacht, der mit einer Absperrung aus schwarz-gelb gestreiftem Plastikband gesichert war, das die Aufschrift trug: VORSICHT HOCHSPANNUNG! LEBENSGEFAHR! Die Hecktür des Kombi stand weit offen. Die drei Männer von der Elektrizitätsgesellschaft waren schon vor einer ganzen Weile in dem Wartungsschacht verschwunden und führten dort vermutlich irgendwelche Ausbesserungsarbeiten an den Leitungen durch.

Es war kurz vor zwei. Senjin hatte sich in der Zwischenzeit genauestens mit den anderen Gebäuden des Blocks vertraut gemacht. Anschließend hatte er sich in einer Eisenwarenhandlung ein paar Dinge besorgt, die er für sein Vorhaben brauchte.

Er verließ sein Versteck und überquerte die Straße. Verschwommen konnte er die Stimmen der drei Elektriker aus dem Kabelschacht dringen hören.

Kurz entschlossen stieg Senjin in den Kombi, um wenig später in einem Overall mit dem Emblem der Elektrizitätsgesellschaft wieder aufzutauchen. Anschließend ging er auf den Eingang des Hauses neben dem von Conny Tanaka zu und knackte mit ein paar gezielten Handgriffen das Schloß. Natürlich hätte er auch auf einen der Klingelknöpfe drücken und sich als Monteur der Elektrizitätsgesellschaft ausgeben können. Aber er wollte lieber nicht riskieren, daß sich ein übervorsichtiger Mieter seinen Ausweis zeigen ließ.

Nachdem er sich Zugang zu dem Gebäude verschafft hatte, fuhr er in einem verstaubten Lastenaufzug ins oberste Stockwerk hinauf und ging zielstrebig auf eine Feuertür am Ende des Flurs zu. Sie führte aufs Dach hinaus und trug die Aufschrift: VORSICHT! NUR IM NOTFALL ZU BENUTZEN! ALARMAUSLÖSUNG!

Senjin kniete nieder und zog den Draht, der das Türschloß mit der Alarmanlage verband ein Stück heraus. Dann brachte er ein Stück Kabel mit zwei Metallklammern an dem Draht an und kniff diesen zwischen den beiden Klammern durch. Nun ließ sich die Tür so weit öffnen, wie das Kabel lang war. Senjin zwängte sich durch die schmale Öffnung und schloß die Tür wieder hinter sich.

Auf dem Dach war es glühend heiß. Die schwarze Asphaltbeschichtung war von der Hitze so stark aufgeweicht, daß Senjin nur im Schatten ging, wo der Asphalt nicht ganz so klebrig war.

Als er das Dach von Tanakas Haus erreichte, nahm er es erst einmal sehr sorgfältig in Augenschein. Nichts entging seinem scharfen Auge – kein Dachaufbau, keine Wölbung im Asphalt, keine noch so geringe Veränderung in der Oberflächenbeschaffenheit des Dachs, das auf der anderen Seite mit einer Schicht aus bläulich glitzerndem Rollsplit überzogen war. Genau in der Mitte des Dachs befand sich ein großes, leicht erhöht angebrachtes Oberlicht, das aus lauter kleinen Glasscheiben in einem lackierten Holzrahmen bestand. Senjin war sofort klar, daß wahrscheinlich vor allem dieses Oberlicht durch eine Alarmanlage gesichert war.

Nachdem er das Terrain gründlich sondiert hatte, beschloß er, zur Tat zu schreiten. Er wollte gerade über die niedrige Abgrenzungsmauer zwischen den zwei Dächern klettern, um aber schon im selben Moment mitten in der Bewegung zu erstarren. War ihm da nicht gerade ein kurzes

Aufblitzen in die Augen gestochen? Als er jedoch vorsichtig den Kopf herumdrehte, war es plötzlich nicht mehr zu sehen.

Erst als er den Kopf ganz langsam in die andere Richtung zurückbewegte, entdeckte er es wieder – ein schwaches Funkeln wie von einem Sonnenstrahl, der sich im Faden eines Spinnennetzes brach.

Senjin kniete nieder. Keine zehn Zentimeter vor ihm war ein hauchdünner Draht gespannt, der etwa in Knöchelhöhe um das ganze Dach herumführte. Einen Schritt weiter, und er hätte einen Alarm ausgelöst.

Eigentlich hätte er nur über den Stolperdraht zu steigen brauchen. Aber das wäre fast zu einfach gewesen. Eigentlich konnte das nur eine Falle sein. Nach kurzem Überlegen begann Senjin, aufmerksam seine Umgebung abzusuchen.

Und wenig später hatte er auch schon des Rätsels Lösung. Die Lichtschranke war zwar sehr raffiniert angebracht, aber er hatte die beiden Elektronenaugen trotzdem rasch entdeckt. Sie waren in Hüfthöhe angebracht, so daß er den Lichtstrahl beim Übersteigen des Drahts unweigerlich unterbrochen hätte. Nun war guter Rat teuer. Es gab nämlich keine Möglichkeit, die Lichtschranke außer Betrieb zu setzen.

Aber Senjin hatte bereits eine Idee. Nachdem er die Höhe des Stolperdrahts abgemessen hatte, holte er ein zusammengerolltes Seil aus seiner Tasche. Allerdings handelte es sich dabei um kein gewöhnliches Seil; es war aus Frauenhaar geflochten und somit extrem leicht und widerstandsfähig. An einem Ende des Seils war ein kräftiger Haken befestigt.

Als nächstes holte Senjin einen einfachen, etwa fünfzig Zentimeter langen Holzstab hervor, der sich jedoch bei näherem Hinsehen als eine Teleskopstange entpuppte, an deren Ende eine klauenartige Kralle befestigt war. Dabei handelte es sich um eine sogenannte *Shinobi kumade,* eine Kletterkralle. Nun befestigte Senjin den Haken des Seils an der Kralle und schob das Ganze unter dem Stolperdraht durch, bis sich der Haken an der Einfassung eines Lüftungsschachts verfing. Um sich zu vergewissern, daß der Haken hielt, zog Senjin kräftig an dem Seil. Der Haken hielt. Nun legte sich Senjin auf den Rücken und begann, sich an dem Seil Stück für Stück über das Dach zu ziehen.

Als er mit Kopf und Schultern unter dem Draht durch war, hielt er an. Sein Brustkorb war genauso hoch wie der Draht. Er atmete aus. Darauf senkte sich sein Brustkorb so weit, daß er sich gefahrlos ganz unter dem Draht durchziehen konnte.

Erst als er sicher war, daß er auch die Lichtschranke passiert hatte, richtete er sich auf, um den Haken wieder abzunehmen, das Seil einzurollen und es zusammen mit der Kletterkralle wegzupacken.

Dann nahm er sich das Oberlicht vor.

Natürlich war es gesichert. An einer der Scheiben war ein Druckdetektor angebracht. Wurde das Oberlicht einer bestimmten Belastung ausgesetzt, löste das sofort einen Alarm aus.

Der Auslösemechanismus war deutlich zu sehen. Das konnte nichts Gutes bedeuten. Durch die raffinierten Sicherheitsvorkehrungen, die er bereits glücklich überwunden hatte, war Senjin zur Genüge vorgewarnt. Vermutlich handelte es sich auch hier um eine Falle, um ungebetene Besucher vor dem eigentlichen Warnsystem abzulenken.

Doch das hatte bis später Zeit. Erst einmal machte er sich daran, den Druckdetektor für das Oberlicht außer Betrieb zu setzen. Dazu besprühte er ihn erst mit einem Vereisungsmittel, um ihn anschließend mit einem rasch härtenden Schaumspray einzuschäumen.

Dann kappte er an allen vier Ecken des Oberlichts die Drähte. Auf dem Dach war es totenstill. Nur hin und wieder drangen von der Straße ein paar gedämpfte Geräusche zu ihm herauf – die Sirene eines Krankenwagens, das Bellen eines Hundes, ein kurzes Hupen, gefolgt von heftigem Reifenquietschen. So allein wie eine einsame Wolke am Himmel schwebte Senjin über der Erde. Aber es hatte wohl nie eine tödlichere Wolke gegeben.

Alle viere weit von sich gestreckt, kroch Senjin vorsichtig auf das Oberlicht hinaus. Behutsam tastete er dabei den morschen Holzrahmen nach möglichen Schwachstellen ab.

Schon nach kurzem hatte er eine gefunden: Sie befand sich genau in der Mitte.

Er holte eine lange, hauchfeine Stahlklinge hervor und schob sie vorsichtig zwischen Rahmen und Glas. Das trockene Holz gab fast sofort nach. Vorsichtig machte sich Senjin daran, die Scheibe herauszulösen. Als der splitternde Holzrahmen leise zu knacken begann, rollte er sich unverzüglich aufs Dach zurück. Das Oberlicht hätte schon lange ausgebessert werden sollen.

Behutsam nahm Senjin die Scheibe aus dem Rahmen. Als er jedoch den Kopf durch die Öffnung strecken wollte, zuckte er gerade noch rechtzeitig zurück. Seinem scharfen Blick war auch der Hitzedetektor an der Einfassung des Oberlichts nicht entgangen. Bereits die Körpertemperatur eines Menschen hätte genügt, um einen Alarm auszulösen. Da auch die extreme Kälte des Vereisungssprays einen ähnlichen Effekt hervorgerufen hätte, verklebte er die Sensorplatte mit metallbeschichtetem Klebeband. Auf diese Weise konnte sie seine Körperwärme nicht mehr registrieren.

Erst dann zwängte er sich vorsichtig durch die Öffnung, verhakte die Teleskopstange an der Einfassung des Oberlichts und ließ sich daran nach unten.

Wie sich herausstellte, befand er sich in einem weitläufigen Dachgeschoß, das offensichtlich ausschließlich als Gerümpelkammer Verwendung fand.

Lautlos huschte Senjin auf die Tür zum Treppenhaus zu und lauschte. Es war nichts zu hören. Vorsichtig öffnete er die Tür einen Spalt und lauschte erneut. Wieder nichts. Nachdem er auch noch einen kurzen Blick nach draußen geworfen hatte, öffnete er die Tür gerade so weit, daß er mühelos hindurchschlüpfen konnte. Dann schloß er die Tür wieder.

Jetzt stand ihm nichts mehr im Wege.

»Warum hast du mich hierhergebracht?« wollte Nangi wissen.

Das Hallen des Donners drang sogar durch die dicken Mauern von St. Theresa.

»Ich empfinde nichts mehr, wenn ich hier bin. Absolut nichts.«

Wie Hagel prasselte der Regen gegen die hohen Glasfenster, so daß die Gottesmutter in der Kreuzigungsszene am ganzen Körper zu zittern schien.

»Psst«, zischte Umi. »Du störst nur den Gottesdienst.«

»Was kümmert mich noch der Gottesdienst?« erwiderte Nangi. »Seit ich meinen Glauben verloren habe, fühle ich mich an diesem Ort wie ein Fremder.«

»Du bist kein Fremder hier«, flüsterte Umi an seiner Seite. »Du bist nur blind.«

»Was weißt du schon von Gott?« hielt ihr Nangi entgegen. »Du befaßt dich zwar sehr ausführlich mit Mythologie, aber der christliche Gott ist kein Mythos – im Gegenteil, er ist etwas sehr Reales. Das macht auch den Unterschied zwischen dem Christentum und den anderen Religionen aus. Denn deren Götter sind tatsächlich nichts anderes als Mythen.«

»Trifft das deiner Meinung nach auch auf Buddha zu?«

Nangi entging nicht, daß sie sich nur über ihn lustig machte. Wenn er ganz ehrlich war, konnte er ihr das nicht einmal verdenken. Denn ihm war nur zu deutlich bewußt, daß er kein guter Katholik war; sonst wäre sein Glaube auch in Zeiten der Not und der Ungewißheit nicht ins Wanken geraten.

»Du sorgst hier nur für unnötige Begriffsverwirrung«, entgegnete er verdrießlich. »Buddha ist kein Gott, sondern eine Idealvorstellung.«

»Oder ein Mythos«, ließ Umi nicht locker. »Wie Jesus, der Sohn Gottes.«

»Und was ist dann deine Spinnenfrau, die schon seit Jahrtausenden die Geschicke der Hopi-Indianer bestimmt? Ist sie auch ein Mythos? Jedenfalls scheinst du fest an sie zu glauben.«

»Ich glaube nur an das, was wirklich ist«, konterte Umi. »Damit meine ich allerdings nicht nur das, was ich mit meinen Augen sehen oder mit meinen Händen greifen kann, sondern auch all das, was ich mit meinem inneren Auge wahrzunehmen fähig bin, wenn ich mich der Wirklichkeit ganz öffne. Es gibt nun mal gewisse ewige Wahrheiten, mein Bester. Und es gibt eine kosmische Uhr; allerdings mißt sie nicht das Verstreichen der Zeit, die nichts weiter ist als eine menschliche Illusion. Nein, diese Uhr zeigt den jeweiligen Stand des ständig in Veränderung begriffenen Kräftegleichgewichts zwischen Ordnung und Chaos an. Und früher oder später muß sich ein jeder von uns entscheiden, auf welche Seite er sich stellt.« Umi ergriff seine Hand. »Aber sobald wir diese Entscheidung getroffen haben, werden wir das Angesicht Gottes schauen. Und beim Anblick dessen, was wir darin widergespiegelt finden, werden wir plötzlich den Sinn unseres Daseins begreifen.«

»Willst du damit sagen, daß wir nur Spiegelbilder Gottes sind?« warf Nangi ein.

Umi drückte seine Hand. »Darum geht es nicht. Wir sind nichts anderes als Manifestationen der Ordnung oder des Chaos. In gewisser Weise könnte man sogar sagen, daß jeder von uns ganz aktiv für einen dieser beiden Aspekte des Daseins eintritt. Jedenfalls ist alles andere eine Illusion, die uns nur den Blick auf die Wahrheit verstellt. Wenn es einen Gott gibt, dann nur den, der in uns wohnt.«

Gegen seinen Willen mußte sich Nangi eingestehen, daß sie damit dem Kern der Sache sehr nahe gekommen war. Er rieb sich sein Bein, das aufgrund der feuchten Witterung zu schmerzen begonnen hatte. Zugleich spürte er, wie wieder tiefe Ruhe in ihm einkehrte. Das hatte er Umi zu verdanken. Dann senkte er den Kopf und begann zu beten.

Als er geendet hatte, sagte er: »Wenn ich nur wüßte, wo Nicholas steckt, wäre mir sicher leichter ums Herz.«

»Ich weiß, wo er ist«, erwiderte Umi. »Aber er hat mich gebeten, es dir nicht zu sagen. Er wollte nicht, daß du dir unnötig Sorgen machst.«

»Wie außerordentlich rücksichtsvoll!« schnaubte Nangi. »Und was tue ich jetzt wohl?« Er sah seine Frau finster an.

»Kurz vor dem Abflug hat mich Nicholas gebeten, in New York jemanden für ihn anzurufen.« Sie nannte Nangi die Nummer, die er ihr genannt hatte. »Der Mann, der sich unter dieser Nummer gemeldet hat, kennt Nicholas offensichtlich nur unter dem Namen Tick-Tick.«

»Das kann nur Conny Tanaka gewesen sein«, nickte Nangi. »Nicholas hat mir schon des öfteren von ihm erzählt.«

Umi sah ihren Mann eindringlich an und sagte: »Ich glaube, du solltest für Nicholas beten.«

»Ich schließe ihn immer in meine Gebete ein. Er ist wie ein Sohn für mich. Er wird mein Erbe weiterführen.«

»Dann solltest du noch einmal für ihn beten. Bete darum, daß er dich überleben wird.« Umis Worte lagen wie Rauch in der jetzt stillen Kirche. »Der *Dorokusai* will ihn nun endgültig vernichten. Das ist das Weltende, das in vielen Kulturen vorhergesagt wird. Doch bevor es soweit ist, wird Tod über uns hereinbrechen. Tod, Tod und nochmals Tod.«

Geschafft! Senjin befand sich in Conny Tanakas Loft. In der Höhle des Löwen. Ruhig atmend stand er vor der Tür zum Dachboden und ließ seine Aura nach allen Richtungen ausströmen. Ohne sich auch nur einen Schritt von der Stelle zu bewegen, machte er sich nun daran, mit Hilfe seines Zweiten Gesichts das ganze Haus zu durchsuchen.

Es dauerte nicht lange, und er hatte Justine entdeckt. Ohne sich lange bei ihr aufzuhalten, fuhr er mit seiner Suche fort. Außer ihr war niemand im Haus. Aber er hörte eine Stimme.

Nicholas Linnears Stimme.

Angespannt lauschend, streifte sich Senjin etwas Dunkles, Schweres über seine rechte Hand. Jetzt kam alles darauf an, daß er herausfand, woher diese Stimme kam.

Senjin dehnte seine Finger. Straff spannte sich das Leder des *Nekode* um seine Hand. Der Rücken des traditionellen Kampfhandschuhs der Ninja war so dicht mit Stahldornen besetzt, daß man damit sogar einen Schwertstreich abwehren konnte.

Lautlos stieg Senjin die Treppe hinunter.

»Nun hat der Geist des Leidens Eingang in dich gefunden. Dein Geist, demütig dem Urteil des Himmels unterworfen, sinkt immer tiefer. Unaufhaltsam zeiht ihn die Schwerkraft zur Erde nieder. Befreit von den Fesseln der Zeit, nimmt der Sog der Ewigkeit beständig

zu. Die Stimmen des Lichts verschaffen sich Gehör. Wie eine tröstende Hand streicht ihr Klang über deine Haut. Vernimm nun den Urteilsspruch des Himmels: Ich schlage dich in Ketten aus Eisen.«

Immer und immer wieder wiederholte Nicholas Linnears Stimme diese Worte – wie ein Gebet oder eine Litanei. Wie angewurzelt blieb Senjin plötzlich stehen. Nicholas Linnear muß irgendwo hier sein, schoß es ihm durch den Kopf. Aber wo? Ich kann ihn nirgendwo finden. Seine Anrufungen gelten *Kokoro,* dem Herz der Dinge. Aber was bezweckt er mit diesem alten Tau-tau-Zauber?

»Nun hat der Geist des Leidens in dich Eingang gefunden.«

Es hatte keinen Sinn, sich darüber noch länger den Kopf zu zerbrechen. Statt dessen konzentrierte sich Senjin nun ganz auf Justine. Lautlos schlich er die Treppe hinunter.

»...zieht ihn die Schwerkraft zur Erde nieder.«

Im ersten Stock fand er sie.

»... nimmt der Sog der Ewigkeit beständig zu.«

Justine lag auf einer Couch und schlief. Der Raum lag in ominösem Halbdunkel. Und unbeirrt fuhr Nicholas Linnears Stimme fort: *»Die Stimmen des Lichts verschaffen sich Gehör.«*

Die hohen Fenster waren von schweren Vorhängen verdeckt. Matt schimmerte das alte Parkett. Kostbare Perserteppiche dämpften den Schritt. Zwei vergoldete Rokokostühle standen sich in stummem Zwiegespräch gegenüber, und in den dunklen Ecken des Raums lauerten, fast unsichtbar, vier riesige schwarze Lautsprecherboxen. Das also war des Rätsels Lösung. Aus ihnen kam Nicholas Linnears Stimme.

»Wie eine tröstende Hand streicht ihr Klang über deine Haut.«

Erleichtert atmete Senjin auf. Er ist als doch nicht hier. Die unablässig wiederholten Gebete dienten lediglich dem Schutz seiner Frau. Senjin trat einen Schritt näher auf Justine zu. Sie atmete in ruhigen Zügen. Kein Zweifel, sie schlief tatsächlich. Aber warum hatte Linnear seine Frau ganz allein hier zurückgelassen?

»Vernimm nun den Urteilsspruch des Himmels...«

Sollte Linnears Vertrauen in die ausgeklügelten Sicherheitsvorkehrungen auf dem Dach so groß sein, daß er glaubte, seine Frau hätte hier tatsächlich vor niemandem etwas zu befürchten? In diesem Fall hatte er die Rechnung allerdings ohne Senjin gemacht.

»Ich schlag dich in Ketten aus Eisen.«

Unvermutet schlug Justine die Augen auf. Als ihr Blick auf Senjin fiel, setzte sie sich auf. »Was willst du hier?«

»... hat der Geist des Leidens Eingang in dich gefunden.«

»Was willst du von mir? Warum bist du mir sogar hierher gefolgt?«

»Du kannst dich nicht an mich erinnern.« Lautlos wie ein Gespenst bewegte sich Senjin auf sie zu und starrte sie dabei durchdringend an. »Ich bin nur eine Ausgeburt deiner Träume.«

»So einsam wie eine Wolke am Himmel«, sagte Justine. Sie erschauderte am ganzen Körper, als Senjin sie berührte.

»Dein Geist, demütig dem Urteil des Himmels unterworfen, sinkt immer tiefer.«

»Diese Stimme«, sagte Senjin und strich mit der Hand über ihr Haar. »Kannst du sie nicht abstellen?«

»Ich höre keine Stimme... außer deiner und meiner.«

»Befreit von den Fesseln der Zeit, nimmt der Sog der Ewigkeit beständig zu.«

Kurz entschlossen riß Senjin einfach die Lautsprecherkabel heraus.

»Die Stimmen des Lichts verschaffen sich Gehör. Wie eine tröstende Hand streicht ihr Klang über deine Haut.«

Aber Nicholas Linnears Stimme war noch immer nicht verstummt. Sie drang aus allen vier Wänden, aus der Decke und aus dem Fußboden. Der ganze Raum hallte wieder von ihrem Klang.

»Warum siehst du mich so seltsam an?« fragte Justine flüsternd.

Senjin nahm ihr Gesicht zwischen seine Hände. »Wo sind die Smaragde, die dein Mann versteckt hat?« Das sagte er in demselben Ton, in dem er sich in der Eisenwarenhandlung nach dem Vereisungsspray und den anderen Artikeln erkundigt hatte, mit denen er den Laden wenig später, ohne zu zahlen, wieder verlassen hatte.

»Sie sind in einer Schachtel.«

»Und wo hat dein Mann diese Schachtel versteckt, Justine? Hat er sie vergraben?« Inzwischen war ihr Senjin ganz nahe gekommen.

»Nein, er hat sie mit der Post verschickt.«

»Wohin?«

Ihre Stirne legte sich in Falten. »Das weiß ich nicht. Ich...«

»Natürlich weißt du es«, drang Senjin in sie. »Du hast doch die Adresse gesehen.«

»Nein, ich...«

»Denk nach!«

Sein Tonfall hatte sich so abrupt verändert, daß Justine heftig zusammenzuckte.

»Nun hat der Geist des Leidens Eingang in dich gefunden...«

»Du weißt es, Justine!«

»Ja, ich glaube, du hast recht. Mein Mann hat einen sehr guten Freund. Er heißt Lewis Croaker und lebt zur Zeit auf Marco Island in Florida. Er hat dort ein Boot und...«

Senjins Kopf zuckte so heftig herum, daß seine Nackenwirbel leise knackten. Da! Ein Geräusch!

»Befreit von den Fesseln der Zeit, nimmt der Sog der Ewigkeit beständig zu.«

Da war jemand. Über ihm waren leise Geräusche zu hören. Man hatte sein Eindringen bemerkt.

Mit den Daumenballen drückte Senjin Justine die Augen zu und legte sie auf die Couch zurück. Dann stürzte er ans Fenster und riß die Vorhänge auf. Aber dahinter tat sich kein Fenster auf, sondern nur eine täuschend ähnliche Trompe-l'œil-Malerei, die eine französische Landschaft darstellte.

Senjin wirbelte herum und rannte aus dem Raum. Jemand kam die Treppe herunter. Aber als er sich seines Zweiten Gesichts bedienen wollte, um festzustellen, um wen es sich dabei handelte, konnte er nichts erkennen als eine undurchdringliche schwarze Wand. Nicholas Linnear!

Hals über Kopf stürzte Senjin die Treppe hinunter.

Plötzlich war er von undurchdringlichem Dunkel umgeben. Er blieb wie angewurzelt stehen. Zielstrebig tasteten sich seine fünf Sinne nach allen Richtungen vor. Den deutlich vernehmbaren Schritten über ihm schenkte er keine Beachtung mehr. Nicholas Linnear war hier! Aber erst mußte Senjin die Orientierung wiederfinden.Endlich war es soweit. Der große Augenblick war gekommen. Nun würde er Nicholas Linnear endgültig vernichten. Trotzdem wäre er zu diesem Kampf lieber auf neutralem Boden angetreten.

Als er sich mit Hilfe seines Zweiten Gesichts zu orientieren versuchte, sprang ihm von allen Seiten sein eigenes Spiegelbild entgegen. Und dann, ganz plötzlich, war da auch noch das von Nicholas Linnear.

»Nun hat der Geist des Leidens Eingang in dich gefunden.«

Und er fand sich keineswegs nur einem Nicholas Linnear gegenüber – nein, es waren mindestens fünf oder sechs. Das war das erstemal, daß sein Zweites Gesicht versagte. Und da er keinen Zugang zu Nicholas Linnears Denken fand, konnte er plötzlich Illusion nicht mehr von Wirklichkeit unterscheiden.

Wenn er sich zur Seite drehte, drehte sich auch Linnear zur Seite. Oder handelte es sich dabei nur um ein Spiegelbild? Das herauszufinden, gab es nur eine Möglichkeit.

»Dein Geist, demütig dem Urteil des Himmels unterworfen, sinkt immer tiefer.«

Senjin ging in die Knie. Und dann ein kurzes Vorschnellen seines Handgelenks. Einmal, zweimal, dreimal. Mit einem leisen Pfeifen schossen die messerscharfen Klingen direkt auf Nicholas Linnears Brust zu. Aber keine von ihnen traf ihr Ziel. Statt dessen ging in einer Explosion aus klirrendem Glas ein Spiegel nach dem anderen zu Bruch.

»Die Stimmen des Lichts verschaffen sich Gehör.«

Nur ein Nicholas. Nur ein Senjin.

»Hier bin ich«, verschaffte sich plötzlich Nicholas' Stimme Gehör. Aber das war nicht dieselbe Stimme, die mit einschläfernder Monotonie weiterhin das Herz der Dinge beschwor. »Nur meinetwegen bist du doch gekommen.«

Doch als Senjin sich mit einem mächtigen Satz auf ihn stürzte, krachte er nur gegen eine Wand aus Glas. Klirrend ergoß sich eine Kaskade aus unzähligen winzigen Glassplittern über ihn. Und dann wurde er plötzlich von hinten gepackt und herumgewirbelt – so unnachsichtig, wie das nur ein Tanjian konnte.

»Wie eine tröstende Hand streicht ihr Klang über deine Haut.«

Erst jetzt durchschaute er Nicholas Linnears Taktik. Es war ein schwerer Fehler gewesen, dem Inhalt der Litanei keine Beachtung zu schenken. Unter keinen Umständen hätte er die Worte der uralten Anrufung ignorieren dürfen. Aber er hatte sich von dem monotonen Singsang einlullen lassen. Er hatte den Fehler begangen, das Ganze nur als ein plumpes Ablenkungsmanöver zu betrachten. Schließlich hatte er es auf Nicholas Linnear abgesehen und nicht auf seine auf Band gesprochene Stimme.

Und doch verfügte diese Stimme über dieselbe Kraft, als hätte Nicholas Linnear die Worte der uralten Anrufung selbst gesprochen. Während Senjin seiner Frau das Versteck der fehlenden Smaragde zu entlocken versucht hatte, hatte Linnear durch die endlos wiederholten Anrufungen das Herz der Dinge in Schwingung ersetzt.

»Vernimm den Urteilsspruch des Himmels...«

Mit einem blitzartigen Ausfallschritt setzte Senjin zu einer ›Aufsteigenden Wolke‹ an. Bei diesem Schlag, den man normalerweise in kniender Haltung ausführt, konzentriert man seine ganze Kraft auf eine Stelle über dem Steiß, die genau dem Sitz von *Hara* gegenüberliegt, dem Mittelpunkt aller menschlichen Energie. Da im Knien den Beinen und den Hüften keine nennenswerte Funktion zukommt, muß bei diesem Schlag alle Kraft aus dem Oberkörper kommen.

Als Senjin nun allerdings die Aufsteigende Wolke aus dem Stand heraus ausführte, kam Nicholas für einen Moment aus dem Konzept. Und dieses kurze Zögern machte sich Senjin unnachsichtig zunutze, um ihn mit Ellbogen und Handkanten zu attackieren.

Taumelnd wich Nicholas zurück, und Senjin, der inzwischen wieder die Oberhand gewonnen hatte, brachte nun ein paar gezielte Schläge gegen die Nervenmeridiane in Nicholas' Oberarmen an. Wenn Senjin gewollt hätte, hätte er Nicholas mit einigen wenigen Schlägen töten können. Aber er hatte anderes im Sinn: Nicholas Linnear sollte eines langsamen und grausamen Todes sterben; er sollte hilflos mit ansehen müssen, wie erst seine engsten Freunde, dann seine Frau und schließlich er selbst grausam verstümmelt und getötet wurden.

Und dann, mit zwei blitzschnellen Schlägen, wendete sich das Blatt erneut. Indem er sich abrupt nach unten sinken ließ, wich Nicholas nicht nur Senjins Schlägen aus, sondern durchbrach damit gleichzeitig auch seine Deckung.

Aber auch Senjin ging blitzschnell nach unten, um Nicholas weiter zu attackieren. Aber damit hatte Nicholas bereits gerechnet. Er nahm eine scheinbar ungünstige Yin-Haltung ein. Aber schon im nächsten Moment setzte er aus dieser Position zu einem gefährlichen Gegenangriff an.

Als Nicholas dabei seine Hände nach unten nahm, folgte auch Senjin seinem Beispiel. Denn als Tanjian hatte er gelernt, immer der Bewegung der Hände zu folgen und nicht einem Zucken der Schulter, einer Drehung des Kopfs, einem Flackern des Blicks. Denn all das konnte lediglich der Irreführung des Gegners dienen. Deshalb lautete eine wichtige Grundregel: Du mußt immer der Bewegung der Hände folgen, denn nur von der Stelle, wo sie sich gerade befinden, kann der nächste Angriff erfolgen.

Als sich ihre Fingerspitzen berührten und Senjin Nicholas' Hände verächtlich zurückstieß, riß Nicholas seine Hände unvermutet auseinander und hieb mit den Handkanten blitzschnell auf Senjins vorübergehend ungedeckte Brust ein.

Taumelnd wich Senjin zurück und schlug dabei mit dem Kopf so heftig gegen einen der zerbrochenen Spiegel, daß ihm ein messerscharfer Splitter das linke Ohr aufschlitzte. Diese Gelegenheit nutzte Nicholas und setzte so unnachsichtig nach, daß Senjin erneut gegen die Wand zurückgeschleudert wurde. Und wieder bohrte sich der Splitter schmerzhaft in seine Haut.

Als Nicholas jedoch noch einmal zuschlug, ignorierte Senjin die Schmerzen. Obwohl ihm fast schwarz vor Augen wurde, wich er diesmal nicht zurück. Es kostete ihn unendliche Willensanstrengung, nicht die Konzentration zu verlieren. Aber vor allem mußte er jetzt Zeit gewinnen, um seine Schmerzen unter Kontrolle zu bekommen.

Er machte eine blitzschnelle Drehung, so daß er Nicholas plötzlich mit der linken Schulter gegenüberstand. Und als Nicholas zum Angriff ansetzte, schmetterte ihm Senjin mit einem gezielten Schwinger die Hände gegen sein Gesicht zurück. Gleichzeitig rammte er ihm sein rechtes Knie in den Unterleib.

Als Nicholas darauf in die Knie ging, stürzte Senjin an ihm vorbei und rannte die Treppe hinauf, wo Justine lag. Wenn er sie in seine Gewalt bringen konnte, war ihm Nicholas wehrlos ausgeliefert.

»*... ich schlage dich in Ketten aus Eisen.*«

»Ich hätte gern mal mit dem Gangster gesprochen«, sagte Nangi. »Offensichtlich kommt ihm bei dem Ganzen eine wichtige Schlüsselfunktion zu – obwohl ich bezweifle, daß ihm das selbst bewußt ist.«

Tomi nickte und führte Nangi in den Vernehmungsraum. Obwohl Kusunda Ikusa inzwischen bereits drei Tage tot war, war Tomi nicht bereit, auch nur das geringste Risiko einzugehen. Da sich noch immer nicht absehen ließ, wie viele Leute tatsächlich in diesen Fall verwickelt waren, behielt sie den Gangster sicherheitshalber noch immer in Schutzhaft. Dazu kam auch, daß Nangi gerade mit Nami in langen Verhandlungen über das weitere Schicksal von Sato International und Tomkin Industries steckte, bei denen sich beide Seiten nichts schenkten.

»Sie werden alles, was Sie brauchen, hier finden«, sagte Tomi zu Nangi und ging, um den Gangster zu holen.

Selbst jetzt noch mußte sie ständig an den schrecklichen Anblick denken, der sich ihr geboten hatte, als sie in Killan Oroshis Hotelzimmer gestürmt war. Eigentlich hätte sie den Gangster unter keinen Umständen in das Hotel mitkommen lassen dürfen, aber er hatte sich durch nichts davon abhalten lassen. Er fühlte sich in dieser Angelegenheit nun einmal für Killan verantwortlich. Deshalb hatte er sie ja auch mit allen

Mitteln von ihrem Vorhaben abbringen wollen. Aber aufgrund ihrer tief sitzenden Abneigung gegen Tomi hatte sich Killan nicht dazu bewegen lassen, mit dem verhängnisvollen Band zur Polizei zu gehen und ein umfassendes Geständnis abzulegen.

Arme Killan. Der Anblick ihres blutüberströmten Gesichts und ihre durchdringenden Schreie gingen Tomi nicht mehr aus dem Kopf. Es wurde langsam Zeit, daß der Gangster erfuhr, wie es ihr ging.

Als Tomi seine Zelle betrat, war seine erste Frage: »Sie ist tot, nicht wahr? Ikusa hat sie umgebracht.«

»Das hat er zumindest versucht«, bestätigte ihm Tomi.

Der Gangster trat auf den hallenden Korridor hinaus. »Soll das heißen, sie lebt? Ist Killan noch am Leben?«

»Ja.«

Der Gangster war kaum mehr wiederzuerkennen. Er war mit den Nerven vollkommen am Ende. Als hinter ihm die Zellentür zuschlug, zuckte er heftig zusammen.

»Ein Aufenthalt in so einer Zelle verändert einen ganz schön«, sagte er mit einem nervösen Lächeln, als sie den langen Korridor hinuntergingen. »Du hast mich hier zwar nur zu meinem Schutz unterbringen lassen, aber für das, was ich getan habe, hätte ich es eigentlich verdient, richtig hier einzusitzen.« Er schluckte. »Was wird nun aus mir werden, Tomi?«

»Das hängt ganz davon ab.« Als er sie darauf jedoch nur noch verzweifelter ansah, fügte sie rasch hinzu: »Keine Sorge, du hast nichts zu befürchten. Meines Wissens hast du bisher gegen kein Gesetz verstoßen.«

»Aber vom moralischen Standpunkt…«

»Das ist eine ganz andere Sache«, unterbrach ihn Tomi. »Zu deinem Glück hat sich die Polizei nur nach den geltenden Gesetzen zu richten, nicht nach moralischen Gesichtspunkten.«

Der Gangster holte tief Luft und strich sich durch seine wasserstoffblonde Stachelfrisur. »Was hast du dann vorhin mit diesem ›Das hängt ganz davon ab‹ gemeint?«

»Da ist ein Mann, der dich sprechen möchte. Sein Name

ist Tanzan Nangi. Ich weiß, daß du schon von ihm gehört hast.« Um Tomis Lippen spielte ein wissendes Lächeln. Schließlich waren es Nangis Computer in der Hauptverwaltung von Sato International gewesen, an denen der Gangster sein MANTIS-Virus zum erstenmal getestet hatte. »Letztendlich wird die Entscheidung, was mit dir geschieht, Nangi-san überlassen bleiben.«

Der Gangster stöhnte nur gequält und ließ den Kopf noch tiefer hängen.

Nangi hatte gerade den Kassettenrecorder ausgeschaltet, als Tomi ihren Freund in den Vernehmungsraum führte. Er drehte sich herum und sah Seji Kikoko forschend an. »Das Band war gerade zu Ende.« Er schob den Kassettenrecorder beiseite und zog ein Lacktablett mit einer Teekanne, drei Schalen und einem Rührbesen zu sich heran. »Ich habe schon etwas Tee gemacht. Sicher sind Sie durstig. So ein Gefängnisaufenthalt ist kein Zuckerlecken – auch wenn man sich nur in Schutzhaft befindet.«

Mit ein paar geschickten Handbewegungen schäumte er den Tee mit dem Rührbesen auf und reichte dem Gangster eine Schale. »Nehmen Sie doch Platz, Kikoko-san. Und trinken Sie erst einmal in Ruhe. Wir beide haben noch einiges zu bereden.«

Als Shisei in Senjins New Yorker Hotel eintraf und sich an der Rezeption nach ihrem Bruder erkundigte, händigte ihr der Portier ein Kuvert aus. Shisei ging in die Damentoilette und riß hastig den Umschlag auf. Er enthielt einen Zettel mit folgender Nachricht:

Schwester, wo steckst du? Wo warst du die ganze Zeit? Ich erwarte dich dringend.

Darunter stand die Adresse von Conny Tanakas Loft in der Green Street. Nachdem Shisei die Nachricht kurz überflogen hatte, warf sie den Zettel ins Klo und spülte ihn hinunter.

Die nächsten drei Tage verbrachte Shisei im Hotelzimmer ihres Zwillingsbruders. Drei Tage lang lag sie nur im Bett, starrte an die Decke und lauschte den gedämpften Stimmen, die aus den angrenzenden Zimmern zu ihr herüberdrangen.

Wenn sie dachte, es wäre wieder mal Zeit, etwas zu essen, ließ sie sich einen Hamburger oder ein Coke aufs Zimmer bringen. Allerdings hatte sie das ungewohnte Essen spätestens nach zwanzig Minuten wieder erbrochen. Und doch empfand sie den ekelhaften Nachgeschmack, den sie darauf im Mund hatte, als etwas Tröstliches: Wenigstens dann spürte sie, daß sie noch am Leben war.

Das war immer noch besser, als untätig im Bett zu liegen und dumpf an die Decke zu starren – und den Geräuschen ringsum zu lauschen: dem ständigen Türenschlagen, den Stimmen der anderen Hotelgäste und dem trägen Schlurfen des jamaikanischen Zimmermädchens, das immer einen weiten Bogen und Senjins Zimmer mit dem NICHT-STÖREN-Schild am Türknopf machte.

Shisei wurde Zeuge lautstarker Auseinandersetzungen und belangloser Unterhaltungen, fröhlichen Kindergelächters und durchdringenden Geheuls, und das alles untermalt vom hirnlosen Gequassel ständig laufender Fernseher; und nachts, wenn es langsam stiller wurde, kam dann noch das rhythmische Keuchen und stöhnen sich paarender Menschen dazu, und das alles ganz hautnah, gleich hinter den hauchdünnen Wänden ihres Zimmers – oder hätte man in ihrem Fall eher von einer Vorhölle sprechen sollen, in der sie ungeduldig darauf wartete, daß sich in ihrem heftigen Widerstreit der Gefühle endlich eine Lösung abzuzeichnen begann.

Schwester, wo steckst du? Wo warst du die ganze Zeit? Ich erwarte dich dringend.

Giri. Shiseis tief verwurzeltes Pflichtgefühl lag in einem erbitterten Widerstreit mit ihrem nicht minder stark ausgeprägten Unabhängigkeitsbedürfnis. Senjin brauchte sie. Noch nie hatte sie ihm ihre Hilfe verweigert, wenn er sie um einen Gefallen gebeten hatte. Das war diesmal anders. Sobald sie sich gegenüberstanden, würde er alles wissen – alles, was zwischen ihr und Cotton Branding war. Und auf keinen Fall würde er diese Beziehung gutheißen. Er würde ihr ein genauso gewaltsames Ende bereiten wie ihrer Beziehung zu Jeiji.

Wieder einmal quälte sich Shisei vom Bett hoch, um sich ins Bad zu schleppen. Dort gab es zwei Spiegel – einen an der Innenseite der Tür und einen über dem Waschbecken. Wenn sie den Spiegel an der Tür in den richtigen Winkel brachte, konnte sie darin die Spinne auf ihrem Rücken betrachten.

Senjins Spinne. Sein Verhängnis und seine Rettung. Es hieß, daß auch die Dämonenfrau eine solche Spinne auf ihrem Rücken gehabt hatte – die Dämonenfrau, vor der Senjin so schreckliche Angst hatte. Indem er das grauenerregende Bild dieser Spinne für immer in die Haut von Shiseis Rücken gegraben hatte, hatte Senjin nicht nur das Unheil gebannt, das ihm von der Dämonenfrau drohte – nein, zugleich hatte er damit auch noch seine Schwester für immer an sich gekettet.

Ursprünglich, hatte Senjin Shisei einmal erzählt, war die Dämonenfrau die Frau eines reichen Fischers gewesen, der zusammen mit seinem Vater ein großes Boot besaß. Zu den zahlreichen Aufgaben und Pflichten der Fischersfrau gehörte es, Nacht für Nacht zu den Häusern der einzelnen Besatzungsmitglieder zu gehen und sie zu wecken, damit das Boot pünktlich um drei Uhr morgens zum Fischfang auslaufen konnte.

In manchen Nächten, wenn die Luft mild war und das Mondlicht über die Wellen tanzte, spielte die Fischersfrau hin und wieder mit dem Gedanken, sie wäre eine Meerjungfrau auf einem einsamen Felsen.

Aber in den meisten Fällen wurde sie auf ihrer nächtlichen Runde nur von schrecklicher Angst geplagt. Oft war dann nichts zu hören als das leise Rauschen der Brandung und das klägliche Heulen des Winds in den Krüppelkiefern. Im Winter kam noch die schneidende Kälte dazu, und wenn es zu allem Überfluß auch noch regnete, war sie schon nach wenigen Metern bis auf die Haut durchnäßt.

Es gehörte auch zu ihren Aufgaben, bei der Rückkehr des Boots die Frauen der anderen Fischer am Hafen zusammenzutrommeln, damit sie beim Ausladen des Fangs halfen und die Fische anschließend zum Markt brachten. Wenn eines der Besatzungsmitglieder krank wurde oder aus einem anderen Grund ausfiel, mußte sie Ersatz beschaffen.

Manchmal ergab es sich, daß sie sich auf ihrem Rundgang verspätete. Gerade bei Regen oder Schnee war der schmale, felsige Pfad am Strand entlang ganz besonders tückisch, und je mehr sich die Fischersfrau beeilte, desto häufiger glitt sie auf den glatten Felsen aus.

Dabei verletzte sie sich oft so schmerzhaft, daß sie lange hilflos auf den kalten Steinen liegenblieb, bevor sie sich mühsam wieder hochrappelte und ihren Weg fortsetzte, um nur ja ihre Pflicht nicht zu vernachlässigen.

Wenn sie sich trotzdem verspätete, wurde sie von ihrem Mann oder ihrem Schwiegervater jedesmal streng gescholten. ›Kann man sich denn gar nicht auf dich verlassen‹, hielten sie ihr vor. ›Bist du nicht einmal für die einfachsten Dinge zu gebrauchen?‹

Aber die Fischersfrau beklagte sich mit keinem Wort, sondern fügte sich geduldig in ihr Schicksal. *Giri*. Es war ihr ganzer Lebensinhalt, ihrem Mann treu zu dienen. Ohne *Giri* war sie ein Nichts. Genausogut hätte sie ein wildes Tier sein können, das die Wälder durchstreifte. Sie fand, daß sie *Giri* viel verdankte. Denn erst die treue Pflichterfüllung machte sie wirklich zum Menschen.

Eines Nachts, sie hatte etwas zu lang geschlafen, wurde sie von ihrem Mann wutentbrannt geweckt. Draußen tobte ein heftiger Sturm. Laut trommelte der Regen gegen die hölzernen Fensterläden des Hauses. Auf den Knien flehte die Frau deshalb ihren Mann an, bei diesem Wetter nicht auszulaufen.

›Willst du mir jetzt auch noch Vorschriften machen, was ich zu tun habe?‹ fuhr er sie an. ›Wir haben gar keine andere Wahl, als auszulaufen! Schließlich brauchen wir dringend Geld. Wovon sollen wir sonst leben? Oder willst du uns etwa ernähren? Du faules Stück! Liegt im Bett herum, während wir uns den Buckel krumm schuften! Los, tu schon deine Pflicht!‹

Überstürzt rannte die Frau durch die stürmische Nacht davon. Auf halbem Weg sah sie plötzlich eine Gestalt auf den Felsen am Strand.

Sie bekam es mit der Angst zu tun und wollte umkehren. Aber *Giri*, die Pflicht, ließ sie trotz allem ihren Weg fortsetzen. Was hätte sie schließlich ihrem Mann und ihrem Schwiegervater sagen sollen, wenn sie unverrichteter Dinge wieder nach Hause zurückgekehrt wäre?

Trotzdem wagte sie es nicht, sich der geheimnisvollen Gestalt weiter zu nähern. Daher schlug sie den Weg ein, der etwas abseits vom Strand durchs Hinterland führte. Aber die Gestalt folgte ihr. In ihrer Angst begann die Frau immer schneller zu laufen. Doch dann stolperte sie im Dunkeln über eine Wurzel und fiel zu Boden.

Und plötzlich stand die fremde Gestalt direkt über ihr. Es war ein Hüne von einem Mann. Und als er die Kapuze seines Umhangs zurückschlug, kam darunter ein bärtiges Gesicht mit böse funkelnden Augen zum Vorschein.

Der Fremde erdrückte sie fast mit seinem Gewicht, als er sich ohne ein Wort auf sie warf. Sie versuchte, um Hilfe zu schreien, aber der Mann schlug ihr erst mit der flachen Hand, dann mit der Faust so lange ins Gesicht, bis sie verstummte. Dann riß er ihr die Kleider vom Leib und vergewaltigte sie auf dem von Regen und Blut aufgeweichten Boden.

Gespenstisch heulte der Wind durch die Bäume. Der Regen peitschte ihr ins Gesicht. Es war, als fiele ein ganzes Rudel Wölfe über sie her. Hechelnd und keuchend drang der Mann unaufhaltsam in sie ein. Es wollte einfach kein Ende nehmen – bis sie irgendwann das Bewußtsein verlor.

Als sie wieder zu sich kam, schleppte sie sich auf allen vieren durch den Wald. Schon von weitem hörte sie das Rauschen des Meeres. Und als sie schließlich den Strand erreichte, brach sie erschöpft zusammen. Im grellen Lichtschein der zuckenden Blitze wirkten ihr blutüberströmtes Gesicht und ihr zerschundener nackter Körper noch gespenstischer. Aus unzähligen Wunden blutend, lag sie wie ein gestrandeter Fisch auf den spitzen Felsen und schnappte mit weit aufgerissenem Mund nach Luft.

Stunden später vertäuten der Fischer und sein Vater das Boot im Hafen, damit es der Sturm nicht losreißen konnte. Die anderen Männer der Besatzung waren längst wieder nach Hause gegangen, da bei einem solchem Sturm nicht an Auslaufen zu denken war.

Die beiden Männer waren fast fertig, als sie eine scheinbar ganz in Weiß gekleidete Frau auf sich zukommen sahen. Bei genauerem Hinsehen stellten sie jedoch fest, daß sie völlig nackt war. Ihre Haut war so weiß wie Schnee und vollkommen unbehaart. Wild peitschte ihr der Sturm das strähnige schwarze Haar ums Gesicht. In ihren Augen lag ein dämonisches Leuchten. Und als sie die beiden Männer fast erreicht hatte, kehrte sie ihnen unvermutet den Rücken zu.

Im selben Moment erwachte das grauenerregende Tier auf dem Rücken der Dämonenfrau zum Leben. Wie gelähmt vor Entsetzen starrten die beiden Fischer auf das gräßliche Monster. Erst langsam und dann immer schneller kroch es vom Rücken der nackten Frau zu Boden, um sich plötzlich mit einem gewaltigen Satz auf die beiden Männer zu stürzen und sie mit Haut und Haaren zu verschlingen. Nachdem die Spinne wieder auf den Rücken der Frau zurückgekrochen war, ging diese auf das Boot zu, um es völlig mühelos aus seiner Vertäuung loszureißen und aufs Meer hinauszustoßen, wo es der Sturm wenige Augenblicke später versank. War es wirklich der Sturm, der so gespenstisch durch die salzverkrusteten Krüppelkiefern heulte? Die Augen der Dämonenfrau leuchteten wie zwei glühende Kohlen, und im selben Moment, in dem das Bott von den Wellen verschlugen wurde, löste auch sie sich in Nichts auf.

Wenig später ging die Sonne auf. Alles, was von dem Vorfall noch zu sehen war, war ein dünner Dunstschleier über den Felsen am Strand, der sich auch unter der Hitze des Tages nicht auflösen wollte.

Und auch Shisei fühlte sich so körperlos wie ein flüchtiger Dunstschleier, als sie im Dunkeln reglos auf ihrem Bett lag und den leisen Stimmen in den angrenzenden Zimmern lauschte.

Es schien, als hätte sie selbst längst zu existieren aufgehört. Das einzige, was hier noch existierte, waren die Stimmen all der fremden Menschen in den umliegenden Zimmern, die dort liebten und haßten, lachten und weinten.

Diese Menschen waren es, die für Shisei weiterlebten, während sie, von ihrem inneren Kampf wie gelähmt, reglos auf dem Bett lag und an die Decke starrte...

Schwester, wo steckst du? Wo warst du die ganze Zeit? Ich erwarte dich dringend.

Giri.

Und die Spinne der Dämonenfrau, für immer in ihren Rücken eingegraben. In ihre und in Senjins Haut. War es nicht so? Hatte er ihr das nicht selbst gesagt, als er ihren Geliebten Jeiji ermordet hatte, um die Membran von *Kokoro* noch heftiger in Schwingung zu versetzen? Waren durch diesen Ritualmord ihre Kräfte nicht ins schier Unermeßliche gesteigert worden?

»Das habe ich nur für dich getan, Shisei. Weil ich dich liebe. Weil ich dich brauche. Wir gehören für immer zusammen.«

Aber hatte Senjin nicht auch ihre Zukunft zerstört, indem er Jeiji ermordete?

Giri.

Die Dämonenfrau.

Shisei stand auf. Das Laken glitt an ihren Beinen hinab und sank zu Boden. Die Stimmen hinter den Wänden waren verstummt.

Die Spinne bewegte sich.

Als Senjin in den Raum mit den Trompe-l'œil-Fenstern zurückkehrte, war Justine verschwunden. Die Couch war leer. Wie kupferzüngige Schlangen wanden sich die Lautsprecherkabel, die er selbst herausgerissen hatte, über die kostbaren Perserteppiche.

Senjin schlug sich die Hände an den Kopf. Sein Blut schien zu kochen, sein Herz schlug wie verrückt. Als er sich auf die Couch legte, stieg ihm noch ganz schwach Justines unverkennbarer Duft in die Nase. Die Kissen waren noch warm von ihrem Körper. Daraus schöpfte er neue Kraft – genauso wie damals, als er Marikos schwindenden Lebenshauch begierig in sich eingesogen hatte. Aber das war in diesem Fall nicht genug. Vielleicht hätte ihm Justines Lebenshauch zu der erforderlichen Kraft für die bevorstehende Auseinandersetzung mit Nicholas Linnear verholfen. Vielleicht.

Deshalb blieb im Moment nichts anderes übrig, als die Kraft von *Kokoro* heraufzubeschwören. Allerdings war es ihm nicht möglich, zu diesem Zweck jenes Ritual zu vollführen, das seinen Anrufungen zusätzliche Kraft verliehen hätte.

Ganz auf *Kokoro* konzentriert, versetzte sich Senjin in einen Zustand tiefer Versenkung. Unverzüglich verlangsamte sich sein Puls. Gleichzeitig erhöhte sich die Endorphinausschüttung und betäubte seine Schmerzen.

Wenig später hatten seine Verletzungen zu bluten aufgehört, und es begann sich dicker Schorf auf ihnen zu bilden.

Nachdem er den Heilungsprozeß auf diese Weise erheblich beschleunigt hatte, machte er sich daran, die in ihm freiwerdende Energie in die entsprechenden Bahnen zu lenken und neue Kräfte zu sammeln.

Noch bevor er jedoch ganz damit fertig war, schrak er aus seiner tiefen Versenkung hoch.

Shisei!

Endlich. Sie war also doch noch gekommen.

Tausendfach starrte Conny Tanaka aus unzähligen Splittern sein Spiegelbild entgegen, als er sich bückte, um den blutüberströmten Boden des Eingangsraums zu untersuchen. Nach einer Weile richtete er sich wieder auf und sagte: »Es hat ihn offensichtlich ganz schön erwischt.«

Nicholas, der mit dem Rücken gegen die Wand gelehnt stand, erwiderte: »Leider ist es mir nicht gelungen, ihn endgültig außer Gefecht zu setzen.« Er hatte schreckliche

Schmerzen. Trotzdem waren sie nichts im Vergleich zu den seelischen Qualen, die er litt. »Ist mit Justine alles in Ordnung?«

Conny nickte. »Ich habe sie aus dem Zimmer geschafft. Sie ist in Sicherheit.«

Aber er hat mehr aus ihr herausbekommen, als ich dachte«, sagte Nicholas besorgt. »Ich habe ihn zu lange mit ihr allein gelassen. Allerdings war das nötig, um ihn der Anrufung auf dem Band möglichst lange auszusetzen.«

»Wie es scheint, ist er dadurch ziemlich geschwächt worden – genau, wie du vermutet hast.«

»Mag sein. Aber er weiß jetzt, wo die restlichen neun Smaragde sind.« Nicholas ließ seinen Kopf gegen die Wand zurücksinken. »Er darf dieses Haus unter keinen Umständen verlassen.«

Conny sah Nicholas eindringlich an. »Das war dir doch von Anfang an klar?«

Nicholas nickte. »Natürlich. Trotzdem habe ich bis zum letzten Augenblick gehofft, es könnte eine andere Lösung geben. Aber inzwischen ist mir längst klargeworden, daß ich keine andere Wahl habe. Denn wenn ich ihn nicht töte, wird er mich töten.«

»Bist du schwer verletzt?«

»Ich werde es überleben.« Nicholas schaute die Treppe hinauf. Im Haus war es unnatürlich still. »Was er wohl dort oben macht?« Aber er konnte bereits die unheilvollen Schwingungen des *Kokoro* spüren. Leider hatte er selbst noch zu wenig Erfahrung mit dieser Tau-tau-Technik, um es auf diesem Gebiet mit Senjin aufnehmen zu können. Aber es mußte doch noch eine andere Möglichkeit geben, ihm beizukommen.

»Also gut.« Conny Tanaka rieb sich die Hände. »Wie soll es nun weitergehen?«

Mit einem gequälten Lächeln sah Nicholas seinem Freund in die Augen. »Wenn ich das nur selbst wüßte. Dieser Wahnsinnige ist einfach nicht zu bremsen. Ich bin völlig machtlos gegen ihn.«

»Vielleicht solltest du dich erst mal ein wenig ausruhen«, schlug Conny vor.

»Dazu werde ich noch genügend Zeit haben, wenn mir dieser Kerl den Garaus gemacht hat.«

Conny reichte Nicholas eine Schale mit kaltem Tee. »Während ihr beide miteinander gekämpft habt, hat dein Freund Tanzan Nangi hier angerufen. Es gibt ein paar höchst interessante Neuigkeiten.«

Conny schenkte Nicholas noch eine Tasse Tee ein und beobachtete, wie er sie gierig leertrank. Es hätte keinen Sinn gehabt, ihm von den Kräutern zu erzählen, die er dem Tee beigemischt hatte. Er würde ihre Wirkung früh genug spüren. Mit ihrer Hilfe würde es ihm leichter fallen, sich in einen Zustand tiefer Meditation zu versetzen, damit er wieder frische Kräfte sammeln und in aller Ruhe nachdenken konnte.

»Zuallererst: Kusunda Ikusa ist tot. Außerdem ist ein Band aufgetaucht, auf dem der Hamster mehrere Gespräche aufgenommen hat, die Killan Oroshi mit Kusunda Ikusa beziehungsweise mit dem Gangster geführt hat. Offensichtlich hat letzterer ein neues Supervirus entwickelt, das sich in jedes Datennetz einschleichen kann und es seinem Benutzer ermöglicht, die darin gespeicherten Daten abzufragen.

Wie Nangi mir eben erzählt hat, dachtet ihr bisher, Nami wäre an Sato vor allem wegen des neuen Sphynx T-PRAM-Superchips interessiert. Das ist durchaus richtig, aber noch keineswegs alles: Auf lange Sicht wollte Nami nämlich auch die Pläne für den neuen amerikanischen Hive-Computer in seinen Besitz bringen. Sato International und Tomkin Industries haben offensichtlich erst vor kurzem von Hydrotech Inc. den Zuschlag für die Massenfertigung bestimmter Bauteile dieses völlig neuartigen Computertyps bekommen. Den Aussagen eines gewissen Gangsters zufolge hatte Nami nun vor, Sato in seinen Besitz zu bringen und anschließend das MANTIS-Virus des Gangsters in die von ihnen gefertigten Hive-Elemente einzubauen. Das Ganze hätte den Effekt einer Zeitbombe gehabt, die sich mit Hilfe eines simplen, vorher einprogrammierten elektronischen Signals zu jedem beliebigen Zeitpunkt hätte zünden lassen. Sobald nämlich das MANTIS-Virus durch dieses Signal aktiviert worden wäre, hätte es sich in die strengstens gesicherten Dateien des jeweiligen Hive-Computers eingeschlichen und die dort gespeicherten Daten anschließend an Nami übermittelt.«

Fassungslos starrte Nicholas seinen Freund an. »Um Himmels willen. Diese Hive-Computer sollen in sämtlichen maßgeblichen amerikanischen Regierungsstellen installiert werden: im Pentagon, im Nationalen Sicherheitsrat, bei der CIA, beim State Department, beim FBI. Das hieße ja, daß Nami zu sämtlichen Daten dieser wichtigen Organisationen Zugang hätte.«

Conny nickte. »Nicht schlecht eingefädelt, was? Der Schaden wäre unabsehbar. Es ließe sich auch nicht feststellen, wie diese streng geheimen Daten nach außen durchsickern konnten. Für die innere Sicherheit der Vereinigten Staaten hätte das einen vernichtenden Schlag bedeutet.« Inzwischen konnte auch Conny einen Schluck von seinem Beruhigungstee vertragen. »Aber das Schönste kommt erst noch: Ikusa hat zwei Leute engagiert, um ihm bei der Durchführung seines Vorhabens zu helfen. Einer von den beiden blutet mir da oben vermutlich gerade mein schönes Sofa voll. Seine Aufgabe bestand vor allem darin, dich außer Gefecht zu setzen, damit du Namis Pläne nicht durchkreuzen kannst. Wie es scheint, hat dieser seltsame Verein einen Heidenrespekt vor dir.

Die zweite Person ist die Zwillingsschwester dieses Scheißkerls da oben. Sie heißt Shisei und sollte sich in Namis Auftrag an Senator Branding heranmachen, auf dessen Initiative das Hive-Projekt vor allem zurückzuführen ist.«

Nicholas nickte nachdenklich. »Das erklärt eine ganze Menge – im Grunde genommen sogar fast alles. Aber eines verstehe ich noch immer nicht: Warum hat mich Senjin nicht getötet, obwohl er dazu schon einmal Gelegenheit gehabt hätte? Falls Nami ihn tatsächlich damit beauftragt hat, mich unschädlich zu machen, warum hat er dann seine Chance nicht schon längst wahrgenommen?«

Wenn du jetzt stirbst, stirbst du zu früh. Dann wirst du nie begreifen. Was hatte Senjin während ihrer ersten Begegnung in Dr. Hanamis Praxis damit gemeint? Was würde er nie begreifen? Nicholas hatte keine Ahnung. Aber zumindest eines war ihm inzwischen klar geworden: Für Senjins Verhalten mußte es auch sehr persönliche Motive geben. Aber warum? Nicholas war ganz sicher, daß er diesem Mann vor ihrem Aufeinandertreffen in Dr. Hanamis Praxis noch nie begegnet war.

Diese Frage ließ Nicholas keine Ruhe. Er versetzte sich in *Getsumei no michi* und ließ sich Senjins bisheriges Vorgehen noch einmal in aller Ruhe durch den Kopf gehen: Als erstes hatte er Nicholas zum *Shiro Ninja* gemacht, so daß er nicht mehr über seine außerordentlichen Fähigkeiten verfügen konnte. Anschließend ermordete er Dr. Hanami. Wie sich inzwischen herausgestellt hatte, hatte er den Chirurgen möglicherweise gezwungen, ihn an Nicholas' Gehirnoperation teilnehmen zu lassen. Neben Dr. Hanami hatte Senjin auch Dr. Muku umgebracht; der Psychiater hätte nämlich unter Umständen aufdecken können, daß Senjin einen ganz bestimmten Bereich von Nicholas' Gehirn außer Funktion gesetzt hatte. Und zu guter Letzt hatte er auch noch den Tanjian-Meister Kyoki ermordet, damit er Nicholas nicht von *Shiro Ninja* befreien konnte.

Nichts von all dem paßte in das Schema eines Ninja-Agenten, der lediglich den Auftrag erhalten hatte, den Mann auszuschalten, der als einziger in der Lage gewesen wäre, den vielleicht größten Spionagecoup aller Zeiten zu durchkreuzen. Im Gegenteil, Senjins Vorgehen zeugte eindeutig von einem tief verwurzelten und sehr persönlichen Haß gegen Nicholas. Denn ganz offensichtlich ging es ihm nicht nur darum, Nicholas möglichst schnell unschädlich zu machen. Im Gegenteil, er schien es ganz eindeutig darauf angelegt zu haben, ihn erst noch zutiefst zu demütigen.

Welch ein Glück, daß Nicholas seinem alten Meister Kansatsu wieder begegnet war – und daß vor allem Senjin nichts von der Existenz von Kyokis Bruder gewußt hatte, der hoch oben in den Bergen, am Fuß des Schwarzen Horns, ein zurückgezogenes Einsiedlerleben führte.

Zumindest eines stand also jetzt schon fest: Es ging Senjin keineswegs nur darum, Nicholas zu töten. Vielmehr schien ihm auch sehr viel daran zu liegen, die magischen Steine So-Pengs in seinen Besitz zu bringen. Besteht hierin vielleicht der geheime Zusammenhang zwischen uns beiden? fragte sich Nicholas. Und zum erstenmal wünschte er sich, mehr über die Smaragde und ihre Vorgeschichte zu wissen.

Als er plötzlich Connys Hand auf seiner Schulter spürte, schlug er die Augen auf.

»Alles in Ordnung, Nick?« Conny sah ihn besorgt an. »Für eine Weile sah es so aus, als hättest du zu atmen aufgehört.«

»Vorsicht! Da kommt jemand.« Nicholas stand auf.

Conny spähte die Treppe hinauf.

»Nein, nicht von dort.« Nicholas ging zur Eingangstür und öffnete sie. Kraft seiner Gabe wußte er sofort, wen er vor sich hatte.

»Guten Tag, Shisei. Ich bin Nicholas Linnear. Aber das wissen Sie sicher schon.«

Fragend schaute sie Nicholas in die Augen. »Unser schlimmster Feind. Der Inbegriff alles Bösen. Ich dachte, mir würde das Herz stehenbleiben, wenn ich Sie zum erstenmal sehe.«

Beide sprachen Japanisch.

»Treten Sie doch ein«, forderte Nicholas sie auf. Ohne ihr den Rücken zuzukehren, machte er sie mit Conny bekannt, der hinter ihm stand.

Conny stieß einen wüsten Fluch aus. »Weißt du eigentlich, wer diese Frau ist, Nick? Warum hast du sie hereingelassen?«

»Weil ich ihr den Zutritt schwerlich hätte verwehren können.« Nicholas ließ Shisei keine Sekunde aus den Augen. »Wir haben übrigens keinen Tee mehr, Conny.«

Als sie allein waren, sagte Nicholas: »Nun haben Sie also das Gesicht der Medusa gesehen und sind trotzdem noch am Leben.«

Die beiden waren ständig in Bewegung. Sie umkreisten sich wie zwei Raubkatzen.

»In der Zwischenzeit hat sich einiges geändert«, erklärte Shisei. »Ich bin nicht gekommen, um Sie zu töten. Ich habe nicht einmal vor, meinem Bruder zu helfen.«

»Warum sind Sie dann überhaupt gekommen?« fragte Nicholas.

»Um mir selbst zu helfen.«

Die Kommunikation zwischen den beiden lief nicht nur auf der verbalen Ebene ab. Vielmehr fand auch zwischen Nicholas' und Shiseis Aura ein intensiver Austausch statt. Dadurch wurde eine solche psychische Energie freigesetzt, daß Conny, als er mit dem Tee zurückkam, für einen Moment von einem unerklärlichen Schwindelgefühl befallen wurde und um ein Haar das Tablett mit dem Tee hätte fallen lassen.

Erst das leise Klirren der Teeschalen machte Nicholas auf Connys Rückkehr aufmerksam. Ohne sich zu ihm umzudrehen, forderte er ihn auf: »Halte dich hier raus, Conny. Stell den Tee irgendwo ab, und dann laß uns bitte allein, bis wir hier fertig sind.«

»Aber hör mal, Nick...«

»Tu, was ich dir sage, Conny. Ich möchte nicht, daß Justine jetzt allein ist.«

»So einen Freund hätte ich auch gerne«, sagte Shisei, als Conny gegangen war. »Darum beneide ich Sie sehr.«

»Schade, daß wir nicht genügend Zeit haben, uns näher kennenzulernen.«

»Ja, wirklich schade«, stimmte ihm Shisei bei. »Leider bleibt uns nur genügend Zeit, um zu einer Art Übereinkunft zu gelangen. Ich kann die Schwingungen des *Kokoro* schon ganz deutlich spüren; sie sind sehr stark. Nicht mehr lange, und mein Bruder hat seine Kräfte voll zur Entfaltung gebracht.«

»Er hat sechs meiner Smaragde gestohlen.«

»Wenn er erst alle in seinen Besitz gebracht hat, wird er unbezwingbar sein. Dann verfügt er über unvorstellbare Kraft. Sogar die Erde wird erzittern. Dann wird er unsterblich sein wie die Götter. Denn nach nichts anderem hat er sich zeit seines Lebens gesehnt.« Shisei stand nicht einen Moment still. Ihr Körper war von derselben Unrast erfüllt wie ihre Seele. Deshalb begann sich Nicholas mehr und mehr zu fragen, wem ihr tiefes Mißtrauen eigentlich galt – ihm oder ihr selbst? »Diese Smaragde blicken auf eine lange und ereignisreiche Geschichte zurück. Es gab viele, die sie unrechtmäßig in ihren Besitz zu bringen versucht haben. Einer von ihnen war So-Peng...«

»Mein Großvater war kein Dieb!«

»Sind Sie dessen wirklich so sicher? Aber darauf kommt es jetzt längst nicht mehr an. Jetzt zählt nur noch, was mein Bruder denkt. Er und ich, wir sind direkte Nachkommen von Zhao Hsia, der von So-Peng getötet wurde.«

»Ständig werde ich mit den Folgen einer Vergangenheit konfrontiert, über die ich nicht das geringste weiß.«

»Meinem Bruder geht es ganz ähnlich. Auch er kommt nicht von der Vergangenheit los.«

»Sie erwarten doch nicht etwa von mir, daß ich auch noch Mitleid mit ihm habe?«

»Nein.« Shisei schüttelte den Kopf. »Aber es ist sehr wichtig, daß Sie die Hintergründe seines Verhaltens verstehen. Es ist, glaube ich, nicht damit getan, daß Sie ihn auf der Ebene des Tau-tau zu bezwingen versuchen. Denn mein Bruder ist längst weit über Tau-tau hinausgegangen. Er hat sein eigenes System entwickelt, über das ich allerdings auch selbst nur sehr oberflächlich Bescheid weiß.«

»Haben Sie denn auch soviel Angst vor Ihrem Bruder wie ich?« Nicholas wartete Shiseis Antwort erst gar nicht ab. Die plötzliche Verdunklung ihrer Aura sagte mehr als tausend Worte. Deshalb fuhr er fort: »Wie können Sie einen Menschen, den Sie so sehr fürchten, gleichzeitig auch so sehr lieben?«

»Ich kann einfach nicht anders.« Shisei schien den Tränen nahe. »Schließlich ist er mein Zwillingsbruder. Wir sind ein Fleisch und Blut.«

»Aber das heißt doch nicht, daß sie auch genauso denken und handeln müssen wie er.«

»Wir sind wie zwei Lichter, die im Dunkeln leuchten. Wir sind vollkommen gleich und doch auch von Grund auf verschieden. Das ist mir erst heute bewußt geworden.«

»Wenn Sie ehrlich sind, haben Sie das schon lange gewußt«, widersprach ihr Nicholas. »Sie haben nur sehr lange gebraucht, um es sich endlich eingestehen zu können.«

Noch immer waren Shisei und Nicholas von dem gewaltigen Kraftfeld umgeben, das durch das Aufeinandertreffen ihrer Auren entstanden war. Yin und Yang, Licht und Dunkel, Männliches und Weibliches, Hartes und Weiches. Doch die Trennlinien zwischen diesen beiden Gegensätzen begannen sich mehr und mehr zu verwischen.

»Können Sie mir sagen, warum er ständig morden muß?« fragte Nicholas nach einer Weile. »Verschafft ihm das irgendeine perverse Genugtuung?«

»Diese Morde sind für ihn nur Mittel zum Zweck«, entgegnete Shisei. »Er geht dabei immer nach einem festgelegten Ritual vor, das er während seiner Tau-tau-Ausbildung gelernt hat. Wenn er anschließend seinem Opfer unter endlosen Anrufungen die Haut einritzt, dient das einem ganz bestimmten magischen Zweck. Denn durch dieses blutige Ritual wird die Membran des *Kokoro* ganz besonders stark in Schwingung versetzt. Und daraus gewinnt er seine ständig anwachsende Kraft.«

»Wir müssen ihn unschädlich machen, Shisei«, stieß Nicholas schaudernd hervor. »Eine andere Wahl haben wir nicht.«

»Deshalb bin ich hier.«

»Ich habe noch kaum Erfahrung mit Tau-tau. Ohne Ihre Hilfe habe ich gegen Ihren Bruder keine Chance.«

»Ich weiß.«

Plötzlich blieb Shisei stehen und kehrte Nicholas den Rükken zu. Sie knöpfte ihre Bluse auf und streifte sie über ihre Schultern. Darunter war sie nackt.

»Sehen Sie nun, wer ich bin?« sagte sie, während Nicholas wie gebannt auf die riesige Spinne auf ihrem Rücken starrte. »Das habe ich nur meinem Bruder zu verdanken. Es gibt nichts, was er mehr fürchtet als die Dämonenfrau.«

Nicholas nahm zwei Schalen Tee von dem Tablett, das ihnen Conny gebracht hatte. Eine davon reichte er Shisei. Dann setzten sie sich auf den Boden und tranken schweigend. Diese kurze Unterbrechung sollte eine entscheidende Wende im weiteren Verlauf des Geschehens einleiten.

Behutsam stellte Nicholas seine leere Schale beiseite. »Sie müssen mich zu Senjin begleiten, Shisei.«

»Nein.« Sie schüttelte heftig den Kopf. »Das müssen Sie

ganz allein durchstehen. Ich kann nicht mehr länger nur an mich allein denken. Denn es gibt inzwischen jemanden in meinem Leben, für den ich mindestens genausoviel Verantwortung trage wie für mich selbst.«

Nicholas erkundigte sich nicht, wer das war. Es war auch gar nicht nötig. Er konnte es an ihrer Aura ablesen: Cotton Branding.

»Es wird Sie in diesem Zusammenhang vielleicht interessieren,«, fuhr Nicholas darauf fort, »daß Nami in der Zwischenzeit einen schweren Rückschlag erlitten hat. Kusunda Ikusa ist tot. Außerdem wissen wir mittlerweile auch von der Existenz des MANTIS-Virus.«

Nicholas konnte die Erleichterung, die in diesem Moment von Shisei Besitz ergriff, geradezu körperlich spüren.

»Kommen Sie«, forderte sie ihn auf.

Als Nicholas daraufhin näher rutschte, holte Shisei ihre Schminksachen aus ihrer Handtasche und begann, ihn mit raschen, aber gekonnten Strichen zu schminken. Das Bild, das ihr dabei vor Augen schwebte, war das der Dämonenfrau, wie sie den sturmgepeitschten Strand entlangschritt, um sich für die schlechte Behandlung zu rächen, die ihr zeit ihres Lebens nicht nur von ihrem Mann, sondern von den Männern schlechthin zuteil geworden war. Zugleich hatte Shisei dabei jedoch auch das Bild ihrer Freundin Kiku noch so lebhaft vor Augen, als säße sie plötzlich wieder in der Maske des jungen Samurai vor ihr, in den sie sich damals, am Tag des Mondfests, so unsterblich verliebt hatte.

Als Shisei mit dem Schminken fertig war, sagte sie: »Wundervoll sehen Sie aus – aber auch sehr bedrohlich. Nur mit Ihrer Frisur bin ich noch nicht zufrieden. Sie wirkt zu männlich.«

»Einen Moment«, sagte Nicholas und verließ den Raum.

Als er zurückkam, trug er das Kabuki-Kostüm aus Connys Wohnraum. Er nahm wieder vor Shisei Platz und reichte ihr die kunstvoll frisierte Perücke, die zu dem Kostüm gehörte. Nachdem Shisei sie ihm aufgesetzt und befestigt hatte, gab sie ihm ihren Taschenspiegel, damit er sich darin begutachten konnte.

»Großartig.« Die Wirkung war tatsächlich erstaunlich. »Wo haben Sie das gelernt?«

»Haben Sie schon einmal von der Goldenen Wolke gehört?«

»›*Kiyoku Utsukushiku Kanzan*‹«, zitierte Nicholas das Motto der Schule. »Natürlich habe ich davon schon gehört.« Er konnte sich gar nicht vom Anblick seines Spiegelbilds losreißen. »Und nun haben Sie mich rein, schön und vollkommen gemacht.«

Der ganze Raum erzitterte inzwischen unter einem lauten Dröhnen, das wie das Hallen eines riesigen Gongs zu einem gewaltigen Crescendo anschwoll.

»Er kommt«, sagte Nicholas ruhig. »Ich muß jetzt gehen.«

»Sie wissen jetzt, wovor er sich am meisten fürchtet.« Aber Shisei war sehr deutlich bewußt, daß ihr Verrat an Senjin auch jetzt noch nicht sein volles Ausmaß erreicht hatte – Senjin, ihre andere Hälfte, ihre Schattenseite, ihr Geliebter, ihr Peiniger und ihr Verderben. Und doch. Wenn sie jetzt nichts unternahm, dann war alles, was sie bisher getan hatte, umsonst gewesen. Denn sie war nicht hierhergekommen, um nur dazusitzen und abzuwarten, was im weiteren geschehen würde. Das war ihr in den endlos langen Tagen des Wartens in der Einsamkeit ihres Hotelzimmers in aller Deutlichkeit klargeworden.

Deshalb hielt sie Nicholas mit der Kraft ihrer Aura zurück, als er den Raum verlassen wollte. »Da ist noch etwas, was Sie wissen sollten«, begann sie unter heftigem Händeringen. »Sie hätten auch jetzt noch keine Chance gegen meinen Bruder. Deshalb muß ich Ihnen noch etwas geben.«

Damit streifte sie den Smaragdring von ihrem Finger, den Senjin ihr am selben Tag geschenkt hatte, an dem er ihren Geliebten Jeiji ermordet hatte.

»Das ist ein Tanjian-Smaragd«, erklärte sie Nicholas. »Dieser Ring ist das einzige, was mir mein Bruder je geschenkt hat. Er ist ein Geburtstagsgeschenk. Aber er hat nie wirklich mir gehört. Vermutet habe ich das immer schon. Aber jetzt weiß ich es ganz sicher.«

Im selben Moment, in dem Nicholas den in Platin gefaßten

Smaragd an sich nahm, spürte auch er, was Shisei spürte – die Kraft der Dämonenfrau.

Mit einer eleganten Drehung, wie sie auch Shisei nicht graziöser hätte machen können, verließ er die Eingangstür und stieg die Treppe hinauf, um dem Tod ins Auge zu blikken.

Von der gewaltigen Energie, die er im Herzen der Dinge heraufbeschworen hatte, war Senjin von einem unüberwindlichen Kraftfeld umgeben. Als er für einen Moment eine andere Präsenz im *Kokoro* spürte, genügte eine kurze Handbewegung, um sie zu verscheuchen. Seine Kräfte nahmen immer mehr gottgleiche Züge an. Er war unbesiegbar.

Natürlich wußte Senjin ganz genau, wer eben versucht hatte, sich Zugang zur Kraft des *Kokoro* zu verschaffen: Nicholas Linnear. Aber nachdem er seinen Kontrahenten auch noch von seiner letzten Kraftquelle abgeschnitten hatte, stellte er keine Bedrohung mehr für ihn dar.

Senjin setzte sich auf. Sein ganzer Körper erzitterte unter den mächtigen Schwingungen des *Kokoro*. Selbst die Tanjian-Ältesten in Zhuji konnten sich die Kraft des Herzens der Dinge nicht in solchem Umfang zunutze machen. Davor hatten sie viel zuviel Angst. Sie dachten, die Membran des *Kokoro* könnte reißen, wenn man sie zu stark in Schwingung versetzte. Und das wiederum hätte zur Folge gehabt, daß das Chaos über die Welt hereingebrochen wäre. Diese Angst hielt Senjin jedoch für unbegründet. Er war fest entschlossen, sich die Kraft des Herzens der Dinge in vollem Umfang zunutze zu machen.

Tastend streckte er die Fühler seiner Aura nach Shisei aus, um den Triumph seines Sieges gemeinsam mit ihr auszukosten. Aber das war nicht der einzige Grund: Nun endlich war der große Augenblick gekommen, um sein Geschenk von ihr zurückzufordern – den Ring mit dem kostbaren Tanjian-Smaragd.

Eigentlich hatte er Shisei den Ring nur geschenkt, damit sie ihn für ihn aufbewahrte. Denn schon als er den wertvollen Smaragd kurz vor seiner Abreise aus Zhuji gestohlen hatte, war ihm klargewesen, daß er das kostbare Schmuckstück vorerst auf keinen Fall behalten konnte. Mit Hilfe ihrer magischen Kräfte hätten die Tanjian-Ältesten den Ring rasch aufgespürt. In Shiseis Fall wäre ihnen das jedoch nicht möglich gewesen, da sie nie in Zhuji gewesen war und nicht in Tau-tau ausgebildet war.

Senjin konnte zwar inzwischen die Anwesenheit seiner Schwester ganz deutlich spüren, aber das war ihm noch lange nicht genug; er wollte ihr noch viel näher sein. Bevor er den Smaragd von ihr zurückforderte, wollte er noch ein letztes Mal mit ihr verschmelzen. Aber warum zögerte sie so lange? Hinderte etwa Nicholas Linnear sie daran, zu ihm zu kommen?

Als Senjin den Raum mit den Trompe-l'œil-Fenstern verließ, war er so mit Energie aufgeladen, daß seine Fingerspitzen Funken sprühten – ein untrügliches Zeichen für die Kraft des *Kokoro*, das jedoch nur er wahrzunehmen vermochte.

An der Treppe blieb er stehen. Er hörte leise Schritte. Als er daraufhin die Fühler seiner Aura ausschickte, stießen sie auf eine glatte, undurchdringliche Wand. Nicholas Linnear.

Aber noch näher spürte er Shiseis Gegenwart. Lächelnd stieg er die Treppe hinab.

Von unten kam ihm diffuses, immer heller werdendes Licht entgegen. Nach dem Trick mit den Spiegeln machte sich Senjin auf alles gefaßt. Das Licht war Nicholas Linnears einziger Verbündeter. Aber das würde sich rasch ändern. Bevor er sein Lebenslicht endgültig auslöschte, würde er ihn noch in eine Finsternis stürzen, die schwärzer war als jede Nacht.

Plötzlich war die Treppe in gleißendes Licht getaucht. Und genau im Zentrum dieses gewaltigen Kraftfeldes wurde mit einemmal ein seltsames Zwitterwesen sichtbar – der Inbegriff aller Männlichkeit, dargestellt von einer Frau; das Yang, das in Yin umschlug; das Licht, das plötzlich Dunkel wurde. Und ausgerechnet jetzt, ganz dicht vor dem Ziel, im Augenblick seines größten Triumphs, sah sich Senjin plötzlich mit seinem schlimmsten Alptraum konfrontiert: mit der Dämonenfrau.

Sie kam aus dem blendend hellen Licht direkt auf ihn zu. Und das Leuchten ihrer dunklen Augen war zugleich lokkend und bedrohlich, herausfordernd wild und voll mütterlicher Wärme.

Es war das Gesicht Haha-sans.

Senjin stieß einen gellenden Schrei aus. Was er nun vor sich hatte, war keine Bühnengestalt, wie er sie in unzähligen Theateraufführungen unter wohligen Schaudern der Lust zu beängstigend realem Scheinleben erweckt gesehen hatte; nein, das war die Dämonenfrau selbst, und sie kam über den verlassenen Strand auf ihn zu, um ihn zu verschlingen.

Der Schock darüber dauerte kaum länger als eine Sekunde. Aber dieser kurze Moment genügte Nicholas, um sich auf Senjin zu stürzen. Er bediente sich für seinen ersten Angriff der gewaltigen psychischen Kräfte von Akshara, der Sprache der Ewigkeit, die er von seinem *Sensei* Kansatsu gelernt hatte.

Akshara ist der Mittelpunkt des Universums, hatte ihm Kansatsu erklärt. *Die Stille, die von ihm ausgeht, ist so gewaltig, daß sie das ganze Universum umspannt. Wenn man die Sprache von Akshara beherrscht, werden alle anderen Sprachen überflüssig. Um sich jedoch die Kräfte von Akshara zunutze machen zu können, muß man lernen, eins zu werden mit der Kraft des Universums.*

Taumelnd wich Senjin vor Nicholas' unerwartetem Angriff zurück. Doch obwohl ihm der Anblick der Dämonenfrau einen schweren Schock versetzt hatte, war er noch keineswegs besiegt.

Wie Shisei ganz richtig bemerkt hatte, war seine Kraft bereits zu groß. Nicholas hatte Senjin zuviel Zeit gelassen, um sich die in *Kokoro* schlummernden Energien zunutze zu machen. Und dagegen war selbst die Kraft von Akshara machtlos.

Senjin schlug mit dem Rücken so heftig gegen die Wand, daß er um ein Haar das Gleichgewicht verloren hätte. Aber inzwischen hatte er sich wieder von seinem Schock erholt. Und im selben Moment begann sich auch schon seine gewaltige Aura um die Wand zu legen, hinter der sich Nicholas Linnear verbarg. Immer stärker wurde der Druck. Die Wand begann nachzugeben. Und dann, unter ohrenbetäubendem Getöse, stürzte sie plötzlich in sich zusammen.

Jetzt hatte Senjin die letzte Verteidigungslinie des Gegners durchbrochen. Denn jetzt befand er sich direkt in Nicholas' Kopf. Und gnadenlos setzte er nun zum letzten vernichtenden Schlag gegen ihn an.

Nicholas sah bereits sein Ende nahen. Und es kam schneller, als er gedacht hatte. Er ging in die Knie. Das kostbare Kabuki-Kostüm platzte aus allen Nähten. Die kunstvoll geflochtene Perücke fiel von seinem Kopf.

Er war nicht mehr fähig, zu atmen oder sich zu bewegen. Unter dem übermenschlichen Druck von Senjins Aura konnte er kaum mehr einen klaren Gedanken fassen. Ihm wurde schwarz vor den Augen.

Aber mitten im Herz der undurchdringlichen Finsternis, die ihn nun plötzlich umgab, brannte ein Licht – die Essenz jener Kraft, die Shisei ihm verliehen hatte...

Und Senjin rief mit der Stimme seines Herzens: Komm, meine Schwester, mein Zwilling, meine Liebe. Der Zeitpunkt ist gekommen, an dem ich dich am meisten brauche.

Immer weiter tasteten sich die dunklen Fühler seiner Aura vor, erreichten die hauchdünnen Wände von Nicholas Linnears Psyche, legten sich um sie...

Aber plötzlich begann die Wand ihre Form zu verändern. Sie nahm die Gestalt seiner Schwester an. Und mit einem Mal stand Shisei vor ihm. Voller Freude kam ihr Senjin entgegen. Doch im selben Moment umfing ihn eine Wolke aus unnachsichtigem Haß.

Shisei! Alles in ihm schrie auf...

Mit bleiernen Fingern wühlte Nicholas währenddessen verzweifelt in den Taschen seines Kostüms. Immer unerträglicher wurden die Schmerzen, die wie heftige Stromstöße seinen ganzen Körper durchzuckten. Sein Herz begann so heftig zu schlagen, als drohte es jeden Augenblick zu zerspringen.

Und dann – endlich! – seine Fingerspitzen streiften über den Smaragd, den Shisei ihm gegeben hatte. Unter Aufbietung seiner letzten Kräfte schloß er seine Hand um den kostbaren Ring.

Im selben Augenblick ergriff eine unvorstellbare Kraft von ihm Besitz. Schneller, immer schneller, zog sie ihn wie ein Magnet unaufhaltsam auf Senjin zu.

Und dann berührten sie sich...

Senjins ganzes Denken war erfüllt von lodernden Flammen. Aber mit einemmal tat sich dahinter gähnende Leere auf. Plötzlich war Shisei in unerreichbare Ferne entrückt. Und schlagartig wurde ihm bewußt: Sie hat mich schmählich im Stich gelassen! Seine Verzweiflung war abgrundtief. Ausgerechnet der Mensch, der ihm am nächsten stand, hatte ihn verraten – seine einzige Liebe, sein schrecklichster Alptraum.

Die Dämonenfrau. Shisei...

Es war, als hätten sich die Facetten des Smaragds in eine Klinge verwandelt. Denn sobald der kostbare Stein mit Senjins Brust in Berührung kam, bohrte er sich wie ein Schwert durch seine Haut, seine Muskeln, seine Knochen. Spritzend ergoß sich eine Fontäne von Blut über Nicholas, über die Treppe, über die Wände. Wie ein zum Zerreißen gespannter Bogen zuckte Senjins Oberkörper hinüber. Die Augen traten ihm fast aus den Höhlen, sein Mund öffnete sich zu einem stummen Schrei. Und dann, mit einem Schlag, wich alles Leben aus ihm, als hätte es eine göttliche Hand zum Erlöschen gebracht.

Unter einem lauten Aufschrei wirbelte Shisei herum. Um nicht auf der Stelle zu Boden zu sinken, krallte sie sich verzweifelt an Conny Tanakas breiten Schultern fest. Der Tod ihres Zwillingsbruders ging ihr durch Mark und Bein.

Es war, als risse ihr jemand das Herz aus der Brust. Die Schmerzen waren so fürchterlich, daß ihr schwarz vor den Augen wurde.

Und im selben Moment tauchte sie in undurchdringliches Dunkel, durchweht vom Eiseshauch einer ewigen Nacht. Doch dann, wie durch ein Wunder, kehrten mit einemmal wieder Licht und Wärme zurück, so unerwartet wie die ersten Knospen des Frühlings, die sich durch Frost und Schnee der wärmenden Sonne entgegendrängten.

Aber wo vorher zwei Herzen in ihrer Brust geschlagen hatten, schlug plötzlich nur noch eines. Wo vorher der vage Widerhall ferner Gedanken ertönte, herrschte mit einemmal tiefe Stille. Shisei atmete auf. Endlich war sie frei. Abgefallen waren auch die letzten Fesseln, mit denen Senjin sie zeit seines Lebens an sich gekettet hatte.

»Alles in Ordnung?« fragte Conny Tanaka.

»Ja«, brachte Shisei mühsam hervor. »Jetzt ist es endlich vorbei.«

Nicholas spürte, wie die Schmerzen unverzüglich nachließen. Vollkommen reglos lag die sterbliche Hülle Senjin Omukaes, des *Dorokusai,* vor ihm auf der Treppe, so nichtig und harmlos wie ein Häufchen Asche. Die unheilvollen Schwingungen erstarben.

Ein letzter Nachhall, dann Stille.

Kokoro war wieder in den Ruhestand zurückgekehrt.

Sommer – Herbst, Gegenwart

In Südwestflorida herrschte strahlender Sonnenschein, als Nicholas und Justine in einem Cabrio, das sie in Fort Myers gemietet hatten, nach Marco Island unterwegs waren. Eigentlich hatten Lew Croaker und seine Frau Alix sie abholen wollen, aber da jemand für den Vormittag ihr Boot gechartert hatte, hatten sie nicht zum Flughafen kommen können.

Als Nicholas den Collier Boulevard erreichte, war es nicht mehr weit zum Ankerplatz von Lews Boot. Die Straße war gesäumt von luxuriösen Villen mit herrlichen Gärten, von denen viele über einen eigenen Landesteg verfügten.

Nicholas fuhr auf den Parkplatz des Bootshafens und stellte den Motor ab. Aber er stieg nicht gleich aus, sondern blieb noch eine Weile schweigend mit Justine im Wagen sitzen, um dem Kreischen der Möwen und dem leisen Rascheln des Winds in den Palmen zu lauschen. Nachdem sie eine Weile einen Schwarm Pelikane beobachtet hatten, die auf Beutesuche ganz dicht über das flimmernde Wasser der Bucht hinwegsegelten, brach Nicholas schließlich das Schweigen und sagte zu Justine: »Es tut mir leid, daß ich mich mehr und mehr vor dir zurückgezogen habe. Ich hätte dir von Anfang an erzählen sollen, was mit mir los war. Natürlich habe ich es nur gut gemeint. Ich wollte nicht, daß du dir meinetwegen Sorgen machst.« Er ergriff ihr Hand. »In Wirklichkeit hat das Ganze allerdings schon viel früher begonnen. Ich habe mich so gefreut, endlich wieder in Japan zu sein, daß ich gar nicht auf die Idee kam, dir könnte es nicht so gehen. Dabei war das doch nur naheliegend. Du kanntest die Sprache nicht; Land und Leute waren dir fremd; es bestand wenig Aussicht für dich, neue Freunde zu finden, und vor allem mußt du schreckliches Heimweh gehabt haben.«

»Nick…«

»Nein, laß mich bitte erst ausreden.« Er beobachtete, wie

der Wind mit ihrem Haar spielte. »Seltsamerweise habe ich erst durch Senjin wieder zu dir gefunden. Erst durch ihn ist mir klargeworden, wie sehr wir uns auseinandergelebt haben. Und trotzdem habe ich dich noch einmal hintergangen. Ich habe dich als Lockvogel benutzt, um Senjin eine Falle zu stellen. Natürlich habe ich das Risiko, das ich damit eingegangen bin, sehr genau kalkuliert, aber trotzdem...«

Justine legte ihm den Zeigefinger auf die Lippen, um ihn zum Schweigen zu bringen. In der Sonne war das Grün ihrer Augen strahlender denn je. Die roten Sprenkel in ihrer Iris leuchteten wie sprühende Funken. »Wenn du wüßtest, wie sehr ich dich liebe, Nick. Aber was bedeuten schon Worte? Zum Glück weiß ich inzwischen, daß du meine Gedanken lesen kannst. Deshalb kannst du sicher spüren, was ich für dich empfinde.«

Sie zog seine Hand an ihre Lippen und küßte sie. »Ich bin so froh, daß du mir erzählt hast, weshalb du dich mir gegenüber so eigenartig verhalten hast. Ich dachte nämlich die ganze Zeit, du würdest mir die Schuld am Tod unserer Tochter geben und wärst mir deshalb böse.«

»Justine, wie konntest du...«

»Laß mich bitte erst zu Ende sprechen. Das dachte ich doch nur, weil ich selbst so entsetzliche Schuldgefühle hatte, die ich dann auf dich zu projizieren begann. Und je mehr wir uns auseinandergelebt haben, desto mehr hat sich diese fixe Idee in mir festgesetzt. Natürlich konntest du von all dem nichts ahnen, da ich mir nicht einmal selbst eingestehen konnte, daß ich schreckliche Angst hatte, ein Kind zu bekommen. Und als dann unsere kleine Tochter starb, dachte ich, daß vielleicht meine Angst schuld an ihrem Tod war.«

Sie strich sich eine Locke aus der Stirn. »Und was Senjin betrifft, hast du vollkommen richtig gehandelt. Nicht *du* hast mich in diese Sache hineingezogen, sondern Senjin. Er ließ dir gar keine andere Wahl. Außerdem bin ich ganz sicher, daß außer dir niemand imstande gewesen wäre, ihn unschädlich zu machen.«

Sie küßte ihn leidenschaftlich auf den Mund. »Aber jetzt

ist alles vorbei. Ein neues Leben wächst in mir heran. Unser Kind, Nick. Und ich habe keine Angst mehr. Ich will dieses Kind ebensosehr, wie ich dich will. Schon bald werde ich euch beide brauchen, und ich weiß jetzt schon, daß das ein wundervolles Gefühl sein wird.«

Sie ließ ihren Kopf gegen seine Schulter sinken, und als er sie zärtlich in die Arme schloß, flüsterte sie: »Ich liebe dich über alles.«

In diesem Augenblick tauchte Croakers Boot hinter einer Landzunge auf. Alix, die am Steuer stand, hielt ihre Hände an die Stirn und spähte angestrengt zu ihnen herüber. Als Justine und Nicholas unter lautem Hallo die Arme hochrissen und wie wild durch die Luft fuchtelten, winkte auch Alix überschwenglich zurück.

Zehn Minuten später hatte das Boot angelegt. Alix kam über den Landesteg auf sie zugerannt, um sie stürmisch zu umarmen. Lew Croaker half erst noch seinem Kunden mit seinem Fang von Bord. Dann kam auch er mit strahlender Miene auf sie zu.

Er hatte sich deutlich verändert; er war tiefbraun und wirkte topfit. Im tropischen Sonnenschein Floridas hatte sich ein verwegenes Zwinkern um seine Augen gelegt, und außerdem trug er sein Haar länger als während seiner Zeit bei der Polizei von New York.

»Hey, Nick.«

»Lew.«

Sie schüttelten sich die Hände und umarmten sich.

Später, an Bord der *Captain Sumo,* schlug Lew Croaker vor: »Was haltet ihr davon, ein bißchen zum Fischen rauszufahren? Die Schwertfische beißen heute wie wild.«

Nicholas schüttelte den Kopf. »Das ist nett, aber ich habe für eine Weile genug vom Töten.«

Croaker sah ihn mit zusammengekniffenen Augen an. »Du bist doch in Japan nicht etwa Vegetarier geworden?«

Nicholas lachte. »Wie ich mich freue, dich wiederzusehen, Lew.«

»Ich dachte schon, wir würden gar nichts mehr von dir hören.«

»Niemand kann es sich leisten, einen guten Freund zu verlieren.«

»Soll ich dir mal was zeigen?« Croaker holte zwei Dosen Bier aus der Kühlbox an Deck. Eine warf er Nicholas zu, die andere nahm er in seine linke Hand. Die Prothese, die ihm die Spezialisten der Tokioter Todai-Universität dort angepaßt hatten, sah aus wie ein Mittelding aus Panzerhandschuh und Roboterklaue. Anfangs hatte Lew seine künstliche Hand immer unter einem Handschuh versteckt, aber im heißen Klima Floridas war er davon bald abgekommen.

»Schau mal!«

Croaker drückte zu. Im selben Augenblick tat es einen lauten Knall, und eine gewaltige Bierfontäne schoß in den strahlend blauen Himmel hoch, um sich schäumend über ihn und Nicholas zu ergießen. Als sich die Finger der mechanischen Hand wieder öffneten, fiel scheppernd eine plattgedrückte Bierdose auf Deck.

»Das schaffst wahrscheinlich nicht mal du«, lachte Croaker, als er Nicholas' verdutztes Gesicht sah.

Alix, die sich mit Justine in die Kajüte zurückgezogen hatte, deutete an Deck. »Sieh dir nur die beiden an. Wie zwei kleine Jungs. Wirklich schön, euch wieder mal hier zu haben, Justine. Wie lange könnt ihr eigentlich bleiben?«

Mit einem wehmütigen Blick auf Nicholas und Lew erwiderte Justine: »Nicht lange genug.«

Draußen graute der Morgen, als Killan zu sich kam. Sie hing noch immer am Tropf. Auf dem Stuhl neben ihrem Bett waren die Umrisse einer menschlichen Gestalt zu erkennen. Zwar konnte Killan ihr Gesicht nicht sehen, aber die alten, knotigen Hände, die mit erstaunlicher Geschicklichkeit ein Stück Reispapier zu einem Pferd falteten, waren ihr bestens vertraut. Als sie den Kopf ein Stück zur Seite drehte, fiel ihr Blick auf einen ganzen Zoo von Origami-Tieren, die ihre Großmutter auf dem Fensterbrett aufgereiht hatte.

»Ich habe Durst.« Ihre Stimme war ein heiseres Krächzen.

Ihre Großmutter stand auf und hielt ihr eine Schale Tee an die Lippen. Killan trank in gierigen Zügen.

Dann schloß sie die Augen und schlief wieder ein.

Als sie das nächstemal aufwachte, war es heller Tag. Ihre Großmutter saß noch immer neben dem Bett und faltete Papiertiere. Als Killan hörte, daß sich neben ihr etwas bewegte, drehte sie den Kopf herum. Ihr Vater stand über ihr.

»Ich habe Durst.« Das gleiche heisere Krächzen.

Killans Großmutter wollte aufstehen, aber Ken Oroshi hielt sie zurück. »Laß mich das machen.«

Er hielt seiner Tochter eine Schale Tee an die Lippen.

Als sie ausgetrunken hatte, sagte Ken Oroshi: »Ich kann mich noch gut erinnern, wie ich dir Tee zu trinken gegeben habe, wenn du als Kind Fieber hattest. Deine Mutter war dann immer außer sich vor Sorge.«

Er stellte die Teeschale beiseite. »Die Ärzte haben mich gebeten, dir zu sagen, daß du nun schon eine Woche hier liegst; sie dachten, du könntest jedes Zeitgefühl verloren haben, wenn du zu dir kommst.« Besorgt glitt sein Blick über Killans aufgeschwollenes Gesicht. »Die Polizei hat mir alles erzählt.«

Nicht alles, dachte Killan und schloß die Augen.

»Die Ärzte haben gesagt, daß du starke Schmerzmittel bekommst.«

»Kann sein«, krächzte Killan heiser. »Jedenfalls spüre ich absolut nichts.« Aber insgeheim dachte sie: »›Warum macht er nur so ein bedrücktes Gesicht? Sicher hat er den Verlust der Firma noch immer nicht verkraftet.‹

»Das ist bestimmt ein gutes Zeichen«, sagte Ken Oroshi. »Vermutlich wunderst du dich, warum deine Stimme so seltsam klingt: Deine Stimmbänder sind etwas in Mitleidenschaft gezogen worden.«

»Das Ganze ist nur halb so wild. Daran habe ich mich schon fast gewöhnt.« Killan hätte gern gewußt, was ihr Vater von ihr wollte. Denn er wollte immer etwas, wenn er sich einmal dazu herabließ, mit ihr zu sprechen – und sei es nur, daß er ihr wegen ihrer ›Revoluzzerfreunde‹ Vorhaltungen machte.

Er räusperte sich. »Mir ist erst vor kurzem klargeworden, daß ich dich immer anders behandelt habe als deine Brüder.

Schließlich bist du ja auch meine Tochter. Deshalb fand ich daran nie etwas auszusetzen. Ihr Frauen habt schließlich euren angestammten Platz innerhalb der Gesellschaft, und zweifellos erfüllt ihr darin auch eine außerordentlich wichtige Funktion. Trotzdem kann eine Frau nicht dieselbe Stellung einnehmen wie ein Mann. Das steht für mich völlig außer Frage.«

Verlegen trat Ken Oroshi von einem Fuß auf den anderen. »Da dir jedoch ganz offensichtlich am Schicksal der Firma sehr viel gelegen zu sein scheint, wollte ich dir mitteilen, daß sich in dieser Hinsicht einiges zum Positiven verändert hat. Tanzan Nangi, der Nakano aufgekauft hat, hat Druck auf Nami ausgeübt. Seit dem Skandal um Kusunda Ikusa ist Namis Machtposition empfindlich geschwächt worden. Der Kaiser hat sich öffentlich von Nami distanziert. Deshalb blieb Nami keine andere Wahl, als den Fusionsvertrag mit Nangi rückgängig zu machen, so daß mittlerweile ganz Nakano – einschließlich unserer Forschungs- und Entwicklungsabteilung – zu Sato International gehört.

Außerdem hat Nangi mir angeboten, wieder die Leitung des Unternehmens zu übernehmen. Natürlich werde ich Nangi als Konzernchef Rechenschaft schuldig sein, aber er hat mir bereits ein beträchtliches Maß an Eigenverantwortung zugesichert. Unter anderem habe ich in Personalfragen völlig freie Hand. Du kannst dir nicht vorstellen, was es für mich bedeutet, nach so vielen Jahren endlich wieder selbst über die Geschicke der Firma bestimmen zu können.«

Verwundert bemerkte Killan einen neuen Unterton in der Stimme ihres Vaters. ›Woher plötzlich diese ungewohnte Demut?‹ fragte sie sich.

»Weil wir gerade von Personalfragen sprechen«, fuhr Ken Oroshi fort. »Wenn es dir wieder besser geht, würde ich dir gern einmal die neuen Geschäftsräume von Nakano zeigen. Wir werden dann schon in das Shinjuku Suiryu Building umgezogen sein, wo sich der Hauptsitz von Sato International befindet. Der Forschungs- und Entwicklungsabteilung wird eine ganze Etage zur Verfügung gestellt – selbstverständlich werde ich dir auch dort alles zeigen. Anschließend könnten wir essen gehen und uns in Ruhe unterhalten.«

Wortlos sah Killan ihrem Vater in die Augen. Schließlich nickte sie.

Nachdem er gegangen war, schloß sie die Augen. Aber als sie neben sich ein leises Rascheln hörte, schlug sie sie wieder auf. Vor ihr saß ein kunstvoll gefalteter Origami-Bär auf der Bettdecke. Mit einem zaghaften Lächeln griff sie danach. Es war lange her, daß sie zum letztenmal gelächelt hatte.

»Als die Polizei bei deinem Vater war«, begann ihre Großmutter, »haben sie ihm ein Band vorgespielt. Ich denke, du weißt, welches ich meine. Das hat ihm die Augen geöffnet. Er war zutiefst schockiert über das, was du getan hast – aber auch sehr stolz. An diesem Punkt hat er zum erstenmal begriffen, was du eigentlich willst. Und vielleicht ging es dir ja ganz ähnlich.«

Erst jetzt wurde Killan klar, was der neue Unterton in der Stimme ihres Vaters zu bedeuten hatte. Es war nicht Demut, sondern Respekt.

»Wie dem auch sei«, fuhr ihre Großmutter fort. »Du hast ihm wieder zu neuer Selbstachtung verholfen. Dafür steht er tief in deiner Schuld.«

Nach langem Schweigen sagte Killan schließlich: »Großmutter, würdest du mir bitte ein paar Affen falten? Ich mag Affen doch so gern.«

»Aber natürlich.« Die alte Frau nahm drei Origami-Affen vom Fensterbrett und legte sie ihrer Enkelin auf die Brust. »Das weiß ich doch.«

Durch das Wissen, daß er und Justine sich nun nicht mehr für immer hier niederlassen würden, war Nicholas' Freude über die Rückkehr nach Japan von leichter Wehmut überschattet. Trotzdem stand er zu dem Entschluß, den sie während ihres Kurzurlaubs auf Marco Island gefaßt hatten. Nur zu deutlich war ihm inzwischen klargeworden, daß ihre Beziehung darunter leiden würde, wenn sie in Japan nicht beide glücklich waren. Außerdem konnte er sich mittlerweile sehr wohl mit dem Gedanken abfinden, jedes Jahr nur für ein paar Monate nach Japan zu kommen.

Am Narita Airport wurden sie von Nangi, Tomi und Umi erwartet. Nangi wirkte zwar müde und überarbeitet, strahlte aber dessen ungeachtet eine ungebrochene Energie aus.

Umi nahm Nicholas beiseite. »Das Eis hat zu schmelzen begonnen«, flüsterte sie ihm geheimnisvoll zu. »Zwar steht Ihnen hier noch einiges bevor, aber ich bin trotzdem froh, daß Sie wieder hier sind.«

Während der Fahrt ließ sich Nangi lang und breit über die geänderten Vertragsvereinbarungen zwischen Sato International und Nakano aus. Vor allem die Tatsache, daß die Forschungsabteilung von Nakano dem Konzern nun doch noch angegliedert worden war, riß ihn zu den optimistischsten Zukunftsprognosen hin.

Nicholas ließ Nangis Begeisterung jedoch seltsam kalt. Er hörte seinen Ausführungen nur wortlos zu und starrte dabei abwesend aus dem Fenster.

»Nick, was hast du denn?« flüsterte ihm Justine leise ins Ohr, als es die Gelegenheit gerade erlaubte. »Wieso bist du plötzlich so bedrückt?«

»Ich weiß noch immer nicht genug über meinen Großvater«, erwiderte Nicholas. »Senjins Schwester hat mir erzählt, daß Senjin ihn für einen Mörder und Betrüger hielt. Angeblich hat seine Mutter die magischen Smaragde gestohlen. Ich muß unbedingt mehr über die Hintergründe dieser Geschichte erfahren.«

»Aber alle, die dir darüber Näheres erzählen könnten, sind doch längst tot.«

Gedankenversunken schüttelte Nicholas den Kopf. »Nein, einer kennt die Wahrheit, Justine.«

Kansatsu.

Sogar im ewigen Eis des Hodaka-Massivs war für ein paar Tage der Sommer eingekehrt. Das tiefe Schwarz des gewaltigen Bergstocks hatte sich zu unzähligen subtilen Grauschattierungen abgeschwächt, so daß selbst die sonst so abweisenden Felsformationen mit einemmal weniger schroff und bedrohlich wirkten. Der verharschte Schnee war aufgefirnt, und an einigen Stellen, wo es den Sonnenstrahlen besonders stark ausgesetzt war, begann sogar das ewige Eis zu schmelzen.

Drei Tage nach seiner Ankunft in Japan war Nicholas erneut ins Hodaka-Massiv aufgebrochen. Die letzten Meter des beschwerlichen Aufstiegs zu Kansatsus Klause am Fuß des Schwarzen Horns lagen vor ihm.

»Habe ich dich in dieser Angelegenheit schon oft aufgesucht?« fragte Nicholas, als ihm sein Lehrer die Tür öffnete.

»Nein«, erwiderte Kansatsu lächelnd. »Diese Unterredung findet zum erstenmal statt.« Er bat Nicholas ins Haus.

Nachdem sie gemeinsam Tee getrunken hatten, sagte Kansatsu: »Ehrlich gestanden, habe ich nicht gewußt, ob ich dich je wiedersehen würde.«

»Das konntest du nicht einmal mit Hilfe deiner Gabe feststellen?«

»In diesem Fall nicht«, entgegnete der *Sensei.* »Was dich betrifft, versagt mein Zweites Gesicht.« Nach einer kurzen Pause fügte er hinzu: »Demnach ist Senjin also tot.«

Verdutzt sah ihn Nicholas an. »Du weißt seinen Namen?«

»Ich habe ihn sogar *gekannt*, Nicholas. Er war ein Schüler von mir. Daher war mir auch klar, welche Gefahr er darstellte. Aber dann kamst zum Glück du hierher, und ich wußte, daß noch nicht alle Hoffnung verloren war.«

»Aber warum hast du Senjin ausgebildet, obwohl du wußtest, wie gefährlich er ist?«

»Man kann eigentlich nicht sagen, daß ich ihn ausgebildet habe.« Kansatsu sah Nicholas mit undurchdringlicher Miene an. »Senjin kam zwar zu mir, um bei mir zu bleiben, aber da ich das Schicksal meines Bruders Kyoki bereits vorhersehen konnte, wußte ich, daß ich vor Senjin auf der Hut sein mußte.

Denn schon damals war er bereits wesentlich mächtiger als ich; schon damals hatte er eine eigene Methode entwickelt, die noch weit über die Möglichkeiten des Tau-tau hinausgeht; er nannte sie Kshira, die Sprache des Klang-Licht-Kontinuums.«

Achselzuckend fuhr Kansatsu fort: »Deshalb habe ich ihn

zwar als Schüler aufgenommen, aber ich habe ihm wesentliche Teile meines Wissens vorenthalten. Und vor allem habe ich ihm natürlich verheimlicht, daß ich ihn nicht leiden konnte und bereits genauestens über seinen weiteren Werdegang Bescheid wußte.

Aus diesem Grund hat er Jahre später, nachdem er dich zum *Shiro Ninja* gemacht hatte, meinen Bruder umgebracht und nicht mich. Denn Kyoki hatte damals den Fehler begangen, Senjin mehrere Male streng zurechtzuweisen. Dagegen sah Senjin in mir keine Bedrohung. Zum einen war die Wahrscheinlichkeit, daß du mich hier finden würdest, verschwindend gering, und außerdem dachte Senjin, daß ich dir nicht helfen würde. Ich hatte nämlich damals ihm gegenüber so getan, als verträte ich im wesentlichen eine ähnliche Auffassung wie er.«

Mit einemmal wurde Nicholas von einem seltsam unguten Gefühl beschlichen. Es schien, als schwebte plötzlich ein unsichtbares Wesen über seiner rechten Schulter. Er sah Kansatsu verständnislos an. »Du wußtest, das Senjin deinen Bruder ermorden würde, und hast trotzdem nichts dagegen unternommen?«

»So würde ich das nicht sagen«, erwiderte der *Sensei*. »Im Gegenteil, ich habe getan, was ich konnte. Ich habe dich zu dem gemacht, was du bist.«

»Aber wie ist es möglich, daß ich es mit Senjin aufnehmen konnte und du nicht?«

»Weil du der Auserwählte bist, Nicholas. Du bist der letzte männliche Nachkomme So-Pengs. Du bist der Hüter der Tanjian-Smaragde.«

»Dann ist es also doch wahr.«

Kansatsu nickte. »Ja, so wahr ich hier stehe.«

»Ich hätte gern mehr über meinen Großvater gewußt. War er tatsächlich der Mörder und Betrüger, für den Senjin ihn hielt?«

»Ist das denn so wichtig?«

»Ja, für mich schon«, nickte Nicholas.

Seufzend stand Kansatsu auf. »Laß uns dazu lieber nach draußen gehen.«

Sie verließen das Haus und überquerten einen sanft abfallenden, verschneiten Abhang.

»Du willst also die Wahrheit wissen«, begann Kansatsu nach einer Weile. »Dort unten«, er deutete ins Tal hinunter, »gibt es keine Wahrheit. Aber das weißt du natürlich längst selbst. Sonst wärst du nicht zu mir heraufgekommen.« Sie ließen in dem weichen Schnee deutlich sichtbare Spuren zurück. »Sei jedoch gewarnt, Nicholas. Die Wahrheit kann manchmal sehr gefährlich sein. Meistens ist es besser, ihr den Rücken zuzukehren und das Weite zu suchen, ohne sich noch einmal umzusehen.«

»Trotzdem möchte ich die Wahrheit wissen«, erklärte Nicholas bestimmt. »Ich *muß* sie wissen.«

»Natürlich«, nickte Kansatsu ernst. »Wie sollte es auch anders sein.« In seiner Stimme schwang ein wehmütiger Unterton mit, als fügte er sich nur widerstrebend in das Unvermeidliche.

Nachdem sie das verschneite Flachstück hinter sich gelassen hatten, überquerten sie einen gezackten Felsgrat, den der Wind vom Schnee freigeblasen hatte. Unter ihnen tat sich ein mehr als tausend Meter tiefer Abgrund auf. Über ihnen ragte die bedrohliche Felswand des Schwarzen Horns in den tiefblauen Himmel auf.

Kansatsus Blick schien ins Unendliche entrückt, als er begann: »Es ist zwar richtig, daß deine Urgroßmutter, So-Pengs Mutter, mit den Tanjian-Smaragden aus Zhuji geflohen ist. Aber sie hat diese sechzehn Steine nicht gestohlen; sie standen ihr rechtmäßig zu.

Denn die Tanjian-Ältesten hatten damals noch wesentlich mehr Smaragde. Aber sie gingen zu verschwenderisch mit ihnen um. Unter anderem schickten sie zahlreiche Tanjian in andere Länder, um die Lehre des Tau-tau weiter zu verbreiten. Und alle diese Männer bekamen ein paar der Smaragde mit auf den Weg. Das hatte zur Folge, daß die Steine irgendwann knapp wurden. Deshalb wollten die Ältesten die Steine von So-Pengs Mutter eines Tages wieder zurückhaben.

Zu diesem Zweck schickten sie nun unter einem falschen Vorwand einen jungen Tanjian namens Zhao Hsia nach Singapur, um die Smaragde zusammen mit So-Peng nach Zhuji zurückzubringen. So-Peng war nämlich ein Tanjian, war aber bisher noch nicht in Tau-tau unterwiesen worden. Und das wollten die Ältesten nun nachholen.

So-Pengs Mutter, die davon erfuhr, befürchtete das Schlimmste. Deshalb rang sie sich nun doch dazu durch, So-Peng, so weit das die Zeit noch zuließ, über das Wesen seiner besonderen Veranlagung aufzuklären. Daraufhin machte sich So-Peng auf die Suche nach Zhao Hsia. Zwischen den beiden kam es zu einem erbitterten Kampf auf Leben und Tod, aus dem So-Peng als Sieger hervorging. Aber kurz vor seinem Tod erzählte ihm Zhao Hsia noch, daß sie Halbbrüder waren – Söhne derselben Mutter.

Für So-Peng stand völlig außer Zweifel, daß die Tanjian erst ruhen würden, wenn sie die Smaragde wieder in ihren Besitz gebracht hatten. Deshalb übergab er die kostbaren Steine dem Hundeführer Desaru zur Aufbewahrung. Dieser Mann stand tief in So-Pengs Schuld, da er während einer Tigerjagd seinem Hund das Leben gerettet hatte. Da außerdem niemand wußte, daß So-Peng diesen Mann überhaupt kannte, waren die Smaragde bestens bei ihm aufgehoben.

Denn wie So-Peng ganz richtig vermutet hatte, schickten die ältesten in Zhuji bald andere Tanjian aus, um ihm die kostbaren Steine abzujagen. Da ihnen das jedoch nicht gelang, ermordeten sie aus Rache alle von So-Pengs Töchtern, damit er seine Gabe nicht mehr über sie weiterverbreiten konnte. So-Peng blieb keine andere Wahl, als sich in sein Schicksal zu fügen; er hätte gegen die erdrückende Übermacht der Tanjian keine Chance gehabt. Als sein Freund Tik Po Tak trotzdem versuchte, sich an den Tanjian zu rächen, wurde auch er ermordet.

Erst als So-Peng nach dem Tod seiner zweiten Frau feierlich schwor, nicht noch einmal zu heiraten, gaben sich die Tanjian zufrieden und zogen sich wieder nach Zhuji zurück. Denn solange So-Peng ohne Nachkommen blieb, konnte er auch seine Gabe nicht weitervererben.

Aber gerissen, wie er war, sollte ihnen So-Peng ein Schnippchen schlagen. Zufällig war er auf ein kleines Waisenmädchen gestoßen, das über die Gabe der Tanjian verfügte. Er nahm das Mädchen in sein Haus auf und hatte es schon bald mehr ins Herz geschlossen als seine leiblichen Töchter.

Dieses Mädchen war deine Mutter Cheong. Und durch sie hat So-Peng seine Gabe an dich weitergegeben.«

»Dann war also nichts von dem, was Senjin geglaubt hat, wahr?«

»Absolut nichts«, bestätigte ihm Kansatsu.

Wenn du jetzt stirbst, stirbst du zu früh. Dann wirst du nie begreifen. In Wirklichkeit war es Senjin gewesen, der nie begriffen hatte, wurde Nicholas nun bewußt. »Soll das heißen, daß sein erbitterter Haß gegen mich vollkommen unbegründet war?« Er sah den *Sensei* fassungslos an. »Das Ganze war also völlig sinnlos?«

Kansatsu blieb am Rand des Abgrunds stehen. Tausendfach brach sich die Sonne in seinen leuchtenden Augen. »Nein, Nicholas, es war nicht sinnlos. Denn sonst wärst du nicht zu mir gekommen.« Als Kansatsu ihn dabei lächelnd ansah, wurde sich Nicholas plötzlich wieder dieses seltsamen Wesens bewußt, das bedrohlich über seiner Schulter zu schweben schien. »Und was noch wichtiger ist: Du hättest mir die Smaragde der Tanjian nicht gebracht.«

»Das verstehe ich nicht.« Nicholas wollte es noch immer nicht wahrhaben. Dann drehte er ganz langsam den Kopf zur Seite, um dem seltsamen Wesen über seiner Schulter ins Auge zu blicken: der Wahrheit.

»Die Smaragde, die sich in deinem Besitz befinden, sind die letzten ihrer Art«, fuhr Kansatsu fort: »Wer sie besitzt, hält die Unsterblichkeit in seinen Händen.«

Unwillkürlich mußte Nicholas an Umis Warnung vor seiner Abreise nach New York denken. *Der Dorokusai ist nahe. Näher, als Sie denken oder sich vorstellen können. Auf keinen Fall dürfen Sie die Kraft des Geistes – und der Illusion – unterschätzen.*

Entsetzt wich Nicholas einen Schritt zurück.

»Das wird dir nichts mehr nützen«, sagte Kansatsu ruhig. »Du hast Senjin dazu benutzt, um an mich heranzukommen; und dann hast du dich meiner bedient, um ihn aus dem Weg zu räumen. Denn er war der einzige, der mir die Smaragde hätte abjagen können.«

»Ich habe dich gewarnt. Die Wahrheit ist nur hier zu finden. Und sie ist sehr gefährlich.«

»Was ist nur aus dir geworden?« stieß Nicholas entsetzt hervor. »Du warst nicht immer so. Früher hättest du so etwas nie getan. Damals warst du noch unbestechlich.«

»Mit der Bestechlichkeit ist das so eine Sache«, entgegnete Kansatsu ruhig. »Man bleibt so lange unbestechlich, bis man mit einer Versuchung konfrontiert wird, die zu groß ist, um ihr widerstehen zu können. Und was tut man dann schon anderes, als ihr nachzugeben?«

»Mein Gott, wenn man dich so reden hört, könnte man denken, du sprichst hier von einem harmlosen Seitensprung.«

»Diesen Vergleich halte ich sogar für außerordentlich treffend«, entgegnete Kansatsu. »Na gut, ich bin vom rechten Pfad Aksharas abgewichen. Aber um welchen Preis! Von nun an liegt mir die ganze Welt zu Füßen.«

»Nein! Nicholas hob die Faust. »Du hast der Versuchung nachgegeben. Also sollst du auch die Folgen tragen.«

Nicholas öffnete seine Hand. Sie enthielt neun Smaragde.

»Nein!«

Aus diesem verzweifelten Aufschrei des *Sensei* sprach nicht nur die nackte Angst – nein, er war auch Ausdruck der plötzlichen Erkenntnis, wie tief er gegen alle Gesetze des Lebens verstoßen hatte. Weiß wurde zu Schwarz, Licht zu Dunkel, Gut zu Böse und der Weg der Befreiung zu einer tödlichen Falle.

Und unerbittlich schnappte die Falle zu.

Plötzlich erfüllte ein seltsames Zischen die Luft – ein Knistern und Funkensprühen wie von einem prasselnden Feuer.

Und im selben Moment erwachten die Smaragde in Nicholas Hand zum Leben. Neun an der Zahl, nahmen sie genau die magische Konstellation ein, der von den Tanjian seit altersher die größte Kraft beigemessen wurde.

Sie bildeten ein komplexes dreidimensionales Gebilde, das sich wirbelnd in die Lüfte erhob und dann mit unvorstellbarer Wucht auf Kansatsu herabstieß. Wie ein Sternbild am Himmel leuchteten die funkelnden Steine für einen Moment auf, als sie sich tief in sein Gesicht gruben. Und im selben Augenblick stieg auch schon der Gestank von verbranntem Fleisch in Nicholas' Nase.

Ein gellender Schrei hallte von den mächtigen Felswänden wider. Taumelnd wich Kansatsu zurück und stürzte kopfüber in den gähnenden Abgrund.

In fassungslosem Entsetzen starrte Nicholas ihm hinterher, wie er, rasch kleiner werdend, in der Tiefe verschwand. Einfach unvorstellbar, was er gerade getan hatte. Er hatte sich eben nicht nur gegen seinen alten Meister aufgelehnt, sondern zugleich auch die uralte Zauberkraft des Tau-tau herausgefordert, die der *Sensei* repräsentierte. Und doch war er ungestraft davongekommen.

Das konnte nur eines bedeuten: Er war tatsächlich der Auserwählte, der Hüter der magischen Steine. Er hatte seine Bestimmung erfüllt.

»Jetzt ist es endgültig vorbei«, flüsterte Nicholas leise. Es war niemand da, der ihn hören konnte. Dennoch wußte er, daß diese Worte direkt an seinen Großvater gerichtet waren.

Schweigend trat er den Abstieg an. Und er warf nicht einen Blick zurück auf das Schwarze Horn, das drohend und unnahbar in den Himmel aufragte.

Von nun an war es für ihn nur noch eine Wand aus Fels und Eis.

In Washington wollte es nicht Herbst werden. Welk und schlaff hing das Laub von den Bäumen, und das Wasser des Potomac schien in der drückenden Oktoberschwüle noch träger dahinzuströmen als sonst.

Der von Cotton Branding eingebrachte ASCRA-Gesetzentwurf war sowohl im Senat wie im Kongreß mit überwältigender Mehrheit angenommen worden. Darüber hinaus waren sich Republikaner und Demokraten ausnahmsweise einmal einig, daß der neue Hive-Computer nach erfolgreichem Abschluß der letzten Tests in sämtlichen wichtigen Regierungsstellen zum sofortigen Einsatz kommen sollte.

Für Branding brachte das einen enormen Popularitätszuwachs mit sich, den er durch eine Reihe sehr erfolgreicher Fernsehauftritte noch weiter auszubauen verstand.

Und dann die sensationelle Nachricht von Brandings Heirat mit Shisei. Die Trauung fand mit großem Pomp vor dem Lincoln Memorial in Washington statt. Bei der Wahl dieses Orts konnten Branding eigentlich nur politische Hintergedanken bewegt haben. Oder weshalb sonst hätte ein New Yorker Senator, dessen Name im Augenblick in aller Munde war, ausgerechnet in Washington heiraten sollen?

Die Hochzeit wurde *das* Medienereignis des Jahres schlechthin. Unter lautem Korkenknallen wurde in den buntgestreiften Partyzelten bis in die frühen Morgenstunden hinein ausgelassen gefeiert. *Forbes* und *Fortune* lieferten sich erbitterte Kämpfe um die Exklusivrechte für ein Interview mit Branding. Außerdem gab es kaum eine Zeitung, von deren Titelseite nicht ein Foto des frisch vermählten Paares prangte.

Shisei beantragte die amerikanische Staatsbürgerschaft und legte einen feierlichen Eid auf die Verfassung der Vereinigten Staaten ab. Diese Feier, die in den Medien ebenfalls für einiges Aufsehen sorgte, rührte Shisei mehr, als sie gedacht hätte.

Noch im Oktober desselben Jahres wurde Branding von seiner Partei als Kandidat für die nächsten Präsidentschaftswahlen aufgestellt. Die Aussicht, in zwei Jahren ins Weiße Haus einzuziehen und dort persönlich die Installation des neuen Hive-Systems zu überwachen, war somit in greifbare Nähe gerückt.

An einem Sonntag – der Medienrummel war endlich abgeklungen – lagen Branding und Shisei in der trägen Nachmittagshitze eng umschlungen im Bett. Sie hatten sich lange und leidenschaftlich geliebt, hatten ein wenig geschlafen, hatten beim Aufwachen neue Lust in sich aufkeimen gespürt...

Schließlich raffte sich Shisei aber doch dazu auf, aufzustehen und ins Bad zu gehen. Da die Tür zu ihrem Arbeitszimmer offenstand, konnte sie das rote Licht an ihrem Computer aufleuchten sehen. Durch den Telefonanschluß kam gerade eine Nachricht herein.

Das weckte ihre Neugier. Sie ging in ihr Arbeitszimmer und tippte die erforderlichen Befehle ein, um die gerade eingegangene Nachricht auf dem Bildschirm des Computers abzurufen.

Shisei stockte der Atem. Auf ihrem Bildschirm begannen sich die unverkennbaren Schlangenlinien des MANTIS-Virus abzuzeichnen. Allerdings handelte es sich dabei um eine neue, verbesserte Version, die eine noch schnellere Datenübermittlung ermöglichte.

Nach wenigen Augenblicken leuchtete die letzte Zeile der Nachricht auf dem Bildschirm auf.

ARBEIT AN MANTIS ABGESCHLOSSEN. EINSATZ STEHT NICHTS MEHR IM WEG.

Shisei drückte auf die Löschtaste. Die Nachricht verschwand.

Aber das neue MANTIS-Virus war bereits in ihrem Computer gespeichert. Geduldig wie eine Art elektronischer Flaschengeist wartete er dort nun darauf, ihr zu Diensten zu sein.

Mein ganz besonderer Dank gilt meiner Frau Victoria für die gründliche Durchsicht des Manuskripts. Sie hat sich wieder einmal selbst übertroffen, und sollte es so etwas wie einen Orden für besondere Verdienste im Verlagswesen geben, so stünde er ihr für ihre vorbildliche Arbeit an *Der Weiße Ninja* zu.